AF179066

|g|r|a|f|i|t|

MIX
Papier aus verantwor-
tungsvollen Quellen
FSC
www.fsc.org
FSC® C014496

© 2016 by GRAFIT Verlag GmbH
Chemnitzer Str. 31, D-44139 Dortmund
Internet: http://www.grafit.de
E-Mail: info@grafit.de
Alle Rechte vorbehalten.
Umschlaggestaltung: Nele Schütz Design
Druck und Bindearbeiten: GGP Media GmbH, Pößneck
ISBN 978-3-89425-481-0
4. / 2021

Silke Ziegler

Im Schatten des Sommers

Spurensuche im Roussillon

Kriminalroman

Silke Ziegler, Jahrgang 1975, lebt mit ihrem Mann und zwei Kindern in Weinheim an der Bergstraße. Die gelernte Finanzassistentin arbeitet nach Anstellungen in diversen Kreditinstituten inzwischen an der Universität Heidelberg.

Die Reisen, die Silke Ziegler mit ihrer Familie unternimmt, inspirieren sie immer wieder zu neuen Geschichten.

Für die beste Familie, die es gibt

Prolog

Freitag, 7. August 1992
Argelès-sur-Mer

»Bitte, Sophia!« Carine Mildner öffnete die hintere Autotür und blickte ihre Tochter flehentlich an.

Doch Sophia wandte demonstrativ den Kopf ab, während sie ihre Lippen fest aufeinanderpresste. Unschlüssig stand ihre Mutter neben dem Wagen und schien nachzudenken. Schließlich öffnete sie erneut den Mund, um ihre Überredungskünste einzusetzen.

»Carine, kommst du?« In einiger Entfernung drehte sich Sophias Vater um und sah seine Frau abwartend an. Diese ließ ihren Blick unsicher zwischen Mann und Tochter hin- und herwandern.

»Na schön«, seufzte sie letztlich, drückte den Verriegelungsknopf auf Sophias Seite herunter und schlug enttäuscht die Autotür zu.

Nach einem weiteren kurzen Zögern wandte sie sich ab, um ihrem Mann und Sohn in den *Intermarché* zu folgen.

Langsam drehte Sophia den Kopf und schaute ihrer Mutter wütend hinterher, die schweren Schrittes auf den Supermarkt zusteuerte. Da die hinteren Scheiben des Wagens getönt waren, durfte sie sicher sein, dass ihre Mutter den Blick nicht erkennen konnte. Mit zusammengekniffenen Augen beobachtete Sophia, wie ihr zweijähriger Bruder Frederick sich immer wieder von der Hand seines Vaters losriss und davonrennen wollte. Zögernd folgte ihre Mutter den beiden in etwa zwanzig Meter Entfernung.

Mürrisch ließ Sophia den Blick über den weitläufigen Parkplatz schweifen. Kaum ein halbes Dutzend Fahrzeuge stand vor dem Einkaufszentrum. Kein Wunder, dachte Sophia genervt, während sie auf ihre Uhr blickte. Kurz vor acht. Wer sonst stand in den Sommerferien um diese Zeit auf?

Gelangweilt verfolgte sie, wie ihre Mutter nur wenige Sekunden nach ihrem Vater und Frederick an einem grünen Transporter vorbeiging und aus dem Blickfeld verschwand. Verärgert kaute Sophia auf ihrer Unterlippe. Warum mussten sie unbedingt heute nach Perpignan fahren?

Nachdem ihre Mutter gestern Nachmittag einiges erledigen wollte, während Sophia mit Papa und Frederick den Strand von Argelès näher in Augenschein genommen hatte, war sie abends relativ spät in das Ferienhaus zurückgekehrt, um freudestrahlend zu verkünden, morgen mit der ganzen Familie einen Ausflug nach Perpignan unternehmen zu wollen.

Obwohl Sophia sie mehrmals eindringlich gebeten hatte, den Ausflug zu verschieben, und auch ihr Vater sie unterstützte, da er meinte, die Stadt liefe schließlich nicht davon und der Urlaub habe doch gerade erst begonnen, war Mama nicht von ihrem Plan abzubringen gewesen. Natürlich hatte Sophia ihr nicht den wahren Grund genannt, warum sie heute unbedingt wieder an denselben Strand wie gestern wollte. Der ging schließlich weder ihre Mutter noch ihren Vater etwas an. Immerhin war sie schon elf Jahre alt! Ihre Eltern mussten nicht alles wissen.

Sie dachte an den braun gebrannten Jungen, der sie gestern angesprochen hatte, als sie mit Frederick am Wasser spielte. Ganz fasziniert hatte er sie angestarrt, bevor er sie schließlich fragte, was sie mit ihren Haaren angestellt hätte. Irritiert hatte Sophia den Jungen gemustert, da sie nicht gleich verstand, was er überhaupt meinte. Er hatte rabenschwarze, lockige Haare und ebenso dunkle Augen. Als er sie anlachte, blitzten seine weißen Zähne auf, die die dunkle Haut noch stärker betonten. Verunsichert fasste sie sich an ihr Haar und fragte ihn, was er meine.

»Sie sehen aus, als ob sie brennen«, antwortete er grinsend.

Genervt verzog sie das Gesicht, während sie Frederick betrachtete, der gerade dabei war, seine selbst gebaute Sandburg zu zerstören.

»Sie sind rot«, entgegnete sie schnippisch. Was sollte die blöde Frage? Okay, in ihrer Klasse war Sophia die Einzige mit dieser Haarfarbe. Aber Ralf aus der 7a, der hatte auch rote Haare. Na ja, vielleicht eher orange. Seine ähnelten der Farbe von Karotten, während ihre tatsächlich den züngelnden Flammen eines Lagerfeuers glichen.

»Sie sind schön. Ich habe noch nie solche Haare gesehen«, erwiderte der Junge verlegen.

Geschmeichelt von seinen Worten, musste Sophia dann gegen ihren Willen doch lächeln. Irgendwie hatte er eine nette Art an sich. Danach zeigte er Frederick, wie man einen einigermaßen funktionierenden Staudamm baut, bevor er sich schließlich nach einer halben Ewigkeit von ihnen verabschiedete, weil er nach Hause musste. Nachdem er ihr die Münze geschenkt hatte.

Nachdenklich betrachtete Sophia ihren Daumennagel und zupfte unruhig an einem Stück Haut. Zum Abschied hatte der Junge ihr zugewinkt und gefragt, ob sie am nächsten Tag wieder an den Strand käme. Ihre erste Verabredung. Abwesend blickte Sophia aus dem Fenster. Obwohl sie ihn nicht gefragt hatte, schätzte sie, dass er zwei oder drei Jahre älter als sie war. Immerhin durfte er bereits allein an den Strand. Davon konnte sie nur träumen. Verächtlich stieß Sophia den Atem aus.

Ein Ausflug nach Perpignan! Frederick war noch viel zu klein, als dass ihn irgendetwas anderes als Burgenbauen und das Herumtollen im Wasser interessieren würde. Auch ihr

Vater schien sich eher auf einige ruhige Tage am Meer eingestellt zu haben, an denen er endlich mal dazu käme, ein gutes Buch zu lesen, anstatt bei diesen Temperaturen die heißeste Stadt Frankreichs zu besuchen. Doch ihre Mutter hatte eben mal wieder ihre eigenen Pläne. Wütend lehnte Sophia den Kopf an die kühle Scheibe und überlegte. Gestern Abend hatte sie beschlossen, kein Wort mehr mit Mama zu reden. Geschah ihr ganz recht. Schließlich war sie kein kleines Kind mehr, das sich immer dem Willen seiner Eltern beugen musste. Sollte ihre Mutter doch allein nach Perpignan fahren.

Sobald sie zurückkäme, würde Sophia ihr mitteilen, dass sie ins Ferienhaus zurückwollte. Ihre Mutter konnte nicht einfach über sie bestimmen, wie es ihr gefiel, schließlich war sie schon fast erwachsen, anders als Frederick. Bestimmt ließ sich der Junge vom Strand auch nichts mehr von seinen Eltern sagen.

Mit ihrem Finger verfolgte sie eine Fliege, die außen an der Scheibe entlanglief.

Eigentlich hatte sich Sophia riesig gefreut, als Mama vor einigen Tagen ganz überraschend den Vorschlag machte, nach Südfrankreich zu fahren, in ihre Heimat, um der Familie zu zeigen, wo sie herkam. Immerhin war es das allererste Mal überhaupt, dass sie in den Süden fuhren.

Karla, Sophias beste Freundin, fuhr in den Sommerferien immer mit ihren Eltern auf einen Bauernhof irgendwo in Bayern. Obwohl sie ihnen bereits mehrmals gesagt hatte, dass sie sich nicht mehr für die Kühe und Schweine dort interessierte, wichen die Eltern nicht von ihren Urlaubsplänen ab. Und Silvia, ihre zweitbeste Freundin? Nun, die fuhr mit ihrer Familie dreimal im Jahr zum Wandern in die Berge. Sophia seufzte. Nein, da war Südfrankreich schon was ganz anderes. Das Land gefiel ihr. Da ihre Mutter auch zu Hause in Deutschland mit ihr oft Französisch sprach, hatte Sophia keinerlei Verständigungsprobleme. Obwohl sie erst seit drei Tagen hier waren, fühlte sie sich sehr wohl.

Genervt blickte Sophia auf die Uhr. Wo blieben ihre Eltern nur? Sie wollten doch nur ein paar Brötchen und Baguette für die Autofahrt holen. Müde legte sie ihren Kopf zurück und schloss die Augen. Ob der Junge auf sie warten würde? Sie kannte noch nicht einmal seinen Namen. Toll, Sophia.

Sobald sie ihn wieder am Strand traf, würde sie ihn danach fragen. Vielleicht hieß er Jean. Oder Laurent. Oder Luc. Sie musste schmunzeln. Bestimmt hatte er einen schönen Namen, der gut zu seinem hübschen Gesicht passte.

Gereizt betrachtete sie die weiße Haut ihres Unterarms, auf der sich unzählige Sommersprossen tummelten. Niemals würde sie so braun wie er werden. Wenn sie sich zu lange in der Sonne aufhielt, bekam sie lediglich einen Sonnenbrand. Aber vielleicht gefiel ihm ja ihre helle Haut, so wie sie seine dunkle mochte.

Langsam wurde es warm im Wagen. Sophia spürte, wie sich die Hitze in dem kleinen, abgeschlossenen Raum staute. Obwohl es noch früh war, brannte die Sonne bereits unerbittlich von dem strahlend blauen, wolkenlosen Himmel.

Während sie fieberhaft überlegte, warum ihre Eltern so lange beim Bäcker benötigten, beobachtete Sophia aus dem Augenwinkel, wie andere Fahrzeuge auf den Parkplatz einbogen und kurze Zeit später wieder wegfuhren.

Die können mich mal, dachte sie wenige Minuten später und löste wütend den Verriegelungsknopf. Unsicher öffnete sie die Tür und genoss für einen kurzen Moment den leichten Windstoß, der die Hitze etwas erträglicher machte. Nach einem weiteren Augenblick stieg sie schließlich entschlossen aus dem Wagen, drückte den Knopf gewissenhaft wieder hinunter und schlug die Tür zu. Während sie mit ihren Augen prüfend das Gelände absuchte, steuerte sie langsam auf den

Eingang des Einkaufszentrums zu. Mittlerweile war es kurz vor neun. Immer mehr Kunden strömten in die Geschäfte im Inneren.

Da sie gestern Morgen schon hier eingekauft hatten, wusste Sophia bereits, wo sich der Bäcker befand. Nervös trat sie durch die gläserne Eingangstür und wandte sich nach rechts.

An der Theke stand nur eine einzige Kundin. Verwirrt blickte Sophia sich suchend um, während sie sich langsam um ihre eigene Achse drehte. Gab es hier etwa noch einen anderen Bäcker? Argwöhnisch näherte sie sich der Auslage und wartete, bis die Kundin ihren Einkauf beendet hatte.

»Was möchtest du haben, Mademoiselle?« Fragend beugte sich die Verkäuferin zu ihr hinab.

Aufgeregt biss Sophia sich auf die Lippe. »Meine Eltern …«, stammelte sie. »Ich suche meine Eltern. Sie wollten hier vor über einer Stunde einkaufen.«

Irritiert blickte die Verkäuferin sie an. »Wie sehen deine Eltern denn aus? Da ich seit sieben Uhr hier bin, müssten sie eigentlich bei mir gewesen sein.«

Mit stockenden Worten beschrieb Sophia der Frau die Haarfarbe und Größe ihrer Eltern. Schließlich erwähnte sie noch ihren kleinen Bruder, an den sich die Frau doch auf jeden Fall erinnern müsste.

Doch die Verkäuferin verzog ihr Gesicht zu einer merkwürdigen Grimasse und schüttelte den Kopf. »Nein, bei mir waren deine Eltern nicht. Tut mir leid.« Als sie Sophias panischen Blick bemerkte, fuhr sie hastig fort: »Vielleicht kaufen sie ja stattdessen im *Intermarché* ein. Warte doch einfach hier bei mir auf sie.« Sie deutete den Gang entlang. »Da drüben befindet sich der Kassenbereich. Wenn sie im Supermarkt sind, müssen sie dort auf jeden Fall durch. Wir können sie also gar nicht verpassen.«

Doch auch eine gute halbe Stunde später, die Sophia nervös

auf einem Stuhl sitzend bei der Bäckereiverkäuferin verbracht hatte, waren ihre Eltern noch immer nicht wieder aufgetaucht.

Ängstlich bemerkte sie, wie die ältere Frau ihr in unregelmäßigen Abständen mehrmals besorgte Blicke zuwarf.

Als ihre Eltern auch nicht erschienen, nachdem sie namentlich über Lautsprecher aufgefordert wurden, sich umgehend an der Information des *Intermarchés* zu melden, entschied der Marktleiter schließlich ohne weitere Verzögerung, die Polizei zu verständigen.

1

Sonntag, 29. Mai 2016
In der Nähe von Argelès-sur-Mer

Genervt drehte sich Heike Hohlmann zu ihren Kindern um und bemühte sich um einen ruhigen Tonfall. »Wir sind vor zehn Minuten losgefahren. Das bedeutet, dass wir noch etwa elf Stunden Fahrt vor uns haben. Daher braucht ihr nicht alle zwei Minuten fragen, wann wir endlich da sind.«

Da sie sich vorsichtig wieder zurücksetzte, während sie sich müde mit der Hand über ihre Stirn fuhr, bemerkte sie den verschwörerischen Blick ihres siebenjährigen Sohns Christoph nicht, den dieser seiner Zwillingsschwester Samira zuwarf.

»Was für eine Hitze«, stöhnte Heike.

»Vielleicht hätten wir doch schon gestern Nacht losfahren sollen«, pflichtete ihr Mann ihr bei, während er konzentriert auf die Fahrbahn blickte.

»Ja, vielleicht. Aber eigentlich sind wir doch zu dem Schluss gekommen, nicht übermüdet in die Nacht zu fahren.«

»Nicht mehr lange, bis wir die Autobahn erreicht haben«,

erklärte Frank Hohlmann seiner Frau, während er einen roten Renault überholte, der mit Tempo fünfzig über die Nationalstraße ruckelte.

Heike lehnte ihren Kopf an die kühle Scheibe der Beifahrertür. Noch ein Tag, bevor ihr nervenaufreibender Alltag wieder begann. Nach einem äußerst entspannten Südfrankreichurlaub endeten heute die Pfingstferien.

Sie seufzte leise, während die Zwillinge auf dem Rücksitz erneut begannen, sich um ein Buch zu streiten, das Christoph gestern angeblich seiner Schwester geschenkt hatte. Natürlich konnte er sich heute nicht mehr daran erinnern, insbesondere, da Samira gerade damit beginnen wollte, es zu lesen.

Unauffällig warf Heike ihrem Mann einen kurzen Blick zu. Auch Frank hatte sich die letzten Tage erholen können, sein Gesicht war sonnengebräunt, die Sorgenfalten, die sich im Laufe der Jahre auf seiner Stirn gebildet hatten, schienen wie ausgebügelt. Es war ihr erster Urlaub seit fünf Jahren gewesen. Und sie hatten ihn bitter benötigt.

Als der Lärm abermals auf ein unerträgliches Maß anschwoll, drehte sie sich erneut genervt nach hinten, um die Zwillinge zu ermahnen. Mit Unschuldsmienen erwiderten die beiden den wütenden Blick ihrer Mutter und verzogen gleichzeitig ihre kleinen Münder zu einem harmlosen Lächeln.

Als Heike gerade ansetzen wollte, die Kinder zu etwas Ruhe anzuhalten, ertönte plötzlich ein lauter Schlag, der den ganzen Wagen zum Erzittern brachte.

»Scheiße!« Die entsetzte Stimme ihres Mannes wurde nur vom unangenehm schrillen Quietschen der Bremsen übertönt. Die Zwillinge verstummten schlagartig, während Heike durch das abrupte Anhalten in ihrem Sitz herumgerissen wurde. Der Sicherheitsgurt schnitt tief in die Haut ihres Halses und schnürte ihr für einen kurzen Moment die Luft ab.

Während sie hastig den Gurt lockerte, drehte sie sich entsetzt zu ihrem Mann. »War das ein Tier?« Ihre Stimme zitterte.

Endlich kam der Wagen am Straßenrand zum Stehen. Die Stille, die sich nach dem Abschalten des Motors ausbreitete, wirkte gespenstisch.

Frank Hohlmann war leichenblass und saß für einen Augenblick wie erstarrt in seinem Sitz.

»War das ein Tier?«, wiederholte Heike ihre Frage eindringlich. Mit zusammengekniffenen Augen schaute sie in den Seitenspiegel. Doch sie erkannte nur schemenhaft etwas am rechten Rand der Route Nationale liegen, etwa hundert Meter hinter ihnen.

Mit reglosem Blick schüttelte Frank seinen Kopf.

»Was war das, Frank?«, flüsterte Heike heiser.

»Ein … Mensch«, stammelte er leise. »Ein Mann.«

»Du hast einen Mann überfahren?«, erwiderte sie schrill.

»Er …«, Frank versagte die Stimme, »… er war plötzlich da. Ich habe ihn nicht gesehen.« Er brach ab. »Irgendetwas stimmte nicht mit ihm. Die Kinder, der Krach, verdammt!« Ein lauter Knall ertönte, als er mit seiner Faust auf das Lenkrad schlug.

Während er sich die Augen rieb, wandte Frank sich an seine Frau. »Ruf die Polizei und den Notarzt. Ich gehe nachschauen, was mit …« Nach einem Blick über die Schulter auf die Kinder verstummte er. »Ich sehe nach, was ich tun kann.«

Nachdem Frank den Wagen verlassen hatte, öffnete Heike mit zitternden Händen das Handschuhfach, in dem sie den Reiseführer vermutete. Erleichtert holte sie ihn heraus und begann zu blättern. Wie erhofft, war sowohl die Nummer des Notarztes als auch der Polizeinotruf aufgeführt. Nachdem sie die Kinder erneut ermahnt hatte, sich ruhig zu verhalten, wählte sie nervös und suchte in Gedanken verzweifelt nach den verbliebenen Brocken Französisch, die aus dem

Jahrzehnte zurückliegenden Schulunterricht in irgendeiner hinteren Gehirnwindung auf ihre Wiederbelebung warteten.

Frank Hohlmann lief hastig zu der reglosen Person am Rand der Straße. Als er sich dem Verletzten näherte, erkannte er, dass der Mann auf dem Bauch lag, den Kopf auf merkwürdige Weise zur Seite verdreht. Seine blaue Jeans war blutverschmiert.

Vorsichtig beugte er sich über den Fremden und musterte das blasse Gesicht des Unfallopfers. Sein letzter Erste-Hilfe-Kurs lag Jahre zurück, doch auch ohne größere medizinische Kenntnisse konnte er erkennen, dass der Mann schwer verletzt war. Hoffentlich traf der Notarzt bald ein. Frank streckte seine rechte Hand aus und berührte leicht den Hals des Fremden. Als er schwach den Puls der Halsschlagader spürte, atmete er erleichtert auf. Der Mann lebte. Zweifelsfrei hatte er schwere Verletzungen erlitten, aber immerhin lebte er.

Frank ging in die Hocke, um den Verletzten näher zu betrachten. Ihn umzudrehen, traute er sich nicht, denn er wollte die Situation nicht noch schlimmer machen, als sie schon war. Vielleicht hatte der Fremde innere Verletzungen oder Knochenbrüche, die auf den ersten Blick nicht zu erkennen waren.

»Ist er …?« Schockiert beugte Heike sich zu ihm hinab.

»Er lebt«, entgegnete Frank leise.

»Gott sei Dank.«

»Wo sind die Kinder?«, wollte er wissen.

»Im Wagen. Ich habe ihnen gesagt, dass sie das Auto nicht verlassen dürfen.«

Frank nickte, während er weiter den Verletzten vor ihnen musterte.

»Sollen wir ihn umdrehen? Die Polizei und der Arzt sind auf dem Weg.«

»Drehen wir ihn vorsichtig auf die Seite«, schlug Frank vor, da er den Mann nicht länger untätig anstarren wollte.

Gemeinsam packten sie ihn vorsichtig an den Schultern und schoben ihn zentimeterweise auf seine linke Seite. Das linke Bein winkelten sie langsam etwas ab, sodass er einigermaßen stabil lag und nicht zurückrollen konnte.

Als sie den Oberkörper des Mannes erblickten, fuhren beide erschrocken zurück. In dem Moment fiel Frank schlagartig wieder ein, was mit dem Fremden nicht gestimmt hatte. Als er auf die Straße getaumelt war, hatte er direkt in die Richtung des sich nähernden Autos geblickt. Trotzdem war er nicht zurückgewichen, sondern stattdessen weiter auf die Straße getreten. Zumindest erklärten die Verletzungen, die sich ihnen darboten, zum Teil das merkwürdige Verhalten des Opfers.

2

Argelès-sur-Mer

»Bonjour, Papa!« Freudestrahlend stürmte Lisa in das Zimmer. Als Nicolas Rousseau hinter seiner Schwester eintrat, erblickte auch er seinen Vater, zusammengesunken auf einem Stuhl in der linken Ecke des Raumes, die von der Morgensonne hell erleuchtet wurde. Trotz der frühen Stunde war die aufsteigende Wärme schon zu spüren.

»Bonjour.« Nicolas nickte seinem Vater leicht zu, während Lisa bereits die Arme um den Nacken des älteren Mannes geschlungen hatte und ihn liebevoll an sich drückte. Schweigend beobachtete Nicolas die Szene, die ihm einen leichten Stich versetzte. Nach all den Jahren schaffte Lisa es immer noch, ihn mit ihren unregelmäßig auftretenden Gefühlsausbrüchen zu überraschen. Wehmütig beobachtete er das kleine schwarzhaarige Energiebündel, das ihrem Vater mit der Hand gerade zärtlich über die Wange fuhr.

»Komm, Nici, gib ihm die Hand«, forderte sie ihren Bruder mit vorwurfsvoller Miene auf.

Seufzend näherte er sich den beiden und berührte seinen Vater vorsichtig am Oberarm. »Wie geht es dir, Papa?« Abwartend sah Nicolas ihn an. Er hatte den Eindruck, dass der rechte Mundwinkel des älteren Mannes heute noch weiter als sonst herunterhing. Oder bildete er sich das nur ein?

Mit der linken Hand kratzte ihr Vater sich vorsichtig an seinem Kinn. Aufmerksam verfolgte Lisa jede seiner Bewegungen. Da die Augen von Jacques Mareaux sich unablässig hin und her bewegten und nicht eine Sekunde verharrten, beschlich Nicolas das ungute Gefühl, er sei heute noch unruhiger als gewöhnlich.

»Möchtest du draußen essen?« Er hob die Tüte mit den Croissants hoch und sah seinen Vater fragend an.

»Ah«, brummte dieser, während er mit dem Kopf auf und ab wippte.

Lisa, die halb auf die Stuhllehne neben ihrem Vater rutschte, lächelte glückselig, während Nicolas die Tür zum Balkon öffnete und kurz durchatmete, als er ins Freie trat. Obwohl sich ihre Besuche am frühen Sonntagmorgen zu einer Art Ritual eingebürgert hatten, fühlte er sich in den ersten Minuten immer wieder aufs Neue beklommen. Lisa dagegen schien die Situation nicht im Geringsten zu beunruhigen. Obwohl seine Schwester wesentlich stärker an ihrem Vater hing als er, zeigten Nicolas ihre unterschiedlichen Reaktionen doch, dass sie erheblich besser mit den schwierigen Umständen zurechtkam als er. Vielleicht lag es auch einfach an ihrer unbekümmerten Art, die Dinge so zu nehmen, wie sie waren. Nicht immer zu grübeln, zu hinterfragen, vom Schlimmsten auszugehen.

Während er die Ausläufer der Pyrenäen betrachtete, die sich bis kurz vor das Pflegeheim ausdehnten, spürte er, wie er langsam zur Ruhe kam. Nicolas atmete tief durch und genoss für einen kurzen Moment die Wärme, die sein Innerstes so selten erreichte.

Schon immer war Lisa die Gefühlsbetontere der Geschwister gewesen, was sicher auch an ihrer Besonderheit lag. ›Besonderheit‹, so nannte Nicolas heimlich die Behinderung seiner Schwester. Für ihn wurde sie nämlich durch ihr Downsyndrom tatsächlich zu etwas ganz Kostbarem. Ihre liebenswürdige Art, ihr herzliches Verhalten anderen gegenüber, das war eine Gabe. Lisa war ein kostbares Gut, das es ein Leben lang zu beschützen galt, auch wenn sie nur acht Jahre jünger war als er.

Die Tatsache, dass ihr Vater nach einem Schlaganfall, der nunmehr schon länger als zwanzig Jahre zurücklag, nicht mehr für seine Tochter sorgen konnte, machte das Leben für Nicolas und seine Mutter nicht eben einfacher. Doch er wollte sich nicht beklagen. Schließlich hatte er schon mehr als genug gescheiterte Existenzen, zerstörte Lebensträume und kaputte Hoffnungen gesehen, das brachte die jahrelange Erfahrung als Polizeibeamter mit sich.

»Nici.« Die Stimme seiner Schwester riss ihn aus seinen Grübeleien.

Eilig drehte er sich um und beobachtete seinen Vater, der mit kleinen, wackligen Schritten ins Freie trat. Lisa folgte ihm, in den Händen ein silbernes Tablett mit einer Kaffeekanne und drei Tassen.

Hastig rückte Nicolas für seinen Vater einen Stuhl zurecht, bevor seine Schwester sich ebenfalls setzte und die Croissanttüte öffnete.

»Was ist?« Sie blickte ihn unter ihren langen Wimpern hervor an.

Doch er schüttelte nur leicht den Kopf und zog sich den dritten Stuhl heran.

»Nächste Woche spielen wir gegen Elne«, sprudelte Lisa los, während sie zerstreut ein Croissant zerpflückte.

Ihr Vater drehte sein Gebäckstück mehrmals um die eigene Achse und betrachtete es aus zusammengekniffenen Augen. Während Nicolas ihn beobachtete, spürte er Ungeduld in sich aufsteigen. Am liebsten hätte er seinem Vater das Croissant aus der Hand genommen. Doch er riss sich zusammen und konzentrierte sich stattdessen auf seine Schwester, die gerade stolz von ihrem Fußballtraining erzählte. Gegen seinen Willen musste er schmunzeln. Seit fünf Jahren schon trainierte er Lisa und ihre Teamkollegen, die erste Mannschaft in der Region, die komplett aus Menschen bestand, die das Downsyndrom hatten. Seit einiger Zeit hatten sich in den umliegenden Städten ähnliche Vereine gebildet, sodass es hin und wieder zu Freundschaftsspielen zwischen den Teams kam. Ein solches stand in der nächsten Woche an. Lisa zog aus diesem Kräftemessen jedes Mal ein solches Selbstvertrauen, dass Nicolas immer wieder überrascht war, welche immensen Auswirkungen der Sport und der damit einhergehende Wettkampf haben konnten.

Sein Vater nickte während Lisas Ausführungen ununterbrochen mit dem Kopf. Nicolas musterte ihn verstohlen. Jacques Mareaux war erst siebenundsechzig Jahre alt. Als er damals den Schlaganfall erlitt, hatten die Ärzte ihnen erklärt, dass unter anderem auch das Sprachzentrum in Mitleidenschaft gezogen worden war. Außer ein paar unverständlichen Silben konnte der ältere Mann sich nicht mehr mitteilen. Früher hatte er genauso dunkle Haare wie seine Kinder gehabt, doch während der Jahre im Pflegeheim war er zusehends ergraut. Wenn Nicolas Fotos aus dieser Zeit betrachtete, konnte er anhand der Grauabstufungen im Haar seines Vaters genau erkennen, in welchem Stadium sich dieser gerade befunden hatte. Fast schien es, als ob sich mit der verschwindenden Haarfarbe auch sein Gesundheitszustand immer weiter verschlechterte.

Obwohl sie sich nicht beschweren durften. Direkt nach dem Vorfall vor zweiundzwanzig Jahren hatten die Ärzte Hélène Rousseau mitgeteilt, dass ihr Mann wohl nur ein Pflegeheim benötigte, um dort in Ruhe sterben zu können. Aus dieser Phase waren mittlerweile immerhin mehr als zwei Jahrzehnte geworden.

»Ik…ah…«, begann der Ältere und deutete mit dem Kinn auf seinen Sohn.

Der hob die Achseln und verzog sein Gesicht. »Nichts Besonderes im Moment. Außer einigen Einbrüchen und Diebstählen ist es merkwürdig ruhig für diese Jahreszeit.« Er stockte. »Vielleicht die Ruhe vor dem Sturm.«

Sein Vater nickte beruhigt, während er unbeholfen die Wange seiner Tochter tätschelte.

»E…he…?«, fuhr er angestrengt fort.

»Maman geht es gut. Sie kommt dich morgen nach der Arbeit besuchen«, erwiderte Lisa gut gelaunt.

Nicolas legte die Hand an seinen schmerzenden Nacken und bewegte seinen Kopf von rechts nach links.

»Verspannt, Bruderherz?«

Schmunzelnd schüttelte er seinen Kopf. Seiner Schwester entging aber auch wirklich nichts.

»Vielleicht solltest du auch mal wieder etwas Sport treiben.« Sie blickte ihn tadelnd an.

»Nicht nur vielleicht. Aber dieser ganze Papierkram erledigt sich leider nicht von allein«, erwiderte er lächelnd.

»Capitaine Rousseau, auch Chefs müssen irgendwann mal Feierabend haben.« Lisa verzog genervt ihren Mund.

Feierabend, was war das? Wenn er tatsächlich mal nicht

im Dienst war, kümmerte er sich entweder um den Fußballverein seiner Schwester, unterstützte seine Mutter, indem er seinen Vater besuchte, oder nutzte die Zeit zum Schlafen. Er konnte sich nicht einmal mehr erinnern, wann er das letzte Mal am Strand gewesen war, geschweige denn, wann er sich zuletzt mit einer Frau verabredet hatte. Bis jetzt war noch jede seiner Beziehungen, sollten sie diese Bezeichnung überhaupt verdient haben, früher oder später an seinem Job oder seiner komplizierten familiären Situation gescheitert. Nein, er eignete sich wohl nicht zum Ehemann, noch weniger konnte er sich vorstellen, jemals eine eigene Familie zu gründen. Meist war er daher dankbar, einen Job zu haben, der ihn so forderte, dass er gar nicht erst darüber nachzudenken brauchte, wie jämmerlich und trostlos sein Privatleben war. Nicolas streckte sich vorsichtig und ließ seinen Blick über die Berge wandern.

Lisa, die ihn beobachtete, beugte sich vor: »Du solltest Urlaub machen, wieder wandern gehen, Nici. Du musst hier mal raus.«

Sein Vater nickte zustimmend, während er undeutliche Laute vor sich hin brummte.

Stirnrunzelnd schüttelte Nicolas den Kopf: »Es ist alles okay, Lisa. Ich brauche keinen Urlaub. Schließlich war es meine Entscheidung, den Posten anzunehmen. Manchmal ist es nur …« Er brach ab, denn er wollte seine Schwester nicht mit seinen Gedanken beunruhigen.

»Du bist schon zu lange allein«, folgerte Lisa mit trauriger Stimme.

Überrascht sah Nicolas sie an. Für ihn war sie seine kleine Schwester, auf die er aufpassen musste. Dass sie sich umgekehrt ebenfalls Sorgen um ihn machte, war ihm nicht bewusst gewesen. Er legte seine Hand auf ihren Unterarm und drückte leicht zu. »Alles gut, Lisa. Wirklich. Vielleicht bin ich heute auch nur ein wenig melancholisch.«

Jacques Mareaux wippte immer noch mit dem Kopf, während seine Augen wieder blitzschnell zwischen seinen beiden Kindern hin- und herwanderten.

Schweigend aßen sie zu Ende. Nach dem Frühstück berichtete Nicolas von einem schwierigen Fall aus der Nachbarschaft, da er hoffte, sein Vater erinnere sich noch an die Leute. Niemand wusste so genau, was sich in dem Kopf des älteren Mannes abspielte. Auch die Ärzte konnten nicht einschätzen, inwieweit seine geistige Leistungsfähigkeit noch erhalten war.

Gerade als Nicolas das Tablett wegräumen wollte, klingelte sein Handy. Nach einem Blick auf das Display zog er eine Grimasse. »Marie, bonjour, was gibt es? Familiäre Streitigkeiten am Sonntagmorgen oder sind wieder dreiste Stranddiebe unterwegs?« Er schmunzelte. Marie Noir war eine seiner Mitarbeiterinnen, die erst im letzten Jahr frisch von der Polizeischule gekommen war und direkt bei ihnen in Argelès angefangen hatte.

»Bonjour, Nicolas, weder noch, aber du solltest dir das hier auf jeden Fall ansehen«, entgegnete sie mit einem seltsamen Unterton.

Alarmiert erhob er sich, während er seiner Schwester bedeutete, dass er kurz ins Zimmer ging, um in Ruhe telefonieren zu können. »Was ist denn los? Wo ist Fabien?« Fabien Armand war Maries Partner und teilte sich heute mit ihr die Schicht.

»Er ist auch hier. Nic, es gab einen heftigen Verkehrsunfall auf der Route Nationale. Ein Schwerverletzter. Eine deutsche Familie hat den Mann angefahren.«

So schlimm das Gehörte sich darstellte, letztendlich waren Verkehrsunfälle, leider auch mit Verletzten und Schlimmerem, in ihrem Beruf an der Tagesordnung.

»Was noch?«, fragte er instinktiv, da ihm klar war, dass das nicht alles sein konnte.

»Es ist ...« Sie stockte, bevor betretenes Schweigen einsetzte.

»Marie?« Genervt verzog Nicolas die Lippen. »Was ist los?«

»Der Verletzte hatte ein Foto bei sich und einen Papierfetzen ...« Wieder brach sie ab.

»Ja, und?« Was war denn nur heute mit ihr los? Normalerweise war sie eine knallharte Polizistin, die so leicht nichts aus der Bahn warf.

»Nic, es wird dir nicht gefallen«, warnte sie ihn, bevor sie genauer beschrieb, was sie bei dem Schwerverletzten gefunden hatten.

Während ihrer Ausführungen riss es Nicolas schlagartig den Boden unter den Füßen weg. Ihn beschlich das beklemmende Gefühl, keine Luft mehr zu bekommen. Entsetzt warf er einen Blick nach draußen, wo sein Vater immer noch in der Sonne saß und die Augen geschlossen hatte. »Ich komme sofort«, erwiderte er schließlich mit belegter Stimme und beendete fassungslos das Gespräch.

3

An der Steilküste in der Nähe von Argelès-sur-Mer

Antoine legte den Kopf in den Nacken und schloss für einen Moment seine Augen. Das Zittern ebbte langsam ab, während er tief ein- und ausatmete. Nervös ließ er den Rucksack von seinen Schultern gleiten und setzte sich auf einen Felsvorsprung. Es ging wieder los. Mehr als deutlich spürte er, dass er sich bald nicht mehr dagegen wehren könnte.

Er hatte so sehr gehofft, diese furchtbaren Attacken überstanden und hinter sich gelassen zu haben, nachdem ihn wochenlang keiner seiner Anfälle mehr heimgesucht hatte.

Doch er hatte sich getäuscht. Wieder einmal. Seit wenigen Tagen befiel ihn immer wieder diese Unruhe, deren Ursache ihm bis heute unerklärlich war.

Morgen stand der nächste Termin bei Docteur Sotard an. Vielleicht sollte er ihm endlich von seinem Problem erzählen. Waren diese Unruhezustände, diese aggressiven Phasen nicht überhaupt erst der Grund für seine Besuche bei dem Psychologen? Oder war vielmehr Emma das ausschlaggebende Argument dafür gewesen, dass er seit einigen Monaten einmal wöchentlich zu dem Seelenklempner ging? So genau wusste Antoine es nicht. Was er allerdings sicher wusste, war, dass er Emma weder verärgern noch beunruhigen wollte. Ihm war klar, dass sie ihn sofort und auf der Stelle verlassen würde, wenn sie jemals herausfände, was mit ihm nicht stimmte. Und das wäre wohl noch die beste, weil für ihn folgenlose Variante. Er konnte sich durchaus auch ein wesentlich schlimmeres Szenario vorstellen, in dem er mit Zwangsjacke irgendwo in der Psychiatrie landen würde. Nein, niemals durfte Emma sein düsteres Geheimnis erfahren. Allein schon bei dem Gedanken an eine mögliche Entdeckung durchfuhr es ihn eiskalt.

Aber war er nicht vielleicht eh schon auf dem Weg der Besserung, wo er sein Handeln doch selbst einzuschätzen und einzuordnen wusste? War das nicht ein vorsichtiger Anfang, ein erstes, zartes Anzeichen, dass noch nicht alles verloren war? Verunsichert schüttelte Antoine den Kopf. Nein, er wusste es einfach nicht. Und da er mit niemandem darüber reden konnte, würde er es auch nicht herausfinden. Sollte er vielleicht doch mit dem Docteur …? Er verwarf den Gedanken sofort wieder, denn er war sich nicht sicher, ob die ärztliche Schweigepflicht auch dann galt, wenn ein Arzt den Verdacht hegte, seinen Patienten vor sich selbst schützen zu müssen. Vielleicht sollte er erst einmal versuchen, dies bei

Docteur Sotard in Erfahrung zu bringen. Natürlich beiläufig, unauffällig, ohne mehr Aufmerksamkeit auf sich zu ziehen als nötig.

Fieberhaft hatte Antoine in den letzten Jahren immer wieder versucht, zur Ruhe zu kommen. Daher auch dieser einsame Ausflug.

Obwohl Emma ihn gestern Abend mit wehmütigem Blick gemustert hatte, als Antoine ihr von seinem Plan erzählte, hatte sie ihn gehen lassen. Hatte ihm weder Vorwürfe gemacht noch versucht, ihn an seinem Vorhaben zu hindern. Emma. Wenn er an seine Freundin dachte, befiel ihn eine tiefe Traurigkeit. Auf keinen Fall wollte er sie verlieren. Doch er wusste, dass er ihr niemals der Partner sein konnte, den sie sich wünschte, den sie sich erträumte und den sie seiner Ansicht nach auch verdiente. Er würde alles dafür tun, um mit Emma ein normales Leben führen zu können. Doch Antoine wusste, dass sein Wunsch niemals in Erfüllung gehen konnte. Seine dunkle Seite verhinderte jede Normalität in seinem Leben, jeden kleinsten Hauch von Alltag. Obwohl er sich nichts mehr ersehnte, als ein unauffälliges Leben zu führen, nicht aus der Masse der Anonymität herauszustechen. In dem die Düsternis in seinem Inneren nicht existierte. In dem Antoine seinem schrecklichen Verlangen nicht mehr nachgeben müsste.

4

An der Route Nationale bei Argelès-sur-Mer

Hastig parkte Nicolas seinen Wagen am Straßenrand, während er bemerkte, wie der Krankenwagen davonfuhr. Als er ausstieg, hatte Marie ihn bereits entdeckt und eilte auf ihn zu.

»Wo wird er hingebracht?« Nicolas deutete mit dem Kinn in die Richtung, in der der Krankentransport verschwunden war.

»Ins Saint Christophe nach Perpignan. Sieht nicht gut aus«, entgegnete Marie sichtlich geschockt.

Nicolas blickte sich um und sah, dass Fabien Armand bei einer weinenden Frau stand. »Ist das die Fahrerin des Wagens?«, wollte er von seiner Mitarbeiterin wissen.

Die schlanke, hochgewachsene Polizistin nickte und deutete mit ihrem Zeigefinger auf die aufgelöste Frau. »Die Beifahrerin. Ihr Mann saß am Steuer. Frank Hohlmann.« Suchend sah sie sich um. »Er steht dort drüben.«

Nicolas folgte ihrem Blick und entdeckte einen blonden Mann, der gerade erfolglos versuchte, seine weinenden Kinder zu beruhigen. »Gut, du übernimmst für einen Moment die Kleinen und ich rede mit ihm. Hohlmann, ja?«, vergewisserte er sich bei Marie, während er auf den Mann zuging.

Sie nickte und folgte ihm.

»Monsieur Hohlmann, bonjour. Ich bin Capitaine Rousseau von der Police Nationale in Argelès. Ich würde Ihnen gern ein paar Fragen stellen. Meine Kollegin, Officier Noir, kümmert sich derweil um Ihre Kinder.«

Der Unfallfahrer sah Nicolas einen Moment überrascht an, bevor er seinen Kindern schließlich auf Deutsch zu erklären schien, dass sie kurz bei der jungen Frau bleiben sollten. Während er sich nervös über die Stirn fuhr, erhob er sich.

»Frank Hohlmann«, wiederholte er langsam seinen Namen. »Ich …«, fassungslos schüttelte er den Kopf. »Ich weiß nicht, was ich Ihnen sagen soll. Der Mann tauchte plötzlich am Straßenrand auf und …« Er sprach in gebrochenem Englisch und war immer noch sichtlich aufgewühlt von den Ereignissen. Hilflos hob er seine Hand, während Nicolas schweigend wartete. »Er hat mich gesehen, ich meine, er hat den

Wagen gesehen.« Hohlmann stockte. »Er muss ihn gesehen haben. Er hat genau in unsere Richtung geschaut.« Wieder schüttelte er seinen Kopf.

»Haben Sie den Mann erst am Straßenrand entdeckt oder bereits vorher?«, hakte Nicolas nach. Direkt an der Nationalstraße erstreckte sich ein weitläufiges Feld, das am anderen Ende an die ersten Häuser von Argelès grenzte.

Angestrengt dachte der Deutsche nach, bevor er verzweifelt sein Gesicht verzog. »Es tut mir leid, Capitaine. Aber ich weiß es nicht. Meine Kinder haben gestritten, meine Frau hat mit ihnen geschimpft. Ich war abgelenkt. Auf einmal habe ich ihn gesehen.« Wieder brach er ab. »Und dann war es auch schon zu spät.«

Verständnisvoll nickte Nicolas. »Kein Problem, Monsieur. Sie haben mir schon sehr geholfen. Vielen Dank. Sie können wieder zu Ihren Kindern gehen. Leider müssen wir Ihre Aussage noch in Argelès aufnehmen. Doch wir werden uns um eine schnelle Bearbeitung bemühen. Meine Kollegin teilte mir mit, dass Sie sich bereits auf dem Nachhauseweg Richtung Deutschland befanden.«

Der Mann schwieg einen Moment lang, bevor er antwortete: »Ich muss morgen wieder arbeiten. Wir haben noch zehn Stunden Fahrt vor uns.« Frustriert zog er die Augenbrauen zusammen.

»Ihr Wagen muss leider noch untersucht werden, wegen der Unfallspuren. Aber wie gesagt, wir bemühen uns um eine schnelle Bearbeitung. Vielleicht können Sie bereits heute Abend heimfahren.«

»Heute Abend«, seufzte Hohlmann enttäuscht.

Nicolas wusste, dass es dem Mann nicht passte. Aber er hatte einen Unfall aufzuklären und musste alle Spuren sichern lassen. Es würde schwierig genug werden, heute am Sonntag einen entsprechenden Experten für den Wagen zu finden.

»Danke, Monsieur.« Mit diesen Worten wandte Nicolas sich in Richtung von Fabien Armand, der noch immer versuchte, die völlig aufgelöste Frau zu beruhigen.

»Madame Hohlmann?«, sprach Nicolas sie vorsichtig an, während er Fabien kurz zunickte. Die Frau putzte sich die Nase, bevor sie ihre Brille wieder aufsetzte und ihn aus verquollenen Augen ansah. Er stellte sich kurz vor und schenkte ihr ein aufmunterndes Lächeln. Nachdem sie sich einigermaßen beruhigt hatte, beantwortete sie ihm seine Fragen und bestätigte die Aussagen ihres Mannes. Doch Nicolas hatte bereits vermutet, dass es sich hier nicht um eine Straftat im eigentlichen Sinne handelte. Die Familie war schlichtweg zur falschen Zeit am falschen Ort gewesen. So banal stellten sich die Umstände manchmal dar.

»Was …?« Die Frau suchte nach Worten. »Was war mit dem Mann?« Mit der Hand deutete sie auf ihren Oberkörper. »Das Blut …«

»Wir werden das untersuchen, Madame«, erklärte Nicolas, während er sich über ihre Bemerkung wunderte, und bedankte sich auch bei ihr für die Unterstützung.

Nachdenklich wandte er sich ab und ließ seinen Blick über die Umgebung schweifen. Rechts der Straße erstreckte sich nur das Feld. Wo war das Unfallopfer hergekommen?

Nachdem Fabien die Familie an Marie übergeben hatte, die in Argelès die Aussagen aufnehmen würde, kehrte er zu seinem Chef zurück. »Seltsame Sache, oder?«

Nicolas zuckte mit den Achseln. »Wo ist das Bild?«

Fabien zog schweigend eine durchsichtige Tüte aus einem schwarzen Beutel.

Nervös nahm Nicolas sie entgegen. Sein Puls beschleunigte sich, während er die attraktive schwarzhaarige Frau auf dem Schwarz-Weiß-Foto betrachtete, die ein Mädchen von etwa zwei oder drei Jahren im Arm hielt. Plötzlich beschlich ihn ein unangenehmes Gefühl, als zögen sich seine Eingeweide zusammen.

»Alles in Ordnung, Nic?« Besorgt musterte ihn Fabien.

Abwehrend hob Nicolas seine Hand und schloss für einen Moment die Augen. »Nein, nichts ist in Ordnung. Verflucht! Was hat das zu bedeuten?«, erwiderte er schließlich leise.

»Diesen Zettel trug das Opfer ebenfalls bei sich.« Fabien streckte ihm eine weitere Beweistüte entgegen.

»Sieht aus wie eine deutsche Adresse«, murmelte Nicolas.

»Es ist die Adresse der Mildners«, bestätigte Fabien. »Das habe ich bereits überprüfen können. Zumindest war sie das zum Zeitpunkt ihres Verschwindens.«

Noch immer fassungslos starrte Nicolas auf den vergilbten Papierfetzen, der offensichtlich irgendwo abgerissen worden war. »Vielleicht ein Brief?«

»Ja, vielleicht. Wir werden das überprüfen, Nic.« Fabien versuchte, zuversichtlich zu klingen, obwohl ihm offensichtlich alles andere als wohl bei der Sache war.

»Carine und Sophia Mildner«, las Nicolas die Worte auf der Rückseite des Fotos. Nachdenklich hob er den Kopf und starrte auf die Straße. »Wer ist der Mann?«

Natürlich drängte sich ein Gedanke unweigerlich auf.

»Er hatte keine weiteren Papiere bei sich«, erwiderte Fabien. »Aber sicher wird er irgendwo vermisst.«

»Hoffentlich«, stimmte Nicolas zu. »Wie geht es ihm? Was sagt der Arzt? Marie meinte, es sähe nicht gut aus.«

»Nein«, bestätigte Fabien ernst. »Er ist sehr schwer verletzt. Der Arzt war nicht besonders optimistisch.«

»Ist der Deutsche denn so schnell gefahren?«, wollte Nicolas verwundert wissen. Immerhin hatte der Mann seine beiden Kinder dabei, da sollte man doch annehmen, dass er sich an die Geschwindigkeitsbegrenzung gehalten hatte.

»Hat Marie dir noch nichts gesagt?«, fragte Fabien unsicher.

Alarmiert sah Nicolas seinen Mitarbeiter an. Fabien Armand war mit seinen fünfundvierzig Jahren etwas älter als Nicolas. Er brachte bestimmt dreißig Kilo mehr auf die Waage und war einen halben Kopf kleiner. Allerdings war er ein äußerst gründlicher Ermittler, der seine körperlichen Defizite durch seine herausragenden geistigen Leistungen mehr als wettmachte. Nicolas kannte ihn schon eine halbe Ewigkeit. Seit er vor fünf Jahren zum Capitaine befördert worden war, schätzte er Fabiens Unterstützung und fachliche Fähigkeiten umso mehr.

»Was soll sie mir gesagt haben?«, fragte Nicolas angespannt.

Fabien schnaufte tief durch. »Der Mann war bereits schwer verwundet, als er auf die Straße getaumelt ist.«

Stirnrunzelnd lauschte Nicolas seinem Mitarbeiter.

»Sein Oberkörper war durch mehrere Messerstiche verletzt.«

»Messerstiche?«, widerholte Nicolas ungläubig. »Du meinst, er rannte schwer verletzt vor den Wagen?«

Doch so abwegig kamen ihm die Umstände gar nicht vor. Der Fahrer hatte schließlich ausgesagt, der Mann sei trotz Sichtkontakt auf die Fahrbahn gelaufen. Wahrscheinlich stand er aufgrund des Blutverlusts unter Schock und hatte den heranfahrenden Wagen überhaupt nicht wahrgenommen. Oder war vor seinem Angreifer geflohen.

»Ja, der Arzt hat eindeutige Verletzungen festgestellt, die nicht von dem Unfall herrühren«, erklärte Fabien.

Müde fuhr sich Nicolas über das Gesicht. Hatte er nicht noch vor knapp zwei Stunden seinem Vater erzählt, es gäbe momentan außer ein paar Lappalien nur Schreibkram zu erledigen? Hätte er doch bloß seinen Mund gehalten!

»Ist es der Vater?«, presste er zwischen aufeinandergepressten Lippen hervor.

Fabien zuckte mit den Achseln. »Keine Ahnung.« Da er sah, wie sein Chef sichtlich um Fassung rang, berührte er leicht dessen Arm. »Nic, wir werden das untersuchen. Vielleicht können wir die Sache endlich aufklären. Ich kann mir zwar nicht annähernd vorstellen, was dieser Vorfall in dir auslösen muss, aber wir werden alles daransetzen, endlich Licht in die Sache zu bringen.«

Nicolas nickte grimmig. Nein, niemand konnte sich vorstellen, welche Gedanken ihm bei der Erwähnung des Namens ›Mildner‹ durch den Kopf gingen. Niemand konnte den Hass verstehen, der gerade wieder in ihm entfacht worden war. Dieser verdammte Fall! Obwohl die Ereignisse fast fünfundzwanzig Jahre zurücklagen, spürte er die Folgen bis heute. Schließlich hatten die damaligen Ermittlungen seine komplette Existenz auf den Kopf gestellt. Zu jenem Zeitpunkt, als die Mildners damals auf mysteriöse Weise verschwanden, hörte auch seine Familie auf, in der Art zu existieren, wie er sie gekannt und geliebt hatte.

Entschlossen wandte er sich an Fabien: »Ich fahre ins Krankenhaus. Ich möchte mir das Opfer selbst anschauen. Unterstütze du bitte Marie auf dem Revier.«

Aus dem Augenwinkel nahm er noch die Spurensicherung wahr, die gerade die Bremsspuren vermaß und den Unfallhergang nachstellte, bevor er sich auf den Weg nach Perpignan machte.

5

Argelès-sur-Mer

Stunden später betrat Nicolas erschöpft das Revier in Argelès. Er kam direkt aus dem Zentralarchiv in Perpignan und hatte über eine Stunde nach der alten Akte gesucht. Der staubige, modrig riechende Raum hatte ihm den Rest gegeben. Offensichtlich gab es keine nachvollziehbare Ordnung, er musste Hunderte von Akten in die Hand nehmen, bis er endlich fündig wurde. Die Warterei im Krankenhaus war nicht weniger nervtötend gewesen. Der perfekte Sonntag also! Obwohl Nicolas unter normalen Umständen seinen Job liebte, gab es Tage wie heute, an denen er seinen kompletten Berufsstand verfluchte.

Im Vorraum erblickte er die deutsche Familie, die noch immer ungeduldig auf die Freigabe ihres Wagens wartete. Doch im Augenblick war er nicht in der Lage, die Deutschen zu vertrösten und ihnen Mut zuzusprechen. Daher nickte er ihnen im Vorbeigehen nur kurz zu und öffnete eilig die Tür, die den Wartebereich von den Büros trennte. Unter der Woche war der Vorraum der Herrschaftsbereich ihrer Sekretärin, Catherine Roloit. Doch da heute Sonntag war und Catherine zwei kleine Kinder hatte, bemühten die Polizisten sich stets, ihre Wochenenddienste ohne die Sekretärin zu organisieren.

Als Nicolas das Großraumbüro betrat, in dem seine drei Mitarbeiter normalerweise saßen, entdeckte er Marie dösend vor ihrem Schreibtisch. Die Nachmittagssonne schien ihr ins Gesicht, doch sie hatte die Augen geschlossen.

Nicolas räusperte sich verlegen, bevor er sich ihr langsam näherte.

Überrascht blinzelte sie und verzog ihre Lippen zu einem Lächeln, als sie ihn bemerkte. »Nicolas«, begrüßte sie ihn, während sie erschrocken auf ihre Uhr sah.

»Wo ist Fabien?«, wollte Nicolas wissen.

»Ich habe ihn nach Hause geschickt.« Nochmals sah sie auf die Uhr. »Immerhin haben wir seit zwei Stunden Feierabend. Außerdem hat seine Frau heute Geburtstag.«

Er nickte zustimmend.

»Ich fürchte, die Woche wird noch lang genug. Und schließlich reicht es, wenn einer von uns mit der Familie auf ihren Wagen wartet«, meinte sie.

Mit einer Hand zog Nicolas sich einen Stuhl vom Nachbarschreibtisch heran und setzte sich Marie gegenüber.

»Was ist das?« Sie deutete auf die dicke Akte, die er gerade auf ihrem Tisch ablegte.

»Die Akte Mildner«, erwiderte er bitter.

Schweigend nickte Marie, während sie ihn abwartend musterte.

Nicolas bewegte seinen Kopf nach rechts und links und rieb sich seufzend den Nacken.

»Verspannungen?«, fragte Marie mitfühlend.

Achselzuckend erwiderte er: »Schließlich bin ich keine Zwanzig mehr.«

»Aber auch keine Fünfzig. Du arbeitest zu viel, Nic.«

Hatte er das heute nicht schon mal gehört? Seit wann sorgte sich plötzlich alle Welt um sein Wohlergehen?

»Sag das mal Morphes«, entgegnete er müde. Laurent Morphes war der Directeur der Police Nationale und Nicolas' direkter Vorgesetzter. Er hatte sein Büro auf dem zentralen Polizeirevier in Perpignan, wo Nicolas gerade herkam.

»Arbeitet er heute auch?«, fragte Marie verwundert.

»Nein, Morphes hat einen Acht-bis-fünf-Job. Überstunden und Wochenenddienste sind bei dem doch nur im Ausnahmefall drin.«

»Was ist mit dem Verletzten?«, wechselte Marie das Thema.

»Sieht nicht gut aus«, wiederholte er ihre Worte von heute Vormittag. »Die OP dauerte stundenlang. Durch die Messerstiche wurden mehrere innere Organe verletzt, unter anderem die Lunge. Eine Niere musste ihm komplett entfernt werden. Außerdem bekam er haufenweise Bluttransfusionen. Sein Gesicht ist stark malträtiert und zugeschwollen. Jetzt liegt er auf der Intensivstation.« Grimmig presste Nicolas seine Lippen aufeinander.

»Das heißt, du konntest nicht mit ihm reden?«

»Nein, er wurde in ein künstliches Koma versetzt. War wohl nötig aufgrund der schweren Verletzungen«, erklärte Nicolas mit enttäuschter Miene.

»Wie lange?« Marie sah ihn konzentriert an.

Er schüttelte seinen Kopf. »Keine Ahnung. Das hängt vom Heilungsprozess ab.« Er stockte. »Wenn er überhaupt jemals wieder erwacht.«

»Mon dieu!« Marie schlug sich die Hand vor den Mund. »Das teile ich den Deutschen besser nicht mit.«

Nicolas stimmte ihr zu, bevor er wissen wollte, was mit dem Wagen war.

»Ein Kfz-Mechaniker aus Argelès hat sich glücklicherweise bereit erklärt, das Fahrzeug zu untersuchen. Er hat schon öfters für das Gericht in Perpignan Gutachten erstellt. Fabien meinte, er sei äußerst zuverlässig.« Wieder blickte sie auf ihre Uhr und seufzte. »Scheint aber doch länger zu dauern als veranschlagt.«

Nachdenklich starrte Nicolas auf die Akte, die zwischen ihnen lag. »Geh nach Hause, Marie.«

Verdutzt blickte sie ihn an. »Aber …«

»Wirklich, geh heim. Ich warte hier, bis der Wagen fertig ist. Habt ihr die Aussagen aufgenommen?«

»Ja, alles protokolliert und abgetippt. Hör zu, Nic, du hast doch heute eigentlich frei …«

»Eigentlich, richtig. Aber du hast jetzt auch Feierabend. Und immerhin bekomme ich noch ein paar Euro mehr als du, daher geh heim, Marie, im Ernst. Wir sehen uns morgen früh um halb neun.«

Zögernd erhob sie sich und betrachtete ihren Chef, der jegliche Energie verloren zu haben schien.

Auch Nicolas stand auf, nahm die Akte an sich und steuerte auf seine Bürotür zu. »Bonne soirée, Marie.«

»Merci, dir auch. Bis morgen.« Mit diesen Worten verließ sie das Revier, während Nicolas nachdenklich sein Büro betrat.

Während Antoine scheinbar wie gebannt auf den Bildschirm starrte, bemerkte er aus dem Augenwinkel immer wieder Emmas besorgte Blicke, die sie ihm im Minutentakt zuwarf.

Als er am späten Nachmittag nach Hause gekommen war, lag nur ein Zettel auf dem Esstisch, auf dem stand, dass sie bei ihren Eltern zum Kaffee eingeladen sei. Wenn Antoine früh genug heimkäme, könne er gern nachkommen. In die beiden unteren Ecken hatte sie zwei Herzen gemalt. Eines mit einem A und eines mit einem E. So war sie. Das liebte er an ihr. Die kleinen Gesten, die ihm immer wieder aufs Neue zeigten, dass er ihr nicht gleichgültig war.

Er spürte, dass Emma sich mit aller Mühe zusammennahm, um ihn nicht mit Fragen zu überschütten. Es zerriss ihm fast das Herz, wenn er an ihren traurigen Gesichtsausdruck dachte, den sie in letzter Zeit immer häufiger zur Schau trug. Antoine war klar, dass er allein die Schuld für ihre Sorgen trug. Doch ihm fiel nichts ein, was er tun, was er sagen konnte, um sie zu beruhigen. Schließlich verstand Antoine sich selbst nicht.

Seit Jahren, ja, eigentlich seit er denken konnte, begleiteten ihn diese dunklen Phasen schon durch sein Leben. Bis heute hatte er es nicht geschafft, damit umzugehen. Konnte er seine Freundin mit solchen Gedanken belasten? Die Antwort auf diese Frage war eindeutig. Sobald Emma hinter sein Geheimnis käme, würde sie ihn verlassen. Daran bestand gar kein Zweifel. Schließlich bliebe ihr keine andere Wahl. Er war nicht normal. Nicht bodenständig, nicht zuverlässig, bot keine Schulter zum Anlehnen. Es war nur eine Frage der Zeit, bis Emma bemerken würde, dass sie einem Trugschluss aufgesessen war, einem Wunschbild von ihm, das so nicht wirklich existierte. Einem Bild, das Antoine zwar mit aller Anstrengung zu wahren versuchte, das ihm jedoch immer mehr entglitt.

Frustriert bemühte er sich weiterhin, ihre beharrlichen Blicke zu ignorieren. Doch tief in seinem Inneren wusste Antoine, dass er sich bereits in einer Phase befand, die höchstwahrscheinlich im Ende seiner Beziehung gipfeln würde. Beim Gedanken daran, Emma zu verlieren, krampfte sich sein Herz zusammen. Sie war die erste Frau in seinem Leben, mit der er sich vorstellen konnte, alt zu werden, eine Familie zu gründen. Doch gleichzeitig wusste er, dass sich dieser Wunsch niemals erfüllen würde. Nicht mit seiner abartigen Neigung. Niemals.

Wütend ballte er seine Hand zu einer Faust und spürte verbittert, wie die Aggressivität unaufhörlich versuchte, sich einen Weg an die Oberfläche zu bahnen. Nein, das durfte er nicht zulassen. Nicht hier, nicht im Beisein von Emma. Zu viel stand für ihn auf dem Spiel. Im schlimmsten Fall nicht weniger als seine eigene Existenz.

6

Montag, 30. Mai
Argelès-sur-Mer

Als Nicolas vor dem Polizeirevier aus seinem Wagen stieg, läutete die Kirchturmuhr gerade zur vollen Stunde. Sieben Uhr. Da er es gestern nicht mehr geschafft hatte, die Akte der Familie Mildner durchzusehen, wollte er den frühen Morgen nutzen, um sich erneut mit den Details des damaligen Vorfalls vertraut zu machen, bevor seine Mitarbeiter kamen. Müde betrat er den Vorraum.

»Nicolas!« Catherine Roloit saß bereits an ihrem Arbeitsplatz.

»Bonjour, Catherine«, erwiderte Nicolas, während er sich umsah.

»Was suchst du?«

»Ich hatte gestern eine Akte auf deinen Schreibtisch gelegt, bevor ich gegangen bin«, entgegnete er verwirrt.

Catherine zögerte. »Du warst gestern hier? Ich dachte, Marie und Fabien wären dieses Wochenende dran gewesen.«

Nicolas nickte. »Wir hatten einen Unfall. Auf der Route Nationale.«

Abwartend sah die Sekretärin ihn an. Daraufhin berichtete er ihr in kurzen Sätzen von den gestrigen Vorkommnissen.

Ratlos sah Catherine Roloit ihren Chef an. »Die Akte …?«, brachte sie unsicher an.

Beschwichtigend hob Nicolas seine Hand. »Keine Sorge. Die habe ich gestern selbst in Perpignan geholt, als ich während der OP warten musste.«

Schweigend nickte Catherine und holte die Unterlagen aus ihrer Schublade hervor. Als sie die Akte heute früh auf ihrem Tisch entdeckt hatte, war sie erschrocken zusammengezuckt. Jeder Einwohner kannte schließlich die furchtbare Geschichte, die sich vor vierundzwanzig Jahren hier ereignet hatte. Da Nicolas Rousseau seine ganz persönliche Tragödie mit dem Vorfall verband und sie schließlich nicht ahnen konnte, dass er es war, der die Akte wieder hervorgekramt hatte, hatte sie die Papiere vorsorglich in ihrer Schublade verschwinden lassen, um keine alten Wunden aufzureißen. Immerhin wusste sie nur zu gut, was der über zwei Jahrzehnte zurückliegende Vorfall bei Nicolas angerichtet hatte.

»Voilà.« Sie überreichte ihm das dicke Bündel.

Dankend nickte er ihr zu und verschwand durch die Tür im hinteren Teil des Polizeireviers.

An seinem Schreibtisch starrte Nicolas einige Minuten finster auf den Aktendeckel, ohne sich zu rühren. Ihm gingen tausend Gedanken durch den Kopf. Eigentlich wollte er sich bereits gestern damit beschäftigen, doch kurz nachdem der Wagen der Deutschen fertig gewesen war und er sie verabschiedet hatte, rief seine Mutter an. Sie musste kurzfristig für eine erkrankte Kollegin einspringen und eine Veranstaltung des Fremdenverkehrsamts von Argelès vorbereiten, für das sie seit über zwanzig Jahren arbeitete. Sofort hatte er sich bereit erklärt, bei Lisa vorbeizuschauen und ihr Gesellschaft zu leisten. Seine Mutter war zwar der Ansicht, dass Lisa auch gut allein zurechtkam, doch Nicolas sah das anders und unterstützte seine Mutter daher immer, wenn es sein Job irgendwie erlaubte.

Langsam schlug er das Deckblatt um. Ein Foto der Familie mit den Namen der verschwundenen Personen zierte die erste Seite. Stefan Mildner, zum damaligen Zeitpunkt sechsunddreißig Jahre alt, Carine Mildner, zweiunddreißig Jahre alt, und ihr Sohn Frederick, zwei Jahre alt.

Während Nicolas das Bild eingehend betrachtete, presste er seine Kiefer aufeinander. Aus zusammengekniffenen Augen musterte er die Tochter, Sophia, damals elf Jahre alt. Sein Blick wanderte zurück zu den Eltern, die den Sohn zwischen sich genommen hatten. Die Tochter stand etwas abseits. Eine Momentaufnahme, vielleicht auch ein Hinweis auf die Strukturen innerhalb der Familie? Hatte die Tochter sich abgesondert? Er beugte sich näher über das Bild. Irgendetwas regte sich in seinem Hinterkopf, als er das Mädchen erneut betrachtete. Doch er konnte den aufkeimenden Gedanken nicht zuordnen.

»Wo seid ihr?«, murmelte er leise. Wie war es möglich,

dass am helllichten Tag drei Menschen spurlos verschwanden? Wie war es wohl der Tochter ergangen? Sie musste mittlerweile erwachsen sein, war nur wenige Jahre jünger als er selbst. Wieder blickte er zu dem Vater, einem Mann mit hellem Haar und einer gesunden Gesichtsfarbe.

»Hast du sie umgebracht?«, raunte Nicolas leise. Doch obwohl hinter den meisten Verbrechen Beziehungstaten oder familiäre Tragödien steckten, hatte man nicht den kleinsten Beweis dafür gefunden, dass Stefan Mildner in irgendeiner Weise mit dem Verschwinden der Familie zu tun hatte. Da man einen Tag nach dem Vorfall am Einkaufszentrum in der alten Markthalle am Hafen große Mengen Blut dreier Menschen entdeckt hatte, war man davon ausgegangen, dass der Vater zu den Opfern gehörte und nicht Täter war. Die Blutgruppen hatten mit denen der Familie übereingestimmt. Aber was war damals geschehen?

Ungeduldig blätterte Nicolas die Akte durch und blieb von Zeit zu Zeit bei verschiedenen Stellen in den Protokollen und Aussagen hängen. Das meiste war ihm natürlich bereits bekannt gewesen, allerdings nicht in dieser Deutlichkeit und Detailliertheit. Nachdenklich kratzte er sich am Kinn und lehnte sich in seinem Stuhl zurück.

Wer war der verletzte Mann? Er blätterte nochmals zurück zu dem Foto und betrachtete den Vater. Doch er hätte nicht mit Sicherheit sagen können, ob es sich bei dem Unfallopfer um dieselbe Person handelte. Zwischen dem Foto und heute lag mindestens ein Vierteljahrhundert. Eine so lange Zeit ging an niemandem spurlos vorüber. Da sich der Schwerverletzte in einem äußerst malträtierten Zustand befand, war ein Vergleich noch schwieriger, eigentlich sogar fast unmöglich. Fieberhaft suchte Nicolas nach Fakten wie Größe, Gewicht und weiteren äußeren Merkmalen Stefan Mildners.

Als er endlich fündig wurde, notierte er sich die Eckdaten,

um sie später mit dem Krankenhaus abgleichen zu können. Die Frau, Carine, war äußerst attraktiv. Schwarze wellige Haare umrahmten ein herzförmiges, ebenmäßiges Gesicht. Ihre dunklen Augen blickten fröhlich in die Kamera. Sie stammte aus Perpignan. Zum Zeitpunkt ihres Verschwindens waren ihre Eltern bereits verstorben. Geschwister hatte sie keine.

Der kleine Junge war ebenfalls dunkelhaarig. Auf dem Foto lachte er frech seinen Vater an. Die perfekte Familienidylle, dachte Nicolas bitter. Zerstört von einem auf den anderen Moment. Nichts auf dem Foto deutete auch nur im Geringsten auf die Katastrophe hin, die diesen Menschen widerfahren war. Angestrengt überlegte Nicolas weiter. Schließlich verließ er sein Büro, um die Tüten mit den Beweismitteln von gestern zu holen.

Zurück an seinem Schreibtisch legte er das Foto, das sie bei dem Verletzten sichergestellt hatten, neben das Bild aus der Akte. Es gab keinen Zweifel. Die beiden Personen darauf waren Carine und Sophia Mildner. Auch wenn das Foto von gestern einige Jahre früher aufgenommen worden war als das aus der Akte, konnte man sowohl Mutter als auch Tochter eindeutig erkennen. Nicolas drehte die beim Verletzten gefundene Aufnahme um und betrachtete nachdenklich die Namen. Die Schrift war akkurat und gerade. Ohne Schlenker, runde Kringel oder andere Merkmale, die eine typische Frauenschrift ausmachten. Er vermutete stark, dass es sich hier um die Handschrift des Unfallopfers handelte. Entschlossen entnahm er dem Beweisbeutel die Tüte mit dem Papierschnipsel. Die Adresse der Mildners war eindeutig von einer anderen Person notiert worden. Die Schrift war runder, weicher. Weiblicher, folgerte Nicolas, während er seinen Blick zwischen den beiden Beweisen hin- und herwandern ließ. Warum jetzt? Nach so langer Zeit? Kopfschüttelnd vertiefte er sich erneut in die Akte und bemerkte gar nicht, wie die Zeit verging.

Eine Stunde später klopfte es an der Tür.

»Oui?«

Charles Dupain steckte seinen Kopf in Nicolas' Büro. »Bonjour, Nic. Hab' schon gehört, was hier gestern los war. Warum hast du mich denn nicht angerufen?«

Ernst erwiderte Nicolas den Blick seines Partners. Officier Charles Dupain war mit seinen fünfzig Jahren der dienstälteste Beamte in Argelès und arbeitete eng mit Nicolas zusammen. »Du hattest frei«, erinnerte er ihn stirnrunzelnd.

»Aber in so einer …«

»Marie und Fabien hatten die Situation gut im Griff. Sie haben mich nur informiert wegen der …« Er brach genervt ab.

»Die Akte Mildner«, ergänzte Dupain nachdenklich. »Schöne Scheiße.«

Nicolas nickte zustimmend. »Ja, die Akte Mildner.«

»Wie geht es dir?« Prüfend musterte Charles seinen Chef.

»Wie soll es mir gehen?«, erwiderte Nicolas leise statt einer Antwort.

»Muller wartet draußen«, erklärte Charles, während er sich zum Gehen wandte.

»Sind Marie und Fabien schon da?«

»Oui, alle Mann an Bord.«

»Dann sag Muller und den anderen Bescheid. In fünf Minuten im Besprechungsraum.«

Officier Etienne Muller war der Leiter der Spurensicherung in Perpignan. Da Argelès-sur-Mer nur als Außenstelle deklariert war, nutzte das kleine Revier bei Bedarf die Dienste der Spezialabteilungen der Hauptstelle in Perpignan. Nicolas kannte Muller bereits seit Jahren, da dieser ebenfalls aus Argelès kam. Der eingefleischte Junggeselle, der einige Jahre jünger war als Nicolas, versuchte immer mal wieder, diesen zu überreden, ihn auf diverse Partys in der Umgebung zu begleiten. Bisher waren ihre Verabredungen allerdings stets in den Kneipen der Kleinstadt geendet.

Nicolas warf noch einen letzten Blick auf seine Notizen, die er sich in der letzten Stunde herausgeschrieben hatte, bevor er nach seinem Block griff, die Akte unter den Arm klemmte und das Büro verließ.

»Bonjour«, grüßte er seine Mitarbeiter, während er den Besprechungsraum betrat. Marie und Fabien unterhielten sich gerade über den gestrigen Unfall. Etienne Muller sprach mit Charles über die geplanten Umstrukturierungsmaßnahmen bei der Police Nationale. Seinem Tonfall konnte man entnehmen, dass er von den angekündigten Plänen alles andere als begeistert war. Als Nicolas sich an die Stirnseite des Tisches setzte, verstummten seine Mitarbeiter. Das Besprechungszimmer diente den vier Polizisten eigentlich als Pausenraum, doch aufgrund der Enge, die in dem Revier herrschte, nutzten sie es auch regelmäßig für ihre Gruppenbesprechungen. Fremde hätte die Küchenzeile, die sich an der rechten Wand befand, wahrscheinlich irritiert.

Konzentriert begann Nicolas mit der Zusammenfassung der Ereignisse des gestrigen Tages. Da außer Charles bereits alle mehr oder weniger über den Unfall Bescheid wussten, gab es keine Zwischenfragen und Nicolas konnte seine Ausführungen zügig beenden. Monologe vor seinen Mitarbeitern zu halten, war einer der Aspekte, die er an seiner Position als Capitaine nicht mochte. Ihm lag viel daran, die anderen Beamten in seine Überlegungen miteinzubeziehen. Auf ihrer konstruktiven Zusammenarbeit beruhte schließlich der Erfolg des kleinen Reviers, was auch Directeur Laurent Morphes bereits mehrfach lobend erwähnt hatte.

»Etienne, was hast du für uns?«, wandte sich Nicolas an den jungen Polizeibeamten.

Officier Muller rückte seine Unterlagen zurecht und schaute nachdenklich in die Runde, bevor er begann. »Die Spuren, die wir gestern gesichert und aufgenommen haben, bestätigen die Aussagen des Fahrers und seiner Frau. Sowohl die Bremsspuren als auch der Schaden am Wagen passen zu der Unfallschilderung der beiden. Nichts weist darauf hin, dass sie nicht die Wahrheit gesagt haben.«

Nicolas wirkte zufrieden. »Danke, Etienne. Eigentlich hatten wir auch nichts anderes erwartet.« Zustimmung suchend blickte er von Marie zu Fabien, die beide bekräftigend nickten.

»Nachdem wir die Spuren des Unfalls aufgenommen hatten, haben wir das Feld abgesucht«, fuhr Muller zögernd fort. »Ungefähr fünfhundert Meter von der Unfallstelle entfernt wurden wir fündig.«

Alle blickten den Polizisten gespannt an.

»Höchstwahrscheinlich ist das Opfer dort im Feld abgelegt worden. Eine Blutspur, die zu den Verletzungen am Oberkörper passt, verläuft von dieser Stelle bis zur Nationalstraße. Allerdings haben wir dort sonst nichts Interessantes gefunden. Leider führt ein asphaltierter Feldweg zu dem mutmaßlichen Ablageort.« Er machte eine Pause. »Daher keine Reifenspuren.«

Abwartend musterte Nicolas den Beamten. Muller hatte dunkle Augenringe, seine Gesichtshaut wirkte trotz der Bräune fahl. Wahrscheinlich war er am Wochenende wieder auf diversen Festivitäten unterwegs gewesen und hatte zu wenig Schlaf bekommen.

»Aber wir konnten einen Abdruck sichern, der nicht zu den Schuhen des Opfers gehört. Ein grober Männerschuh, Größe dreiundvierzig.«

Wieder nickte Nicolas und blickte seine Mitarbeiter an. »Noch weitere Fragen?«

Marie verzog ihr Gesicht zu einer Grimasse, während Charles schweigend auf die Tischplatte starrte. Fabien schüttelte seinen Kopf.

»D'accord. Merci, Etienne. Gute Arbeit. Super, dass du es so schnell geschafft hast.«

Der erwiderte grinsend: »Für meinen Lieblingscapitaine doch immer gerne. Außerdem dachte ich, es sei vielleicht besser, mit euch zu reden, bevor ich nach Perpignan fahre.« Er zögerte. »Ich habe gestern Abend auch noch der Gerichtsmedizinerin Bescheid gesagt. Docteur Tuyot sicherte mir zu, dass sie sofort im Krankenhaus vorbeischauen wolle, um ihren Bericht zu schreiben.« Er wandte sich an Nicolas. »Sie wird sich später bei dir melden.«

Während Muller aufstand, erhob sich auch Nicolas und übergab dem Spurensicherungsbeamten den schwarzen Beutel mit dem Foto und dem Adresszettel. »Könntest du das auf Fingerabdrücke untersuchen?«

»Aber klar doch. Viel Erfolg bei euren Ermittlungen.« Mitfühlend tätschelte er Nicolas leicht die Schulter, bevor er den Besprechungsraum verließ.

Seufzend setzte der Capitaine sich wieder.

»Handelt es sich bei dem Opfer ...?« Charles brach mit unsicherer Stimme ab.

Die beklommenen Blicke seiner Mitarbeiter entgingen Nicolas nicht. Natürlich konnten sie sich alle vorstellen, was die plötzliche Erwähnung der verschwundenen deutschen Familie in Verbindung mit dem aktuellen Fall für ihn bedeutete. Doch er wollte kein Mitleid, daher versuchte er krampfhaft, ihre befangenen Mienen zu ignorieren. Er musste diesen Fall wie jeden anderen behandeln.

»Ich weiß es nicht«, entgegnete er barscher, als er eigentlich beabsichtigt hatte. »Ich habe mir die Akte heute Morgen angeschaut. Aber ich kann es wirklich nicht sagen. Ich fahre später erneut ins Krankenhaus. Vielleicht kann ich in dem Zuge auch gleich mit Docteur Tuyot sprechen.«

Beherzt ergriff Marie das Wort: »Was ist mit der Tochter?« Stirnrunzelnd blickte Nicolas die jüngste Mitarbeiterin an.

»Na, ich meine, vielleicht steht sie in irgendeiner Verbindung zu unserem Opfer. Sie könnte ihm sowohl das Foto als auch ihre Adresse gegeben haben.« Aufgeregt sah sie ihre Kollegen an.

Nicolas nickte anerkennend. »Ein guter Ansatz. Spricht einer von euch Deutsch?« Abwartend musterte er die drei. Doch außer Kopfschütteln und Achselzucken bekam er keine Reaktion. Daher wandte er sich an Fabien. »Würdest du dich bitte um die Kontaktdaten der Tochter kümmern? Versuch es erst über die alte Adresse. Vielleicht können dir die deutschen Behörden helfen. Denk daran, dass sie vielleicht verheiratet ist und nicht mehr Mildner heißt.«

Er sah seinem Mitarbeiter an, dass er über die Aufgabe alles andere als begeistert war. Doch Nicolas konnte jetzt keine Rücksicht auf irgendwelche Befindlichkeiten nehmen.

»Charles, fahr bitte mit Marie zu dem Ort, an dem der Verletzte mutmaßlich abgelegt wurde. Schaut euch um, geht nochmals die Umgebung ab. Vielleicht findet ihr Hinweise darauf, wo ein eventueller zweiter Wagen hergekommen ist. Fahrt in das an das Feld angrenzende Wohngebiet, fragt die Bewohner, ob ihnen gestern oder in der Nacht davor etwas aufgefallen ist. Schließlich wissen wir nicht, wie lange der Verletzte dort schon gelegen hat. Ich fahre nach Perpignan. Vielleicht ist das Opfer heute ansprechbar.« Obwohl er daran selbst nicht glaubte. Nach Aussage der Ärzte konnten sie froh sein, wenn der Mann seine schweren Verletzungen überhaupt überlebte.

»Heute Nachmittag treffen wir uns wieder hier. Vielleicht wissen wir bis dahin schon mehr.« Nicolas brach ab und überlegte. Dann fuhr er fort: »Wenn ihr Zeit habt, schaut euch bitte die Akte Mildner an. Macht euch mit den Fakten vertraut. Vielleicht ist das unsere Chance, diesen Fall endlich zu einem Abschluss zu bringen.«

Als er die mitleidigen Blicke seiner Mitarbeiter registrierte, kochte wieder Wut in ihm hoch. Wie lange würde dieser Makel noch an ihm haften? Die Aufklärung der damaligen Ereignisse wäre für ihn die Chance, endlich mit der Vergangenheit abzuschließen.

7

Perpignan

»Wie geht es Ihnen heute, Antoine?« In der Stimme von Docteur Sotard klang wieder dieser merkwürdige Unterton mit. Was würde der Therapeut machen, wenn Antoine jetzt antwortete, es ginge ihm blendend? Würde er die Stunde ausfallen lassen? Ihm mitteilen, dass er Menschen, denen es gut geht, nicht weiterhelfen könne? Die Therapie beenden? Musste ein Psychologe diesen Fall tatsächlich einkalkulieren? Oder sagten die Patienten grundsätzlich, es ginge ihnen nicht gut? Selbst wenn sie gerade im Lotto gewonnen oder den Job ihres Lebens an Land gezogen hätten? Die Stimme des Therapeuten riss ihn aus seinen Gedanken.

»Antoine?«

»Pardon?« Verlegen betrachtete er Sotard, der auf dem Stuhl neben der Liege saß.

»Wie geht es Ihnen heute, Antoine?«

Er spürte den prüfenden Blick des Psychologen auf sich.

Wie alt mochte Docteur Sotard wohl sein, vielleicht fünfzig, fünfundfünfzig? Antoine konnte so etwas schlecht einschätzen. Sicher wüsste Emma genau, wie alt der Mann war. Sie hatte ein Gefühl dafür. Doch war das Alter letztendlich nicht auch egal? Der Therapeut konnte ihm doch sowieso nicht helfen. Ganz gleich, ob er nun fünfundzwanzig oder siebzig Jahre alt war.

»Es geht«, war daher seine lapidare Antwort.

Abwartend blickte Docteur Sotard ihn an. Antoine war im Telefonbuch auf ihn gestoßen. Im Telefonbuch, mon dieu! Gab es außer ihm überhaupt noch irgendjemanden auf dieser Welt, der im Zeitalter des Internets ein altmodisches Buch in die Hand nahm, um eine Adresse, eine Telefonnummer oder einen Handwerker nachzuschlagen?

»Stehen Sie eigentlich im Internet?« Antoine blickte den Therapeuten neugierig an.

Wenn Sotard wegen seiner Frage irritiert war, so ließ er es sich zumindest nicht anmerken. Stumm saß er auf seinem Stuhl und wartete.

»Ich spüre sie wieder«, fuhr Antoine schließlich leise fort.

Sofort rutschte der Psychologe auf seinem Stuhl leicht nach vorn und verengte die Augen. »Was genau spüren Sie?«

Antoine überlegte kurz, bevor er antwortete. »Die Unruhe … diese Anspannung.«

»Gut«, erwiderte der Psychologe leichthin.

Antoine verstand zwar nicht, was daran gut sein sollte, dass seine Probleme erneut auftraten, doch er traute sich auch nicht nachzuhaken.

»Es fängt schleichend an. Ich …« Er suchte nach den richtigen Worten. »Plötzlich spüre ich sie. Erst ganz leicht, bis sie dann meinen ganzen Körper befällt.«

»Wo beginnt diese Unruhe?«, fragte Sotard in typischem Therapeutentonfall.

»Unterschiedlich. Mal zu Hause, mal bei der Arbeit. Ich weiß nicht genau«, erwiderte Antoine enttäuscht.

»Ich meinte, wo in Ihrem Körper spüren Sie die Anspannung zuerst?«

Verwirrt drehte Antoine seinen Kopf zur Wand. Was sollte er darauf antworten? Im kleinen Zeh? Im Daumen? Was bezweckte Sotard mit seiner Frage? »Ich …«, unsicher stockte er und wandte sein Gesicht wieder dem Therapeuten zu. »Ich weiß nicht. Ich denke …«, er zeigte mit dem Finger auf seinen Kopf, »… ich denke, es beginnt hier.«

Scheinbar zufrieden nickte der Psychologe, während er etwas auf seinen Notizblock schrieb. »Was ist mit Ihrer Freundin?«, fragte er dann.

Emma. Was sollte mit ihr sein? »Sie ist traurig. Manchmal.« Nachdenklich runzelte Antoine die Stirn.

»Warum ist sie traurig? Was denken Sie, Antoine?« Aufmerksam sah Docteur Sotard ihn an. Er hatte blaue Augen. Zum ersten Mal nahm Antoine die helle Augenfarbe des Arztes in dieser Deutlichkeit wahr.

»Wegen mir. Sie …« Wieder zögerte er. »Sie weiß, dass mit mir etwas nicht stimmt.«

Das hatte er so eigentlich gar nicht sagen wollen. Dieser verdammte Psychologe. Ab sofort musste er höllisch aufpassen, dass er kein weiteres dummes Zeug von sich gab. Sonst würde Sotard wirklich noch misstrauisch werden.

»Das denken Sie, Antoine? Dass mit Ihnen etwas nicht stimmt?«, erklang auch schon dessen sonore Stimme.

»Ich weiß nicht«, wiederholte er sich. »Ja, ich denke schon irgendwie.« Verdammt, gleich würde er anfangen zu stottern.

Sotard lehnte sich wieder zurück und streckte seine langen Beine aus. Von Antoines Position sah der Arzt riesig aus, als ob er zwei Meter groß wäre. Dabei war er kaum größer als Antoine. War das Absicht?

»Was erwarten Sie von Ihren Besuchen bei mir?«

Besuche! Das hörte sich ja an, als ob sie alte Freunde seien, die sich auf ein Bier trafen. Aber Sotards Frage war in der Tat nicht unerheblich. Was genau erwartete er sich eigentlich von den wöchentlichen Sitzungen?

»Hilfe«, presste er zwischen zusammengekniffenen Lippen hervor.

»Hilfe wobei?«

Innerlich stöhnte Antoine genervt auf. Diese verfluchten Fragen. »Bei meinem Problem«, raunte er leise.

Mittlerweile kam er sich fast wie in einer dieser Ratesendungen vor, die ständig im Fernsehen liefen. Docteur Sotard würde sich im Fernsehen gut machen, da war sich Antoine sicher. Ein ruhiger, netter, älterer, äußerst höflicher und umgänglicher Mensch. Sicher würde er jedem Kandidaten genau die richtigen Fragen stellen.

»Antoine, was ist Ihr Problem?« Die Miene des Psychologen war undurchdringlich. Fast wie bei einem Pokerspieler.

Unruhig zuckte Antoine mit den Achseln. »Ich weiß es nicht«, sagte er kaum hörbar.

Der Therapeut nickte und machte sich erneut auf seinem Block Notizen.

»Können Sie mir helfen?« Endlich. Die erste Frage, die Antoine stellte.

Docteur Sotard sah ihn lange an, bevor er antwortete: »Ich kann Sie dabei unterstützen, sich selbst zu helfen.«

Dieses Zugeständnis war wohl das Äußerste, was ein Psychologe seinem Patienten anbieten konnte. Ein ›Klar, wir schaffen das‹ oder ein ›Bald haben Sie all Ihre Probleme überwunden‹ war von jemandem vom Schlag Sotards nicht zu erwarten. Nun, damit musste er wohl leben.

»Möchten Sie wiederkommen, Antoine?« Der Ältere sah ihn mit ernstem Blick an.

Antoine nickte langsam. Er war erst seit wenigen Monaten Docteur Sotards Patient. Sicher würde es noch eine ganze Weile dauern, bis die Sitzungen ihm tatsächlich halfen. Im Moment zumindest verspürte er noch keine Erleichterung. Die aktuelle Unruhe musste er wohl erst mal mit seiner herkömmlichen Methode vertreiben. Doch davon erzählte er dem Therapeuten natürlich nichts.

»Überlegen Sie, wo die Anspannung Sie zuerst befällt, Antoine. Das ist Ihre Aufgabe bis nächste Woche. Hier …«, er zeigte auf sein Herz, »… hier …«, diesmal deutete der Psychologe auf seinen Kopf, »… oder auch hier«, den Magen. »Darüber sprechen wir dann beim nächsten Mal.«

Langsam richtete Antoine sich auf und atmete tief durch. Die Stunde war um, er war entlassen.

8

Weinheim

»So, das war's.« Während Sophia sich mit der rechten Hand eine rote Haarsträhne aus der Stirn strich, betrachtete sie zufrieden den Dackel, der friedlich auf dem Operationstisch schlief. Die Zunge hing ihm weit aus dem Maul, seine Pfoten zuckten unkontrolliert. Sophia schätzte, dass die Wirkung der Narkose bald nachlassen würde. Vorsichtig hob sie den Hund hoch und brachte ihn nach nebenan in den Aufwachraum.

Im Behandlungszimmer klingelte das Telefon.

»Tierarztpraxis Doktor Mildner. Meier am Apparat.«

Während Sophia den schlafenden Dackel langsam in einer der Boxen ablegte, hörte sie Simone hilflos einige englische Wortfetzen murmeln.

Neugierig kehrte sie in den Behandlungsraum zurück und musterte ihre Arzthelferin stirnrunzelnd. In Gesten deutete sie an, das Telefonat zu übernehmen, falls Simone nicht weiterkam. Diese blickte sie finster an und schüttelte leicht verstimmt den Kopf.

»Yes, one moment please.« Genervt nahm Simone den Hörer vom Ohr und blickte Sophia mit erhobenen Augenbrauen an. »Ich habe kein Wort von dem verstanden, was der Mann von mir will. Scheint Franzose zu sein. Zumindest spricht er noch schlechter Englisch als ich.« Trotzig schob sie ihren Unterkiefer vor.

Seufzend streckte Sophia ihre Hand aus. »Na, mach schon.« Gespannt meldete sie sich.

»Madame Mildner? Sophia Mildner?« Der Anrufer war tatsächlich Franzose.

»Ja?«, entgegnete sie vorsichtig.

»Madame, sprechen Sie unsere Sprache?« Hörte sie da einen Hauch der Verzweiflung in der Stimme des Mannes?

»Ja, um was geht es denn?«, erwiderte sie zögernd auf Französisch. War es wirklich schon fast zwanzig Jahre her, dass sie diese Sprache in der Schule zum letzten Mal gesprochen hatte? Unerklärlicherweise begann ihr Herz zu rasen. Irritiert klammerte sie sich an der Ablage des Medikamentenschrankes fest.

»Madame, ich bin Officier Armand von der Police Nationale. Ich rufe aus Argelès-sur-Mer an.«

Nein! Das konnte nicht sein. Entsetzt spürte Sophia, wie ihre Knie nachzugeben drohten.

Besorgt musterte Simone sie.

Sophia wurde schwindlig, sie brachte keinen Ton mehr heraus.

»Madame, sind Sie noch dran?«, wollte der Polizist verunsichert wissen, als sie nichts erwiderte.

»Ja«, stammelte sie verwirrt. »Ja, ich bin noch da.«

»Madame, es geht um den Vorfall vor vierundzwanzig Jahren.« Er stockte kurz. »Als Ihre Familie hier verschwand.«

»Haben Sie …?« Sophia schloss ängstlich die Augen und atmete tief aus. »Wurden sie gefunden?«

»Non, Madame, ich bedaure. Aber gestern wurde hier ein Mann bei einem Verkehrsunfall schwer verletzt. Leider ist er nicht ansprechbar und wir haben noch keine Hinweise auf seine Identität gefunden.«

Was hatte das mit ihr zu tun?

Unbeirrt fuhr der Beamte fort: »Allerdings hatte er ein Foto Ihrer Mutter bei sich, auf dem auch Sie als Kleinkind zu sehen sind.«

Was sagte er da?

Sophia taumelte auf Simone zu, die ihr geistesgegenwärtig einen Stuhl hinschob und sie sanft daraufdrückte.

»Was soll das heißen?« Sophia starrte ungläubig ihre Arzthelferin an.

»Leider wissen wir das noch nicht, Madame. Haben Sie vielleicht jemanden nach Argelès geschickt, der Nachforschungen in Ihrer Angelegenheit anstellen sollte?«

»In meiner Angelegenheit?« Fassungslos schüttelte Sophia ihren Kopf. »Officier, meine Familie ist seit fast einem Vierteljahrhundert verschwunden. Weg, nicht mehr auffindbar, wie vom Erdboden verschluckt. Vor mehr als zehn Jahren wurde sie in Deutschland offiziell für tot erklärt. Welche Angelegenheit meinen Sie also?« Trotz der langen Zeit, in der sie kein einziges Wort der Sprache ihrer Mutter mehr in den Mund genommen hatte, sprudelte ihr Ärger nun ungebremst und haltlos aus ihr heraus.

»Madame, bitte entschuldigen Sie. Ich möchte Sie wirklich nicht beunruhigen. Wir wollten uns lediglich vergewissern, dass dieser Mann kein Angehöriger von Ihnen ist. Sie haben also auch keinen Privatdetektiv beauftragt, der Ihren Fall hier nochmals aufrollen soll?« Der Beamte klang unsicher.

»Nein«, rief Sophia laut aus. »Meine Familie ist tot. Welchen Fall soll ich denn bitte aufrollen?«

»Dann gäbe es noch die ...« Der Polizist brach ab. »Nun, Madame, es gäbe noch die Möglichkeit, dass es sich bei dem Verletzten um ...«

»... um meinen Vater handelt«, beendete Sophia tonlos den Satz.

»Oui, exakt. Leider können wir dazu noch nichts Genaues sagen.«

»Was können Sie denn genau sagen?«

»Pardon, Madame. Aber die ganze Sache ist leider höchst verwirrend. Auch für uns.«

Sophia atmete tief durch, um sich selbst zu beruhigen. Einen Moment lang dachte sie angestrengt nach, bevor sie in ernstem Tonfall fragte: »Sie können also nicht zu hundert Prozent ausschließen, dass es sich bei dem Unbekannten um meinen Vater handelt?«

»Non. Das Alter könnte in etwa hinkommen. Aufgrund der Schwere der Verletzungen konnten weitere Merkmale noch nicht abgeglichen werden. Er musste sofort operiert werden und liegt nun im Koma. Leider ist er nicht ansprechbar«, erklärte der Beamte geduldig.

Entsetzt schlug Sophia ihre Hand vor den Mund.

Simones Miene wurde immer ängstlicher, obwohl oder vielleicht auch weil sie kein Wort des Gesprächs verstand.

»Schwebt er in Lebensgefahr?«, wollte Sophia leise wissen.

»Leider ja, Madame.«

»Und außer dem Foto hatte er nichts bei sich?« Verwirrt stützte sie ihr Kinn auf der Hand ab.

»Doch, er hatte noch Ihre Adresse bei sich. Die von vor vierundzwanzig Jahren, die ja anscheinend noch aktuell ist.«

»Er kennt meine Adresse?« Sie war fassungslos. »Wer ist der Mann?«

»Wie bereits gesagt, wir wissen es leider nicht.«

Verzweifelt bemerkte Sophie, wie ihre Kehle sich langsam zuzog. Angestrengt schloss sie die Augen und kontrollierte bewusst ihre Atmung. Wie lange hatte sie schon keinen ihrer Anfälle mehr gehabt! Warum jetzt? Wer war dieser Mann? Und wie kam er an ein uraltes Foto von ihrer Mutter und ihr? Fieberhaft versuchte sie, sich wieder unter Kontrolle zu bekommen.

»Madame, hören Sie mich?« Die Stimme des Polizisten hallte in ihrem Ohr nach.

»Ja, ich bin noch da«, erwiderte Sophia erschöpft.

»Madame Mildner, ich melde mich wieder bei Ihnen, sobald wir mehr wissen«, bot er ihr an.

»Merci. Wäre es möglich, dass Sie mir das Foto per E-Mail zukommen lassen?«

Armand schwieg einen Moment, bevor er antwortete. »Das lässt sich sicher machen, Madame. Sobald das Foto von der Spurensicherung untersucht wurde, schicke ich es Ihnen zu.«

Sie nannte ihm ihre E-Mail-Adresse und beendete das Gespräch.

Simone öffnete die Tür zum Nebenzimmer, woraufhin Tim, Sophias gelber Labradorrüde, augenblicklich schwanzwedelnd auf sein Frauchen zustürmte. Ungeduldig stupste er sie mit seiner Schnauze an, bis sie ihm endlich geistesabwesend über den Kopf strich. Zufrieden setzte er sich neben ihren Stuhl und stellte aufmerksam seine Ohren auf.

»Was ist los, Sophia?« Ängstlich musterte Simone das Gesicht ihrer Chefin, das in den letzten Minuten auch noch den letzten Hauch von Farbe verloren hatte.

Mit heruntergezogenen Schultern schüttelte Sophia leicht den Kopf. Simone beugte sich zu ihr hinunter und berührte sie behutsam an der Schulter. Aber Sophia blickte fassungslos ins Leere. Was war hier gerade geschehen?

›Bitte, Sophia!‹ Wie aus heiterem Himmel tauchte das vorwurfsvolle Gesicht ihrer Mutter vor ihrem inneren Auge auf. Schließlich hatte Carine Mildner aufgegeben und war ihrem Mann nachgelaufen. Noch heute konnte sich Sophia genau daran erinnern, wie die drei nacheinander aus ihrem Blickfeld verschwanden. Das war das Letzte gewesen, was sie von ihrer Familie gesehen hatte.

Als sie Simones Arm auf ihrer Schulter bemerkte, verlor sie vollends die Kontrolle. Tränen rannen ihr über die Wangen.

Als sie einige Minuten später endlich wieder Herr über ihre Gefühle war, begann sie zögernd, Simone von dem Telefonat zu erzählen. Diese hörte Sophias Ausführungen entsetzt zu, während sie unentwegt den Kopf schüttelte.

»Was jetzt?«, wollte die Arzthelferin wissen, nachdem Sophia wieder verstummte. Noch immer hielt sie den Kopf gesenkt. Tim erhob sich und leckte seinem Frauchen traurig über die Wange. Aus tränenverschleierten Augen sah sie erst ihren Hund, dann Simone an und verzog den Mund zu einem schiefen Lächeln.

»Ich weiß es nicht«, erwiderte sie hilflos. »Keine Ahnung, was das alles zu bedeuten hat. Wenn sich herausstellt, dass der Mann …« Sie brach ab, da sie die Worte nicht aussprechen konnte, nicht aussprechen wollte. Was, wenn der Mann tatsächlich ihr Vater war? Aber war das realistisch? Wo sollte er all die Jahre gewesen sein? Und wo waren ihre Mutter und Frederick? Obwohl der Tod ihrer Familie Sophia bis heute Rätsel aufgab, konnte sie sich fast nicht vorstellen, dass es sich bei dem verletzten Unfallopfer wirklich um ihren Vater handelte. »Ich muss mit Tabea sprechen«, sagte sie schließlich entschlossen.

9

»Danke, Fabien. Also können wir die Tochter als Bindeglied ausschließen«, entgegnete Nicolas enttäuscht, nachdem ihn sein Mitarbeiter über das Telefonat mit Sophia Mildner informiert hatte. »Bitte gleiche die Fingerabdrücke des Verletzten mit denen von Stefan Mildner ab, bevor du die Vermisstenkartei durchsuchst«, wies er ihn noch an, bevor er entmutigt das Gespräch beendete.

Einen Augenblick lang starrte er gedankenverloren auf das silberfarbene Schild neben der Bürotür des Directeurs. Die Sekretärin hatte ihm mitgeteilt, dass Morphes sich heute den ganzen Tag auf einer Tagung in Montpellier befand. Es blieb Nicolas also nichts anderes übrig, als es morgen noch mal zu versuchen. Somit konnte er jetzt ins Krankenhaus fahren und nach dem Unbekannten sehen.

Als er den kargen Flur der Polizeizentrale durchquerte und auf den Ausgang zusteuerte, kam aus einem der angrenzenden Büros die Gerichtsmedizinerin Docteur Geraldine Tuyot heraus. Sie blieb überrascht stehen, ein Bündel Akten in der rechten Hand.

»Capitaine, bonjour. Wir haben uns ja eine Ewigkeit nicht gesehen.«

»Was bedeutet, dass es momentan sehr ruhig ist«, entgegnete Nicolas, während er die Ärztin musterte.

Er wusste, dass Geraldine Tuyot über sechzig war, doch mit ihrer sportlichen Figur und dem modernen Kurzhaarschnitt sah sie mindestens zehn Jahre jünger aus. Er mochte die ruhige und besonnene Art der Medizinerin. Ihre jahrelange Erfahrung war ihm in vielen seiner Fälle eine große Hilfe gewesen.

»Und ich hatte schon gehofft, Sie wollten mich mit Ihrem Besuch beehren«, entgegnete sie trocken, bevor sie ihr Gesicht zu einem ironischen Grinsen verzog.

Nicolas nutzte seine Chance: »Hätten Sie denn einen Moment für mich, Docteur?«

»Aber natürlich.« Sie bedeutete ihm mit dem Kinn, ihr zu folgen, während sie ihr Büro betrat. »Bitte, nehmen Sie doch Platz.« Sie zeigte auf einen Stuhl vor ihrem überladenen Schreibtisch, bevor sie selbst ihren Stuhl heranzog und sich setzte. »Was gibt es denn?«

»Der Verkehrsunfall gestern …«, begann Nicolas zögernd.

»Der Unbekannte im Saint Christophe«, ergänzte sie nickend.

»Genau. Was können Sie mir zu dem Mann sagen? Zu seinen Verletzungen?«

»Der Bericht ist heute Nachmittag fertig. Ich lasse ihn Ihnen umgehend zukommen.« Sie zögerte, bevor sie auf ihrem Schreibtisch kramte und schließlich eine der Akten hervorzog. Kurz blätterte sie ihre Notizen durch. »Ja, höchst merkwürdig.« Sie sah Nicolas prüfend an. »Der Mann hat einige schwere Kopfverletzungen durch den Zusammenprall mit dem Auto erlitten.« Tuyot stockte. »Ich habe ihn mir gestern Abend noch angesehen und mit den Ärzten gesprochen, die ihn operiert haben.« Wieder schaute sie in ihre Unterlagen. »Unabhängig von dem Unfall wurden sieben Stichverletzungen im Brustbereich festgestellt. Er hat enorm viel Blut verloren. Kaum zu glauben, dass der Mann sich überhaupt noch aufrecht halten konnte.« Sie wiegte den Kopf von rechts nach links.

Nicolas berichtete ihr, dass der Mann sich nach den Erkenntnissen der Spurensicherung vor dem Zusammenprall noch einige Hundert Meter über das Feld geschleppt hatte.

»Das grenzt wirklich an ein kleines Wunder.« Die Gerichtsmedizinerin riss erstaunt ihre Augen auf. »Dem Verletzten wurde eine große Menge an Bluttransfusionen verabreicht. Die meisten Menschen hätten das nicht überlebt.«

»Er befindet sich noch in Lebensgefahr.«

»Natürlich. Trotzdem hat er Riesenglück gehabt. Wissen Sie denn schon, wer für die Messerstiche verantwortlich ist?« Gespannt musterte sie Nicolas, der unbehaglich auf seinem Stuhl zur Seite rutschte und den Kopf schüttelte. »Erinnern Sie sich an den Fall Mildner?«, fragte er gepresst.

Die Gerichtsmedizinerin war eine der wenigen Personen, die damals bereits für die Polizei in Perpignan gearbeitet hatte und immer noch im Dienst war.

»Selbstverständlich erinnere ich mich daran. Aber was hat der Fall mit unserem Unbekannten zu tun?« Sie runzelte die Stirn.

Nicolas erzählte ihr von den Hinweisen, die man bei dem Verletzten gefunden hatte.

Nachdenklich hörte Docteur Tuyot ihm zu, während ihr Blick immer wieder zu dem Fenster wanderte, durch das die Vormittagssonne schien. »Äußerst mysteriös«, murmelte sie schließlich. »Und Sie haben nicht die geringste Ahnung, wer der Mann ist?«

»Denken Sie, es könnte der Vater sein, Stefan Mildner?«, wollte Nicolas von ihr wissen, während er unruhig über seine Wange rieb.

»Schwer zu sagen«, erwiderte sie. »Das Alter ...«, sie stockte. »Könnte schon hinkommen.«

Entschlossen holte Nicolas seine Notizen hervor und zeigte sie ihr. Einige Sekunden lang starrte Geraldine Tuyot schweigend auf die Aufzeichnungen.

»Größe und Gewicht würden passen, denke ich.« Mit ernstem Blick sah sie ihn an. »Die Schuhgröße müssen Sie im

Krankenhaus klären. Dazu habe ich mir nichts aufgeschrieben.« Plötzlich beugte sie sich unvermittelt vor, hob ihre Hand und legte sie auf Nicolas'. »Wie geht es Ihnen?«

Beklommen erwiderte er ihren Blick. Natürlich, sie kannte seine Geschichte. Wie fast jeder hier in der Gegend, der beruflich mit ihm zu tun hatte. Scheinbar gleichgültig zuckte er mit den Schultern.

»Weiß Ihre Mutter schon davon?«, fragte sie ihn behutsam.

Bestimmt schüttelte er seinen Kopf.

»Erzählen Sie es ihr«, riet sie ihm vorsichtig.

»Das habe ich vor«, erwiderte Nicolas mutlos.

»Ich glaube trotzdem nicht, dass es sich um den Vater handelt. Nach vierundzwanzig Jahren. Wo soll er die Zeit gewesen sein?« Docteur Tuyot lehnte sich wieder zurück und fixierte ihn mit ihrem durchdringenden Blick.

»Mittlerweile weiß ich nicht mehr, was ich noch glauben soll.« Er erzählte ihr kurz von Fabiens Telefonat mit Sophia Mildner.

»Das muss ein schwerer Schock für die junge Frau gewesen sein«, meinte die Ärztin bitter.

An die Gefühlswelt von Sophia Mildner hatte er bisher noch keinen einzigen Gedanken verschwendet. Wie musste es ihr gehen, nachdem sie von Fabien über den gestrigen Unfall informiert worden war? Wenn das alles doch ihm schon dermaßen an die Substanz ging. Schließlich war sie von den damaligen Ereignissen noch wesentlich schlimmer und unmittelbarer betroffen gewesen als er.

»Begeistert war sie sicher nicht«, stimmte er der Gerichtsmedizinerin unverbindlich zu.

10

Weinheim

»Sophia! Schon Mittagspause?«, begrüßte ihre Tante sie an der Haustür, während sie einen Blick auf die Uhr warf und gleichzeitig Tim über den Kopf streichelte, der sie schwanzwedelnd umkreiste.

Seufzend schüttelte Sophia ihren Kopf und betrat den Flur. »Eigentlich nicht, aber ich habe erst heute Nachmittag wieder Termine.« Sie blickte sich suchend um. »Wo ist Oma?«

»Im Wohnzimmer«, entgegnete Tabea Mildner, während sie Sophia besorgt musterte.

Diese wandte ihren Blick ab und betrat den großen Raum, in dem ihre Oma in einem großen Ledersessel am Fenster saß und ihr freudig entgegensah.

»Sophia«, begrüßte sie ihre Enkelin mit einem Lächeln, während die sich zu ihr hinabbeugte und ihr einen Kuss auf die Wange drückte, bevor sie sich auf die Ecke des beigen Sofas setzte.

»Möchtest du etwas trinken?« Ihre Tante sah Sophia fragend an, während Tim ihr noch immer nicht von der Seite wich.

Doch die Tierärztin schüttelte nur den Kopf und deutete mit der Hand auf den Platz neben sich.

Stirnrunzelnd setzte Tabea sich hin und blickte ihre Nichte nervös an.

»Was ist denn los, Sophia? Hast du Kummer?« Die Stimme ihrer Oma klang schwach.

Nachdenklich musterte Sophia die ältere Frau, die seit dem Tod ihres Ehemanns körperlich merklich abgebaut hatte.

Dann schüttelte sie stumm den Kopf und starrte einige

Sekunden lang auf den Teppich. Schließlich begann Sophia, mit brüchiger Stimme von ihrem Telefonat mit dem Polizeibeamten aus Argelès-sur-Mer zu berichten. Ihre Oma wurde zusehends blasser, während Tabea abwesend Tims Ohren kraulte.

Als Sophia endete, schlug ihre Oma sich entsetzt die Hand vor den Mund. Die Augen der alten Frau glänzten verdächtig. Bis heute litt sie unter dem mysteriösen Verschwinden ihres Sohnes, ihrer Schwiegertochter und ihres kleinen ›Babys‹, wie sie Frederick seit dem Vorfall nannte.

Auch Sophia hatte ein zweijähriges Kleinkind vor Augen, wenn sie an ihren jüngeren Bruder dachte. Verstorbene behielten in den Augen der Hinterbliebenen wohl grundsätzlich das Alter, das sie zum Zeitpunkt ihres Todes hatten. Wenn Sophia sich an ihre Eltern erinnerte, tauchte ein Pärchen vor ihrem inneren Auge auf, das einige Jahre jünger war als sie selbst. Und Frederick würde in ihrer Erinnerung immer der kleine Junge bleiben, der sich an jenem Morgen von der Hand seines Vaters losgerissen hatte und weggerannt war.

»Was willst du jetzt tun?«, bemühte sich Tabea um einen zuversichtlichen Tonfall. Doch auch ihr gingen die neu aufgetauchten Hinweise, die an das Verschwinden ihres Bruders und dessen Familie erinnerten, sichtlich an die Nieren.

Nachdem sie erst ihre Tante, dann ihre Oma lang angeschaut hatte, teilte Sophia ihnen den Entschluss mit, den sie auf der Fahrt hierher gefasst hatte.

»Aber was willst du denn da?«, entgegnete Tabea fassungslos.

»Wenn auch nur die geringste Chance besteht, dass es sich bei diesem Mann um Papa handelt ...«, Sophia sah Tabea eindringlich an, »... um deinen Bruder, dann möchte ich das so schnell wie möglich wissen.«

Als Tim aufstand und sein Frauchen mit schief gelegtem Kopf ansah, fuhr sie ihm beruhigend über das Fell. Der Hund spürte ihre Unruhe ganz genau.

»Der Zustand des Mannes scheint sehr ernst zu sein. Vierundzwanzig Jahre sind eine verdammt lange Zeit. Menschen verändern sich. Aber wenn ich ihn mit eigenen Augen sehe, weiß ich ganz bestimmt, ob es Papa ist.«

»Und wenn er es nicht ist?«, erwiderte Tabea leise.

»Dann werde ich ihn fragen, woher er das Foto und meine Adresse hat.« Sophias Stimme klang entschlossen, obwohl sie sich selbst nicht sicher war, ob sie die richtige Entscheidung traf. »Die Polizei hat mich damals aus allen Ermittlungen herausgehalten, auch die Presse durfte nichts über mich schreiben. Niemand weiß von meiner Existenz.« Sie zögerte. »Also, woher hat der Mann meinen Namen und die Adresse?« Erschöpft schloss sie die Augen. »Falls es sich nicht um Papa handelt«, fügte sie kaum hörbar an.

»Sophia, ich weiß nicht. Ich habe einfach kein gutes Gefühl dabei, wenn du allein da runterfährst.« Ihre Tante kaute nachdenklich auf der Unterlippe. »All die Erinnerungen …«

»Lass sie«, wies Sophias Oma ihre Tochter an. »Ich bin alt. Was würde ich dafür geben, wenn ich noch erfahren könnte, was mit Stefan passiert ist?« Tränen flossen über die runzligen Wangen der alten Frau. »Sophia, ich wünsche mir nichts sehnlicher, als dass du dieses Geheimnis lüftest. Für dich, aber auch für mich. Dass ich dieses furchtbare Ereignis nicht ungelöst mit ins Grab nehmen muss.«

Die tiefe Trauer ihrer Oma zerriss ihr beinahe das Herz. Hastig erhob sich Sophia und ging dicht vor dem Sessel in die Hocke. Liebevoll nahm sie die schmale Hand der alten Frau in ihre und strich sanft über die fleckige Haut. »Ich werde alles tun, um endlich die Wahrheit herauszufinden, Oma. Ich verspreche es dir.«

Kurz blitzte in diesem Moment in ihrem Hinterkopf die Erinnerung an ein lange zurückliegendes Versprechen auf, das ihr gegeben und nicht gehalten worden war. »Ich werde herausfinden, was mit Papa, Mama und Frederick passiert ist.«

Obwohl sie nur im Flüsterton sprach, hatte Tabea jedes Wort verstanden. Tief berührt musterte sie ihre Nichte, die sich wieder erhob und unschlüssig aus der Terrassentür sah.

»Wann willst du losfahren?«, fragte ihre Oma mit zittriger Stimme, während sie ein Stofftaschentuch aus der Hose zog und sich vorsichtig die Wangen trocknete.

»Heute Abend«, entgegnete Sophia entschlossen. »Je eher, desto besser.«

»Was ist mit Tim? Ich habe die nächsten Tage einige Aufträge. Es wird schwierig …«, begann ihre Tante langsam.

Doch Sophia unterbrach sie. »Kein Problem, Tabea. Ich nehme ihn mit. Ich suche mir eine Unterkunft, die groß genug für uns beide ist.«

»Und die Praxis?«

Sophia überlegte kurz, bevor sie antwortete. »Eine Studienkollegin von mir hat vor Kurzem ihr erstes Kind bekommen. Sie hat mir bereits mehrfach angeboten, mich zu vertreten, damit sie nicht komplett den Anschluss verliert. Ich werde sie fragen, ob sie die Praxis stundenweise öffnen möchte, um die vereinbarten Termine abzuarbeiten.«

Tabea erhob sich, ging einige Schritte auf ihre Nichte zu und umarmte sie schweigend. »Viel Glück, meine Süße. Und pass auf dich auf«, raunte sie Sophia leise ins Ohr.

»Tim ist ja auch noch da. Schließlich hat er immer ein Auge auf mich.« Sophia lächelte leicht, während sie den fünfjährigen Labrador anblickte.

11

»Hören Sie, es geht um den unbekannten Mann, der gestern hier eingeliefert wurde. Ich muss dringend mit einem Arzt sprechen«, wandte Nicolas sich genervt an die erste Schwester, die ihm in dem weitläufigen Gebäude der Klinik über den Weg lief.

Streng blickte ihn die Ältere an. »Und Sie sind …?«

»Capitaine Rousseau aus Argelès«, erwiderte Nicolas gereizt, während er seine Polizeimarke hervorzog.

Demonstrativ studierte die Frau sekundenlang den Ausweis, bevor sie leicht mit dem Kopf nickte. »Kommen Sie.«

Schweigend folgte er ihr in den zweiten Stock, wo sie die Tür zum Schwesternzimmer öffnete und ihn bat, kurz zu warten.

Ungeduldig ließ Nicolas seinen Blick durch den weiß gekalkten Flur wandern. Er beobachtete ein älteres Paar. Der Mann lief, auf einen Rollator gestützt, langsam den Gang entlang, während seine Frau ihn mit kleinen, unsicheren Schritten begleitete. Trotz ihrer gebrechlichen Gehweise wirkten beide zufrieden und wechselten alle paar Meter liebevolle Blicke. Der Mann redete längere Zeit, bevor die Frau plötzlich laut auflachte. Unwillkürlich zog sich Nicolas' Magen zusammen. Wie musste es sein, Jahrzehnte seines Lebens mit einem Partner zu verbringen, der einen noch nach so langer Zeit zum Lachen bringen konnte?

»Capitaine?« Die Schwester erschien wieder im Türrahmen. »Der zuständige Oberarzt wird gleich bei Ihnen sein. Kann ich Ihnen sonst noch irgendwie helfen?«

Nachdenklich kratzte Nicolas sich am Kinn. »Ich müsste wissen, welche Schuhgröße der Patient hat. Sie wissen nicht zufällig …?« Wenn der Verletzte nicht die gleiche Schuhgröße wie Stefan Mildner hatte, konnten sie wenigstens ausschließen, dass es sich bei dem Unfallopfer um den verschwundenen Familienvater handelte.

Die Schwester verzog ihren Mund zu einem schiefen Grinsen. »Nichts leichter als das. Seine Sachen wurden bereits sicher verpackt. Ihre Kollegen von der Spurensicherung wollen sie später abholen.«

Erleichtert atmete Nicolas aus. Die Kleidung befand sich noch im Krankenhaus.

»Warten Sie einen Moment. Ich hole sie«, bot die Schwester an und verschwand ohne ein weiteres Wort.

Wieder stand Nicolas allein wartend im Flur herum. Unruhig fuhr er sich über die Augen und lehnte seinen Rücken gegen die Wand. Als er einige Augenblicke später einen Arzt zielstrebig auf sich zukommen sah, nahm er Haltung an und trat einen Schritt vor.

»Capitaine Rousseau?« Der Arzt streckte ihm seine Hand hin.

Nicolas erwiderte den Händedruck.

»Bonjour, ich bin Professeur Richmond. Ich habe den Patienten, für den Sie sich interessieren, gestern operiert.«

Nicolas nickte. »Wie geht es ihm?«

»Den Umständen entsprechend. Noch liegt er auf der Intensivstation. Wenn er die folgende Nacht übersteht, stehen seine Chancen gar nicht so schlecht. Aufgrund der Stichwunden und der daraus resultierenden inneren Verletzungen hat er viel Blut verloren.«

Nichts Neues, das wusste Nicolas bereits von der Gerichtsmedizinerin. »Wann wird er ansprechbar sein?«

Der Arzt zog konsterniert seine Augenbrauen hoch. »Capitaine, bei allem Respekt, der Mann schwebt in akuter Lebensgefahr. Wir können froh sein, wenn er wieder vollständig gesund wird. In den nächsten Tagen ist eine Befragung absolut ausgeschlossen.«

Der strenge Ton des Mediziners ärgerte Nicolas, doch er riss sich zusammen. »Professeur, ich ermittle hier in einem Fall schwerster Körperverletzung. Leider habe ich keine Zeit zu warten.«

»Ich fürchte, es wird Ihnen nichts anderes übrig bleiben. Der Patient ist nicht ansprechbar, liegt im künstlichen Koma. Niemand kann im Moment sagen, wie der weitere Heilungsprozess verlaufen wird. Lassen Sie mich meine Arbeit machen und tun Sie die Ihre.«

Die überhebliche Art des Professors brachte Nicolas vollends auf die Palme. »Eine Befragung ist leider unverzichtbar, denn es gibt eine Menge offener Fragen. Sicher möchten Sie nicht, dass der Täter ungeschoren davonkommt, weil wir keine Möglichkeit hatten, mit dem Opfer zu sprechen.« Sein Ton wurde schärfer, doch das war ihm gleichgültig.

»Es tut mir leid, dass ich Ihnen in dieser Angelegenheit nicht weiterhelfen kann. Aus medizinischer Sicht werde ich auf jeden Fall eine Befragung des Patienten so lange wie nötig hinauszögern.«

Kühl verabschiedete er sich von Nicolas, der dem Arzt wie vom Donner gerührt, hinterherblickte, während dieser den Flur entlangeilte.

»Arschloch«, murmelte Nicolas, als plötzlich die Schwester wieder hinter ihm auftauchte, eine durchsichtige Plastiktüte in der Hand.

»Pardon?« Sie sah ihn verwirrt an.

Doch Nicolas winkte nur ab und schüttelte unmerklich den Kopf. »Sind das seine Sachen?«

Sie nickte. »Ja, hier sind auch seine Schuhe.«

Sie drehte den Beutel so, dass man die Sohlen gut erkennen konnte.

Angespannt kniff Nicolas die Augen zusammen und nahm ihr den Beutel vorsichtig ab. Die Sohle des rechten Schuhs war so abgelaufen, dass man das Profil kaum noch sehen konnte. Doch beim linken war die Größe deutlich erkennbar. Frustriert starrte Nicolas auf die Zahlen, bis sie nach einigen Augenblicken vor seinen Augen zu verschwimmen begannen.

»Merde!«, fluchte er lautstark, sodass ihn die Schwester pikiert musterte.

12

Argelès-sur-Mer

»Alors, was haben wir?« Erwartungsvoll blickte Nicolas seine Mitarbeiter an, während er den Bericht von Docteur Tuyot auf den Tisch legte und sich setzte.

Betreten schüttelte Charles leicht seinen Kopf.

Nicolas' Hoffnung, heute noch einen guten Schritt voranzukommen, schwand. »Nichts?«, hakte er ungläubig nach und fuhr sich müde über die Augen.

»Die Fingerabdrücke waren Fehlanzeige, keine Registrierung«, ergriff Fabien Armand beherzt das Wort, obwohl ihm klar war, dass sein Chef etwas anderes hören wollte.

»Also kein Krimineller«, folgerte Marie ernüchtert.

»Zumindest keiner, der schon einmal aufgefallen ist«, verbesserte Nicolas entmutigt. »Was noch?«

»Auch die Vermisstenkartei ergab keinen Treffer«, berichtete Charles von seinem Nachmittag.

Mittlerweile stand die Sonne tief am Himmel und beleuchtete den Besprechungsraum in hellen Orangetönen. Es war schon kurz nach neunzehn Uhr. Nicolas bemerkte die Erschöpfung in den Gesichtern der drei anderen Polizeibeamten.

»Der Mann wurde vor knapp sechsunddreißig Stunden angefahren. Irgendjemand muss ihn doch vermissen. Familie, Arbeitskollegen, Freunde ...« Einen Moment lang kaute er nachdenklich auf seiner Unterlippe.

»Zumindest wurde niemand vermisst gemeldet, auf den die Beschreibung auch nur annähernd passt«, wiederholte Charles mutlos.

Abwartend zog Nicolas die Augenbrauen hoch und blickte in die Runde. »Wir haben also nichts. Keinen Hinweis auf seine Identität, keinen Hinweis auf ein Motiv, keine Spur, die uns etwas über den Täter verrät«, zählte er an seinen Fingern ab. Nachdem er kurz seine Schläfen massierte, schlug er plötzlich wütend mit der Faust auf den Tisch. »Verflucht!«

»Vielleicht könnte ich der Tochter das Foto und den Zettel mit der Adresse schicken. Eventuell erkennt sie die Handschriften und kann uns zumindest sagen, wann und wo das Foto aufgenommen wurde«, brachte Fabien vorsichtig an.

Zögernd nickte Nicolas. »Gute Idee. Mach das.« Doch insgeheim befürchtete er stark, dass sie auch diese Hinweise nicht wirklich weiterbringen würden. Das Verschwinden der Familie Mildner war über zwanzig Jahre her. Die Spur war so kalt, wie eine Spur nur sein konnte.

Seufzend beugte er sich auf seinem Stuhl vor und berichtete von seinen Ermittlungen in Perpignan. »Bei der Tatwaffe handelt es sich ...«, endete er, während er auf den Bericht vor sich tippte, » ... um ein Jagdmesser mit einer Klinge von etwa fünfzehn Zentimetern. Diese Art von Messer wird oft für den Fischfang benutzt.«

Marie zog eine Grimasse. »Das engt unseren Verdächtigenkreis ja enorm ein.«

»Da Directeur Morphes heute leider nicht erreichbar war, fahre ich morgen nochmals nach Perpignan, um mit ihm zu reden. Außerdem werde ich mit dem Chef der Klinik sprechen. Der Verletzte muss schnellstens aus dem Koma geholt werden. Schließlich ist er im Moment unsere einzige Chance, den Täter zu fassen.«

»Das kannst du vergessen, Nic«, beschwichtigte ihn Charles. »Wenn die Ärzte seine Verletzungen für zu schwer halten …« Er machte eine unbestimmte Handbewegung.

Nicolas verzog verächtlich seinen Mund. »Ärzte …«, presste er leise hervor.

»Keiner der Anwohner hat gestern übrigens etwas mitbekommen. Charles und ich sind heute Vormittag am Stadtrand von Haus zu Haus gegangen. Aber leider konnte uns niemand helfen«, fiel Marie noch ein. »Doch die Entfernung war auch einfach zu weit. Auf keinen Fall hat sich das Opfer mit seinen schweren Verletzungen über das komplette Feld bis zur Nationalstraße geschleppt. Niemand konnte sich an einen Wagen auf dem Feldweg erinnern.«

Nicolas nickte zustimmend. »Ich denke, Muller hatte recht. Der Täter hat sein Opfer mit dem Auto in die Nähe der Straße gefahren und dort abgelegt, wo die Blutspuren beginnen. Wahrscheinlich dachte er oder sie, vielleicht waren es ja auch mehrere, dass der Mann tot ist. Wie durch ein Wunder schaffte der Verletzte es dann doch noch irgendwie, die Straße zu erreichen, lief jedoch zu seinem großen Pech in den Wagen der Hohlmanns.«

»Äußerst merkwürdig«, murmelte Fabien.

»Was hat er bloß mit dem Fall Mildner zu tun?« Fragend sah Marie ihren Chef an.

»Größe, Gewicht, Alter und Schuhgröße würden zu Stefan Mildner passen«, berichtete Nicolas von seinem Abgleich im Krankenhaus.

Die Schuhe des Verletzten besaßen Größe dreiundvierzig, Mildner hatte laut Akte zweiundvierzig.

Misstrauisch kniff Charles seine Augen zusammen. »Du denkst wirklich, es ist Mildner?«

Achselzuckend entgegnete Nicolas: »Würde zumindest erklären, warum ihn niemand vermisst.«

»Aber die Fingerabdrücke«, widersprach Marie. »Wurden Mildners Abdrücke damals nicht in die Datei übernommen?«

Anerkennend blickte Nicolas sie an. Marie hatte recht. Wenn Mildners Abdrücke gespeichert worden waren, hätte Charles einen Treffer erzielen müssen. »Ich überprüfe das. Vielleicht können wir ihn dann tatsächlich endlich ausschließen«, erklärte er, wieder etwas Hoffnung schöpfend.

»Ich denke, wir können ihn sowieso ausschließen«, brachte Fabien ernst an. »Aus der Akte geht doch ganz klar hervor, dass die Familie höchstwahrscheinlich ermordet worden ist. Ich finde, der Sachverhalt war relativ eindeutig.«

»Ihre Leichen wurden nie gefunden«, gab Nicolas zu bedenken.

»Nein, aber literweise Blut, das höchstwahrscheinlich von den dreien stammte. Niemand hätte ein solches Gemetzel überleben können«, widersprach Fabien erneut. »Ich glaube einfach nicht, dass der Mann sich vierundzwanzig Jahre lang versteckt hat, um dann plötzlich unverhofft wieder aus der Versenkung aufzutauchen.«

Insgeheim gingen Nicolas' Überlegungen ja in die gleiche Richtung. Auch er war davon überzeugt, dass die Familie Mildner damals umgebracht worden war. Aber ganz tief in seinem Innersten hegte er die leise Hoffnung, den Fall doch noch aufklären zu können. Die Vergangenheit konnte nicht mehr ungeschehen gemacht werden, aber vielleicht würde sich die Gegenwart dann einen Tick leichter leben lassen.

Entschlossen klappte er die Akte der Gerichtsmedizinerin

zu. »Feierabend für heute. Die Spekulationen bringen uns im Moment sowieso nicht weiter.« Langsam erhob er sich und blickte seine Mitarbeiter an. »Schönen Abend allesamt.«

13

Als Antoine die Haustür zufallen hörte, schaute er müde auf seinen Wecker. Kurz vor elf. Keine Minute später vernahm er schon das Wasserrauschen in der Dusche. Nachdenklich starrte er in die Dunkelheit und wartete auf seine Freundin.

Nicht lange und es öffnete sich die Schlafzimmertür.

»Antoine?« Emmas Stimme klang leise, fast ängstlich.

»Hm?« Er rührte sich nicht, sondern blieb auf der Seite liegen und sah zum Fenster.

»Tut mir leid, dass es so spät wurde, aber die Besprechung hat einfach kein Ende genommen«, flüsterte sie, während sie hastig unter die Decke kroch. Einen Moment später spürte er ihren warmen, weichen Körper, der sich an seinen Rücken schmiegte.

»Kein Problem«, murmelte er angespannt. Ihre unmittelbare Nähe vertrieb jegliche Müdigkeit. Sanft schlang sie ihren Arm um seinen Oberkörper und drückte ihn fester an sich. »Wie war es bei Docteur Sotard?«, fragte sie vorsichtig.

»Gut«, antwortete er zögernd.

»Gut?«

»Es war okay. Er denkt, dass er mir helfen kann«, gab Antoine widerwillig zurück.

»Ist das alles?«

Er konnte ihre Enttäuschung heraushören. Aber was sollte er ihr sagen? Natürlich spürte er ihre Besorgnis, aber er wusste einfach nicht, was er hätte erwidern, was er hätte tun sollen, um ihr ihre Ängste zu nehmen.

»Ich weiß nicht, Emma«, bekannte er traurig.

»Antoine, du gehst seit Wochen zu ihm. Und die einzige Erkenntnis, die er bis jetzt erlangt hat, ist die, dass er denkt, er könne dir helfen?«

Er spürte, wie sie ungläubig den Kopf schüttelte. Doch was erwartete sie? Sotard war schließlich kein Wunderheiler. Seine Probleme existierten nicht erst seit gestern. Daher würde es wohl auch eine lange Weile dauern, falls er überhaupt jemals eine Veränderung an sich feststellen könnte.

Zärtlich strich sie ihm über seinen Rücken. Antoine merkte, wie er sich augenblicklich entspannte. Emma. Sie war die einzige Person, die seine Unruhe, seine Aggressionen etwas lindern konnte. Nicht dauerhaft, aber doch für den Moment.

»Emma«, raunte er zufrieden.

»Antoine, ich mache mir Sorgen«, erwiderte sie leise.

»Ich weiß, chérie.« Er umfasste sanft ihre Hand und hielt sie einen Augenblick fest. »Nächste Woche spreche ich mit Sotard. Vielleicht kann ich ja zweimal die Woche zu ihm gehen.« Er versuchte, hoffnungsvoll zu klingen. Doch in seinem Inneren wusste er, dass ihm selbst tägliche Besuche bei dem Psychologen kaum würden helfen können. Ihm war klar, dass er seinen nächsten Ausbruch nicht mehr lange verhindern konnte. Doch darüber wollte er mit Emma ganz sicher nicht sprechen. Traurig drehte er sich um und spürte ihren warmen Atem in seinem Gesicht. Außer seinen ›Ausflügen‹, wie er seine Eigenbehandlung verharmlost nannte, kannte er nur eine einzige weitere Möglichkeit, um sich zu etwas Entspannung und Linderung zu verhelfen. Langsam ließ er seine Hände an Emmas Körper hinunterwandern. Sofort schlang sie fordernd ihre Arme um seine Hüften und zog ihn dichter an sich heran.

14

Krampfhaft versuchte Sophia, ihre Augen offen zu halten. Es war drei Uhr morgens, sie war seit sechs Stunden unterwegs. Vielleicht wäre es besser, sie würde eine kurze Pause machen. Doch ihr war nicht ganz wohl dabei, allein im Dunkeln auf einen Rastplatz zu fahren.

Als sie in den Rückspiegel schaute, war Tims Kopf im Kofferraum verschwunden. Wahrscheinlich schlief der Labrador tief und fest. Glücklicherweise war er ein pflegeleichter Beifahrer, der es liebte, mit Sophia unterwegs zu sein. Als er mitbekommen hatte, wie sie ihre Koffer im Wagen verstaute, war der Rüde aufgeregt um sie herumgesprungen.

Sie stellte das Radio lauter, da sie merkte, wie ihre Augenlider immer schwerer wurden. Vielleicht war es keine so gute Idee gewesen, am Abend loszufahren. Doch Sophia wollte keine Zeit verschwenden. Müde rieb sie über ihre Augen, bevor sie sich im nächsten Moment doch zu einer kurzen Fahrtunterbrechung entschloss.

Nur wenige Minuten später tauchte auf der rechten Seite ein Schild auf, das in drei Kilometer Entfernung einen beleuchteten Rastplatz mit Tankstelle und Restaurant ankündigte. Nach einem weiteren Blick in den Rückspiegel mobilisierte sie ihre letzten Energien und legte die kurze Strecke zügig zurück.

Sophia parkte direkt unter einer Straßenlaterne in unmittelbarer Nähe der Toiletten. Während sie den Motor abstellte, bemerkte sie, wie Tim schläfrig über die Rückbank blickte.

Als sie den Kofferraum öffnete, sprang der Hund ungeduldig heraus und schüttelte sich kräftig. Auch ihm würden ein paar Minuten Bewegung im Freien guttun. Trotz der nächtlichen Stunde wimmelte es auf dem Parkplatz von Autos. Die meisten Insassen waren Franzosen.

Hastig ging Sophia über den Parkplatz und schaffte Distanz zu den Wagen, als sie entsetzt bemerkte, dass sich ihr Hals ohne Vorwarnung schlagartig zuschnürte. Die französischen Wortfetzen, die sie mit halbem Ohr aufschnappte, lösten Empfindungen in ihr aus, die sie eigentlich für überwunden gehalten hatte.

Nach dem Verschwinden ihrer Familie hatte Sophia jahrelang in unregelmäßigen Abständen Panikattacken bekommen, die meist in den unmöglichsten Situationen auftraten. Auch noch während des Studiums musste sie immer wieder gegen die aufkeimenden Angstzustände ankämpfen. Erst seit ungefähr drei oder vier Jahren waren die Probleme nach und nach abgeebbt. Zu diesem Zeitpunkt hatte sie ihre Therapie beendet. Ihre Großeltern und Tabea hatten nach der Tragödie in Südfrankreich darauf bestanden, dass sie ärztliche Hilfe in Anspruch nahm, nachdem sie bei ihnen eingezogen war.

Bei dem Telefonat heute Morgen hatte sie seit Langem zum ersten Mal wieder die Beklemmung gefühlt, die ihr buchstäblich den Atem raubte. Auch jetzt spürte sie, dass die fremde Sprache, die in ihrer Kindheit selbstverständlich gar nicht fremd gewesen war, und die ungewohnte Umgebung, die scheinbar verdrängte Erinnerungen in ihr weckte, ihr nicht guttaten. Während Tim freudig auf dem Rasen herumschnupperte, konzentrierte sie sich angestrengt auf ihre Atmung und versuchte krampfhaft, ihr Umfeld auszublenden. Für einen kurzen Moment schloss sie die Augen und sog die kühle Nachtluft ein.

»Madame?«

Überrascht drehte sich Sophia um und blickte in das Gesicht eines älteren Herrn, der sie besorgt musterte.

»Alles okay, Madame? Sie sahen aus, als …« Er brach verlegen ab.

»Alles in Ordnung, Monsieur«, erwiderte sie, um einen zuversichtlichen Eindruck bemüht.

Der Ältere nickte ihr kurz zu und verschwand wieder zu seinem Wagen.

Das konnte ja heiter werden. Wenn sie jedes Mal mit einem Anfall rechnen musste, sobald irgendwo Französisch gesprochen wurde, sollte sie am besten sofort umdrehen und wieder nach Hause fahren. Allerdings hatte ihr Therapeut ihr vor Jahren mehrere Übungen gezeigt, die sie anwenden konnte, sobald sie spürte, dass die Angst erneut hochkam.

Entschlossen näherte sich Sophia wieder ihrem Auto und starrte einen Augenblick in den dunklen Nachthimmel. Unzählige Sterne funkelten in allen Facetten. Es würde wohl ein klarer Sommertag werden.

Da sie sich noch ein paar Minuten ausruhen wollte, öffnete sie Tim die Tür zur Rückbank, auf der er sich sofort ausstreckte. Danach setzte Sophia sich hinter das Steuer, öffnete ihr Fenster und lauschte bewusst dem Stimmengewirr um sie herum. Müde lehnte sie ihren Kopf zurück und holte konzentriert in regelmäßigen Intervallen Luft. Erleichtert bemerkte sie, wie die Anspannung langsam nachließ.

Als sie plötzlich etwas Nasses an ihrer Hand spürte, schreckte sie überrascht hoch. Tims Kopf klemmte zwischen den Vordersitzen, während er auf der Rückbank stand und wie wild mit dem Schwanz wedelte.

»Verdammt«, fluchte sie. Ein Blick auf die Uhr verriet ihr, dass sie über eine Stunde geschlafen hatte. Beruhigend tätschelte Sophia den Kopf ihres Hundes, bevor sie ihn behutsam zurück in den Kofferraum verfrachtete. Als sie wieder hinter dem Steuer saß, ließ sie ihren Kopf ein paar Mal hin und her kreisen. Auch wenn er nicht eingeplant war, schien ihr der Schlaf gutgetan zu haben. Sie fühlte sich ausgeruht und war zuversichtlich, die restliche Strecke ohne längere Erholungspausen schaffen zu können.

15

Perpignan

»Warum fahren wir nächstes Wochenende nicht weg?« Hoffnungsvoll blickte Emma Antoine über den Frühstückstisch hinweg an. Der verschluckte sich an seinem Kaffee und musste husten. »Was hältst du davon?« Lächelnd griff sie über den Tisch und strich sanft über seine Hand.

»Ja, vielleicht«, entgegnete er ohne Begeisterung.

Sofort verdüsterte sich Emmas Miene.

»Chérie, ich habe wirklich viel Arbeit«, beeilte er sich zu sagen.

»Ich auch«, entgegnete sie kühl. »Aber wir waren schon so lange nicht mehr weg. Es muss ja nicht weit sein. Vielleicht nach Spanien rüber ans Meer?« Abwartend zog sie ihre Augenbrauen hoch.

»Emma, ich …« Antoine stockte. Er brachte es nicht übers Herz, ihr zu sagen, dass er wieder verschwinden musste. Nicht nach gestern Abend. Sie war so euphorisch gewesen, nachdem sie … Wahrscheinlich hatte sie gehofft, dass nun alles gut werden würde. Wie immer, wenn sie sich nahe waren. Er seufzte. Obwohl er sie so sehr liebte, wusste er, dass er diese Fassade nicht mehr lang aufrechterhalten konnte.

»Was wolltest du sagen, Antoine?« Ihre dunklen Augen blickten ihn fragend an.

»Ja, es wäre schön, wenn wir zusammen wegfahren könnten.« Er bemühte sich um ein freudiges Lächeln.

Bei seinen Worten begann ihr Gesicht sofort wieder zu leuchten. Was war er doch nur für ein erbärmlicher Lügner! Warum musste er sie immer wieder verletzen? Sie würden nirgends zusammen hinfahren, denn er musste dringend einen seiner ›Ausflüge‹ unternehmen. Allein, ohne Emma.

16

Argelès-sur-Mer

»Merde!« Nach einem Blick auf die Uhr sprang Nicolas eilig aus seinem Bett. Verdammt, eigentlich wollte er schon seit zwei Stunden in seinem Büro sitzen. Verschlafen! Fluchend schüttelte er den Kopf. Das war ihm ja noch nie passiert.

Hastig sprintete er ins Badezimmer und stellte die Dusche an. Während er sein T-Shirt und die Shorts auszog, warf er einen kurzen Blick aus dem Fenster. In der Ferne leuchteten die Pyrenäen in der hellen Morgensonne. Der Himmel zeigte sich in seinem strahlendsten Blau, keine Wolke trübte die Idylle. Vor sich hin brummend, ließ Nicolas das Wasser über seinen Körper fließen. Tausend Gedanken gingen ihm durch den Kopf.

Gestern Abend war er noch bei seiner Mutter gewesen, um ihr von dem mysteriösen Unbekannten zu berichten. Obwohl sie sichtlich um Fassung gerungen hatte, war ihr anzusehen gewesen, dass ihr seine Ausführungen an die Nieren gingen. Natürlich, schließlich erinnerte dieser Fall die ganze Familie an die tragischen Folgen, die die Ermittlungen damals mit sich gebracht hatten.

Lisa war auch im Garten gewesen. Während ihrer Anwesenheit sprachen sie jedoch nur über belanglose Dinge, vermieden jegliche Erwähnung der damaligen Ereignisse.

Doch als seine Schwester später in ihrem Zimmer war, saß Nicolas noch lange mit seiner Mutter auf der Terrasse und sprach über seinen Vater. Mit bekümmertem Gesicht hörte seine Mutter zu und war die ganze Zeit über relativ schweigsam. Obwohl er sie mehrmals fragte, was mit ihr los sei, wollte sie nicht recht mit der Sprache herausrücken.

Erst weit nach Mitternacht war er schließlich nach Hause gefahren. Doch die halbe Nacht geisterten unzusammenhängende Gedankenfetzen durch seinen Kopf. Stundenlang wälzte er sich herum und fand keinen Schlaf, bis er gegen vier Uhr morgens genervt aufstand und sich eine Weile auf seinen Balkon setzte. Erst die kühle morgendliche Brise ließ das Gedankenkarussell in seinem Kopf endlich zur Ruhe kommen. Irgendwann kehrte er völlig ausgekühlt in sein Bett zurück und schlief ein.

Müde presste Nicolas jetzt seine Stirn an die kalten Fliesen. Augenblicklich durchströmten ihn erneut unzählige düstere Empfindungen. Ihm war klar, dass er sich in keiner guten Verfassung befand. Besorgt dachte er an sein bevorstehendes Gespräch mit Morphes. Wenn der Directeur merkte, wie sehr ihn der Fall aus der Bahn warf, würde er ihm die Ermittlungen sicher entziehen. Das musste Nicolas um jeden Preis verhindern.

Fünfzehn Minuten später parkte er seinen Wagen vor dem Revier und eilte gehetzt auf das Gebäude zu.

Catherine blickte auf, als er an ihr vorbeistürmte und nur leicht in ihre Richtung nickte.

»Nic?« Sie sah ihn stirnrunzelnd an.

»Nicht jetzt«, murmelte er abwesend.

Irritiert sah Catherine zu der rothaarigen Besucherin, die mit ihrem Hund seit über einer Stunde auf der Wartebank saß.

»Netter Zeitgenosse«, erwiderte die junge Frau, während sie eine Grimasse schnitt.

Entschuldigend hob die Sekretärin ihre Schultern und tippte den Brief zu Ende, mit dem sie gerade beschäftigt war.

»Was denken Sie, wann Ihr Chef heute ins Büro kommt?«, fragte Sophia erschöpft. Sie war direkt zum Polizeirevier gefahren, ihr Wagen stand vollgepackt vor dem containerartigen Gebäude. Da das Ferienhaus erst ab zwölf Uhr bezugsfrei war, hatte sie sich entschlossen, erst mit Officier Armand zu sprechen und nachzufragen, ob es schon neue Erkenntnisse gab.

»Das eben war mein Chef, Capitaine Rousseau«, antwortete die Sekretärin gelassen.

Verwirrt zog Sophia ihre Augenbrauen in die Höhe. Dieser unsympathische, arrogante Kerl war hier der Chef?

»Aber ich wurde gestern von einem Officier Armand angerufen«, widersprach sie hoffnungsvoll.

Die Sekretärin unterbrach die Arbeit und blickte von ihrem Schreibtisch auf. Geduldig erklärte sie: »Officier Armand ist ein Mitarbeiter von Capitaine Rousseau. Möchten Sie mir nicht endlich mitteilen, um was es geht, Madame? Der Officier kommt erst heute Nachmittag ins Büro. Sie sagten doch, Sie wollten mit dem Chef sprechen?«

Nachdenklich kaute Sophia auf ihrer Unterlippe. In der Tat hatte sie vorgehabt, direkt mit dem höchsten Beamten zu sprechen. Doch sie war davon ausgegangen, dass Armand das Revier leitete. Der dunkelhaarige, gestresste Chaot, der soeben an ihr vorbeigehetzt war, hatte keinen besonders vertrauenerweckenden Eindruck bei ihr hinterlassen.

»Capitaine Rousseau ist ein sehr guter Ermittler. Gerade eben, das war ...«, die Sekretärin machte mit ihrer Hand eine undefinierbare Geste, »… nun, eher untypisch. Sicher kann er Ihnen helfen.« Aufmunternd sah die junge Frau Sophia an.

»Mein Name ist Sophia Mildner«, begann diese langsam, während sie bemerkte, wie die Augen der Angestellten sich merklich weiteten.

»Mildner?«, raunte die Sekretärin ungläubig.

Sophia nickte verunsichert. »Ja, es geht um den unbekannten Mann, der am Sonntag …«

»Das Unfallopfer«, unterbrach die Angestellte sie mit tonloser Stimme, während sie einen Moment ins Leere starrte. Doch schon im nächsten Augenblick fasste sie sich wieder und wiegte nachdenklich den Kopf. »Madame, Sie sollten auf jeden Fall mit dem Capitaine sprechen, denn er leitet die Ermittlungen in dem betreffenden Fall.« Mit diesen Worten verschwand sie durch eine Tür mit Milchglaseinsatz im hinteren Teil des Gebäudes.

Nervös scharrte Sophia mit den Füßen und dachte nach. Tim stand auf und legte seinen Kopf auf ihren Schoß. Dankbar blickte sie ihren Hund an und streichelte ihm geistesabwesend über die Ohren.

Nur wenige Augenblicke später erschien die Sekretärin wieder. »Capitaine Rousseau erwartet Sie. Bitte kommen Sie.«

Sophia erhob sich und folgte der Frau mit Tim ins Innere des Reviers. Hinter der blickdichten Tür befand sich ein Großraumbüro, in dem vier Schreibtische jeweils paarweise an der linken Wand entlang angeordnet standen. In der rechten Ecke saß eine junge dunkelhaarige Frau, die sie neugierig musterte. Ihr gegenüber stand ein älterer blonder Polizeibeamter, der verstummte, als Sophia vorbeiging. Nachdem sie stumm in die Richtung der beiden genickt hatte, wandte sie ihren Blick hastig ab. Die Beamten grüßten ebenfalls äußerst zurückhaltend und setzten ihr Gespräch fort, während die Sekretärin auf der rechten Seite des weitläufigen Büros an eine schmale Tür klopfte.

»Oui?«

Die Angestellte betrat den Raum und bedeutete Sophia, ihr zu folgen. »Madame Mildner«, bemerkte sie an ihren Chef gewandt, bevor sie eilig das Zimmer verließ.

Sophia blickte sich neugierig in dem Raum um. Er war nicht viel größer als eine Besenkammer. Außer einem Schreibtisch und Regalen, die die kompletten Wände bedeckten, befand sich noch eine kleine Kommode unter dem Fenster, auf der Sophia aus dem Augenwinkel einige gerahmte Fotos stehen sah.

»Madame Mildner? Bitte nehmen Sie Platz.« Der Polizeibeamte zeigte auf den Stuhl vor seinem Schreibtisch.

Sophia fiel auf, dass er sitzen blieb, es also nicht für nötig hielt, sich zu erheben, um sie zu begrüßen. Widerwillig nahm sie Platz und gab Tim das Kommando, sich hinzulegen.

»Madame, Hunde sind in öffentlichen Gebäuden grundsätzlich nicht erlaubt.« Der Beamte blickte sie kritisch aus seinen dunklen Augen an.

»Bonjour, mein Name ist Sophia Milder und ich komme aus Deutschland.« Sie schob wütend ihr Kinn nach vorn. »Ich gehe davon aus, dass Sie weder Kinder noch Haustiere haben.« Ihre hellen Augen funkelten ihn zornig an. »Denn ansonsten wüssten Sie sicher, dass man nach einer fast zwölfstündigen Autofahrt weder von einem Hund noch von einem Kind erwarten kann, auch nur eine Minute länger als nötig in dem Fahrzeug zu verbringen.« Sie saß kerzengerade auf dem Stuhl, straffte ihre Schultern und blickte dem Beamten auffordernd ins Gesicht.

Verunsichert musterte Nicolas die Frau, die ihn grimmig anstarrte. Die dunkelroten Haare waren zu einem dicken Zopf zusammengefasst. Fasziniert betrachtete er einige leuchtende Strähnen, die sich gelöst hatten und ihr Gesicht wie züngelnde Flammen umspielten. Die Frau war ihm auf Anhieb unsympathisch. Sich vor ihn zu setzen und ihm eine Moralpredigt zu halten, das hatten schon andere versucht. Leute, die ihn kannten. Doch von einer Unbekannten, der er vor zwei Minuten zum ersten Mal begegnet war, würde er sich ein solches Verhalten sicher nicht bieten lassen. Fürs Erste beschloss er jedoch, nicht auf ihre Provokationen einzugehen.

»Warum sind Sie hier runtergekommen?«

Sein Tonfall zeigte ihr sofort, dass er von ihrem Besuch alles andere als begeistert war. Empörung staute sich ihn ihr auf. Was war das nur für ein unhöflicher, ungehobelter Mensch? Wie kam ein dermaßen unsensibler Mann, dem jegliches Feingefühl zu fehlen schien, nur an einen solchen verantwortungsvollen Posten?

Ihre Augen wurden schmal. »Warum ich hier bin?« Fassungslos schnappte sie nach Luft. »Sie fragen mich tatsächlich, warum ich hier bin?« Sophias Zähne knirschten, als sie ihre Kiefer voller Wut aufeinanderpresste. »Capitaine«, spuckte sie seinen Dienstgrad aus. »Meine Familie ist vor über zwanzig Jahren hier verschwunden. Alles, was man damals von ihnen gefunden hat, waren Blutlachen in einer solchen Dimension, dass man davon ausgehen musste, dass sie dieses Massaker nicht überlebt haben.«

Ihre Augen glänzten verdächtig. Ungerührt musterte Nicolas die aufgebrachte Frau.

»Und Sie sind so unsensibel und fragen mich, warum ich mich sofort in mein Auto gesetzt habe und hergekommen bin? Der Mann und die bei ihm gefundenen Gegenstände, die Officier Armand mir gegenüber erwähnt hat, sind nach vierundzwanzig Jahren vielleicht der erste Hinweis auf den Verbleib meiner Eltern.« Fassungslos schüttelte sie ihren Kopf.

Nicolas überlegte kurz. »Madame, ich weiß wirklich nicht,

was Sie erwarten. Aber ich kann Sie auf keinen Fall über laufende Ermittlungen informieren. Das ist keineswegs üblich.«

»Üblich?«, ihre Stimme klang verbittert. »Ich gehe davon aus, dass es auch nicht üblich ist, dass hier Familien im Urlaub verschwinden und die Ermittlungen mit dem Vermerk abgeschlossen werden, dass die Opfer wahrscheinlich nicht mehr am Leben sind, obwohl die Leichen nie gefunden wurden. Diese Vorgehensweise sagt viel über die Arbeitsweise Ihres Vorgängers aus.«

Sophia wusste, dass sie gerade unfair wurde. Doch das war ihr im Moment gleichgültig. Der arrogante Beamte hinter dem Schreibtisch reizte sie mit seiner Überheblichkeit bis an die Schmerzgrenze.

»Madame Mildner«, seine Stimme war leise, deshalb aber nicht weniger bedrohlich. Sein Gesicht nahm eine furchteinflößende Miene an. »Passen Sie genau auf, was Sie sagen.«

Angesichts seiner Drohung im ersten Moment sprachlos, erlangte Sophia nur einen Moment später ihre Fassung wieder. »Wenn Sie auf meine Hilfe verzichten möchten, bitte schön. Dann werde ich eben auf eigene Faust herausfinden, wer das unbekannte Unfallopfer ist. Ich werde mir von Ihrem Vorgesetzten die Beweise zeigen lassen.« Sie machte eine Pause und blickte ihn trotzig an. »Aber alles, was ich weiß, jedes noch so kleine Detail, an das ich mich erinnern kann, werde ich auch nur Ihrem direkten Vorgesetzten mitteilen.« Scheinbar gleichgültig zuckte sie mit den Schultern. »Ihre Chance, diesen Fall aufzuklären, sinkt damit selbstverständlich erheblich. Doch wenn Sie trotzdem der Ansicht sind, dass Sie Ihre vielleicht wichtigste Zeugin nicht benötigen …«, sie erhob sich, »… dann ist unser Gespräch hiermit beendet. Schönen Tag noch.« Sie lächelte leicht. »Und viel Erfolg.« Während sie den Labrador hinter sich her zog, steuerte sie ungerührt auf die Tür zu.

Ungläubig blickte Nicolas ihr nach. Eine solche Unverfrorenheit war ihm noch nie zuvor begegnet. Doch ihre Worte hallten unerbittlich in ihm wieder.

»Warten Sie.« Die Aufforderung war raus, bevor er es sich anders überlegen konnte.

Die Türklinke bereits in der Hand, drehte sich Sophia betont langsam um und sah ihn stirnrunzelnd an.

»Bitte.« Er zeigte wieder auf den leeren Stuhl.

Fragend hob sie ihre Augenbrauen und blickte ihm provokant ins Gesicht.

Innerlich fluchend, bemühte er sich um einen ruhigen Tonfall. »Bitte setzen Sie sich wieder, Madame.« Nochmals deutete er eindringlich auf den Platz vor seinem Schreibtisch.

Abwartend blickte Tim sein Frauchen an, das noch immer zögerte. Schließlich ließ Sophia sich aber wieder langsam auf den Stuhl sinken und beugte ihren Oberkörper vor, während sie eine widerspenstige Haarsträhne hinter das Ohr strich. »Also?«

»Ich muss gegen Mittag sowieso nach Perpignan. Wenn Sie mir Ihre Adresse mitteilen, hole ich Sie vorher ab. Wir fahren ins Krankenhaus und ich sorge dafür, dass Sie einen Blick auf den Patienten werfen können.«

Zufrieden nickte Sophia. »Was ist mit dem Foto?«

»Das befindet sich mit dem Adressschnipsel ebenfalls in Perpignan bei der Spurensicherung. Wir werden uns die Beweise ansehen, sobald wir in der Klinik fertig sind.«

Obwohl er die Frau am liebsten hochkant aus seinem Büro geworfen hätte, war ihm doch klar, dass Sophia Mildner für die Aufklärung des Falls äußerst bedeutsam sein konnte. Schließlich war sie damals die Letzte gewesen, die ihre Familie lebend gesehen hatte, auch wenn sie noch ein Kind war. Daher schluckte er widerwillig seine Wut hinunter und bemühte sich, nicht allzu ablehnend zu wirken.

»Als Gegenleistung möchte ich umgehend über alle neuen Erkenntnisse, die Sie in dem Fall erlangen, informiert werden«, entgegnete sie selbstbewusst.

»Gegenleistung? Für was?« Er hatte sich wohl verhört!

»Für meine, nun, nennen wir es ›beratende Tätigkeit‹.« Sie lächelte leicht.

Wieder kochte Ärger in ihm hoch. »Madame, wir sind hier nicht auf einem Basar. Sobald Sie mir mitgeteilt haben, was Ihnen zu dem Unbekannten und den bei ihm gefundenen Beweisen einfällt, überlassen Sie uns alle weiteren Ermittlungen.« Auch er lehnte sich nun vor, sodass ihre Gesichter sich nur noch wenige Zentimeter voneinander entfernt befanden. Prüfend ließ er seinen Blick über ihr porzellanfarbenes Gesicht wandern. »Sie sind Zivilistin. Wenn wir etwas herausfinden sollten, was für Sie von Bedeutung ist, werden wir Sie rechtzeitig darüber informieren.«

Sophia schob sich noch ein Stück vor. »Meine Oma ist über achtzig Jahre alt. Ich habe ihr gestern versprochen, dass sie vor ihrem Tod erfährt, was mit ihrem Sohn passiert ist.« Ihre Stimme war leise. »Und ich werde alles dafür tun, mein Versprechen zu halten.« Sie kniff ihre Augen zusammen. »Ich möchte, dass Sie meinen Fall, das Verschwinden meiner Familie, umgehend neu aufrollen. Sie haben neue Hinweise. Allein das reicht aus, um die Ermittlungen wieder aufzunehmen.« Sie zögerte. »Mein Bruder war erst zwei Jahre alt, als man ihn höchstwahrscheinlich abgeschlachtet hat.« Jetzt lehnte sie sich zurück. »Ich möchte wissen, warum.«

Nachdenklich sah Nicolas sie einen Moment lang an. Schließlich nickte er langsam. »Ich werde sehen, was ich machen kann.«

»Sie sind hier der Chef. Erzählen Sie mir, was Sie wissen. Dann unterstütze ich Sie bei Ihren offenen Fragen, soweit ich dazu in der Lage bin.«

Obwohl ihm nicht wohl dabei war, sich von dieser Frau dermaßen vorführen zu lassen, spürte Nicolas, dass ihr Wissen ihm tatsächlich bei der Auflösung des Falls hilfreich sein konnte. »D'accord. Soweit es mir möglich ist, halte ich Sie über die Ermittlungen auf dem Laufenden«, presste er widerwillig hervor.

Obwohl sie innerlich triumphierte, verzog Sophia keine Miene, sondern bedankte sich stattdessen bei dem Polizeibeamten demütig für sein Entgegenkommen.

17

Argelès-sur-Mer

Nachdem Sophia sich kurz bei ihren Vermietern, einem älteren Rentnerehepaar, vorgestellt hatte, verlor sie keine weitere Zeit mehr, sondern fuhr zu der Adresse, die sich laut Internet direkt am weitläufigen Strand von Argelès-Plage befand. Noch immer ärgerte sie sich über die rüpelhafte Art des Capitaine. Doch letztlich hatte sie ihr Ziel erreicht, er würde sie über die aktuellen Entwicklungen informieren. Was erwartete sie also mehr? Sein unverschämtes Verhalten würde sie einfach ignorieren. Alles, was sie von ihm wollte, war schließlich, dass er ihr half, die Verbindung zwischen dem unbekannten Mann und ihren Eltern zu finden.

Als sie endlich die richtige Hausnummer gefunden hatte, stieg sie eilig aus dem Wagen, um im nächsten Moment auch Tim zu befreien. Hechelnd sprang der Hund aus dem Auto, stürmte unverzüglich auf die Rasenfläche vor dem Haus und warf sich schwanzwedelnd auf den Boden. Schmunzelnd blieb Sophia einen Moment stehen und beobachtete, wie der Rüde sich genüsslich auf dem trockenen Gras wälzte.

»Komm«, forderte sie ihn schließlich auf und öffnete die Haustür. Ungläubig blieb sie im Flur stehen. Die Vermieter hatten wahrlich nicht zu viel versprochen. Der helle Eingangsbereich war mit weißen modernen Möbeln ausgestattet. Tim folgte ihr neugierig und senkte sofort seinen Kopf, um die neuen Gerüche einzusaugen. Vom Flur aus kam man in einen kleinen Wohnraum, in dem sich eine dunkelgraue Couch und eine kleine Sitzgruppe aus hellem Holz befanden. Bodentiefe Fenster gaben einen atemberaubenden Blick direkt auf den angrenzenden Strand und das Meer frei.

»Wow!« Sophia war begeistert. Eilig öffnete sie die Flügeltüren und beobachtete zufrieden, wie Tim hinausrannte und sofort begann, in dem feinen Sand zu graben. »Dir scheint es also auch zu gefallen«, murmelte sie, während sie sich suchend umsah. Neugierig kehrte sie in den Flur zurück, von dem aus eine weitere Tür in die Küche führte. In der Ecke befand sich eine Wendeltreppe, die Sophia gespannt hinaufstieg. Im selben Moment kam Tim hereingestürzt und stürmte ihr nach. Das Obergeschoss bestand aus einer offenen Galerie mit großem Doppelbett und einem kleinen, angrenzenden Bad. Perfekt, dachte sie nach einem Blick auf die große Duschwanne.

»Los, wir müssen auspacken.« Lachend scheuchte sie den Hund wieder hinunter und holte ihr Gepäck aus dem Wagen. Sie hatte das kleine Ferienhaus sofort in ihr Herz geschlossen. Wenn sie das später Tabea erzählte …

Fast war Sophia sogar ein bisschen traurig, dass sie das Angebot ihrer Tante abgelehnt hatte, sie zu begleiten. Gestern am späten Abend hatte diese sie nochmals angerufen und gefragt, ob sie sie nicht doch auf ihrer Reise unterstützen solle. Aber da Sophia wusste, dass Tabea in den nächsten Tagen eine Reihe wichtiger Aufträge erledigen musste, hatte sie abgelehnt. Außerdem konnte Oma ja nicht allein zurückbleiben. Obwohl die alte Frau für ihr Alter noch relativ rüstig war, wäre Sophia bei dem Gedanken, sie mehrere Tage allein zu lassen, nicht wohl gewesen.

Nachdem sie ihre Koffer endlich im Haus verstaut hatte, rief sie nach Tim und sah sich mit ihm die nähere Umgebung an. Nur wenige Gehminuten von dem Haus entfernt befand sich ein kleiner Pinienwald, der sich bestens für die Morgen- und Abendrunde mit dem Hund eignete. Somit war also auch dafür gesorgt.

»Die Tochter ist unverschämt, etwas zu sehr von sich selbst überzeugt und eine echte Plage«, begann Nicolas, während er Charles und Marie genervt ansah. »Wann kommt Fabien?«, wollte er nach einem Blick auf seine Uhr wissen.

»Gegen Mittag«, erwiderte Marie. »Er wollte heute Morgen noch mal mit dem Verdächtigen von letzter Woche sprechen.« Sie fuhr sich durch ihr Haar. »Wegen der Diebstahlsache in Elne.«

»Ich fand diese Deutsche eigentlich ganz adrett«, erwiderte Charles anerkennend, woraufhin Marie eine Grimasse zog.

»Wenn man auf Rotschöpfe steht«, sagte sie und grinste.

Gereizt schüttelte Nicolas seinen Kopf. »Sie möchte von uns über alles informiert werden. Dafür hat sie angeboten ...«, ungläubig zog er seine Augenbrauen hoch, »... sie hat mir angeboten, beratend für uns tätig zu werden.« Er tippte sich leicht an die Stirn. »Man stelle sich das mal vor. Kommt mit diesem Riesenköter aus Deutschland und meint, wir hätten hier auf ihre Hilfe gewartet.« Wieder schüttelte er genervt seinen Kopf.

»Also, ich finde die Idee eigentlich nicht schlecht«, entgegnete Charles ungerührt. »Schließlich war sie die einzige Zeugin. Außerdem, was kann es schon schaden? Die Frau möchte einfach wissen, was damals mit ihrer Familie passiert ist.« Er blickte seinen Chef fragend an. »Kann man das nicht nachvollziehen?«

»Doch, das kann man, Charles«, entgegnete Nicolas verärgert. »Aber wir sind uns ja noch nicht mal sicher, ob der Verletzte wirklich etwas über das Verschwinden der Familie weiß. Vielleicht ist das alles auch nur ein dummer Zufall.«

»Also, an einen Zufall glaubt hier im Raum ja wohl niemand«, widersprach Marie heftig. »Das Opfer muss die Familie kennen. Niemand schleppt schließlich Fotos von irgendwelchen Wildfremden mit sich herum.«

»Vielleicht hat er das Bild ja zufällig irgendwo gefunden«, versuchte Nicolas krampfhaft, eine plausible Erklärung zu finden.

»Was ist denn auf einmal los, Nic? Eigentlich dachte ich, du wärst fest davon überzeugt, dass der Verletzte uns in diesem alten Fall weiterhelfen kann. Woher kommt dein plötzlicher Sinneswandel?« Fragend blickte Marie ihn an. Auch Charles musterte ihn befremdet.

Ja, was war plötzlich los? Hoffte er denn tatsächlich, dass die Hinweise sie wieder in eine Sackgasse führten? War er nicht gestern noch fest davon überzeugt gewesen, das Verschwinden der Familie Mildner mithilfe dieses mysteriösen Vorfalls endlich aufklären zu können? Was also war in ihn gefahren? Lag es an dem unverhofften Auftauchen der Tochter? Brachte ihn die freche Art der Deutschen dermaßen aus dem Konzept, dass er hoffte, schnellstmöglich wieder seine Ruhe vor ihr zu haben? War seine Wut auf die Frau wirklich größer als der Wunsch, endlich seinen Seelenfrieden zu finden? Er wunderte sich über sich selbst.

Nicolas räusperte sich, bevor er erklärte: »Ich hole Madame Mildner nach dieser Besprechung ab und fahre mit ihr nach Perpignan. Dann werden wir ja sehen, ob sie uns tatsächlich weiterhelfen kann.«

Ungläubig weiteten sich Maries Augen. »Du hast dich auf ihren Vorschlag eingelassen?«

»Sie wollte zu Morphes rennen und *ihm* bei den Ermittlungen helfen«, presste Nicolas zornig hervor.

»Sie hat dich erpresst?« Charles runzelte die Stirn.

»Ich konnte noch nicht mit Morphes sprechen, aber ich gehe davon aus, dass er höchstwahrscheinlich eine Wiederaufnahme des Mildner-Falles anordnen wird. Die Dimensionen könnten unser kleines Revier überfordern. Daher ist es nicht allzu weit hergeholt, dass der Directeur die Ermittlungen an Perpignan überträgt. Wenn diese Mildner jedoch uns unterstützt anstatt ihn, wird er den Fall in Argelès belassen.« Er stockte. »Zumindest hoffe ich das.«

Marie und Charles sahen ihn mitfühlend an. Beide wussten, was die Aufklärung dieses Falles für ihn und seine Familie bedeuten könnte.

»Am 7. August 1992«, begann Nicolas, während er die Akte vor sich aufschlug und konzentriert hineinblickte, »hatte die Familie Mildner geplant, einen Ausflug nach Perpignan zu unternehmen. Carine Mildner, eine gebürtige Französin aus Perpignan, ihr Mann Stefan Mildner, ein Deutscher, ihr zweijähriger Sohn Frederick sowie die Tochter Sophia, damals elf Jahre alt. Bevor sie losfuhren, wollten sie Baguette und weitere Verpflegung im *Intermarché* am Ortsrand von Argelès einkaufen. Die Tochter blieb im Wagen, während die anderen drei Familienmitglieder das Auto um kurz vor acht verließen. Nach Aussage der Supermarktangestellten sowie der Bäckereiverkäuferin hat die Familie das Einkaufszentrum nie betreten. Niemand konnte sich an die drei erinnern. Carine Mildner war eine äußerst attraktive Frau, die durchaus auffiel; man ging damals davon aus, dass die Zeugenaussagen der Wahrheit entsprachen.« Er holte tief Luft. »Also, was geschah damals zwischen dem Verlassen des Wagens und dem

Erreichen beziehungsweise Nichterreichen des Eingangs? Es handelte sich um eine Strecke von nur etwa hundert Metern, einer Zeitdauer von wenigen Sekunden. Aber die drei waren auf einmal wie vom Erdboden verschluckt.«

Betreten blickte Marie auf die Tischplatte. Charles zeichnete mit seinem Finger Schlangenlinien auf seinen Notizblock. Obwohl jeder in Argelès die furchtbare Geschichte kannte, erschütterte das Erwähnen der unfassbaren Ereignisse immer wieder aufs Neue.

»Einen Tag später fand man in der alten Markthalle am Hafen Blutspuren auf dem Boden, die mit an Sicherheit grenzender Wahrscheinlichkeit den drei verschwundenen Personen zugeordnet wurden.« Nicolas zögerte. »DNA-Abgleiche gab es damals leider noch nicht, doch die gefundenen Blutgruppen stimmten mit denen der vermissten Familienmitglieder überein.«

»Blutspuren«, raunte Charles kaum hörbar. »Die drei müssen ausgeblutet sein, so groß waren die Blutmengen. Niemand hätte ein solches Massaker überleben können.«

Nicolas schluckte. ›Abgeschlachtet‹, hatte die Tochter gesagt. Das Wort traf den Sachverhalt ziemlich genau.

»Exakt«, bestätigte er tonlos. »Aufgrund der Mengen an Blut ging man davon aus, dass die vermissten Personen tot waren. Der oder die Täter wurden nie gefasst. Die Leichen der Mildners sind bis heute nicht gefunden worden.« Er rückte seine Unterlagen zurecht. »Vierundzwanzig Jahre später der erste Hinweis überhaupt auf die Vermissten. Ein noch nicht identifizierter Mann schleppt sich schwer verletzt auf die Nationalstraße und läuft unter Schock in ein Auto. Er hat ein Foto der Vermissten Carine Mildner und deren Tochter Sophia bei sich sowie einen Papierfetzen mit der Adresse der Familie.«

Charles und Marie nickten.

»Also, wo ist die Verbindung?« Nicolas blickte abwechselnd seine beiden Mitarbeiter an.

»Wenn wir das wissen, finden wir hoffentlich auch heraus, was damals mit der Familie passiert ist«, resümierte Charles hoffnungsfroh.

»Wenn die Familie wirklich ermordet wurde, läuft seit vierundzwanzig Jahren ein Dreifachmörder frei herum«, gab Marie zu bedenken.

»Also sollten wir diese Chance unbedingt nutzen, um herauszufinden, wer der Unbekannte im Krankenhaus ist, wer ihn so schwer verletzt hat und was er über das Verschwinden der Mildners weiß«, schloss Nicolas nachdenklich.

18

Argelès-sur-Mer

Als Sophia in die Straße einbog, in der das Ferienhaus stand, erblickte sie den dunkelhaarigen, hochgewachsenen Polizeibeamten schon von Weitem. Tim stürmte freudig auf ihn zu und umkreiste ihn mehrmals schwanzwedelnd. Doch es war offensichtlich, dass der Capitaine nichts mit dem Hund anfangen konnte. Reglos stand er vor der Tür, sein Gesicht war grimmig.

»Capitaine Rousseau«, begrüßte Sophia ihn und ignorierte seine Abneigung gegen Tim.

Während sie die Tür aufschloss, stand der Polizist schweigend hinter ihr.

»Ich möchte mich noch kurz umziehen. Bitte, kommen Sie doch herein.« Und zu ihrem Hund gewandt, der noch immer um den Mann herumschwirrte, sagte sie mit scharfer Stimme: »Aus, Tim.« Augenblicklich schlich der Labrador geduckt ins Wohnzimmer, wo Sophia seine Decke neben der Couch platziert hatte.

Erleichtert atmete Capitaine Rousseau aus, bevor er den kleinen Wohnraum betrat. Sophia bemerkte verunsichert, wie er das Zimmer ungeniert musterte.

»Bitte, setzen Sie sich.« Sie zeigte auf das Sofa.

»Nein, danke, ich stehe lieber.« Er zögerte. »Ganz nett hier. Ich wollte schon immer mal wissen, wie diese Ferienhäuser von innen aussehen.«

Irritiert blickte sie ihn an. Hatte er tatsächlich gerade versucht, höflich zu sein? Sie hob ihre Augenbrauen.

»Ist ja nicht ganz billig in der Lage«, brummte er, während er neugierig auf die Terrasse schaute.

Kopfschüttelnd drehte sich Sophia um. »Bin gleich wieder da.«

Der Strand war fast menschenleer. Abwartend blickte Nicolas aufs Meer. Noch war Nebensaison. Erst in wenigen Wochen würden die Touristenströme einfallen; und die einheimische Bevölkerung arbeitete zu dieser Tageszeit noch. Skeptisch beäugte er den riesigen Hund, der eingerollt auf seiner Decke lag und ihn von unten herauf mit seinen braunen Augen fixierte.

Zehn Minuten später betrat Sophia frisch geduscht wieder den Wohnraum. Jeans, T-Shirt und Turnschuhe hatte sie gegen ein langes, dünnes Sommerkleid mit Sandalen eingetauscht.

Nicolas sah sie überrascht an. Sie war wesentlich schlanker, als es der erste Eindruck hatte vermuten lassen. Im Gegensatz zu dem weiten T-Shirt von vorhin betonte das blaugeblümte Kleid ihre weibliche Figur. »Der Patient liegt im Koma, für ihn hätten Sie sich nicht so zurechtmachen müssen«, knurrte er ungehalten.

Fassungslos starrte sie den Beamten an und öffnete ihren Mund, um seine Bemerkung entsprechend zu kommentieren.

Doch dann überlegte sie es sich anders und schwieg lieber. Noch nie war ihr ein solch unhöfliches, ablehnendes Verhalten untergekommen. Aber sie war zu müde; schließlich war sie die ganze Nacht durchgefahren. Sie hatte keine Energie mehr, sich mit diesem ungehobelten Menschen anzulegen.

Sie rief Tim zu sich und bemerkte mit Genugtuung aus dem Augenwinkel, wie der Polizist sie genervt ansah.

Er räusperte sich: »Wir fahren mit meinem Wagen.«

Provokativ erwiderte sie seinen Blick: »Ich weiß.«

Mühsam versuchte Nicolas, seinen Ärger hinunterzuschlucken.

»Der Platz reicht für Tim«, erklärte Sophia lächelnd, als Nicolas ihr seinen Kofferraum zeigte. Seufzend ließ er den Hund hineinspringen.

Während er den Wagen langsam durch die Straßen von Argelès lenkte, musterte Sophia den Polizisten unauffällig von der Seite. Das dichte, schwarze Haar lockte sich in alle Richtungen. Sein Teint war dunkel, obwohl Sophia sich sicher war, dass er noch ungebräunt war. Nachdenklich blickte sie auf die Haut ihres Unterarms. Selbst wenn sie die nächsten sechs Monate von morgens bis abends am Strand verbrächte, würde ihre Haut niemals so dunkel werden wie die des Franzosen. Lediglich ein ausgewachsener Sonnenbrand und unzählige Sommersprossen wären die Ergebnisse eines solch ausgedehnten Sonnenbades.

»Was machen Sie beruflich?«, bemühte sich Nicolas um etwas Höflichkeit, während sie auf die Autobahn auffuhren.

Überrascht sah Sophia ihn an. Interessierte ihn das wirklich?

»Ich bin Tierärztin«, gab sie gleichgültig zurück.

»Na klar«, entgegnete er.

»›Na klar‹?« Stirnrunzelnd sah sie aus dem Fenster. »Was soll das heißen?«

»Na ja, der Hund. Sicher haben Sie auch ein Pferd und reiten«, erwiderte er ernst.

»Sie meinen, weil ich einen Hund habe, ist es nur natürlich, dass ich Tierärztin bin?« Kopfschüttelnd trommelte sie mit ihren Fingern auf die Armlehne.

Einige Minuten herrschte Schweigen, während Sophia in ihrer Handtasche kramte. Sie hatte das Handy im Ferienhaus vergessen. Nach ihrer Rückkehr musste sie dringend Tabea anrufen.

»Welche Rasse ist das?« Nicolas sah konzentriert auf die Fahrbahn und verzog keine Miene.

»Hören Sie, ich erkenne ziemlich schnell, wenn jemand kein Interesse an Tieren hat. Sie müssen sich also nicht bemühen. Ich möchte einfach nur das Unfallopfer und die Beweismittel sehen. Außerdem habe ich letzte Nacht kein Auge zugemacht.« Sie zögerte. »Halt, stopp. Das stimmt nicht. Eine Stunde habe ich auf irgendeinem Parkplatz geschlafen. Daher verschonen Sie mich bitte mit Fragen, deren Antworten Sie im Grunde gar nicht interessieren.«

Wütend presste Nicolas seine Lippen aufeinander. Was dachte sich diese Frau eigentlich? Sie war nicht nur unfreundlich und unverschämt, sondern auch noch anmaßend und eingebildet. Aber in einem hatte sie recht, denn im Grunde interessierte es ihn wirklich nicht, ob es sich bei dem Hund um einen Dackel oder einen Bernhardiner handelte. Auch die Frau interessierte ihn nicht. Lediglich in ihrer Funktion als Zeugin könnte sie hoffentlich von Nutzen für ihn sein.

Müde ließ Sophia ihren Kopf gegen die Lehne fallen. »Tim ist ein Labrador. Und nein, weder habe ich ein Pferd noch kann ich reiten«, murmelte sie undeutlich.

Verdutzt drehte Nicolas seinen Kopf zu ihr und sah gerade noch, wie ihr im nächsten Moment die Augen zufielen und sie einschlief.

Nachdenklich legte er den Rest der Strecke schweigend zurück, bis er kurze Zeit später auf den Krankenhausparkplatz einbog. Nachdem er den Motor abgestellt hatte, blickte er unschlüssig zu seiner schlafenden Beifahrerin. Im Rückspiegel bemerkte er, wie der große Hund seinen Kopf über die Rückbank reckte und winselte, um sein Frauchen auf sich aufmerksam zu machen.

»Sie schläft«, raunte Nicolas leise, während er seinen Zeigefinger auf den Mund legte. Kopfschüttelnd fiel ihm ein, dass der Hund, wenn überhaupt, wohl nur Deutsch verstand. Erneut musterte er die schlafende Frau neben sich. Ihre helle Haut schien fast durchsichtig, als er sie aus nächster Nähe betrachtete. Ihre Gesichtszüge wirkten entspannter, friedlicher. Von der unfreundlichen, unverschämten und fordernden Art der Frau war in diesem Moment nichts zu spüren. Mehrere dunkelrote Strähnen hatten sich aus ihrem Zopf gelöst und umspielten ihr Gesicht und die zarten Schultern.

Endlich riss sich Nicolas von ihrem Anblick los und stieg leise aus dem Wagen. Vorsichtig öffnete er die Beifahrertür und tippte Sophia Mildner sachte auf den Oberarm. »Madame«, versuchte er, sie zu wecken. Doch sie bewegte sich nur kurz und drehte im Schlaf den Kopf von ihm weg. »Sophia«, probierte er es erneut etwas lauter und fasste sie fester an ihrer rechten Schulter.

Ihre Haut fühlte sich unter seiner rauen Hand weich und glatt wie Seide an. Was war nur mit ihm los? Seit wann machte er sich über wildfremde Frauen derartige Gedanken? Insbesondere, da er gegen dieses Exemplar der weiblichen Gattung von Beginn an eine natürliche Abneigung empfunden hatte.

In dem Moment riss Sophia erschrocken ihre Augen auf und blickte sich verschlafen um. »Was ...?«, begann sie auf Deutsch, bis sie sich seiner unmittelbaren Nähe bewusst wurde.

Verlegen rieb sie sich über ihre Augen, während Nicolas sich aus der Hocke erhob. »Pardon.« Sie stieg aus dem Wagen und schüttelte ihren Kopf. »Ich hoffe, ich habe nicht im Schlaf geredet.«

Unbestimmt drehte Nicolas seine Hand. »Ich habe nichts gehört. Außerdem kann ich sowieso kein Deutsch.«

Nervös holte sie ihre Handtasche aus dem Wagen und öffnete kurz den Kofferraum. »Tim, bleib. Wir sind gleich zurück.« Der Labrador legte die Ohren zurück und blickte sie vorwurfsvoll an. »Können Sie das Fenster bitte etwas öffnen?«

Nachdem er ihrer Aufforderung nachgekommen war, folgte sie dem Polizisten aufgeregt in das Gebäude hinein. Er steuerte direkt auf den Empfang zu, holte seine Marke hervor und erklärte der diensthabenden Schwester ihr Anliegen. Sophia hielt sich etwas im Hintergrund und lauschte angespannt auf das Stimmenwirrwarr um sie herum.

Plötzlich überkam sie erneut das dumpfe Gefühl, ihre Kehle schnüre sich zu. Entsetzt griff sie sich an den Hals und versuchte angestrengt, nicht auf die Satzfetzen zu achten, die unaufhörlich auf sie einstürmten. Sie schwankte und suchte verzweifelt nach einer Möglichkeit, sich festzuhalten. Doch die Vorhalle war leer, die Sitzgruppe in der Ecke zu weit entfernt. Hilflos spürte sie, wie ihre Knie zu zittern begannen. Als sie merkte, dass ihre Beine plötzlich wegklappten, spürte sie zwei Arme, die sie von hinten auffingen.

»Madame, was ist denn los?« Der Polizeibeamte hielt ihre Taille mit beiden Händen umfasst, während er ihr half, sich aufzurichten, und sie besorgt anschaute.

»Ich …«, stammelte Sophia verwirrt und zeigte auf die Sitzgruppe.

»Kommen Sie, ich helfe Ihnen«, erklärte er bestimmt und stützte sie, während sie zusammen langsam zu den beiden

Sesseln gingen. Vorsichtig half er ihr, sich zu setzen, und rückte den anderen Sessel näher heran.

»Möchten Sie ein Glas Wasser?« Noch immer musterte Nicolas besorgt ihr Gesicht, das eine noch blassere Farbe als zuvor angenommen zu haben schien, sofern dies überhaupt möglich war.

Vehement schüttelte sie ihren Kopf. »Nein, bitte.« Aus dem Augenwinkel bemerkte Sophia ängstlich, wie eine Schwester herangeeilt kam, während sie krampfhaft versuchte, ihre Atmung zu regulieren. »Es geht schon wieder.«

Der Capitaine erhob sich hastig und wechselte einige Worte mit der Pflegekraft, die gleich darauf wieder verschwand.

»Was ist mit Ihnen?«, wandte sich der Polizist erneut an Sophia. »Besser?«

Sie presste ihre Lippen aufeinander und schwieg.

»Sophia?« Abwartend blickte er sie an.

»Panikattacken«, erwiderte sie leise und wagte kaum, ihn anzusehen. Verloren starrte sie auf den Linoleumboden.

Nicolas schwieg und musterte die erschöpfte Frau.

»Seit meine Eltern … meine Familie vermisst wird, überkommen mich solche Anfälle immer wieder unregelmäßig.« Sie zögerte. »Ich kriege plötzlich keine Luft mehr, mir wird schwindlig. Mehrmals bin ich auch schon umgekippt.« Endlich hob sie den Kopf und sah ihn offen aus ihren grünen Augen an. »Seit einigen Jahren sind diese Attacken immer seltener geworden. Doch letzte Nacht auf der Herfahrt befielen mich plötzlich wieder diese Beklemmungen und jetzt eben …« Sie deutete mit der Hand zum Empfang und verzog hilflos ihr Gesicht.

»Erinnerungen?«, hakte Nicolas nach.

»Nein, ich vermute eher die Sprache, die Satzmelodie. Wenn ich Französisch höre, scheint mein Unterbewusstsein Querverbindungen herzustellen …« Sie brach ab.

»Aber als wir miteinander gesprochen haben …«, widersprach er irritiert.

»Ja, merkwürdigerweise scheinen Sie keinen Auslöser für meine Angstzustände darzustellen.« Sie nickte stumm, während sie sich bereits auf einen weiteren unfreundlichen Kommentar des unsensiblen Polizisten einstellte. Doch stattdessen schwieg er nur und schaute kurz auf sein Handy.

»Vielleicht sollten wir unseren Besuch auf morgen verschieben«, schlug er schließlich vor.

»Nein.« Sophia schüttelte heftig ihren Kopf. »Ich möchte den Mann sehen. Jetzt.« Flehend blickte sie ihn an.

»D'accord. Gehen wir.« Der Capitaine erhob sich. Doch als er ihr beim Aufstehen behilflich sein wollte, hob sie nur abwehrend ihre Hand.

»Es geht schon«, wiegelte sie ab.

Vor der Intensivstation sprach der Polizist erst einen kurzen Moment mit der Pflegeleiterin, bevor er Sophia schließlich heranwinkte. »Sind Sie bereit?«

Sophia nickte angespannt und folgte ihm durch eine Tür, die den Bereich der Intensivstation von den restlichen Krankenzimmern trennte.

»Voilà!« Nicolas deutete auf eine Glasfront, hinter der Sophia ein Krankenbett erblickte, um das mehrere medizinische Gerätschaften standen. Der Mann wurde künstlich beatmet, unzählige Schläuche schienen seinen schwer verletzten Körper am Leben zu halten. Sein Brustkorb hob und senkte sich in regelmäßigen Abständen.

Als sie an dem Krankenbett stand, starrte Sophia nervös auf die schmale Gestalt unter der Decke. Der Kopf war fast vollständig mit weißen Verbänden bedeckt. Nur ein kleiner Teil des Gesichts war zu erkennen.

Wie gebannt betrachtete Sophia Mildner den Patienten, während Nicolas sie unauffällig von der Seite beobachtete.

Ihrer Miene konnte er nicht entnehmen, ob sie den Mann wiedererkannte oder nicht. Doch er wollte nicht zu ungeduldig erscheinen, daher schwieg er und wartete ab.

Nach einer gefühlten Ewigkeit schüttelte sie endlich ihren Kopf. »Das ist nicht mein Vater«, erklärte sie mit fester Stimme.

»Sind Sie sicher?«, wollte Nicolas wissen, da sie für diese Erkenntnis sehr lange gebraucht zu haben schien.

»Ich habe diesen Mann noch nie zuvor in meinem Leben gesehen«, bestätigte sie. Der trotzige Unterton in ihrer Stimme war Nicolas nicht entgangen. Wieder ganz die Alte, dachte er resigniert.

19

Perpignan

Die kurze Strecke zur Zentrale der Police Nationale legten sie zum Großteil schweigend zurück. Erschöpft schloss Sophia kurz die Augen und dachte über den Unbekannten nach.

»Alles okay?«, fragte Nicolas nach einer Weile unvermittelt und warf ihr einen besorgten Blick zu.

Sophia nickte. »Wer ist der Mann? Woher kennt er meine Mutter?«

»Ich wünschte, ich könnte Ihnen darauf eine Antwort geben«, erwiderte Nicolas, während er blinkte und auf den Parkplatz vor dem Polizeirevier abbog. »Der DNA-Abgleich dauert einige Tage«, erklärte er, als der Wagen hielt.

Nachdem Sophia ihn im Krankenhaus darüber informiert hatte, dass es sich bei dem Verletzten nicht um ihren Vater handelte, nahm eine Krankenschwester vorsorglich eine Speichelprobe von ihr. Spätestens wenn die Ergebnisse vorlagen, würden sie wissen, ob der Mann in irgendeinem Verwandtschaftsgrad zu Sophia stand.

»Meine Mutter war Einzelkind. Ich glaube kaum, dass er zur Familie gehört«, erwiderte sie entmutigt.

»Möchten Sie kurz warten? Ich muss erst mit dem Directeur sprechen.« Nicolas blickte sie abwartend an, während er die Fahrertür öffnete.

Sie holte tief Luft. »Ich warte grundsätzlich nicht im Wagen.«

Ihr scharfer Ton ließ ihn innerlich zusammenzucken. Schlagartig fielen ihm die Ereignisse von damals ein. Natürlich, sie hatte ein Trauma erlitten. »Dann kommen Sie«, forderte er sie seufzend auf.

Als er auf den Eingang des Gebäudes zusteuerte, rief sie hinter ihm: »Capitaine! Tim ist noch im Wagen.«

Innerlich fluchend drehte er sich langsam zu ihr um und versuchte, ruhig zu bleiben. »Dies ist ein öffentliches …«

»… Gebäude und Hunde sind verboten. Ich weiß«, unterbrach sie ihn genervt. »Aber er muss bei der Hitze dringend aus dem Kofferraum raus. Hören Sie, ich setze mich mit ihm in den Flur und warte, bis Sie mit dem Directeur gesprochen haben. Wir verhalten uns auch ganz unauffällig.« Bittend riss sie ihre Augen weit auf. »Was halten Sie davon?«

Nichts, dachte er verärgert, doch er öffnete schweigend den Kofferraum und beobachtete, wie sie den Hund hinausließ.

»Merkwürdige Sache.« Der Directeur schüttelte grübelnd seinen Kopf.

»Nach unserem Gespräch werde ich der Tochter gleich die Beweismittel zeigen und hoffe, dass sie mir bei der Zuordnung der Handschriften weiterhelfen kann«, versuchte Nicolas, optimistisch zu klingen.

»Rousseau, Sie wissen, dass ich große Stücke auf Sie halte«, begann Laurent Morphes vorsichtig. »Aber sind diese Ermittlungen für Argelès nicht eine Nummer zu groß?«

Nachdenklich erhob sich Nicolas und trat ans Fenster. Die Straße war menschenleer. Die Mittagshitze flirrte auf dem Asphalt. Wer konnte, verbrachte die heißesten Stunden des Tages in klimatisierten Räumen. Nach einem kurzen Moment drehte er sich wieder um. Der Directeur saß noch immer abwartend auf seinem Stuhl und musterte ihn prüfend.

»Ich würde die Sache gern persönlich aufklären«, erwiderte Nicolas bedächtig und sah seinen Vorgesetzten offen an.

»Ich verstehe Sie, Capitaine.« Der Directeur nickte zögernd. »Bitte lassen Sie es mich jedoch sofort wissen, wenn Sie Unterstützung benötigen.«

»Merci, Directeur Morphes. Aber ich habe drei äußerst fähige Mitarbeiter. Ich denke, wir können den Fall allein abschließen.« Zufrieden lehnte sich Nicolas gegen die Fensterbank. Morphes würde ihm freie Hand lassen. Das war es, was er erhofft hatte.

»Welchen Fall? Die Messerstecherei oder die Mildner-Sache?« Gespannt blickte Morphes zu Nicolas, der genervt sein Gesicht verzog.

»Beide. Hoffentlich.«

»Mit der Aufklärung dieser jahrzehntealten Familientragödie würden Sie einen großen Schritt Richtung Beförderung nehmen«, brachte der Directeur an.

»Darum geht es mir nicht. Ich bin in Argelès zufrieden«, wehrte Nicolas ab.

Morphes nickte. »Ich weiß. Deshalb schätze ich Ihre Arbeit ja auch. Und natürlich kann ich Ihr persönliches Interesse bei diesen Ermittlungen bestens nachvollziehen.« Nun erhob er sich ebenfalls und kam um den Schreibtisch herum. »Aber Sie wissen: Verstricken Sie sich emotional nicht zu sehr darin.«

»Was ist mit der Tochter?«, wollte Nicolas noch wissen, ohne auf Morphes' Ratschlag einzugehen.

Der Directeur horchte alarmiert auf. »Was soll mit ihr sein?«

»Sie hat mir ihre Hilfe angeboten, möchte bei der Aufklärung mitwirken.«

Nachdenklich kratzte sich Morphes am Kinn. »Ungewöhnlich, aber durchaus verständlich. Was für einen Eindruck macht sie auf Sie?«

Nicolas dachte an ihre unfreundliche, fordernde Art, an ihren Panikanfall vorhin in der Klinik, an das riesige Ungetüm von Hund. Doch er bemühte sich um Neutralität: »Sie könnte möglicherweise nützlich sein.«

Morphes runzelte die Stirn und sah ihn scharf an. »Wo ist sie?«

»Sitzt draußen auf dem Flur.« Nicolas zeigte mit dem Daumen über seine Schulter.

»Gut, meinen Segen haben Sie, Rousseau.« Der Directeur nickte. »Binden Sie die Frau in Ihre Nachforschungen mit ein. Das kann ja nicht schaden. Aber behalten Sie im Kopf, dass sie Zivilistin ist. Keine Interna, keine Fotos mit Geheimhaltungsstufe, nichts, was damals vor der Presse zurückgehalten wurde. Haben Sie verstanden?« Eindringlich blickte er seinen Mitarbeiter an.

Nicolas nickte. Er hatte sowieso nicht vorgehabt, ihr mehr als nötig von den Ermittlungen preiszugeben.

»Gut, Sie können gehen. Viel Erfolg.« Morphes gab ihm zum Abschied die Hand, während er Nicolas wie selbstverständlich zur Tür bugsierte.

»Und?« Sophia Mildner sah ihm auf dem Flur neugierig entgegen. Skeptisch musterte Nicolas den gelben Hund, der friedlich neben seinem Frauchen schnarchte.

»Männer«, scherzte Sophia mit einem Blick auf den Rüden und verdrehte ihre Augen.

Gleichgültig zuckte er mit den Achseln, ohne auf ihr Geplänkel einzugehen. »Kommen Sie.«

Mit dem Kopf bedeutete er ihr, ihm zu folgen. Als Sophia sich erhob, öffnete der Labrador im gleichen Moment die Augen und sprang auf. Schweigend gingen sie den Flur entlang, bis Nicolas vor einer der unzähligen Türen stehen blieb und anklopfte.

Ein junger Mann öffnete und steckte seinen Kopf heraus. »Nic, was für eine Überraschung. Ich wäre später sowieso bei euch vorbeigekommen. Die Beweismittel sind nämlich fertig.«

»Salut, Etienne. Deshalb sind wir da.« Unbeholfen zeigte er auf Sophia, die zwei Meter hinter ihm stand, während sie Tim an der kurzen Leine hielt.

»Bonjour, Madame.« Etiennes Mund verzog sich zu einem breiten Grinsen, als er die Deutsche erblickte.

Lächelnd grüßte sie zurück, während sie einen Seitenblick auf Nicolas warf, der den Beamten genervt musterte.

»Das ist Sophia Mildner«, stellte er sie schließlich mit einem seltsamen Unterton vor.

»Mildner?«, rief der Jüngere überrascht aus.

»Sie ist die Tochter des Ehepaars, das damals verschwunden ist«, erklärte Nicolas überflüssigerweise.

»Verflucht, Madame. Das tut mir sehr leid«, rutschte es Etienne heraus.

Besorgt registrierte Nicolas, wie ihre Miene sich schlagartig versteinerte. Hoffentlich nicht wieder eine ihrer Attacken.

»Wie wäre es, wenn du mir die Beweismittel mitgibst? Dann kannst du dir den Weg zu uns später sparen«, trieb er Etienne an.

»Bon«, erwiderte Muller irritiert, bevor er in seinem Büro verschwand.

»Er ist der Leiter der Spurensicherung«, wandte sich Nicolas leise an Sophia, deren Gesichtszüge sich zusehends wieder normalisierten. Schweigend nickte sie und wartete.

»Voilà!« Etienne tauchte wenige Sekunden später auf und streckte Nicolas vorsichtig eine durchsichtige Tüte hin.

»Danke.« Er nickte Muller leicht zu und sah ihn warnend an. Etienne signalisierte ihm mit seinen Augen, dass er verstanden habe, bevor er sich von den beiden verabschiedete.

»Sie müssen mich nicht beschützen«, blaffte Sophia Mildner Nicolas unvermittelt auf dem Rückweg zum Parkplatz an.

Fassungslos blieb er stehen und starrte sie einen Moment lang an. Was war denn nun schon wieder in sie gefahren?

»Hören Sie, Madame. Ich weiß nicht, welches Problem Sie haben. Aber nichts liegt mir ferner, als Sie in irgendeiner Form beschützen zu wollen.« Ungläubig schüttelte er seinen Kopf.

»Ich habe Ihren Blick genau gesehen«, fuhr sie zornig fort.

Nicolas hob seine Augenbrauen und sah die junge Frau nur schweigend an. Einer solchen Furie war er ja noch nie begegnet.

»Ich bin kein Opfer«, behauptete sie wieder mit diesem trotzigen Unterton. »Man muss mich nicht schonen.«

Immer noch irritiert fuhr Nicolas sich durch sein Haar. Zu erwidern wusste er in dem Moment nichts. Erst als sie am Wagen ankamen, wandte er sich zögernd an sie: »Bitte schauen Sie sich die Tüte genau an. Wichtig für uns wäre zu wissen, wann das Foto aufgenommen wurde und wer die Adresse und die Namen notiert hat. Offensichtlich handelt es sich um zwei verschiedene Personen.«

Bevor er Sophia die Beweismittel reichen konnte, klingelte sein Handy. »Maman?«, meldete er sich nach einem kurzen Blick auf das Display.

Überrascht hob Sophia ihren Kopf und musterte den Beamten neugierig. Während er sprach, veränderten sich seine Gesichtszüge, seine Miene wirkte entspannter, freundlicher.

Sie schmunzelte innerlich. Was Mütter doch alles ausrichten konnten!

»Ich habe später noch eine Besprechung, aber danach könnte ich kommen«, erwiderte er gerade, während er seine Stirn runzelte. »Ist was mit Papa?«

Sophia ließ Tim kurz an einem Baum schnuppern und behielt den Polizisten unauffällig im Auge.

»Was ist denn los?«, fragte er sichtlich irritiert. »Weiß Lisa davon?« Während er der Antwort seiner Mutter lauschte, kaute er abwesend auf seiner Unterlippe.

Er hatte einen sportlichen Körperbau, die Stoffhose betonte seinen Hintern, wie Sophia mit einem Kribbeln registrierte. Was war nur mit ihr los? Der Capitaine war mit seiner unsympathischen Art überhaupt nicht ihr Fall. Sofort lenkte sie ihre Gedanken auf das Foto zurück, das sie gleich zu sehen bekäme. Sobald der Beamte sie nach Hause gebracht hatte, würde sie ins Bett gehen. Sie war mittlerweile so müde, dass sie kaum noch klar denken konnte.

»Gut, ich komme gegen Abend. Bis später«, verabschiedete sich Nicolas und beendete das Gespräch. Einen Moment lang starrte er nachdenklich auf den Boden, bevor er sich wieder zu der Deutschen umdrehte. »Pardon. Könnten Sie sich jetzt bitte die Sachen ansehen?« Genervt fixierte er den Hund, der bei seinen Worten die Ohren spitzte und Nicolas erwartungsvoll entgegenstürmte.

Lächelnd zog Sophia Mildner den Rüden von ihm weg und nahm die Tüte entgegen. Wie erstarrt blickte sie auf das Foto, auf dem sie mit ihrer Mutter abgebildet war. Nicolas beobachtete sie gespannt. Als sie das Bild langsam umdrehte, verzog sie keine Miene. »Die Schrift kommt mir nicht bekannt vor«, merkte sie mit fester Stimme an.

»Sie kennen das Foto?«, wollte Nicolas nach einigen Augenblicken wissen.

»Ja, es stand daheim bei den anderen Familienfotos. Auf der Kommode im Wohnzimmer. Bis …« Sie brach ab und stöhnte schmerzvoll auf.

Als er das offensichtliche Leid im Gesicht der Frau registrierte, regte sich tief in seinem Inneren ein Gefühl, das er schon viel zu lange verdrängte. Doch noch war Nicolas nicht bereit, sich darauf einzulassen. »Madame? Was ist mit der Adresse?«, fragte er vorsichtig.

Sie biss sich auf die Unterlippe und drehte die Tüte, sodass sie die Adresse besser erkennen konnte. Nachdem sie eine Weile auf den Papierschnipsel geschaut hatte, schlug sie entsetzt die Hand vor den Mund. »Das ist die Schrift meiner Mutter«, erklärte sie mit tränenerstickter Stimme. Ihre Augen glänzten verdächtig.

Vorsorglich machte Nicolas einen Schritt auf sie zu, falls sie erneut zusammenbrechen sollte, während sich sein Puls beschleunigte. Der Mann stand also tatsächlich in irgendeinem Zusammenhang mit der Familie. Vielleicht hatte er das Bild sogar direkt von Carine Mildner bekommen. Wer war er?

Die Deutsche sah nur reglos auf die Worte ihrer Mutter, während sie mit der freien Hand fast ehrfürchtig über die Tüte strich. Schließlich schüttelte sie stumm ihren Kopf und kreiste mit den Schultern.

Nicolas nickte schwach und bedankte sich für ihre Hilfe. Die Tüte nahm er wieder an sich, bevor er um den Wagen herumging. Als er einsteigen wollte, stand Sophia immer noch verloren auf derselben Stelle und starrte schweigend zu Boden.

»Madame? Sophia?« Mit erhobenen Augenbrauen wartete Nicolas kurz. »Kommen Sie. Ich bringe Sie in Ihr Ferienhaus.«

Endlich rührte sie sich und verfrachtete den Hund in den Kofferraum, bevor sie selbst einstieg.

20

Perpignan

»Das ist nicht dein Ernst!«

Voller Gewissensbisse wandte Antoine sein Gesicht ab, da er Emmas enttäuschte Miene kaum noch ertragen konnte.

»Antoine?«, ertönte ihre Stimme jedoch unerbittlich.

Ganz langsam drehte er seinen Kopf zurück und sah sie nur schweigend an.

»Warum tust du das?«, flüsterte sie kaum hörbar.

Traurig streckte er seine Hand über den Tisch. Doch sie war schneller und zog ihren Arm weg, bevor er sie berühren konnte. »Emma«, bat er eindringlich.

»Nein. Ich verstehe dich einfach nicht. Hatten wir nicht gemeinsam besprochen, das Wochenende zusammen zu verbringen?« Sie fixierte ihn mit einem scharfen Blick, unter dem er unruhig auf seinem Stuhl herumrutschte.

»Emma, Corelie und ich haben doch …« Er hatte heute Vormittag mit seiner Kollegin gesprochen und ihr weitere Lügen über Emma und ihre angebliche Krankheit erzählt. Wieder einmal hatte Corelie ihm geglaubt und ihm zugesichert, dass sie einige Tage ohne ihn auskäme.

»Nein, Antoine. Wir hatten etwas vereinbart. Warum kann Corelie die Sache nicht allein regeln?« Abwartend setzte sich Emma aufrecht hin.

»Das hatten wir doch alles schon. Anweisung von ganz oben. Wir sollen uns gemeinsam um die Probleme kümmern. Was soll ich denn machen?« Hilflos zuckte er mit den Achseln. Vor lauter Anspannung wagte er kaum noch zu atmen.

»Wir benötigen dringend etwas Zeit für uns, Antoine. Ich

dachte, unsere Beziehung sei dir wichtig. Du kannst nicht jedes Mal abhauen, wenn es kritisch wird.«

»Ich haue nicht ab«, widersprach er heftiger als beabsichtigt. »Ich muss geschäftlich nach Bordeaux.«

Misstrauisch kniff Emma ihre Augen zusammen. »D'accord. Du musst also nach Bordeaux.« Sie überlegte kurz. »Dann komme ich mit.« Entschlossen schob sie ihr Kinn vor.

Antoine seufzte. »Emma, du weißt, dass das nicht geht. Wenn der Chef herausbekäme, dass ich die Geschäftsreise mit einem Kurzurlaub mit meiner Freundin verbinde …« Den Rest ließ er unausgesprochen.

»Verflucht, Antoine. Was soll nur aus uns werden?« Mutlos legte sie sich die Hand auf die Augen.

Erneut fasste er über den Tisch und berührte sie leicht am Arm. »Emma, bitte. Du weißt, dass ich dich liebe. Alles wird gut.« Er stockte. »Ich verspreche es dir.« Mit bittenden Augen fixierte er seine traurige Freundin. »Bitte.«

Mit hochgezogenen Brauen schüttelte Emma ihren Kopf und erwiderte mutlos seinen Blick. Frustriert presste sie die Lippen so fest aufeinander, dass ihr Mund nur noch eine dünne Linie in ihrem hübschen Gesicht bildete.

»Alles wird gut«, wiederholte er leise und lächelte leicht.

Sie schluckte und nickte.

Er hatte es mal wieder geschafft. Sie würde seine ›Geschäftsreise‹ akzeptieren. Doch er fühlte sich elend. Neue Lügen. Neue Täuschungen, neue Verletzungen. So konnte es einfach nicht weitergehen. Wenn er diesmal zurückkehrte, musste er dringend etwas ändern. Und er musste mit seinem Therapeuten reden. Das war kein Leben. Lange würde Emma ihm seine Märchen nicht mehr abnehmen. Er konnte sowieso nicht verstehen, dass sie überhaupt noch bei ihm blieb. Sie schien ihn wirklich zu lieben. Und er? Schlitterte von einer Katastrophe in die nächste.

21

Argelès-sur-Mer

»Es ist nicht Papa«, erklärte Sophia, während sie auf der Terrasse stand und einige Kinder beobachtete, die am Strand Ball spielten.

»Aber wer ist er dann?« Tabea klang verunsichert.

»Die Polizei weiß es noch nicht. Der Capitaine bleibt aber an dem Fall dran und informiert mich über alle neuen Erkenntnisse«, entgegnete Sophia, während Nicolas Rousseau vor ihrem inneren Auge auftauchte. Hatte der Mann seit ihrer Ankunft auch nur ein einziges Mal gelächelt? So sehr sie sich anstrengte, sie konnte sich nicht daran erinnern.

»Sophia?«

»Äh, entschuldige bitte, ich bin todmüde. Was hast du gerade gesagt?« Sophia gähnte.

»Was mit dem Foto ist und der Adresse, die angeblich bei dem Opfer gefunden wurden?«

Sophia nickte. »Ich habe beides gesehen. Die Adresse stammt von Mama. Es handelt sich eindeutig um ihre Handschrift.«

»Das heißt, der Mann hat von deiner Mutter vor über zwanzig Jahren ein Foto von euch und eure Adresse bekommen? Und Carine hat ihm die Adresse selbst mitgeteilt?«

Sophia zuckte mit den Achseln. »Tabea, ich weiß es nicht. Keine Ahnung, ob er Mama gekannt hat. Vielleicht kam er auch über Umwege an die beiden Dinge. Warum sollte er denn ein uraltes Foto Jahrzehnte mit sich herumschleppen?«

»Das gefällt mir nicht. Wer ist der Mann? Und was hat er mit deiner Mutter zu tun?« Tabeas Stimme klang besorgt.

»Bist du denn ganz sicher, dass Mama keine Geschwister oder weitere Verwandte hatte?«, hakte Sophia nach.

»Natürlich bin ich sicher«, antwortete ihre Tante entrüstet. »Deine Großeltern starben noch vor deiner Geburt bei einem Autounfall. Beide waren Einzelkinder. Deine Mutter hat immer betont, wie froh sie sei, wieder eine neue Familie gefunden zu haben.«

Enttäuscht über diese Sackgasse, kam Sophia noch einmal auf das Foto zurück und beschrieb die Aufnahme. Sie wollte wissen, wann es entstanden war.

»Dieses Bild stand doch bei euch im Wohnzimmer?«, vergewisserte sich Tabea.

»Genau, aber wann wurde es aufgenommen? Dieser Rousseau hat mich danach gefragt. Ich konnte es ihm nicht sagen.«

Ihre Tante zögerte einen Moment. »Ich glaube, das war an deinem vierten Geburtstag. Dein Vater fotografierte euch, nachdem wir Kaffee getrunken hatten.« Ihre Stimme zitterte. »Sophia, bitte komm nach Hause. Vielleicht war es doch keine so gute Idee, die alte Geschichte nochmals aufzuwärmen.«

Im Hintergrund hörte Sophia ihre Oma, die Tabea zurechtwies und sie dann darin bestärkte, die Ermittlungen genau zu verfolgen.

Tabea seufzte. »Du hast mitbekommen, was deine Oma dazu meint.«

Sophia schmunzelte, obwohl ihr eher zum Heulen zumute war. »Ja, war nicht zu überhören.« Sie stockte. »Tabea, bitte mach dir keine Sorgen. Der Capitaine will den Fall neu aufrollen. Vielleicht findet er tatsächlich endlich heraus, was damals geschehen ist.«

»Du scheinst ja große Erwartungen in diesen Polizisten zu setzen«, merkte ihre Tante an.

»Der Mann ist eine menschliche Katastrophe, absolut unsympathisch und nervig. Aber ich habe den starken Eindruck, dass ihm sehr viel an der Aufklärung dieses Falls liegt.« Das meinte sie ernst, denn sie hatte tatsächlich das Gefühl, dass Rousseau die damaligen Ereignisse aus für sie unerfindlichen Gründen unbedingt klären wollte. »Tabea, ich melde mich morgen wieder. Ich muss dringend ins Bett. Sonst schlafe ich hier noch am Telefon ein«, murmelte Sophia müde.

Ihre Tante wünschte ihr noch alles Gute, bevor sie das Gespräch beendeten.

Keine fünf Minuten später befand sich Sophia schon im Tiefschlaf.

»Das war ja zu erwarten«, merkte Charles entmutigt an, während Marie mit grimmiger Miene neben ihm saß.

Nicolas nickte. »Zumindest können wir Stefan Mildner jetzt definitiv ausschließen.«

»Die Fingerabdrücke der vermissten Familie sind übrigens nicht im Zentralregister verzeichnet«, ergänzte Fabien.

Nicolas kniff nachdenklich seine Augen zusammen, während er sich die Akte heranzog. Seine drei Mitarbeiter sahen sich betreten an, während er suchend die Unterlagen durchblätterte. Als er wieder aufschaute, runzelte er die Stirn. »Hier steht, dass die Fingerabdrücke im Wagen gesichert wurden.« Er überlegte. »Wie kann das sein?«

»Ich habe alles mehrfach überprüft, Nic«, betonte Fabien. »Keine Fingerabdrücke von Carine, Stefan oder Frederick Mildner.«

»Von keinem der drei?« Mit versteinerter Miene blickte er seinen Mitarbeiter an.

»Non«, wiederholte dieser achselzuckend.

»Merkwürdig«, wunderte sich Charles.

»Kann es sein, dass die Kartei nach einer bestimmten Zeit bereinigt wird?«, fragte Marie vorsichtig nach.

Nicolas verzog sein Gesicht. »Das wäre mir neu. Nach welchen Kriterien sollten ältere Spuren herausgelöscht werden?« Er schüttelte seinen Kopf. »Nein, das kann ich mir absolut nicht vorstellen.«

»Soll ich morgen versuchen, in Erfahrung zu bringen, ob es eine entsprechende Anweisung zur Löschung alter Spuren gibt?«, bot Fabien an.

Nicolas nickte. »Tu das.« Zögernd erhob er sich und blickte in die Runde. »Morphes hat mir grünes Licht gegeben. Der Fall Mildner wird im Zusammenhang mit dem aktuellen Fall wieder aufgerollt. Sophia Mildner, die Tochter«, bei diesen Worten wandte er sich an Fabien, der der Deutschen als Einziger noch nicht begegnet war, »hat die Handschrift der Adresse eindeutig als die ihrer Mutter identifiziert.«

Ungläubig riss Marie ihre Augen auf. »Der Zettel sah aber nicht so aus, als ob das Unfallopfer ihn seit vierundzwanzig Jahren mit sich herumtrug.«

Nicolas nickte. »Das ist mir auch aufgefallen, als ich mir die Sachen vorhin noch mal angeschaut habe.« Er schüttelte den Kopf. »Der Zettel müsste zerfleddert und vergilbt sein nach dieser langen Zeit.«

»Willst du etwa andeuten, dass er die beiden Sachen erst vor Kurzem von Carine Mildner erhalten hat? Dass sie also noch lebt?« Charles wirkte nicht überzeugt. »Welche Mutter würde ihr Kind denn auf eine solche Weise im Stich lassen?«

Nicolas schüttelte erneut seinen Kopf. »Ich möchte gar nichts andeuten. Und ich glaube auch weiterhin nicht, dass Carine Mildner noch am Leben ist. Wer auch immer unserem Opfer Foto und Adresse hat zukommen lassen, ich denke, es kann noch nicht allzu lang her sein. Im Moment wissen wir weder, ob er die Mildners tatsächlich persönlich gekannt hat, noch wie lange sich die Beweismittel schon in seinem Besitz befinden. Aber aufgrund ihres Zustandes ist es so gut wie unmöglich, dass er sie seit über zwanzig Jahren mit sich herumträgt.« Er blickte zum Fenster. »Wenn wir davon ausgehen, dass die Mildners ausscheiden, muss es eine Verbindungsperson zwischen der Familie und unserem Mann geben, von der er Foto und Adresse erhalten hat.« Er wandte sich wieder seinen Mitarbeitern zu, die alle ähnlich verwirrte Mienen zur Schau trugen.

»Der Verletzte scheint Franzose zu sein«, merkte Marie an, woraufhin Nicolas aufhorchte. »Zumindest stammen seine Kleidung und die Schuhe ausnahmslos von französischen Herstellern. Unwahrscheinlich, dass er als Deutscher ausschließlich französische Marken trägt. Und einige der Firmen bekommt man in Deutschland nur über das Internet.«

»Gute Arbeit, Marie«, lobte Nicolas sie.

»Sollte er irgendwann aus dem Koma erwachen, haben wir also zumindest keine Verständigungsprobleme«, scherzte Fabien halbherzig.

Eine Stunde später saß Nicolas ungeduldig auf der Terrasse vor dem Haus seiner Eltern und blickte abwartend von Lisa zu seiner Mutter und wieder zu seiner Schwester zurück. »Ihr macht es aber spannend«, knurrte er.

Der Nachmittag ging langsam in den Abend über, doch es war noch immer sehr warm.

Lisa trug ein rotes T-Shirt und einen weißen knielangen Rock. Auch sie war erst vor wenigen Minuten nach Hause gekommen. Tagsüber arbeitete sie in einer Behindertenwerkstatt.

Jetzt räusperte sie sich. »Nici, es ist so ...« Sie brach ab und schaute verlegen zu ihrer Mutter, die ihr ermutigend zulächelte. »Also ... Ich will ausziehen.« Entschuldigend verzog sie ihr Gesicht.

Fassungslos blickte Nicolas erst Lisa, dann seine Mutter

an. »Das geht nicht, Lisa. Das weißt du doch«, presste er mühsam hervor.

»War ja klar …« Sie senkte enttäuscht ihren Kopf.

»Nicolas«, beschwichtigend legte seine Mutter ihm die Hand auf den Unterarm und sah ihn lange an.

»Maman! Lisa kann nicht allein wohnen«, wiederholte er mit eindringlicher Stimme.

»Warum nicht? Ich bin erwachsen.« Trotzig blickte sie ihn jetzt an.

»Lisa, bitte.« Nicolas schüttelte den Kopf.

»Deine Schwester wünscht sich sehnlichst eine eigene Wohnung«, bestärkte Hélène Rousseau ihre Tochter. »Hier im Ort gibt es ein neues Projekt, eine Art betreutes Wohnen für Menschen mit leichten Behinderungen.«

»Maman, Lisa hat das Downsyndrom. Sie kommt alleine nicht zurecht«, brauste Nicolas auf, ohne darauf zu achten, dass sich im selben Moment die Gesichtszüge seiner Schwester verhärteten.

Sie sprang so erzürnt auf, dass der Gartenstuhl, auf dem sie gesessen hatte, mit einem lauten Knall nach hinten umfiel.

Besorgt erhob sich ihre Mutter ebenfalls. »Lisa, bitte beruhige dich.«

»Ich hasse dich«, schleuderte die junge Frau wütend in Nicolas' Richtung, während sie fest mit ihrem Fuß aufstampfte.

»Lisa, setz dich bitte wieder.« Er zeigte mit der Hand auf den umgekippten Stuhl hinter ihr.

»Nein«, brüllte sie zornig und funkelte ihn grimmig an.

Ihre Mutter streckte den Arm aus und wollte sie beschwichtigen. Doch Lisa presste verärgert die Lippen aufeinander, kniff ihre Augen zusammen und drehte sich abrupt um die eigene Achse. Einen Augenblick später stürmte sie durch die offene Terrassentür ins Innere des Hauses. Dann hörte Nicolas im Obergeschoss des Hauses eine Tür laut knallen.

»Maman, du musst ihr diesen Unsinn unbedingt ausreden«, wandte er sich entschlossen an seine Mutter.

Diese schwieg einen Moment, bevor sie ihn lange anblickte. »Der Zeitpunkt wäre günstig.«

»Günstig? Was willst du damit sagen?« Argwöhnisch runzelte er die Stirn.

»Nicolas, wie lange ist dein Vater jetzt in dem Heim?« Sie sah ihn ernst an.

»Etwas über zwanzig Jahre«, erwiderte er tonlos, während ihm tausend Gedanken durch den Kopf gingen. Worauf wollte seine Mutter hinaus? Der Gesprächsverlauf war ihm alles andere als geheuer.

»Nicolas, was ich dir jetzt sagen möchte, wird schwierig.« Sie zögerte kurz. »Es ist so, dass ... nun, euer Vater bleibt immer euer Vater. Egal, was die Zukunft bringt.« Sie seufzte schwer. Für einen Moment ließ sie ihren Blick abwesend über die Rosenstöcke an der rechten Seite des Gartens schweifen.

»Maman, um was geht es hier eigentlich?« Nicolas verstand immer noch nicht, worauf seine Mutter hinauswollte. Für gewöhnlich war sie eine Verfechterin der klaren Worte, drückte sich deutlich und präzise aus. Dieses Herumgerede war so gar nicht ihre Art.

Sie holte tief Luft und blickte ihm fest in die Augen. »Ich habe einen Freund.«

Ihre Worte rissen ihm den Boden unter den Füßen weg. »Einen Freund? Was soll das heißen? Was ist mit Papa?« Seine Stimme klang barsch.

»Nicolas, dein Vater ist ein Pflegefall. Ich war über zwanzig Jahre allein, habe, so gut ich konnte, für deine Schwester und dich gesorgt. Aber ich bin auch eine Frau. Eine Frau mit Bedürfnissen. Seit über zwei Jahrzehnten gehe ich ohne Partner durchs Leben.« Sie stockte. »Denkst du, ich wünsche mir nicht, abends mit jemandem zusammensitzen zu können, der

sich für mich, für meinen Tag, meine Wünsche interessiert?«
Flehend blickte sie ihn an, während ihre Augen feucht
glänzten.

»Deshalb also …« Nicolas schüttelte ungläubig seinen Kopf.
»Lisa stört dich bei deinen Treffen mit deinem … Liebha-
ber«, sagte er bitter. »Da passt es natürlich großartig, dass
sie ausziehen möchte.« Er zögerte. »Wahrscheinlich war das
sogar deine Idee.«

»Nicolas, das ist unfair«, rügte ihn seine Mutter mit strengem
Unterton. »Deine Schwester ist dreißig. Lisa hat schon länger davon gesprochen, allein wohnen zu wollen.« Sie schluckte.
»Anfangs hatte ich ebenfalls Bedenken. Wie du.« Nachdenklich kaute sie auf ihrer Unterlippe. »Aber nachdem ich mich
näher mit dieser Einrichtung befasst habe, hat sich meine
Meinung geändert. Lisa schafft das. Sie ist erwachsen. Irgendwann bin ich nicht mehr da. Es wäre für mich eine große
Beruhigung zu wissen, dass sie allein zurechtkommt.«

»Ich bin schließlich auch noch da«, presste Nicolas mühsam hervor.

»Du bist ein junger Mann. Sicher wirst du auch irgendwann
die passende Frau treffen, mit der du eine Familie gründen
möchtest.« Sie sah ihren Sohn eindringlich an. »Du bist schon
viel zu lang allein«, merkte sie leise an.

Von ihren Worten unangenehm berührt, wandte er seinen
Blick ab.

»Nic.« Vorsichtig berührte sie seine Hand. »Du hast es
nicht leicht gehabt. Ich weiß das. Nach dem … nach dem
Vorfall mit deinem Vater hast du hier wie selbstverständlich
die Rolle des Familienoberhaupts übernommen. Du warst
doch noch ein Kind«, raunte sie wehmütig.

»Ich war fünfzehn«, widersprach er heftig.

»Ein Jugendlicher«, verbesserte sie sich. »Zu jung für eine
solche Verantwortung.«

»Wer ist es?«, murmelte er undeutlich.

»Maurice«, erwiderte sie abwartend.

»Maurice? Maurice Cousteau?«, widerholte er ungläubig. Hélène Rousseau nickte.

Maurice Cousteau war ihr Chef im Fremdenverkehrsamt. Nicolas kannte ihn flüchtig. Ein älterer Mann, der vor einigen Jahren seine Frau verloren hatte. Widerwillig musste er zugeben, dass Maurice gut zu seiner Mutter passte. Ruhig, vernünftig. Nicolas hatte sich ein paar Mal mit ihm unterhalten, wenn er ihm bei Veranstaltungen der Gemeinde über den Weg gelaufen war.

»Seit wann?«, fragte er neugierig.

»Nicolas.« Seine Mutter klang tadelnd. »Es hat sich einfach ergeben. Maurice ist auch seit einigen Jahren allein. Er versteht mich einfach.« Sie drückte seine Hand fester. »Das hat nichts mit deinem Vater zu tun. Er ist der Mann, mit dem ich zwei Kinder habe. Wenn ich euch ansehe, sehe ich euren Vater. In eurer Sprache, eurer Art, euch zu bewegen. Wenn ich mit euch zusammen bin, ist euer Vater allgegenwärtig.« Sie wischte sich eine Träne aus dem Augenwinkel. »Aber ich habe vor über zwanzig Jahren meinen Ehemann verloren. Wenn er damals gestorben wäre, hätte es für mich nicht schlimmer sein können.«

Nicolas nickte. Natürlich, schließlich wusste er, wie er sich selbst bei den Besuchen im Pflegeheim fühlte. Bis heute kam er nur schwer mit der Situation klar, dass sein Vater seit Jahren ein hilfloser, kranker Mann war, der sich seiner Umwelt kaum noch mitteilen konnte. Hatte er eigentlich jemals auch nur einen Gedanken daran verschwendet, wie es seiner Mutter dabei gehen musste? Zwanzig Jahre. Eine halbe Ewigkeit. Und all die Zeit war sie allein gewesen mit einem pubertierenden Teenager und einer behinderten Tochter.

»Lass mir etwas Zeit, Maman. Ich muss mich wohl erst an

den Gedanken gewöhnen, dass ich nicht mehr der einzige Mann in deinem Leben bin. Weiß Lisa davon?«

Seine Mutter nickte schweigend.

Natürlich, und sicher hatte sie wesentlich verständnisvoller auf die Nachricht reagiert als er.

Auch Nicolas nickte und schwieg. In der Stille hörten sie, dass Lisa die Musik in ihrem Zimmer laut aufgedreht hatte. Seine Mutter blickte ihn mit großen Augen an und lächelte leicht.

»Aber wegen Lisas Auszug ist das letzte Wort noch nicht gesprochen«, sagte er ernst.

»Maurice würde dich gern kennenlernen«, entgegnete seine Mutter leise, ohne auf die Bemerkung einzugehen.

»Wir kennen uns bereits«, erklärte Nicolas schmunzelnd.

»Er möchte gern mehr als drei Sätze mit dir wechseln.« Seine Mutter verzog ihr Gesicht zu einer Grimasse.

22

Mittwoch, 1. Juni
Argelès-sur-Mer

Sophia beobachtete Tim, der gierig seine Schnauze in den Napf steckte, bevor sie sich an die offene Terrassentür stellte und gedankenverloren auf die spiegelglatte Oberfläche des Meeres starrte, das in der frühen Morgensonne glitzerte.

Für einen Augenblick schloss sie die Augen und spürte die Wärme der Morgensonne auf ihrem Gesicht.

Einige Möwen schrien am wolkenlosen Himmel. Mit einem Mal wurde Sophia ganz ruhig. So früh am Morgen lag der Strand noch einsam und verlassen vor ihr. Sie konzentrierte sich auf ihren Atem, der in ruhigen Stößen durch ihren Körper floss. Es gefiel ihr hier. Obwohl sie vorher die starke Befürchtung gehegt hatte, sie werde an diesem Ort ständig mit traurigen, unangenehmen Erinnerungen konfrontiert, beschränkten sich die traumatischen Erlebnisse momentan auf ihre Panikattacken, die bisher nur gelegentlich durch die Wahrnehmung von Gesprächen in französischer Sprache hervorgerufen wurden.

Nachdenklich rieb sie mit ihrem Daumen über die alte Münze, die sie seit damals immer mit sich herumtrug. Am Tag, nachdem sie sie geschenkt bekommen hatte, war ihre komplette Welt zusammengebrochen. Jetzt war sie wieder hier; an dem Platz, der so viel Unglück über ihr Leben gebracht hatte. Und diesmal würde sie nicht ruhen, bis sie endlich die ganze Wahrheit kannte. Die Wahrheit über das Verschwinden ihrer Eltern und die Antwort auf die bohrende Frage nach dem Warum.

Genervt blickte Nicolas aus dem Fenster. Egal wie oft er die Mildner-Akte noch durchblätterte, er fand einfach keinen Anhaltspunkt, an dem er mit seinen Ermittlungen anknüpfen konnte. Er hatte so sehr gehofft, dass ihm die eine oder andere Ungereimtheit auffiele, wenn er die Unterlagen nur akribisch genug durchforsten würde, Details, die bis heute unentdeckt geblieben waren, Zeugen, die sich in Widersprüche verstrickten. Aber da war nichts. Auch nach dem zehnten Durcharbeiten blieb nur die bittere Erkenntnis zurück, dass dieser Fall mehr als sonderbar war.

In seiner kompletten bisherigen Laufbahn bei der Police Nationale war ihm nichts annähernd Ähnliches untergekommen. Es war kein Motiv ersichtlich, es wurden nie Tatverdächtige gefunden. Nichts. Keine Leichen, keine Spuren. Nur Blut, Unmengen von Blut. Frustriert schüttelte er den Kopf. Wahrscheinlich blieb ihnen nichts anderes übrig, als sämtliche Angaben in den Unterlagen erneut zu überprüfen. Eine sehr aufwendige, undankbare Arbeit. Doch im Moment fiel ihm keine Alternative dazu ein.

Er holte den Beweisbeutel mit dem Foto und der Adresse aus der Schreibtischschublade. Einen Augenblick lang betrachtete er die beiden Personen. Carine Mildner sah glücklich aus, während die Tochter sich an ihren Hals schmiegte. Die Momentaufnahme einer Mutter-Tochter-Beziehung, wie sie millionenfach existierte. Nur mit dem Unterschied, dass diese Beziehung von einer auf die andere Sekunde unwiderruflich zerstört worden war.

Wo bist du? Nicolas runzelte die Stirn, während er die Mutter musterte. Zweifellos war sie sehr attraktiv. Im nächsten Augenblick erschien die Tochter vor seinem inneren Auge. Zwar hatte sie unmögliche Manieren, doch auch sie konnte durchaus als hübsch bezeichnet werden. Die wild gelockte Mähne, die klare, helle Haut mit den vorwitzigen Sommersprossen um die Nase herum. ›Wenn man auf Rotschöpfe steht‹, wiederholte er in Gedanken die Worte von Marie.

Nicolas seufzte. Die halbe Nacht hatte er über das gestrige Gespräch mit seiner Mutter nachgedacht. Ein neuer Mann. Und Lisa allein in einer fremden Umgebung. Nein, das ging auf gar keinen Fall. Er musste dringend noch mal mit seiner Schwester sprechen. Sie war jetzt zwar sehr wütend auf ihn, aber irgendwann würde sie seine Gründe verstehen.

Nicolas rieb sich langsam über die Schläfen, bevor er sich wieder an die Arbeit machte. Obwohl die Schrift vor seinen Augen schon nach kurzer Zeit zu verschwimmen begann, machte er weiter. Er brauchte einen neuen Anhaltspunkt. Frustriert rief Nicolas am Computer verschiedene Datenbanken auf – und konnte kaum glauben, was er auf dem Bildschirm las. Eigentlich hatte er nur auf gut Glück einige Fakten abgleichen wollen.

Wieder und wieder überflog er ungläubig die Daten. Das konnte doch nicht sein. War diese Diskrepanz vor vierundzwanzig Jahren wirklich übersehen worden? Hektisch blätterte er durch die Akte, bis er endlich den entsprechenden Ausdruck fand. Nein, tatsächlich befand sich der Fehler in der amtlichen Liste von damals. Aber das war unmöglich! Irritiert verglich Nicolas mehrmals die Daten, doch dadurch änderten sie sich nicht. Sollte er wirklich einen ernsthaften Ermittlungsansatz gefunden haben? Ob die gefälschten Daten in unmittelbarem Zusammenhang mit dem Verschwinden der Familie standen, würden erst die weiteren Nachforschungen ergeben. Aber es war immerhin ein Anfang. Grimmig presste er seine Lippen aufeinander. Mal sehen, was Sophia Mildner dazu zu sagen hatte.

Erwartungsvoll sahen ihn seine Mitarbeiter eine Stunde später an. Sie spürten die Anspannung, die Nicolas ergriffen hatte.

»Na, komm schon, Nic. Mach es nicht so spannend. Was gibt es?« Charles verdrehte theatralisch seine Augen.

Nicolas zog eine Grimasse. »Du hast recht, Charles. Es gibt etwas.« Unruhig tigerte er an der Stirnseite des Tisches von rechts nach links und blieb schließlich an der gegenüberliegenden Wand stehen. »In den letzten zwei Tagen habe ich die Akte Milder fast auswendig gelernt. Immer wieder nach dem einen Detail gesucht, das damals einfach übersehen worden sein musste.« Er schwieg und blickte in die Runde. »Heute Morgen dachte ich, wir müssten einfach noch mal alle Tatsachen, die nie hinterfragt wurden, erneut überprüfen.«

Fabien hob irritiert seine Augenbrauen, nickte aber zustimmend.

»Schließlich bin ich über die Tatsache gestolpert, dass Carine Mildner, damals noch Duchamps, 1979 nach Deutschland gezogen ist.«

Wieder schwieg er.

»Ja, und?«, wollte Marie ungeduldig wissen.

Nicolas hob beschwichtigend seine Hand. »In der Akte steht, ihre Eltern seien 1979 bei einem Autounfall ums Leben gekommen. Sie hatte keine Geschwister. Daher entschloss Carine sich damals, ihre Zelte hier abzubrechen, und ist zum Studieren nach Deutschland gegangen. Kommt euch das nicht komisch vor?« Triumphierend sah Nicolas in die verständnislosen Mienen seiner Mitarbeiter.

Fast gleichzeitig schüttelten diese ihre Köpfe.

»Nun …« Er reckte seinen Zeigefinger in die Luft. »Mir kam es komisch vor. Und wie sich wenig später herausstellte, zu Recht.«

»Ich verstehe immer noch nicht, worauf du eigentlich hinauswillst, Nic«, warf Charles skeptisch ein. »Sie wollte weg. Daran kann ich nichts Ungewöhnliches finden.«

»Würdest du einfach alles hinter dir lassen, wenn deine Familie durch einen Unfall plötzlich aus dem Leben gerissen würde?«, stellte Nicolas die Gegenfrage.

»Keine Ahnung.« Sein Partner zuckte mit den Achseln. »Jeder trauert anders.«

»Mag sein«, gab Nicolas zu. »Aber ich bin immer wieder über diesen Unfall gestolpert.« Voller Genugtuung blickte er erst zu Marie, dann zu Fabien. »Den es nie gab«, ließ er schließlich die Bombe platzen.

»Was meinst du?«, fragte Marie verwirrt.

»Am angeblichen Todestag der Eltern ist kein tödlicher Autounfall verzeichnet worden«, antwortete Nicolas, während er zu seinem Platz zurückkehrte und sich endlich setzte.

»Vielleicht sind sie nicht hier verunglückt«, suchte Fabien nach einer Erklärung.

»Nein, sind sie in der Tat nicht«, bestätigte Nicolas. »Denn sie sind an dem Tag überhaupt nicht gestorben.«

Ungläubig schaute Marie ihren Chef aus weit aufgerissenen Augen an. »Aber in der Akte ...« Sie brach irritiert ab.

»Genau, in der Akte ist etwas anderes vermerkt. Nämlich, dass sie bei einem Autounfall ums Leben kamen.« Nicolas nickte bekräftigend. »Das ist mir auch unerklärlich. Ich habe heute einen offiziellen Ausdruck aus dem Melderegister angefordert, datiert auf wenige Tage nach dem Verschwinden der Mildners.« Er stockte. »Cateline und Lois Duchamps haben sich 1979 definitiv beide noch bester Gesundheit erfreut.«

»Das gibt's doch nicht«, rutschte Charles heraus.

»Das dachte ich auch. Aber es ist kein Zweifel möglich. Cateline ist 2004 gestorben, Lois vor zwei Jahren, beide eines natürlichen Todes aufgrund Altersschwäche.«

»Jeder Irrtum ausgeschlossen?« Fabien verzog fassungslos sein Gesicht.

»Oui. Es handelt sich eindeutig um die Eltern«, entgegnete Nicolas ruhig.

Für einen Moment herrschte ratloses Schweigen.

»Aber wir wissen nicht, ob diese ... nun ja, diese Unstimmigkeit wirklich mit dem Verschwinden von Carine Mildner zusammenhängt«, gab Charles zu bedenken.

Nicolas schüttelte seinen Kopf. »Das stimmt. Das wissen wir nicht.« Erwartungsvoll sah er seine Mitarbeiter an.

»Aber es könnte durchaus interessant sein, dieser Spur weiter nachzugehen«, vervollständigte Marie den Gedanken.

»Durchaus«, bestätigte er. »Insbesondere, da wir keine andere heiße Spur haben.«

»Vielleicht sollten wir die Tochter dazu befragen«, brachte Fabien nachdenklich an. »Möglicherweise gibt es eine logische Erklärung für das Ganze.«

»Das hatte ich vor«, erwiderte Nicolas lapidar. Die Deutsche würde wohl sowieso auch ohne explizite Aufforderung demnächst hier auftauchen.

»Vielleicht hatte sich Carine Mildner mit ihren Eltern verkracht. Ist von daheim ausgerissen, abgehauen.« Marie verzog den Mund.

»Wäre eine Erklärung, wenn wir nur ihre Behauptung hätten. Was aber ist mit dem falschen Melderegisterausdruck?«, widersprach Nicolas.

Marie nickte. »Also steckt mehr dahinter als ein normaler Familienkrach?«

»Davon sollten wir im Moment ausgehen«, meinte Nicolas.

»Ich werde später erst mal nach Croiselles-en-Haut fahren. Mit den Leuten sprechen, die damals den Markt organisiert haben, der immer in der Halle am Hafen stattfand, wo man einen Tag nach dem Verschwinden die Blutspuren gefunden hat.«

Ungeduldig trommelte Sophia mit ihren Fingern auf der Armlehne. Sie wollte sich erkundigen, ob die Ermittlungen Neues ergeben hatten. Tim blickte sein Frauchen mit gespitzten Ohren an. Mit einer Handbewegung bedeutete sie ihm unauffällig, sich wieder hinzulegen.

»Wie alt ist er denn?«, fragte die Sekretärin, während sie mit dem Kinn auf Tim deutete.

»Fünf. Also im besten Alter, umgerechnet auf Hundejahre«, erwiderte Sophia grinsend.

»Ein schöner Hund«, bewunderte ihn Catherine Roloit.

»Merci. Allerdings ist Ihr Chef weniger begeistert von ihm, aber schließlich kann ich Tim nicht den ganzen Tag allein in einer fremden Umgebung lassen.«

Die Sekretärin erwiderte ihr Lächeln. »Machen Sie sich keine Gedanken. Nic, ich meine, Capitaine Rousseau hat das Herz auf dem rechten Fleck.«

Ungläubig runzelte Sophia die Stirn. Dieses Herz hatte er bis jetzt aber gut versteckt.

»Sicher wirkt er auf den ersten Blick etwas …«, die Sekretärin suchte nach dem richtigen Ausdruck, »… etwas distanziert.« Unfreundlich, schoss es Sophia durch den Kopf. Unhöflich, unsensibel. Doch sie schwieg, da sie die Frau nicht in eine Zwickmühle bringen wollte, indem sie schlecht über deren Vorgesetzten sprach.

»Wenn man ihn braucht, ist immer Verlass auf ihn.« Der Blick der Sekretärin wanderte versonnen ins Leere. »Er hat wirklich schwere Zeiten hinter sich.«

Haben wir das nicht alle, irgendwie, ergänzte Sophia in Gedanken.

»Er wird sich schon noch an Ihren Hund gewöhnen.«

Sophia zuckte mit den Achseln, da es ihr ziemlich gleichgültig war, ob der Capitaine sich mit Tim anfreundete oder nicht. Obwohl der Hund den Polizisten aus unerfindlichen Gründen ins Herz geschlossen zu haben schien. Gewöhnlich ließ er Leute, die ihn nicht beachteten, ebenfalls links liegen. Nicht so Rousseau. Jedes Mal, wenn er den Beamten erblickte, war er ganz aus dem Häuschen, würde er am liebsten auf ihn zustürmen, wenn Sophia ihn nur ließe. Na ja, anscheinend konnten sich auch Hunde mal täuschen.

Das Telefon der Sekretärin klingelte. »Nic«, grüßte sie, Sophia aufmunternd zulächelnd. Sie nickte mehrmals, ohne die Deutsche aus den Augen zu lassen. »Sie sitzt bereits hier«, bestätigte sie, während Sophia innerlich triumphierte. Er wollte also mit ihr sprechen. Vielleicht gab es tatsächlich Neuigkeiten.

In dem Moment beendete Catherine Roloit auch schon das Gespräch. »Er möchte Sie sehen.« Sie erhob sich und öffnete die Milchglastür in den hinteren Bereich. »Sie kennen den Weg ja bereits.«

Sophia nickte und betrat das Großraumbüro, während Tim ihr schwanzwedelnd folgte. Die junge Polizistin stand mit zwei Kollegen an ihrem Schreibtisch und blickte interessiert herüber. Einen der Beamten hatte Sophia bereits gestern hier gesehen. Der andere, sie schätzte ihn etwa zehn Jahre älter als sie selbst, nickte ihr freundlich zu. Sie vermutete, dass es sich um Officier Armand handelte, der sie vor zwei Tagen angerufen hatte. Leise erwiderte sie seinen Gruß, während sie auf die Tür zusteuerte, die zu dem Büro des Capitaine führte.

»Herein.«

»Bonjour, Capitaine.«

»Madame, bonjour, bitte setzen Sie sich.« Nicolas deutete auf den freien Stuhl.

Sophia bemerkte, dass der Polizist müde aussah. Die dunklen Augen, die gestern schwarz geschimmert hatten, sahen heute stumpf und erschöpft aus. Sein dichtes Haar stand wild vom Kopf ab. Doch das schien ihn nicht zu stören. Was war passiert?

»Madame, es gibt neue Erkenntnisse«, verkündete er geheimnisvoll.

Sie horchte auf, während Tim aufgeregt an seiner Leine zerrte, weil er unbedingt um den Schreibtisch herumlaufen wollte. Genervt zog sie ihn zurück und bedeutete ihm mit einem scharfen Blick, sich zu setzen.

»Welche neuen Erkenntnisse?«, fragte sie neugierig.

»Immer mit der Ruhe, Madame. Erst habe ich noch einige Fragen an Sie.«

Nervös rutschte Sophia auf ihrem Stuhl herum. »Bitte«, forderte sie ihn auf. Sie fühlte sich unter seinem durchdringenden Blick unwohl, da sie das unangenehme Gefühl beschlich, dass er sie gleich auf die Probe stellen wollte.

»Bitte erzählen Sie mir von Ihrer Mutter. Auf welchem Weg sie nach Deutschland kam, wie sie Ihren Vater kennengelernt hat. Alles, was Sie von damals wissen. Jedes Detail, das Ihre Mutter Ihnen erzählt hat, könnte wichtig sein.« Er nickte ihr aufmunternd zu, ohne eine Miene zu verziehen.

Sophia befürchtete, dass mehr hinter seiner harmlosen Aufforderung steckte. Wozu wollte er jetzt so tief in der Vergangenheit herumstochern? Sie holte tief Luft und ordnete kurz ihre Gedanken, bevor sie schließlich zu sprechen begann. »Meine Mutter kommt aus Perpignan. 1979 entschloss sie sich, ins Ausland zu gehen. Da sie bereits in der Schule Deutsch gelernt hatte, lag es nah, sich aufgrund der Sprache für Deutschland zu entscheiden.« Sie stockte und überlegte.

»Warum?«, hakte Nicolas nach.

Sophia blickte ihn verständnislos an. »Warum was?«

»Warum hat sie Frankreich überhaupt verlassen?« Sein Blick wurde noch eindringlicher.

Er hatte schöne Augen, fiel ihr in diesem Moment auf. Doch sofort konzentrierte Sophia sich wieder auf seine Frage. »Ihre Eltern, meine Großeltern, starben 1979 bei einem Autounfall. Sie hatte keine Geschwister. Meine Mutter hat uns immer wieder erzählt, dass sie damals wegmusste. Dass der Umzug das Beste war, was ihr überhaupt passieren konnte.« Traurig starrte sie auf die Tischplatte.

Nicolas fühlte sich beklommen, doch er ignorierte das aufkeimende Gefühl. »Wo lernten sich Ihre Eltern kennen?«

»An der Uni. Meine Mutter kam nach Heidelberg, studierte an der Ruprecht-Karls-Universität Deutsch und Französisch.« Schweigend erwiderte sie für einen Moment seinen Blick. »Mein Vater studierte Architektur. Sie lernten sich auf einer der Studentenpartys kennen.«

»Und weiter?« Abwartend zog Nicolas seine Augenbrauen hoch.

»Meine Mutter wurde schwanger, Ende 1980 kam ich auf die Welt, einige Jahre später mein Bruder. Und wenn sie nicht gestorben sind, leben sie glücklich bis ans Ende ihrer Tage.«

Ihre Stimme klang nun bitter. »Leider trifft dieser Satz auf meine Familie nicht zu.«

Betreten blickte Nicolas einen Moment auf die Akte, die vor ihm auf dem Tisch lag. Er räusperte sich. »Madame Mildner, Ihre Großeltern sind nicht bei einem Autounfall ums Leben gekommen.« Gespannt wartete er auf ihre Reaktion.

Sophia Mildners Augen weiteten sich ungläubig. »Das kann nicht sein«, raunte sie kaum hörbar.

»Doch. Hier sind die offiziellen Meldungen aus dem Zentralregister.« Mit diesen Worten schob er ihr den Ausdruck hin, den er vorhin angefertigt hatte. Wortlos beobachtete er, wie sie mit zitternden Fingern das Blatt anhob und die Zahlen darauf sekundenlang betrachtete.

»Aber ...« Sie verstummte und runzelte argwöhnisch ihre Stirn. Als sie endlich wieder den Blick hob und ihn ansah, erschrak er über ihren Gesichtsausdruck. Sophia Mildners Miene war wie versteinert, ihre Lippen zitterten.

Sie schluckte. »Die beiden haben noch gelebt, als damals ...« Sie schloss voller Verzweiflung ihre Augen.

»Das war Ihnen nicht bekannt«, stellte Nicolas ernüchtert fest.

Sophia schüttelte heftig den Kopf. »Natürlich nicht.« Ihr Tonfall war barsch. »Warum ...?« Fassungslos brach sie ab und starrte auf Tim, der sein Frauchen besorgt ansah. »Ich nehme an, ein Irrtum ist ausgeschlossen?« Sophia Mildner sank sichtlich in sich zusammen.

Nicolas nickte. »Ja, ich habe es mehrfach überprüft. Ihre Großeltern starben erst 2004 beziehungsweise 2014.«

»Das kann doch nicht sein«, murmelte sie mehr zu sich selbst. »Warum ...?« Sie legte ihren Kopf in den Nacken. »Warum hat sie uns belogen?«

Nicolas schwieg, da er die Verzweiflung der Deutschen fast körperlich spüren konnte. Diese Frage beschäftigte auch ihn und sie verwirrte Nicolas mindestens in dem gleichen Maß wie seine Entdeckung von vorhin.

»Warum haben sie sich nicht gemeldet, als ...?«, wieder versagte ihre Stimme. »Als meine Eltern verschwunden sind.«

Darüber hatte Nicolas ebenfalls nachgedacht. »Die Medien haben damals keine Namen genannt, aus Rücksicht auf Sie. Man wollte kein eventuelles Risiko eingehen, da niemand wusste, was genau hinter dem Verschwinden Ihrer Familie steckte.«

»Was bis heute nicht klar ist«, merkte sie tonlos an. »Warum hatte meine Mutter all die Jahre keinen Kontakt zu ihren Eltern? Ich verstehe das einfach nicht. Mama war ... sie war ein so herzlicher und freundlicher Mensch. Ich kann einfach nicht glauben, dass sie sich mit ihren eigenen Eltern derart überworfen haben soll. Und warum erzählte sie uns, dass sie tot seien?« Immer noch fassungslos schüttelte Sophia ihren Kopf.

»Wir werden versuchen, Antworten zu finden, Madame«, brachte Nicolas sich wieder in Erinnerung. »Es tut mir leid, aber ich muss gleich los. Ich möchte noch andere Fakten von damals überprüfen. Es scheint mir, dass es noch weitere Ungereimtheiten geben könnte, die uns vielleicht helfen, endlich das Schicksal Ihrer Familie aufzuklären.« Langsam erhob er sich.

Auch der Labrador sprang im gleichen Moment auf und versuchte erneut, sich dem Polizisten zu nähern. Doch Sophia zog ihn sanft zurück. »Er scheint Sie wirklich zu mögen«, sagte sie leise.

Seltsam berührt nickte Nicolas.

»Bitte, Capitaine. Nehmen Sie mich mit.« Aus großen, verzweifelten Augen sah sie ihn an.

»Madame, das geht nicht. Das wissen Sie«, versuchte er, ihren Wunsch abzuwehren.

»Ich bleibe auch in Ihrem Wagen, wenn Sie unbedingt möchten. Obwohl ich eigentlich nie im Auto warte. Bitte. Ich kann hier nicht einfach herumsitzen und abwarten. Vielleicht bin ich Ihnen ja sogar eine Hilfe.«

Später konnte Nicolas nicht mehr sagen, was genau den Ausschlag gegeben hatte, sich auf die wahnwitzige, absurde Idee der Deutschen einzulassen. War es die tiefe Hoffnungslosigkeit, die aus ihrer Stimme gesprochen hatte? Oder ihre erdrückendende Niedergeschlagenheit, die etwas tief in ihm berührte, was er schon lange nicht mehr gespürt hatte?

23

Auf dem Weg in die Pyrenäen

Nachdem sie den ersten Teil der Strecke schweigend hinter sich gebracht hatten, fasste Sophia all ihren Mut zusammen. »Wo fahren wir eigentlich hin?« Irritiert erkannte sie aus dem Beifahrerfenster heraus, dass sie sich immer weiter vom Meer entfernten. Nach Rousseaus Zusage, sie mitzunehmen, hatte sie nicht fragen wollen, was er vorhatte, aus Angst, er könne es sich doch noch anders überlegen. Mittlerweile hatten sie sich allerdings weit genug von Argelès entfernt, dass ein Umkehren nicht mehr infrage kam.

»In die Pyrenäen, genauer gesagt, in ein kleines Bergdorf namens Croiselles-en-Haut. Ein Ehepaar, das dort lebt, hat in der Markthalle am Hafen von Argelès-sur-Mer jeden Samstag einen Markt organisiert«, antwortete er bereitwillig, während er ihr einen kurzen Seitenblick zuwarf. »Haben Sie noch etwas zum Drüberziehen dabei?« Er deutete mit seiner rechten Hand auf ihre dünne Bluse, zu der sie einen langen Rock trug.

Verwirrt hob Sophia ihre Brauen. »Nein, wieso?«

»Weil es auf tausend Meter Höhe einige Grad kälter ist als bei uns unten«, erklärte er seufzend.

Sie nickte schweigend und betrachtete die karge Landschaft, durch die sie fuhren. Rechts erstreckten sich großflächige Weinberge die Hügel hinauf, während es links bergab ins Tal ging. Es herrschte wenig Verkehr, sie befanden sich abseits der bekannten Touristenattraktionen. Die Straße schlängelte sich in Serpentinen an den Bergen entlang. Und da der Capitaine die Gegend augenscheinlich sehr gut kannte, fuhr er in angemessener Geschwindigkeit.

Die Sonne stand bereits hoch am Himmel und es war warm im Wagen. Sophia hörte, wie Tim im Kofferraum hechelte.

»Fährt er gern Auto?«, wollte Nicolas Rousseau nach einem kurzen Blick in den Rückspiegel wissen.

»Ja, er ist ein äußerst pflegeleichter Beifahrer. Aber die lange Strecke der vorletzten Nacht steckt ihm momentan doch noch ganz schön in den Knochen.« Sie machte eine Pause. »Nicht nur ihm, auch mir.«

»Was ist mit Ihrem Mann?«, fragte der Polizist plötzlich.

Sophia räusperte sich. »Ich bin nicht verheiratet.«

Nicolas erwiderte nichts, sondern konzentrierte sich auf die Fahrbahn, die mit jedem Kilometer schlechter zu werden schien. Der Wagen holperte langsam über Schlaglöcher und aufgeplatzten Asphalt.

»Kennen Sie Ihre Großeltern? Haben Sie Fotos von ihnen gesehen?«, nahm er das Gespräch nach einer Weile wieder auf und sah sie erneut prüfend an. Sie trug ihr Haar offen, hatte den Kopf entspannt an die Lehne gelegt. Die roten Locken umspielten ihre Schultern.

»Natürlich. Meine Mutter hatte einige Bilder ihrer Eltern, die sie uns selbstverständlich zeigte«, erwiderte Sophia, während sie nachdenklich ihre Hände betrachtete.

»Und?«

»Was, und?«, wiederholte sie verwirrt.

»Hat sie nie von ihnen erzählt?« Diesmal blickte er sie länger an.

Sophia wurde es mulmig zumute. Worauf wollte der Polizist eigentlich hinaus? »Ich verstehe nicht ganz ...?« Sie brach irritiert ab.

»Nun, Sie haben Ihre Großeltern nie kennengelernt. Ich hätte einfach vermutet, dass Ihre Mutter ab und zu von ihnen berichtete; was es für Menschen waren, welche Interessen sie hatten. Immerhin gehörten sie zur Familie«, führte er in unverbindlichem Ton an.

Doch Sophia ließ sich nicht täuschen. Er wollte auf etwas Bestimmtes hinaus. Allerdings konnte sie sich nicht vorstellen, worauf. Daher entschied sie sich für die direkte Variante. »Capitaine Rousseau, meine Großeltern sind beide auf natürlichem Weg gestorben und nicht, wie von meiner Mutter behauptet, bei einem Unfall. Was denken Sie? Warum hat sie gelogen? Und warum hat sie uns nichts von ihnen erzählt?« Sie brach kurz ab. »Denn davon gehen Sie doch aus, oder? Sie vermuten, dass meine Mutter nicht viel von ihren Eltern gesprochen hat. Und soll ich Ihnen etwas sagen? Sie haben recht. Jetzt, da Sie es ansprechen, sie hat wirklich nicht viel erzählt. Aber wir haben auch nicht nachgefragt. Mein Bruder war zwei, ich war elf. Wahrscheinlich hat es uns zu jenem Zeitpunkt einfach nicht interessiert. Schließlich haben wir die beiden nicht gekannt.« Wieder schwieg sie einen Moment. »Vielleicht wollte sie uns auch nicht belasten. Wer weiß schon, wie Mütter ticken?«

Nicolas hatte das Gefühl, Bitterkeit aus ihren Worten herauszuhören, doch er verdrängte die aufsteigenden Fragen.

»Ganz ehrlich, Madame Mildner: Ich weiß es nicht. Erst habe ich wirklich gedacht, es handele sich um ein gewöhnliches

Zerwürfnis zwischen Eltern und Tochter. Doch der falsche Melderegisterausdruck ...« Er schüttelte seinen Kopf.

»Wieso fälscht jemand solche Unterlagen? Nach dem Verschwinden meiner Familie war es doch überhaupt nicht relevant, was mit meinen Großeltern geschehen ist«, dachte Sophia laut.

»Ich hege die starke Befürchtung, dass wir die Relevanz im Moment nur noch nicht sehen«, widersprach Nicolas vorsichtig.

»Was wollen wir in dem Bergdorf?«, wechselte sie abrupt das Thema.

›Wir‹, wiederholte er stumm. Sie ging tatsächlich fest davon aus, dass er sie bei den Ermittlungen mit einbeziehen würde. Doch seltsamerweise hielt sich seine Wut über ihr Selbstverständnis diesmal in erträglichem Maß. Obwohl er sich noch immer ein wenig über ihre vereinnahmende Art ärgerte, hegte er mittlerweile die leise Hoffnung, dass sie ihm in der Tat noch nützlich werden könnte.

Daher riss er sich zusammen und antwortete mit ernster Stimme: »Das Blut, das man einen Tag nach dem Verschwinden Ihrer Eltern untersucht hat, wurde, wie Sie bereits wissen, in der alten Markthalle am Hafen von Argelès-sur-Mer gefunden. Die Leute aus Croiselles haben damals die Lache entdeckt, als sie wie jeden Samstag ihre Marktstände aufbauen wollten. Ich möchte einfach noch mal mit einigen von ihnen sprechen. Sicherheitshalber.«

Bei der Erwähnung der Blutlache spürte Sophia entsetzt, wie ihre Atmung sich wieder schlagartig veränderte. Ängstlich fasste sie sich an den Hals und schloss verzweifelt ihre Augen. Doch dadurch verstärkte sich das Schwindelgefühl nur noch.

Besorgt warf Nicolas der Deutschen einen kurzen Blick zu. »Alles okay?«

Doch sie schüttelte nur den Kopf, zeigte panisch auf ihre Tür und umfasste ihren Hals fester.

Hastig fuhr er an den Straßenrand, stoppte den Wagen und sprang im nächsten Moment auch schon hinaus. Er rannte um das Fahrzeug herum und riss ungeduldig ihre Tür auf. Sophia Mildner bewegte sich nicht, sondern sah ihn nur aus weit aufgerissenen Augen an. Unsicher blickte Nicolas kurz auf die menschenleere Straße. Es war weit und breit kein Ort zu sehen. Das letzte Dorf, das sie durchquert hatten, lag mindestens fünfzehn Autominuten entfernt.

»Kommen Sie.« Vorsichtig versuchte er, sie aus dem Wagen zu ziehen. Verzweifelt krallte sie sich an seinen Armen fest. Langsam half Nicolas ihr, sich aufrecht hinzustellen. In regelmäßigen Abständen hob und senkte sich ihr Brustkorb. Angespannt musterte er das blasse Gesicht der Deutschen. Mit langen Atemzügen versuchte sie, die Panikattacke zu mildern. »Kommen Sie«, forderte er sie erneut auf und brachte sie zu einem Felsvorsprung, auf dem sie sich völlig erschöpft niederließ. Hilflos stand er neben ihr und beobachtete, wie sie weiter krampfhaft versuchte, wieder Herr über ihre Verfassung zu werden.

»Einen Moment«, bedeutete er ihr und stürmte zum Wagen zurück. Einer inneren Eingebung folgend, öffnete er den Kofferraum, in dem Tim bereits wütend tobte. Sofort sprang der Hund aufgeregt ins Freie und schleckte ihm voller Freude über die Hand. Nicolas ignorierte das ungewohnte, feuchte Gefühl und bedeutete dem Hund stattdessen, ihm zu folgen.

Tim hatte Sophia jedoch bereits entdeckt und rannte erwartungsvoll auf sie zu. Mit seiner Schnauze stupste er sein Frauchen immer wieder aufs Neue an, bis Nicolas endlich erleichtert registrierte, wie der Blick der Deutschen offener und wacher wurde.

»Geht es besser?«, fragte er leise.

Sie nickte schweigend, während sie ihr Gesicht in das Fell des Labradors drückte.

Nachdenklich starrte Nicolas auf die junge Frau und den Hund. »Vielleicht sollten wir umkehren. Diese ganzen Erinnerungen. Madame, Sie sind sehr aufgewühlt. Es tut mir leid, ich hätte nicht von damals anfangen sollen.«

Überrascht hob Sophia ihren Kopf. Sie hätte erwartet, dass er ihr eine Moralpredigt halten würde, ihr verböte, sich weiter in die Ermittlungen einzuschalten. Eine Entschuldigung war das Allerletzte, womit sie gerechnet hatte.

Einen Moment lang schauten sie sich schweigend an. Zum ersten Mal sah sie nicht den mürrischen Polizisten, der keinerlei Feingefühl an den Tag legte, sondern erkannte, dass auch er eine unsichtbare, schwere Last mit sich herumtrug. Sein Mitgefühl verriet ihr, dass er ebenfalls einiges erlebt haben musste, was ihn für sein Leben geprägt hatte.

»Mir tut es leid«, begann sie ebenso leise. »Ich mache Ihnen nur Umstände. Und ich könnte durchaus verstehen, wenn Sie mich nicht mehr in Ihre Nachforschungen einbinden wollten. Doch ich bitte Sie trotzdem inständig, mich nicht auszuschließen. Das ist vielleicht meine letzte Chance, jemals ein einigermaßen normales Leben führen zu können. Endlich mit den Schatten der Vergangenheit abzuschließen. Bitte.«

Ihre hellgrünen Augen leuchteten ihn flehentlich an. Nicolas öffnete kurz seinen Mund, um etwas zu erwidern. Doch er überlegte es sich anders und räusperte sich umständlich. »Kommen Sie«, knurrte er widerwillig. »Wir haben noch einige Kilometer vor uns.«

24

Perpignan

Leise öffnete Antoine die Haustür. »Emma?« Als niemand antwortete, atmete er erleichtert aus. So sparte er sich zumindest für den Moment weitere Diskussionen mit seiner Freundin.

Er stellte die Arbeitstasche im Flur ab und schaute flüchtig den Stapel Briefe durch, der heute gekommen war. Werbung und Rechnungen. Was auch sonst? Nachlässig legte Antoine den Stoß auf den Küchentisch und schenkte sich ein Glas Wasser ein. Nachdem er einen langen Schluck getrunken hatte, holte er tief Luft. Corelie hatte seine Lügen über die Krankheit seiner Freundin geschluckt, auch Emma würde ihm seine erfundene Geschäftsreise abkaufen. Was für ein Segen, dass er seine Arbeitszeit frei einteilen konnte, solange seine Kollegin ihm den Rücken freihielt. Blieben noch seine Eltern. Seufzend holte er das Telefon und wählte.

»Oui?«, erklang die Stimme seiner Mutter wenige Augenblicke später.

»Maman? Ich bin's, Antoine.«

»Bist du nicht bei der Arbeit?«, fragte sie verwundert nach.

Fluchend blickte er auf seine Uhr. Mittagszeit, darüber hatte er nicht nachgedacht. »Doch. Ich gehe gleich mit einigen Kollegen essen. Maman, hör zu, ich wollte nur fragen, ob ihr die nächsten Tage in der Hütte seid?«

Die Hütte, das war in Wahrheit ein durchaus massiv gebautes Holzhaus, das sich an einem abgelegenen Fleckchen in den Pyrenäen befand. Sein Vater hatte das Haus vor über dreißig Jahren eigenhändig errichtet, um von dort aus an den

Wochenenden jagen zu gehen. Doch in letzter Zeit waren seine Eltern immer seltener in der Hütte, da der Weg dorthin weit und recht beschwerlich war. Die letzten drei Kilometer konnte man nur zu Fuß zurücklegen und da seine Eltern mittlerweile älter waren, schafften sie den weiten Weg kaum noch, wenn Antoine nicht mitkam und sie unterstützte.

»Warum fragst du?«, wollte seine Mutter wissen.

»Emma und ich überlegen, ob wir zum Wochenende hin ein, zwei Nächte dort verbringen sollen«, kam ihm die Lüge problemlos über die Lippen.

»Macht das, Antoine. Papa geht es nicht so gut. Er würde den Weg im Moment sowieso nicht schaffen. Die Hütte steht also leer. Ihr könnt sie gern benutzen.«

Antoine nickte zufrieden, während sich gleichzeitig sein schlechtes Gewissen meldete. »Danke, Maman. Wir sind uns noch nicht ganz sicher, da wir beide so viel zu tun haben. Aber wenn die Zeit es zulässt, fahren wir mal rauf.«

»Ja, tut das. Ein kleiner Ausflug wird euch guttun.«

Antoine nickte grimmig. Ja, ihm würde der Ausflug mit Sicherheit guttun. Doch bei dem nächsten Besuch bei seinen Eltern würde er wieder behaupten, eine Geschäftsreise sei dazwischengekommen. Lügen über Lügen. »Wir versuchen es, Maman«, versprach er seiner Mutter, während er sich am liebsten die Zunge abgebissen hätte.

»Antoine, ich muss Schluss machen. Es ist jemand an der Haustür. Grüße Emma schön und macht's gut, ihr beiden.«

Nachdem er das Gespräch beendet hatte, ging er ins Schlafzimmer hinüber und holte die Reisetasche aus dem Schrank. Er würde nicht viel mitnehmen. Wie immer.

Angespannt räumte er seine T-Shirts zur Seite und tastete an der Rückseite des Schranks entlang, bis seine Finger endlich den kalten Gegenstand berührten, den er seit einiger Zeit dort versteckte. Schnell zog Antoine das große Jagdmesser hervor und wog es vorsichtig in seiner Hand. Er öffnete die Schutzhülle und ließ die Klinge andächtig hinausgleiten. Sein Puls beschleunigte sich abrupt, als er die scharfe Kante an seiner Hand spürte. Vorsichtig packte er das Messer nach einigen Augenblicken wieder ein und verstaute es sicher in einem Seitenfach der Reisetasche. Er wollte auf keinen Fall, dass Emma es zufällig fand. Er wagte jedoch nicht, das Messer in der Hütte zu lassen. Sollten sich seine Eltern doch einmal zu einem spontanen Besuch entschließen, würde er nur ihren Argwohn auf sich ziehen, wenn sie das Messer dort fänden. Sie wussten, dass er der Jagd nichts abgewinnen konnte, dass ihn das Hobby seines Vaters noch nie interessiert hatte.

Nachdem er noch einige Kleidung zum Wechseln eingepackt hatte, räumte er die Tasche in den Schrank zurück. Erst beim Abendessen wollte er Emma beibringen, dass er morgen schon nach Bordeaux müsse. Die Anspannung und Unruhe, die in ihm brodelte, war kaum noch auszuhalten. Er befürchtete, die Kontrolle über sich zu verlieren, wenn er nicht schnellstens von hier verschwand. Und er hatte entsetzliche Angst davor, zu was er fähig wäre. Bisher war es noch nie so weit gekommen. Er hatte es immer rechtzeitig geschafft, seine ›Therapie‹ durchzuführen. Es war höchste Zeit.

25

Croiselles-en-Haut

»Da wären wir«, murmelte Nicolas, während er den Wagen am Straßenrand abstellte. Die letzte Dreiviertelstunde hatten sie schweigend zurückgelegt. Sophia Mildner war fieberhaft darauf bedacht gewesen, ihre Atmung unter Kontrolle zu halten, um weiteren Panikattacken vorzubeugen. Immer wieder hatte Nicolas sie besorgt von der Seite angesehen. Doch sie ignorierte seine Blicke und blieb in sich gekehrt. Aus Angst, einen weiteren Angstanfall auszulösen, hatte er ebenfalls geschwiegen.

Sophia öffnete die Beifahrertür und musste sogleich dem Polizeibeamten recht geben. Die kühlere Luft hier oben ließ sie frösteln. Auch Capitaine Rousseau war mittlerweile ausgestiegen und machte sich an der Rückbank zu schaffen.

»Hier, nehmen Sie.« Er warf ihr ohne Vorwarnung eine dunkelgrüne Strickjacke zu.

»Was ist mit Ihnen?« Sie deutete auf sein kurzärmliges Hemd.

»Machen Sie sich um mich keine Sorgen.« Er winkte ab. »Aber Sie haben ja schon eine Gänsehaut.«

Verlegen schaute sie an sich hinunter. In der Tat stellten sich die Härchen an ihren Armen auf. Dankbar zog sie die Jacke über, die ihr zwar viel zu groß war, sie aber sofort wärmte. »Merci«, erwiderte sie leise. »Was ist mit Tim?«

Er zuckte mit den Achseln. »Holen Sie ihn heraus. Falls die Leute etwas dagegen haben, müssen Sie eben draußen warten«, merkte er stirnrunzelnd an.

Sophia nickte und öffnete den Kofferraum. »Was werden Sie sagen, wer ich bin?«

»Überlassen Sie das Reden einfach mir. Hören Sie sich alles an, aber halten Sie sich bitte zurück. Ich erinnere Sie nochmals daran, dass es sich hier um offizielle Ermittlungen handelt.« Sein Blick wurde ernst.

»Sie können sich auf mich verlassen«, erwiderte sie, während der Hund schon wieder versuchte, sich dem Beamten zu nähern.

»Gehen wir«, meinte der Polizist und ging an der Straße entlang.

Interessiert ließ Sophia ihren Blick über die unterschiedlichen Häuser wandern, die sich in großen Abständen zueinander direkt an der Durchgangsstraße befanden. Der Begriff ›Dorf‹ war für diese kleine Ansammlung an Wohngebäuden noch übertrieben. Soweit sie erkennen konnte, handelte es sich um weniger als ein Dutzend Häuser. Der letzte Ort, durch den sie gefahren waren, befand sich mindestens zwanzig Autominuten entfernt. Hier war es ja noch einsamer als im Odenwald!

Doch Sophia behielt ihre Gedanken für sich und folgte wortlos Capitaine Rousseau. Hier und da schnüffelte Tim an den Sträuchern, die am Straßenrand wuchsen, und hob ab und zu sein Bein.

Vor einem alten roten Backsteinhaus blieb der Polizist plötzlich stehen und schaute kurz auf seine Notizen. »Hier ist es.« Er wies auf das weitläufige Gelände.

»Wer wohnt hier?« Sie blickte ihn skeptisch an.

»Basile und Pauline Girard. Das Ehepaar organisierte damals den Markt, der in der Halle am Hafen stattfand.«

Rousseau sah sie unsicher an.

»Es geht schon. Denke, ich habe mein Pensum an Panikanfällen für heute bereits erfüllt.« Sophia versuchte, sarkastisch zu klingen, doch ihre Stimme zitterte.

Der Beamte drehte sich abrupt um und steuerte auf die Haustür zu. In den Blumenkästen vor den Holzfenstern blühten Geranien in fröhlichen Farben. Das ganze Anwesen machte einen ordentlichen, gepflegten Eindruck. Der Rasen vor dem Haus schien frisch gemäht zu sein. Idyllisch, schoss es Sophia durch den Kopf.

»Oui?«, ertönte eine weibliche Stimme aus dem Inneren des Hauses, nachdem der Polizist geklopft hatte.

»Madame, ich bin Capitaine Rousseau von der Police Nationale.«

Sophia und Nicolas sahen sich schweigend an, während sie darauf warteten, dass die Tür geöffnet wurde.

»Capitaine?« Eine ältere Frau erschien im Türrahmen. Ihr graues Haar war am Hinterkopf zu einem Dutt zusammengefasst. Ihr Gesicht wurde von unzähligen Falten durchzogen, doch ihre Züge wirkten jung, energiegeladen und hellwach. Sie trug eine blaue Stoffhose und eine langärmlige dickere Cordbluse.

»Bonjour, Madame Girard. Ich komme von der Police Nationale aus Argelès-sur-Mer. Das ist Sophia Mildner, sie unterstützt mich vorübergehend bei meinen Ermittlungen.« Er zeigte auf Sophia, die zurückhaltend ihre Hand zum Gruß hob. Die Ältere sah zu dem Hund, der sie schwanzwedelnd begrüßte.

»Das ist Tim«, merkte Sophia unsicher an.

»Ein schöner Hund.« Die Frau verzog ihre Lippen zu einem schwachen Lächeln. »Um was geht es denn, Capitaine? Argelès, das ist ein gutes Stück von hier entfernt.«

»Dürfen wir eintreten, Madame?«, fragte er, ohne ihr zu antworten.

»Natürlich. Wie unhöflich, pardon, bitte sehr.« Sie zeigte in den Raum hinter sich. »Kann ich Ihnen etwas zu trinken anbieten?«

Nicolas Rousseau verneinte dankend und Sophia schloss sich ihm an.

»Pauline, wer ist da?«, erklang in diesem Moment eine Stimme aus einem der hinteren Zimmer.

»Basile, hier sind zwei Polizisten«, antwortete die Frau, während sie auf eine Gruppe Sessel zeigte, die sich in der hinteren Ecke des Raumes befanden. Weder Sophia noch Nicolas klärten den Irrtum auf.

Schlürfende Schritte waren zu hören, bevor ein älterer Mann in der Tür erschien. »Die Polizei?«, fragte er stirnrunzelnd.

Capitaine Rousseau drehte sich um, begrüßte den Mann und stellte Sophia und sich erneut vor.

»Bitte, nehmen Sie doch Platz«, entgegnete der Alte und setzte sich zu seiner Frau auf eine Holzbank. Nicolas und Sophia entschieden sich mangels Alternativen für die beiden grauen, dick gepolsterten Sessel.

»Es geht um den Markt, den Sie in den Achtziger- und Neunzigerjahren in der Markthalle von Argelès-sur-Mer organisiert haben«, begann der Polizist, während er das Ehepaar aufmerksam betrachtete.

Mit Verwunderung stellte Sophia fest, dass er tatsächlich die Gabe besaß, den Leuten ihre Voreingenommenheit zu nehmen und ihnen ein gutes, beruhigendes Gefühl zu vermitteln.

Fast gleichzeitig war zu erkennen, wie von beiden die unsichere Anspannung abfiel.

»Das ist ja Ewigkeiten her«, entgegnete Basile Girard verwirrt. »Was hat denn die Polizei damit zu tun?«

»Es geht um den 8. August 1992.« Nicolas blickte die beiden ernst an.

Schlagartig verfinsterten sich die Gesichter des Ehepaares wieder. Beide schwiegen.

»Ich nehme an, Sie wissen noch, was damals passiert ist?«, folgerte Nicolas emotionslos.

Basile Girard nickte langsam. »Diese Familie, die verschwunden ist.«

»Die Familie, die damals verschwunden ist, hieß Mildner«, erklärte Nicolas, während er die beiden prüfend anschaute.

»Mildner?« Nervös blickte Pauline Girard zu Sophia.

»Sophia Mildner ist die Tochter. Ihre Eltern und ihr Bruder werden seit vierundzwanzig Jahren vermisst.«

Erschrocken weiteten sich die Augen der alten Frau. »Mon dieu«, murmelte sie leise.

»Aber …«, begann ihr Mann, während er die Stirn runzelte. »Von einer Tochter war doch damals gar nicht die Rede.«

»Diese Information wurde nicht an die Presse weitergegeben. Da man nicht wusste, was hinter der ganzen Sache steckte, hielt man es für sicherer, die Tochter nicht zu erwähnen«, erklärte Nicolas ihm bereitwillig.

Beide starrten Sophia nun unverhohlen an. Unruhig rutschte diese hin und her.

»Wir waren an jenem Tag nicht in Argelès. Meiner Frau ging es nicht gut«, ergriff Basile Girard als Erster wieder das Wort. »Eine Magenverstimmung, wie unser Arzt feststellte.«

»Docteur Canard«, ergänzte Pauline leise. Ihre Stimme bebte.

»Er war bei Ihnen zu Hause?«, fragte Nicolas wie beiläufig.

»Ich habe Pauline zu ihm gebracht. Er wohnt nur fünf Häuser weiter«, antwortete Monsieur Girard umgehend.

»Sie haben einen Arzt hier im Dorf?«, wunderte sich Sophia, was ihr einen strengen Blick von Nicolas einbrachte.

»Jean Canard wohnt und praktiziert hier seit über dreißig Jahren. Seine Kinder sind natürlich in die Stadt gezogen, als sie erwachsen waren. Sein Sohn ist übrigens ebenfalls Arzt. Es gibt hier in der Gegend etwa zwanzig Dörfer, von denen jedes seinen Teil zu einer funktionierenden Infrastruktur beiträgt. Wir haben den Arzt. Im nächsten Dorf gab es bis vor fünf Jahren eine Grundschule.« Basile Girard zögerte. »Doch da hier oben immer weniger Kinder geboren werden, musste sie leider schließen. In einem weiteren Ort in der Nähe gibt es einen kleinen Laden. Das war hier schon immer so.«

Sophia verzog leicht ihr Gesicht.

»Docteur Canard versorgt also alle Dörfer in der Umgebung?«, hakte Nicolas nach.

Pauline Girard nickte. »In medizinischer Hinsicht, ja.«

»Lorraine, also seine Frau, war es, die an jenem Samstag den

Aufbau organisiert hat.« Basile Girard warf seiner Frau einen kurzen Blick zu. »Ich glaube, sie war es auch, die die Polizei alarmiert hat, als sie …« Er brach ab, während sein Blick an Sophia hängen blieb.

»Lorraine Canard«, las Nicolas von seinem Notizblock ab und nickte. »Richtig, sie hat damals die Kollegen gerufen.«

»Das ist so lange her. Denken Sie wirklich, dass Sie nach all den Jahren noch etwas Neues über diesen schrecklichen Fall herausfinden können?« Pauline Girard sprach mit zittriger Stimme.

»Ich lebe seit mehr als zwanzig Jahren mit der Ungewissheit, was damals mit meinen Eltern und meinem Bruder geschehen ist. Auch in Zukunft werde ich mit der Vergangenheit nicht abschließen können. Für mich macht es keinen Unterschied, ob es gestern war oder vor dreißig Jahren, denn die Konsequenzen ändern sich dadurch nicht. An jenem Tag habe ich meine komplette Familie verloren, meine Eltern und meinen Bruder. Ein Teil von mir wird immer fehlen. Daher bin ich Capitaine Rousseau sehr dankbar, dass er sich erneut mit meinem Fall befasst«, erklärte Sophia mit klarer Stimme und sah die Eheleute offen an. »Mein Bruder Frederick war damals zwei Jahre alt«, schloss sie leise.

Ihre Worte hatten Nicolas tief getroffen, doch er bemühte sich weiterhin um einen unbeteiligten Gesichtsausdruck.

Pauline Girard murmelte undeutlich etwas vor sich hin, während ihr Mann betreten den Kopf abwandte.

»Alles, an das Sie sich erinnern können, kann wichtig sein«, ermunterte Nicolas die beiden. »Hat Lorraine Canard öfters die Organisation für Sie übernommen?«

Beide schüttelten synchron ihre Köpfe. »All die Jahre waren wir es, die sich immer um alles gekümmert haben. Ende der Neunziger hat die Verwaltung von Argelès uns nahegelegt, die Marktstände aufzugeben. Man wollte damals das Angebot umstrukturieren. Bei uns gab es nur Lebensmittel, Obst und Gemüse aus der Region. Doch die Verwaltung war der Ansicht, dass die Touristen ein anderes Angebot erwarteten, Billigtextilien aus China, gefälschte Souvenirs aus Vietnam.« Basile Girard schüttelte bedauernd seinen Kopf. »Unser Sohn ist irgendwann in die Stadt gezogen, hat dort eine Ausbildung begonnen. Damals haben wir unseren Gemüseanbau stark reduziert. Ab und an verkaufen wir noch an Nachbarn etwas oder tauschen untereinander. Aber einen Überschuss wie damals können wir in unserem Alter nicht mehr erwirtschaften. Mit den großen Lebensmittelketten konnten wir sowieso nicht mehr konkurrieren. Alles soll immer billiger werden, Qualität wird einfach nicht mehr gewürdigt. 1999 haben wir den Markt schließlich aufgegeben.« Er klang verbittert.

»Mittlerweile wurde der Touristenmarkt an den großen Parkplatz am Strand verlegt«, ergänzte seine Frau, während sie Sophia weiterhin unverhohlen anstarrte.

Nicolas nickte. »Die Markthalle ist inzwischen stark sanierungsbedürftig und dient, soweit ich weiß, nur noch als Unterstellmöglichkeit.«

Sophia blickte ihn überrascht an.

»Es ist Ihnen also seit damals nichts Ungewöhnliches mehr eingefallen? Niemand ist jemals auf Sie zugekommen, hat Sie zu den Ereignissen von damals befragt? Fremde, die sich auffällig für die Entdeckung der Blutlache interessierten? Eventuell auch erst in den letzten Tagen?« Abwartend beugte Nicolas sich vor und sah die Eheleute eindringlich an. Sie wechselten einen kurzen Blick miteinander, bevor sie erneut einvernehmlich ihre Köpfe schüttelten. »Nein, niemand«, murmelte Pauline Girard leise.

»Wissen Sie, ob Docteur Canard zu Hause ist?« Nicolas sah vom einen zur anderen.

Basile Girard zögerte, doch seine Frau nickte.

Nicolas bedankte sich bei den beiden, bevor Sophia und er das Haus verließen.

Im grellen Sonnenlicht vor dem Gebäude mussten sie geblendet die Augen abwenden. Erst jetzt bemerkten sie, wie dunkel es in dem alten Haus gewesen war.

»Dann wollen wir mal hören, ob uns Lorraine Canard etwas Interessanteres zu erzählen hat«, presste der Polizist grimmig hervor.

Sophia sah ihn von der Seite an und bemerkte, wie seine Wangenmuskeln arbeiteten. »Sie glauben den Girards nicht?«, bemerkte Sophia verwirrt.

»Doch, ich glaube ihnen. Aber haben Sie nicht bemerkt, wie die beiden Sie die ganze Zeit angestarrt haben?«

Sophia nickte. »Sie waren überrascht, dass ich existiere.«

»Mag sein«, brummte er angespannt. »Aber irgendwie hatte ich das Gefühl, dass sie ehrlich erschüttert waren, als sie erfuhren, wer Sie sind.«

»Ist das nicht nachvollziehbar?«, fragte Sophia verwundert.

Nicolas blieb stehen. Augenblicklich stieß Tim seine Schnauze gegen die Hand des Polizisten. Mit Verwunderung beobachtete Sophia, wie der Capitaine gedankenverloren den Kopf des Hundes tätschelte.

»Die Girards kannten Ihre Familie nicht«, merkte er ernst an. »Ein gewisser Grad an Mitgefühl ist nachvollziehbar, aber die beiden …« Er brach ab und schüttelte seinen Kopf. »Keine Ahnung. Irgendetwas war seltsam.« Einen Moment lang schwieg er und dachte nach. »Gehen wir zu Lorraine Canard.«

Eine halbe Stunde später kehrten sie zum Wagen zurück. Tim warf Sophia einen vorwurfsvollen Blick zu, der wohl sagen sollte: ›Wie oft muss ich noch in diesen verdammten Kofferraum?‹

»Tut mir leid. Später machen wir noch einen ausgedehnten Spaziergang«, versprach sie dem Hund daher, während sie die Leine auf der Rückbank verstaute.

Bevor sie sich in den Wagen setzte, zog sie die Strickjacke aus und reichte sie dem Capitaine. »Merci. Ich hoffe, Sie haben sich jetzt meinetwegen nicht erkältet.«

Doch er winkte nur ab und nahm das Kleidungsstück schweigend entgegen.

Während der Rückfahrt dachte Sophia über das Gespräch mit Lorraine Canard nach. Ihr Mann war gerade auf einem Hausbesuch gewesen, daher hatten sie ihn nicht kennengelernt. Letztendlich hatte das Gespräch keine neuen Erkenntnisse gebracht. Die Arztehefrau hatte lediglich die Angaben der Girards bestätigt.

An jenem Samstag vor vierundzwanzig Jahren sollte sie den Aufbau der Marktstände organisieren, da Pauline Girard sich nicht wohlfühlte. Doch als sie die Halle aufschloss, war ihr sofort der stechende, metallische Geruch aufgefallen, der in der Luft gehangen hatte. Als sie die Blutlache entdeckte, bat sie eine Nachbarin, die sie begleitet hatte, an der Halle zu warten. Lorraine Canard war zur nächsten Telefonzelle gefahren und hatte die Polizei gerufen.

Nachdenklich betrachtete Sophia die Landschaft, die an ihnen vorbeizog. Man bekam tatsächlich das Gefühl, das Leben hier im Hinterland habe nicht viel gemein mit dem vom Tourismus geprägten Alltag der Küstenstädte. »Es ist sehr schön hier. Idyllisch und friedlich«, merkte sie leise an.

Nicolas Rousseau blickte sie skeptisch von der Seite an. »Geht es Ihnen gut, Madame?«

Sie nickte und überprüfte, ob Tim sich mittlerweile mit seiner Situation abgefunden hatte. Doch er streckte ihr beleidigt seinen Rücken hin. Sie seufzte und schaute wieder aus dem Seitenfenster.

»Früher war ich oft in der Gegend. Mein Vater nahm mich zum Wandern mit hierher«, begann der Polizist nach einigen Minuten, während er weiter konzentriert auf die Serpentinen der Straße blickte.

Sophia sah ihn an. »Sie wandern?« Die Überraschung in ihrer Stimme war nicht zu überhören.

Kurz erwiderte er ihren Blick und verzog zum ersten Mal seinen Mund zu einem schwachen Lächeln. Der veränderte Gesichtsausdruck stand ihm gut, musste sie mit mulmigem Gefühl feststellen.

»Früher, ja. Mittlerweile komme ich kaum noch dazu. Aber als Junge ...«, er seufzte, »... Mon dieu, das ist mehr als fünfundzwanzig Jahre her, als Kind war ich oft hier oben. Später bin ich immer mal wieder hierher zurückgekehrt, doch in den letzten Jahren war ich viel zu selten in den Bergen«, stellte er bitter fest.

»Ein wandernder Südfranzose.« Sophia lächelte.

Während er sie kurz musterte, zuckte er mit den Achseln.

»Können Sie sich an damals erinnern?«, wagte sie, die Frage zu stellen, die ihr schon seit ihrer Ankunft im Kopf herumschwirrte. Da er sich anscheinend gerade in Plauderlaune befand, hielt sie den Zeitpunkt für passend.

Doch schlagartig verfinsterte sich sein Gesicht, während seine Augen sich gefährlich verengten. Verunsichert bemerkte Sophia, wie seine Hände das Steuer fester umfassten.

»Ich meine nur ... Sie müssen doch damals auch noch fast ein Kind gewesen sein«, ergänzte sie verwirrt.

Seine Lippen bildeten nur noch einen schmalen Strich in seinem Gesicht. Angestrengt sah er durch die Windschutzscheibe.

»Es tut mir leid«, raunte sie leise, als er nichts erwiderte, obwohl sie sich nicht erklären konnte, woher seine schlechte Laune urplötzlich kam.

Nach einer Weile antwortete er mit grimmiger Stimme: »Ich war damals dreizehn. Natürlich hatte ich von den Ereignissen erfahren. Jeder in Argelès kennt diese Tragödie.«

Da er wieder verstummte, schwieg Sophia ebenfalls. Es war offensichtlich, dass er nicht weiter darüber sprechen wollte.

Als ein Straßenschild ankündigte, dass sie in Kürze Argelès-sur-Mer erreichen würden, ergriff er erneut das Wort und fragte wie beiläufig: »Haben Sie Hunger? Hier in der Nähe gibt es zufällig die besten Steaks der Region.«

Erst nach seinem Vorschlag bemerkte Sophia, dass sie tatsächlich hungrig war und das Frühstück schon mehr als sieben Stunden zurücklag. »Wenn es dort außer Steaks auch noch etwas anderes gibt, bin ich dabei.«

Fragend zog er die Augenbrauen hoch und sah sie irritiert an.

»Vegetarierin«, erwiderte sie achselzuckend.

Er seufzte und verzog sein Gesicht. »Natürlich. Vegetarierin.« Nach kurzem Überlegen schüttelte er seinen Kopf. »Pardon, mit Gemüsetofu kann ich leider nicht dienen.«

Enttäuscht wandte Sophia ihren Kopf ab. Also wieder ganz der Alte.

Eine Viertelstunde später bog sie in die Straße am Strand ein, in der ihre Unterkunft lag. Capitaine Rousseau hatte sie kurz vor dem Polizeirevier abgesetzt und war gleich weitergefahren.

Wahrscheinlich geht er jetzt sein weltbestes Steak essen, dachte sie verächtlich, während sie den Labrador aus dem Kofferraum befreite.

Nachdem sie Rock und Bluse gegen Shorts und T-Shirt getauscht hatte, unternahm sie den versprochenen Spaziergang mit Tim.

Sophia lief kilometerweit am Strand entlang und holte sich zwischendurch ein Käsebaguette. ›Gemüsetofu‹, dachte sie wütend und ärgerte sich im gleichen Moment über sich selbst, weil sie die Bemerkungen des Polizisten nicht einfach ignorierte.

Nachdenklich setzte sie sich an den Strand und vergrub ihre Füße im warmen Sand. Tim wälzte sich einige Meter entfernt herum und genoss sichtlich seine neu gewonnene Bewegungsfreiheit. Ein Gefühl der Ruhe, des Friedens erfüllte Sophia, während sie verträumt auf die Wellen sah, die langsam an den Strand rollten.

26

Argelès-sur-Mer

»Auf dem Foto sind die Fingerabdrücke des Verletzten festgestellt worden. Außerdem wurden weitere Spuren gesichert, die jedoch nicht zugeordnet werden konnten«, erklärte Charles, nachdem Nicolas seinen drei Mitarbeitern von den Befragungen in Croiselles-en-Haut berichtet hatte.

»Das bringt uns alles nicht weiter«, brummte Nicolas verärgert.

»Was sagt die Tochter?«, wollte Marie gespannt wissen.

»Was soll sie sagen?« Nicolas runzelte die Stirn. »Sie hat die Leute nicht gekannt. Ihr erschien auch die Reaktion der Girards nicht merkwürdig.« Er stockte und kratzte sich am Kinn. »Aber irgendetwas hat da nicht gestimmt.«

»Soll ich morgen versuchen, Informationen über die beiden einzuholen?«, bot Fabien bereitwillig an.

Nicolas nickte. »Gute Idee. Obwohl ich befürchte, dass wir nichts finden werden. Ich hatte einfach so ein merkwürdiges Gefühl, als ich den beiden Sophia Mildner vorgestellt habe.«

»Ich habe die Angaben von heute Morgen nochmals überprüft. Leider kann ich die Fakten, die du bereits herausgefunden hast, nur bestätigen«, fuhr Fabien frustriert fort. »Carines Eltern hatten 1979 definitiv keinen Unfall.«

Unerwartet schlug Nicolas mit der Faust auf die Tischplatte vor sich. »Verflucht. Wir kommen einfach nicht weiter. Was ist mit dem Unfallopfer?«

»Liegt noch immer im Koma. Sein Zustand hat sich weiter stabilisiert, aber er ist nach wie vor nicht ansprechbar«, antwortete Marie eilig.

»Merde. Wie lange sollen wir noch warten, bis wir ihn endlich befragen können?«, fluchte Nicolas wütend.

»Ich fahre morgen noch mal nach Perpignan. Vielleicht finde ich ja Nachbarn von damals, die mir etwas über Carine Mildner und das seltsame Verhältnis zu ihren Eltern erzählen können«, erklärte er entschlossen.

»Marie, könntest du mir bitte noch einige Eckdaten zu der Mutter heraussuchen? Adresse der Eltern, welche Schule sie besucht hat. Irgendjemand muss die Frau doch gekannt haben.« Nicolas erhob sich, während Marie nickte. »Ich muss los, Lisa hat morgen ein wichtiges Spiel.«

»Letztes Abschlusstraining?« Charles grinste.

Nicolas nickte, während er an seine Schwester dachte. Sicher war sie immer noch wütend auf ihn wegen gestern.

27

Perpignan

»Morgen schon?«

Antoine wandte seinen Kopf ab, da er es nicht wagte, seiner Freundin in die Augen zu schauen. Er fürchtete, sie könne ihm seine unzähligen Lügen, seine Täuschungen ansehen.

»Vielleicht geht es ja schneller als gedacht und ich bin bis zum Wochenende wieder zurück«, entgegnete er mit belegter Stimme, während er Emmas prüfenden Blick auf sich spürte.

»Ja, vielleicht«, wiederholte sie leise.

»Ich verspreche dir, dass wir spätestens nächstes Wochenende zusammen wegfahren.«

Abrupt wandte sie sich ab, doch er hatte ihr enttäuschtes Gesicht schon gesehen.

»Emma.« Antoine stellte sich dicht hinter sie und berührte vorsichtig ihre Schulter. Abwartend blieb er in dieser Position stehen, bis sie sich nach einer gefühlten Ewigkeit endlich umdrehte. Ihre Augen waren voller Tränen, als sie den Kopf hob. »Emma.« Traurig zog er sie an sich und hielt sie fest in seinen Armen. Ihr Körper versteifte sich; er spürte, dass sie gedanklich auf dem Absprung war. Verdammt! Er liebte sie doch. Warum schaffte er es nicht endlich, sich zusammenzureißen?

Mit erstickter Stimme sagte sie: »Antoine, ich liebe dich, aber ich weiß einfach nicht, wie lang ich das noch aushalte.«

»Emma«, wiederholte er, während er sie aus der Umarmung freiließ und ihre Hände mit seinen umfasste. »Ich kläre mit meinem Chef, dass ich zukünftig nicht mehr so oft auf Geschäftsreise muss. Versprochen.« Die nächste Lüge.

Daraufhin blickten sie sich lange stumm an. Emma wusste, dass er log. Antoine war klar, dass sie nur ihre Augen vor der Realität verschloss. Doch er konnte ihr einfach nicht die Wahrheit sagen. Sanft strich er über ihr Haar und lächelte sie zaghaft an. »Ich liebe dich. Alles wird gut.«

Er wusste selbst nicht mehr, wie oft er ihr diese mantraartige Redewendung bereits aufgetischt hatte. Wie sollte sie daran glauben, wenn auch er fast schon den letzten Funken Hoffnung aufgegeben hatte?

Doch sie nickte und legte ihre Hand an seine Wange. Frustriert schloss er die Augen, um die kurze Berührung zu genießen.

»Ich will dich nicht verlieren. Bitte, gib mir noch etwas Zeit«, flüsterte Antoine verzweifelt.

28

Argelès-sur-Mer

»Das gefällt mir nicht«, bemerkte Tabea, nachdem ihr Sophia die neusten Erkenntnisse berichtet hatte. »Warum sollte Carine behaupten, dass ihre Eltern gestorben seien, wenn sie noch am Leben waren?«

Durch die Leitung hindurch konnte Sophia die Fassungslosigkeit ihrer Tante spüren. »Ich weiß es nicht. Aber ich werde es herausfinden.«

»Sie hätte doch einfach sagen können, dass sie sich zerstritten haben. So etwas kommt schließlich in den besten Familien vor«, erwiderte Tabea argwöhnisch.

Abwesend ließ Sophia ihren Blick über den Strand wandern, bevor sie sich auf einen der Terrassenstühle setzte. »Es ist so friedlich hier«, murmelte sie gedankenverloren.

»Sophia, ich mache mir ernsthaft Sorgen. Weiß man denn immer noch nicht, wer der Mann ist, der bei dem Unfall verletzt wurde?«

»Nein, offensichtlich wurde er bisher nicht als vermisst gemeldet. Der Capitaine würde ihn auch lieber heute als morgen vernehmen. Doch soweit ich mitbekommen habe, liegt der Unbekannte immer noch im Koma«, entgegnete Sophia wieder mit fester Stimme.

»Soll ich kommen?«, wiederholte ihre Tante die Frage der letzten Tage.

»Nein, Tabea. Ich habe dir doch gesagt, dass dieser Rousseau mich in alle Ermittlungen einbezieht. Ich denke, wenn er zwei von uns an der Backe hätte, würde das seine Laune nicht wirklich steigern.«

Kurz dachte sie an die kühle Verabschiedung heute Nachmittag. Auf der Rückfahrt hatte sie tatsächlich für einen Moment das Gefühl gehabt, er habe seine Antipathie gegen sie überwunden. Doch nach ihrer Vegetarier-Bemerkung war seine Stimmung plötzlich umgeschlagen. Wahrscheinlich war er einfach nur launisch und unausgeglichen. Warum zerbrach sie sich überhaupt den Kopf über ihn?

»Sophia?« Abrupt riss die Stimme ihrer Tante sie aus ihren Gedanken.

»Entschuldige, was sagtest du gerade?«

»Ich habe gesagt, ich möchte, dass du vorsichtig bist ...« Tabea brach ab. »Ich verstehe das alles nicht. Kann es sich nicht vielleicht um einen Irrtum handeln? Es sieht Carine überhaupt nicht ähnlich, ohne Grund irgendwelche Räuberpistolen zu erzählen.«

»Wahrscheinlich hatte sie einen Grund dafür. Wir kennen ihn nur nicht. Ich verstehe es doch auch nicht, Tabea. Vielleicht behältst du das mit meinen Großeltern erst mal für dich. Oma wäre sicher noch beunruhigter, wenn sie davon wüsste.«

Tabea versprach es ihr, bevor sie das Gespräch beendeten.

»Los, Lisa, gib ab.« Nicolas formte mit beiden Händen einen Trichter vor seinem Mund, während er seiner Schwester die Anweisung zubrüllte. Doch Lisa warf ihm nur einen wütenden Seitenblick zu, um sich im nächsten Moment wieder ganz ihrem Gegenspieler zu widmen.

Nicolas stand am Spielfeldrand und seufzte. Sie hatte noch kein Wort mit ihm gesprochen. Schweigend war sie neben ihn auf den Beifahrersitz gerutscht, als er sie zu Hause abgeholt hatte, um die ganze Strecke bis zum Sportplatz stur aus dem Fenster zu starren. Jeder seiner Versuche, ein halbwegs vernünftiges Gespräch zu beginnen, war ins Leere gelaufen.

»Raymond, los, links ist eine Lücke«, rief er, während er die Spieler seiner Mannschaft kontinuierlich beobachtete.

Lisa besaß echtes Talent. Jede Woche freute sie sich wie ein kleines Kind auf das Training. Seit Nicolas die Mannschaft übernommen hatte, nachdem der vorherige Trainer in die Provence gezogen war, begeisterte sie sich sogar noch einen Tick mehr für den Ballsport. Außer heute, nach ihrem Streit.

Müde fuhr Nicolas sich über sein Gesicht. Die Fahrt in die Pyrenäen war anstrengend gewesen. Er hatte das Gefühl, als hätten ihn die letzten Tage seine gesamten Energiereserven gekostet. Doch die Ermittlungen traten auf der Stelle. Die neuen Erkenntnisse warfen nur weitere Fragen auf; die bereits bestehenden Ungereimtheiten lösten sich dadurch nicht auf.

Mit seinen Händen signalisierte er einem der Spieler, dass er an Tempo zulegen solle. Für gewöhnlich war die Betreuung der Mannschaft sein Ausgleich, die Zeit, während der er seinen Job ausblendete und ausdrücklich andere Dinge in den Vordergrund rückte. Doch heute gelang ihm das Abschalten einfach nicht. Pausenlos schwirrten ihm die Fakten des Mildner-Falles durch den Kopf. Wie musste es dann erst der Tochter ergehen?

Nicolas dachte an ihre Panikattacke heute Morgen. Auf den ersten Blick wirkte die Deutsche so stark und selbstbewusst. Doch hinter dieser Fassade hatte er sie unsicher und sehr verletzlich erlebt. Ein Moment der Schwäche, der ihr ganz offensichtlich unangenehm gewesen war.

Vegetarierin, dachte er verächtlich und schüttelte leicht seinen Kopf. Kurz hatte er tatsächlich geglaubt, er könne seine

Vorbehalte überwinden, doch als sie seinen gut gemeinten Vorschlag gleich wieder zunichtegemacht hatte, war er zu dem Schluss gekommen, dass es für ihn das beste sei, sich einfach von ihr fernzuhalten.

Ihr Gesicht mit den großen grünen Augen schlich sich ohne Vorwarnung erneut in seine Gedanken. Sie war attraktiv, ohne Zweifel. Auch wenn er eigentlich nicht auf Rothaarige stand. Doch die Deutsche hatte eine Art an sich, die ihn einerseits enorm auf die Palme brachte, andererseits aber gegen seinen Willen ebenso stark anzog.

»Los, Carla, hol dir den Ball zurück«, rief Nicolas der Gegenspielerin von Lisa zu, die ebenfalls das Downsyndrom hatte – wie alle Spieler, die sich auf dem Feld befanden. Morgen würden sie gegen eine integrative Mannschaft aus Elne spielen.

Grimmig presste er seine Lippen aufeinander und kniff die Augen zusammen. Mit deutlichen Handbewegungen bedeutete er dem Torwart, sich besser auf das Spiel zu konzentrieren.

Später musste Nicolas dringend mit seiner Schwester reden. Wie kam sie nur plötzlich auf die Idee, allein leben zu wollen? Sie war doch immer damit zufrieden gewesen, dass sie bei ihrer Mutter wohnte. Zumindest hatte er das geglaubt.

Sicher lag der plötzliche Wunsch an dem neuen Mann im Leben von Hélène Rousseau. Vielleicht hatte Lisa tatsächlich das Gefühl zu stören. Aber nein, das durfte er nicht zulassen. Natürlich hatte seine Mutter das Recht auf ein eigenes Privatleben, insbesondere wo sie sich jahrelang allein aufopferungsvoll um seine behinderte Schwester und ihn gekümmert hatte. Aber Lisa durfte dabei nicht auf der Strecke bleiben.

Vielleicht sollte Nicolas sie in Zukunft öfters zu sich nach Hause einladen. Dann hätte seine Mutter ein wenig mehr Privatsphäre und er könnte zusätzliche Zeit mit seiner Schwester verbringen. Sicher würde sich Lisa über den Vorschlag freuen. Zufrieden mit seiner Idee lenkte Nicolas seine Gedanken wieder zurück auf das Spiel.

Mittlerweile hatte sich die Dunkelheit über die kleine Terrasse vor dem Ferienhaus gelegt. Als Sophia mit Tim von ihrer letzten abendlichen Runde zurückkehrte, war die Luft bereits merklich abgekühlt. Ein Blick auf die Uhr sagte ihr, dass es kurz vor halb elf war. Sie schaute an den schwarzen Horizont, der sich über dem Meer erstreckte und an dem Tausende von Sternen teils heller, teils weniger stark strahlten. Genussvoll sog sie die salzige Brise ein, die vom Meer herüberwehte. Ein Hauch von Freiheit. Trügerisch und unberechenbar. Von einem Moment auf den anderen zerstörbar. Sie seufzte. Finstere Gedanken nach einem ereignisreichen Tag voller unschöner Neuigkeiten. Den ganzen Abend schon hatte sie über die seltsamen Ereignisse gegrübelt, die momentan ihr Leben gehörig durcheinanderwirbelten. Mysteriöse Komapatienten, misstrauische Bergdorfbewohner und ein Kotzbrocken von Ermittler, auf den sie angewiesen war, wenn sie das Schicksal ihrer Familie aufklären wollte.

Sie fühlte sich unendlich einsam. Ihre Eingeweide krampften sich zusammen, als sie an die Lüge ihrer Mutter dachte. Auf einmal erschien ihr die ganze Reise hoffnungslos. Was tat sie hier? Ihre Familie war tot. Und sie musste sich mit diesem übellaunigen Polizisten herumschlagen.

Sophia stand langsam auf und durchquerte den kleinen Garten, der sich zwischen der Terrasse und dem Strand befand. Tim, der schon auf seiner Decke geschlafen hatte, stürmte verwirrt aus dem Haus und begann zu winseln, als er bemerkte, in welcher Verfassung sein Frauchen sich befand. Trotz der letzten verbliebenen Wärme des Tages fühlte sich Sophia innerlich kalt. Zögerlich, wie von fremder Hand gesteuert, ging sie auf die Rosenstöcke zu, die die linke Seite des Gartens begrenzten. Entschlossen umklammerte sie mit der linken Hand einen der Stiele und drückte fest zu, bis sie spürte, wie sich die Dornen in das Fleisch ihrer Handinnenfläche bohrten. Unnachgiebig verstärkte sie ihren Griff, sodass die Stacheln immer und immer wieder unter die Haut drangen und der dadurch entstehende stechende Schmerz ihren ganzen Körper ausfüllte. Das Blut lief über ihre Hand und über das Gelenk bis zu ihrem Ellenbogen hinunter. Ihr Kopf war leer, sämtliche Gedanken waren ausgeschaltet. Sophia konzentrierte sich allein auf das Martyrium, das sie ihrer Hand antat, das sie sich selbst antat. Der körperliche Schmerz musste den seelischen verdrängen, musste dafür sorgen, dass sie eine weitere Enttäuschung, einen weiteren Verlust in ihrem Leben überhaupt noch ertragen konnte.

29

Donnerstag, 2. Juni
Argelès-sur-Mer

Stunden später saß Sophia noch immer wie betäubt auf der Terrasse ihres Ferienhauses. Langsam brach die Dämmerung am Horizont an; die völlige Dunkelheit wich einem verwaschenen Grauton, der die Umgebung zögerlich erhellte. Ihr Kopf war leer, jegliche Energie in ihr war erloschen. Ihre Vergangenheit war mit ihrer Familie vor vierundzwanzig Jahren gestorben. Eigene Kinder würden ihr verwehrt bleiben. Sie hatte keine Zukunft. Vor etwas mehr als einem Jahr hatte sie sich von ihrem langjährigen Lebensgefährten getrennt, nachdem der sie mit seiner Sekretärin betrogen hatte, als feststand, dass Sophia keine eigenen Kinder bekommen konnte. Jahrelang hatten sie vergebens versucht, ein Baby zu bekommen. Verzweifelt spürte sie die Tränen, die in ihren Augen brannten. Sie schlug die Hände vors Gesicht.

Tim, der die ganze Zeit reglos neben ihr verharrt hatte, erhob sich gähnend, streckte sich kurz und stupste sie leicht mit seiner Schnauze an. Die Berührung des samtigen Fells ließ schließlich alle Dämme in ihr brechen. Während Sophia die Arme um den Hals ihres Hundes schlang, schluchzte sie verzweifelt auf.

Ihr gesamtes Leben lag in Scherben vor ihr. Nach der jahrelangen, ruhelosen Phase direkt nach dem Verschwinden ihrer Familie, die sie nur mithilfe ihrer Großeltern, ihrer Tante und unzähliger Therapiestunden überstehen konnte, hatte sie endlich das Gefühl gehabt, in ihrem Leben angekommen zu sein. Aber die aufwühlenden Ereignisse der letzten Tage, ihre neuerlichen Panikattacken ... Es war zu viel.

Als sie sich schließlich von Tim löste, bemerkte Sophia, dass ihre Hand wieder zu bluten begonnen hatte. Doch sie konnte sich nicht bewegen, ignorierte den brennenden Schmerz. Es war, als ob ein unsichtbares, aber zentnerschweres Gewicht ihren Körper lähmte.

Als Tim bemerkte, dass sein Frauchen keine Anstalten machte, die Morgenrunde mit ihm zu absolvieren, legte er sich wieder enttäuscht neben sie, den Kopf zwischen die Pfoten gebettet. So warteten die beiden, dass der Tag endgültig anbrach, verharrten, obwohl die frühen Morgenstunden keine Besserung versprachen.

»Alors, Fabien kümmert sich um die Girards aus Croiselles-en-Haut«, wies Nicolas seine Mitarbeiter an, während er entschlossen in die Runde blickte. »Marie, bitte überprüf du noch mal die Beweise der Spurensicherung. Und versuche, Verbindungen zum Mildner-Fall zu finden. Wir müssen einfach etwas übersehen haben.«

Marie nickte. »Ich werde mich auch noch mal mit Perpignan kurzschließen, ob dort nicht doch irgendwo im Archiv die Fingerabdrücke der Familie aufbewahrt werden.«

»Gute Idee«, lobte Nicolas sie, bevor er sich an Charles wandte. »Würdest du dich bitte um die Tatwaffe im Fall des Unbekannten kümmern?«

»Das Jagdmesser?«, hakte Charles nach.

»Genau. Befasse dich noch mal intensiver mit dem Bericht von Docteur Tuyot.«

»Wird gemacht, Capitaine«, erwiderte Charles grinsend. »Außerdem werde ich auch noch mal im Krankenhaus anrufen. Mal hören, ob die schon etwas dazu sagen können, wie lange unser Opfer noch im Tiefschlaf liegt.«

Nicolas sah ihn mit erhobenen Brauen an. Da Charles einige Jahre mehr auf dem Buckel hatte als Nicolas, betonte er immer wieder gern den Dienstgrad seines einstigen Schützlings, der ihn irgendwann auf der Karriereleiter links überholt hatte. Doch Nicolas wusste, dass Charles es nicht ernst meinte. Der dienstälteste Beamte von Argelès war mit seiner Position zufrieden, war nie an mehr Verantwortung interessiert gewesen und doch ein überaus gründlicher und gewissenhafter Ermittler. Nicolas schätzte die Erfahrung und Besonnenheit des Älteren sehr.

»Ich fahre nach Perpignan«, verkündete er, während er die Unterlagen zusammenschob, die Marie ihm gestern noch vorbereitet hatte.

»Was ist mit der Tochter?«, wollte diese jetzt wissen.

Genervt blickte Nicolas auf. »Sicher sitzt sie schon bei Catherine und wartet auf ihren nächsten Einsatz.« Er verzog sein Gesicht.

Charles musterte ihn prüfend. »Meiner Meinung nach kann es nicht schaden, wenn du sie mit nach Perpignan nimmst. Immerhin geht es um ihre Großeltern.«

Nicolas dachte kurz nach, bevor er zögernd nickte. »Möglicherweise.«

»›Möglicherweise‹?« Fabien runzelte seine Stirn. »Also, ich fand sie überaus sympathisch. Außerdem ist sie Ärztin.« Er hob anerkennend seinen Daumen.

»Tierärztin«, verbesserte Nicolas verächtlich.

»Eine Tierärztin ist eine Ärztin, oder etwa nicht?«, entgegnete Marie provokativ.

Nicolas erwiderte nichts, sondern blickte stur auf seine Notizen, die vor ihm auf dem Tisch lagen.

»Ist irgendetwas zwischen euch vorgefallen?«, fragte Charles besorgt.

»Nein, nichts«, erwiderte Nicolas betont gleichgültig. Sicher würde er seinen Mitarbeitern nicht auf die Nase binden, dass die Frau ihm die halbe Nacht durch den Kopf gegeistert war. Lediglich als seine Gedanken entweder zu dem undurchsichtigen Geflecht des aktuellen Falls abgeschweift waren oder der Streit mit seiner Schwester seine Überlegungen dominiert hatte, war es ihm gelungen, Sophia Mildner auszublenden. »Machen wir uns an die Arbeit«, beendete er das Gespräch.

Während die drei Beamten sich fast gleichzeitig erhoben und hintereinander den Raum verließen, blieb Nicolas für einen Moment frustriert auf seinem Platz sitzen. Was war nur mit ihm los? Ihn beschlich das dumpfe Gefühl, er trete ständig auf der Stelle. Trotz seiner Entdeckung von gestern waren sie bisher noch nicht in der Lage gewesen, etwas über das Opfer mit den Stichverletzungen herauszufinden. Außerdem ging ihm der Streit mit Lisa näher, als er sich eingestehen wollte. Und als ob dies nicht schon genug Probleme waren, musste er sich auch noch mit dieser Deutschen auseinandersetzen, die sich offensichtlich gerne als zivile Polizeiunterstützung sehen würde. Er seufzte und wappnete sich innerlich für die nächste Konfrontation mit ihr. Schließlich war ihm ihre gestrige Enttäuschung nicht entgangen, als er sein Angebot, etwas mit ihr zu essen, zurückgenommen hatte. Seufzend erhob er sich und verließ den Raum.

»Hat sich Sophia Mildner gemeldet?« Nicolas sah Catherine fragend an.

Die schüttelte den Kopf. »Nein, bis jetzt nicht.«

»Keine Nachricht, kein Telefonanruf?«, hakte er verunsichert nach.

»Nein«, bekräftigte Catherine verwirrt. »Ich bin seit sieben da. Bis jetzt war es ruhig.«

Nicolas runzelte die Stirn. Ein Blick auf seine Uhr zeigte ihm, dass es bereits kurz nach zehn war.

»Haben wir ihre Nummer?«

Catherine nickte.

»Bitte ruf sie an«, forderte er die Sekretärin auf.

»Soll sie herkommen? Gibt es Neuigkeiten?« Fragend sah sie ihren Vorgesetzten an.

Nicolas überlegte einen kurzen Moment. »Frag sie einfach, ob sie vorhat, heute noch hier vorbeizuschauen.«

Irritiert runzelte Catherine die Stirn, schwieg jedoch und wählte.

Abwartend lehnte sich Nicolas an den Schreibtisch und musterte die Sekretärin. Sie war etwas jünger als er. Vor vielen Jahren waren sie während ihrer Schulzeit einige Monate zusammen gewesen. Doch irgendwann hatte Catherine von seinen Launen genug gehabt und begonnen, sich mit einem anderen Jungen aus seiner Klasse zu verabreden. Der war mittlerweile ihr Ehemann, mit dem sie zwei Kinder hatte.

Für einen kurzen Moment flackerte ein leichter Hauch von Neid in Nicolas auf. War es nicht das gewesen, was auch er sich immer gewünscht hatte? Eine Frau, mit der er durch dick und dünn gehen konnte, eine Familie, Kinder? Wann waren diese Träume nur verloren gegangen? So sehr er auch überlegte, er konnte sich nicht erinnern.

»Sie geht nicht dran«, riss ihn Catherine aus seinen Gedanken.

»Merkwürdig«, murmelte Nicolas.

»Stimmt etwas nicht? Denkst du, es gibt Probleme?« Sie blickte ihn angespannt an.

»Keine Ahnung«, antwortete er argwöhnisch. »Ich hoffe nicht«, setzte er nach.

Einen Moment lang ging er mehrere Möglichkeiten durch. Schließlich entschied Nicolas sich, kehrte kurz in sein Büro zurück, schnappte sich die Akte Mildner und verließ mit einem hastigen Kopfnicken Richtung Catherine das Revier.

»Madame?« Nachdem er mehrmals an die Tür des Ferienhauses geklopft hatte, ohne dass ihm jemand öffnete, rief Nicolas nun mit lauter Stimme besorgt nach der Deutschen. »Madame Mildner?« Er lauschte angespannt. »Sophia?«

Plötzlich hörte er das Bellen eines Hundes hinter dem Gebäude.

Er stürmte hastig um die Seitenmauer herum und entdeckte einen kleinen, durch dichte Hecken abgeschirmten Garten an der Rückseite des Hauses. Ungeduldig zwängte er sich durch das Buschwerk und riss sich an den dürren Ästen die Haut seiner Unterarme auf. Doch da der Hund weiterhin aufgeregt bellte, ignorierte er die Schmerzen geflissentlich.

Als er auf die Rasenfläche trat, erstarrte er. Tim stürmte auf ihn zu, während er freudig mit seinem Schwanz wedelte. Sophia Mildner hingegen saß wie versteinert auf der Terrasse und blickte ihn aus stumpfen Augen an.

»Sophia?« Er hastete auf sie zu. »Was ist denn geschehen? Mon dieu.« Er musterte die Deutsche, die augenscheinlich völlig neben sich stand und in keiner Weise auf ihn reagierte.

Als sein Blick auf ihre blutverkrustete linke Hand fiel und er die feinen roten Linien auf ihrem Unterarm entdeckte, ging er erschrocken vor ihr in die Hocke und fasste vorsichtig nach ihrem Handrücken. »Was ist passiert? Haben Sie sich geschnitten?« Entsetzt sah er sie an. Es schien, als sei sie meilenweit weg, als höre sie seine Worte überhaupt nicht. »Ihre Hand ist eiskalt. Sie sind ja total unterkühlt«, stellte er geschockt fest, als er ihren Arm leicht anhob. Doch sie schüttelte nur ihren Kopf. »Sophia, was ist denn nur passiert?« Eindringlich blickte er sie weiterhin an. »Haben Sie etwa die ganze Nacht hier draußen gesessen?«, fragte Nicolas ungläubig, als er plötzlich ihren Aufzug bemerkte.

Doch sie presste weiter beharrlich ihre Lippen aufeinander und blieb stumm.

Hilflos blickte Nicolas sich um und überlegte. Tim wich ihm unterdessen nicht von der Seite und schaute ihn erwartungsvoll an.

»Bon, kommen Sie.« Er packte sie schließlich vorsichtig am Ellenbogen und zog sie langsam hoch. Willenlos erhob sich die Deutsche, während sie teilnahmslos auf den Boden starrte.

»Gehen wir«, sagte er leise, während er behutsam seinen Arm um ihre Taille legte und sie ins Haus brachte. Suchend schaute Nicolas sich im Erdgeschoss um und steuerte schließlich auf die Treppe zu. Es dauerte eine halbe Ewigkeit, bis sie gemeinsam die Stufen bewältigt hatten, doch im Obergeschoss schob er sie sofort in das kleine Badezimmer hinein.

»Sophia«, er drehte sie zu sich um, während er sie gleichzeitig zwang, ihn anzusehen. »Hören Sie mir bitte gut zu.« Nicolas fixierte sie eindringlich.

Endlich nickte sie langsam. Ihre erste Reaktion auf ihn.

»Sie gehen jetzt heiß duschen. Bleiben Sie bitte einige Minuten unter dem warmen Wasser. Ihr Körper muss sich wieder aufheizen.«

Er wagte nicht zu überprüfen, ob sich ihr restlicher Körper ebenso kalt anfühlte wie ihre Arme. Doch aufgrund ihrer Verfassung befürchtete er, dass sie die ganze Nacht im Freien verbracht hatte. Das T-Shirt und die Shorts, die sie trug, waren für die kühlen Nachtstunden natürlich viel zu dünn.

»In der Zwischenzeit koche ich uns eine Kanne Kaffee und lasse Ihren Hund hinaus. Er scheint ziemlich dringend zu müssen«, sprach er mit ihr wie mit einem Kleinkind, dem man einbläuen musste, was richtig und was falsch war. »Bitte reinigen Sie gründlich Ihre Hand. Sobald ich zurück bin, versorge ich die Schnittwunden.« Da sie wieder nicht reagierte, strich er ihr sanft über ihr Haar. »Sophia, haben Sie mich verstanden?« Mit einer Hand stellte er das Wasser an. »Bitte stellen Sie sich jetzt unter die Dusche.«

Erschöpft musterte er das Gesicht der Deutschen, bis sie endlich nickte und umständlich begann, ihr T-Shirt auszuziehen. Eilig verließ Nicolas das Bad und schloss leise die Tür hinter sich. Als er den Hund unten winseln hörte, seufzte er und stieg hastig die Stufen hinunter.

Was war bloß geschehen? Ganz offensichtlich hatte sich Sophia Mildner die Hand aufgeschnitten. Aber warum befand sie sich in diesem desolaten Zustand?

Nicolas machte sich schwere Vorwürfe. Er hätte sie gestern nicht einfach so gehen lassen dürfen. Die neuen Erkenntnisse über ihre Großeltern, die entsetzten Nachfragen des Ehepaares aus Croiselles-en-Haut, das war einfach zu viel gewesen. Denn die Deutsche war weitaus weniger abgebrüht, als sie auf den ersten Blick wirkte. Die Konfrontation mit den Schatten ihrer Vergangenheit musste sie völlig aus der Bahn geworfen haben. Und da er die Verantwortung für die Ermittlungen trug, war er auch mitschuldig an Sophia Mildners Verfassung.

Nachdem er aus dem Augenwinkel beobachtete, wie der Labrador endlich sein Geschäft erledigte, kehrte Nicolas höchst besorgt in das Ferienhaus zurück.

Als er den Flur betrat, registrierte er zufrieden, dass das Wasser in der Dusche noch immer lief. Er ging in die Küche, öffnete nacheinander die Türen der Schränke, bis er endlich zwei Becher fand.

Als er den Kaffee einschenkte, wurde oben das Wasser abgestellt. Nur wenige Augenblicke später erschien Sophia Mildner, verlegen lächelnd und mit bloßen Füßen. Sie hatte ein Handtuch um ihren Kopf geschlungen und trug ein fliederfarbenes, knielanges Sommerkleid.

»Geht es Ihnen besser?« Nicolas erhob sich erleichtert, als er sah, dass sie wieder gefasster wirkte.

»Ja.« Sie nickte.

Er rückte ihr den Stuhl zurecht und wartete, bis sie sich gesetzt hatte. »Darf ich?« Er umfasste vorsichtig ihre linke Hand und begutachtete die unzähligen, offenen Verletzungen, die durch den Kontakt mit dem Wasser feucht glänzten. »Einen Moment, ich komme sofort wieder.« Eilig verschwand er, um zwei Minuten später mit einem Verbandskasten aufzutauchen.

Sophias verletzte Hand lag noch immer auf dem Küchentisch. Zuversichtlich lächelnd setzte er sich neben sie und holte einige Verbände und Klammern aus dem kleinen Koffer. Mit einem Tuch wischte er leicht über die Handinnenfläche und tupfte die offenen Wunden vorsichtig ab. Anschließend versorgte er die Schnitte und verband sie sorgfältig mit einer Mullbinde. »So, besser?« Abwartend musterte er ihr blasses Gesicht. Unter ihren Augen lagen dunkle Schatten.

Sie nickte leicht und drehte ihr Handgelenk langsam.

»Was ist denn nur passiert?«, wollte er erneut wissen.

Sie zuckte bloß mit den Achseln.

»Haben Sie sich geschnitten?« Er runzelte die Stirn.

»So ähnlich«, antwortete sie ausweichend und wandte ihren Kopf ab.

Für einen kurzen Moment schwieg Nicolas und nur das Hecheln des Hundes war zu vernehmen. »Hören Sie, vielleicht war es doch keine so gute Idee, Sie an den Befragungen teilnehmen zu lassen …« Er brach unsicher ab. »Die Panikattacken und jetzt …« Hilflos hob er seine Hand.

Mit unvermuteter Heftigkeit schüttelte die junge Frau ihren Kopf. »Bitte. Es tut mir wirklich leid. Das hier …«, sie stockte. »Es wird nicht wieder vorkommen. Ganz bestimmt.« Sie gähnte. »Ich habe gerade einige Probleme …« Sie brach wieder ab.

Skeptisch blickte Nicolas sie an, doch als sie nicht weitersprach, seufzte er nur. Ganz offensichtlich wollte sie nicht darüber reden. Daher erklärte er ihr stattdessen mit wenigen Worten, was er heute noch vorhatte.

»Ich möchte mitkommen. Bitte.« Ihre Augen schimmerten glasig.

Er wusste, dass er ihr jetzt eigentlich sagen müsste, sie solle sich ins Bett legen und einige Stunden schlafen, doch ihm war ebenso klar, dass sie seinen Rat eh nicht befolgen würde. Dass sie darauf bestehen würde, ihn zu begleiten. Innerlich fluchend nickte er, während er ihr den Becher Kaffee hinschob.

»Danke«, raunte sie leise, während sie betreten ihre Augen senkte und die Tasse an ihre Lippen hob.

»Schon gut«, knurrte er unwillig, bevor er ebenfalls seinen Kaffee trank. Er hatte kein gutes Gefühl bei der Sache. Niemand wusste, in welche Richtung sich die weiteren Ermittlungen entwickeln würden. Eigentlich dürfte er Sophia Mildner erst nach Abschluss des Falles über die Ergebnisse informieren. Ihre unterschwellige Drohung, über Morphes an weitere Erkenntnisse zu kommen und dadurch den Fall möglicherweise nach Perpignan zu verlagern, war allerdings nicht der einzige Grund, warum er sie nicht von seinen Nachforschungen ausschloss. Doch über dieses Thema wollte er im Moment nicht nachdenken.

»Nicht nur dafür, dass Sie mich mitnehmen«, ergänzte sie. »Auch hierfür.« Sie hob die verbundene Hand etwas an.

Jegliche Überheblichkeit war aus ihrer Stimme verschwunden. In diesem Moment erkannte Nicolas ganz deutlich die verletzliche Person, die sich hinter ihrer Fassade verbarg. Einer Schutzmauer, die in den letzten Stunden offensichtlich eingerissen worden war. Und die wahrscheinlich vor vierundzwanzig Jahren errichtet wurde, um den unwiderruflichen Verlust der Eltern und des Bruders überhaupt in irgendeiner Weise aushalten zu können.

30

Pyrenäen

Als Antoine das kleine Holzschild erblickte, das den Wanderparkplatz ankündigte, von dem aus er zu der Hütte seiner Eltern aufbrechen konnte, strömte eine erhöhte Dosis Adrenalin durch seinen Körper. Er war da. Endlich.

Der schmale Zufahrtsweg war von der Straße her kaum noch zu erkennen. Er parkte den Wagen unter einer hochgewachsenen Kiefer und stieg ungeduldig aus. Als er die morgendliche Waldluft einatmete, den Duft nach Moos und Erde, fühlte er sofort, wie seine Seele sich entspannte, wie die bereits seit Tagen andauernde Unruhe einer freudigen Erregung wich.

Wie vermutet, war er der einzige Besucher auf dem Parkplatz. Eilig holte er die Reisetasche aus dem Kofferraum, verschloss den Wagen sorgfältig und machte sich auf den Weg. Ein kleiner Pfad führte auf der rechten Seite des Parkplatzes tiefer in den Wald hinein. Da hier kein Hinweisschild angebracht war, traf man auf dieser Strecke nur ganz selten Wanderer, die sich entweder verirrt hatten oder die das Abenteuer unentdeckter Wege abseits der üblichen Routen suchten. Doch da diese Art von Outdoortourismus für Ortsunkundige nicht ganz ungefährlich war, hielt sich der Ansturm in Grenzen.

Antoine dagegen kannte die Gegend wie seine eigene Westentasche. Sein Vater hatte ihn früher fast jedes Wochenende nach hier oben mitgenommen. Ab und zu war auch seine Mutter mitgekommen, doch meist waren diese Tage allein Vater und Sohn vorbehalten gewesen. Schon früh hatte er die Ruhe und Kraft der Natur zu schätzen gelernt. Später war er dann regelmäßig allein hergekommen. Meistens wussten seine Eltern von seinen Ausflügen, doch gerade in letzter Zeit verheimlichte er seine Aufenthalte in der Hütte immer öfter. Sowohl vor Emma als auch vor seiner Familie.

Er hielt kurz inne, da der schmale Weg an dieser Stelle einen einzigartigen Blick auf das angrenzende Tal freigab. Spärlich bewachsene Felswände fielen fast senkrecht zu beiden Seiten ab, um auf einer weitläufigen Wiese zu enden, die sich bis kurz vor die Hauptstraße erstreckte.

Antoine stellte kurz die Reisetasche ab, die sich für seine Pläne zwar als äußerst unpraktisch erwies; doch Emma wäre wohl noch misstrauischer gewesen, hätte er sich mit einem Wanderrucksack auf ›Geschäftsreise‹ begeben. Beim Gedanken an seine Freundin überkam ihn erneut das schlechte Gewissen. Was wäre, wenn sie wüsste, was er vorhatte? Doch Antoine verdrängte den Gedanken sofort wieder, denn er wollte sich jetzt ganz auf seine eigenen Pläne konzentrieren. Deshalb war er schließlich hierhergekommen.

Abrupt schüttelte er seinen Kopf, nahm die Tasche wieder auf und lief zügig weiter. Dicht gewachsene Kiefern versperrten ihm nun die Sicht seitlich des Weges, der jetzt steil bergan verlief. Antoine schnaufte vor Anstrengung. Kein Wunder, dass seine Eltern die Strecke nicht mehr schafften.

Die Stille um ihn herum wurde nur vom Zwitschern der Vögel durchbrochen. Irgendwo war ein kleiner Gebirgsbach zu hören, der leise den Abhang hinunterplätscherte. Die perfekte Idylle, dachte er spöttisch, während ihm gleichzeitig sein eigentliches Vorhaben durch den Kopf ging. Die perfekte Idylle für gestörte Seelen, ergänzte er frustriert.

Nach einer knappen Stunde erreichte er endlich die kleine Lichtung, die sich vor dem Holzhaus seiner Eltern erstreckte. Langsam steuerte er auf die Hütte zu, während er seinen Blick über den angrenzenden Wald wandern ließ. Er hatte es geschafft. Endlich war er da. Ungeduldig schloss Antoine die Tür auf und trat in den großen Raum, der gleichzeitig als Küche, Wohn- und Schlafraum diente. Nur die Toilette war vom Rest des Zimmers abgetrennt. Ein kleiner Schuppen, der an das Holzhaus angrenzte, jedoch nur von außen erreichbar war, vervollständigte das Gebäude.

Stöhnend stellte Antoine die schwere Tasche ab, bevor er hastig seine Schuhe auszog. Am linken kleinen Zeh hatte er sich eine Blase gelaufen. Er fluchte.

Nervös öffnete er kurz darauf die Küchenschränke, um nachzusehen, wie es um die Vorräte bestellt war. Doch glücklicherweise hatte er den Bestand richtig eingeschätzt. Es war genug da. Sowohl Konserven als auch Trockengerichte waren in ausreichenden Mengen vorhanden. Wasser würde er aus dem Brunnen hinter dem Haus holen. Da die Essensfrage geklärt war, konnte er sich ohne Umschweife seinen eigentlichen Plänen widmen.

31

Perpignan

»Es tut mir leid«, presste Sophia zwischen schmalen Lippen hervor.

Überrascht blickte Nicolas zu ihr hinüber. Den Großteil der Fahrt hatten sie schweigend zurückgelegt. Da er nichts zu erwidern wusste, schwieg er auch jetzt. Verzweifelt schlug sie die Hand vor ihren Mund, während Nicolas geduldig wartete.

»Die ganze Situation ...«, begann sie erneut, bevor ihre Stimme brach.

»Es ist einfach zu viel«, versuchte er vorsichtig, ihr zu helfen, da er meinte zu spüren, dass ihr der Vorfall schwer auf dem Herzen lag.

»Zu viel«, wiederholte sie leise, bevor sie ihren Kopf schüttelte. »Ja ... Nein, ich weiß nicht ...«

Wieder sah er sie von der Seite an. Ihre noch leicht feuchten Haare hatte sie zu einem lockeren Zopf zusammengefasst. In diesem Moment wirkte ihr Gesicht sehr jung und verletzlich.

»Die Panikattacken, die Lüge wegen meinen Großeltern ...«, fuhr sie mit wütender Stimme fort. Sie hob ihren Kopf und schaute krampfhaft nach oben.

Nicolas rieb sich über seine Wange. Was sollte er dazu sagen?

Auch Sophia schwieg, da sie verzweifelt spürte, wie ihre Augen sich mit Tränen füllten. Auf keinen Fall wollte sie noch mal vor dem Capitaine die Fassung verlieren. Doch hilflos musste sie sich eingestehen, dass die Verzweiflung stärker war als ihr Wille. »Es geht gleich wieder.« Unauffällig wischte sie sich die Tränen weg. Verflucht, erst die Panikattacken und jetzt dieser Heulanfall.

Hilflos zuckte Nicolas mit den Schultern. »Was …?«

Sophia schluckte. »Ich habe mich gestern Abend auf einmal so unendlich allein gefühlt. So nutzlos.« Trotzig schob sie ihr Kinn vor. »Zu Hause lief mein Leben die letzten Jahre eigentlich in geregelten Bahnen.«

In diesem Moment erreichten sie den Stadtrand von Perpignan. Nicolas überflog kurz die Hinweisschilder und blinkte dann rechts. »Was wollen Sie jetzt tun? Nach Deutschland zurückkehren?«, fragte er, ohne seinen Blick von der Fahrbahn zu nehmen. Als sie nicht gleich antwortete, sagte er hastig: »Vergessen Sie es. Es geht mich nichts an.«

Abwesend blickte Sophia aus dem Seitenfenster und überlegte. »Nein, schon gut. Schließlich habe ich Sie ja in den ganzen Schlamassel mit hineingezogen.« Sie machte eine Pause. »Ich bleibe, bis ich weiß, was damals passiert ist.«

»Das kann ich verstehen.«

»Im Moment fühle ich mich, als ob mein ganzes Leben den Bach runtergeht«, entgegnete sie traurig.

Nicolas schwieg. Was konnte man in einer solchen Situation sagen? Die Zeit heilt alle Wunden? Das wird schon wieder? Ausgelutschte Phrasen, die jetzt kaum hilfreich waren.

Wenige Minuten später bog er in eine kleine Seitenstraße ein und konzentrierte sich auf die Hausnummern. »Hier ist es.« Er zeigte auf ein weißes Reihenhaus, vor dem sich ein kleiner Vorgarten erstreckte. Mehrere Rosenstöcke begrenzten die rechte Seite, während links zwei große Palmen standen.

»Was ist hier?«, fragte Sophia verunsichert.

»Das ist das Elternhaus Ihrer Mutter«, erwiderte Nicolas zufrieden, während er die Wagentür öffnete.

»Nein«, rief sie verunsichert aus.

Verwirrt drehte er sich zu ihr um. »Nein?« Fragend blickte er sie an.

Bestimmt schüttelte Sophia ihren Kopf. »Das ist nicht das Elternhaus meiner Mutter.«

»Doch, hier habe ich die Adresse – Rue des Arcades vierunddreißig.«

Er hielt ihr einen Ausdruck hin, doch sie winkte ab. »In den Unterlagen meiner Mutter befindet sich ein Foto von einem frei stehenden, weitläufigen, terrakottafarbenen Einfamilienhaus«, entgegnete sie verunsichert. »Ich bin immer davon ausgegangen, dass es sich dabei um das Haus ihrer Eltern handelte.«

»Kommen Sie«, forderte Nicolas sie auf, bevor sie vor dem Haus nochmals stehen blieben. »Dies ist die letzte gemeldete Adresse Ihrer Großeltern. Ich hatte Ihnen bereits gesagt, dass Ihr Großvater vor zwei Jahren gestorben ist. Danach wurde das Haus verkauft und hat nun neue Besitzer. Wir werden mit den Leuten sprechen. Vielleicht können wir die Situation dadurch klären.«

Sie nickte, immer noch verwirrt, und folgte ihm.

Nach seinem Klingeln dauerte es einige Sekunden, bis sie Schritte hinter der Haustür vernahmen.

»Oui?« Eine blonde junge Frau stand im Türrahmen; auf ihrer Hüfte saß ein etwa einjähriges Kind, das weinte.

»Bonjour, Madame Claron«, grüßte Nicolas, während er auf das Schild neben der Haustür schielte. Er zückte seine Marke und stellte Sophia und sich kurz vor.

Schlagartig legte sich ein ängstlicher Ausdruck auf das Gesicht der Frau. »Police Nationale? Ist etwas passiert?«

Eilig schüttelte Nicolas seinen Kopf. »Nein, Madame. Alles in Ordnung. Wir haben nur einige Routinefragen, die den Vorbesitzer dieses Hauses betreffen.«

»Monsieur Duchamps?« Überrascht sah die Frau von Nicolas zu Sophia. »Soweit ich weiß, ist der Mann vor einigen Jahren gestorben.«

»Das ist korrekt, Madame. Uns interessiert lediglich, seit wann Sie hier wohnen und wer Ihnen das Haus verkauft hat.«

Sie überlegte kurz, während das Kind an ihrem T-Shirt zerrte und sein Gesicht erneut weinerlich verzog. »Mein Mann und ich haben das Haus vor knapp drei Jahren gekauft. Monsieur Duchamps war schon sehr alt und musste in ein Pflegeheim umziehen.« Ihre Stimme klang bedauernd. »Es ist ihm nicht leichtgefallen. Er war ein sehr netter Mensch, legte großen Wert darauf, wer das Haus kaufen wollte.« Sie schüttelte kurz ihren Kopf. »Wir haben es über einen Makler bekommen.«

»Hat Monsieur Duchamps je mit Ihnen über seine Familie gesprochen?« Abwartend blickte Nicolas sie an.

Genervt setzte sie das weinende Kind ab und wies es an, kurz ins Wohnzimmer zurückzugehen. »Soweit ich weiß, war seine Frau schon länger verstorben. Das Haus war zu groß für ihn allein. Außerdem konnte er die Treppen nicht mehr laufen.« Sie lächelte leicht. »Die Stufen sind ziemlich steil.«

»Was war mit Kindern?«, hakte Nicolas nach, während Sophia gespannt den Atem anhielt.

Doch die junge Frau schüttelte ihren Kopf. Enttäuscht wandte Sophia sich daher ab und sah nach Tim, der ungeduldig im Kofferraum wartete.

»Nein, Kinder hat er nicht erwähnt. Zumindest kann ich mich nicht daran erinnern«, antwortete Madame Claron.

Nicolas nickte. »In welchem Zustand befand sich das Haus, als Sie es übernommen haben?«

Sie zog ihre Brauen hoch. »Wie gesagt, Monsieur Duchamps war schon sehr alt. Wir haben das Haus komplett sanieren müssen. Auch einige Wände wurden versetzt.«

»Diese Dame ist die Enkelin von Monsieur Duchamps«,

erwähnte Nicolas beiläufig, während er mit seinem Daumen auf Sophia zeigte.

»Tatsächlich?« Madame Claron wirkte überrascht. »Dann kennt sie das Haus sicher.«

Nicolas schüttelte seinen Kopf. »Nein, sie ... es gab wohl Differenzen zwischen ihrer Mutter und deren Eltern. Sie hat ihre Großeltern leider nie kennengelernt.«

»Wie schrecklich.« Die Frau wirkte ehrlich betrübt. »Möchten Sie vielleicht kurz reinkommen und sich umsehen?«

»Sehr freundlich von Ihnen, aber ich denke nicht, dass das erforderlich ist«, wehrte Nicolas ab. »Vielen Dank für Ihre Hilfsbereitschaft.«

Als Sophia und er schon in den Wagen einsteigen wollten, kam Madame Claron nochmals durch den Vorgarten auf sie zu. »Capitaine«, rief sie.

Nicolas hielt inne und schaute fragend zu der jungen Frau hinüber.

Sie näherte sich dem Wagen, während sie mit der Hand auf das Nachbarhaus deutete. »Unser Nachbar, Monsieur Lombard, wohnt schon seit Ewigkeiten hier. Vielleicht weiß er ja etwas über die Familienverhältnisse des Vorbesitzers.« Sie zuckte entschuldigend mit den Achseln.

Nicolas nickte ihr dankend zu, bevor er die Deutsche abwartend ansah. »Einen Versuch ist es wert, oder nicht?«

Sie nickte schweigend.

»Monsieur Lombard?« Nicolas sah den älteren Mann gespannt an, bevor er sich und Sophia erneut vorstellte und ihr Anliegen vortrug.

Der Alte nickte und tippte sich mit dem Finger an sein Kinn. »Ja, Lois, natürlich kannte ich ihn. Schließlich waren wir jahrelang Nachbarn.«

»Dann wissen Sie sicher auch, ob Monsieur Duchamps und

seine Frau Probleme mit ihrer Tochter hatten.« Nicolas sah ihn hoffnungsvoll an.

Doch der Nachbar runzelte verwirrt die Stirn. »Tochter? Welche Tochter?« Er schüttelte seinen Kopf. »Von einer Tochter weiß ich nichts.«

Sophia blickte Nicolas Hilfe suchend an. Er zwinkerte ihr leicht zu.

»Monsieur Lombard, seit wann kannten Sie das Ehepaar Duchamps?« Unbewusst hielt er kurz die Luft an.

Der Alte legte seinen Kopf schief und überlegte eine Weile.

Ungeduldig trat Sophia von einem Fuß auf den anderen.

»Wir sind Anfang der Achtziger hergezogen, also ...« Er brach ab und starrte gedankenverloren auf den Boden.

»Etwa dreißig Jahre«, rechnete Nicolas nach und nickte Sophia nachdenklich zu. »Ihre Mutter ist Ende der Siebziger nach Deutschland gegangen. Es ist also durchaus möglich, dass der Streit damals so gravierend war, dass Ihre Großeltern komplett mit ihrer Tochter gebrochen hatten ...«

»... und sie verleugnet haben«, ergänzte Sophia tonlos.

Der Alte blickte irritiert von Nicolas zu Sophia und wackelte leicht mit dem Kopf. »Wollen Sie etwa behaupten, Lois und Cateline hatten eine Tochter, von der wir nichts wussten?« Ungläubig riss er seine Augen auf.

»Monsieur, es tut mir leid. Aber wir können Ihnen nicht mehr dazu sagen. Sie haben uns sehr geholfen.« Hastig verabschiedete Nicolas sich und bedeutete der Deutschen, die den Alten noch immer skeptisch ansah, ihm zu folgen.

»Was machen wir jetzt?«, wollte Sophia wissen, als sie wieder im Wagen saßen.

Nicolas blickte grimmig auf seine Notizen, die er sich von der Rückbank geangelt hatte.

Als er nichts erwiderte, wiederholte Sophia ihre Frage. »Capitaine?« Sie stockte. »Was machen wir jetzt?«

»Wir fahren zum Lycée Arago«, antwortete er in entschlossenem Tonfall.

»Zur ehemaligen Schule meiner Mutter?« Verwirrt sah Sophia den Polizisten an.

Er nickte. »Irgendjemand muss etwas wissen über den ominösen Streit, dieses Zerwürfnis zwischen Ihrer Mutter und Ihren Großeltern. So wie es aussieht, haben die Duchamps' dreißig Jahre lang ihre eigene Tochter vor ihrem engsten Umfeld verschwiegen. Im Gegenzug hat Ihre Mutter vor der eigenen Familie behauptet, ihre Eltern seien längst tot.« Seine Wangenmuskeln spannten sich an. »Das kann nicht einfach eine kleine Familienstreitigkeit gewesen sein. Da muss etwas anderes, viel Gravierenderes dahinterstecken.« Er trommelte mit seinen Fingern auf das Lenkrad. »Vielleicht finden wir im Abschlussjahrbuch Hinweise auf eventuelle Freundinnen oder Bekannte Ihrer Mutter. Wir müssen dringend wissen, was damals geschehen ist. Vielleicht können wir so auch endlich herausfinden, was es mit unserem unbekannten Unfallopfer auf sich hat. Denn wenn wir recht haben und die beiden Fälle wirklich miteinander zusammenhängen, kann es gut sein, dass die Entschlüsselung der Vergangenheit Ihrer Mutter uns entscheidende Hinweise in dem aktuellen Fall liefert.«

Er hatte schnell gesprochen. Sophia beschlich das merkwürdige Gefühl, dass er ebenso aufgewühlt auf die Ergebnisse der Befragungen reagierte wie sie, konnte sich jedoch seine persönliche Betroffenheit nicht wirklich erklären. Schließlich hatte er ihre Eltern nie kennengelernt.

Zwanzig Minuten später fuhr Nicolas auf den Parkplatz des größten Gymnasiums von Perpignan.

Ehrfürchtig betrachtete Sophia die beeindruckende Backsteinfassade mit dem Haupteingang, der aus drei Glastüren bestand. Ihr Herzschlag beschleunigte sich bei dem Gedanken daran, dass vor vielen Jahren ihre Mutter hier tagtäglich zur Schule gegangen war. Sie atmete tief aus und ballte unbewusst ihre Hand zur Faust.

»Alles in Ordnung?«, wandte Nicolas sich an sie, nachdem er den Motor abgestellt hatte, da ihm ihre Reaktion nicht entgangen war.

»Ja, alles gut«, erwiderte sie ernst. Die Sache hier war wichtig. Sehr wichtig. Sie musste jetzt all ihre Sinne auf die gegenwärtige Spurensuche konzentrieren. Später würde sie noch genug Zeit haben, in Selbstmitleid zu baden.

Entschlossen straffte Sophia ihre Schultern und stieg aus. Bedauernd blickte sie zu Tim, der sie mit Nichtbeachtung strafte, als er bemerkte, dass sie ihn nicht aus dem Kofferraum herausholen würde.

»Der Hund darf nicht ins Gebäude«, erinnerte Rousseau sie ebenfalls.

Sie nickte. »Ich weiß. Das wird er mir nicht verzeihen.« Gähnend folgte sie dem Capitaine zum Haupteingang. Bewundernd betrachtete sie den Schriftzug, der an der Fassade in Höhe des fünften Obergeschosses angebracht war.

»Ich war ebenfalls hier auf der Schule«, bemerkte der Beamte, während sie nebeneinander das Gebäude betraten.

Erstaunt blickte Sophia ihn an.

»Vor zwanzig Jahren«, ergänzte er und verzog leicht sein Gesicht.

Rechts und links von ihnen erstreckte sich ein weitläufiger Flur. Da gerade Unterricht war, sahen sie weit und breit niemanden. Nicolas näherte sich einer Hinweistafel und nickte bedächtig. »Das Sekretariat ist noch immer im ersten Stock.« Er wandte sich wieder an Sophia. »Kommen Sie.«

Links von ihnen befand sich eine geschwungene Treppe mit breiten, ausladenden Steinstufen. Grüne Läufer bedeckten den Großteil der Trittfläche und dämpften ihre Schritte.

»Beeindruckend«, murmelte Sophia, während der Capitaine leicht lächelte.

Als sie am Treppenabsatz ankamen, wies er auf eine Tür direkt am Fluranfang. »Hier.«

»Oui?«, ertönte eine weibliche Stimme nach seinem Klopfen.

Beim Betreten des Büros ließ er Sophia den Vortritt. Mit einer kurzen Handbewegung zückte er seinen Ausweis und stellte sie beide erneut vor. Eine etwa vierzigjährige Frau mit platinblonden Haaren blickte sie freundlich an.

Nachdem der Polizist der Sekretärin ihr Anliegen kurz umrissen hatte, runzelte sie die Stirn und schaute über den Rand ihrer tief sitzenden Brille. Nachdenklich kratzte sie sich am Kinn. »Ende der Siebziger?«

»1979«, verbesserte Sophia bestimmt.

»Sind Sie ganz sicher?«, hakte Rousseau nach.

»Ich bin 1980 geboren. Meine Eltern haben sich ein Jahr zuvor an der Uni kennengelernt. Meine Mutter hat erzählt, dass sie direkt nach dem Abitur nach Deutschland gegangen ist, nachdem ihre Eltern angeblich ...« Sie brach ab und presste ihre Kiefer aufeinander.

Nicolas nickte, während er kurz nachdachte. »Bon, Madame, wir bräuchten also die Abgänge 1978 und 1979.« Er blickte Sophia warnend an, als diese widersprechen wollte.

Die Sekretärin nickte. »Nehmen Sie doch bitte Platz. Die Jahrgänge aus den Siebzigern wurden leider nie digitalisiert.«

»Was bedeutet das?« Der Beamte sah sie fragend an.

»Ich muss die Jahrbücher aus dem Archiv holen«, antwortete die Angestellte bereitwillig. »Aber keine Sorge. Das ist kein Problem. Es dauert nur einen Moment.«

Aufmunternd nickend, blickte sie kurz von Nicolas zu Sophia, bevor sie ihr Büro verließ.

»Meine Mutter hat 1979 ihr Abitur gemacht«, behauptete Sophia trotzig, als sie allein waren.

Genervt drehte Nicolas sich zu ihr um. »Wenn es so sein sollte, dann ist doch alles klar.« Er musterte sie prüfend. Sie war blass; man sah ihr die durchwachte Nacht und die Sorgen an. »Sollte sie jedoch wider Erwarten nicht im Jahrbuch 1979 auftauchen, werden wir die Ausgabe zuvor ebenfalls durchschauen. Einverstanden?« Betont gelassen blickte er sie an, obwohl ihre bevormundende Art ihn schon wieder auf die Palme brachte.

»Das würde nicht passen«, beharrte Sophia kopfschüttelnd.

Langsam platzte ihm der Kragen. »Hören Sie, bis gestern dachten Sie, Ihre Großeltern seien schon vor vielen Jahren verstorben. Dass Ihr Opa aber erst seit zwei Jahren tot ist, passt doch wohl auch nicht, oder?« Ungehalten wandte er sich ab und sah aus dem Fenster.

Konsterniert schwieg Sophia. Was war der Polizist nur für ein unsensibler Mensch? Seine Bemerkung zeugte vom Fehlen jeglichen Feingefühls. Der kurze Moment, in dem sie gedacht hatte, sie würden doch noch zu einer gemeinsamen Linie finden, war schon wieder vorüber.

Ungeduldig kaute Sophia auf ihrer Unterlippe, wartete auf die Rückkehr der Sekretärin und setzte sich nach einigen Minuten erschöpft auf einen der Besucherstühle.

Rousseau wandte sich plötzlich um und sah sie lange an. »Es tut mir leid.« Er überlegte kurz. »Ich hätte das nicht sagen …«

»Vergessen Sie es einfach«, zischte sie wütend und blickte demonstrativ in die andere Richtung.

Achselzuckend betrachtete er sie einen weiteren Moment. Da er jedoch ihre Verletzlichkeit, ihre tiefe Verunsicherung sehen konnte, reagierte er nicht auf ihre Verärgerung.

Kurz darauf kehrte die Sekretärin mit zwei dicken Jahrbüchern zurück. Von der angespannten Atmosphäre im Raum schien sie nichts zu bemerken. Zumindest behielt sie ihren unverbindlichen, freundlichen Ton bei. »So, dann wollen wir mal schauen.« Sie rückte ihre Brille zurecht und schlug das erste Buch auf.

Hastig traten Nicolas und Sophia gleichzeitig an den Schreibtisch und stießen dabei fast zusammen. Erschrocken wich Sophia sofort ein Stück zurück.

»Wie war der Name?« Die Angestellte blickte Nicolas fragend an.

»Carine Duchamps«, antwortete Sophia hektisch.

»Es handelt sich um Ihre Mutter?«, wandte sich die Sekretärin diesmal direkt an sie.

Sophia nickte und blickte neugierig auf das Gruppenfoto, das die erste Seite zierte.

Bereitwillig drehte die junge Frau das Buch um, sodass Sophia und Nicolas die Personen auf dem Bild besser erkennen konnten.

Konzentriert kniff Sophia ihre Augen zusammen und betrachtete eindringlich die abgebildeten Schüler. Nach einer Weile streckte sie ihren Rücken und schüttelte frustriert den Kopf.

Nicolas blickte sie prüfend an. »Sie erkennen sie nicht?«

»Nein«, antwortete sie gepresst.

»Hier sind nochmals alle Schüler einzeln mit Namen und Foto aufgeführt«, mischte sich die Sekretärin ein und blätterte eine Seite weiter. Sie legte den Kopf schief, um besser sehen zu können. »Der Jahrgang bestand aus hundertfünfunddreißig Schülern.« Sie stockte. »Nehmen Sie doch Platz und schauen Sie das Buch in Ruhe durch. Sicher finden Sie Ihre Mutter.« Aufmunternd nickte sie Sophia zu.

Widerwillig nahm diese das Buch an sich und kehrte zu der Sitzgruppe zurück. Nicolas blieb demonstrativ stehen, da er ihr Zeit geben wollte, die Bilder ohne Eile durchzugehen.

Während Sophia schweigend eine Seite nach der anderen

umblätterte, unterhielt sich Nicolas leise mit der Sekretärin über die Schule und die Veränderungen der letzten Jahre. Mit halbem Ohr hörte Sophia dem Gespräch zu, während sie angespannt die unbekannten Gesichter musterte, die ihr auf den Seiten des Jahrbuchs entgegenblickten. Anstatt ihr zu helfen, flirtete der Capitaine mit der blonden Angestellten. Wütend knirschte sie mit den Zähnen.

Mit jeder neuen Seite, die wieder nur ein fremdes Gesicht mit unbekanntem Namen offenbarte, schwand Sophias Zuversicht. Als sie schließlich die letzte Seite umklappte, schluckte sie und erhob sich zögernd.

»Und?« Nicolas unterbrach sofort seine Unterhaltung und sah sie neugierig an. Kaum merklich schüttelte Sophia ihren Kopf und wich seinem Blick aus. Stirnrunzelnd wandte er sich daraufhin an die Sekretärin. »Würden Sie uns bitte das Achtundsiebzigerbuch geben?«

Entschlossen setzte er sich mit dem dicken Packen auf einen der Stühle und winkte Sophia zu sich. »Ich helfe Ihnen, kommen Sie.«

Zögernd nahm sie neben ihm Platz, wehrte jedoch ab, als er ihr das Buch übergeben wollte. Achselzuckend legte er sich das Bündel auf die Oberschenkel und schlug die erste Seite auf. Wie in dem ersten Jahrbuch war auch hier der gesamte Schülerjahrgang auf einem Gruppenfoto abgebildet. Als er jedoch aus dem Augenwinkel registrierte, dass Sophia gar nicht auf das Bild sah, blätterte er hastig weiter und überflog die Namen, die jeweils über den Einzelfotos standen.

Als Nicolas am Ende des Buches ankam, hielt er nachdenklich einen Moment inne. Sophia starrte reglos auf den Linoleumboden vor ihnen. Unauffällig warf er ihr einen kurzen Seitenblick zu.

Zögernd stand er auf, als die Sekretärin ihn mit erhobenen Augenbrauen ansah. »Nichts?«

Er verzog sein Gesicht und verneinte. »Ich vermute, dass es nicht mehr gibt? Keine Schüler, die hier, aus welchen Gründen auch immer, nicht aufgeführt sind?«

Bedauernd hob sie ihre Schultern. »Nein, leider. Das ist alles.« Besorgt blickte sie zu Sophia. »Haben Sie vielleicht die Schule verwechselt? Schließlich gibt es hier noch andere Gymnasien.«

Durchaus ein Erklärungsversuch, doch Nicolas war bereits jetzt ziemlich sicher, dass sie auch an den anderen Schulen nicht fündig werden würden. Und auch Sophia schien dies zu ahnen.

Er bedankte sich bei der Sekretärin für die Hilfe und forderte die Deutsche vorsichtig auf, ihm zu folgen.

Nachdem sie das Büro verlassen hatten, berührte sie ihn leicht am Arm und sah ihn hilflos an. »Was hat das alles zu bedeuten? Niemand kann sich hier an meine Mutter erinnern. Es ist, als ob sie nie existiert hätte.«

Nicolas blickte sie lange an, während er sich seine Antwort gut überlegte. »Ich weiß es nicht. Ich wünschte, ich könnte Ihnen etwas anderes sagen. Aber ich kann mir das Ganze im Moment auch nicht erklären.« Vorsichtig umfasste er ihren Unterarm, als ob er fürchtete, sie könne gleich zusammenbrechen. Verwirrt blickte sie auf seine Hand, die sie oberhalb ihres Handgelenks berührte. Verlegen ließ Nicolas sie wieder los und verzog entschuldigend sein Gesicht. »Eine Alternative haben wir noch«, schlug er schließlich vor.

Sophia wartete mit fragender Miene ab.

»Fahren wir zum Einwohnermeldeamt. Vielleicht finden wir dort heraus, wann genau Ihre Mutter Frankreich verlassen hat.«

Sophia nickte erleichtert. Das hörte sich vernünftig an. Denn mittlerweile war klar, dass ihre Mutter gelogen hatte. Nicht nur in Bezug auf ihre Eltern. Es war offensichtlich,

dass auch die Angaben ihres Lebenslaufs, zumindest teilweise, nicht stimmten. Doch warum hatte ihre Mutter absichtlich die Unwahrheit erzählt? Was war der Grund dafür, dass
sie ihrer Familie gegenüber falsche Angaben über ihre Vergangenheit gemacht hatte? Sophia konnte sich einfach keinen
Reim auf diese Fragen machen. Sie hatte ihre Mutter als
ehrliche, aufrichtige Person in Erinnerung. All diese merkwürdigen Geheimnisse und Lügen passten überhaupt nicht
zu der Frau, die jetzt vor ihrem inneren Auge auftauchte.

Was ist bloß passiert, Mama? Warum hast du uns belogen? Und was hast du sonst noch alles vor uns verheimlicht?

32

Pyrenäen

Antoine setzte sich zufrieden auf die Holzstufen vor der
Hütte. Fürs Erste war seine Arbeit erledigt. Die Fallen waren aufgestellt. Nun hieß es warten. Doch allein schon beim
Gedanken an sein weiteres Vorgehen durchlief ein ange-
nehmes Kribbeln seinen Körper.

Gegen Abend würde er den Weg zum Wanderparkplatz
ein Stück zurücklaufen, sodass er Emma anrufen konnte. Hier
oben hatte sein Handy keinen Empfang. Sicher machte sie
sich Sorgen, wenn sie ihn den ganzen Nachmittag nicht erreichte. Und er war fest davon überzeugt, dass sie ihn anrufen würde. So gut kannte er Emma mittlerweile. Wieder
beschlich ihn sein schlechtes Gewissen.

Um diese Tageszeit warfen die hohen Bäume ringsum
lange Schatten auf die Lichtung, sodass keine Sonnenstrahlen mehr die Hütte erreichten. Doch nicht nur die fehlende
Wärme der Sonne ließ ihn in diesem Moment frösteln. Wie-

der malte er sich das entsetzte Gesicht seiner Freundin aus, wenn sie herausfände, was er hier tat. Das Schlimmste daran war, dass er selbst genau wusste, dass sein Verhalten alles andere als normal war. Doch mit wem sollte er darüber sprechen? Sotard? Obwohl er es sich eigentlich vorgenommen hatte, war Antoine sich fast sicher, dass der Therapeut ihm irgendeine gravierende psychische Störung diagnostizieren und ihn in eine geschlossene Anstalt einweisen lassen würde. Vielleicht würde er ihn sogar als gefährlich einstufen. Wäre das möglich? Antoine wusste es nicht.

Traurig schüttelte er den Kopf und seufzte. Wie schön wäre es, wenn Emma jetzt bei ihm säße. Hier neben ihm auf den Stufen. Gegen Abend könnten sie ein Feuer machen und sich gegenseitig wärmen. Doch letztendlich belog er sich wieder nur selbst. Emma wäre schließlich die Allerletzte, die seinem Vorhaben beiwohnen sollte.

Langsam erhob Antoine sich und setzte zu seinem ersten Rundgang an. Immerhin konnte es jeden Moment so weit sein. Wieder spürte er, wie sein Körper von einem wohligen Schauer durchlaufen wurde. Seine Vorfreude wuchs.

33

Perpignan

»Glück gehabt«, seufzte Nicolas erleichtert, während er blinkte und den Wagen sicher in die freiwerdende Parklücke steuerte. »Eigentlich ist es hier in der Altstadt fast unmöglich, einen Parkplatz zu finden«, ergänzte er zufrieden.

Sophia starrte schweigend aus dem Seitenfenster.

»Was machen wir mit ihm?« Nicolas blickte sie fragend an und deutete mit dem Kinn in Richtung Kofferraum.

»Tim muss raus«, erwiderte sie tonlos, ohne den Polizisten anzusehen.

»Das dachte ich mir schon.« Er musterte sie besorgt. Seit dem Verlassen der Schule hatte die Deutsche keine fünf Sätze von sich gegeben. Die Erkenntnis, dass ihre Mutter sie belogen hatte, war offensichtlich ein schwerer Schlag für Sophia Mildner.

»Das Einwohnermeldeamt befindet sich im Erdgeschoss des Rathauses. Wir können fragen, ob wir den Hund ausnahmsweise mitführen dürfen«, versuchte Nicolas, sie vorsichtig aus dem Loch zu holen, in dem sie sich zweifellos gerade befand.

Sophia nickte unmerklich und stieg zögernd aus.

Tim tobte im Kofferraum, um auf sich aufmerksam zu machen. Eilig öffnete Nicolas die Klappe, woraufhin der Rüde sofort heraussprang und ihm dankbar über die Hand leckte.

Sophia leinte den Hund gedankenverloren an und wandte sich abwartend an Capitaine Rousseau. »Wohin?«

»Hier entlang.« Er zeigte nach rechts und sah sie stirnrunzelnd an. »Natürlich können Sie auch gern im Innenhof warten«, bot er ihr an, da er befürchtete, dass sie im Rathaus weitere unliebsame Tatsachen erfahren könnten.

Trotzig reckte sie ihr Kinn vor. »Ich komme mit.«

»Natürlich.« Er zog die Brauen hoch und ging los.

Wenige Minuten später erreichten sie das Rathaus von Perpignan, das bereits mehrere Jahrhunderte alt war und noch immer als Verwaltungssitz genutzt wurde.

Die alten Mauern strahlten eine angenehme Kühle aus, als sie den schattigen Durchgang passierten. Da es bereits Mittagszeit war, hoffte Nicolas inständig, dass sie überhaupt jemanden antreffen würden und die Büros noch nicht geschlossen waren. Ansonsten müssten sie am frühen Nachmittag wiederkommen.

Doch sie hatten Glück. Die meisten Stellen schlossen erst in einer halben Stunde.

»Dann wollen wir mal«, presste Nicolas entschlossen hervor.

Als er den Eingang zum Einwohnermeldeamt entdeckte, klopfte er an die erstbeste Tür.

»Herein«, ertönte kurz darauf eine tiefe Stimme.

Nicolas öffnete und stellte sich kurz vor, während Sophia sich mit Tim im Hintergrund hielt.

Ein älterer Beamter, der nun an der Tür erschien, blickte misstrauisch erst auf Nicolas' Ausweis, dann auf den Hund. »Madame, Sie befinden sich hier in einem öffentlichen Gebäude ...«, begann er in strengem Tonfall, während er die Stirn runzelte.

»Monsieur, wir ermitteln in einer äußerst wichtigen Angelegenheit. Madame Mildner ist eine bedeutende Zeugin. Da es mittlerweile im Wagen zu heiß für den Hund ist, möchte ich Sie bitten, ihn ausnahmsweise zu dulden.« Nicolas zögerte kurz, bevor er wie beiläufig nachsetzte: »Sicher möchten Sie nicht, dass hier der Eindruck entsteht, die Stadtverwaltung von Perpignan täte nicht alles dafür, um die Police Nationale tatkräftig bei ihren Ermittlungen zu unterstützen. Directeur Morphes wäre darüber bestimmt nicht erfreut.«

Bei der Erwähnung des Polizeichefs sackte der Beamte sichtlich zusammen. »Um was geht es denn?«, murmelte er, während er den Labrador weiter argwöhnisch beäugte.

»Dürfen wir vielleicht eintreten?« Nicolas blickte ihn betont freundlich an, denn sie standen immer noch vor der Zimmertür.

Unwillig trat der Beamte zur Seite und machte ihnen Platz, bevor er die Tür sorgfältig hinter ihnen schloss. »Bitte.« Er zeigte auf die zwei Stühle vor seinem Schreibtisch.

Das Büro wirkte trotz des großen Fensters dunkel, was vermutlich an den dicken Außenmauern lag, die einen Großteil des Tageslichtes verschluckten. Die Wände des Raumes waren von Regalen bedeckt, in denen Hunderte von Aktenordnern fein säuberlich nebeneinanderstanden.

Bevor der Beamte sich wieder setzte, schloss er noch das Fenster, da sich eine Gruppe Touristen im Innenhof lautstark in italienischer Sprache unterhielt. Schlagartig war es still im Zimmer.

»Es geht um eine Bürgerin aus Perpignan, die Ende der Siebziger nach Deutschland gezogen ist, genauer gesagt, nach Heidelberg«, begann Nicolas.

Der Beamte schaute von dem Polizisten zu Sophia und nickte bedächtig. »Um wen geht es?«, fragte er.

»Carine Duchamps«, antwortete Sophia, da Capitaine Rousseau sie aufmunternd anschaute.

Der Beamte tippte den Namen in den Computer ein und schüttelte nach wenigen Sekunden bestimmt seinen Kopf. »Tut mir leid, kein Treffer.« Er hob seinen Kopf und sah abwartend zu Nicolas.

Sophia riss geschockt ihren Mund auf, schwieg jedoch, da der Capitaine unmerklich den Kopf schüttelte.

»Monsieur.« Nicolas beugte sich auf seinem Stuhl vor und sah den Beamten eindringlich an. »Carine Duchamps lebte hier mit ihren Eltern. Cateline und Lois Duchamps. Beide sind vor einigen Jahren verstorben. Bitte schauen Sie nach, was Sie über die beiden herausfinden können. Eventuell ist in ihren Akten auch etwas über die Tochter vermerkt.«

Dankbar atmete Sophia tief durch.

Der Beamte nickte und widmete sich erneut seinem Computer. »Cateline und Lois Duchamps«, wiederholte er nach einigen Augenblicken die Namen und nickte. »Ja, und hier … Moment.« Er schob den Kopf Richtung Monitor, um besser sehen zu können. »Ja.« Er nickte erneut. »Carine Duchamps, geboren am 11. Mai 1960.«

Fragend blickte er auf, während Sophia erleichtert nickte. »Das ist sie.«

Auch Nicolas fiel ein Stein vom Herzen. Carine Duchamps hatte also tatsächlich in Perpignan gelebt. Warum sie die Französin nicht bei den Schulabgängern gefunden hatten, war zwar immer noch rätselhaft, aber nun wussten sie zumindest, dass einiges aus ihrer Biografie zu stimmen schien.

»Allerdings …« Der Beamte kratzte sich nachdenklich an seinem Kinn, das von einem Dreitagebart geziert wurde.

Sofort hob Sophia angespannt den Kopf.

»Allerdings?«, hakte Nicolas nervös nach.

»Merkwürdig. Äußerst merkwürdig«, murmelte der Beamte undeutlich.

»Monsieur?«, erinnerte ihn Nicolas erneut an ihre Anwesenheit.

»Carine Duchamps taucht im Datensatz der Eltern auf«, erklärte der Ältere. »Aber wenn ich direkt nach ihr suche, finde ich keine Daten.«

»Wie kann das sein?«, wollte Nicolas alarmiert wissen.

Der Mann zuckte mit den Achseln. »Vielleicht ein Fehler im System. Wenn die Dame tatsächlich in den Siebzigern ins Ausland gezogen ist, wurden ihre Eintragungen später höchstwahrscheinlich nicht mehr verändert. Ende der Achtziger begann die Verwaltung, nach und nach alle Daten zu digitalisieren. Es könnte durchaus sein, dass schlicht und einfach vergessen wurde, ihren Wegzug zu übertragen.«

»Ist das wahrscheinlich?« Nicolas sah den Beamten abwartend an.

»Kann ich nicht beurteilen«, erwiderte dieser langsam. »Ein ähnlicher Fall ist mir bisher noch nicht begegnet.« Er machte eine Pause. »Allerdings haben wir auch nicht allzu viele Anfragen, die fast vierzig Jahre alte Daten betreffen.« Erneut tippte er auf seiner Tastatur herum, bevor er bedauernd den

Kopf schüttelte. »Nein, keine Chance. Die Daten der Eltern sind komplett erfasst, doch über den Umzug der Tochter kann ich leider nichts finden.«

Nicolas nickte langsam. »Haben Sie ein Archiv?«

»Das ist unser Archiv.« Der Beamte deutete auf seinen Computer.

»Das leider lückenhaft ist«, merkte Nicolas ironisch an.

»Auch in einem herkömmlichen Archiv gehen Akten verloren oder werden falsch einsortiert«, entgegnete der Beamte sichtlich genervt.

Nicolas überlegte einen Moment und blickte schweigend zu Sophia Mildner, die seinen Blick entschlossen erwiderte. Dann wandte er sich wieder an den Stadtmitarbeiter und bedankte sich für dessen Mühe. »Eine letzte Frage habe ich noch.« Nicolas holte hastig einen Ausdruck hervor. Kommentarlos legte er das Blatt so vor den Beamten, dass dieser die Daten gut erkennen konnte.

Der kniff seine Augen zusammen und war sichtlich erstaunt, als er entdeckte, worauf Nicolas hinauswollte. »Wo haben Sie das her?«, fragte er argwöhnisch.

»Ich dachte, Sie könnten mir das beantworten«, entgegnete Nicolas ruhig.

»Sieht ziemlich echt aus«, presste der Beamte hervor.

»Bis gestern wurde das Dokument auch für echt gehalten«, bestätigte Nicolas ihm. »Kennen Sie die Unterschrift?«

»Nein.« Der Mann schüttelte den Kopf. »Tut mir leid.«

»Warum fälscht jemand die Todesdaten eines alten Ehepaares? Der Ausdruck stammt aus dem Jahr 1992. Beide Personen waren zu diesem Zeitpunkt jedoch noch quicklebendig.«

»Da kann ich Ihnen leider nicht weiterhelfen«, antwortete der Beamte verunsichert. »Ich arbeite hier seit knapp dreißig Jahren. Aber ich bin mir fast sicher, dass diese Unterschrift keinem meiner Kollegen gehört.«

34

Argelès-sur-Mer

»Wie geht es Ihnen?«, wandte sich Nicolas besorgt an Sophia Mildner, als er vor dem Ferienhaus parkte.

Sie starrte auf ihre Hände, die verschränkt in ihrem Schoß ruhten. »Bescheiden wäre noch übertrieben«, raunte sie leise.

Mitleidig sah er sie an. »Kann ich Sie allein lassen?«

Sie nickte, machte jedoch keinerlei Anstalten, den Wagen zu verlassen.

Hilflos drehte sich Nicolas um und sah nach Tim. Der blickte ihn mit weit heraushängender Zunge erwartungsvoll an.

»Warum hat sie uns belogen?«

Die Frage war durchaus berechtigt, doch Nicolas wollte Sophia nicht noch weiter beunruhigen.

»Sophia, hören Sie.« Er nannte sie wie selbstverständlich beim Vornamen. »Noch wissen wir überhaupt nicht, was dahintersteckt. Vielleicht sollten Sie erst einmal den weiteren Verlauf der Ermittlungen abwarten, bevor Sie sich verrückt machen.« Doch insgeheim wusste er natürlich, dass sein Rat abgedroschen klang.

Sophia Mildner hatte als Kind den schlimmsten Albtraum erlebt, den man sich überhaupt vorstellen konnte. Jahrelang hatte sie versucht, den furchtbaren Verlust zu verarbeiten, ein einigermaßen normales Leben zu führen. Doch wie es nun schien, steckte hinter dem Verschwinden der Familie weitaus mehr, als der ohnehin schon mysteriöse Fall bisher hatte erahnen lassen.

»Sie hat uns belogen«, wiederholte sie mit monotoner Stimme.

»Sicher hatte sie gute Gründe dafür«, versuchte Nicolas, zuversichtlich zu klingen.

»Gute Gründe?« Verächtlich stieß Sophia ein kurzes Lachen aus und schüttelte heftig ihren Kopf. »Meine Mutter war in meinen Augen der ehrlichste und offenste Mensch, den man sich überhaupt vorstellen konnte.« Ihre Stimme brach. Verzweifelt schlug sie ihre verbundene Hand vor den Mund.

Eilig stieg Nicolas aus dem Wagen und stürmte um das Fahrzeug herum, bevor er die Beifahrertür öffnete und ihr hinaushalf. »Kommen Sie, ich bringe Sie noch ins Haus. Bitte legen Sie sich etwas hin. Sie sind übermüdet. Wenn Sie sich ausgeschlafen haben, sieht die Welt ganz bestimmt wieder anders aus.«

Sie blickte ihn mit ihren hellen Augen Hilfe suchend an. »Versprochen?«

In diesem Augenblick kam sie ihm wie ein kleines Mädchen vor, das zur Sicherheit die Bestätigung seiner Eltern suchte, obwohl es ganz genau wusste, dass die keinen Einfluss auf die Wahrheit der Aussage hatte.

Doch Nicolas brachte es nicht übers Herz, sie zu enttäuschen, daher nickte er. »Versprochen«, erwiderte er mit fester Stimme.

»Kommen Sie.« Er fasste sie am Arm und ließ den Labrador aus dem Kofferraum. Entschlossen nahm er der Deutschen den Hausschlüssel aus der Hand und öffnete die Tür. »Es tut mir leid, aber ich muss zurück aufs Revier«, wiederholte Nicolas erneut, während er beobachtete, wie sie erschöpft ihre Sandalen von den Füßen streifte.

Sie nickte abwesend, während Tim sich lautstark an seinem Wassernapf zu schaffen machte.

»Ich gehe jetzt. Ich melde mich bei Ihnen«, wollte Nicolas sich verabschieden.

Doch im nächsten Moment kehrte Sophia mit zwei Schritten zu ihm zurück und streckte ihre unverletzte Hand aus. Unsicher ergriff er sie.

»Danke«, murmelte sie müde. »Für alles. Es tut mir wirklich leid, dass ich Sie falsch eingeschätzt habe.«

Obwohl Nicolas nicht wusste, was sie mit ihrer Bemerkung meinte, nickte er nur. »Schon gut. Legen Sie sich jetzt etwas hin.«

»Der Unfall ist fünf Tage her. Doch bislang sind im Zuge unserer Ermittlungen nur eine Reihe neuer Fragen aufgetaucht«, schloss Nicolas seinen Bericht und rieb sich müde über die Augen.

»Leider habe ich auch keine nützlichen Neuigkeiten«, begann Fabien und schaute seine Kollegen an. Er blätterte kurz in seinem Notizblock, bevor er wieder aufsah. »Basile und Pauline Girard aus Croiselles-en-Haut. Beide Rentner, früher hauptberuflich als Landwirte gemeldet, organisierten viele Jahre lang den Bauernmarkt hier in Argelès. Die beiden haben einen Adoptivsohn, der mittlerweile erwachsen und berufstätig ist, keine Auffälligkeiten. Das war's.« Entschuldigend hob er seine Schultern.

Nicolas seufzte und schüttelte leicht den Kopf. »Danke, Fabien. Aber ich bin nach wie vor davon überzeugt, dass die beiden gestern etwas zu verbergen hatten. Ihre Reaktion ...« Er schüttelte wieder den Kopf.

»Vielleicht waren sie wirklich nur geschockt, als sie von Sophia Mildners Existenz gehört haben. Immerhin geht die Bevölkerung davon aus, dass damals eine komplette Familie verschwunden ist. Niemand wusste schließlich, dass noch ein weiteres Kind existierte.«

»Trotzdem«, widersprach Nicolas bestimmt. »Diese Betroffenheit, ich könnte fast schwören, dass Sophias Auftauchen bei den beiden etwas ausgelöst hat. Die Frage ist nur was?«

»›Sophia‹?« Fragend zog Charles seine Augenbrauen hoch und wechselte einen kurzen Blick mit Fabien und Marie.

»Sophia Mildner, ja.« Nicolas nickte genervt und sah seinen Partner streng an.

»Unser großer Unbekannter schläft leider noch immer den Schlaf der Gerechten«, wechselte dieser das Thema. »Allerdings gibt es neue Erkenntnisse in Bezug auf die Tatwaffe, genauer gesagt, auf die Art der Verletzungen.«

Überrascht runzelte Nicolas seine Stirn und wartete auf Charles' Erklärung.

»Ich habe heute ein paar Mal mit Docteur Tuyot in Perpignan telefoniert und sie hat meine Entdeckung bestätigt.« Triumphierend blickte Charles in die Runde und lächelte leicht.

»Na los, mach's nicht so spannend«, forderte Marie ihn ungeduldig auf.

»Ich habe die Art der Verletzungen, also die Stichwunden, die sich ausschließlich auf den Oberkörper des Unbekannten beschränkten, in die Suchmaschine eingegeben. Und siehe da, die Polizei hat in den letzten Jahren immer wieder mit dieser Art von Verletzung zu tun gehabt. Und zwar hier in der Region.«

Fragend sahen ihn Nicolas, Marie und Fabien an.

»Die Milieumorde«, erklärte Charles schließlich ernst.

»Die Milieumorde?«, hakte Nicolas irritiert nach. »Die wurden doch alle sofort von Perpignan übernommen.«

»Genau«, bestätigte Charles. »Deshalb hat auch keiner von uns eine Verbindung zu dem Unfallopfer von Sonntag hergestellt.«

»Aber der Mann sieht überhaupt nicht aus wie ein Drogendealer«, wandte Fabien skeptisch ein.

Ohne auf die Bemerkung seines Kollegen einzugehen, fuhr Charles fort: »Docteur Tuyot hat freundlicherweise die entsprechenden Berichte herausgesucht. Und sie hat die Möglichkeit eingeräumt, dass die Stichwunden mit derselben Tatwaffe ausgeführt worden sein könnten.«

»›Sie hat die Möglichkeit eingeräumt‹?«, hakte Nicolas zweifelnd nach.

»Sie kann es nicht zu hundert Prozent bestätigen«, erwiderte Charles, »aber das Verletzungsmuster ähnelt sich auffällig. Außerdem wurde in allen Fällen ein Jagdmesser benutzt.«

»Wurde bei dem Patienten schon ein Drogentest gemacht?«

»Oui, negativ«, erklärte Charles, während er sein Gesicht verzog.

Nicolas schüttelte den Kopf. »Das verstehe ich nicht. Der Mann trägt Gegenstände mit sich herum, die belegen, dass er in irgendeiner Verbindung zu Opfern eines vierundzwanzig Jahre zurückliegenden Vermisstenfalles steht, obwohl die Tochter ihn nicht identifizieren kann. Und jetzt soll er auch noch Kontakte zum Milieu haben.«

Mit ›Milieu‹ bezeichnete die Police Nationale das organisierte Verbrechen, das sich in den letzten Jahrzehnten immer stärker in Südfrankreich angesiedelt hatte. Durch die günstige Lage fanden immer wieder Drogen- und Menschenschmuggel aus Nordafrika statt. In unregelmäßigen Abständen wurden tote Drogendealer aus den Hafenbecken der Küstenstädte geangelt. Doch diese Fälle wurden grundsätzlich von einer Spezialeinheit in Perpignan bearbeitet. Nicolas und seine Mitarbeiter führten lediglich die Erstbefragungen vor Ort durch, wenn es in Argelès zu einem Milieumord kam. Alles Weitere übernahm dann Perpignan.

»Was, wenn Carine Mildner sich mit den falschen Leuten eingelassen hatte?«, folgerte Marie hoffnungsvoll.

»Daher vielleicht auch die falschen Aussagen ihre Eltern und die Schule betreffend«, ergänzte Fabien nickend.

Doch Nicolas wirkte nicht überzeugt. »Man hat damals

keinerlei Anhaltspunkte gefunden, die die Mildners in irgendeiner Form mit dem Milieu in Verbindung gebracht hätten.« Er überlegte. »Wir sprechen hier immerhin von einer deutschen Familie mit zwei Kindern, die sich im Urlaub befand.«

»Und warum sollte sie behaupten, dass ihre Eltern bereits verstorben sind? Selbst wenn sie Kontakte zur Unterwelt unterhalten hätte«, unterstützte Charles die Argumentation seines Chefs.

»Verschleierung«, mutmaßte Fabien achselzuckend. »Vielleicht wollte sie Spuren verwischen.«

»Nein«, widersprach Nicolas vehement. »Carine Mildner ist 1992 zum ersten Mal seit ihrem Wegzug mit der Familie in ihre Heimat zurückgekehrt.« Er kratzte sich an der Wange. »Die Tochter hat mir nochmals bestätigt, dass ihre Mutter ihnen damals unbedingt zeigen wollte, wo sie herkam. An jenem Tag, als die Mildners verschwanden, befanden sie sich auf dem Weg nach Perpignan, wollten die Geburtsstadt von Carine besuchen.« Er stand auf. »Sicher wäre sie nicht mit ihrer Familie hierhergekommen, wenn sie der organisierten Kriminalität angehört hätte. Außerdem lebte sie zum damaligen Zeitpunkt schon mehr als zehn Jahre in Deutschland.« Wieder schüttelte er den Kopf. »Nein. Wir müssen in eine andere Richtung denken.«

»Aber seltsam ist es schon, dass sie mehr als zehn Jahre nicht hier unten war. Man sollte doch annehmen, dass sie regelmäßig mit ihrem Mann und den Kindern hier Urlaub gemacht hätte«, murmelte Fabien skeptisch. »Selbst wenn sie mit ihren Eltern gebrochen hatte, wovon wir ausgehen müssen.«

Die anderen schwiegen nachdenklich.

»Leider habe ich auch nichts Neues herausfinden können«, meldete sich Marie schließlich zu Wort. »Die Beweismittel von damals sind komplett vernichtet worden. Es ist nichts mehr vorhanden. Leider.«

Nicolas seufzte. »Das hatte ich fast befürchtet. Aber einen Versuch war es trotzdem wert.«

»Vielleicht sollten wir uns mal näher mit den Milieumorden beschäftigen«, schlug Fabien vor. »Möglicherweise fallen uns bei der Durchsicht der Akten doch noch Parallelen zu unserer aktuellen Ermittlung auf.«

Nicolas nickte. »Das machen wir auf jeden Fall. Außerdem müssen wir weiter Carine Mildners Vergangenheit durchleuchten. Mir fällt nach wie vor kein vernünftiger Grund ein, warum sie ihren Lebenslauf manipuliert hat. Und vergesst nicht die falschen Ausdrucke in der Akte. Ganz offensichtlich muss sie irgendjemand dabei unterstützt haben, absichtlich falsche Angaben zu machen.« Erneut rieb er sich müde über sein Gesicht.

»Was sagt die Tochter dazu?«, fragte Marie ihn besorgt.

»Sie steht kurz vor einem Zusammenbruch«, erwiderte Nicolas ernst. Er setzte sich wieder. »Ihrer Meinung nach war ihre Mutter eine absolut ehrliche und aufrichtige Person.«

»Das denkt doch jeder von seinen Eltern«, merkte Charles zweifelnd an.

»Da hast du wohl recht«, räumte Nicolas langsam ein.

35

Perpignan

»Antoine?«, rief Emma laut, nachdem sie die Haustür aufgeschlossen hatte. Wie erwartet, kam keine Antwort. Frustriert ließ sie ihre Schultern hängen. Er war weg. Natürlich, er würde wiederkommen, darüber machte sie sich keine Sorgen. Und doch fühlte es sich merkwürdig an. Emma wusste, dass er nicht in Bordeaux war. Und zwar, weil er auch die letzten Male, anders als behauptet, nicht auf Geschäftsreise gewesen war. Sie konnte sich sein Verhalten in keiner Weise erklären. Die unberechenbaren Stimmungsschwankungen, die ständigen Ausflüge, die er allein unternahm.

Nachdem sie ihre Tasche abgestellt hatte, ging sie zielstrebig ins Schlafzimmer, öffnete den Schrank und fasste routiniert in den hinteren Teil, hinter Antoines Kleidung. Wie erwartet, war es weg. Für einen kurzen Moment schloss Emma verzweifelt ihre Augen. Sie begann zu schwanken und hielt sich Hilfe suchend an der Schranktür fest. Es war weg! Er hatte das Messer mitgenommen. Die Gedanken überschlugen sich in ihrem Kopf.

Hastig lief sie zurück ins Wohnzimmer und kramte in den Zeitungen der letzten Tage. Als sie endlich fand, wonach sie gesucht hatte, schlug sie entsetzt die Hände vors Gesicht.

Unbekannter mit schweren Stichverletzungen auf der Route Nationale aufgegriffen.

Sie setzte sich an den Tisch und las den Artikel mit zusammengekniffenen Augen erneut durch. Danach blieb sie einige Sekunden regungslos sitzen. Antoine war am Sonntagmorgen sehr früh aufgebrochen. Als Emma aufgewacht war, hatte sie nur eine Nachricht auf seinem Kissen vorgefunden, auf der stand, dass er wandern gegangen sei. Sie solle nicht auf ihn warten.

Doch war es tatsächlich möglich, dass er …? Sie wagte es nicht, den Gedanken zu Ende zu denken. Ihre Augen füllten sich mit Tränen. Sie liebte Antoine. Und sie war sich sicher, dass er sie auch liebte. Eigentlich könnte alles gut sein. Aber sie wusste, dass mit ihrem Freund irgendetwas nicht stimmte.

Von einem Moment auf den anderen konnte seine Stimmung kippen, ohne ersichtlichen Grund. Und wo war er, wenn er sich seine ›Auszeiten‹, wie sie seine Ausflüge insgeheim nannte, nahm? Was tat er an den Tagen, an denen er angeblich auf Geschäftsreise war? Emma wusste es nicht. Anfangs hatte sie vermutet, dass eine andere Frau hinter seinen unregelmäßigen Eskapaden steckte. Das wäre schlimm gewesen, aber leider nicht ungewöhnlich. Ihr letzter Freund hatte sie monatelang betrogen, bis ihrer besten Freundin schließlich während eines heftigen Streits herausgerutscht war, dass sie schon länger mit ihm in die Kiste sprang.

Daher war auch diesmal zuerst der Gedanke an eine andere in Emma aufgekeimt. Doch mittlerweile befürchtete sie stark, dass die Wahrheit noch viel schrecklicher war. Wozu brauchte Antoine ein Jagdmesser? Er hasste die Jagd. Schon öfters hatte er ihr erzählt, dass sein Vater ihn als Kind oft mit in die Hütte genommen hatte, um ihm das Jagen näherzubringen. Doch Antoine hatte sich stets verweigert. Immer wieder betonte er, dass das Töten ihn abschrecke.

Das Töten von Tieren, dachte Emma jetzt. Aber was war mit Menschen? Konnte es wirklich sein, dass er es gewesen war, der den Unbekannten aus Argelès so schwer verletzt hatte? Warum sollte er das tun? Soweit sie wusste, kannte Antoine niemanden von dort. Aber noch war ja gar nicht klar, woher der Verletzte überhaupt stammte. Emma musste dringend mit Antoine reden. Lügen und Täuschungen hatten ihres Erachtens in einer Beziehung nichts zu suchen.

So konnte es einfach nicht weitergehen. Diese ständigen Verdächtigungen und Mutmaßungen machten sie wahnsinnig. Einen Moment lang starrte sie auf ihr Handy, doch sie wusste, dass sie ihn sowieso nicht erreichen würde. So war es bisher immer gewesen. Wenn Antoine allein unterwegs war, schaltete er grundsätzlich sein Telefon aus. Wenn er weg war,

war immer Antoine derjenige, der sich bei ihr meldete. War nicht auch das äußerst verdächtig, schoss es ihr durch den Kopf. Sollte sie nicht vielleicht sogar zur Polizei gehen und von ihrer Vermutung berichten? Was aber, wenn es eine ganz harmlose Erklärung für Antoines Verhalten gab? Dann würde sie sich lächerlich machen und hätte ihn außerdem in unnötige Schwierigkeiten gebracht.

Nein, sie würde warten, bis er zurück war. Erst wollte sie mit ihm sprechen. Diesmal würde sie sich allerdings nicht mit fadenscheinigen Erklärungen abspeisen lassen. Diesmal wollte sie von ihm die Wahrheit wissen. Ansonsten hatte ihre Beziehung keine Zukunft mehr, darüber war sich Emma im Klaren. So schmerzhaft diese Erkenntnis auch war.

36

Argelès-sur-Mer

»Ich verstehe das alles nicht«, murmelte Tabea langsam.

Sophia stand an der Terrassentür und beobachtete Tim, der hingebungsvoll den halben Strand umgrub. »Was hältst du davon, dass Mama uns die Unwahrheit über ihre Vergangenheit gesagt hat?«

»Sophia, ich weiß es nicht. Dein Vater, nun ja, er war in der Wahl seiner Freundinnen schon immer etwas, na, sagen wir, etwas eigen. Aber als er uns Carine vorstellte, hatten wir alle ein gutes Gefühl. Sie war jung, okay. Und sie haben sehr schnell eine Familie gegründet. Aber die beiden waren glücklich. Zumindest hatte ich den Eindruck, dass alles in Ordnung sei.« Sie schwieg einen Moment. »Ich kann mir nicht vorstellen, warum sie die Unwahrheit gesagt hat. Carine ...«, die Stimme ihrer Tante brach. »Sie war eine sehr herzliche Frau.

Ich mochte sie wirklich gern. Daher kann ich mir all das überhaupt nicht erklären, was du mir hier erzählst. Immer wieder hat sie betont, wie froh sie sei, eine solch tolle Familie gefunden zu haben. Wenn ihre Eltern zu jenem Zeitpunkt noch gelebt haben ...« Wieder schwieg Tabea kurz. »Nein, das alles ergibt für mich einfach überhaupt keinen Sinn.«

»Ich habe Angst«, meinte Sophia leise.

»Es gefällt mir nach wie vor nicht, dass du ganz allein da unten bist.« Ihre Tante hörte sich sehr besorgt an.

»Ich muss wissen, was damals passiert ist«, erklärte sie mit fester Stimme. »Für mich zählt jetzt nur, endlich die Wahrheit über meine Eltern und Frederick herauszufinden.«

»Pass auf dich auf, Sophia. Und melde dich spätestens morgen wieder«, bat ihre Tante traurig.

»Sag Oma, ich bringe ihr ihren Sohn zurück«, erwiderte Sophia bestimmt.

»Sophia ...«

»Doch, ich komme erst heim, wenn ich meine Familie gefunden habe. Koste es, was es wolle«, beharrte sie entschlossen, bevor sie sich von Tabea verabschiedete.

»Tim«, rief Sophia wenige Minuten später, da sie sich jetzt endlich Argelès-sur-Mer anschauen wollte. Nachdem sie heute Nachmittag tatsächlich einige Stunden fest geschlafen hatte, fühlte sie sich ausgeruht und wollte den Abend auf keinen Fall zu Hause verbringen. Sophia seufzte, während der Labrador erwartungsvoll durch die Terrassentür geflitzt kam. Als er schwanzwedelnd direkt zur Haustür rannte, vermutete Sophia erst, dass er sich ebenfalls auf den Spaziergang freute. Doch im nächsten Moment klopfte es. Kopfschüttelnd öffnete sie.

»Bonsoir.« Nicolas Rousseau grinste schief, als er sie im Türrahmen erblickte.

»Bonsoir, Capitaine«, erwiderte Sophia irritiert, während Tim den Polizisten hechelnd umkreiste. »Gibt es Neuigkeiten?«, fragte sie argwöhnisch, bevor ihr plötzlich bewusst wurde, dass sie noch immer ihr Schlafshirt trug, das nur knapp bis zur Mitte ihrer Oberschenkel reichte. Verlegen zupfte sie an dem Kleidungsstück herum.

»Nein, leider nicht«, entgegnete der Polizist, der krampfhaft darauf bedacht war, den Aufzug der Deutschen zu ignorieren. »Eigentlich bin ich auch nicht beruflich hier.« Er sah sie schweigend an.

Schwarz, dachte Sophia nervös. Seine Augen waren von einem so dunklen Braun, dass sie schwarz wirkten. Sie funkelten sie an.

Abwartend erwiderte sie seinen Blick, während sie ihr Gewicht vom einen auf den anderen Fuß verlagerte.

»Mögen Sie Fußball?«, meinte er schließlich und zog fragend seine Augenbrauen hoch.

Unsicher zuckte Sophia mit den Achseln, bis ihr bewusst wurde, dass der Capitaine noch immer vor der Haustür stand. »Möchten Sie hereinkommen?«, fragte sie daher statt einer Antwort.

Nicolas nickte schweigend und folgte der Deutschen ins Wohnzimmer. Langsam ließ er seinen Blick über ihre nackten Beine wandern, während sie vor ihm herging. Er räusperte sich. »Die Mannschaft meiner Schwester bestreitet heute Abend ein Freundschaftsspiel gegen einen Ort aus der Nachbarschaft, Elne.« Er machte eine kurze Pause. »Ich dachte, Sie könnten vielleicht etwas Abwechslung vertragen.« Er legte seinen Kopf schief und sah sie abwartend an.

Obwohl Sophia sich unter seinem Blick zunehmend unwohl fühlte, dachte sie über den Vorschlag nach. In der Tat würde ihr etwas Ablenkung guttun. Und wie sagte ihre Oma immer? ›Das Leben ist zu kurz, um Trübsal zu blasen.‹

»Warum nicht?«, erwiderte sie daher lächelnd. »Hört sich nett an. Ich muss nur kurz ...« Sie brach ab und zeigte zögernd an sich herunter.

»Ich warte«, meinte er nickend und ging auf die Terrasse hinaus.

Keine fünf Minuten später kehrte sie zu ihm zurück. »Fertig.« Sophia trat ebenfalls ins Freie, wo der Polizist gerade den Labrador beobachtete, der an den Rosen herumschnüffelte.

»Was macht die Hand?« Er zeigte auf ihren Verband.

»Ist noch dran«, erwiderte sie grinsend.

Interessiert musterte Nicolas Sophia, die jetzt ein knöchellanges, hellgrünes Sommerkleid trug, das ihre dunkelroten Haare zum Leuchten brachte.

»Das Kleid steht Ihnen gut«, murmelte er unbeholfen.

Skeptisch verengte sie ihre Augen. Doch als nichts nachkam, nickte sie nur leicht. »Merci.«

»Gehen wir«, forderte er sie auf.

»Wir holen noch kurz meine Schwester ab«, erklärte er Sophia, während er seinen Wagen durch Argelès steuerte.

»Ich wusste gar nicht, dass es hier spezielle Frauenfußballmannschaften gibt«, erwiderte sie, während sie die vorbeiziehenden Wohnhäuser betrachtete. In ihrem Unterbewusstsein regte sich plötzlich das merkwürdige Gefühl, etwas Wichtiges übersehen zu haben. Sie dachte an das Elternhaus ihrer Mutter in Perpignan. Instinktiv fasste sie sich an ihren Hals.

»Alles okay?« Der Polizist drehte sich besorgt zu ihr, als er die Bewegung aus dem Augenwinkel wahrnahm.

Da die erwartete Atemnot jedoch ausblieb, nickte sie langsam.

Als Sophia nichts erwiderte, ergriff Nicolas das Wort: »Argelès hat keine spezielle Frauenmannschaft.« Er zögerte kurz. »Es handelt sich um gemischte Mannschaften.«

»Ah«, entgegnete Sophia, ohne zu verstehen, auf was er eigentlich hinauswollte.

Wenige Minuten später zeigte er auf ein kleines, gepflegtes Wohnhaus, das sich zum Teil hinter mehreren groß gewachsenen Palmen verbarg, während er den Wagen direkt vor dem Eingang parkte. »Hier wohnt meine Mutter. Kommen Sie, wahrscheinlich ist Lisa noch nicht ganz fertig.«

Unsicher stieg Sophia aus dem Wagen und ließ Tim aus dem Kofferraum. Sie fühlte sich unwohl in ihrer Haut.

Doch im nächsten Augenblick wurde bereits die Haustür aufgerissen und eine junge Frau stürmte heraus. Tim rannte ihr entgegen, während die Frau lachend in die Hocke ging. »Wer bist du denn?« Sie streichelte dem Labrador herzlich über den Kopf.

»Das ist Tim«, entgegnete Sophia lächelnd, als sie die beiden erreichte und streckte der Frau freundlich die Hand entgegen. »Und ich bin Sophia.«

Die Schwester des Polizisten erhob sich und erwiderte den Händedruck. »Ich bin Lisa.« Da Tim sie immer wieder mit der Schnauze anstupste, wandte sie sich bereitwillig dem Hund zu. »Ein toller Hund.«

Sophia lächelte, während sie die junge Frau musterte. Die leicht schräg stehenden Augen, die kurzen Finger, die etwas unterdurchschnittliche Größe.

»Salut, Lisa«, begrüßte Nicolas seine Schwester, als er sich den Frauen näherte. »Ihr habt euch schon bekannt gemacht?« Fragend blickte er Sophia an, die schweigend nickte.

»Salut«, murmelte Lisa gepresst, würdigte ihren Bruder aber keines Blickes, sondern beschäftigte sich weiter liebevoll mit Tim, der die neu gewonnene Aufmerksamkeit sichtlich genoss.

Unsicher sah Sophia zwischen den Geschwistern hin und her, wagte jedoch nicht, etwas zu sagen.

»Ist Maman da?«

»Drinnen.« Lisa deutete kühl mit dem Kopf in Richtung Haus, woraufhin Nicolas wortlos in dem hellbraunen Gebäude verschwand.

»Kommst du mit zu unserem Spiel?« Die Schwester des Polizisten erhob sich nun wieder und schaute Sophia neugierig an.

»Ja, dein Bruder hat mir angeboten, euch zu begleiten«, antwortete sie verunsichert.

»Seit wann kennst du Nicolas?«, wollte Lisa neugierig wissen. Fahrig schob sie sich eine dunkle Haarsträhne hinter ihr Ohr.

»Ich kenne ihn eigentlich nicht«, widersprach Sophia nachdenklich. »Also nicht so ...« Sie brach ab. »Wir ermitteln in einem gemeinsamen Fall.«

»Ach, du bist auch Polizistin«, entgegnete Lisa überrascht und legte ihren Kopf schief. »Ich dachte, du wärst...« Sie machte eine vage Handbewegung.

»Nein.« Sophia schüttelte verlegen ihren Kopf. »Also, ich meine, ich bin keine Polizistin, aber ich bin auch nicht ...« Sie stockte verlegen.

»Du bist nicht mit meinem Bruder zusammen«, beendete Lisa lächelnd den Satz.

»Genau, wir arbeiten nur zusammen«, bestätigte Sophia erleichtert.

»Eigentlich ist er kein schlechter Kerl«, raunte Lisa verschwörerisch. »Aber im Moment ...«, sie verzog ihr Gesicht zu einer verächtlichen Grimasse, »... er meint, ich bin ein Kleinkind.«

Sophia nickte verständnisvoll. Behinderte wurden oft unterschätzt. Als sie gerade etwas erwidern wollte, legte Lisa jedoch unauffällig ihren Zeigefinger an die Lippen und fokussierte ihren Blick auf etwas hinter Sophia.

»Sophia, das ist meine Mutter«, ertönte in diesem Moment die Stimme von Nicolas Rousseau in ihrem Rücken. Hastig drehte sie sich um und sah sich einer großen, schlanken Frau mit schwarzen Haaren gegenüber.

»Madame.« Sophia reichte ihr die Hand.

»Hélène Rousseau«, stellte sich die Frau mit tiefer Stimme vor und erwiderte den Händedruck.

Sophia spürte den intensiven Blick der Mutter auf sich und schaute Hilfe suchend zu Nicolas. Doch der beobachtete gerade Lisa, die sich wieder voller Hingabe dem Hund widmete.

»Sie sind also Sophia Mildner«, bemerkte Nicolas' Mutter mit einem seltsam strengen Unterton.

Sophia runzelte die Stirn. Kannte die Frau etwa ihre Geschichte?

»Lisa, wir müssen los«, forderte Nicolas seine Schwester leise auf.

»Ich …« Sophias Stimme versagte. Plötzlich überkam sie das beklemmende Gefühl, dass ihr Name, ihre Anwesenheit bei Hélène Rousseau großes Unbehagen hervorrief. »Woher …?«, stammelte sie hilflos.

Doch Lisa war bereits aufgesprungen und kehrte gerade mit einer großen Sporttasche auf dem Rücken zurück.

Ihre Mutter umarmte sie kurz. »Viel Erfolg.«

Nicolas steuerte auf den Wagen zu, während Tim ihm schwanzwedelnd folgte.

Auf einmal fühlte sich Sophia furchtbar einsam, ein überflüssiger Störfaktor, der in diese Familie eingedrungen war. Warum Hélène Rousseau eine Antipathie gegen sie hegen sollte, konnte sie sich beim besten Willen nicht erklären.

Der Sportplatz lag weit außerhalb von Argelès. Direkt dahinter erstreckte sich eine leichte Anhöhe, die von einem Nadelwald bewachsen war.

»Da wären wir«, wandte sich Nicolas an Sophia.

Lisa, die auf der Rückbank saß, hatte sich während der gesamten Fahrt mit ihr über Tim unterhalten, wohingegen er nur schweigend zugehört und Sophia hin und wieder einen kurzen Seitenblick zugeworfen hatte. Überrascht hatte er feststellen müssen, dass die Deutsche keinerlei Berührungsängste im Umgang mit seiner Schwester hatte. Die meisten Frauen, die er kannte, vermieden es entweder komplett, sich mit Lisa auseinanderzusetzen, oder sie behandelten sie von oben herab, als ob sie schwer von Begriff wäre. Doch Sophia redete mit seiner Schwester, als ob deren Behinderung überhaupt nicht existierte.

Hastig rutschte Lisa aus dem Wagen, als der Motor erstarb. Im Weggehen rief sie Sophia noch ein kurzes »Bis später, drück uns die Daumen« zu.

Nachdem Sophia ihren Hund aus dem Kofferraum befreit hatte, blieb sie stehen, da Nicolas sich ebenfalls an der Rückbank zu schaffen machte.

Als er eine schwarze Sporttasche hervorzog, runzelte sie verwirrt ihre Stirn. »Ich dachte, heute spielt die Mannschaft Ihrer Schwester?«

»Stimmt.« Er grinste leicht. »Aber ich bin der Trainer.«

»Sie trainieren die Mannschaft?« Sophia konnte es kaum glauben. Bisher hatte sie den Polizisten nicht gerade als besonders feinfühligen, offenen Menschen kennengelernt. Doch im Umgang mit Behinderten waren diese beiden Eigenschaften unabdingbar. Sie schwieg überrascht.

»Verwundert Sie das?« Er blickte sie prüfend an, doch sie zuckte nur mit den Achseln und antwortete nicht.

Der Sportplatz war größer, als Sophia erwartet hatte. Die

Seite, die an den Wald angrenzte, war von einer breiten Tribüne umrahmt. Gegenüber begrenzte ein asphaltierter Weg das Fußballfeld. An einer der Querseiten erstreckte sich ein flaches Gebäude, in dem Sophia die Umkleiden vermutete. Auf dem Parkplatz sowie auf der Tribüne wimmelte es nur so von Menschen.

»Was ist denn hier los?«, wunderte sie sich über die Zuschauermassen.

»Wir haben einige Fans«, erwiderte er lächelnd, während sie auf das Feld zusteuerten. »Ich muss jetzt in die Kabine. Suchen Sie sich doch am besten einen Platz auf der Tribüne. Im Moment scheint noch die Sonne auf die Bänke.« Er blieb kurz stehen und sah sie besorgt an. »Alles in Ordnung?« Mit der rechten Hand umkreiste er mehrmals sein Ohr. »Ich meine, wegen der Sprache, wegen …«

»Ja«, murmelte Sophia halblaut. »Alles in Ordnung. Gehen Sie ruhig zu Ihrer Mannschaft. Viel Erfolg.«

»Wir sehen uns später«, rief er ihr im Weggehen noch zu.

Sophia nickte. Warum war sie bloß mitgekommen? Sie kannte hier keinen Menschen. Tim blickte sie zwar erwartungsvoll an, glücklicherweise hatte er keine Angst vor großen Menschenansammlungen, aber was sollte sie hier? Eigentlich hatte Sophia angenommen, sie würden das Spiel gemeinsam schauen. Doch nun stellte sich heraus, dass sie sich fast zwei Stunden lang allein hier herumdrücken musste. Warum hatte er ihr überhaupt vorgeschlagen, mitzukommen? Gleichgültig ließ sie ihren Blick über die Zuschauer wandern. Immer wieder entdeckte sie Menschen mit Downsyndrom.

Schließlich nahm sie Tim kürzer an der Leine und entfernte sich ein Stück von dem Sportplatz, da sie keine Lust hatte, sich jetzt schon zu den Zuschauern zu gesellen.

Hinter der Tribüne entdeckte sie einen kleinen Waldweg. Da ihr Hund heute Abend noch nicht draußen gewesen war, entschied sie, erst einige Minuten mit ihm zu laufen, bevor sie zu dem Spiel zurückkehrte. Ein Blick auf die Uhr verriet ihr, dass sie bis zum Anpfiff noch ein wenig Zeit hatte. Sie ließ den Labrador von der Leine und folgte ihm erleichtert, während er freudig mit gesenkter Schnauze in den Wald hineinlief.

Gerade als sie die Tribüne wieder erreichte, ertönte der Anpfiff. Erwartungsvoll setzte Sophia sich in der untersten Reihe dicht an den Rand, bevor sie sich suchend umschaute. Als sie auf der gegenüberliegenden Seite des Feldes die Trainerbank mit Nicolas Rousseau entdeckte, sah er ebenfalls gerade zu ihr herüber und zwinkerte grinsend. Sie verzog leicht die Lippen und nickte ihm zu.

Lisa war die Stürmerin ihres Teams und stand in der ersten Reihe. Beide Mannschaften bestanden ausnahmslos aus behinderten Menschen. Die Leute um Sophia herum feuerten die Spieler voller Begeisterung an.

»Los, Charlotte.«

»Raymond, pass auf deine Verteidigung auf.«

»Vorsicht, Carla.«

Wider Erwarten wurde Sophia von der aufgeheizten Stimmung, die auf der Tribüne herrschte, angesteckt und verfolgte das Spiel mit wachsendem Interesse. Immer wieder blickte sie zwischendurch verstohlen zu Nicolas, der die Mannschaft mit teils zufriedenen, teils wütenden Zurufen zu Höchstform motivierte. Einige Male ertappte sie ihn aus dem Augenwinkel dabei, wie er sie ebenfalls beobachtete. Er war ein gut aussehender Mann, das musste sie zugeben. Groß und durchtrainiert. Die schwarzen Locken standen ihm wirr vom Kopf ab. Augen, in denen man sich verlieren konnte. Verdammt!

Verlegen wandte Sophia ihren Blick ab. Mit Sicherheit war eine kurze Affäre mit einem heißen Südfranzosen das Allerletzte, was sie momentan brauchte, woran sie jetzt denken sollte. Verärgert über ihre eigenen Gedankengänge schüttelte sie den Kopf und konzentrierte sich wieder auf das Spiel. Lisa stürmte gerade aufs gegnerische Tor zu.

»Los, Lisa!« Sophia sprang aufgeregt auf und riss die Arme hoch. Doch der Ball prallte am Pfosten ab. Nicolas' Schwester hatte Sophias Ruf jedoch gehört und streckte ihr den linken Daumen entgegen. Sophia erwiderte die Geste, indem sie beide Hände erneut in die Höhe reckte. Fünf Minuten später endete die erste Halbzeit.

Sophia erhob sich, da sie neben den Umkleiden einen Stand entdeckt hatte, der Sandwiches verkaufte. Innerhalb kürzester Zeit bildete sich eine lange Schlange vor dem Imbiss. Sophia reihte sich seufzend ein. Die Leute um sie herum lachten und sprachen miteinander über das Spiel. Erneut spürte sie traurig, wie ein Gefühl der Einsamkeit sie überkam. Sie war allein.

»Sophia!«, ertönte auf einmal die Stimme des Capitaine in einiger Entfernung. Dankbar drehte sie sich in seine Richtung um und erkannte hoffnungsvoll, dass er ein eingewickeltes Päckchen in der Hand hielt.

»Käse und Tomate.« Grinsend streckte er ihr das eingepackte Sandwich entgegen.

»Wie sind Sie denn so schnell an etwas Essbares gekommen?«, fragte Sophia verwundert.

»Immerhin bin ich der Trainer«, erwiderte er achselzuckend. »Ich habe meine Bestellung schon vor dem Spiel aufgegeben.« Als er eine weitere Tüte öffnete, roch Sophia den Duft frischen Schinkens.

»Käse und Tomate?«, Sie blickte ihn fragend an.

»Tofu gab es leider nicht.« Er lächelte.

»Danke.« Überrascht musterte sie sein Gesicht. Er wirkte entspannter, viel zugänglicher als gewöhnlich. Seine Überheblichkeit und die Arroganz ihres ersten Treffens waren komplett verschwunden.

»Lassen Sie es sich schmecken. Ich muss zurück in die Kabine«, verabschiedete er sich, während er kurz seine Hand zum Abschied hob.

»Bis später«, entgegnete Sophia erleichtert und biss hungrig in ihr Sandwich. Die einsame Leere, die sie noch vor wenigen Minuten befallen hatte, war wie weggeblasen. Entsetzt musste sie feststellen, dass allein das Auftauchen des Polizisten für die nachhaltige Besserung ihrer Laune verantwortlich war.

Nachdem sie aufgegessen hatte, kehrte sie zu ihrem Platz zurück und verfolgte gespannt die zweite Halbzeit. Als Lisa in der fünfundsiebzigsten Minute endlich das heiß ersehnte 1:0 schoss, sprang Sophia erneut jubelnd auf, während sie in die Richtung der Torschützin das Victoryzeichen zeigte und ausgelassen lachte.

Nicolas, der Sophias Reaktion mit Verwunderung registrierte, starrte sie sprachlos an. So viel emotionale Begeisterung hätte er ihr gar nicht zugetraut.

In dem Moment wandte Sophia ebenfalls ihren Kopf, sodass ihre Blicke sich begegneten. Für einige Sekunden sahen sie sich nur schweigend an, während die Jubelrufe um sie herum verstummten, die Spieler auf dem Feld in den Hintergrund traten. In diesem Moment war es, als ob nur sie beide existierten.

Ein verwegener Ausdruck legte sich auf Nicolas' Gesicht, verlegen drehte Sophia ihren Kopf weg. Fieberhaft verdrängte sie die in ihr aufkeimenden Gedanken. Für den Rest des Spiels vermied sie es tunlichst, nochmals in die Richtung des Trainers zu sehen, den sie ab sofort der Kategorie ›Gefährlich‹ zuordnen musste.

Das Spiel endete nach neunzig Minuten schließlich mit 1:0. Die Fans feierten ihre Mannschaften, als ob es um die französische Meisterschaft gegangen wäre. Langsam schlenderte Sophia mit Tim in die Richtung der Umkleiden, wohin zuerst die Spieler und kurz darauf auch die Trainer verschwunden waren.

Während sie die Zuschauer beobachtete, die nach und nach zu ihren Fahrzeugen zurückkehrten, überkam sie erneut das bittere Gefühl, zu niemandem dazuzugehören, allein zu sein. Was war nur mit ihr los? Immerhin hatte sie die beste Tante, die sie sich überhaupt vorstellen konnte. Und auf ihre Oma war doch ebenfalls immer Verlass, oft war diese ihr in ihrem Denken sogar näher als Tabea.

»Sophia«, hörte sie plötzlich in ihrem Rücken Lisas Stimme. Hastig drehte sie sich um.

Nicolas' Schwester rannte lachend auf sie zu und umarmte sie stürmisch. »Wir haben gewonnen«, jubelte sie wie ein kleines Kind.

Sophia musste schmunzeln. »Ja, ein tolles Tor«, pflichtete sie bei, während sie Lisa weiter im Arm hielt.

»Das ist Raymond«, meinte Lisa, als sie sich schließlich von Sophia löste, und zeigte auf einen Mann Anfang dreißig, der hinter ihr stehen geblieben war und den Sophia als weiteren Mitspieler der Mannschaft erkannte.

Freundlich streckte sie ihm die Hand hin und stellte sich vor.

»Sophia ist …«, Lisa lächelte schelmisch, »… eine Bekannte von Nicolas.«

Raymond nickte höflich.

»Können Raymond und ich mit Tim spazieren gehen?«, bat Lisa plötzlich unvermittelt.

Irritiert runzelte Sophia die Stirn.

»Nicolas kommt später«, erklärte Lisa. »Er wollte noch etwas mit dem Trainer von Elne besprechen.«

Da Sophia nicht wusste, wie sie reagieren sollte, erwiderte sie nichts.

»Bitte, Sophia.« Lisa blinzelte verschwörerisch und verzog ihre Lippen zu einem leichten Grinsen. Raymond, der noch immer schweigend hinter ihr stand, starrte verlegen zu Boden. Da verstand Sophia endlich.

»Ja, wenn ihr möchtet. Aber lasst ihn nicht von der Leine.« Sie drückte Lisa dieselbe in die Hand und nickte ihr aufmunternd zu.

Stumm formte Lisa mit ihren Lippen das Wort ›Danke‹ in Sophias Richtung, bevor sie Raymond ihre Hand entgegenstreckte und mit ihm und dem Labrador hinter der Zuschauertribüne verschwand.

Da Sophia wusste, dass Tim keine Schwierigkeiten machen würde, setzte sie sich nach wenigen Augenblicken auf eine der leeren Zuschauerbänke und wartete. Während ihr Blick auf den Verband an ihrer Hand fiel, zuckte sie kurz zusammen.

Nach dem Verschwinden ihrer Familie hatten ihre Großeltern damals die Kreditraten für das Haus übernommen, welches ihre Eltern nach der Hochzeit gekauft hatten. Als man die Familie zwölf Jahre nach ihrem Verschwinden offiziell für tot erklärt hatte, war Sophia als rechtmäßige und einzige Erbin Eigentümerin des Hauses geworden, in dem sich nun nach einem aufwendigen Umbau im Erdgeschoss ihre Praxis und direkt darüber ihre Wohnung befanden. Ihre Großeltern hatten damals komplett auf den eigenen Erbanteil verzichtet, da sie das Haus von Anfang an einzig für Sophia hatten halten wollen.

Nachdenklich stützte sie den Kopf auf ihre Hände und blickte zum leeren Spielfeld. Es war bereits spät, Sophia schätzte, kurz vor zehn. Doch die Luft war noch immer warm von der vorangegangenen Hitze des Tages.

»So allein, schöne Frau?«

Als Sophia ihren Kopf drehte, stand Nicolas grinsend neben ihr.

»Lisa müsste gleich zurück sein«, erwiderte sie beiläufig, während sie seine Bemerkung geflissentlich ignorierte.

»Lisa?« Nicolas runzelte die Stirn. »Wieso zurück?«

»Sie ist mit Tim und Raymond spazieren gegangen«, entgegnete sie und deutete hinter die Tribüne.

»Sie haben meiner Schwester Ihren Hund gegeben und sie allein losziehen lassen?« Schlagartig erlosch das Grinsen und seine Miene versteinerte sich.

Ratlos blickte Sophia ihn an und schüttelte leicht den Kopf. »Sie hat mich gefragt. Außerdem ist Raymond ...«

»Ich habe gehört, was Sie gesagt haben«, schnitt er ihr in scharfem Ton das Wort ab. »Meine Schwester ist behindert. Sind Sie denn von allen guten Geistern verlassen?«

Irritiert zuckte sie mit den Achseln. »Ich verstehe nicht ganz ...« Unsicher blickte sie ihn an.

»Sie haben recht. Sie verstehen überhaupt nichts. Halten Sie sich in Zukunft einfach aus meinen Angelegenheiten heraus«, fuhr er sie wütend an.

»Aber Ihre Schwester ist doch mit ihrem Freund ...«

»›Mit ihrem Freund‹?« Seine dunklen Augen funkelten sie zornig an. »Meine Schwester hat keinen Freund. Sie ist behindert.«

Fassungslos schüttelte Sophia den Kopf, Ärger stieg in ihr hoch. »Ihre Schwester hat das Downsyndrom, ja, na und? Sie wollte mit Raymond und Tim lediglich einen kleinen Spaziergang machen. Es war offensichtlich, dass die beiden ein wenig allein sein wollten. Ich wüsste nicht, was dagegenspricht.«

Nicolas' Wangenmuskeln arbeiteten, während er sie voller Wut anstarrte. »Allein sein? Soll das heißen, Sie haben zugelassen, dass Lisa und dieser ...« Er brach ab und kniff stattdessen seine Lippen fest aufeinander.

»Ihre Schwester ist eine junge Frau, die die gleichen Gefühle wie jeder andere auch hat.« Kühl streckte Sophia ihr Kinn vor und straffte die Schultern. »Ich verstehe Ihr Problem nicht. Aber wahrscheinlich sind Ihnen Empfindungen dieser Art fremd. Ihre Schwester jedenfalls wollte mit dem jungen Mann etwas Zeit verbringen – allein.«

»Kümmern Sie sich um Ihre eigenen Angelegenheiten«, zischte Nicolas verärgert. »Meine Schwester ist nicht wie andere Frauen. Sie ist ...«, krampfhaft suchte er nach den richtigen Worten, »... sie ist etwas Besonderes.«

»Sie ist etwas Besonderes«, bestätigte Sophia tonlos. »Und ich bin mir sicher, dass Raymond derselben Ansicht ist wie wir.«

»Ach, hören Sie doch auf. Wo sind die beiden hingegangen?« Er fuhr sich nervös durch sein Haar.

»Sie können doch nicht ...«, versuchte Sophia erneut, ihn zur Vernunft zu bringen.

»Wo sind sie hin?«, unterbrach er sie barsch.

Sie atmete tief durch und zeigte stumm in Richtung Waldweg. Ohne ein weiteres Wort drehte er sich um und verschwand aufgebracht zwischen den Bäumen.

Kopfschüttelnd kickte Sophia einen Kiesel weg. Was war nur in den Capitaine gefahren? Seine Schwester war doch kein kleines Kind mehr. Doch da fiel ihr plötzlich Lisas Bemerkung von vorhin wieder ein. Die beiden hatten auf dem Weg hierher kaum ein Wort miteinander gesprochen. Möglicherweise war sogar die sich eindeutig anbahnende Liebesbeziehung zwischen Lisa und diesem Raymond der Grund für den Streit der Geschwister. Sophia war klar, dass Nicolas Rousseau sich unmöglich verhielt. Und mit seinem Gebaren stieß er seine Schwester nur noch weiter vor den

Kopf. Sie verstand überhaupt nicht, warum er so erzürnt über das Verhalten von Lisa war. Warum freute er sich nicht einfach über ihr Glück?

Grimmig starrte Sophia zum Wald hinüber. Warum kümmerte sie sich eigentlich überhaupt um die Probleme der Rousseaus? Hatte sie nicht selbst gerade genug Kummer und Sorgen? Schließlich hatte sie es nur gut gemeint. So würde sie nicht mit sich reden lassen. Ihr Zorn auf Nicolas wuchs.

Wenige Augenblicke später hörte sie lautes Gezeter, bevor der Polizist wieder zwischen den Bäumen auftauchte. Er hatte Lisa am Arm gepackt und redete heftig auf sie ein. In der linken Hand hielt er Tims Leine. Der Hund folgte ihm genauso widerwillig wie Lisa.

»Lass mich los, Nici. Was soll das denn?«, schimpfte die kleine Frau laut.

In einiger Entfernung kam Raymond hinter den dreien her. Er blickte stur nach unten und versuchte krampfhaft, sich so unauffällig wie möglich zu verhalten.

Sophia meinte, ihren Augen nicht zu trauen. »Lassen Sie sie sofort los«, brüllte sie unbeherrscht.

Überrascht fixierte Nicolas sie mit seinem Blick.

»Ist okay, Sophia«, versuchte Lisa, sie zu beschwichtigen, während sie ihren Bruder wütend von der Seite ansah.

»Lassen Sie sofort Ihre Schwester los«, wiederholte Sophia mit eiskalter Stimme.

Obwohl Nicolas ebenfalls vor Wut kochte, gab er Lisas Arm frei und blitzte stattdessen Sophia verärgert an.

»Ich fahre mit Raymonds Eltern«, verkündete Lisa entschlossen. »Egal, was du sagst«, raunte sie ihrem Bruder leise zu.

Immer noch unschlüssig stand der junge Mann etwas abseits. Es war offensichtlich, dass er nicht wusste, wie er sich verhalten sollte.

»Wo sind denn Ihre Eltern?«, wandte sich Sophia daher in freundlichem Ton an Lisas Mitspieler.

»Sie warten auf dem Parkplatz«, murmelte er undeutlich, während er weiter tunlichst vermied, Nicolas anzusehen.

»War schön, dich kennenzulernen, Sophia.« Lisa lächelte leicht, während sie gleichzeitig Raymond hastig am Arm wegzerrte. Ihren Bruder würdigte sie keines Blickes.

Als sie allein waren, drehte Nicolas langsam seinen Kopf und sah Sophia mit eisiger Miene an. »Tun Sie das nie wieder. Mischen Sie sich nie wieder in Dinge ein, die Sie nicht das Geringste angehen.« Seine Stimme war leise und klang gefährlich.

Sie schnaufte verächtlich, während sie ihm Tims Leine unsanft entriss. »Ich habe noch nie jemand Selbstgerechteres, Unsensibleres als Sie getroffen. Kurz dachte ich tatsächlich, dass mein erster Eindruck mich getäuscht hätte und Ihre unhöfliche Art nur eine Masche ist, um Ihre verletzte Seele zu schützen. Doch mittlerweile bin ich mir ziemlich sicher, dass Sie tatsächlich der Kotzbrocken sind, als der Sie sich aller Welt präsentieren. Anstatt sich für Ihre Schwester zu freuen ...« Sophia hatte sich jetzt in Rage geredet. »Sicher hat sie es in Beziehungsangelegenheiten nicht ganz leicht. Aber anstatt sich für sie zu freuen, spielen Sie hier den eifersüchtigen Beschützer, der seiner Schwester nicht den kleinsten Hauch von Liebesglück gönnt.« Sie stemmte ihre Fäuste in die Taille, während Tim sein Frauchen nicht aus den Augen ließ. Ihr scharfer Ton ließ auch den Hund zusammenzucken. »Ihre Schwester ist ein großartiger, liebenswürdiger Mensch, ganz im Gegensatz zu Ihnen. Und sie hat es verdient, glücklich zu sein.« Ungläubig schüttelte Sophia ihren Kopf.

»Halten Sie den Mund«, herrschte Nicolas sie aufgebracht an. »Und kümmern Sie sich um Ihr eigenes Leben.« Kalt blickte er sie an. »Wären Sie nur nie wieder zurückgekommen! Schließlich haben Sie und Ihre Familie schon genug angerichtet.« Mit diesen Worten drehte er sich um und stapfte davon.

Der Hass in seiner Stimme ließ Sophia zusammenschrecken. Mit dieser Intensität hatte sie nicht gerechnet. Und dass er sie hasste, glaubte sie in diesem Moment ganz sicher. Seine Worte waren verletzend und beleidigend. Auch in der Stimme seiner Mutter hatte sie diesen kalten Unterton ansatzweise herausgehört.

Ohne ein weiteres Wort verfrachtete sie Tim ins Auto, bevor sie sich wie erstarrt neben Nicolas setzte.

Auf der Rückfahrt wechselten sie kein Wort mehr miteinander. Als der Polizist schweigend auf den Parkplatz vor dem Ferienhaus eingebogen war, ließ er den Motor weiterlaufen.

Sophia zögerte einen Moment, bevor sie die Beifahrertür öffnete. Doch nachdem sie ausgestiegen war, wandte sie sich nochmals zu ihm um. »Ich habe keine Ahnung, warum Sie mich so sehr hassen. Aber ich hatte von Anfang an das Gefühl, dass Sie mich nicht leiden können.« Sie zögerte, bevor sie leise weitersprach. »Auch wenn ich Ihr Verhalten nicht verstehe, Ihre unverschämte und ungehobelte Art von ganzem Herzen verabscheue: Bitte finden Sie heraus, was mit meinen Eltern passiert ist. Das ist die einzige Bitte, die ich noch an Sie habe. Sobald ich darüber Gewissheit habe, verschwinde ich von hier und Sie sehen mich nie wieder.«

Sie knallte die Tür zu, holte Tim aus dem Kofferraum und rief betont gleichgültig ins Wageninnere: »Schönen Dank für den tollen Abend.«

Nachdem Sophia hastig in ihrem Ferienhaus verschwunden war, erwachte Nicolas endlich aus seiner Schockstarre und setzte wütend das Auto zurück.

Auf dem Heimweg wurde ihm jedoch bewusst, was er gerade getan hatte. Dass er sich mal wieder wie der letzte Idiot verhalten hatte. Dass er auf keinen Fall so weitermachen konnte. Und dass er die Menschen in seiner Umgebung nicht länger vor den Kopf stoßen durfte. Dass es endlich Zeit für die Wahrheit war. Er musste Sophia Mildner reinen Wein einschenken.

37

Freitag, 3. Juni
Pyrenäen

Die Sonnenstrahlen kitzelten Antoine in der Nase. Schläfrig öffnete er ein Auge und blinzelte. Ein Blick auf seine Uhr zeigte ihm, dass es erst kurz nach halb sechs war. Antoine fühlte sich wie gerädert. Er hatte schlecht geschlafen, war immer wieder aufgewacht. Die Anspannung, die ihn schon seit Tagen beherrschte, ließ ihn einfach nicht mehr zur Ruhe kommen. Auch das äußerst unerfreuliche Telefonat mit Emma gestern Abend hatte ihn die halbe Nacht beschäftigt. Mittlerweile war er sich mehr als sicher, dass sie wusste, dass er sich nicht in Bordeaux aufhielt, denn ihre Fragen waren im Laufe des Gesprächs immer eindringlicher geworden.

»Wie ist das Wetter bei euch? Was siehst du, wenn du aus dem Hotelzimmer schaust? Wo geht ihr später essen? Wie kommt ihr voran mit euren Verhandlungen?«

Nein, Antoine musste tatsächlich befürchten, dass sie ihn auf die Probe stellen wollte. Warum hatte er sich auch nicht vorher einige Restaurants und Hotels herausgesucht? Ein Klick und er hätte die Wetterlage von Bordeaux aufs Genauste gekannt.

Müde rieb er über seine Schläfen. In seinem Hinterkopf bahnte sich ein unangenehmer Schmerz an. Noch war es nur ein leichtes Brummen, das sich jedoch ohne weitere Vorwarnung zu einer starken Migräne entwickeln konnte. Mutlos drehte er sich auf den Rücken und schloss wieder die Augen. Wenn es so weiterging, wäre er in noch schlechterer Verfassung, wenn er nach Perpignan zurückfuhr. Das durfte auf keinen Fall passieren. Eigentlich sollte der Ausflug doch dazu dienen, endlich zur Ruhe zu kommen.

Seufzend schwang er schließlich seine Beine aus dem Bett. Er zwang sich aufzustehen und sammelte hastig seine Klamotten vom Boden auf, wo er sie gestern Abend achtlos hingeworfen hatte. Emma würde ausflippen, wenn sie die Unordnung sähe. Doch Emma war nicht hier. Hier gab es nur ihn. Ihn und seine ›Therapie‹.

Erwartungsvoll öffnete er die Hüttentür und trat ins Freie. Er fröstelte, denn die frische Morgenluft war noch kühl. Gemächlich stieg Antoine die Stufen hinunter und schritt barfuß auf die Grasfläche vor der Hütte. Die Halme waren feucht, seine Füße nach kurzer Zeit eiskalt. Doch der Gedanke an die Fallen und was ihn dort erwartete, überlagerte die Kälte, die seine Beine emporkroch.

Hastig überquerte Antoine die Lichtung. Von Weitem schon konnte er sehen, dass er erfolgreich gewesen war. Ein braunweißes Fellbündel zappelte panisch hin und her. Beim Näherkommen erkannte Antoine, dass es einen kleinen Hasen erwischt hatte.

Krampfhaft versuchte er, den Gedanken an das Schicksal des Tieres zu verdrängen, und spürte aufgeregt, wie Unmengen von Adrenalin in seinem Körper freigesetzt wurden. Es konnte losgehen. Endlich!

Er ignorierte den strampelnden Hasen, der sich offensichtlich beide Hinterläufe in der Metallschlinge der Falle gebrochen hatte. Zumindest standen die Beine in abenteuerlichem Winkel vom Rest des Körpers ab.

Voller Vorfreude hastete Antoine zur nächsten Falle, die zu seiner Enttäuschung jedoch leer war. Aber bei der dritten, die er direkt hinter der Hütte im Unterholz versteckt hatte, wurde er fündig. Ein Fuchs! Innerlich triumphierte er, denn der Rotbraune war wesentlich ergiebiger als ein kleiner Feldhase.

Ungeduldig rannte Antoine zur Hütte zurück und holte die Reisetasche aus dem Schrank. Er zog das Messer hervor. Im Hinauslaufen schnappte er sich noch einen Eimer aus dem Küchenschrank, bevor er euphorisch die Tür hinter sich zuknallte.

Als er zu der ersten Falle am Rande der Lichtung zurückkehrte, betrachtete er kurz das verzweifelte Tier, bevor er den Hasen fest im Nacken packte und mit der anderen Hand vorsichtig die Schlaufe löste. Die Augen des Nagers bewegten sich unaufhörlich, die Vorderläufe versuchten erfolglos, ihn abzuwehren.

Antoine wandte seinen Kopf ab, da das Töten ihn jedes Mal die größte Überwindung kostete. Mit einer schnellen und sicheren Handbewegung schnitt er dem Tier die Kehle durch und hielt es schon im nächsten Moment wenige Zentimeter über den Eimer.

Aufgekratzt beobachtete er, wie das Blut aus dem Hals hinabtropfte. Seine Erfahrung sagte ihm jedoch, dass der Hase nicht ausreichen würde.

Während Antoine das tote Tier weiter über dem Eimer ausbluten ließ, stieg ihm bereits der typisch metallische Geruch des frischen Blutes in die Nase.

Schlagartig spürte er, wie ihn ein Gefühl der Stille, des Friedens durchströmte. Genauso sollte es sein.

Geduldig wartete er, bis sich nur noch wenige Tropfen aus der Kehle des Leichnams lösten, die sich gemächlich auf den Weg hinab in den Eimer machten.

Die Augen des toten Hasen wirkten glasig, sein Blick starrte ins Leere. Doch Antoine wollte jetzt nicht darüber nachdenken, was er getan hatte, sonst würde er nicht mehr die Kraft aufbringen, den nächsten Schritt in Angriff zu nehmen.

Den ausgebluteten Hasen in der einen und den Eimer mit dem roten Lebenssaft in der anderen Hand, machte er sich auf den Weg zu der Falle hinter der Hütte, in der der Fuchs schon auf ihn wartete. Doch dieser machte es Antoine nicht ganz so leicht.

Als er sich dem Tier näherte, fletschte es angsterfüllt die Zähne, während es gleichzeitig versuchte, nach seiner Hand zu schnappen. Langsam umkreiste Antoine den Fuchs, der ihn jedoch nicht aus den Augen ließ und leise knurrte. Antoine wurde klar, dass er ihn nicht aus der Falle würde befreien können, ohne selbst verletzt zu werden. Diesmal musste er seine Vorgehensweise ändern.

Daher packte er das Jagdmesser fester und wartete regungslos ab, bis der Fuchs endlich der Ansicht zu sein schien, von ihm ginge keine Gefahr aus. Zumindest wandte das Tier nach einer gefühlten Ewigkeit für einen kurzen Moment seinen Kopf von Antoine ab.

In dem Augenblick stürzte er sich auf es und versuchte verzweifelt, ihm den Hals durchzuschneiden. Doch der Fuchs drehte plötzlich unerwartet den Kopf zurück und schnitt sich durch die panische Bewegung selbst der Länge nach seine Kehle an Antoines Messer auf.

Hastig befreite dieser das tote Tier aus der Falle und hielt es erleichtert über den Eimer, der sich jetzt erfreulich füllte. Fasziniert beobachtete er, wie die rote Flüssigkeit aus dem Leichnam des Tieres lief. Der Anfang war gemacht.

Voller Vorfreude setzte sich Antoine ins Gras und sog den immer intensiver werdenden Geruch des frischen Blutes ein. In diesem Moment dachte er nicht an Emma, nicht an seine

Eltern. Jetzt zählte nur dieser Augenblick. Der nur ihm gehörte, ihm und seiner dunklen Seite.

38

Argelès-sur-Mer

Der Wecker klingelte unerbittlich. Genervt tastete Nicolas nach dem Apparat. Sieben Uhr! Er fluchte. Wann war er das letzte Mal von dem Klingeln geweckt worden? Er konnte sich nicht erinnern. Normalerweise stand er mindestens eine Stunde früher auf, um als Erster im Revier zu sein. Allerdings war er letzte Nacht erst weit nach Mitternacht eingeschlafen.

Der Streit mit Lisa schlug ihm schwer auf den Magen. Bisher war Nicolas immer der große Bruder gewesen, dessen Meinung sie grundsätzlich nie infrage gestellt hatte. Aber seit drei Tagen war plötzlich alles anders. Erst die verrückte Idee, dass sie ausziehen wollte. Und jetzt auch noch die Sache mit Raymond.

Ungläubig schüttelte Nicolas seinen Kopf. Der junge Mann kam ebenfalls aus Argelès, arbeitete sogar mit Lisa gemeinsam in der Behindertenwerkstatt. An sich konnte Nicolas ihn eigentlich gut leiden. Wie lang ging das wohl schon mit den beiden? Seine Kehle schnürte sich zu, als er daran dachte, was die zwei im Wald …

Lisa. All die Jahre hatte er sie beschützt, hatte dafür gesorgt, dass ihre Gutmütigkeit, ihre herzliche Art von niemandem ausgenutzt oder missbraucht wurde. Lisa glaubte fest an das Gute im Menschen, was an sich nicht verkehrt war. Aber Nicolas hatte in seinem bisherigen Leben zu viele Dinge gesehen, die ein Mensch nicht einfach so wegstecken konnte.

Nach außen hin biedere Familienväter, die urplötzlich durchdrehten und ihre wehrlosen Kinder umbrachten. Ehefrauen, die sich nicht mehr anders zu wehren wussten, als ihrem Mann im Schlaf ein Messer in die Brust zu rammen. Drogendealer, für die ein Menschenleben weniger wert war als ihre nächste Mahlzeit. Und seine Schwester wäre ein besonders leichtes Opfer.

Bitterkeit stieg in Nicolas auf. Nein, Lisa hatte keine Ahnung von der dunklen Seite des Lebens. Und daran wollte er auch nichts ändern.

Unbeabsichtigt erschien Sophia Mildner auf einmal in seinen Gedanken. Wie wütend ihre grünen Augen ihn gestern angefunkelt hatten! Warum setzte sie sich so für seine Schwester ein, eine Frau, die sie erst wenige Stunden kannte? Ihr Verhalten blieb ihm ein Rätsel.

Obwohl Nicolas sich gestern immens über die Einmischung der Deutschen geärgert hatte, imponierte ihm auf der anderen Seite ihre klare Haltung, die sie ihm gegenüber vertreten hatte. Wenn er ehrlich war, war ihm bewusst, dass er sich in einer ähnlichen Situation wahrscheinlich ganz genauso verhalten hätte. Er seufzte, während er weiter über Sophia Mildners provokante Art nachgrübelte.

Notgedrungen stand Nicolas schließlich auf und stellte sich müde unter die heiße Dusche. Zu allem Übel stockten nach wie vor die Ermittlungen, kamen einfach nicht voran. Was sollte er bloß tun?

Frustriert kleidete er sich an, während er über die Entdeckung von Charles nachdachte. Die Milieumorde. Was hatte das Unfallopfer mit dem regionalen Drogenhandel zu tun? Und gab es überhaupt eine Verbindung oder war die Ähnlichkeit der Verletzungen wirklich nur ein Zufall?

Tief in seinem Inneren wusste Nicolas natürlich, dass Zufälle in seinem Beruf grundsätzlich kaum etwas zu suchen hatten.

Glücklicherweise! Sonst gäbe es sicher einige Aufklärungs-
erfolge weniger auf ihrer Liste.

Auf jeden Fall würde er sich heute näher mit den alten
Milieumorden befassen. Einen Versuch war es allemal wert.

Doch vorher hatte er noch etwas anderes zu erledigen. Er
musste unbedingt versuchen, sein Verhalten von gestern
auszubügeln, auch wenn er sich nicht allzu viele Hoffnungen
machte, dass ihm dies so einfach gelingen würde.

Wütend nahm Sophia einen weiteren Schluck ihres heißen
Kaffees, während Tim sich hungrig an seinem Napf zu schaffen
machte. Trotz der frühen Stunde war es schon angenehm
warm. Sophia saß auf der Terrasse und reckte ihr Gesicht in
die Morgensonne. Frustriert presste sie ihre Kiefer so fest
aufeinander, dass ihre Zähne knirschten.

Die verletzte Hand schmerzte. Vorsichtig entfernte sie
den Verband und versuchte, die Finger langsam zu bewegen.
Die Innenfläche sah abenteuerlich aus. Die Wunden, die die
Dornen verursacht hatten, leuchteten hellrot. Sie bluteten
zwar nicht mehr, aber es hatte sich auch noch keine Kruste
gebildet.

Natürlich wusste Sophia, dass es einige Tage dauern würde, bis die Verletzungen komplett verheilt wären. Was hatte
sie sich nur dabei gedacht? Verärgert versuchte sie, Nicolas
Rousseau zu verdrängen, der ihre Gedanken im nächsten
Moment beherrschte. Wieder dachte sie an seinen hasserfüll-
ten Blick, als er sie gefragt hatte, warum sie überhaupt hergekommen sei. Und wie er seine Schwester aus dem Wald
gezerrt hatte!

Tim stupste sie mit seiner Schnauze an und blickte erwartungsvoll zu ihr hinauf. »Na, bist du satt?«

Gegen ihren Willen musste Sophia schmunzeln. Tim würde sie niemals im Stich lassen. Aber war sie wirklich schon

so verbittert, dass sie die Gegenwart eines Hundes der eines Mannes vorzog? Wie viele Enttäuschungen konnte ein Mensch wohl verkraften, bevor er zusammenbrach? Wie viele Schicksalsschläge brauchte es, um jemanden zu brechen? Sophia wusste keine Antwort darauf.

Doch sie beschloss, sich ab sofort von dem Capitaine fernzuhalten. Sicher konnte ihr Officier Armand ebenso gut Auskunft über den aktuellen Stand der Ermittlungen geben. Zur Not musste sie eben ihre Drohung wahr machen und die Zentrale in Perpignan einschalten. Von einem unverschämten, kaltherzigen Polizisten würde sie sich jedenfalls nicht die Chance vermasseln lassen, endlich das Schicksal ihrer Familie aufzuklären. Außerdem musste sie unbedingt mit dem unbekannten Unfallopfer sprechen. Sicher konnte der Mann ihr weiterhelfen. Er musste ihre Eltern einfach kennen. Warum sonst hätte er das Foto und die Adresse mit sich herumgetragen?

Der leichte Wind kühlte ihre verletzte Hand. Sophia legte den Kopf zurück und beobachtete versonnen einige Möwen, die hoch über ihr kreisten und schrille Schreie ausstießen. Friedlich, schoss es ihr durch den Kopf. Heute würde sie sich den Tag auf keinen Fall von mies gelaunten Polizisten verderben lassen.

Als es im nächsten Moment an der Tür klopfte, bellte Tim kurz und kraftvoll, bevor er schwanzwedelnd im Haus verschwand.

Seufzend erhob sich Sophia. Wer tauchte denn um diese Uhrzeit bei ihr auf? Ihre Vermieter?

Als sie gespannt die Tür öffnete, stürmte Tim augenblicklich ins Freie und umkreiste voller Freude Nicolas Rousseau, der Sophia verlegen ansah.

»Bonjour.« Er verzog seine Lippen zu einem angedeuteten Lächeln, während er lässig am Türrahmen lehnte.

»Sie?«, entgegnete Sophia fassungslos, während ihr gleichzeitig durch den Kopf schoss, wie attraktiv der Mann in ihrer Tür aussah. Widerwillig verdrängte sie den Gedanken, zog wütend eine Grimasse.

»Darf ich reinkommen?« Er sah sie erwartungsvoll an.

Doch so leicht würde sie es ihm nicht machen. »Was wollen Sie?«, herrschte sie ihn barsch an.

Verunsichert zog er seine Achseln hoch. »Mich entschuldigen, Ihnen etwas erklären.«

»Was ist mit Ihrer Schwester?« Sie sah ihn immer noch mit finsterer Miene an.

»Die schläft noch«, entgegnete er grinsend.

Verärgert verengte Sophia ihre Augen. So nicht, Bürschchen.

»Bon, also, ich werde später mit ihr sprechen.« Er sah sie mit Unschuldsmiene an. »Versprochen.« Er hob demonstrativ eine Hand.

Sophia nickte, während sie ihn stumm betrachtete.

»Darf ich jetzt?« Er deutete hinter sie. Einen Moment lang überlegte sie, bevor sie schließlich widerstrebend einen Schritt zur Seite machte und ihn schweigend eintreten ließ.

Unschlüssig ging er in das Wohnzimmer, während Tim die ganze Zeit um ihn herumlief und krampfhaft versuchte, seine Aufmerksamkeit zu erregen.

»Was ist mit Ihrem Hund?«, fragte Nicolas sie argwöhnisch, als sie ihm in den Raum folgte.

»Was soll mit ihm sein?«, entgegnete sie schnippisch. »Er mag Sie, fragen Sie mich aber bitte nicht, warum. Normalerweise spürt er recht gut, wer ihm wohlgesonnen ist und wer nicht.« Kühl erwiderte sie seinen Blick.

Wieder fühlte Nicolas, wie es in ihm zu brodeln begann. Doch er riss sich zusammen und besann sich auf sein eigentliches Anliegen.

Daher nickte er nur und ließ ihre Bemerkung unkommentiert. »Wollen wir hinausgehen?«, fragte er, um einen versöhnlichen Ton bemüht.

Sie nickte zögernd, bevor sie vor ihm ins Freie trat.

»Das Haus gefällt mir«, setzte er an, doch Sophia war noch nicht gewillt, auf seinen Small Talk einzugehen.

Stattdessen rückte sie sich demonstrativ einen Stuhl zurecht und setzte sich. »Also?«

»Oui.« Er räusperte sich, während er auf dem Stuhl gegenüber Platz nahm. »Ich möchte mich bei Ihnen entschuldigen. Mein Verhalten war …« Er suchte fieberhaft nach dem richtigen Ausdruck, doch es wollte ihm nichts einfallen.

»Unverschämt, unfreundlich, beleidigend, ungehobelt?« Sophia zog fragend ihre Augenbrauen hoch.

»Wow.« Er atmete tief aus. »Aber Sie haben recht. Das war es wahrscheinlich.« Unsicher blickte er sie an. »Können wir vielleicht noch mal von vorn anfangen?«

»Vielleicht«, antwortete sie vage. »Aber erst möchte ich wissen, warum Sie mich nicht leiden können. Was habe ich Ihnen getan?«

Hastig wandte Nicolas seinen Blick ab und starrte abwesend auf einen Punkt knapp über dem Horizont.

»Capitaine?«, erinnerte sie ihn ungeduldig an ihre Frage.

Als er seinen Kopf zurückdrehte, sah sie ihn noch immer mit ihren großen hellen Augen an. Er bemerkte, dass sich auf ihrer Nase unzählige neue Sommersprossen gebildet hatten, die ihrem Gesicht ein frisches Aussehen verliehen. Fast war er versucht, die Hand auszustrecken, um sie zu berühren. Doch im letzten Moment hielt er sich zurück.

»Wie kommen Sie darauf, dass ich Sie nicht leiden kann?«, stellte er mit belegter Stimme eine Gegenfrage, anstatt ihr zu antworten.

»Ihre Bemerkung gestern Abend«, erinnerte sie ihn abwartend.

»Ja, meine Bemerkung gestern Abend«, wiederholte er leise. Stumm musterte er einen Moment lang ihr Gesicht. Sie war verdammt hübsch, schoss es ihm durch den Kopf. Er räusperte sich. »Ich glaube, ich habe gestern Abend einiges gesagt, was ich so wohl nicht stehen lassen kann«, erwiderte er gedehnt.

»Allerdings«, bekräftigte Sophia.

»Es ist nicht so, dass ich Sie nicht leiden könnte …«, begann er erneut.

»Aber …?«

»Nichts aber. Es gibt kein Aber.« In dem Moment fiel sein Blick auf ihre Hand. »Was ist damit?« Er fasste über den Tisch, während er sie stumm aufforderte, ihre Hand in seine zu legen. Obwohl sich ihre Hände nur leicht berührten, zuckten die zwei erschrocken zurück.

Einen Moment lang sahen sie sich verunsichert an, da beide die gleiche, beunruhigende Spannung gespürt hatten. Nicolas' dunkle Augen funkelten Sophia geheimnisvoll an, die ihre eigene Reaktion nicht einzuschätzen wusste.

Betont gleichgültig legte sie ihre Hand schließlich zurück in seine und drehte sie so, dass er ihre Wunden betrachten konnte.

»Das sieht nicht gut aus«, stellte er nüchtern fest, als sein Blick über die unzähligen kleinen Schnitte und Stiche wanderte. »Wie ist das denn nur passiert?« Stirnrunzelnd sah er sie an.

»Ich habe in die Rosen gefasst«, entgegnete sie tonlos, während sie auf die Tischplatte sah.

»Warum?«, fragte er kopfschüttelnd.

»Es war dumm«, wich sie aus. Prüfend blickte Nicolas sie an, obwohl er spürte, dass sie nicht mehr dazu sagen wollte.

»Der Stress ist mir einfach über den Kopf gewachsen«, ergriff Sophia nach einer halben Ewigkeit erneut das Wort.

Schweigend beobachteten sie Tim, der sich am Strand genüsslich im Sand wälzte.

»Was wollten Sie mir erklären?« Sie sah Nicolas neugierig an.

»Ich möchte mit Ihnen einen kleinen Ausflug machen«, erwiderte er geheimnisvoll.

»Einen Ausflug?«, wiederholte Sophia überrascht. »Haben Sie heute frei?«

»Nein, eigentlich nicht«, schüttelte er seinen Kopf. »Aber ein, zwei Stündchen kann ich schon mal blaumachen.« Er grinste. »Schließlich bin ich der Chef.«

Sie lächelte. »Steht Ihnen gut.«

»Was?«

»Das freundliche Gesicht.«

Überrascht sah er sie an. Ihr Wesen faszinierte ihn. Warum war er bei ihrem Kennenlernen nur so unfreundlich zu ihr gewesen? Mittlerweile bereute er sein Verhalten zutiefst. Sophia Mildner hatte in ihrer Vergangenheit bereits Schlimmes mitgemacht. Und auch jetzt befand sie sich erneut an einem Tiefpunkt ihres Lebens. Hatte sie es denn nicht verdient, glücklich zu sein?

»Gehen wir?«, riss sie ihn aus seinen Überlegungen.

»Ja, aber erst verbinde ich Ihre Hand«, erklärte er bestimmt.

»Wo geht es denn hin?«, fragte Sophia neugierig, als sie Argelès verließen und direkt auf die Pyrenäen zusteuerten. Die Vegetation wurde zusehends dichter und grüner. Als sie die Altstadt durchquert hatten, war Nicolas noch schnell bei einem Bäcker vorbeigefahren und mit einer großen Tüte zurückgekehrt, aus der es nun verdächtig nach frischen Backwaren roch.

»Frühstück?«, hatte Sophia ihn lächelnd gefragt.

Doch er hatte mit seiner Hand nur einen geschlossenen Reißverschluss vor seinem Mund angedeutet und mit den

Achseln gezuckt. Und auch jetzt schwieg er und gab ihr keine Antwort auf ihre Frage.

»Ich wurde schon seit Jahren nicht mehr überrascht«, fuhr sie daher fort, als er nichts erwiderte. »Zumindest nicht positiv«, fügte sie verbittert hinzu.

»Eigentlich handelt es sich um keine Überraschung im herkömmlichen Sinne«, wiegelte Nicolas ab, da er keine falschen Erwartungen wecken wollte.

»Das wird ja immer komplizierter«, meinte sie lachend, während sie ihre Hand betrachtete, die der Polizist ihr vorsichtig verbunden hatte.

»Nein, eigentlich nicht«, widersprach er, während er weiter auf die Fahrbahn sah. »Ich möchte einfach, dass Sie meine Familienverhältnisse etwas besser verstehen können.«

Sophia schluckte. Was hatte das zu bedeuten? »Machen Sie das etwa mit allen ...«, sie überlegte kurz, »... Klienten, Kunden, Zeugen?«

»Nein.« Er lächelte. »Nicht mit allen. Nur mit den besonderen.« Er warf ihr einen Seitenblick zu, dessen Intensität sie noch mehr verwirrte.

Fieberhaft suchte Sophia nach einer adäquaten Erwiderung, doch da ihr nichts einfiel, wechselte sie schließlich zu einem unverfänglicheren Thema.

»Sie entschuldigen sich bei Lisa?«, kam sie auf seine Worte von vorhin zurück.

»Wie ich Ihnen versprochen habe.« Er seufzte betont genervt.

Tadelnd sah sie ihn an, doch er grinste breit.

»Sie hatte noch nie ... sie war noch nie ...«, stammelte er dann hilflos.

»Ihre Schwester ist eine erwachsene Frau«, wiederholte Sophia ihre Aussage von gestern. »Sie hat Bedürfnisse wie jeder von uns. Auch sie möchte geliebt werden.« Sie stockte.

»Damit meine ich nicht die Liebe ihres Bruders oder ihrer Eltern.« Ihre Worte weckten eine unendliche Sehnsucht in ihr. »Sie möchte von einem Mann geliebt werden. Einem Mann, für den sie den Mittelpunkt der Welt darstellt.«

Auch Nicolas spürte die Kraft ihrer Worte. »Lisa ist …«, begann er, bevor ihm die Stimme versagte.

»Lisa ist großartig, sie hat ein gutes, reines Herz«, vollendete Sophia den Satz für ihn. »Sie ist ein ganz besonderer Mensch.«

»Das ist sie«, bestätigte er tief berührt. »Genau deshalb …«

»… wollen Sie sie nicht gehen lassen«, ergänzte Sophia verständnisvoll. »Doch sie wird es Ihnen danken, wenn Sie sie unterstützen, anstatt sie auszubremsen.«

»Was würde ich nur ohne Sie tun?« Nicolas kratzte sich nachdenklich am Kinn.

»Weiter das Scheusal spielen«, antwortete Sophia trocken, bevor beide zu lachen begannen.

Nachdem sie ein kleines Dorf durchquert hatten, bog Nicolas nach links in eine ruhige Seitenstraße ein, bevor sie den Fuß der Pyrenäen erreichten. Hinter der nächsten Kurve tauchte ein mehrstöckiges hellblaues Gebäude auf, das Sophia im ersten Moment an eine Jugendherberge erinnerte.

Als sie auf den Parkplatz bogen, der sich links neben dem Haus befand, konnte Sophia den Schriftzug über dem Eingang lesen. *Pflegeheim Les Pyrénées*. Obwohl sie überrascht war, schwieg sie.

»Da wären wir.« Nicolas drehte sich zu ihr um, nachdem er den Motor abgestellt hatte.

»Ein Pflegeheim also«, sagte sie ernst.

»Ein Pflegeheim.« Er nickte. »Ich erkläre Ihnen alles. Später.«

Nachdenklich kaute Sophia auf ihrer Unterlippe. »Was ist mit Tim?«

»Es gibt Bewohner, die ihr Haustier mit hierhergenommen haben. Es dürfte also kein Problem sein.«

Sophia nickte erleichtert, bevor sie ausstiegen.

Wie Nicolas prophezeit hatte, musterte die Schwester am Empfang den Labrador nur mit einem müden Blick. Nicolas ging voraus. Im ersten Stock blieb er vor der dritten Tür stehen und atmete tief durch. Sophia sah ihn gespannt an. Was würde sie erwarten?

Nicolas klopfte kräftig. Als Sophia meinte, einige undeutliche Laute hinter der Tür zu hören, drückte er die Klinke hinunter. »Bonjour, Papa«, hörte Sophia ihn sagen, während sie hinter ihm den Raum betrat.

Ein älterer Mann saß zusammengesunken in einem Sessel, der dicht neben einem erhöhten Bett stand. Als sie den Mann näher betrachtete, durchlief ein Schauder ihren Körper und sie erstarrte.

»Papa, ich habe heute jemanden mitgebracht. Das ist Sophia Mildner.«

Aufmerksam beobachtete Nicolas die Reaktion seines Vaters, der ungläubig die Augen aufriss und begann, seinen Oberkörper langsam hin- und herzuwiegen.

»Sophia, darf ich vorstellen …«, begann Nicolas in ihre Richtung gewandt.

»Capitaine Mareaux«, unterbrach sie ihn mit tonloser Stimme, während sie den alten Mann noch immer geschockt anstarrte.

»… Jacques Mareaux, mein Vater«, vollendete Nicolas seine Vorstellung.

»Der Capitaine ist Ihr Vater«, murmelte Sophia, während sie sich panisch an den Hals fasste. Sie spürte, wie ihre Atmung sich beschleunigte. Wieder beschlich sie das furchtbare Gefühl, keine Luft mehr zu bekommen, ersticken zu müssen.

Nicolas, der ihre Reaktion besorgt bemerkte, riss ungeduldig die Balkontür auf und schob Sophia ins Freie, wobei er ihr schützend seinen Arm um die Taille legte.

»Setzen Sie sich.« Er drückte sie auf einen der Stühle und ging vor ihr in die Hocke. Sophia schloss zögernd die Augen und versuchte angestrengt, alle Gedanken auszublenden, die erbarmungslos in ihrem Kopf herumkreisten.

Plötzlich fiel ein Schatten auf den Balkon. Überrascht drehte Nicolas sich um und erblickte seinen Vater, der in der Balkontür stand.

»Oh...i...as...i...lo...«, stammelte Jacques Mareaux hilflos.

Rasch erhob Nicolas sich und half ihm ins Freie hinaus. »Es geht gleich wieder. Sie hat ...«, er überlegte, »... sie steht etwas unter Stress.«

Was nützte es, wenn er seinen Vater auch noch beunruhigte? Wahrscheinlich könnte er sowieso nicht verstehen, was mit Sophia los war.

Er wandte sich wieder an die Deutsche und bemerkte erleichtert, dass ihr Gesicht sich etwas entspannte. »Besser?«

Sophia nickte zögernd und starrte auf die Berge, die in der hellen Morgensonne erstrahlten. »Warum haben Sie mir nicht gesagt, dass der Capitaine Ihr Vater ist? Die unterschiedlichen Nachnamen ...« Resigniert schüttelte sie ihren Kopf.

»Ich komme gleich wieder.« Nicolas verschwand im Zimmer seines Vaters, ohne auf ihre Frage einzugehen.

Sophia wandte sich um und blickte den alten Mann an, der sie ebenfalls aus traurigen Augen musterte. Seine rechte Gesichtshälfte hing etwas tiefer. Sein Haar war schlohweiß. Sie überlegte. So alt konnte er noch nicht sein. Mitte, höchstens Ende Sechzig. Auf jeden Fall zu jung für ein Pflegeheim wie dieses. Was war nur geschehen?

»Erinnern Sie sich an mich?« Sie sah den alten Mann zuversichtlich an, während sie sich auf ihrem Stuhl vorbeugte.

Nicolas' Vater nickte immer wieder. Sie sah, wie sich der Brustkorb des Mannes gleichmäßig hob und senkte. Sein Hemd war ihm etwas zu groß, dadurch wirkte er schmächtig und kraftlos.

»E...ähä...«, stammelte er, während er seine schmalen Schultern hob.

Nachdenklich musterte Sophia ihn. Obwohl sie nicht verstand, was er ihr sagen wollte, lächelte sie ihn aufmunternd an. Auf eine merkwürdige Art fühlte sie sich dem alten Mann verbunden; als ob sie sich ein halbes Leben kannten, ohne es je wirklich miteinander geteilt zu haben.

Vorsichtig streckte der Alte seine linke Hand aus und hielt sie Sophia hin. Ohne zu zögern, ergriff sie die schlaksigen Finger, die sich kalt auf ihrer erhitzten Haut anfühlten.

In dem Moment kehrte Nicolas mit einem Tablett zurück, auf dem sich eine Kanne und die mitgebrachte Tüte befanden.

Als er die Szene erblickte, hielt er überrascht inne. Doch weder Sophia noch sein Vater bewegten sich. Als er ihre Hände betrachtete, wurde ihm sein Herz schwer. Hatte er das Richtige getan? Oder hatte er die Bande zwischen den beiden unterschätzt? Würden sie mit dieser überraschenden Begegnung zurechtkommen? Er räusperte sich unsicher, bevor er das Tablett auf den Tisch stellte.

Behutsam löste Sophia schließlich ihre Hand und strich seinem Vater noch mal kurz über dessen Handrücken. »Ich wusste nicht ...«, begann sie verwirrt. Die Stimme der Deutschen klang belegt.

»Woher auch?« Nicolas winkte beschwichtigend ab. »Geht es wieder?«

Sie nickte. »Es war wohl nur die ...«, sie zögerte, »... die Überraschung.«

»Vielleicht hätte ich es Ihnen doch vorher sagen sollen, aber ...« Entschuldigend zuckte er mit den Achseln.

Sophia hörte ihm gar nicht zu. Abwesend teilte sie ihr Croissant und steckte sich ein Stück davon in den Mund.

Was war nur passiert? Zumindest seine persönliche Betroffenheit, die sie sich die ganze Zeit nicht hatte erklären können, erschloss sich ihr nun durch die Tatsache, dass sein Vater der ermittelnde Beamte nach dem Verschwinden ihrer Familie gewesen war. Ausgerechnet!

»Ie…äh…oh…i?« Jacques Mareaux sah seinen Sohn an.

»Er möchte wissen, wie es Ihnen geht«, wandte sich Nicolas ruhig an Sophia, bevor er sich seine Tasse heranzog.

Sophia nickte und überlegte kurz. »Es geht mir gut.« Sie sah den älteren Mann nach einem Augenblick lächelnd an. »Meine Großeltern haben sich nach dem Verschwinden meiner Familie aufopfernd um mich gekümmert. Meine Tante Tabea war ebenfalls mein Leben lang rund um die Uhr für mich da.«

Bewundernd sah Nicolas sie an. Sie wollte seinem Vater vermitteln, dass sie trotz des Schicksalsschlags eine den Umständen entsprechend schöne Kindheit genossen hatte. In diesem Augenblick stellte sie ihre Gefühle und Bedürfnisse hinter den Wunsch, seinem Vater das schlechte Gewissen zu nehmen. Ein ähnliches Verhalten hatte er bisher nur bei seiner Schwester gesehen, stellte er überrascht fest.

Sophia Mildner war im Herzen ein ebenso guter Mensch wie Lisa. Trotz der Tiefen in ihrem Leben. Oder war die Deutsche vielleicht genau wegen dieser Schicksalsschläge so besonders?

Nachdenklich betrachtete er Sophia, die sich redlich bemühte, mit seinem Vater Kontakt aufzunehmen. Während er aufmerksam ihr Gesicht musterte, hörte Nicolas ihr zu, wie sie begeistert von ihrem Hund und ihrem Job erzählte. Sein Vater nickte die ganze Zeit, während sie sprach. Fast bekam Nicolas das Gefühl, er sei überflüssig, als existiere eine besondere Art von Beziehung zwischen seinem Vater und Sophia Mildner.

39

Pyrenäen

Antoine stand in der prallen Sonne und blickte voller Vorfreude an seinem nackten Körper hinunter. Regungslos verharrte er auf der Lichtung, während er seine Augen über die Schatten der Bäume wandern ließ.

Es war so weit. Wieder einmal war es ihm gelungen, sich den erforderlichen Freiraum zu verschaffen, um seine ›Therapie‹ durchzuführen, obwohl der Aufwand immens war. Doch in diesem Moment zählte nur die Hoffnung auf Besserung.

Langsam strich Antoine über seine Haut. Er bückte sich, um seine Beine zu berühren, erst die Unterschenkel, dann die muskulösen Oberschenkel. Seinen Unterleib ließ er aus, strich ganz sachte mit den Fingerspitzen über den vernarbten Oberkörper.

Seine Brust glich einer Kraterlandschaft. Tiefe Täler wechselten sich mit unregelmäßigen Erhebungen ab. Während er die verheilten Narben betrachtete, verzog er voller Ekel sein Gesicht.

Hastig drehte er sich um, bückte sich und tauchte die Hände und Unterarme in den Eimer mit der roten Flüssigkeit. Sofort durchströmte ihn ein Gefühl der Erleichterung. Vorsichtig bewegte er seine Finger in dem frischen Blut, bevor er sich wieder erhob und die verfärbten Handinnenflächen kreisend über seine warme Brust gleiten ließ.

Als Antoine erneut den Kopf senkte, erblickte er ein Muster aus ineinander verlaufenden Achten. Wieder benetzte er die Hände mit dem Tierblut und fuhr nun auch über seinen Bauch.

Er brauchte keine zwanzig Minuten, bis er das komplette Blut auf seiner Haut verteilt hatte. Wegen des Fuchses war es diesmal genug, um seinen Körper von Kopf bis Fuß rot einzufärben. Zufrieden schaute Antoine an sich hinab.

In langen Zügen stieß er den Atem aus seinen Lungen und schloss die Augen. Sofort wurde er von einer tiefen Entspannung erfasst. Es hatte funktioniert. Sein Plan war aufgegangen. Auch wenn er wusste, dass dies nur der erste Durchgang gewesen war und weitere folgen mussten, so hatte die Aktion bereits einen Großteil seiner seit Tagen anhaltenden Unruhe vertrieben.

In diesem Zustand absoluten Friedens erlaubte er sich niemals Gedanken an zu Hause, an Emma, seine Eltern. In diesen Momenten gab es nur ihn; ihn, die Hütte und den Wald. Keine Zeugen, keine Rechtfertigungen. Während der akuten Phase seiner ›Therapie‹ empfand Antoine nichts als Ruhe, Entlastung und Ausgeglichenheit. Schweren Herzens musste er zugeben, dass diese Augenblicke zu den glücklichsten seines Lebens gehörten. Hier musste er sich nicht verstellen, musste keine Rolle spielen, musste sich nicht mit seinen Problemen beschäftigen, sondern konnte einfach er selbst sein.

Obwohl er natürlich tief in seinem Inneren spürte, dass mit ihm definitiv etwas nicht stimmte, wollte er jetzt über diesen Aspekt seines Handelns nicht nachdenken. Im Moment ging es ausschließlich um sein eigenes Wohlbefinden. Nur er wusste, was ihm die so dringend benötigte Erleichterung in seinem Leben verschaffen konnte.

Auch wenn er den absoluten Kontrollverlust wohl nur würde verzögern, nicht stoppen können. Denn dass dieser kommen würde, daran zweifelte Antoine keine Sekunde. Im Laufe der Jahre hatte sich die Anspannung und Unruhe immer weiter gesteigert. Seine Ausflüge mussten parallel dazu in immer kürzeren Abständen erfolgen. Angesichts dessen schien es geradezu unmöglich, dass sein Zustand sich irgendwann bessern würde.

Vorsichtig ließ Antoine sich ins Gras gleiten und legte sich auf den weichen Waldboden. Er spreizte seine Beine und streckte die Arme weit von sich. Als er erneut die Augen schloss, spürte er die Wärme der Sonne noch intensiver auf seiner nackten Haut. Der mittlerweile vertraute metallische Geruch des Blutes bescherte ihm ein Gefühl tiefster Entspannung. Daher verharrte er stundenlang in dieser Position, bis die Schatten der Bäume länger wurden und es schließlich zu kühl wurde.

40

Pflegeheim Les Pyrénées

Tief bewegt steuerte Sophia auf den Peugeot des Polizisten zu. In Gedanken war sie noch immer bei Jacques Mareaux, dem Mann, der ihr damals als Erster in der schwersten Stunde ihres Lebens beigestanden, ihr Mut zugesprochen und sie getröstet hatte. Der ihr aber auch ein Versprechen gegeben hatte, welches er nicht einhalten konnte.

»Wollen wir ein paar Schritte gehen?«

Verwirrt schrak Sophia zusammen und blickte über das Fahrzeug hinweg zu Nicolas. Achselzuckend erwiderte sie: »Ja, gerne.«

»Kommen Sie. Hinter dem Haus befindet sich eine kleine Parkanlage für die Heimbewohner. Dort haben wir Ruhe.« Auch seine Stimme klang merkwürdig aufgewühlt.

Sie nickte und zog Tim mit sich fort. Links neben dem Pflegeheim führte ein schmaler asphaltierter Weg an dem Gebäude entlang. Diesen schlug der Polizist nun ein.

Als sie an der Rückseite des Hauses ankamen, erblickte Sophia eine weitläufige Grünfläche mit einem Rundweg, an dem mindestens ein Dutzend Bänke standen. In der Mitte der Rasenfläche sprudelte Wasser aus einem steinernen Springbrunnen, der die Form zweier spitzer Berggipfel hatte.

»Idyllisch«, murmelte Sophia beeindruckt.

Von zu Hause kannte sie andere Pflegeheime. Vor einiger Zeit war in der Familie die Überlegung aufgekommen, ob eine Heimunterbringung für ihre Oma nicht sinnvoller wäre. Doch nachdem Tabea und Sophia sich einige Einrichtungen angesehen hatten, entschieden sie einstimmig, der alten Frau dieses Schicksal so lange wie möglich zu ersparen. Ein Erholungsort wie dieser hier war Sophia bei ihrer Suche auf jeden Fall nicht untergekommen.

»Leider können die meisten Bewohner die Anlage gar nicht mehr nutzen«, erwiderte Nicolas mit belegter Stimme, während er Sophia fragend anblickte und auf eine Holzbank zeigte, die unter einem mittelgroßen Ahornbaum stand.

Sophia nickte stumm. Die Begegnung mit dem ehemaligen Capitaine beschäftigte sie noch immer.

»Sicher haben Sie viele Fragen«, begann Nicolas vorsichtig, nachdem sie sich gesetzt hatten und Tim sich neben die Bank legte.

»Einige«, pflichtete Sophia nachdenklich bei, ohne ihn anzusehen. Ihr Blick folgte dem Weg des Wassers, das in hohen Fontänen aus dem Brunnen sprudelte. Die Sonnenstrahlen ließen die Tropfen glitzern.

»Fragen Sie einfach«, forderte Nicolas sie schließlich auf, nachdem sie weiter stumm blieb.

»Was ist passiert?« Sophia blickte den Polizisten prüfend an.

Er atmete tief durch und dachte kurz nach. »Was ist passiert?«, wiederholte er zögernd. Schließlich nickte er und begann: »Alors, alles begann mit dem Verschwinden Ihrer Familie.«

Stirnrunzelnd blickte Sophia ihn an.

»Mein Vater war wie besessen von dem Fall. Egal, wo er war, es gab nur noch dieses eine Thema für ihn. Was war mit Familie Mildner passiert?« Finster starrte er auf den Weg. »Meine Mutter kam überhaupt nicht mehr an ihn heran. Mich hat er erst recht nicht mehr beachtet. Und Lisa …« Er presste seine Lippen fest aufeinander. »Nun, Sie kennen Lisa mittlerweile. Sie gab nicht so schnell auf. Damals war sie noch klein, sechs Jahre alt.« Frustriert schüttelte er den Kopf.

»Warum hat ihn dieser Fall nicht losgelassen?«, fragte Sophia behutsam nach.

»Warum, ja, das war die Frage. Auch für uns, für seine Familie«, erwiderte Nicolas bereitwillig. »Irgendwann, Monate später, erzählte er endlich von dem Versprechen, das er einem kleinen Mädchen gegeben hatte.« Seine dunklen Augen fixierten sie aufmerksam.

»Dass er meine Familie findet«, stieß sie gepresst hervor.

»Dass er Ihre Familie findet.« Er nickte. »Immer wieder hat meine Mutter versucht, ihn zur Vernunft zu bringen. Der Fall wurde schließlich zu den Akten gelegt. Irgendwann gab es einfach keine neuen Erkenntnisse mehr, keine neuen Ermittlungsansätze. Doch mein Vater konnte nicht aufhören. Ich sagte ja bereits, er war wie besessen. Einige Zeit später bekam er seine erste Abmahnung, weil er sich nicht ausreichend um die laufenden Fälle kümmerte.« Der Polizist stockte. »Tagelang vergrub er sich in der Akte Ihrer Eltern. Immer und immer wieder.«

»Mein Gott«, hauchte Sophia erschüttert.

»Irgendwann kam dann noch der Alkohol dazu. Erst unauffällig, später immer mehr. Meine Mutter wusste sich überhaupt nicht mehr zu helfen. Ein halbwüchsiger Sohn, eine behinderte Tochter, der Ehemann ein verfluchter Alkoholiker.«

»Das muss ja furchtbar gewesen sein«, warf Sophia entsetzt ein.

»Das war es«, raunte er leise. »Das war es.« Gedankenverloren hielt Nicolas einen Moment inne. Bevor er weitersprach, räusperte er sich: »Das Verschwinden Ihrer Familie hat meinen Vater nie wieder losgelassen. Er wollte unbedingt das Versprechen einlösen, das er Ihnen gegeben hatte. Er war …«, der Polizist suchte nach Worten, »… er war einfach nicht mehr der Vater von früher. 1994, also zwei Jahre nach dieser furchtbaren Katastrophe, kam er eines Tages ganz aufgekratzt nach Hause. An jenem Abend hatte er Bereitschaftsdienst. Meine Mutter wollte mit Lisa und mir zu einer Freundin, die ihren Geburtstag feierte. Mein Vater verkündete lautstark, er habe den Fall endlich gelöst. Er stehe kurz vor der Aufklärung. In dem Moment war er kaum wiederzuerkennen. Er war ganz euphorisch.«

Bei den Worten des Capitaine horchte Sophia angespannt auf. Doch sie schwieg und wartete geduldig, bis er fortfuhr.

Als er weitersprach, hatte sich seine Stimme verändert. Sie klang plötzlich distanziert, weit entfernt. »Als wir spätabends wieder nach Hause kamen, fanden wir meinen Vater auf dem Wohnzimmerboden. Er krümmte sich vor Schmerzen, war nicht mehr ansprechbar.« Seine Augen glänzten. »Ich habe Lisa sofort in ihr Zimmer gebracht, während meine Mutter den Krankenwagen rief. Verdacht auf Schlaganfall.«

Langsam legte er seinen Kopf in den Nacken und schloss für einen Moment die Augen. Sophia musterte ihn betreten.

»Tja«, erneut räusperte Nicolas sich. »Und seit diesem Tag war meine Mutter nicht nur alleinerziehend, sondern hatte zusätzlich auch noch einen pflegebedürftigen Ehemann zu umsorgen.«

»Aber damals, vor über zwanzig Jahren ...«, ungläubig schüttelte Sophia ihren Kopf. »Ihr Vater war doch noch so jung.«

»Er war fünfundvierzig«, bestätigte Nicolas. »Sie sind Ärztin, Sie wissen, dass auch jüngere Menschen vor solchen Schicksalsschlägen nicht gefeit sind.«

»Natürlich«, stimmte sie zu, während sie ihn abwartend anblickte. Doch er schwieg. »Was noch?«, fragte sie leise. Ihr Gefühl sagte Sophia, dass dieser Schicksalsschlag einen noch ernsteren Hintergrund hatte, als er ihr bis jetzt erzählt hatte.

»Mein Vater hatte an jenem Abend Besuch«, erwiderte Nicolas nach einigen Minuten. »Wie gesagt, er war der Ansicht, endlich der Auflösung des Falls auf der Spur zu sein. Meine Mutter hat damals zwei benutzte Gläser auf dem Wohnzimmertisch vorgefunden.«

»Aber ...?«

»Dieser ominöse Besucher hat sich bis heute nicht zu erkennen gegeben.« Jetzt blickte er ihr fest in die Augen. »Verstehen Sie, worauf ich hinauswill?«

Langsam dämmerte es Sophia, doch sie hielt ihre Gedanken noch zurück.

»Mein Vater hat sich an jenem Abend mit jemandem getroffen, einem Zeugen, vielleicht auch einem Verdächtigen. Ich weiß es nicht.« Nicolas streckte seine Beine aus. »Seltsamerweise hat sich diese Person aber nach dem Vorfall nie gemeldet. Wir haben bis heute nicht erfahren, wer der unbekannte Besucher war.«

»Wollen Sie damit etwa andeuten, dass dieser Unbekannte etwas mit dem Schlaganfall Ihres Vaters zu tun haben könnte?«, sprach Sophia die Ungeheuerlichkeit aus, die ihr durch den Kopf schoss.

»Nun, welchen Schluss würden Sie denn ziehen?« Fragend blickte er sie an. »Warum meldete sich die Person nicht? Sie war es schließlich, die meinen Vater als Letzte ›gesund‹ ...«, er malte mit seinen Händen zwei Anführungszeichen in die Luft, »... gesehen hat. Entweder hatte der Unbekannte selbst mit dem Anfall zu tun oder er hat ihn zumindest miterlebt und meinen Vater einfach hilflos liegenlassen. In der Hoffnung, dass er stirbt, bevor wir kommen«, folgerte Nicolas verbittert.

»Warum hat dieser Zeuge bei der Polizei nicht ausgesagt, was er mit Ihrem Vater besprochen hat? Wenn er tatsächlich so nah vor der Aufklärung stand, wie er Ihnen gegenüber behauptet hat, hätte dieser Unbekannte doch wichtige Erkenntnisse dazu liefern können.«

»Vielleicht war es ja kein Zeuge«, widersprach Nicolas, während er sie prüfend betrachtete.

»Sie meinen, Ihr Vater hat sich damals mit dem Täter getroffen?« Sophia riss entsetzt ihre Augen auf.

Er nickte ernst. »Das ist zumindest meine Vermutung. Mein Vater war damals ein sportlicher Mann in den besten Jahren. Warum sollte er plötzlich ohne vorherige Anzeichen einen Schlaganfall bekommen? Ausgerechnet als er kurz davorstand, den vielleicht wichtigsten Fall seiner Karriere zu lösen.«

Als er Sophias Bestürzung bemerkte, berührte Nicolas leicht ihren Arm. »Es tut mir leid, so hatte ich das nicht gemeint.«

Sie nickte traurig. »Aber das war es letztendlich, nicht wahr?« Ihre Augen wirkten verschleiert, als sie ihn ansah. »Ein wichtiger Fall, dessen Aufklärung jedem Polizeibeamten den großen Karrieresprung ermöglicht hätte.«

»So war mein Vater nicht«, widersprach Nicolas bestimmt.

»Ich weiß«, erwiderte sie leise und nickte.

»Es gibt Medikamente, die bei einem gesunden Menschen einen Schlaganfall auslösen können«, erklärte Nicolas abwartend.

»Das ist möglich, ja«, pflichtete ihm Sophia bei. »Wurde Ihr Vater denn nicht darauf getestet?«

»Der Verdacht kam uns erst später.« Nicolas hob entschuldigend seine Schultern. »Als sich die Person nicht meldete, die meinen Vater an jenem Abend besucht hatte.«

»Das zweite Glas …?«, versuchte Sophia es weiter, obwohl sie die Antwort bereits kannte.

»War gespült, noch bevor wir die Diagnose erfuhren.«

Natürlich, wie hätte seine Mutter auch wissen sollen, dass sich an dem Glas vielleicht wichtige Spuren befanden?

»Es tut mir sehr leid.« Sophia starrte bekümmert auf Tim, der sich aufrichtete und sein Frauchen mit schief gelegtem Kopf anblickte.

»Sie können nichts dafür«, erwiderte Nicolas leise.

»In dem Moment, als meine Familie verschwand, haben Sie Ihren Vater verloren«, resümierte Sophia traurig.

»Irgendwie schon«, bestätigte er, »aber ich hatte noch Lisa und meine Mutter.«

»Das Heim ist doch sicher sehr teuer«, wechselte Sophia abrupt das Thema.

»In der Hinsicht hatte mein Vater Glück. Da er an jenem Abend Bereitschaftsdienst hatte und er gut versichert war, wird der Großteil der Heimkosten von der Police Nationale gezahlt.«

Sophia zog ungläubig ihre Augenbrauen hoch. »Einfach so?«

Nicolas lachte kurz auf. »Nein, nicht einfach so. Nach der Diagnose gaben die Ärzte meinem Vater kein Jahr mehr. Deshalb hat der damalige Vorgesetzte meines Vaters meiner Mutter nach Rücksprache mit der Pensionskasse der Polizei zugesagt, die Heimkosten fast komplett zu übernehmen.« Verächtlich verzog er sein Gesicht. »Alors«, er machte eine kurze Pause, »aus dem einen Jahr sind mittlerweile zweiundzwanzig geworden.« Er grinste schwach. »Auch Ärzte können sich irren.«

»Wie wahr.« Sie lächelte zurück. Fast hätte Sophia ihre Hand ausgestreckt, um seinen Arm zu berühren. Doch im letzten Moment hielt sie in ihrer Bewegung inne und strich sich stattdessen verlegen durchs Haar.

Nicolas betrachtete die Frau neben sich und wunderte sich immer mehr über sein anfängliches, ruppiges Verhalten ihr gegenüber. »Ich bringe Sie nach Hause«, schlug er schließlich vor.

Sophia nickte und erhob sich.

Nachdenklich wandte sie sich im Wagen an ihn: »Glauben Sie an Schicksal?«

Für einen kurzen Moment überlegte er. »Nein, ich glaube nicht.«

»Sie glauben nicht?«, hakte sie ernst nach.

»Das Leben findet seinen Weg. Nennen Sie es Schicksal oder Zufall. Aber ich kann einfach keinen größeren Plan hinter allem, was uns tagtäglich widerfährt, erkennen«, entgegnete er.

Sie schwieg und ließ ihren Blick langsam über die Pyrenäen wandern, die sich in der Ferne erhoben.

»Enttäuscht?«, fragte er lächelnd nach, als sie nichts erwiderte.

»Nein«, erklärte Sophia bestimmt, »denn wenn es einen Plan gegeben hätte, mir meine Familie zu nehmen, hätte ich den großen Organisator dahinter eigenhändig umgebracht.« Die Wut in ihrer Stimme war nicht zu überhören.

Als sie den Stadtrand von Argelès erreichten, ergriff Sophia erneut das Wort: »An jenem letzten Tag habe ich mit meiner Mutter kein Wort geredet. Bevor sie in das Einkaufszentrum gegangen ist, hat sie versucht, die Sache mit mir zu klären. Wenn ich gewusst hätte …«

»Warum? Also ich meine, warum haben Sie sich mit Ihrer Mutter gestritten?« Prüfend warf er ihr einen Seitenblick zu.

»Eine Lappalie. Sie wollte mit uns nach Perpignan. Ich wollte an den Strand«, antwortete sie resigniert. »Können Sie sich das vorstellen? Ich frage mich seit vierundzwanzig Jahren, was passiert wäre, wenn ich mich nicht so kindisch verhalten hätte ...«

»Sie waren ein Kind«, warf er energisch ein.

»... wenn ich mich nicht so kindisch verhalten hätte und mit in das Zentrum gegangen wäre«, beendete sie ihren Satz, ohne auf seine Bemerkung einzugehen.

»Sophia«, begann er ernst. »Was auch immer damals passiert ist, Sie hätten es sicher nicht verhindern können.« Er blickte starr auf die Straße. »Aber es könnte durchaus sein, dass Sie jetzt nicht hier neben mir säßen.«

Überrascht sah sie auf. »Danke«, erwiderte sie leise.

»Wofür?«, fragte er irritiert.

»Dass Sie versucht haben, mir meine Schuldgefühle zu nehmen«, erklärte sie sachlich.

»Sie haben keine Schuld an den Ereignissen«, betonte er erneut.

41

Argèles-sur-Mer

Als Sophia die Tür des Ferienhauses öffnete, klingelte ihr Handy. »Tabea!«

»Sophia, wie geht's dir? Alles in Ordnung?« Die Stimme ihrer Tante klang besorgt.

Sophia erzählte ihr kurz, was sie in den letzten Stunden von Nicolas Rousseau erfahren hatte. Als sie mit ihrem Bericht endete, schwieg Tabea für einen Moment, bevor sie argwöhnisch nachhakte: »Wieso nimmt dich dieser Rousseau mit zu seinem alten Herrn? Er hätte dir doch auch einfach sagen können, wer sein Vater ist.«

»Was willst du damit sagen?«, erwiderte Sophia verwirrt.

»Ich möchte nur, dass du vorsichtig bist. Ganz allein da unten. Diese ganze Sache muss dich doch enorm belasten. Ich will einfach nicht, dass irgendjemand deine Situation ausnutzt.«

»Tabea, ich bin fünfunddreißig und kein kleines Kind mehr«, widersprach Sophia heftiger als beabsichtigt. »Ich kann ganz gut auf mich aufpassen.«

»Bei diesem Polizisten handelt es sich nicht zufällig um einen jungen, gut aussehenden Franzosen?«, entgegnete Tabea ungerührt.

Sophia schwieg.

»Dachte ich es mir doch«, erklang erneut die Stimme ihrer Tante.

»Es ist nicht so, wie du denkst«, versuchte Sophia nochmals, Tabea zu beruhigen.

»Bonjour, Catherine, wie geht's?« Nicolas blieb bei seiner Sekretärin stehen und sah sie abwartend an.

Stirnrunzelnd erwiderte diese seinen Blick. »Gut«, entgegnete sie vorsichtig.

»Irgendwelche Anrufe?«

»Allerdings.« Catherine nickte und nahm zwei Notizzettel von ihrem Stapel. »Der Directeur wollte dich sprechen, am besten rufst du ihn gleich zurück. Außerdem hat eine Sekretärin angerufen aus einem Lycée in Perpignan.« Sie nahm die Notiz und hielt sie sich dicht vor ihre Augen. »Ich kann meine eigene Schrift nicht mehr lesen.« Sie schüttelte ihren Kopf. »Aber hier steht die Nummer. Sie wartet auf deinen Rückruf.«

»Wahrscheinlich das Lycée Arago. Danke, Catherine«, meinte Nicolas bestätigend. »Sophia und ich waren gestern dort.«

»Sophia?«, murmelte die Sekretärin leise und sah ihrem Chef

verwundert hinterher, während dieser bereits durch die Glastür verschwand.

»Charles«, begrüßte Nicolas seinen Partner, der den Kopf tief über seinen Schreibtisch gebeugt hielt.

Überrascht blickte dieser auf. »Nic, da bist du ja.« Er deutete auf die Akten vor sich. »Seit wann ist die Welt bloß so abgrundtief schlecht?«

Nicolas lachte. »Für diese Erkenntnis hast du tatsächlich fünfzig Jahre gebraucht?«

»Du hast recht, eigentlich war sie noch nie gut«, brummte Charles, während er Nicolas musterte. »So gut gelaunt heute? Ich dachte, du wolltest zu deinem Vater?«

Für gewöhnlich hoben die Besuche im Pflegeheim nicht unbedingt Nicolas' Laune, was Charles nach ihrer jahrelangen Zusammenarbeit natürlich bekannt war.

»Ja, da war ich auch. Mit Sophia«, entgegnete Nicolas leichthin.

»Mit Sophia? Sophia Mildner?«, fragte Charles erstaunt.

»Oui, sie hat ihn auf Anhieb erkannt.«

»Hältst du das wirklich für eine gute Idee?« Charles sah ihn skeptisch an.

Nicolas zuckte mit den Achseln. »Warum nicht? Früher oder später hätte sie es doch sowieso erfahren. Besser, wir spielen mit offenen Karten.«

»Wie du meinst.« Charles verzog sein Gesicht. »Dann werde ich deine gute Laune jetzt mal noch steigern.«

Erwartungsvoll lehnte Nicolas sich vor.

»Philippe Pasteur«, erklärte Charles triumphierend, während Nicolas ihn ratlos anblickte.

»So heißt unser unbekannter Patient«, rückte Charles stolz mit der Nachricht heraus.

Augenblicklich verzog Nicolas seinen Mund zu einem Grinsen. »Du hast ihn. Endlich!«

»Heute Morgen kam der Anruf. Kurz nachdem du mir mitgeteilt hattest, dass du später kommst.«

»Woher?« Zufrieden verschränkte Nicolas seine Arme im Nacken.

»Aus Dieppe«, antwortete Charles kurz.

»Dieppe?«, wiederholte Nicolas ungläubig. »Normandie, das ist ja am anderen Ende von Frankreich.«

Charles nickte. »Philippe Pasteur, Jahrgang 1957, ledig, keine Kinder, Lehrer. Keine näheren Verwandten.«

»Wer hat ihn vermisst gemeldet?«

»Eine Nachbarin. Anscheinend hatte er sie gebeten, nach seiner Post zu sehen. Er wollte wohl nur für zwei oder drei Tage verreisen. Da er jetzt aber schon mehr als zehn Tage weg ist und bisher immer sehr zuverlässig war, hat sie versucht, ihn anzurufen und zu fragen, wann er zurückkomme.« Er machte eine Pause. »Aus bekannten Gründen konnte sie ihn nicht erreichen.«

»Seit wann hat sie es denn versucht?«

»Seit letztem Samstag«, erwiderte Charles.

»Bon, endlich. Hast du schon mit den Kollegen vor Ort gesprochen?« Nicolas sah ihn fragend an.

»Oui«, erwiderte Charles gelassen. »Sie werden sich in seiner Wohnung umsehen, mit der Schule sprechen, Kontobewegungen überprüfen.«

»Gute Arbeit«, lobte Nicolas zufrieden. »Also ist es hoffentlich nur noch eine Frage der Zeit, bis wir endlich die Verbindung zwischen Pasteur und den Mildners kennen.«

Nachdenklich wiegte Charles den Kopf hin und her. »Diese Akten hier kamen heute Morgen aus Perpignan.« Wieder deutete er auf den Stapel auf seinem Schreibtisch. Er zögerte. »Nic, das ist ein echter Albtraum. Zehn Morde in den letzten vierzig Jahren.« Bekümmert schüttelte er seinen Kopf. »Kaum zu glauben.«

»Die Milieumorde«, merkte Nicolas nachdenklich an.

»Ja, die Milieumorde. Und alle wurden aufgeklärt.« Er lachte bitter. »Aufgeklärt bedeutet aber bei diesen Fällen nur, dass immer jemand verurteilt wurde.«

»Jemand?«, hakte Nicolas argwöhnisch nach.

»Bauernopfer. An die Hintermänner scheinen die Kollegen aus Perpignan bis heute nicht herangekommen zu sein. Ich habe mir bisher zwar erst die Hälfte der Akten angesehen, aber es ist immer das gleiche Schema. Mordopfer ist jedes Mal irgendein unbedeutender kleiner Drogendealer. Student, Arbeitsloser, ein x-beliebiger, unauffälliger Angestellter, der sich etwas nebenher verdienen wollte. Typen, die meinten, das große Geld machen zu können, und wohl versuchten, ihre Mittelsmänner hereinzulegen.« Er hob die Augenbrauen. »Doch da hatten sie sich natürlich mit den Falschen angelegt. Die Freunde aus dem Milieu verstehen bei diesen Dingen bekanntermaßen keinen Spaß.«

»Ein Lehrer aus Dieppe«, murmelte Nicolas skeptisch. »Klingt eher nicht nach dem typischen Drogendealer.«

»Nein«, bestätigte Charles entschieden. »Irgendetwas stimmt an der Sache hier ganz und gar nicht.«

»Und wenn das ähnliche Verletzungsmuster wirklich nur Zufall ist?«, fragte Nicolas vorsichtig.

»Zufall«, wiederholte Charles sarkastisch. »Vergiss es, Nic. Bitte sieh dir die Akten an. Alle Leichen hatten die gleichen Stichwunden am Oberkörper.« Charles zeigte mit der Hand auf seine Brust und seinen Bauch. »Immer derselbe Bereich. Ich bin ziemlich sicher, dass unser Monsieur Pasteur sich ebenfalls mit den falschen Leuten angelegt hat.«

»Wann kommen Marie und Fabien?«

»Um drei. Sollen die beiden sich ebenfalls noch die Akten vornehmen?« Charles sah seinen Chef abwartend an.

Nicolas überlegte einen Moment, bevor er antwortete. »Ja,

schaut euch die Akten bitte genau an. Vielleicht findet einer von euch doch noch einen Hinweis, irgendeine Verbindung, die auf die Mildners hindeutet. Außerdem bleibt ihr an unseren Kollegen aus Dieppe dran. Nervt sie. Die sollen jeden Stein umdrehen, den Pasteur angefasst hat. Wir müssen alles über den Mann in Erfahrung bringen. Alles«, wies er Charles entschlossen an. »Ich muss jetzt Morphes Bericht erstatten und noch einige Telefonate erledigen.« Er sah auf seine Uhr. »Heute ist es schon zu spät, aber morgen fahre ich noch mal nach Croiselles. Vielleicht können uns die Nachbarn der Girards ja weiterhelfen. Mir geht deren Reaktion einfach nicht mehr aus dem Kopf.«

»Was ist mit Madame Mildner?«, wollte Charles noch wissen, bevor Nicolas sich umdrehen konnte.

Fragend hob er seine Augenbrauen.

»Unterstützt sie dich heute nicht bei den Ermittlungen?«

»Nein«, erwiderte Nicolas gedehnt. »Oder siehst du sie hier irgendwo?«

»Schon gut. Deine persönliche Assistentin geht mich ja auch gar nichts an.« Charles winkte beschwichtigend ab, während er sich demonstrativ wieder seinen Akten zuwandte.

Einen Moment lang war Nicolas versucht, die Bemerkung zu kommentieren, bevor er sich doch dagegen entschied und wortlos in seinem Büro verschwand.

Vom Küchentisch aus beobachtete Sophia zufrieden, wie Tim im Schatten der Rosenstöcke an seinem Kauknochen herumnagte. Mit dem Daumennagel fuhr sie langsam eine Linie in der Maserung der Tischplatte entlang. Angestrengt versuchte sie, das Gehörte und Erlebte der letzten Tage in einen vernünftigen Kontext zu bringen.

Immer wieder tauchte Capitaine Mareaux vor ihrem inneren Auge auf. Sie seufzte. Hatte der ehemalige Polizeibeamte damals tatsächlich kurz vor der Aufklärung des Falls gestanden? Nicolas hatte ihr erzählt, dass sein Vater nach dem Zusammenbruch nie wieder ein Wort über das Verschwinden ihrer Familie verloren hatte. Er war sich nicht einmal sicher, ob sein Vater sich überhaupt noch an jenen Abend erinnern konnte. Die ersten Monate nach dem Schlaganfall hatte Jacques Mareaux wohl nicht einmal annäherungsweise versucht, wieder mit dem Reden zu beginnen. Erst nach etwa einem Jahr waren die Laute langsam zurückgekehrt. Doch sprechen konnte man die Aneinanderreihung einzelner Silben und Töne natürlich nicht mehr nennen.

Bekümmert kaute Sophia auf ihrer Unterlippe. Mareaux hatte sich damals rührend um sie gekümmert, nachdem der Leiter des Supermarktes die Police Nationale gerufen hatte. Ihr war klar, dass es nicht die Schuld des ehemaligen Polizisten war, dass man ihre Familie nie gefunden hatte. Nicolas' Schilderungen verdeutlichten schließlich, dass sein Vater sich sogar viel stärker in die Sache verstrickt hatte, als gut für ihn gewesen war. Nein, Mareaux konnte man ganz bestimmt keinen Vorwurf machen.

Nachdenklich betrachtete sie das Foto vor sich auf dem Tisch. Das abgebildete Haus war einstöckig. Vage konnte man erahnen, wie groß die Grundfläche sein musste. Die Fenster waren mit bunten Geranien geschmückt. Links im Bild, direkt am Gebäude, war eine Garage zu erkennen. Rechts säumten mehrere große Palmen den Vorplatz des Hauses. Das ganze Anwesen wirkte nobel und elegant. Auffällig waren die Fensterrahmen, die leuchtend rot von den hell getünchten Mauern hervorstachen.

Als Nicolas sie vorhin am Ferienhaus absetzte, hatte sie das Bild aus ihrer Tasche geholt und ihm gezeigt. Er war sofort der Meinung gewesen, dass dieses Haus eher nicht in Perpignan stände, es sei zu groß, zu weiträumig. Doch welche

Verbindung stellte es überhaupt zu ihrer Mutter dar? Immerhin war inzwischen klar, dass Carine Mildner in einem kleinen Reihenhaus in einem alteingesessenen Stadtteil von Perpignan aufgewachsen war.

Aber vielleicht lebte in dem Haus auf dem Foto jemand, der ihre Mutter gekannt hatte. Eventuell war es also doch eine hilfreiche Spur.

Plötzlich fiel Sophia wieder ein, dass sie während der Fahrt zum Fußballballplatz mit dem Capitaine und seiner Schwester mehrmals gedacht hatte, die Häuser, an denen sie vorbeigekommen waren, sähen dem auf dem Foto teilweise fast zum Verwechseln ähnlich. Das Wohngebiet lag nicht weit von hier entfernt. Vielleicht sollte sie sich dort einfach etwas umsehen.

Da der Polizeibeamte ihr mitgeteilt hatte, dass er heute noch einiges auf dem Revier zu erledigen hätte, lag der Nachmittag unverplant vor ihr. Tim würde sich sicher über einen ausgiebigen Spaziergang freuen und Sophia konnte sich bei der Gelegenheit endlich ein wenig den Ort ansehen, der ihr Leben so dramatisch verändert hatte.

Als sie in die Straße einbog, durch die sie gestern Abend gefahren waren, erkannte sie die Häuser sofort wieder. Tatsächlich, Sophia hatte sich nicht getäuscht, der Stil war unverkennbar der gleiche. Die breiten Auffahrten, die weitläufigen Vorgärten, die ebenerdigen Häuser im Bungalowstil. Natürlich konnte das Haus auf dem Foto in jedem x-beliebigen Küstenort Südfrankreichs stehen. Doch von diesem Gedanken wollte sie sich jetzt nicht entmutigen lassen. Irgendwo musste sie schließlich ansetzen.

Für einen kurzen Moment überkam sie das Gefühl, der Boden unter ihr beginne zu schwanken. Doch bevor sie befürchten konnte, dass ihr eine weitere Panikattacke bevorstehe, war es auch schon wieder vorbei. Unsicher stützte sie sich an den nächsten Gartenzaun und konzentrierte sich auf ihren Atem.

»Alles in Ordnung mit Ihnen, Madame?« Eine ältere Frau näherte sich ihr auf der Rasenfläche hinter dem Zaun und sah sie besorgt an.

Eilig bemühte sich Sophia um einen zuversichtlichen Gesichtsausdruck. »Ja, danke. Ich denke, es war nur die Hitze«, versuchte sie zu beschwichtigen.

»Sie sehen etwas blass aus.« Die Ältere musterte sie prüfend.

»Es geht schon wieder. Ich bin noch nicht so lange hier. Muss mich wohl erst an das Klima gewöhnen.« Sophia hob entschuldigend die Schultern.

»Ihr Hund wohl auch.« Die Frau deutete auf Tim, der hechelnd am Zaun stand.

Sophia nickte lächelnd, als ihr eine Idee kam. »Wohnen Sie schon lange hier?«

»Über fünfundvierzig Jahre. Warum fragen Sie?« Die Frau blickte sie nun misstrauisch an.

Hastig zog Sophia das Foto hervor und hielt es der Alten hin. »Wissen Sie vielleicht, ob dieses Haus hier irgendwo in der Nähe steht?«

Die Ältere hob es mit weit von sich gestrecktem Arm vor ihre zusammengekniffenen Augen und runzelte die Stirn. »Meine Augen sind nicht mehr die besten.« Bedauernd verzog sie ihr Gesicht. »Einen Moment, ich muss mir kurz meine Brille holen.«

Langsam schlurfte sie davon, während Sophia ungeduldig von einem Bein auf das andere trat.

Kurz darauf erschien die Frau wieder, eine dunkelblaue Brille auf der Nase. »Woher haben Sie das Foto?«, wollte sie argwöhnisch wissen.

Sophias Puls beschleunigte sich. Die Frau hatte es wiedererkannt. Sie spürte es an der Art, wie die Ältere sie ansah. »Sie kennen das Haus?« Was für ein Zufall! Also stand es tatsächlich nicht in Perpignan, sondern in Argelès.

Doch die Alte blickte sie nur schweigend an.

»Ich habe das Bild in den Unterlagen meiner verstorbenen Mutter gefunden«, erwiderte Sophia unsicher. »Carine Mildner, früher hieß sie Duchamps.«

Jetzt schüttelte die Französin ihren Kopf. »Duchamps«, murmelte sie langsam und starrte einen Moment ins Leere. »Nein, nie gehört. Aber dieses Haus steht in der Rue du Dauphin, das ist die übernächste Querstraße rechts. Allerdings wurden diese furchtbaren Fensterrahmen schon vor einer ganzen Weile ausgetauscht. Das Anwesen gehört der Familie Lavalle.«

Dankbar sah Sophia die alte Frau an. »Sie haben mir sehr geholfen, Madame. Ich danke Ihnen. Vielleicht kannten die Besitzer meine Mutter. Wissen Sie, ob sie schon länger dort wohnen?«

»Was ist denn mit Ihrer Mutter?«, meinte sie und ignorierte Sophias Frage.

»Sie ist … sehr früh verstorben«, erklärte Sophia zögernd. »Daher versuche ich nun, ein wenig über ihre Vergangenheit herauszufinden.«

Die Frau nickte verständnisvoll. »Das tut mir leid. Das Haus wurde von Moniques Eltern gebaut. Die beiden sind aber bereits vor einigen Jahren verstorben. Jetzt bewohnt die Tochter, Monique Lavalle, das Haus. Gehen Sie ruhig bei ihr vorbei. Falls Sie Ihre Mutter kannte, hilft sie Ihnen sicher gern weiter. Sie ist eine Seele von Mensch. Genau wie ihre Eltern es waren.«

Bevor Sophia sich auf die Suche nach dem Haus machte, bedankte sie sich nochmals bei der Frau für die Hilfe.

»Setzen Sie einen Hut auf«, rief die Alte ihr hinterher.

Lächelnd drehte sich Sophia noch einmal um.

»Gegen die Hitze.« Die Frau zeigte auf ihren Kopf.

Sophia nickte und winkte noch kurz.

Als sie das gesuchte Straßenschild entdeckte, überkam sie eine seltsame Unruhe. Was würde diese Madame Lavalle ihr sagen können? Es musste einfach eine Verbindung zu ihrer Mutter geben.

Nachdem sie einige Häuser passiert hatte, die sie zweifelsfrei ausschließen konnte, blieb sie plötzlich wie angewurzelt stehen. Da war es.

Die Fensterrahmen schimmerten mittlerweile dunkelbraun und fügten sich wesentlich besser als ihre roten Vorgänger in den eleganten Gesamteindruck des weitläufigen Anwesens ein. Das Gebäude wirkte größer als auf dem Foto. Die Palmen standen noch immer auf der rechten Seite, links vor der Garage wuchsen mittlerweile aber einige Zypressen. Der Anblick verschlug ihr fast den Atem.

»Ein schönes Haus, nicht wahr?«

Überrascht drehte sich Sophia um und erblickte im Nachbargarten einen alten Mann um die siebzig mit grauem schütteren Haar. Er war gerade dabei, an seiner Hecke verwelkte Blütenblätter zu entfernen.

»Ein Traum«, bestätigte Sophia lächelnd und trat einige Schritte näher. »Kennen Sie die Familie, die hier wohnt?«

Er lachte laut auf. »Madame, machen Sie Witze?« Interessiert musterte er sie. »Ich lebe seit fast fünfzig Jahren hier. Und fast ebenso lang kenne ich die Lavalles.«

»Sagt Ihnen der Name Carine Duchamps etwas?«, fragte Sophia hoffnungsvoll.

Der Mann runzelte die Stirn und überlegte. Nach wenigen Sekunden schüttelte er seinen Kopf. »Nein, wer soll das sein?«

»Meine Mutter«, antwortete Sophia enttäuscht. »Ich ...«

Resigniert brach sie ab. »Ich dachte, sie habe hier vielleicht irgendwann einmal gelebt.«

»Flirtest du wieder mit jungen Frauen, Hugo?«, rief plötzlich eine lachende Stimme hinter ihr.

Sophia wandte sich um und sah in der Auffahrt des Nachbaranwesens eine dunkelhaarige schlanke Frau stehen, die ihre Augen mit der Hand vor der Sonne abschirmte.

»Die junge Frau hier interessiert sich ausnahmsweise mal nicht für mich, sondern für euch«, erwiderte der ältere Mann grinsend.

»Für uns?« Die Frau musterte Sophia argwöhnisch und kam näher. »Um was geht es denn?«

»Bonjour, Madame.« Sophia ging auf sie zu und lächelte Madame Lavalle hoffnungsfroh an. »Mein Name ist Sophia Mildner«, stellte sie sich vor, während sie das Foto hervorzog und der Frau kurz ihr Anliegen erklärte.

Schlagartig verschwand das freundliche Lächeln von Madame Lavalles Gesicht und wich einer verärgerten Miene. »Ich kenne keine Carine Duchamps, ich kenne überhaupt niemanden mit dem Namen Duchamps. Verschwinden Sie und lassen Sie uns in Ruhe.« Mit diesen Worten stiefelte sie wütend davon und verschwand im Eingang des Hauses.

Verwirrt wandte Sophia sich zum Gehen. Was war denn das gewesen? Warum hatte die Frau bloß so heftig auf ihre Frage reagiert, wenn sie die Familie Duchamps gar nicht kannte?

Kopfschüttelnd wollte sie sich auf den Rückweg machen, als der Nachbar sie erneut ansprach: »Nehmen Sie es ihr nicht übel. Sie ...« Er überlegte kurz. »Sie hat es in ihrem Leben nicht leicht gehabt.« Er machte eine vage Handbewegung. »Persönliche Schicksalsschläge und so.«

Sophia nickte nur, während sie leise murmelte: »Wer hat das nicht?«

Sie hob kurz ihre Hand und zog Tim eilig mit sich davon.

Sie würde Nicolas Rousseau bitten, die Eigentümer des Hauses zu überprüfen. Die merkwürdige Reaktion der Frau hatte sämtliche Alarmglocken in ihr schrillen lassen.

42

Argelès-sur-Mer

»Lycée Arago, Chantelles am Apparat.«

»Madame, hier spricht Capitaine Rousseau aus Argelès, ich war gestern mit …«, setzte Nicolas zu einer Erklärung an.

»Ah, Capitaine, bonjour. Vielen Dank für Ihren Rückruf«, unterbrach ihn die Sekretärin hörbar zufrieden.

»Sie wollten mich sprechen. Um was geht es denn?«

Sie seufzte. »Capitaine, Ihr Besuch gestern hat mich doch sehr beschäftigt. Ihre Begleiterin, Madame …« Sie brach ab.

»Madame Mildner«, half Nicolas geduldig.

»Genau. Merci. Madame Mildner, sie war so niedergeschlagen, weil sie ihre Mutter nicht gefunden hat.« Sie stockte kurz. »Nun ja, jedenfalls habe ich mir heute Morgen die Zeit genommen und die weiteren Jahrgänge von Mitte der Siebziger bis Anfang der Achtziger durchgeschaut.«

»Und?«, fragte Nicolas alarmiert nach. »Sind Sie fündig geworden?«

»Non, leider nicht.« Er hörte sie tief ausatmen. »Meine Kollegin, die schon etwas länger hier arbeitet als ich, hat mir den Tipp gegeben, auf den Anmeldelisten nachzusehen.« Wieder brach sie ab. »Es gäbe ja auch die Möglichkeit, dass Carine Duchamps die Schule vorzeitig verlassen hat, ohne Abschluss.«

Nicolas ahnte bereits, was sie ihm als Nächstes sagen würde.

»Capitaine, eine Carine Duchamps gab es auf unserer Schule leider nie«, erklang ihre Stimme leise.

Das hatte er befürchtet. Er dankte ihr für die Mühe und lehnte sich erschöpft auf seinem Stuhl zurück. Enttäuscht rieb Nicolas sich mit beiden Händen über das Gesicht. Ratlos starrte er auf die Akte, die vor ihm lag.

Warum hatte Carine Mildner ihre Vergangenheit gefälscht? Warum belog sie ihre Familie bei solch unbedeutenden Fakten wie der besuchten Schule? Was hatte diese Frau zu verbergen gehabt? Denn dass hinter der Täuschung ein harmloser Grund steckte, daran glaubte Nicolas nicht mehr. Dafür war die Täuschung zu allumfassend. Stand sie etwa doch mit dem Drogenhandel vor Ort in Verbindung? Falls ja, in welcher Weise? Von Deutschland aus wäre das doch so gut wie unmöglich gewesen.

Frustriert schlug er mit der Faust auf den Tisch. So kamen sie nicht weiter. Die Frau hatte ein Geheimnis gehütet, und er hatte keine Ahnung, wie er es lüften sollte. Schweren Herzens griff er erneut zum Telefon.

»Morphes, Police Nationale.«

»Directeur, hier spricht Rousseau«, meldete sich Nicolas, um einen zuversichtlichen Tonfall bemüht.

»Capitaine, bonjour. Was macht Ihr Unbekannter?«

»Ist nicht mehr länger unbekannt«, erwiderte Nicolas, bevor er dem Directeur die neusten Entwicklungen mitteilte.

»Gute Arbeit, Capitaine«, lobte sein Vorgesetzter, als Nicolas mit seinem Bericht endete. »Aber Sie hören sich trotzdem nicht glücklich an.«

»Nein«, gab Nicolas zu, »leider haben wir bisher keinerlei Hinweise auf den Täter oder das Motiv. Die Verbindung zur Familie Mildner wirft bislang ebenfalls nur täglich neue Fragen auf.« Er berichtete Morphes von den Verletzungen Philipp Pasteurs und der zweifelsfreien Ähnlichkeit mit den Milieumorden.

»Mh«, brummte der Directeur. »Brauchen Sie Unterstützung? Am besten setzen Sie sich mit den Spezialisten in Verbindung, die für die Milieumorde zuständig sind.«

»Das werde ich auf jeden Fall tun. Ich möchte morgen noch mal nach Croiselles fahren. Irgendwas stimmte mit diesem alten Ehepaar nicht.«

»Sie wissen, dass Sie meine Rückendeckung haben, Rousseau. Aber so langsam bräuchten wir erste Ergebnisse«, erwiderte Morphes sachlich.

»Die bekommen Sie, Directeur. Verlassen Sie sich drauf«, beschwichtigte Nicolas seinen Chef.

Beunruhigt legte er schließlich auf. Morphes würde nicht mehr lange warten, das war ihm klar. Wenn er Nicolas den Fall wegnahm ... Nein, so weit durfte er es einfach nicht kommen lassen.

Entschlossen schlug er wieder die Akte auf und überprüfte erneut die gefälschten Sterbeurkunden von Carine Mildners Eltern und ihre Meldeakte aus dem Zentralregister. Wie waren die falschen Unterlagen nur in die Akte gelangt? Wer hätte ein Interesse daran, falsche Spuren zu legen?

Für halb fünf hatte Nicolas eine weitere Besprechung angesetzt. Als er zum ersten Mal auf die Uhr schaute, fluchte er. Die Zeit war wie im Flug vergangen und er war noch nicht einmal mit der Hälfte der Milieumorde durch. Charles würde die Fakten für alle zusammenfassen müssen. Auch Fabien und Marie, die erst vor zwei Stunden ihren Dienst angetreten hatten, konnten die Unterlagen schließlich noch nicht durchschauen.

Eilig erhob Nicolas sich. Seine Mitarbeiter schienen bereits im Besprechungsraum zu warten, denn das Großraumbüro war leer. »Salut«, grüßte er, als er das Zimmer betrat.

Die drei sahen ihn erwartungsvoll an und nickten ihm zu.

»Gibt es Neuigkeiten?« Gespannt schaute Nicolas in die Runde.

Fabien nickte langsam. »Madame Mildner hat angerufen.«

Überrascht sah Nicolas ihn an und ballte unbewusst seine Hand zu einer Faust. »Was wollte sie?« Er bemühte sich um einen unbeteiligten Tonfall.

»Sie hat das Haus gefunden«, antwortete Fabien achselzuckend.

»Das Haus?«, wiederholte Nicolas argwöhnisch.

»Welches Haus?«, hakte Marie nach.

»Sie hat wohl in den Unterlagen ihrer Mutter ein Foto gefunden, auf dem ein Haus abgebildet ist. Madame Mildner ist bisher davon ausgegangen, dass es sich um das Elternhaus ihrer Mutter handelte.« Hilfe suchend blickte Fabien zu Nicolas, doch der verzog keine Miene. »Wie ihr beiden in Perpignan herausgefunden habt, sieht das Elternhaus von Carine Mildner allerdings anders aus.«

Nicolas nickte kurz. »Warum hast du sie nicht zu mir durchgestellt?«

»Bei dir war besetzt. Ich wusste nicht, dass sie deine exklusive Zeugin ist«, erwiderte Fabien schnippisch.

Nicolas presste seine Kiefer aufeinander. »Erzähl weiter.«

»Ich habe nicht ganz verstanden, wie sie das Haus gefunden hat«, entgegnete Fabien unsicher. »Aber es gehört auf jeden Fall einer Familie Lavalle. Die Eigentümerin hat wohl ziemlich merkwürdig auf die Nachfragen Madame Mildners reagiert. Daher fragte sie an, ob wir die Familie überprüfen könnten. Der Nachbar, mit dem sie ebenfalls sprach, hat wohl angedeutet, dass es einige Schicksalsschläge in der Familie gab.«

Nachdenklich nickte Nicolas. »Da ich davon ausgehe, dass Pasteur noch immer den Schlaf der Gerechten schläft, kann es sicher nicht schaden, diese Familie kurz zu überprüfen. Immerhin befand sich das Foto im Besitz von Carine Mildner. Fabien, würdest du das übernehmen?«

»Klar, Chef«, meinte dieser und grinste breit.

»Charles, kannst du uns etwas über die Milieumorde erzählen? Ich habe erst fünf davon durchschauen können. Das sind ja Massen von Unterlagen.«

Charles erhob sich bereitwillig und schaute seine Kollegen finster an. »Die Milieumorde. Die Spezialeinheit ›Drogen‹ aus Perpignan bezeichnet damit eine Mordserie an Kleindealern und Drogenabhängigen, die sich im Laufe der Jahre höchstwahrscheinlich mit den großen Hintermännern angelegt haben und dafür die Rechnung bezahlten.« Er fuhr mit der Hand an seinem Hals entlang. »1976 geschah der erste Mord. Opfer war ein damals ortsbekannter Drogenjunkie, der auch gleichzeitig gedealt hat. Ein Tatverdächtiger wurde zwar relativ schnell gefasst, doch seine Schuld konnte nie zweifelsfrei belegt werden. Trotzdem kam es zu einer rechtskräftigen Verurteilung. Sechs Monate später fand man ihn tot in seiner Zelle. Überdosis.«

Die anderen blickten ihn betreten an.

»Tja, so ging es weiter. 1980 der nächste Mord. Diesmal wurde ein größerer Fisch, einer der Hintermänner, verhaftet. Und diesmal hatten die Kollegen eine Zeugin, die die Tat zufällig mitansehen musste. Daher lief der Prozess relativ zügig und reibungslos ab. Auf jeden Fall hatte der Verurteilte bessere Überlebenschancen. Man fand ihn erst zwei Jahre später tot in seiner Zelle – erhängt.« Charles zögerte. »Die folgenden Morde geschahen 1982, 1987, 1989, 1995, 1997, 2001, 2005 und der letzte 2010.«

Triumphierend blickte er in die Runde. »Jedes Mal das gleiche Schema: Stichverletzungen im Oberkörper, das scheint zu einer Art Visitenkarte geworden zu sein. Die Täter ausnahmslos kleine Nummern. Der große Unbekannte agiert weiter im Hintergrund. Niemand kennt seine Identität, keiner der Verurteilten nannte bisher seinen Namen. Aber er muss über gute Ortskenntnisse verfügen und einige weitreichende Verbindungen besitzen. Perpignan nimmt an, dass die Drogen über Nordafrika ins Land kommen.«

»Sitzen einige der Täter noch?«, wollte Nicolas gespannt wissen.

Charles schüttelte seinen Kopf. »Von denen lebt keiner mehr.«

»Wie meinst du das?«, fragte Fabien ungläubig.

»Die wurden geopfert. Jedes Mal gab es einen Täter, das heißt, jeder Fall wurde aufgeklärt. Alle wurden rechtmäßig verurteilt. Doch keiner überlebte länger als vier Jahre im Knast.«

»Und der große Unbekannte hält sich unbescholten im Hintergrund und heuert die nächsten Dealer an«, ergänzte Nicolas bitter.

»Das vermutet zumindest die Spezialeinheit«, stimmte Charles zu.

»Gibt es denn überhaupt keinen Hinweis auf den Drahtzieher?«, fragte Marie entsetzt nach.

»Non«, antwortete Charles ungerührt. »Vermutungen viele, Spekulationen ebenfalls«, er verzog sein Gesicht, »aber keine handfesten Beweise. Niemand weiß, wie das Dreckszeug nach Argelès kommt.«

»Das ist hart«, erwiderte Nicolas.

»Ja, das ist es«, entgegnete Charles nickend. »Aber zurück zu unseren beiden Fällen. Als der zweite Mord 1980 geschah, war Carine Duchamps bereits seit einem Jahr in Deutschland. Und als die Familie 1992 verschwand, passierte in unmittelbarem, zeitlichem Zusammenhang keine der Taten.« Er setzte sich wieder. »2010 wurde das letzte Mal ein Milieumord aufgeklärt. Also gibt es auch zu unserem jetzigen Opfer keine offensichtliche Verbindung. Übrigens habe ich noch einmal mit Docteur Tuyot gesprochen. Sie ist fest davon überzeugt, dass die sich ähnelnden Verletzungen auf einen Zusammenhang hinweisen.«

»Den wir bis jetzt leider noch nicht erkennen können«, bemerkte Fabien gereizt. »Denn dass Pasteur ein Drogendealer ist, halten wir doch wohl für äußerst unwahrscheinlich, oder?«

Alle nickten zustimmend.

»Morphes will Ergebnisse«, mahnte Nicolas. »Hat jemand Informationen zu Pasteurs Zustand?«

»Wacht wohl die nächsten Tage auf«, antwortete Marie angespannt. »Zumindest sagte mir das vorhin der behandelnde Arzt.«

»Mit dem hatte ich auch schon das Vergnügen«, merkte Nicolas grimmig an. »Hoffen wir mal, dass er mit seiner Einschätzung recht behält.« Er erhob sich. »Ich werde morgen noch mal nach Croiselles fahren und die Nachbarn der Girards befragen.«

»Morgen ist Samstag«, erinnerte Charles ihn vorsichtig.

»Das ist Morphes egal«, merkte Nicolas an. »Außerdem habe ich sowieso Bereitschaftsdienst.«

»Brauchst du mich?« Der Ältere sah Nicolas an.

»Du hast frei. Genieß dein Wochenende. Wer weiß, was nächste Woche los ist, wenn Pasteur endlich aufwacht«, wehrte Nicolas ab. »Fabien, du kümmerst dich um die Familie Lavalle. Falls du etwas Interessantes findest, las du es mich wissen.«

»Soll ich mir die Akten noch mal vornehmen?« Marie sah ihren Chef fragend an.

»Wenn es heute Abend ruhig bleibt, ja. Überprüf jedes Detail der Mildner-Akte. Wir brauchen dringend weitere Informationen über Carine Duchamps' Leben. Sämtliche Angaben haben sich bisher als falsch herausgestellt.«

»Mildner.«

»Sophia«, Nicolas räusperte sich, »hier spricht Capitaine Rousseau. Nicolas …« Er stockte.

»Capitaine, bonsoir, hat Ihnen Officier Armand berichtet, dass ich das Haus gefunden habe?« Sie klang aufgeregt.

Nicolas schluckte. »Äh, ja. Aber deshalb rufe ich nicht an.«

»Nein?« Enttäuscht wartete Sophia ab.

»Ich wollte fragen, ob Sie heute Abend …«, er suchte nach den richtigen Worten, »… ob Sie schon etwas vorhaben?«

Sie lachte. »Capitaine. Ich kenne hier keine Menschenseele. Was soll ich denn vorhaben?«

»Ich hätte noch eine Überraschung?« Er kam sich unbeholfen vor. Gespannt hielt er den Atem an.

»Eine Überraschung?«, wiederholte sie.

»Nichts Schlimmes. Es wird Ihnen gefallen.«

»Na gut. Warum eigentlich nicht?«

»Formidable«, erwiderte er erleichtert. »Ich muss vorher noch kurz etwas erledigen. Danach komme ich bei Ihnen vorbei und hole Sie ab.«

»In Ordnung, dann bis später.«

»Nic!« Überrascht sah Hélène Rousseau ihren Sohn an, der unangemeldet vor der Haustür stand.

»Bonsoir, Maman.« Er grinste sie schief an.

»Komm rein.« Sie trat bereitwillig zur Seite. Als er in die Küche gehen wollte, blieb er wie angewurzelt im Türrahmen stehen. Maurice Cousteau saß am Esstisch und schälte Kartoffeln.

»Ich störe wohl.« Um Beherrschung bemüht, drehte er sich zu seiner Mutter um.

»Bonsoir, Nicolas.« Maurice blickte auf und lächelte ihn freundlich an.

»Maurice«, murmelte Nicolas undeutlich.

»Setz dich«, forderte seine Mutter ihn auf, während sie sich am Küchentresen zu schaffen machte. »Natürlich störst du nicht.« Sie warf Maurice einen kurzen Blick zu. »Wir wollen heute gemeinsam kochen.«

»Kochen?« Nicolas zog unangenehm berührt seine Augenbrauen hoch, da er den Anblick des fremden Mannes im Allerheiligsten seiner Mutter kaum ertragen konnte.

Doch als er in ihr Gesicht schaute, krampfte sich sein Herz zusammen. Sie strahlte richtig von innen heraus, wirkte glücklich und zufrieden. Warum konnte er ihr nicht einfach ihr Glück gönnen? War es denn so abwegig, dass sie sich nach einem neuen Partner sehnte? Und Maurice Cousteau war kein schlechter Kerl. Doch trotzdem musste Nicolas sich an den Gedanken wohl erst noch gewöhnen.

»Ist Lisa da?«, fragte er beiläufig, während er verstohlen seine Mutter beobachtete.

»Sie ist oben.« Sie deutete mit dem Messer in ihrer Hand Richtung Treppe, bevor sie innehielt und ihn direkt ansah. »Was war gestern eigentlich los?« Argwöhnisch musterte sie ihn aus zusammengekniffenen Augen. »Lisa war völlig aufgelöst, wollte mir aber nicht sagen, was passiert ist.«

Nicolas winkte ab. »Ich ...«, stammelte er betreten, »... ich habe mich wohl etwas danebenbenommen.«

»Was soll das heißen? Ging es wieder um ihren Auszug?«

»Indirekt«, wich Nicolas aus und rutschte nervös auf seinem Stuhl herum.

»Ich war vorhin bei deinem Vater«, wechselte sie schließlich das Thema, als ihr klar wurde, dass er sich nicht weiter zu dem Streit mit seiner Schwester äußern würde. »Was hast du dir bloß dabei gedacht, diese Frau mit zu ihm zu nehmen?« Vorwurfsvoll sah seine Mutter ihn an.

Nicolas zuckte mit den Achseln. »Ich dachte, er würde sich darüber freuen.«

»Freuen?« Sie lachte ungläubig auf. »Diese Frau erinnert ihn immerhin an das schlimmste Kapitel seines Lebens.« Krampfhaft presste sie ihre Lippen aufeinander. »Mich übrigens auch.«

»Hélène«, beschwichtigte Maurice vorsichtig, während er sich erhob. »Nicolas hat es sicher nur gut gemeint.«

Obwohl es ihm unangenehm war, dass ein Unbeteiligter ihm zur Seite stand, nickte er Maurice leicht zu. »Sie kann nichts dafür«, murmelte er leise. »Sie war doch noch ein Kind.«

»Natürlich kann sie nichts dafür«, stimmte Hélène ihrem Sohn zu. »Aber trotzdem sollte dein Vater nicht an das Thema erinnert werden.«

»Warum eigentlich nicht?«, entgegnete Nicolas trotziger als beabsichtigt. »Wenn er sich dazu äußern würde, was damals geschehen ist, könnten wir die Sache vielleicht endlich aufklären.«

»Nic!«, ermahnte seine Mutter ihn tadelnd. »Dein Vater ist ein schwer kranker Mann. Höchstwahrscheinlich kann er sich gar nicht mehr an den Fall erinnern.«

»Immerhin war er in der Lage, dir zu erzählen, dass Sophia ihn besucht hat«, antwortete er schnippisch.

»Sophia? Ah, ich verstehe.« Seine Mutter sah ihn eindringlich an.

»Ich finde es äußerst dankenswert, dass Nicolas endlich Licht in diese furchtbare Tragödie bringen möchte«, meldete sich Maurice wieder zu Wort. »Sicher würde Jacques auch wollen, dass diese schreckliche Ungewissheit ein Ende findet.«

Fassungslos blickte Hélène ihren Freund an, der ihr besorgt über den Rücken strich.

»Er hat doch recht, Hélène. Der Unbekannte ...«, fuhr er fort, wurde aber sofort von Nicolas unterbrochen.

»Mittlerweile wissen wir, wer das Unfallopfer ist.«

Nun schauten ihn beide irritiert an. »Und?«

»Leider konnten wir bisher keine Verbindung zu dem Mildner-Fall herstellen.« Nicolas schüttelte betrübt den Kopf.

Enttäuscht atmete seine Mutter tief aus und nickte.

»Für die Tochter muss das alles ja ein echter Albtraum sein«, merkte Maurice nachdenklich an.

»Noch hält sie sich tapfer«, erklärte Nicolas, während die rothaarige Deutsche vor seinem inneren Auge auftauchte.

»Ich weiß nicht«, merkte seine Mutter leise an. »Diese traurigen Erinnerungen tun uns doch allen nicht gut.«

»Wenn wir die Sache endlich aufklären, können auch wir hoffentlich einen Abschluss finden und unseren Frieden damit machen.« Nicolas berührte seine Mutter vorsichtig am Unterarm.

»Ja, vielleicht.« Sie nickte.

In dem Moment fiel ihm wieder ein, weswegen er eigentlich gekommen war. Zögernd erhob er sich. »Ich schaue mal nach Lisa.«

»Oui?«

Unsicher öffnete Nicolas die Tür und entdeckte seine Schwester in ihrem Sessel unter dem Fenster. Sie hielt ein Buch in der linken Hand. »Lisa. Bonsoir. Hast du einen Moment?«

Wütend kniff sie die Augen zusammen. »Was willst du denn hier? Mir wieder Vorwürfe machen?« Entschlossen sprang sie auf und blitzte ihn zornig an.

Beruhigend hob er beide Hände und kam einen Schritt auf sie zu. »Es tut mir leid.« Abwartend sah er sie an.

»Was?«, blaffte sie zurück, während sie das Buch aus der Hand legte und beide Hände in die Hüften stemmte.

»Dass du mich vor Raymond wie ein Baby behandelt hast oder dass du rumgeschrien hast wie ein Idiot?«

Nicolas schwieg, während er für einen kurzen Moment seine

Schwester betrachtete. Sophia hatte natürlich recht. Lisa war eine erwachsene Frau. Und auch wenn er es nicht wahrhaben wollte, sie hatte den Körper einer Frau. Zum ersten Mal nahm er sie nicht als seine kleine Schwester wahr, sondern als eigenständige Person, die noch auf der Suche nach ihrem Weg im Leben war, die sich wie seine Mutter nach einem Partner, einem Halt in ihrem Leben sehnte.

Er räusperte sich. »Beides. Ich …«, kopfschüttelnd fuhr er sich durch seine Locken. »Ich weiß nicht, was gestern Abend in mich gefahren ist.«

Lisa legte ihren Kopf schief und wartete.

»Ich …«, wieder stockte er, fuhr dann aber fort, »… ich glaube, ich muss mich einfach erst daran gewöhnen, dass meine Lieblingsschwester mich nicht mehr braucht. Ganz davon abgesehen, dass Maman ebenfalls einen neuen Mann an ihrer Seite hat. Ist vielleicht alles ein bisschen viel im Moment.« Er grinste verlegen.

»Ebenfalls?«, fragte Lisa skeptisch. »Soll das heißen, es ist okay, dass ich mit Raymond …?«

»Bleibt mir denn etwas anderes übrig, wenn ich mich nicht länger zum Idioten machen will?« Er breitete seine Arme aus und blickte seine Schwester Hilfe suchend an.

Ihr Gesicht verzog sich zu einem breiten Lächeln, während sie eilig zu ihm ging und ihn mit ihren Armen umfasste. Vorsichtig strich er ihr über das Haar. »Es tut mir wirklich sehr leid, was ich gestern zu dir gesagt habe«, murmelte er leise.

»Schon vergessen.« Lisa löste sich aufgeregt von ihm und strahlte ihn an. Erleichtert seufzte Nicolas. Seine Schwester war noch nie nachtragend gewesen. Sie besaß das beneidenswerte Talent, ohne Vorbehalte verzeihen und vergessen zu können.

»Raymond ist ein feiner Kerl«, merkte Nicolas anerkennend an.

»Ich weiß.« Lisa grinste zurück, während sie zu ihrem Schreibtisch lief. Sie kramte kurz in einem Stapel Papieren, bevor sie mit einem Prospekt zu Nicolas zurückkehrte. Hoffnungsvoll streckte sie es ihm entgegen.

»Was ist das?« Nicolas senkte seinen Blick und las die Überschrift. *Wohnprojekt für Menschen mit Behinderung.*

»Bitte, Nicolas.« Lisa blickte ihm flehend ins Gesicht.

Er musterte sie wehmütig. »Dann wird es jetzt wohl ernst.«

»Heißt das …?«, fragte sie ihn vorsichtig.

Er zuckte mit den Achseln. »Scheint so.«

»Danke«, flüsterte sie mit belegter Stimme und umarmte ihn erneut. »Es ist Quatsch, was du vorhin gesagt hast.« Sie sah ihn mit ernster Miene an. »Meinen großen Bruder brauche ich mein Leben lang. Und ich weiß, dass du immer für mich da sein wirst.«

»Das werde ich.« Er nickte berührt.

43

Argelès-sur-Mer

»Bonsoir, Madame«, meinte Nicolas grinsend, als Sophia ihm die Tür öffnete. Anerkennend betrachtete er die Deutsche, die eine dünne violette Chiffonbluse zu einer engen hellblauen Jeans trug. Tim stürmte schwanzwedelnd auf ihn zu und stieß mit der Schnauze gegen seinen Oberschenkel. Schmunzelnd streichelte Nicolas dem Hund über den Kopf.

»Bonsoir, Capitaine«, erwiderte Sophia lächelnd. »Möchten Sie noch einen Moment hereinkommen?«

»Non.« Er schüttelte den Kopf. »Wir haben ein straffes Programm. Daher sollten wir gleich los, wenn Sie so weit sind.«

Überrascht riss sie ihre Augen auf. »Da bin ich ja gespannt.«

Sie nahm die Leine von der Garderobe und schloss die Tür hinter sich ab, nachdem Tim aufgeregt in den Vorgarten gestürmt war.

Als sie in seinem Wagen saßen, wandte er sich zu ihr um und deutete auf ihre Hand. »Alles in Ordnung damit?«

Sie nickte verlegen. »Langsam wird es wieder. Wo fahren wir hin?« Gespannt erwiderte sie seinen Blick.

Doch statt einer Antwort grinste er nur geheimnisvoll. »Überraschung!« Als er das Fahrzeug startete, wurde er jedoch ernst. »Ich war eben noch kurz bei meiner Schwester.«

Neugierig sah Sophia ihn an. »Und?«

»Ich hatte es Ihnen doch versprochen. Ich habe mich entschuldigt«, bekannte er reumütig.

Zufrieden nickte sie. »Nach der Aktion gestern Abend ...«

»Ja, ich weiß«, unterbrach er sie zerknirscht. »Aber wir haben es geklärt. Als Nächstes werde ich noch mit ihrem Freund sprechen und ihm klarmachen, dass er sie gut ...«

»Capitaine!«, warf sie tadelnd ein und schüttelte ihren Kopf; doch bevor sie fortfuhr, biss sie sich auf die Lippe und schwieg.

»Was ...?« Er warf ihr irritiert einen Seitenblick zu.

»Vergessen Sie es.« Sie winkte ab. »Schließlich geht es mich überhaupt nichts an.«

Nachdenklich konzentrierte sich Nicolas auf den Verkehr. »Sie haben eine sehr gute Menschenkenntnis. Außerdem verfügen Sie über ein feines Gespür für ...«, krampfhaft suchte er nach den richtigen Worten, »... für außergewöhnliche Menschen.«

»›Außergewöhnliche Menschen‹?«, wiederholte sie verwirrt.

»Viele Leute haben Berührungsängste im Umgang mit Behinderten«, antwortete Nicolas ernst. »Sie aber haben Lisa sofort für voll genommen, haben Sie wie einen erwachsenen Menschen behandelt, nicht wie eine bemitleidenswerte Behinderte.«

»Wieso sollte Ihre Schwester bemitleidenswert sein?«, hakte Sophia stirnrunzelnd nach.

Er schmunzelte. »Genau das meine ich. Eine Andersbehandlung käme Ihnen gar nicht erst in den Sinn. Und bei meinem Vater ...« Er zögerte. »Sie haben eine außergewöhnliche Gabe«, beharrte er. »Sie geben den Menschen in Ihrer unmittelbaren Umgebung ein gutes Grundgefühl.«

»›Ein gutes Grundgefühl‹?« Sie lachte wegen seiner konstruierten Formulierung auf.

»Vielleicht hängt das mit meinem Beruf zusammen«, begann Sophia nach einigen Momenten des Schweigens erneut. »Tiere muss man ebenfalls nehmen, wie sie sind. Und die Kommunikation mit ihnen erfolgt zum Großteil nonverbal.«

»Vielleicht«, erwiderte Nicolas leise. »Aber ich glaube, unabhängig von Ihrem Job verfügen Sie über gute Antennen, die Ihnen helfen, andere Menschen auf eine besondere Art wahrzunehmen.«

Sie zuckte mit den Schultern. »Bei Ihnen scheinen diese Antennen dann wohl unter einer Funkstörung gelitten zu haben.«

Wieder blickte er sie von der Seite an. »Es tut mir leid«, knurrte er unwillig.

»Ich habe Sie an ein dunkles Kapitel Ihrer Vergangenheit erinnert. Kein Wunder, dass Ihnen mein plötzliches Auftauchen hier nicht behagt hat«, erwiderte sie ungerührt.

»Irgendwie schon«, gab er kleinlaut zu. »Doch das entschuldigt mein Verhalten nicht. Außerdem sind Sie schließlich nicht schuld am Verschwinden Ihrer Familie.«

»Da bin ich mir manchmal nicht so sicher«, raunte sie nachdenklich.

»Hören Sie mit dem Unsinn auf«, entgegnete er barsch. »Sie trifft keine Schuld.«

Sophia nickte und schaute aus dem Fenster. Mittlerweile hatten sie Argelès hinter sich gelassen und befanden sich auf einer Landstraße Richtung Westen.

»Mögen Sie eigentlich Schildkröten?«, fragte er plötzlich unvermittelt.

»Um Gottes Willen!«, rief Sophia entsetzt aus. »Ich bin Vegetarierin.«

Nicolas sah sie kurz verdutzt an, bevor er loslachte. »Nein.« Amüsiert schüttelte er seinen Kopf. »Ich meine nicht als Abendessen, sondern rein thematisch.«

»Ach so.« Erleichtert atmete sie aus, bevor sie ebenfalls lachte. »Ich bin Tierärztin. Ich liebe Tiere. Und Schildkröten sind sehr faszinierende Lebewesen.«

»Dann herzlich willkommen im *Vallée de Tortues*, im Tal der Schildkröten.«

Sie blickte ihn überrascht an, als er von der Hauptstraße abbog und einen kiesbedeckten Parkplatz ansteuerte.

»Voilà.« Lächelnd stieg er aus.

Nachdem sie Tim aus dem Kofferraum geholt hatten, sah sich Sophia interessiert um.

Hier war es deutlich kühler als bei ihrer Abfahrt, da sie sich jetzt mitten in den Vorläufern der Pyrenäen befanden.

»Wo sind wir?«

»In Sorède. Hier befindet sich ein großer Schildkrötenpark mit eigener Aufzucht- und Forschungsstation«, erklärte Nicolas stolz.

Anerkennend blickte Sophia ihn an und lächelte. »Also doch feinfühlig.«

Einen Moment lang sahen sie sich stumm an, während beide die Spannung spürten, die zwischen ihnen zu entstehen begann.

Sophia räusperte sich verlegen. »Wie sind Sie denn auf die Idee gekommen?«

»Na ja, immerhin sind Sie Tierärztin«, verwendete er mit belegter Stimme ihre Worte und hob hilflos seine Schultern. »Der Park wurde vor vierzehn Jahren von Bekannten von mir mit aufgebaut.« Er stockte. »Ich dachte, etwas Ablenkung könnte nicht schaden.«

Dankbar fasste sie ihn leicht am Arm. »Etwas Ablenkung könnte nicht schaden«, wiederholte sie eindringlich, während Nicolas sich zwingen musste, sich nicht zu bewegen, da er das Gefühl hatte, die Stelle, an der sie ihn berührte, stehe in Flammen.

»Kommen Sie«, forderte er sie schließlich auf und nahm ihr wie selbstverständlich die Leine aus der Hand.

Enttäuscht blickte sie auf die Hinweistafel, als sie den Eingang erreichten. »Wir sind zu spät. Der Park hat bereits geschlossen.« Bekümmert sah sie auf ihre Uhr.

»Für uns ist noch geöffnet«, widersprach Nicolas lächelnd, während er neben dem Eingang an eine verwitterte Holztür klopfte.

Neugierig wartete Sophia hinter ihm. Eine Frau mittleren Alters trat heraus und grinste, als sie den Polizisten entdeckte.

»Nic!« Stürmisch umarmte sie ihn. »Wir haben die Alligatorbestie extra für euch hungern lassen.«

»Das arme Vieh. Schön, dich zu sehen, Giselle«, erwiderte Nicolas lachend. »Das ist Sophia«, stellte er sie der Parkbesitzerin vor.

Diese umarmte Sophia ebenfalls und musterte sie interessiert. »Sie sind Tierärztin?«

Sophia nickte.

»Dann wissen Sie unsere Kostbarkeiten ganz bestimmt zu schätzen.«

»Schildkröten sind außergewöhnliche Tiere«, erwiderte

Sophia lächelnd. »Ich wusste gar nicht, dass es hier eine Forschungsstation gibt.«

»Nun ja«, entgegnete Giselle ernst. »Wir sind noch klein, da wir uns ausschließlich über Privatspenden finanzieren. Das ist schwierig genug.«

»Wie bei vielen wissenschaftlichen Projekten fehlt wahrscheinlich die breite öffentliche Anerkennung, um ordentliche Gelder an Land ziehen zu können«, stimmte Sophia wehmütig zu.

Einen Moment lang musterte die Parkbesitzerin Sophia überrascht, bevor sie sich wieder an Nicolas wandte. »Endlich beweist du mal Geschmack, Rousseau. Hübsch, sympathisch und noch dazu intelligent. Wurde ja auch Zeit.« Freundschaftlich kniff sie den Polizisten in die Seite.

»Nein«, schüttelte Sophia bestimmt ihren Kopf. »Der Capitaine und ich …«

»Sophia ist eine Zeugin in einer aktuellen Ermittlung«, erklärte Nicolas kurz angebunden.

»Aha.« Giselle lachte, während sie von Sophia zu Nicolas und wieder zurück blickte.

»Wie auch immer.« Ungläubig schüttelte sie den Kopf, während sie zur Seite trat und die beiden durch den Eingangsbereich in den Park einließ.

»Sicher taucht sie gleich auf«, beschwichtigte Sophia den Polizisten, der neben ihr genervt auf das schlammige Wasser in dem Gehege vor ihnen blickte. Eine junge Frau, die sich als Estelle vorgestellt hatte, hielt geduldig die Eisenstange über das Wasser, an deren Ende das rohe Fleisch hing, welches die Alligatorschildkröte anlocken sollte.

»Das hoffe ich«, brummte er missmutig. »Diese Schildkröte ist nämlich nicht die Einzige hier, die Hunger hat.«

Sophia lachte.

Er sah auf die Uhr. »Das Vieh bringt meinen ganzen Zeitplan durcheinander.«

»Da«, rief Sophia aufgeregt und deutete mit der verletzten Hand auf eine Stelle in dem trüben Wasser.

»Wo?« Fieberhaft suchte Nicolas mit seinen Augen den Teich ab.

»Da hat sich eben etwas bewegt«, behauptete Sophia, während die Tierpflegerin nickte.

»Sie ist da«, bestätigte die junge Frau, während sie die Stange etwas näher an die Wasseroberfläche hielt.

Gespannt zog Nicolas seine Augenbrauen hoch und starrte neben Sophia auf die grünbraune Suppe. Plötzlich erblickten sie einen dunkelgrünen Kopf mit einem spitz zulaufenden Maul, der aus dem Wasser schoss, nach dem Stück Fleisch schnappte und sich sofort wieder in den Teich zurückfallen ließ.

»Wow«, entfuhr es Sophia. »Ich habe noch nie eine Alligatorschildkröte gesehen. Sehr beeindruckend.«

»Und sehr kurz«, merkte Nicolas trocken an, obwohl er sich insgeheim freute, dass sie von seiner Idee so begeistert war.

Sie warteten noch einige Minuten, doch das Tier schien mit dem Happen zufrieden zu sein, den es bei seinem einmaligen Auftauchen ergattert hatte. Zumindest blieb die Oberfläche des Wassers ruhig, die Schildkröte ließ sich nicht mehr blicken.

»Gehen wir weiter«, wandte sich Sophia aufgekratzt an Nicolas.

Er nickte. »Aber gerne.«

Während er Tim an der Leine führte, hakte sich Sophia wie selbstverständlich bei ihm unter und gemeinsam schlenderten sie langsam an den Gehegen vorbei.

»Das nenne ich mal Schildkröten.« Sophia blieb vor einem Zaun stehen und zeigte amüsiert auf die riesigen Tiere.

»*Seychellen-Riesenschildkröte*«, las Nicolas von dem Hinweisschild ab.

»Ja«, erwiderte sie, während sie die Tiere beobachtete, die sich wie in Zeitlupe zu bewegen schienen. Als die größere sich an dem Panzer der kleineren zu schaffen machte, zog Sophia den Polizisten weiter. »Die wollen ihre Privatsphäre haben.«

»Wieso?« Entrüstet sah er sie an. »Jetzt, wo es gerade interessant wird.«

Missbilligend schüttelte sie ihren Kopf. »Die meisten Schildkröten paaren sich nur im Mai und Juni.« Sie sah ihn an. »Das ist ihre heiße Phase. Da sie ihre Körpertemperatur nicht selbst regulieren können, sind sie auf die Außentemperatur, somit auf die Sonneneinstrahlung angewiesen, um überhaupt aktiv werden zu können.«

»Wie gut, dass wir keine Schildkröten sind.« Er grinste und ließ sich bereitwillig von ihr weiterziehen.

»Das ist die Schildkröte mit dem schönsten Panzer.« Überrascht deutete Sophia auf die Tiere im nächsten Gehege. »Die gelblichen Linien auf dem dunklen Panzer geben dieser Unterart ihren Namen.«

»*Strahlenschildkröte*«, las Nicolas vor und nickte. »Passt. Die Streifen sehen wirklich wie Sonnenstrahlen aus.«

Nachdem sie die Tiere einige Minuten betrachtet hatten, drehte sie sich zögernd zu ihm. »Danke für ...«, sie stockte und zeigte mit der Hand auf die Umgebung, »... für das hier. Es war wirklich eine tolle Idee von Ihnen, Capitaine.«

»Freut mich, dass Ihnen der Park gefällt«, entgegnete er ernst, während er sie erwartungsvoll musterte.

Abwartend erwiderte sie seinen Blick. Tim, der neben ihnen stand und nun ebenfalls seinen Anteil an Aufmerksamkeit einfordern wollte, schob seinen Kopf zwischen die beiden und winselte leise.

»Gehen wir weiter«, schlug Nicolas schließlich unsicher vor, um das angespannte Schweigen zu beenden.

»Ja«, stimmte Sophia erleichtert zu.

Vor dem nächsten Auslauf blieben sie erneut stehen und sahen den unzähligen Schildkröten darin zu, die sich an diversen Obst- und Gemüsestücken zu schaffen machten.

»Hermann-Schildkröten«, murmelte Sophia leise. »Sie können bis zu hundert Jahre alt werden.«

»Weil sie sich so langsam bewegen«, erwiderte Nicolas, während er das Hinweisschild las.

»Ja, auch deshalb. Viele sterben aber früher. Die wenigsten werden wirklich so uralt.«

»Warum?« Nicolas sah sie gespannt an.

»Die Weibchen haben eine wesentlich kürzere Lebenserwartung«, meinte Sophia und grinste. »Also anders als bei uns Menschen.«

»Wieso?«, fragte er nach.

»Sie werden bei der Paarung von ihren Partnern oft so schwer verletzt, dass sie daran sterben«, erklärte sie. »Also auch anders als bei uns.« Sie lachte. »Die Männchen sind ziemlich grob und aggressiv.«

Nun war es an Nicolas, ungläubig seinen Kopf zu schütteln. Sie beendeten ihren Rundgang und kehrten zum Eingang zurück.

»Ich war bestimmt schon zehnmal hier, aber so viel wie heute habe ich noch nie über Schildkröten gelernt.«

»Dann merken Sie sich nur alles gut«, lächelte sie. »Morgen werde ich Sie abfragen.«

»Mein Lieblingsthema ist das Paarungsverhalten dieser …«, während er sein Gesicht zu einer Grimasse verzog, überlegte er.

»Hermann-Schildkröte«, half Sophia, während ihre Augen ihn anfunkelten.

Als sie den Park verließen, bedankten sie sich bei Giselle, die ihnen schmunzelnd noch einen schönen Abend wünschte.

»Da ich Sie mit einem ordentlichen Steak ja leider nicht locken kann, habe ich mich mit der Köchin meines Lieblingsrestaurants lang und ausgiebig beraten«, erklärte Nicolas ernst. »Nachdem ich vorgestern nicht unvorbereitet dort mit Ihnen hätte auftauchen können, wurden heute Abend alle notwendigen Vorkehrungen getroffen.«

Überrascht ließ Sophia ihren Blick über das Meer schweifen, an dessen Küste die Straße entlangführte.

»Hier vorne ist es schon.« Nicolas deutete auf ein flaches Gebäude, das rechts neben der Straße auftauchte. Nachdem er den Wagen vor dem Eingang abgestellt hatte, sprang er aus dem Fahrzeug und hastete zur Beifahrertür. »Bitte sehr, Madame.« Er verbeugte sich leicht, nachdem er ihr die Tür geöffnet hatte.

Sophia schmunzelte. Nicolas Rousseau war heute Abend wie ausgewechselt. Witzig und charmant, nichts erinnerte mehr an den ungehobelten, unverschämten Mann vom Anfang der Woche.

Als sie sich dem Eingang zuwandten, klingelte sein Handy. Fluchend blickte er auf das Display. »Das ist mein Mitarbeiter. Pardon, aber da muss ich kurz drangehen.«

Während er das Gespräch annahm, entfernte sich Sophia mit Tim und ließ ihn an einigen Blumen am Rand des Parkplatzes schnüffeln.

»Fabien, was gibt es?«, meldete sich Nicolas ungeduldig.

»Nic, hör zu. Tut mir leid wegen der Störung. Aber ich habe gerade einige Erkundigungen über die Familie Lavalle eingeholt«, erklang die Stimme seines Mitarbeiters.

»Und?« Nicolas horchte gespannt auf.

»Seltsame Sache«, brummte Fabien Armand. »Das Haus,

von dem Madame Mildner gesprochen hat, gehört mittlerweile Monique Lavalle. Aber ursprünglich haben es ihre Eltern gebaut.«

»Ich kann daran nichts Ungewöhnliches erkennen«, erwiderte Nicolas unwillig.

»Warte«, forderte Fabien genervt. »Es gibt noch eine zweite Tochter. Mireille Lavalle. Sie wurde im Frühsommer 1980 von ihrer Familie als vermisst gemeldet.«

Nicolas kniff seine Augen zusammen, während er Sophia beobachtete, die Tim gerade von einer Korkeiche wegzog.

»Zwei Tage später wurde die Vermisstenmeldung jedoch wieder zurückgezogen. Angeblich hatte sich Mireille per Brief bei ihrer Familie gemeldet und ihr mitgeteilt, sie sei ins Ausland gegangen. Sie wollte ein neues Leben beginnen und bat ihre Familie, nicht nach ihr zu suchen.«

Nicolas überlegte. »Wo ist der Zusammenhang?«

»Das weiß ich noch nicht, aber wir haben zwei Frauen, die beide aus unerfindlichen Gründen mit ihren Familien gebrochen haben. Carine Duchamps ist 1979 nach dem angeblichen Tod ihrer Eltern nach Deutschland gegangen. Jetzt stellt sich heraus, dass die damals gar nicht gestorben sind. Ein Jahr später haut Mireille Lavalle ab, bricht mit ihrer Familie und meldet sich nie wieder. Und Carine Duchamps bewahrt ein Foto des Hauses der Lavalles bei sich auf.«

»Du denkst, die beiden kannten sich?«

»Wäre nicht abwegig, oder?« Sein Mitarbeiter schnaufte am anderen Ende der Leitung. »Die beiden waren im gleichen Alter. Vielleicht kannten sie sich aus der Schule. Ich werde versuchen herauszufinden, wo Mireille Lavalle zur Schule gegangen ist.«

»Dann finden wir vielleicht auch endlich heraus, wo Carine Duchamps ihren Abschluss gemacht hat«, folgerte Nicolas nachdenklich. »Gute Arbeit, Fabien.«

»Danke, Capitaine«, erwiderte sein Mitarbeiter lachend. »Auf jeden Fall sollten wir die Tochter nach dieser Mireille Lavalle befragen. Vielleicht hat ihre Mutter den Namen ja irgendwann mal erwähnt.« Er zögerte. »Wobei das nicht sehr wahrscheinlich ist. Der Nachname hat ihr schließlich heute Nachmittag nichts gesagt.«

»Wir fragen sie«, entgegnete Nicolas, während er seine Hand hob und Sophia kurz zuwinkte. »Vielleicht hat sie den Namen Mireille tatsächlich schon einmal gehört. Gibt es Neuigkeiten aus Dieppe?«

»Leider nein«, entgegnete Fabien betrübt.

Nachdenklich beendete Nicolas das Gespräch und dachte einen Augenblick lang nach.

Zwei Frauen, die sich von ihren Familien losgesagt und augenscheinlich nie wieder Kontakt zu ihren Angehörigen aufgenommen hatten. Das konnte einfach kein Zufall sein. Zwischen Carine Duchamps und Mireille Lavalle musste es eine Verbindung geben. Höchstwahrscheinlich hatten sie sich gekannt. War es vielleicht sogar möglich, dass Mireille zu Carine nach Deutschland gekommen war, als sie 1980 Frankreich verlassen hatte? Und wie passte Philippe Pasteur dazu? Fragen über Fragen, aber weiterhin keine Antworten. Es war zum Verzweifeln. Er musste dringend mit Sophia sprechen.

44

Pyrenäen

Das Wasser im Ausfluss färbte sich tiefrot, während Antoine den Duschkopf über seinen Körper hielt.

Das Blut war über Stunden auf seiner Haut getrocknet

und haftete nun wie eine Hülle an ihm. Vorsichtig strich er mit der Hand über seinen vernarbten Oberkörper.

Minutenlang lief das Wasser, bis er endlich auch die letzten Reste des Tierblutes entfernt hatte. Zufrieden stieg Antoine schließlich aus der Dusche und betrachtete sich im Spiegel.

Warum Emma ihn liebte, war ihm ein Rätsel. Sie war eine sehr attraktive Frau. Wenn er mit ihr unterwegs war, bemerkte Antoine immer wieder, wie andere Männer sich nach ihr umdrehten oder ihr heiße Blicke zuwarfen. Doch sie war mit ihm zusammen. Einem emotionalen Krüppel, dem sein Leben entglitten war; der einer Frau nichts außer Problemen und Lügen bieten konnte und dessen Körper hässlich und vernarbt war. Angewidert schüttelte er sich.

Nachdem Antoine sich wieder angezogen hatte, holte er eilig sein Handy hervor und lief den Wanderweg so weit zurück, bis die Balken auf seinem Display anzeigten, dass er telefonieren konnte. Es war bereits spät, die Sonne stand tief am Horizont.

»Oui?«, meldete sich Emma nach zweimaligem Klingeln.

»Emma, ich bin's, Antoine.«

»Ich weiß«, erklang ihre Stimme emotionslos.

»Wie geht es dir?«, bemühte er sich um einen zuversichtlichen Tonfall.

»Gut«, ertönte ihre kurze Antwort.

Er räusperte sich. »Ist irgendetwas?«

»Nein«, erwiderte sie, »warum?«

»Ich dachte nur …«

Unsicher brach er ab. Was war mit ihr? Warum verhielt sie sich so distanziert?

»Emma«, begann er vorsichtig, »wenn ich zurück bin, werde ich versuchen, diese Geschäftsreisen anders zu organisieren. Ich wäre jetzt auch lieber bei dir.«

»Wann kommst du nach Hause?«, fragte sie, ohne auf seine Bemerkung einzugehen.

»Sonntag, denke ich«, bekannte er zögernd. »Es gibt noch Probleme, die wir hier klären müssen ...«

»Sonntagabend, nehme ich an«, unterbrach Emma ihn ruppig.

»Ja«, entgegnete er verunsichert. »Aber ich würde gern nächstes Wochenende mit dir wegfahren. Was meinst du?«, fragte er leise.

»Mal sehen«, antwortete sie unverbindlich. »Wir unterhalten uns, wenn du wieder daheim bist.«

»Das sollten wir. Und ich werde auch mit Docteur Sotard reden. Ich verspreche es dir.«

»Tu das.«

»Emma.« Traurig schloss er die Augen. »Ich möchte dich nicht verlieren.«

»Ich weiß«, war die einzige Antwort, bevor sie das Gespräch ohne Verabschiedung beendete.

Wie vom Donner gerührt, stand Antoine an der Wegbiegung, von der aus er das gesamte Tal überblicken konnte. Was wusste sie? Konnte es sein, dass sie ahnte ...? Anders konnte er sich ihr merkwürdiges Verhalten nicht erklären.

So kühl hatte er sie noch nie erlebt. Bereits gestern hatte sie sich seltsam abgeklärt am Telefon gegeben. Antoine war sich ganz sicher, dass sie wusste, dass er nicht in Bordeaux war.

Am liebsten würde er seine Sachen packen und nach Hause zurückkehren. Doch er wusste, dass er noch zwei Durchgänge benötigte, um sich wieder einigermaßen im Gleichgewicht zu befinden.

Verzweifelt starrte er ins Tal hinab. Die Dunkelheit senkte sich langsam über die Natur, die Bäume nahmen ein undurchdringliches Grau an. Hinter sich hörte er einige Eichelhäher, die sich lautstark zu beschimpfen schienen. Doch

Antoine fühlte sich wie in einer Wolke. Das Leben zog an ihm vorüber, ohne dass er wirklich daran teilnahm.

Es war jetzt so ruhig, dass er seinen eigenen Herzschlag hören konnte. In seinem Hinterkopf blitzte ein verschwommener Erinnerungsfetzen auf, doch als er sich darauf konzentrieren wollte, war der Moment auch schon wieder vorbei.

Sotard! Der Psychologe musste ihm endlich helfen. Er konnte einfach keine Zeit mehr verschwenden. Eine Lösung musste her, eine allumfassende, zufriedenstellende Lösung. Am Montag würde er Sotard alles erzählen, die schonungslose, komplette Wahrheit. Dann musste der Therapeut ihm Hilfestellungen anbieten. Deshalb ging er schließlich zu ihm. All das weichgespülte Geschwafel brachte nichts. Wieder saß er hier oben, allein, nach einer Odyssee voller Lügen und Manipulationen. Nein, Sotard musste jetzt Nägel mit Köpfen machen. Sobald er über alles Bescheid wusste, konnte er beweisen, ob er ein kompetenter Psychologe war. Falls nicht, würde Antoine sich einfach einen anderen suchen. So komplex konnte sein Fall doch gar nicht sein, dass keiner dieser Seelenheiler in der Lage war, ihn endlich zu erlösen. Er durfte Emma auf keinen Fall verlieren!

45

In der Nähe von Argelès-sur-Mer

»Okay«, begann Sophia entschlossen. »Das reicht. Was ist passiert?«

Erwartungsvoll sah sie den Polizisten an, der ihr gegenübersaß und keine fünf Sätze mehr gesprochen hatte, seit sie das Restaurant betraten.

Sie hatten an einem kleinen Tisch auf der Terrasse Platz

genommen, die sich auf den Küstenfelsen befand. Wenn sie sich über die Brüstung lehnten, die sich neben ihnen befand, konnten sie die Steilküste sehen, an der sich etwa hundert Meter tiefer die hereinrollenden Wellen brachen.

Während des vorzüglichen Essens hatte Sophia noch stillschweigend den grandiosen Ausblick genossen. Aber da Nicolas Rousseau auch danach nur weiter nachdenklich vor sich hin starrte, hatte sie nicht länger an sich halten können.

»Pardon?« Er blickte sie abwesend an.

»Eigentlich müsste ich jetzt beleidigt sein, da meine Gesellschaft Sie ganz offensichtlich langweilt«, merkte sie amüsiert an.

Erschrocken sah er auf. »Nein, ganz und gar nicht.« Entschieden schüttelte er den Kopf. »Es tut mir leid, aber …« Er brach ab.

»Es war der Anruf. Habe ich recht?«, fragte sie vorsichtig nach.

»Ich wollte uns den Abend nicht verderben«, begann Nicolas zögernd. »Die ganze Sache hier …«, er deutete mit der Hand aufs Meer, »… war schließlich als nette Abwechslung gedacht.«

Sophia beugte sich vor. »Es war eine sehr nette Abwechslung«, betonte sie eindringlich, während sie das erschöpfte Gesicht des Polizisten musterte. »Das Essen war … einmalig.« Sie lachte. »Geräucherter Tofu in einem Steakrestaurant. Wie haben Sie die Köchin nur dazu überreden können?«

Er lächelte schwach. »Sie schuldete mir noch einen Gefallen«, meinte er und zuckte mit den Schultern. »Es hat Ihnen also geschmeckt?«

»Machen Sie Witze? Es war hervorragend.«

Nachdenklich betrachtete er sie. Die Deutsche wirkte heute Abend entspannt und glücklich. »Das ist mein Lieblingsrestaurant«, erklärte er stolz. »Wenn ich hier sitze und aufs Meer sehe, kann ich meist all die Probleme und furchtbaren Tragödien vergessen, mit denen man tagtäglich konfrontiert wird.«

»Das kann ich gut nachvollziehen«, erwiderte sie. »Hier bekommt man in der Tat das Gefühl, alles sei richtig, alles sei gut. Kein Wölkchen trübt den strahlenden Himmel des Lebens.«

Er nickte.

»Aber ...«, begann sie erneut.

»Was aber?« Überrascht blickte er sie an.

»Capitaine, nun sagen Sie schon. Gibt es schlechte Neuigkeiten?« Langsam strich sie sich eine Haarsträhne hinter das Ohr. Fasziniert beobachtete er die Bewegung. Sophia zog fragend ihre Augenbrauen hoch. »Was ist?«

Doch er wandte nur seinen Blick ab und sah aufs Meer. Schließlich setzte er sich gerade hin und nickte. »Mein Mitarbeiter, Officier Armand, hat mich vorhin angerufen.«

Sophia sah ihn abwartend an, während er ihr von dem Telefonat erzählte.

Nachdem er seine Ausführungen beendet hatte, legte sie ihre verletzte Hand auf den Tisch und strich mit der anderen abwesend über den Verband.

»Haben Sie Schmerzen?« Nicolas deutete mit dem Kinn auf ihre Hände.

Ruhig schüttelte Sophia den Kopf. »Der Name Mireille Lavalle sagt mir nichts«, entgegnete sie tonlos.

»Das hatte ich befürchtet.« Nicolas nickte enttäuscht. »Hat Ihre Mutter überhaupt jemals über frühere Freundinnen gesprochen, ehemalige Schulkameradinnen?«

Sophia starrte auf ihre Hände und überlegte. »Nein, zumindest kann ich mich nicht daran erinnern.«

»Was ist mit anderen Französinnen, die sie in Deutschland kennengelernt hat?« Abwartend musterte er sie.

Hilflos hob sie ihre Schultern. »Ich glaube, da war niemand.«

Sie zögerte. »Ich kann mich einfach nicht erinnern«, stieß sie schließlich verzweifelt hervor.

Instinktiv legte Nicolas seine Hand auf ihre, um sie zu beschwichtigen.

Doch Sophia zuckte zurück und blickte ihn stattdessen erschrocken an. »Es tut mir leid«, murmelte sie leise.

»Das macht doch nichts«, erwiderte er sanft. »Sie waren noch ein Kind.«

»Trotzdem …« Sie schüttelte ihren Kopf, während sie die Lippen fest aufeinanderpresste.

»So verständnisvoll Sie mit Ihren Mitmenschen umgehen, so wenig Verständnis bringen Sie für sich selbst auf«, mahnte Nicolas. Er zögerte einen Moment, bevor er weitersprach. »Wir wissen jetzt, wer unser unbekanntes Opfer von letzter Woche ist.«

Gespannt blickte sie auf und lehnte sich leicht über den Tisch.

»Philippe Pasteur, aus Dieppe, Lehrer.«

Entmutigt sackte sie zusammen. »Nie gehört«, murmelte sie leise.

»Seien Sie nicht so streng mit sich, Sophia.« Er beugte sich ebenfalls vor, sodass ihre Gesichter nur wenige Zentimeter voneinander entfernt waren, während sie sich schweigend ansahen.

»Wann findet dieser Albtraum nur endlich ein Ende?« Hilfe suchend blickte sie ihn an. Der Schmerz und die Trauer, die aus ihren Augen sprachen, ließen ihn innerlich zusammenzucken.

»Ich weiß es nicht«, gab Nicolas offen zu. »Aber glauben Sie mir, ich werde alles daransetzen, um Ihnen auf Ihre Fragen baldmöglichst Antworten liefern zu können.«

»Danke«, hauchte sie kaum hörbar und ließ sich mutlos in ihren Stuhl zurücksinken.

Der Himmel färbte sich mittlerweile dunkelrot. Die unterschiedlichen Schattierungen tauchten die ganze Umgebung in ein unwirkliches Licht.

Nachdenklich kratzte sich Nicolas am Ohr. Vielleicht sollte er Sophia nicht mehr in die weiteren Ermittlungen miteinbeziehen. Sie hatte schon zu viel durchgemacht.

»Die nächsten zwei Tage wird wohl nicht viel passieren?«, wollte Sophia nach einigen Minuten, im Hinblick auf das vor ihnen liegende Wochenende, wissen, als ob sie seine Gedanken erahnen konnte.

Er zögerte. »Ich … ich muss noch einiges überprüfen.«

Sie nickte. »Ohne mich.«

»Ich …«, wieder stockte er, sprach dann aber weiter, »… ich muss noch mal nach Croiselles. Und danach habe ich noch etwas in Perpignan zu erledigen.«

»Nehmen Sie mich mit«, bat sie ihn eindringlich. »Bitte.«

»Ich weiß nicht …«, wehrte er unsicher ab.

»Ich schaffe das«, unterbrach sie ihn mit entschlossener Stimme, während sie ihr Kinn provokativ vorschob.

»Also schön«, willigte Nicolas schließlich seufzend ein, nachdem er sie sekundenlang betrachtet hatte.

»Geht's Ihnen gut?«, wandte sich Nicolas vor dem Ferienhaus an Sophia, die während der gesamten Rückfahrt gedankenversunken neben ihm in die Dunkelheit gestarrt hatte.

»Ja.« Sie nickte tapfer. »Es ist momentan einfach alles etwas viel.« Sie ließ ihre verletzte Hand neben dem Kopf kreisen, um ihr Gedankenchaos anzudeuten. »Aber es wird schon wieder.«

Einen Moment lang sahen sie sich schweigend an, bevor Sophia die Autotür öffnete, um auszusteigen.

Nicolas beeilte sich, ebenfalls den Wagen zu verlassen, während Sophia den Labrador aus dem Kofferraum ließ.

»Ich bringe Sie noch an die Haustür«, erklärte er fest, während er neben ihr herging.

Mit angehaltenem Atem sah sie ihn verstohlen von der Seite an. Er war fast einen Kopf größer als sie und strahlte in diesem Moment eine unglaubliche Anziehungskraft aus, die auf Sophia elektrisierend wirkte. Ihr Herz pochte wie wild, während ihr Kopf ihr gleichzeitig signalisierte, dass sie gerade im Begriff war, einen großen Fehler zu begehen.

Als sie die Tür erreichten, war lediglich das Heranrollen der Wellen am Strand zu hören. Ein paar Grillen zirpten im Vorgarten. Ansonsten herrschte eine friedvolle Stille.

Nicolas räusperte sich. »Ich hoffe, es hat Ihnen gefallen.«

Sie lächelte. »Vielen Dank für den schönen Abend. Unter den gegebenen Umständen hätte ich niemals erwartet, überhaupt ein paar Stunden abschalten zu können.« Sie zog eine Grimasse. »Sie haben also alles richtig gemacht.«

Während er ihren Blick erwiderte, überlegte er kurz. »Freut mich. Leider kommt es nicht besonders oft vor, dass ich alles richtig mache.« Er grinste schwach. »Wie Sie ja sicher bereits bemerkt haben.«

Stumm sah sie ihn an und erkannte in seinen Augen, dass ihm die gleichen Gedanken wie ihr durch den Kopf gingen. Nervös verlagerte Sophia ihr Gewicht auf das andere Bein und wusste nichts mehr zu sagen.

Nach einer halben Ewigkeit riss er sich notgedrungen von ihrem Anblick los und wandte sich zum Gehen. »Schlafen Sie gut, Sophia, bonne nuit.« Seine Stimme klang belegt.

»Nicolas«, rief sie ihm nach, bevor sie überhaupt dazu kam, über die Konsequenzen nachzudenken.

»Ja?« Er drehte sich überrascht um.

»Möchten Sie vielleicht noch einen Moment hereinkommen?« Im schwachen Licht der Außenlampe blickten ihn ihre hellen Augen erwartungsvoll an.

Obwohl ihn die Sehnsucht innerlich fast zu zerreißen drohte, blieb er nur reglos stehen und sah sie einige Momente schweigend an.

Als er nichts erwiderte, ergriff sie erneut zaghaft das Wort: »Was meinen Sie?«

Sein Blick wanderte über die zerbrechlich wirkende Frau, die im Türrahmen stand und ihn hoffnungsvoll ansah. Sein Herz krampfte sich zusammen, als ihm klar wurde, wie seine Antwort ausfallen würde, in dieser Situation ausfallen musste.

»Sophia«, begann er zögernd, »bitte verstehen Sie mich nicht falsch, aber ...«, er musste sich zwingen, die Worte auszusprechen, »... ich glaube, das wäre keine gute Idee.«

Sichtlich enttäuscht sackte Sophia in sich zusammen und nickte. Mit beherrschter Stimme presste sie leise hervor: »Wahrscheinlich haben Sie recht. Nochmals vielen Dank für den schönen Abend.« Mit diesen Worten zog sie Tim hinter sich ins Haus und schloss hastig die Tür.

Im Flur lehnte sie sich schwer atmend gegen die Wand und schloss ihre brennenden Augen. Verärgert spürte sie, wie sich Tränen unaufhaltsam ihren Weg bahnten. War sie denn wirklich so verzweifelt, dass eine einfache Abfuhr sie dermaßen aus dem Gleichgewicht brachte? Hatte sie im Moment keine anderen Probleme? Aber Nicolas Rousseau hatte sich heute Abend von einer Seite gezeigt, die sie nie an ihm vermutet hätte. Was war nur mit ihr los?

Verzweifelt ließ Sophia sich auf den Boden sinken und vergrub ihr Gesicht in den Händen. Tim setzte sich dicht neben sie und legte seinen Kopf auf ihre Knie. Während sie ihren Tränen endlich freien Lauf ließ, streichelte sie dem Hund dankbar über seinen Kopf.

Tief in ihrem Inneren fühlte sie, dass der Polizist nicht nur einen Lückenbüßer für sie darstellte. Obwohl seine Art teilweise gewöhnungsbedürftig und extrem provozierend auf sie wirkte, spürte sie eine unglaubliche Anziehungskraft, die von dem Franzosen ausging.

Heute Abend hatte alles richtig geschienen. Eigentlich hatte Sophia angenommen, dass es ihm genauso ging. Doch ganz offensichtlich hatte sie irgendetwas missverstanden, Signale falsch gedeutet. Tatsächlich wusste sie nicht einmal, ob er nicht vielleicht sogar liiert war.

Wie hatte sie sich nur in eine solch peinliche Situation bringen können? Auch für den Capitaine musste ihre ebenso durchschaubare wie anbiedernde Frage höchst unangenehm gewesen sein. Schließlich hatte er krampfhaft überlegt, wie er ihr schonend beibringen konnte, dass er kein Interesse an ihr hatte.

Zornig schüttelte Sophia ihren Kopf. Nein, das war so gar nicht ihre Art. Morgen musste sie dringend mit ihm sprechen und die Situation richtigstellen. Was hatte sie sich nur dabei gedacht? Je länger sie über ihre Aktion nachdachte, desto wütender wurde sie. Erst als ihr kalt wurde, stand sie endlich auf und ging ins Bett.

Frustriert schlug Nicolas mit der Faust auf das Lenkrad. Wieder tauchte Sophias zartes Gesicht vor seinem geistigen Auge auf. Was war bloß mit ihm los? Seit wann wog er sämtliche Aspekte ab, wenn es um Entscheidungen ging, die mit Vernunft nicht einmal im entferntesten Sinne zu tun hatten?

Wehmütig dachte er an ihre Enttäuschung; wie sich ihr Brustkorb hastig gehoben und gesenkt hatte; wie sie nach seiner Ablehnung krampfhaft um Fassung gerungen hatte. Sie dermaßen zu verletzen, war das Letzte, was er bezweckt hatte. Sie auf diese demütigende Art zu enttäuschen, entsprach in keiner Weise dem, was er tief in seinem Innersten empfand.

Sonst scherte er sich doch auch nicht um Konventionen.

Für gewöhnlich zog er sein eigenes Ding durch, unabhängig von der Meinung seines Umfelds. Warum also heute Abend diese Reaktion?

Sophia war eine bildhübsche, begehrenswerte Frau. Und ganz offensichtlich fand auch sie ihn nicht uninteressant. Sonst hätte sie ihn wohl kaum hereingebeten. Also, was war bloß los mit ihm? An ein abgegebenes Keuschheitsgelübde konnte er sich zumindest nicht erinnern.

Wütend starrte Nicolas auf die menschenleere Straße und bog schließlich auf den Anwohnerparkplatz vor seiner Wohnung ein.

Doch auch nachdem er den Motor abgestellt hatte, blieb er weiter im Wagen sitzen und presste seine Kiefer mit aller Kraft aufeinander. Unruhig trommelte er mit den Fingern auf das Lenkrad und ärgerte sich weiter über sein unmögliches Verhalten. Am liebsten wäre er auf der Stelle umgekehrt, um sein furchtbares Benehmen wiedergutzumachen. Doch er war sich sicher, dass das alles nur noch schlimmer machen würde. Abgesehen davon, dass Sophia ihn jetzt sicher sowieso nicht mehr in ihr Haus lassen würde. Zu Recht!

Natürlich wusste er ganz genau, warum er ihr Angebot ausgeschlagen hatte. Diese Frau hatte große Probleme. Probleme, die sich nicht einfach durch impulsive Aktionen wie schnellen Sex verbessern ließen. Außerdem konnte Nicolas überhaupt nicht einschätzen, welche Auswirkungen die erneute Konfrontation mit dem mit Abstand schlimmsten Ereignis ihres Lebens noch auf sie haben würde. Er wäre sich schäbig vorgekommen, hätte das Gefühl gehabt, ihre labile Gefühlslage auszunutzen. Und auch wenn sein Verlangen groß gewesen war, er mit jeder Faser seines Körpers bereit gewesen wäre, war er nicht der Typ, der Frauen für seine Zwecke benutzte.

Sophia Mildner war seit Langem die erste Frau, die ihn sowohl von ihrem Intellekt als auch von ihrem Äußeren in einem Maße ansprach, dass er schon fast ins Grübeln kam.

Aber gerade weil sie etwas in ihm auslöste, das Nicolas eigentlich schon vor langer Zeit für sich abgehakt hatte, hatte er vorhin reiflich überlegen müssen, wie er sich verhalten sollte, um morgen noch in den Spiegel schauen zu können. Eine kurze Affäre würde die Deutsche sicher von ihren Problemen ablenken, aber wenn Nicolas ehrlich sein wollte, war eine Affäre nicht das, was er sich von Sophia Mildner erhoffte. Ganz im Gegenteil, mit ihr konnte er sich weitaus mehr vorstellen.

46

Samstag, 4. Juni
Argelès-sur-Mer

Schweißgebadet erreichte Sophia das Ferienhaus. Tim hechelte neben ihr und sah sie zufrieden an, während sie hastig die Tür aufschloss. Die Tüte mit den Croissants warf sie achtlos auf den Küchentisch, bevor sie die Terrassentür öffnete, um die noch kühle Morgenluft in den Raum zu lassen.

Schwer atmend setzte sie sich in den Garten und hörte, wie der Labrador sich in der Küche gierig an seinem Wassernapf zu schaffen machte. Ein Blick auf die Uhr zeigte ihr, dass sie eine knappe Stunde gelaufen war.

Als sie heute früh um sechs aufwachte, hatte sie sofort wieder an gestern Abend denken müssen. Da ihr klar war, dass sie sowieso nicht mehr einschlafen würde, entschied sie sich stattdessen, mit Tim eine Runde laufen zu gehen. Und die Anstrengung hatte ihr tatsächlich geholfen. Die Gedanken rasten nicht mehr ziellos durch ihren Kopf. Während des

Laufens konzentrierte sie sich nur auf ihren Körper und den Rhythmus ihrer Schritte. Auf dem Rückweg hatte sie noch einen Abstecher in die Bäckerei um die Ecke gemacht, um sich ihr Frühstück zu besorgen.

Zufrieden lehnte Sophia sich in ihrem Stuhl zurück.

Vorsichtig wickelte sie den Verband ihrer verletzten Hand ab. Mittlerweile war die Haut übersät mit dunkelroten Krusten. Daher entschied Sophia, den Verband ab sofort wegzulassen. Sie legte ihren Kopf zurück und schloss einen Moment lang die Augen. Doch sofort fing das Gedankenkarussell ein weiteres Mal an, sich unaufhörlich zu drehen. Sie gähnte erschöpft.

Als sie eine Stunde später wieder erwachte, sah sie schläfrig auf die Uhr und sprang irritiert auf. Tim lag auf seiner Decke und schlief ebenfalls. Die morgendliche Bewegung hatte nicht nur ihr gutgetan. Eilig setzte sie Kaffee auf.

Gerade als Sophia nach dem Duschen den ersten Schluck ihres heißen Getränks nahm, klingelte es an der Tür. Sofort beschleunigte sich ihr Puls. Sie ahnte, wer zu dieser frühen Stunde vor ihrer Tür stand.

Tatsächlich war es Nicolas.

»Bonjour, Sophia«. Er lächelte leicht.

»Bonjour, Capitaine.« Sie bemühte sich um einen neutralen Tonfall, während sie zur Seite trat. Wie selbstverständlich durchquerte er das Haus und steuerte auf die Terrasse zu.

»Sie frühstücken noch.« Er zeigte auf ihren Teller. Da sie noch kaute, nickte sie nur und deutete stumm auf den anderen Stuhl. Tim setzte sich neben den Capitaine und platzierte seinen Kopf auf dessen Oberschenkel.

Einen Augenblick lang starrte Nicolas gedankenverloren auf den Strand, während er krampfhaft nach den richtigen Worten suchte. »Sophia«, begann er zögernd, »wegen gestern Abend ...«

»Vergessen Sie es.« Sie winkte betont gleichgültig ab.

Irritiert sah er sie an, doch sie verzog keine Miene.

»Ich ...«, setzte sie zögernd an, »... ich dachte einfach, wir könnten die Fakten noch mal zusammen durchgehen.« Kurz wandte sie ihren Blick ab. »Aber schließlich war es schon spät und Sie waren müde.« Sie bemühte sich um ein unverbindliches Lächeln, während ihre Hände in der Luft gestikulierten. »Kein Problem, wirklich.«

Schweigend nickte er und dachte nach. »Ich wollte einfach nicht den Eindruck erwecken, dass ...«

»Alles gut«, unterbrach Sophia ihn erneut und versuchte krampfhaft, den Kloß in ihrem Hals zu ignorieren. Sie räusperte sich und blickte ihn offen an. »Also, wo fahren wir zuerst hin?«

Enttäuscht musterte er ihr Gesicht, zwang sich jedoch, die vorgetäuschte Fröhlichkeit nicht infrage zu stellen. Denn obwohl die Deutsche sich fieberhaft bemühte, ihre Verletzlichkeit vor ihm zu verbergen, entging Nicolas die tiefe Traurigkeit in ihren Augen nicht. Doch ganz offensichtlich wollte sie nicht länger mit ihm darüber sprechen, also würde er den abrupten Themenwechsel ihr zuliebe akzeptieren.

»Erst nach Croiselles«, antwortete er daher. »Ich habe mich kundig gemacht. Ein Ehepaar, etwa im Alter der Girards, wohnt seit über dreißig Jahren in dem Dorf. Die Frau hatte auf dem Samstagsmarkt ebenfalls regelmäßig einen Stand. Sie weiß nichts von unserem Besuch, wir werden sie überraschen. So kann sie sich nicht mit den Girards absprechen. Vielleicht kann sie uns ja weiterhelfen.«

Sophia nickte. »Also auf in die Berge.«

Betont gut gelaunt erhob sie sich und räumte das Tablett in die Küche. Stirnrunzelnd beobachtete Nicolas die junge Frau. Ganz offensichtlich hatte er sie tief verletzt mit seinem Verhalten. Was war er nur für ein verdammter Idiot!

Sein Blick wanderte über ihren schmalen Rücken. Sie trug ein ärmelloses Top zu einer kurzen Shorts. Wieder krampfte sich sein Magen zusammen, als er an den gestrigen Abend dachte. Ihre Begeisterung in dem Schildkrötenpark, ihr feinsinniger Humor beim Abendessen. Seufzend schüttelte Nicolas den Kopf, bevor er sich schließlich erhob und ihr folgte.

Auf der Fahrt in die Pyrenäen bemühte sich Sophia angestrengt um ein belangloses Gespräch, thematisierte im Wechsel die überwältigende Landschaft, die sich vor ihnen erstreckte, sowie das traumhafte Wetter. Notgedrungen spielte Nicolas mit und mied ebenfalls sämtliche Themen, die auch nur ansatzweise verfänglich wirken könnten, obwohl er so viel Wichtigeres zu sagen gehabt hätte. Die halbe Nacht hatte er über die Frau neben sich nachgedacht und war doch zu keinem vernünftigen Ergebnis gekommen.

Da das krampfhaft oberflächliche Gerede, bei dem er jedes Wort sorgfältig abwägen musste, ihn aufs Äußerste erschöpfte, war er froh, als ein Straßenschild endlich ankündigte, dass sie nur noch zwei Kilometer von ihrem Ziel entfernt waren.

»Police Nationale?« Die Frau sah sie misstrauisch an.

Geduldig zog Nicolas seine Marke hervor und hielt sie der Alten dicht vor die Augen.

Sie nickte zufrieden und zeigte auf eine Sitzgruppe aus verwittertem Holz, die sich vor ihrer Haustür befand. »Man kann heute nicht vorsichtig genug sein.«

Gebückt schlurfte sie zu einer breiten Holzbank, während Nicolas und Sophia schweigend folgten.

Nachdem sie sich gesetzt hatten, beugte er sich vor und lächelte Madame Oiseau aufmunternd an.

»Madame, es geht um den 8. August 1992«, begann er.

»Mon dieu, Capitaine.« Die Frau seufzte kopfschüttelnd.

»Ich bin eine Greisin, sehen Sie mich doch an. Sie erwarten nicht im Ernst, dass ich mich noch an so lange zurückliegende Ereignisse erinnern kann?« Ihre Stimme zitterte.

»Es war der Tag, nachdem die deutsch-französische Familie in Argelès-sur-Mer verschwunden ist. Der Markttag«, erwiderte Nicolas ernst, während er die Frau genau beobachtete.

Entsetzen trat in ihr Gesicht. »Diese schreckliche Sache. In der Tat erinnere ich mich noch an diese furchtbare Tragödie.« Bekümmert schloss sie kurz ihre Augen.

»Das hier ist Sophia Mildner. Sie ist die Tochter des verschwundenen Ehepaars und die Schwester des vermissten Jungen«, erklärte Nicolas eindringlich, während er Sophia ansah. Diese wandte jedoch ihren Blick ab und lächelte die alte Frau unsicher an.

»Non«, jammerte Madame Oiseau und legte ihren Kopf schief.

»Können Sie sich noch daran erinnern, dass Madame Canard damals für die Girards eingesprungen ist, weil es Pauline Girard nicht gut ging an jenem Morgen?«

Die alte Frau sah ihn stirnrunzelnd an, während sie lang überlegte. Nicolas befürchtete schon, sie habe die Frage nicht verstanden.

Doch nach einer halben Ewigkeit lehnte sie sich nach vorn und blickte ihn verschwörerisch an. »Sie haben Glück, Capitaine. Sie sind noch jung. Sie wissen nicht, wie es ist, wenn einen die Erinnerung öfters mal im Stich lässt.« Sie tippte sich an den Kopf und nickte zur Bekräftigung. »Aber an jenen Tag kann ich mich noch genau erinnern. Wir standen damals vor der Markthalle und wunderten uns, wo Pauline und Basile blieben. Ehrlich gesagt, hatten wir schon befürchtet, ihnen sei etwas zugestoßen.«

»Warum?«, fragte Nicolas verwirrt nach.

»Sie waren immer die ersten in Argelès, schlossen die Halle

auf und stellten die Tische raus, bevor wir anderen kamen.« Wieder überlegte Madame Oiseau. »Aber an jenem Morgen kamen wir dort an und die Halle war zu. Keine Pauline, kein Basile und …«, sie streckte ihren knotigen Zeigefinger in die Luft, »… vor allem keine Tische. Der Markt begann immer um sieben. Wir kamen kurz vorher, während die Girards für gewöhnlich bereits gegen sechs vor Ort waren, um alles vorzubereiten.«

»Aber an diesem Tag hatte doch Lorraine Canard den Schlüssel«, warf Nicolas ein.

»Ja, das ist richtig. Aber Lorraine kam erst nach neun.« Verärgert blickte Mathilde Oiseau von Nicolas zu Sophia. »Wir mussten zwei Stunden lang unsere Ware aus den Autos verkaufen, weil wir keine Stände hatten. Und als unsere feine Arztgattin sich endlich dazu bequemte, nach Argelès runter-zukommen, war der Vormittag schon fast gelaufen. Die ersten Stunden waren immer die ergiebigsten.« Grimmig schob sie ihren Unterkiefer vor, während sie Daumen und Zeigefinger aneinanderrieb. »Eineinhalb Stunden Fahrt hin, eineinhalb Stunden Fahrt heim, bei diesem Aufwand mussten die Ein-nahmen stimmen. Alles, was nicht verkauft wurde, war ein Verlust. Wurde weggeworfen oder gegen ein paar Francs verschenkt.«

»Warum kam Madame Canard erst gegen neun?«, hakte Nicolas skeptisch nach.

»Viel Verkehr, Stau, zu spät informiert«, hilflos hob die alte Frau ihre Hände. »Am besten fragen Sie Lorraine selbst, was damals los war.« Wieder schüttelte sie ihren Kopf. »Als sie endlich kam, schloss sie auf und entdeckte die Blutlache.« Sie streckte ihre Hand aus und berührte Sophia leicht am Unterarm. »Es tut mir sehr leid, was mit Ihrer Familie pas-siert ist.« Sie seufzte. »Aber es stank bestialisch in der Halle. Der Markt war an jenem Morgen natürlich erledigt. Die

Polizei riegelte alles ab und schickte uns heim, nachdem jeder von uns vernommen worden war.«

»Was ist mit den Girards?«, fragte Nicolas hoffnungsvoll.

»Pauline und Lois? Die beiden sind in Ordnung. Immer hilfsbereit, immer freundlich.« Sie lehnte sich zurück. »Als mein Mann gestorben ist …«, sie überlegte kurz, »… das ist jetzt auch schon sieben Jahre her, da waren mir die beiden eine große Hilfe.« Ihre Hände zitterten, als sie sie ineinander verschränkte. »Die zwei haben ihr Herz auf dem rechten Fleck. Ehrliche und kluge Menschen. Als die Eltern ihres Patenkindes damals tödlich verunglückt sind, haben die beiden den Jungen, ohne zu zögern, bei sich aufgenommen und adoptiert.« Sie nickte bedächtig.

»Der Sohn der Girards ist adoptiert?«, hakte Nicolas nach, bevor ihm einfiel, dass Fabien dies erwähnte, nachdem er das Ehepaar überprüft hatte.

»Ja«, entgegnete Madame Oiseau anerkennend. »Sie haben ihn zu sich genommen und sich um ihn gekümmert, als sei er ihr eigenes Kind.« Sie stockte einen Moment. »Der Junge wohnt mittlerweile in der Stadt. Mit einer Frau. Sie ist …«, sie verzog ihr Gesicht zu einer Grimasse, »… sie ist … anders.«

»Was meinen Sie?«, erwiderte Nicolas irritiert, während er Sophia einen kurzen Blick zuwarf. Doch die schien dem Gespräch nicht zu folgen. Zumindest starrte sie regungslos auf einen Punkt, der sich knapp über dem Kopf der Alten irgendwo in den Bergen hinter ihnen befand.

»Sie ist …«, begann Madame Oiseau geheimnisvoll, »… sie ist schwarz.«

»Die Schwiegertochter der Girards ist eine Afrofranzösin?«, fragte Nicolas sicherheitshalber nach, da er an dieser Tatsache nichts Ungewöhnliches finden konnte.

Die Alte nickte langsam.

»Haben die Girards noch andere Kinder? Leibliche?«

Betrübt schüttelte Mathilde Oiseau ihren Kopf. »Nein, Pauline ...«, begann sie verlegen, während sie Hilfe suchend zu Sophia blickte, »... sie hat ein Problem da unten.« Beschämt senkte sie ihre Stimme.

»Pauline Girard konnte keine eigenen Kinder bekommen«, stellte Nicolas nüchtern fest. Als er erneut zu Sophia sah, bemerkte er besorgt, dass sich ihr Gesicht verfinstert hatte.

»Ja«, erwiderte die Alte verlegen.

»Was ist mit dem Sohn?«, bohrte Nicolas weiter. »Er lebt in der Stadt, sagten Sie?«

Die Frau nickte. »Die Kinder ziehen alle in die Stadt. Was sollen sie denn auch noch hier?« Bekümmert blickte sie Nicolas an. »Wenn wir Alten sterben, wird es Croiselles bald nicht mehr geben.«

»Sie schon wieder!« Lorraine Canard blickte Nicolas unfreundlich an, als sie ihre Haustür einen Spalt öffnete.

»Bonjour, Madame.« Er ignorierte geflissentlich ihren Tonfall.

Nachdem sie sich von Mathilde Oiseau verabschiedet hatten, entschloss sich Sophia, mit Tim in einen kleinen Waldweg einzuschlagen, der nach der Beschilderung auf einen der Pyrenäengipfel führte. Sie hatte keinen Hehl aus ihrer schlechten Laune gemacht, wobei Nicolas ihr die vorherige aufgesetzte Freundlichkeit sowieso nicht abgenommen hatte. Vielmehr beschlich ihn das ungute Gefühl, dass Sophia die tiefe Verletzung, die seine Ablehnung gestern Abend bei ihr ausgelöst zu haben schien, nicht länger überspielen konnte und daher lieber auf Abstand zu ihm ging. Also musste er die Befragung allein vornehmen.

»Ich habe Ihnen doch bereits am Mittwoch alles gesagt, was ich weiß«, blaffte Madame Canard nun verärgert.

»Es haben sich durch verschiedene andere Zeugenaussagen noch einige offene Fragen ergeben, Madame Canard«, bog Nicolas ungerührt die Wahrheit zurecht. »Darf ich eintreten oder sollen wir uns lieber auf dem Revier weiterunterhalten?« Er verzog keine Miene.

»Auf dem Revier? In Argelès?«, keifte die ältere Frau verärgert.

Doch Nicolas sah sie nur schweigend an.

Unwillig trat sie schließlich zur Seite und ließ ihn eintreten. »Bitte.« Sie zeigte auf eine Tür hinter sich.

Neugierig blickte Nicolas sich in der modernen Hochglanzküche um, die so gar nicht zu dem alten Bauernhaus passen wollte.

»Setzen wir uns«, murmelte Lorraine Canard mit zusammengepressten Lippen und rutschte umständlich auf die Eckbank.

Nachdem sich Nicolas ebenfalls einen Stuhl herangezogen hatte, holte er seinen Notizblock hervor und sah in aller Ruhe seine Aufzeichnungen durch. Aus dem Augenwinkel heraus registrierte er, wie die Arztgattin nervös ihre Finger knetete.

»Es geht noch mal um den achten August 1992«, begann Nicolas bedächtig, während er demonstrativ die Stirn runzelte.

Unruhig rutschte Madame Canard auf der Bank herum.

»Würden Sie mir bitte nochmals schildern, wie die Girards Sie an jenem Morgen darüber informierten, dass sie nicht nach Argelès fahren konnten?«

Mit ungläubigem Gesichtsausdruck musterte sie Nicolas. »Das habe ich Ihnen doch bereits alles beim letzten Mal erzählt.«

»Wie gesagt, es sind einige Unstimmigkeiten aufgetreten, die ich überprüfen muss.« Nicolas blieb weiter ruhig.

»Basile kam an jenem Morgen vorbei und klingelte uns aus dem Bett«, begann Lorraine Canard zögernd.

»Wann?«, warf Nicolas ein.

Unsicher sah sie ihn an. »Wollen Sie die genaue Uhrzeit wissen?«

»Ja.« Er nickte bekräftigend.

Angespannt hob sie ihre Schultern, während ihr Blick zusehends gehetzt wirkte. »Ich weiß nicht genau ...«

»Um fünf, um sechs, um sieben? Eine ungefähre Angabe reicht mir«, warf er den Köder aus.

Ihr Gesicht verfinsterte sich. »Ich ...« Sie brach ab. »Ich weiß es nicht genau. Mein Mann und ich ...« Sie schüttelte verunsichert ihren Kopf. »Wir lagen auf jeden Fall noch im Bett.«

»Madame Canard, uns liegen Informationen vor, nach denen Sie erst gegen neun Uhr am Hafen in der Markthalle ankamen«, erwiderte Nicolas streng. Einen Moment lang ließ er die Aussage unkommentiert stehen, bevor er fortfuhr: »Die reine Fahrzeit von Croiselles nach Argelès beträgt je nach Geschwindigkeit etwa anderthalb Stunden.« Er sah sie ohne Unterlass an. »Rechnen wir zwei Stunden.«

Lorraine Canard nickte nervös, während sie weiter vor sich auf den Tisch starrte.

»Das würde bedeuten, dass Sie gegen sieben hier losgefahren sind«, rechnete er ihr vor. »Kommt das ungefähr hin?«

Wieder zuckte sie mit den Achseln.

»Das würde aber auch bedeuten ...«, fuhr Nicolas in scharfem Tonfall fort, »... dass die Girards Sie erst gegen sechs oder halb sieben informiert haben.«

Lorraine Canard schwieg weiter.

»Für gewöhnlich waren die beiden aber bereits zu dieser Zeit an der Markthalle. Was heißt, dass sie immer spätestens um halb fünf losfahren mussten. Wenn es Pauline Girard an jenem Morgen nicht gut ging, wie Sie drei steif und fest behaupten, hätte sie das bereits um halb fünf merken müssen, nicht erst zwei Stunden später.«

Die ältere Frau hob langsam den Kopf. Etwas in ihren Augen blitzte auf und Nicolas beschlich das vage Gefühl, dass sie sich wieder gefangen hatte.

»Sie haben den Schlüssel nicht gefunden.« Trotzig sah sie ihn an.

»Was soll das heißen?«

»Als sie an jenem Morgen aufwachten und bemerkten, dass es Pauline so schlecht ging, entschieden sie sich, mir den Schlüssel für die Halle zu bringen. Aber sie haben ihn nicht finden können. Deshalb kam Basile erst nach einiger Sucherei zu uns herüber.«

Obwohl Nicolas sich sicher war, dass die Frau log, konnte er ihr nicht das Gegenteil beweisen. Und auch wenn Lorraine Canard eine betagte Frau war, so musste ihr klar sein, dass sie sich gerade in letzter Sekunde aus der Affäre gezogen hatte. Er würde ihr nichts anderes nachweisen können. Selbst wenn er bei den Girards nachfragen würde, bekäme er von ihnen genau die gleiche Geschichte erzählt. Bis er am Haus der Nachbarn wäre, hätte die Arztgattin sie längst vorgewarnt. Frustriert erhob er sich langsam, bevor er die Rentnerin grimmig ansah. »Ich werde Ihre Angaben überprüfen, Madame Canard. Aber ich hoffe, Ihnen ist bewusst, was es bedeutet, absichtlich eine Falschaussage abzugeben.«

Doch trotz seiner Drohung war ihnen beiden klar, dass sie gewonnen hatte. »Tun Sie das, Capitaine«, presste die alte Frau leise hervor, während sie ihn wütend anschaute.

47

Pyrenäen

Antoine rannen Tränen über seine Wangen, als er sich an dem ersten Hasen zu schaffen machte. Die Ausbeute der letzten Nacht war maximal. Drei Fallen, drei Hasen. Der zweiten Runde stand also nichts im Wege.

Doch trotz der bevorstehenden ›Therapie‹ ging es ihm nicht gut. Er hatte kein Auge zugemacht, das Telefonat mit Emma war zu aufwühlend gewesen. Immer wieder fragte er sich, ob es nicht besser sei, sofort nach Hause zu fahren. Aber irgendetwas hielt ihn davon ab, sagte ihm, dass er die Situation dadurch nur verschlimmern würde.

Daher entschied er sich in den frühen Morgenstunden dafür, wie geplant, bis Sonntag zu bleiben. Wenn er Emma wieder einigermaßen ausgeglichen gegenübertreten wollte, musste er sich noch weitere Male der Prozedur unterziehen.

Antoine fluchte, während er dem zappelnden Tier den Hals durchschnitt. Hastig hielt er es über den Eimer und sah traurig zu, wie der Lebenssaft aus der Wunde herausfloss. Erst schnell und sprudelnd, nach einer Weile gemächlicher, ruhiger. Seine nassen Wangen ignorierte Antoine krampfhaft. Was tat er hier bloß? Warum tötete er diese unschuldigen, kleinen Fellknäuel? Er hasste sich für seine Taten.

Wie in Trance eilte er zur nächsten Falle und beobachtete einen Augenblick lang das panische Tier, das mit weit aufgerissenen Augen ohne Unterlass seine Vorderläufe über den Boden bewegte, als ob es fliehen wolle.

48

Croiselles-en-Haut

Sophia stand bereits mit Tim am Wagen, als Nicolas zurückkehrte. Während er auf sie zusteuerte, klingelte sein Handy. »Rousseau«, meldete er sich und musterte gleichzeitig das blasse Gesicht seiner Begleiterin.

»Capitaine, bonjour! Hier spricht Officier Raglant aus Dieppe.«

»Officier, bonjour«, erwiderte Nicolas erfreut, während er den Wagen öffnete und Sophia bedeutete, sie solle einsteigen. Er nahm ihr die Hundeleine aus der Hand und verfrachtete Tim in den Kofferraum.

»Ich habe gestern mit einigen Kollegen von Philippe Pasteur gesprochen, dem Verletzten, der bei Ihnen …«, setzte der Polizist aus Nordfrankreich zu einer Erklärung an, bevor Nicolas ihn unterbrach.

»Ja, ich weiß, um wen es geht. Und? Was haben Sie herausgefunden?«

Der Officier atmete tief aus. »Der Mann arbeitet hier an einer Berufsschule als Lehrer. Vor drei Wochen hat er sich ganz überraschend beurlauben lassen.«

»Gibt es dafür eine Erklärung?«, wollte Nicolas gespannt wissen.

»Zumindest hatten die Kollegen keine. Pasteur wurde durch die Bank als integer und bodenständig beschrieben. Lebt wohl eher zurückgezogen, keine Familie. Er ist nicht verheiratet, hat keine Kinder. Seine Eltern sind bereits verstorben und Geschwister hat er keine.«

»Was wollte er hier unten?«, fragte Nicolas nachdenklich.

»Keinem der Kollegen hat er etwas von seinen Reiseplänen erzählt. Als ich ihnen sagte, wo er sich momentan aufhält, reagierten die meisten erstaunt, da er die letzten Jahre wohl kaum verreist war, und wenn, dann eher in die Bretagne.«

»Merkwürdig«, murmelte Nicolas, während er sich in den Wagen setzte.

Sophia blickte aus dem Fenster und schwieg.

»Eine Kollegin von Pasteur allerdings scheint eine Schwäche für ihn zu haben«, Raglant lachte kurz auf. »Sie meinte jedenfalls, dass er sich einige Tage vor seiner Beurlaubung äußerst seltsam verhalten habe. Er sei sehr unruhig und gereizt gewesen. ›Neben der Spur‹ war der Ausdruck, den sie verwendete. Ganz anders als sonst.«

»Warum?«, fragte Nicolas nach.

»Das wusste sie nicht. Sie hat wohl versucht, mit ihm zu reden. Wie gesagt, sie schien eine Schwäche für ihn zu haben, das beruhte aber anscheinend nicht auf Gegenseitigkeit. Zumindest hat er ihr nichts erzählt. Auch von seinen Reiseplänen wusste sie nichts.«

»Was ist vor drei Wochen geschehen?«, murmelte Nicolas gepresst.

»Wir werden uns auf jeden Fall noch in seiner Wohnung umsehen. Aber …«, der Nordfranzose lachte, »… es ist Wochenende und wir sind leider chronisch unterbesetzt.«

»Vielleicht finden Sie ja dort einen Hinweis für den Grund seiner Reise«, hoffte Nicolas.

»Ich sehe, was ich tun kann«, versprach Officier Raglant, bevor er das Gespräch beendete.

Entschlossen wandte sich Nicolas an die Deutsche, die noch immer aus dem Seitenfenster starrte. »Sophia?«

Langsam wandte sie ihm den Kopf zu und erwiderte seinen Blick.

Besorgt sah er sie an, erkannte, dass ihre Augen stumpf und

glanzlos wirkten. Doch er riss sich zusammen und berichtete von seinem Besuch bei Lorraine Canard.

Aufmerksam hörte sie zu, während sie angespannt auf ihrer Unterlippe kaute. »Sie denken, die Frau lügt?«, folgerte sie schließlich.

»Ich weiß, dass sie lügt«, widersprach er heftig. »Leider sind die Girards außer Haus. Zumindest haben sie nicht die Tür geöffnet.«

»Aber Sie nehmen doch sowieso an, dass die beiden Ihnen die gleiche Version auftischen würden«, warf Sophia stirnrunzelnd ein.

»Trotzdem hätte ich sie gern mit ihren Lügen konfrontiert«, erwiderte Nicolas grimmig. »Manchmal kann man einer nonverbalen Reaktion mehr entnehmen, als die Leute vermuten würden.«

Sie nickte nachdenklich. »Was, wenn es die Wahrheit ist? Wenn sie tatsächlich den Schlüssel verlegt hatten?«

»Nein.« Er schüttelte bestimmt seinen Kopf. »Lorraine Canard hat mit Sicherheit gelogen. Zu Beginn meines Besuchs war sie total verunsichert.« Er blickte auf die Straße. »Dann kam sie plötzlich aus heiterem Himmel mit dieser Schlüssel-verlegt-Geschichte.«

»Glauben Sie wirklich, dass die Girards etwas mit dem Verschwinden meiner Familie zu tun haben?« Sophia rief sich die beiden älteren Leute ins Gedächtnis, die sie erst vor drei Tagen kennengelernt hatte.

»Ich weiß es nicht«, erklärte Nicolas zögernd. »Auf jeden Fall kann ich es nicht ausschließen. Erst die merkwürdige Reaktion der beiden auf Ihr Auftauchen und jetzt diese unglaubwürdige Erklärung Lorraine Canards.« Er startete den Motor, bevor er weitersprach: »Ich bin mir fast sicher, dass die drei etwas vor uns verbergen. Ob das mit Ihrer Familie zusammenhängt oder etwas ganz anderes dahintersteckt, kann ich momentan noch nicht beurteilen. Aber wir werden es auf jeden Fall herausfinden.« Er bemühte sich um einen zuversichtlichen Tonfall.

49

Perpignan

»Hier wohnen die beiden.« Nicolas deutete auf ein älteres Reihenhaus, das Carine Mildners Elternhaus erschreckend ähnelte. Auf dem Rückweg hatte Nicolas sich über die Zentrale die Adresse des Sohnes der Girards heraussuchen lassen. »Dann wollen wir doch mal hören, was Monsieur Girard junior uns zu erzählen hat«, wandte er sich lächelnd an Sophia.

»Ich warte mit Tim im Wagen«, erklärte sie kurz angebunden.

Seit wann das, hätte er sie am liebsten gefragt. Aber er wollte sie nicht noch stärker aufregen. »Wie Sie meinen«, entgegnete er daher verständnisvoll, während er versuchte, seine Enttäuschung über ihre Reserviertheit zu ignorieren.

Als er die Stufen zum Eingang erklomm, überlegte Nicolas kurz, wie er vorgehen sollte. Er atmete tief durch und klingelte.

Nach wenigen Sekunden öffnete eine große, dunkelhäutige Frau die Haustür.

»Madame Martin?« Er zeigte seine Marke, während er die Frau, die nur einen weißen Bademantel trug, aufmerksam beobachtete.

»Police Nationale?« Sie runzelte die Stirn. »Was wollen Sie denn?«

Hatte er gerade in ihrem Gesicht ein leichtes Zucken bemerkt? Nicolas war sich nicht sicher. »Keine Sorge. Es geht nur um eine Routinebefragung«, antwortete er bereitwillig. »Ist Ihr Lebensgefährte, Monsieur Girard, auch zu Hause? Er wohnt doch hier mit Ihnen?«

Madame Martin nickte zögernd. »Ja, ich meine, nein.«

Fragend hob Nicolas seine Augenbrauen.

»Ja, er wohnt hier. Und nein, er ist momentan nicht zu Hause«, erwiderte sie unsicher.

»Können Sie mir sagen, wann er in etwa zurück sein wird?«

»Soll ich ihm etwas ausrichten?«, fragte die Frau gedehnt.

Nicolas sah sie prüfend an. »Ich muss mit ihm sprechen«, entgegnete er eindringlich, während er eine Karte aus seiner Hosentasche hervorkramte. »Hier.« Er reichte sie ihr. »Bitte richten Sie ihm aus, dass er sich umgehend bei mir melden soll.«

Als Nicolas sich schon zum Gehen umgewandt hatte, erklang die Stimme von Madame Martin leise in seinem Rücken: »Capitaine Rousseau?«

Langsam drehte er sich nochmals zu ihr um. »Ja?«, fragte er abwartend.

»Geht es um den Unfall letzte Woche auf der Route Nationale?« Madame Martin sah ihn mit großen Augen an.

Er runzelte die Stirn. »Wie kommen Sie darauf?«

»Ich … ich dachte nur, weil Sie doch aus Argelès sind und ich von dem seltsamen Unfall in der Zeitung gelesen habe.«

»Wie kommen Sie darauf, dass ich Ihren Freund ausgerechnet zu diesem Vorfall befragen möchte?« Sein Tonfall klang schärfer als beabsichtigt, aber die ausweichenden Antworten der Frau gingen ihm langsam gehörig auf die Nerven.

»Ich weiß nicht…« Sie hob leicht ihre Achseln. »Nur eine Vermutung?«

Nicolas näherte sich ihr wieder. »Nur eine Vermutung also«, wiederholte er sarkastisch. »Wo war Ihr Freund letzten Sonntag?« Er überlegte kurz. »Am besten sagen Sie mir auch gleich, was er am Samstag gemacht hat.«

»Ich wollte nicht …« Sie schüttelte unglücklich ihren Kopf.

»Alors, wo war Monsieur Girard letztes Wochenende?« Mit durchdringendem Blick fixierte er sie.

»Er war mit mir zusammen«, erwiderte sie tonlos, während sie ihre Schultern fallen ließ.

»Sie waren also das ganze Wochenende zusammen? Ohne Unterbrechung?«, vergewisserte sich Nicolas ungläubig, bevor er grimmig nickte. »Sagen Sie ihm, er soll sich bei mir melden. Selbstverständlich werden wir Ihre Angaben überprüfen. Sobald meine Mitarbeiter am Montag wieder ihren Dienst antreten, wird sich einer von ihnen melden, um mit Ihnen das letzte Wochenende durchzugehen.« Er zögerte kurz. »Es wäre enorm hilfreich, wenn Sie uns dann nachweisen könnten, wo Sie sich zu welchem Zeitpunkt aufgehalten haben.«

Während Sophia die Szene vor dem Reihenhaus verfolgte, klingelte ihr Telefon. Ein Blick aufs Display verriet ihr, dass es ihre Tante war.

»Tabea«, meldete sie sich erleichtert.

»Sophia, was ist denn los? Du klingst ja, als hättest du geradezu auf meinen Anruf gewartet«, ertönte die verwunderte Stimme ihrer Tante.

»In gewisser Weise habe ich das auch«, murmelte sie gepresst, während sie Nicolas weiter beobachtete. Er wirkte wütend und gereizt. Schlagartig musste sie wieder an gestern Abend denken.

»Sophia, was ist passiert? Du hörst dich ganz merkwürdig an.« Tabea klang besorgt.

»Ich bin nur etwas müde. Aber es geht schon wieder. Es ist einfach so viel passiert seit gestern.« Sie seufzte mutlos.

Während Nicolas noch immer mit der attraktiven Frau diskutierte, berichtete Sophia ihrer Tante ausführlich, was der Polizist und sie in den letzten vierundzwanzig Stunden herausgefunden hatten.

Als sie mit ihren Ausführungen endete, schwieg Tabea für einen Moment. Dann meinte sie: »Was auch immer ihr vermutet, ich möchte dir eins sagen: Deine Mutter war eine großartige Frau.« Sie räusperte sich. »Ich kenne niemanden, der sie nicht gemocht hat. Sie war ein ganz besonderer Mensch. Bitte zweifle nie daran. Ganz bestimmt hat sie nichts mit diesen …«

»Milieumorden«, half Sophia ihr.

»Genau«, bestätigte Tabea erleichtert. »Sie hat damit ganz sicher nichts zu tun.«

»Danke«, raunte Sophia leise, während Nicolas mit wütendem Gesichtsausdruck in den Wagen stieg. Sie spürte seinen Blick auf sich, sah jedoch stur weiter geradeaus durch die Windschutzscheibe.

»Wofür?«, hörte sie in diesem Moment wieder die Stimme ihrer Tante.

»Dass du mich daran erinnerst«, entgegnete Sophia bewegt. »Es ist schon so verdammt lang her. Und …« Sie brach traurig ab. »Manchmal weiß ich einfach nicht mehr, was ich überhaupt noch denken soll. Man vergisst so unglaublich viel.«

»Sophia, was auch immer damals passiert ist. Deine Mutter war nicht schuld daran«, erwiderte Tabea eindringlich. »Und die beiden Namen sagen mir überhaupt nichts. Daher glaube ich kaum, dass sie in irgendeiner Verbindung zu deinen Eltern stehen.«

»Wie geht es Oma?«, wollte Sophia noch wissen, während sie aus dem Augenwinkel erkannte, wie Nicolas ungeduldig mit den Fingern auf das Steuer trommelte.

»Sie möchte dich kurz sprechen. Bitte melde dich wieder, wenn es Neuigkeiten gibt.«

Mit diesen Worten gab Tabea das Telefon an ihre Mutter

weiter. »Sophia«, vernahm sie Sekunden später die zittrige Stimme der alten Frau.

»Oma.« Vor Freude hätte sie am liebsten losgeheult.

»Wie geht es dir, Mädchen?«

»Ganz gut, Oma. Die Polizei hier unten ist sehr hilfsbereit. Und du weißt ja, was ich dir versprochen habe.«

Sie wandte ihren Kopf und blickte direkt in die dunklen Augen des Capitaine. Während er ihr beruhigend zunickte, senkte sie unsicher ihren Blick.

»Sophia, bitte mach dir deshalb keine Sorgen. Schließlich lebe ich seit einem Vierteljahrhundert mit der Ungewissheit, da werde ich die letzten Monate auch noch schaffen.«

»Oma!«, rief Sophia entsetzt aus. »Was soll das heißen, ›die letzten Monate‹? Es geht dir doch gut, oder nicht?«

»Ach, Kind«, seufzte die alte Frau erschöpft. »Ich hatte ein langes Leben, zwei tolle Kinder und zwei großartige Enkel. Ganz zu schweigen von deinem Opa.« Sie machte eine Pause. »Man sollte dankbar zurückblicken und nicht nur die schlechten Zeiten beklagen.«

»Ich werde herausfinden, was mit Papa passiert ist, wie ich es dir versprochen habe. Und ich beabsichtige nicht, mein Versprechen zu brechen.«

Sophias Stimme klang so bestimmt und gleichzeitig so unglaublich berührend, dass Nicolas sie verwundert musterte. Obwohl er kein Wort von dem verstand, was sie sagte, spürte er doch ihre Willenskraft und ihre unglaubliche Entschlossenheit. Noch nie war sie ihm begehrenswerter erschienen als in diesem Moment.

Überrascht von seinen Empfindungen rief er sich eilig wieder das unerfreuliche Gespräch mit Madame Martin ins Gedächtnis zurück. Doch er horchte erneut gespannt auf, als Sophia am Telefon die Namen der Hauseigentümerin und des verletzten Unfallopfers erwähnte.

»Philippe?«, rief ihre Oma entsetzt.

»Ja, Philippe Pasteur«, entgegnete Sophia irritiert. »Hast du den Namen schon mal gehört?«

»Ich …« Die ältere Frau fing plötzlich laut an zu schluchzen. »Ich …«

»Oma, was ist denn los?«

Sophias Stimme klang so laut und verzweifelt, dass Nicolas sich besorgt umdrehte.

»Sophia?«, meldete sich ihre Tante wieder.

»Tabea, was ist mit Oma?«, fragte Sophia erschüttert.

»Ich weiß es nicht. Sie ist völlig aufgelöst. Ich kümmere mich gleich um sie. Mach dir keine Sorgen«, beruhigte Tabea sie.

»Bitte melde dich wieder«, bat Sophia eindringlich, bevor sie das Gespräch beendete.

»Was ist geschehen?«, fragte Nicolas behutsam, der ihre Unruhe spürte.

Sophia sank in sich zusammen und schüttelte ihren Kopf. »Ich weiß es nicht. Meine Oma …«, entgegnete sie mit tränenerstickter Stimme. »Es ist ein Albtraum. Ich hätte die Vergangenheit ruhen lassen sollen.«

Nicolas wusste nichts darauf zu erwidern. Sophias Verzweiflung war unübersehbar, doch er fühlte sich außerstande, ihr Mut zuzusprechen, saß wie erstarrt neben ihr. Ihr unfassbarer Schmerz hing wie eine dicke Wolke über ihnen.

Nach einigen Augenblicken hatte Sophia sich so weit im Griff, dass sie wieder in der Lage war, klar zu denken.

»Es tut mir leid«, murmelte sie leise.

»Das muss es nicht …«

»Doch, Sie müssen mich für eine absolute Katastrophe halten«, entgegnete Sophia ernst. Nicolas wollte widersprechen, doch sie hob abwehrend ihre Hand. »Wissen Sie, ich erkenne mich selbst kaum wieder. Bis vor einer Woche dachte

ich eigentlich, ich hätte mein Leben einigermaßen im Griff.«
Sie lächelte schwach. »Soweit man das eben von sich behaupten kann.« Hilflos zuckte sie mit den Achseln. »Aber schauen Sie mich jetzt an. Erst diese Panikattacken. Und für meine Familie, zumindest den Rest, der mir geblieben ist, entwickeln sich die erneuten Nachforschungen zu einer einzigen großen Enttäuschung. Meine Oma bekommt fast einen Herzanfall, während meine Tante sich ununterbrochen um mich sorgen muss.«

»Sie können nichts dafür«, merkte Nicolas vorsichtig an.

»Wer sonst?« Sie sah ihm direkt in die Augen.

Nicolas erwiderte eindringlich: »Das finden wir heraus.«

Als sie in seinem Blick plötzlich etwas aufflackern sah, das ihren Herzschlag beschleunigte, vergaß Sophia für einen kurzen Moment all die Probleme, die sie plagten.

Ihre Augen wanderten zu seinem vollen Mund, zu seiner Nase, den dunklen Locken. Und obwohl sie bereits wusste, dass er ihr nicht guttat, konnte sie sich seiner Anziehungskraft kaum erwehren. Auch Nicolas schien die Spannung zu spüren, die sich plötzlich wieder zwischen ihnen aufgebaut hatte. Zumindest machte er ebenfalls keine Anstalten, die aufgeladene Situation zu entspannen, sondern sah sie nur schweigend an.

Als Tim im Kofferraum hinter ihnen urplötzlich zu bellen begann, drehten sich beide schlagartig zu dem Hund um.

»Haben wir für heute alles erledigt?« Sophia bemühte sich um einen unverbindlichen Tonfall.

Er räusperte sich. »Fast. Ich möchte nur noch kurz auf den Friedhof.«

»Auf den Friedhof? Was wollen wir denn da?«

»Das Grab Ihrer Großeltern besuchen«, erwiderte er, während er den Motor startete.

»Was erwarten Sie denn, hier zu finden?«, wandte sich Sophia an den Polizisten, während dieser den Wagen abstellte.

Der Parkplatz befand sich vor einer alten Mauer, hinter der hohe Pinien wuchsen. Die dicken Steine waren nachgedunkelt und teilweise vermoost. Als sie ausstiegen, hörten sie nichts außer Vogelgezwitscher und Grillengezirpe, da der Friedhof sich etwas außerhalb von Perpignan befand. Nur eine kleine Seitenstraße führte hierher.

Nicolas zuckte mit den Achseln, während er die Kofferraumklappe öffnete. Tim sprang hechelnd auf den Boden, bevor er an die Mauer stürmte und sie markierte.

»Ich dachte, es könne nichts schaden, sich hier etwas umzusehen. Vielleicht gibt es ja ein Familiengrab oder wir entdecken noch andere Gräber mit dem Familiennamen, sodass wir vielleicht einen Hinweis auf weitere Verwandte finden.«

Sophia beobachtete Tim, der aufgeregt an der Mauer entlanglief. »Wie friedlich es hier ist«, bemerkte sie leise. »Wir sind doch gerade erst aus der Stadt herausgefahren.«

»Da bekommt der Ausdruck ›letzte Ruhestätte‹ eine ganz andere Bedeutung«, erwiderte Nicolas zustimmend, während er neben sie trat. »Sophia, wir sollten über gestern sprechen.«

Überrascht sah sie ihn an. »Weswegen?«

Seine Wangenmuskeln spannten sich an, während er kurz nachdachte. »Na ja, gestern Abend …«

Doch sofort verfinsterte sich ihre Miene und sie verschränkte abwehrend die Arme vor dem Körper. »Ich dachte, das hätten wir bereits geklärt.« Ihre Stimme klang plötzlich kühl und reserviert. »Es war spät und …« Sie brach ab und schaute wieder zu ihrem Hund.

Nicolas betrachtete sie von der Seite. Die Nase in die Luft gereckt, der schlanke Hals gerade und angespannt. Ihre Körperhaltung signalisierte unmissverständlich Ablehnung und Distanziertheit. Daher verkniff er sich jeden weiteren

Kommentar und wartete schweigend ab, bis Tim seine Schnüffelei endlich beendet hatte.

Sophia leinte den Hund an und blickte abwartend zu Nicolas.

Genervt drehte der sich Richtung Eingang um. »Kommen Sie.«

Während sie zwischen den Grabreihen entlanggingen, überflog Sophia interessiert die Inschriften auf den Grabsteinen. Manche waren ganz schlicht gehalten, andere jedoch rührten sie mit gefühlvollen Abschiedsworten.

Meiner einzigen großen Liebe. Ein Leben lang an meiner Seite, für immer in meinem Herzen. Wahre Liebe stirbt nicht.

»Mein Gott, wie herzzerreißend«, raunte sie leise, als sie vor einem besonders schön geschmückten Grab stehen blieb. Der Grabstein war einem Teddybären nachempfunden, der eine Marmortafel in der Hand hielt.

Wir durften die fünf schönsten Jahre unseres Lebens mit dir verbringen, du hast uns vollkommen gemacht. Wir werden dich nie vergessen.
Mama und Papa

Auch Nicolas blieb stehen und betrachtete das Kindergrab. »Wie furchtbar«, erwiderte er mit belegter Stimme. »Kein Kind sollte von seinen Eltern begraben werden.«

»Nein«, stimmte sie traurig zu. »Das ist gegen die Natur. Ich kann mir gar nicht vorstellen, wie man nach einem solchen Schicksalsschlag überhaupt weiterleben kann.«

Stirnrunzelnd blickte er sie an. »Ihr Bruder war zwei, als er verschwand.«

Traurig nickte sie. »Sie haben recht. Natürlich kann man weiterleben. Man muss.«

»Sie sind eine sehr starke Frau, Sophia. Wissen Sie das eigentlich?« Bewundernd blickte er sie an.

Sie lachte kurz auf. »›Stark‹ würde mir als Allerletztes einfallen, wenn ich mich beschreiben sollte.«

»Sie hatten nie einen Platz zum Trauern«, stellte er leise fest.

»Doch«, widersprach sie bitter, »hier.« Sie legte die rechte Hand auf ihr Herz.

Wie sie tief berührt und trauernd vor dem Grab stand, hätte er sie am liebsten in seine Arme gerissen und an sich gedrückt, doch er wusste, dass sie das nicht zulassen würde. Nicht nach gestern Abend. »Wollen wir weitergehen?«, fragte er daher vorsichtig.

Sie nickte. Als sie an ein paar älteren Frauen vorbeikamen, raunte sie ihm verschwörerisch zu: »Warum gehen alte Frauen eigentlich immer ganz in Schwarz gekleidet zu den Gräbern ihrer Männer?«

Verdutzt sah er sie an.

»Wünschen sich Männer nicht, dass ihre Frauen hübsch anzusehen sind, wenn sie sie besuchen kommen?«

»Sollte ich jemals heiraten, werde ich in meinem Testament vermerken, dass schwarze Kleidung an meinem Grab verboten ist«, antwortete er grinsend, froh darüber, dass sie ihren Humor zumindest teilweise wiedergefunden hatte.

»Das sollten Sie unbedingt«, meinte sie und lächelte zurück.

Als sie fast den ganzen Friedhof durchquert hatten, blieb Nicolas nachdenklich stehen. »Dort hinten gibt es noch ein weiteres Feld.« Er deutete auf einen Platz hinter einer dichten Rhododendronhecke. »Wenn sie dort nicht liegen …« Er schüttelte ratlos den Kopf.

»Dann los«, forderte sie ihn auf und zog Tim mit sich fort.

Nachdem sie die erste Reihe bereits erfolglos durchgeschaut

hatten, wandten sie sich frustriert der nächsten zu, die in der Sonne lag. Das helle Licht blendete beim Lesen der Inschriften, dadurch kamen sie noch langsamer voran. Doch als sie fast das Ende des Kieswegs erreicht hatten, blieben beide plötzlich wie angewurzelt stehen und starrten gebannt auf das breite Grab vor ihnen. Obwohl sie immer wieder die Namen und Daten auf dem dunkelgrauen Marmor lasen, konnten sie kaum glauben, was sie da vor sich sahen.

Entsetzt spürte Sophia, wie die Buchstaben anfingen, in ihrem Blickfeld zu verschwimmen. Ihre Kehle schnürte sich zu und sie schnappte verzweifelt nach Luft.

»Merde«, fluchte Nicolas fassungslos, während er den Stein anstarrte. Doch als er bemerkte, dass Sophia erneut mit einer Panikattacke kämpfte, verdrängte er das gerade Gelesene, blickte sich kurz suchend um und zog sie vorsichtig zu einer Holzbank, die nur wenige Meter von ihnen entfernt stand. Über die Konsequenzen, die sich aus der plötzlich vollkommen veränderten Situation ziehen ließen, musste er später nachdenken.

50

Pyrenäen

Antoine fuhr sich über das Gesicht. Müde folgte sein Blick der roten Flüssigkeit, die auf seine Füße tropfte. Das blutige Schweißgemisch lief ihm über den Körper. Der salzige Geschmack auf seinen Lippen war durchzogen von einer leicht metallischen Note. Obwohl es bereits mehrere Stunden her war, dass er das Blut auf seinem Körper verrieben hatte, war ein Großteil seiner Haut noch immer von einer roten Kruste überzogen.

Er war nach wie vor dermaßen vom gestrigen Telefonat aufgewühlt, dass es ihm nicht gelang, seinem Körper die nötige Tiefenentspannung zu verschaffen, die er brauchte, um sein inneres Gleichgewicht zu erreichen. Nach einigen Versuchen hatte Antoine schließlich kapituliert und war frustriert aufgesprungen, um sich zu überlegen, was er stattdessen tun könnte. Sein Blick war auf den Schuppen gefallen, in dem die Holzscheite lagerten, die sein Vater vor Jahren als Brennholz besorgt hatte. Kurz entschlossen hatte Antoine sich eine Axt geholt und begonnen, die wuchtigen Stücke zu spalten.

Seit Stunden schon schuftete er nun erst in der prallen Hitze, später im Schatten, den die hohen Baumwipfel auf die Lichtung warfen. Da er keine Kleidung trug, musste er höllisch aufpassen, dass er sich nicht verletzte.

Obwohl er gehofft hatte, dass ihm die harte körperliche Arbeit seelische Linderung bringen würde, musste er nun zu seiner Enttäuschung feststellen, dass er noch genauso angespannt und nervös war wie heute Morgen. Fluchend warf Antoine die Axt auf den Boden, bevor er in die Hütte zurückkehrte, um die Wasserkaraffe zu holen. Mit gierigen Schlucken leerte er das Glasgefäß. Müde setzte er sich auf die Stufen vor dem Holzhaus.

Seit heute Vormittag hatte er sich krampfhaft darum bemüht, nicht an Emma zu denken. Wann hatte dieser Kontrollverlust bloß begonnen? Seit wann befand er sich in der Abwärtsspirale, die ihn immer weiter in die Tiefe zog? Und würde er es jemals schaffen, diese Entwicklung zu stoppen?

Emma. Es gab Momente, in denen er felsenfest davon überzeugt war, alles schaffen zu können, nur um diese wunderbare, vollkommene Frau nicht zu verlieren. Doch natürlich sah die Realität, der Alltag in Perpignan ganz anders aus. Schließlich versuchte Antoine nicht erst seit gestern, seine Probleme in den Griff zu bekommen. Und all die guten Vorsätze konnten an der Tatsache nichts ändern, dass er schon seit Langem nicht mehr Herr über sein Leben war.

51

»Geht es wieder?« Nicolas sah Sophia prüfend an, die stocksteif neben ihm auf der Bank saß und mit glasigen Augen ins Leere starrte.

»Kann es noch schlimmer kommen?«, flüsterte sie kaum hörbar, während sie in Zeitlupe die Hände hob und gegen ihre Schläfen drückte.

»Sophia, sieh mich bitte an«, forderte Nicolas behutsam und drehte langsam ihren Kopf in seine Richtung.

Ihr Gesicht wirkte ausdruckslos, hatte jegliche Farbe verloren.

»Wir werden herausfinden, was hier los ist«, versprach Nicolas eindringlich.

»Sie ist tot«, raunte die Deutsche leise, als sie ihn endlich anblickte.

»Das wissen wir nicht«, versuchte Nicolas, sie zu beruhigen.

»Sie sind tot«, wiederholte Sophia, ohne auf seine Bemerkung zu achten.

»Carine Duchamps ist nicht deine Mutter«, probierte er erneut, zu ihr durchzudringen.

Doch Sophia schüttelte nur ihren Kopf, während sie stumm zu dem Grab zeigte, das vor wenigen Minuten einen großen Teil ihres Selbstverständnisses zerstört hatte.

»Wer auch immer deine Mutter ist, ihr Name war nicht Carine Duchamps«, erklärte er ein weiteres Mal.

»Aber wer ist meine Mutter?«, fragte sie ihn verzweifelt.

Einer inneren Eingebung folgend legte er ihr vorsichtig seinen Arm um die Schultern und zog sie an sich. Mit der rechten Hand hob er ihr Kinn leicht an und blickte ihr fest in die Augen. »Das werden wir herausfinden, Sophia.«

Doch auch Nicolas wusste im Moment noch nicht, wie er die aktuelle Entwicklung interpretieren sollte. Die Situation hatte ihn ebenfalls vollkommen überrascht.

Carine Duchamps, Tochter von Lois und Cateline Duchamps aus Perpignan, geboren 1960, war bereits elf Monate nach ihrer Geburt verstorben.

Die Grabinschrift war eindeutig. Das Ehepaar Duchamps hatte den viel zu frühen Verlust seines einzigen Kindes mit einigen zutiefst bewegenden Abschiedsworten auf dem Grabstein betrauert.

Unserer geliebten Carine. Danke, dass es dich gab.
Wir sehen uns bald wieder.

Diese völlig unerwartete Wendung erklärte zumindest ihr Scheitern, die ehemalige Schule ausfindig zu machen. Auch der erfundene Autounfall, bei dem die Duchamps angeblich ums Leben gekommen waren, machte plötzlich Sinn. Wer auch immer Carine Mildner wirklich war, Nicolas ging davon aus, dass sie das Ehepaar Duchamps, das sie aus welchem Grund auch immer als Scheineltern benutzte, überhaupt nicht gekannt hatte.

»Ihr Leben ist eine einzige Lüge«, bemerkte Sophia, jetzt mit festerer Stimme. »Warum hat sie das bloß getan?«

»Ich weiß es nicht«, entgegnete Nicolas ehrlich, während er sich langsam erhob. »Aber ich muss noch mal kurz zu dem Grab.«

»Ich komme mit.« Sophia sprang sofort auf.

Er seufzte, nahm aber trotzdem ihre Hand, bevor sie zusammen auf die Grabstätte zugingen. Erneut lasen sie die Geburts- und Todesdaten der drei Personen, die hier lagen.

»Es ist wahr«, bemerkte sie mit zitternder Stimme.

»Ja, Carine Duchamps ist tot. Als Baby verstorben. Deine Mutter scheint sich eine falsche Identität zugelegt zu haben«, erwiderte Nicolas ernst.

»Aber warum denn nur?«, wollte sie erneut verzweifelt wissen.

Da er befürchtete, dass sie eine weitere Panikattacke bekäme, zog er sie wieder an sich.

»Ich wünschte, ich könnte es dir sagen«, merkte er nachdenklich an.

»Sie hat uns belogen, ihre Familie, ihren Ehemann, ihre eigenen Kinder«, presste sie bitter hervor.

Nicolas war um Neutralität bemüht, obwohl auch er sich mittlerweile fragte, was für ein Mensch Sophias Mutter eigentlich war. »Wir wissen nicht, inwieweit dein Vater über das wahre Leben deiner Mutter informiert gewesen ist.«

»›Das wahre Leben meiner Mutter‹«, höhnte sie verbittert. »O Gott«, rief sie entsetzt aus. »Bitte, lass mich aus diesem Albtraum erwachen.«

Die Situation war so unbegreiflich, so unfassbar, dass Nicolas keine passende Erwiderung einfallen wollte. Was sagte man zu jemandem, der einfach alles in seinem Leben verloren hatte? Der erst das mysteriöse Verschwinden seiner Familie und schließlich einen wichtigen Teil seiner Identität beklagen musste.

Auf der Rückfahrt berichtete Nicolas von seinem Gespräch mit der Freundin des jungen Girard.

»Du denkst, sie lügt?« Stirnrunzelnd blickte Sophia zu dem Polizisten, der sie seit der Panikattacke am Grab ihrer falschen Großeltern wie selbstverständlich duzte.

Während er sich weiter auf den Verkehr vor ihnen konzentrierte, zuckte er mit den Schultern. »Sie verschweigt etwas.«

»Genauso wie Madame Canard«, resümierte Sophia nachdenklich. »Denkst du, es gibt eine Verbindung zwischen beidem?«

»Ich weiß es nicht«, gab Nicolas offen zu. »Der Sohn der Girards war vier Jahre alt, als …« Er warf ihr einen kurzen Seitenblick zu.

»… als meine Eltern und Frederick verschwanden«, vollendete Sophia den Satz. »Schon gut. Ich denke, schlimmer kann es sowieso nicht mehr kommen.«

»Girard junior kann eigentlich nichts von den Vorgängen damals wissen, es sei denn …« Er stockte kurz und überlegte. »Es sei denn, seine Eltern haben ihm etwas erzählt.« Wieder brach er ab.

»Was ist mit Pasteur?« Sophia sah ihn abwartend an.

»Ich vermute, Pasteur hängt auch irgendwie in der Sache mit drin. Vielleicht ist er den Girards auf die Schliche gekommen.«

»Daraufhin hat sich der Sohn um ihn gekümmert und ihn niedergestochen«, ergänzte Sophia.

»So könnte es gewesen sein.« Nicolas nickte grimmig.

»Du denkst immer noch, die Girards hatten damals ihre Finger im Spiel«, folgerte Sophia.

»Ich bin mir fast sicher, dass sie irgendetwas wissen«, bestätigte Nicolas.

»Was ist mit meiner Mutter?«

»Sophia«, begann er vorsichtig, »ich …«

»Was denkst du? Ganz ehrlich?« Prüfend blickte sie ihn an.

»Ganz ehrlich?«, wiederholte er zögernd. »Ich weiß es nicht.«

»Bitte«, bat sie erneut.

»Wenn ich nicht wüsste, dass sie eine so zauberhafte Tochter hat ...«, merkte er leise an, während er sie fragend musterte, »... müsste ich vermuten, dass sie tatsächlich mit dem Milieu zu tun hatte.«

Bei seiner Bemerkung krampfte sich Sophias Magen zusammen, doch sie versuchte fieberhaft, ihr pochendes Herz und ihre zitternden Hände zu ignorieren. »Du denkst also, sie hatte Dreck am Stecken?«

»Warum sonst sollte jemand eine falsche Identität annehmen?«

Sophia nickte zögernd. »Ich kann es einfach nicht fassen«, murmelte sie traurig. »Lügen über Lügen.«

Als sie Argelès erreichten, war es bereits früher Abend. Da sie den ganzen Tag noch nichts gegessen hatten, fuhr Nicolas auf den Parkplatz einer Pizzeria und bat Sophia, kurz im Wagen zu warten. Zehn Minuten später kehrte er mit zwei flachen Pappschachteln und einer Rotweinflasche zurück.

»Das ist lieb, aber ich habe keinen Appetit«, erklärte sie bedrückt.

»Pizza Vegetaria«, erwiderte Nicolas mit gespielter Entrüstung. »Gibt es etwas Besseres am Ende eines ausklingenden Tages als eine gute Pizza, exquisiten Wein und einen phänomenalen Blick aufs Meer?«

Gegen ihren Willen musste Sophia schmunzeln.

»Steht dir gut.«

»Was?«, fragte sie verwirrt.

»Das Lächeln«, erwiderte er grinsend.

Als sie an ihrem Ferienhaus ankamen, zeigte Nicolas auf die Pizzakartons, während er sich Sophia zuwandte. »Also?«

»Na schön«, seufzte sie, »Pizza Vegetaria?«

»Ganz genau, Madame.« Nicolas nickte erleichtert, bevor er aus dem Wagen stieg.

Nachdem Sophia die Tür aufgeschlossen hatte, stürmte Tim freudig an ihnen vorbei zu seinem Napf und begann ohne Umschweife, sich an seinem Futter zu schaffen zu machen.

»Zumindest er leidet nicht an mangelndem Appetit.« Nicolas lächelte Sophia aufmunternd an.

Nachdenklich starrte sie auf den fressenden Hund, während Nicolas die Pizzen und die Weinflasche auf den Küchentisch stellte.

»Alles in Ordnung?« Er sah sie mitfühlend an.

Da sie spürte, wie ihre Augen zu brennen begannen, schüttelte sie nur leicht den Kopf und wandte eilig ihr Gesicht ab.

»Sophia …« Er kam besorgt auf sie zu und berührte sie leicht an ihren Unterarmen.

Verzweifelt schlug sie die Hand vor den Mund und bemühte sich krampfhaft darum, nicht die Fassung zu verlieren.

»Sophia, alles wird gut«, bemühte sich Nicolas um einen zuversichtlichen Tonfall, wobei ihm klar war, dass ›gut‹ in Sophias Fall niemals gut im eigentlichen Sinne bedeuten konnte.

»Gut«, raunte sie leise und hob ihren Kopf, sodass sie seinen Blick offen erwidern konnte.

»Ich meine …« Er suchte ratlos nach Worten, »… du schaffst das.«

»Ja, genau wie ich die letzten zwanzig Jahre geschafft habe«, merkte sie bitter an.

»Du bist eine starke Frau.« Er sah sie bewundernd an.

Ungläubig verdrehte sie die Augen, bevor ihr Ausdruck wieder ernst wurde. Irritiert schaute sie auf ihre Arme, die Nicolas noch immer mit sanftem Griff umfasste. Er folgte dem Blick, bevor er erneut aufmerksam ihr Gesicht musterte.

Sophia schluckte, als sie plötzlich die Spannung spürte, die sich zwischen ihnen ausbreitete. »Wegen gestern …« Verlegen brach sie ab.

»Ja?«, fragte er erwartungsvoll.

»Ich … die Fakten, die ich noch mal durchgehen wollte …«, stammelte sie hilflos.

Er senkte langsam seinen Kopf, sodass sich ihre Gesichter nur wenige Zentimeter voneinander entfernt befanden und sie sein Aftershave riechen konnte. Verwirrt schloss Sophia ihre Augen. Auf einmal wusste sie nicht mehr, was sie noch sagen sollte.

»Was ist mit den Fakten?«, wollte er leise wissen, während sie schwieg und mit zusammengepressten Lippen nur ihren Kopf schüttelte.

Langsam hob Nicolas ihre verletzte Hand an und strich mit seinen Fingerspitzen sanft über die verkrustete Innenfläche. »Tut es noch weh?«

Da sie befürchtete, dass ihre Stimme sie im Stich ließ, schüttelte sie erneut nur den Kopf.

Während er ihre Hand weiter festhielt, senkte er seinen Kopf und berührte die Wunden leicht mit seinen Lippen.

Sophia wagte kaum noch zu atmen. Ihr Herz schlug bis zum Hals. Sie schloss die Augen und konzentrierte sich ganz auf das angenehme Kribbeln, das sich von ihrer Hand in den restlichen Körper ausbreitete.

»Sophia«, raunte Nicolas mit rauer Stimme, während sich seine Finger mit ihren verschränkten. Mit der anderen Hand hob er vorsichtig ihr Kinn an, sodass sie gezwungen war, ihn anzusehen. Seine dunklen Augen loderten und schauten sie voller Verlangen an. Stumm erwiderte sie seinen Blick, legte all ihre Hoffnungen hinein, bis er sich endlich zu ihr hinabbeugte und seine Lippen sanft auf ihre drückte.

Sophia meinte zu schweben. Alle Ängste, alle Probleme waren plötzlich wie weggefegt. Die einzigen Empfindungen, die sie noch wahrnahm, löste der Mann aus, der vor ihr stand, der sie in diesem Augenblick offensichtlich genauso wollte wie sie ihn. Als sie Nicolas' warme Hand in ihrem Nacken spürte, erwiderte sie seinen Kuss hingebungsvoll und warf ihre letzten Bedenken über Bord. Sie wollte vergessen, hier und jetzt, wollte sich nur noch dem Mann hingeben, der bereits seit einigen Tagen ihre Gefühle gehörig durcheinanderwirbelte.

Während seine Lippen stetig fordernder wurden, drängte er sie sanft gegen den Küchenschrank. Mit festem Druck schlang sie ihre Arme um seinen Nacken und zog ihn noch enger an sich. Sein Atem ging schwerer, während er seine Hände besitzergreifend über ihren Rücken gleiten ließ. Nach einer halben Ewigkeit lösten sie sich kurz voneinander und blickten sich lächelnd an.

»Du bist so schön, Sophia. Dein Haar ...« Zärtlich fuhr er mit seiner Hand über ihren Kopf, während er ihre roten Locken betrachtete.

»Nur mein Haar?«, neckte sie ihn, während ihre Finger langsam über seinen Oberkörper strichen.

»Alles an dir«, erwiderte er mit belegter Stimme.

»Alles?« Sie löste sich von Nicolas, während sie ihm weiter in die Augen schaute und dann mit einem schnellen Griff ihr Top über den Kopf zog.

Anerkennend ließ er seinen Blick über ihren schlanken Oberkörper wandern. »Alles, was ich bisher von dir kenne«, erwiderte er leise, während er vorsichtig über ihren schwarzen BH streichelte.

»Was willst du denn noch kennenlernen?« Sie sah ihn mit hochgezogenen Augenbrauen an.

Er betrachtete ihren Brustkorb, der sich im Rhythmus ihrer Atmung hob und senkte. »Alles«, wiederholte er lächelnd und öffnete langsam den Verschluss ihres BHs, bevor er sie erneut umfasste und an sich zog.

Gierig suchte ihr Mund seine Lippen und signalisierte ihm erneut ihr Verlangen. Ungeduldig schob sie ihm sein T-Shirt über den Kopf, bevor sie ihren nackten Oberkörper noch dichter an ihn presste.

Beide wussten instinktiv, dass es bald kein Zurück mehr geben würde. Doch in stiller Übereinkunft ließen sie die letzte Umkehrmöglichkeit ungenutzt verstreichen und gaben sich ganz ihren überschäumenden Gefühlen hin.

Während ihre Lippen sich immer wieder suchten und fanden, entkleideten sie sich gegenseitig wie beiläufig, bis sie schließlich nackt voreinanderstanden.

Langsam fuhr Nicolas über ihre Brüste, die sich ihm auffordernd entgegenreckten. Sophia stöhnte genüsslich auf. Als er seinen Mund auf ihre Brustwarze senkte, meinte sie zu verglühen. Angestachelt von ihrer Erregung zog er sie noch dichter an sich und genoss das prickelnde Gefühl ihrer weichen Haut an seiner.

»Mein Gott, Sophia, du machst mich verrückt«, raunte er ihr leise ins Ohr, während er sie anhob und behutsam auf die Küchenplatte setzte. Da ihre Stimme versagte, sah sie ihn nur mit großen, vor Leidenschaft und Energie hell funkelnden Augen an.

Fragend musterte Nicolas sie, während seine Hände weiter über ihren Körper wanderten und keine Stelle ausließen. Sie nickte nur stumm, umfasste seine Pobacken und presste ihn enger an sich. Angefacht von ihrer Aufforderung hob er sie erneut hoch und presste sein Geschlecht gegen ihres. Als er sie endlich ausfüllte, seufzte sie zufrieden auf, bevor sie sich ganz seinem Rhythmus hingab. Sophia umklammerte ihn wie eine Ertrinkende und genoss die Wellen der Lust, die ihren Körper immer wieder ergriffen. Erst langsam und dann immer schneller, bis sie schließlich gemeinsam die Kontrolle verloren und erlöst übereinander zusammenbrachen.

Verlegen streichelte Sophia über Nicolas' Rücken. Der Franzose lag zitternd auf ihr. Er hob seinen Kopf, das Haar zerzaust, und blickte sie abwartend an. Doch sie lächelte nur unsicher und verzog ihr Gesicht zu einer fragenden Miene.

Betreten blickte er zur Seite und überlegte kurz, bevor er sich vorsichtig von ihr löste und ihr von der Arbeitsplatte hinunterhalf. Während sie nackt und ratlos voreinanderstanden, wusste keiner von beiden das Passende zu sagen. Nicolas grübelte krampfhaft über die richtigen Worte. »Sophia ...«, begann er schließlich leise. »Du und ich ...«, er zeigte erst auf sie, bevor er den Zeigefinger auf sich selbst richtete, »... ich denke ...« Er schüttelte verunsichert den Kopf, bevor er seine Jeans aufhob und begann, sich hastig anzuziehen.

»Keine Sorge«, presste Sophia enttäuscht hervor.

»Versteh mich nicht falsch ...«, versuchte er erneut, seine Gefühle in die passenden Worte zu fassen. »Es war phänomenal, aber ...«

»Keine Sorge«, wiederholte sie, während auch sie anfing, sich anzukleiden. »Ich verstehe schon. Es ist einfach aus einer Laune heraus passiert, keine Verpflichtungen, keine Zukunftspläne. Schlicht und einfach Sex zwischen zwei Erwachsenen.« Doch sie schaute ihn dabei nicht an, sondern drehte sich weg, sodass er ihre Augen nicht sehen konnte.

»Sophia«, begann er ein weiteres Mal verunsichert, »du bist eine tolle Frau, aber ...«

»... aber zwischen uns liegen tausend Kilometer. Außerdem kann ich keine Kinder bekommen, bin also in gewissem Sinne gar keine richtige Frau«, presste sie voller Verbitterung hervor.

Überrascht hielt Nicolas inne und blickte auf, musste sich aber weiter mit ihrem Rücken zufriedengeben, während sie ihr Top mit spitzen Fingern zurechtzupfte. »Sophia.« Hilflos machte er einen Schritt auf sie zu und wollte sie umdrehen, doch sie entzog sich ihm und blieb in einiger Entfernung stehen, beide Hände abwehrend erhoben. »Es tut mir leid«,

merkte er leise an, da er nicht wusste, wie er auf ihre Offen-
barung reagieren sollte. »Ich wusste nicht ...«

»Ich bin schon ein großes Mädchen, Nicolas«, entgegnete
sie, krampfhaft um einen sachlichen Tonfall bemüht.

»Sophia, wir sollten reden«, schlug er schließlich beherzt
vor und machte erneut einen Schritt auf sie zu.

»Ich denke, du solltest jetzt gehen«, erwiderte sie entschieden, während sie vor ihm zurückwich.

Seine Schultern sackten resigniert nach unten, während er
überlegte, wie er sich am besten verabschieden sollte.

»Bitte geh jetzt«, wiederholte Sophia ihre Forderung und
zeigte zur Haustür.

Er nickte zögernd. »Bonne nuit, Sophia. Schlaf gut.«

52

Pyrenäen

Unruhig tigerte Antoine in der Hütte auf und ab. Mittlerweile war es kurz vor Mitternacht. Stundenlang hatte er versucht, Emma zu erreichen. Doch ohne Erfolg. Warum ging
sie nicht an ihr Telefon? Er war sich sicher, dass sie seine
Anrufe gesehen hatte. Was war nur los mit ihr? Die Gedanken rasten ziellos in seinem Kopf herum und ließen ihn
einfach nicht mehr zur Ruhe kommen.

Er war bereits angespannt gewesen, als er gegen acht Richtung Parkplatz gelaufen war, um seine Freundin anzurufen.
Doch als immer nur die Mailbox ansprang, hatte sein Gedankenkarussell erst richtig Fahrt aufgenommen.

Wo war sie? Was war geschehen? Das unerfreuliche Telefonat gestern hatte ihn schon in höchste Unruhe versetzt,
aber dass er sie nun überhaupt nicht mehr erreichen konnte,

ließ seine Unsicherheit langsam in Wut umschlagen. Warum tat Emma ihm das an? Selbst wenn sie ahnte, dass er sich nicht auf Geschäftsreise befand, warum sagte sie es ihm dann nicht direkt? Wozu all die Anspielungen, all die Fangfragen? Wie sollte er denn reagieren, wenn sie nicht mit ihm sprach? Antoine ignorierte, dass er selbst der Auslöser des Lügengeflechts war, in das er sich und Emma hineinmanövriert hatte.

Nachdem er den Wohnraum gefühlte hundertmal durchquert hatte, setzte er sich schließlich auf die Kante eines der Esszimmerstühle und starrte nervös auf den Holzboden. Was konnte er tun? Unruhig dachte er an die Fallen vor der Hütte. Eigentlich wollte er morgen die Therapie zum Abschluss bringen. Sollte er in der Frühe jedoch keine Tiere vorfinden, würde er sofort seine Zelte abbrechen und nach Perpignan zurückkehren. Er musste dringend mit Emma sprechen. Allein beim Gedanken daran, dass sie ihn in der Zwischenzeit verlassen haben könnte, drehte sich ihm der Magen um. Aber nein, das würde sie nicht tun. Oder?

53

Argelès-sur-Mer

Zornig trat Nicolas mit aller Kraft gegen den Autoreifen, als er vor seiner Wohnung aus dem Wagen stieg. Doch natürlich machte auch der Tritt die Situation kein bisschen besser. Was war er nur für ein gottverdammter Idiot! ›Bonne nuit, Sophia. Schlaf gut.‹

Dieser Abend war mit großem Abstand der Tiefpunkt in der langen Reihe seiner gescheiterten Beziehungen und Kurzzeitaffären. War er denn von allen guten Geistern verlassen?

Wie hatte er sich nur dazu hinreißen lassen können, mit Sophia Mildner zu schlafen?

Nicolas Rousseau, der Meister der Beziehungszerstörer. Wenn er all die Vorwürfe auflisten sollte, die seine Exfreundinnen ihm an den Kopf geworfen hatten, wäre er wahrscheinlich morgen früh noch zugange. Unsensibel, verletzend, beleidigend, emotional verkrüppelt, beziehungsunfähig und das waren noch die harmloseren Betitelungen.

Warum, verdammt noch mal, hatte er nicht einfach seine Hände von Sophia gelassen? Er war das Allerletzte, was sie in ihrer Situation jetzt brauchte. Wehmütig dachte Nicolas an ihren verletzten Gesichtsausdruck, als er sich vorhin verabschiedet hatte. Sie war eine Zeugin in einem Fall, der ihn persönlich betraf. Er hatte sich mehr als unprofessionell verhalten, als er sich spontan zu dem Sex mit ihr hatte hinreißen lassen.

Nicolas lachte bitter auf, während er dem Trampelpfad folgte, der am Haus begann und nach einigen Hundert Metern am Meer endete. Er wollte noch nicht in seine Wohnung.

Allein der Gedanke an ihren weichen Körper, ihre weiblichen Rundungen, ihr wunderschönes Haar schnürte ihm fast die Kehle zu. Was hatte er sich nur dabei gedacht? Wie oft hatte er ihr in den letzten Tagen zugesichert, ihr zu helfen, das Schicksal ihrer Familie aufzuklären? Und nun hatte er ihre Schwäche ausgenutzt. Was war er nur für ein Volltrottel?

Kopfschüttelnd folgte er weiter dem Pfad, bis er schließlich den Hügel erreichte, der den Weg vom Strand trennte. Inzwischen war es dunkel geworden. Das Mondlicht spiegelte sich auf der glatten Oberfläche des Wassers.

Nicolas fühlte sich furchtbar. Und obwohl er wusste, dass er gerade einen Riesenfehler gemacht hatte, konnte er einfach nicht aufhören, an die Frau zu denken, der er die letzten Tage so nahegekommen war und die ihn durch ihre liebenswerte Art und ihr Einfühlungsvermögen so nachhaltig berührte, wie es kaum eine andere bisher geschafft hatte. Er hatte jedes Wort ernst gemeint. Sie war zauberhaft. Zart, attraktiv, charmant, verletzlich und doch gleichzeitig so unglaublich stark und energiegeladen.

Schon mehrmals war er in den letzten Tagen ins Grübeln gekommen, wenn er an sie dachte. Doch erst nach dem heutigen Abend fügte sich sein Bild von Sophia zu seinem eigenen Erstaunen zu einem Ganzen zusammen, das ihn einerseits unglaublich faszinierte, ihm andererseits aber auch die größte Angst einflößte.

Doch eine komplizierte Affäre war das Letzte, was sie jetzt brauchte. Und er hatte ihr versprochen, ihre Familie zu finden. Darauf galt es sich zu konzentrieren, so würde er ihr am meisten helfen. Er musste sich professionell verhalten.

Obwohl ihm allein bei dem Gedanken daran fast schwindlig wurde, schwor Nicolas sich, Sophia ab sofort in Ruhe zu lassen. Eine weitere Enttäuschung in ihrem Leben würde sie nicht verkraften und ihm war bewusst, dass er Sophia niemals der Partner sein könnte, den sie sich wünschte und den sie verdiente. Er war in Beziehungsangelegenheiten einfach ein zu großes Wrack. Nachdem er sie heute am Grab ihrer vermeintlichen Eltern hatte zusammenbrechen sehen, wusste er, dass Sophia keine weiteren Probleme in ihrem Leben gebrauchen konnte.

Und selbst wenn das alles nicht zwischen ihnen stünde, gäbe es genug andere Hindernisse, die eine Beziehung erschwert hätten. Er hatte eine behinderte Schwester, die ihn, auch wenn es jetzt einen anderen Mann in ihrem Leben gab, trotzdem ein Leben lang brauchen würde, und einen pflegebedürftigen Vater, der noch gut und gerne weitere zwanzig Jahre leben konnte. Gleichzeitig hatte sie ein Leben und Verpflichtungen in Deutschland. Nein, eine Beziehung über eine Entfernung von mehr als tausend Kilometer war das Allerletzte, was sowohl er als auch Sophia in ihrer jeweiligen Situation gebrauchen konnten. Letztendlich tat er ihnen beiden einen Gefallen, wenn er rechtzeitig die Notbremse zog. Morgen würde er mit ihr reden und alles erklären. Und dann konnten sie sich wieder ganz auf die laufenden Ermittlungen konzentrieren.

Als die Dunkelheit hereinbrach, saß Sophia noch immer wie erstarrt auf der Terrasse und lauschte den Geräuschen der Nacht.

Hatte sie tatsächlich gedacht, Nicolas sei ein südfranzösischer Prinz, der auf seinem weißen Ross angeritten kam, um sie zu retten? Um sämtliche Probleme, die sie belasteten, zu lösen und sie auf seinem Schimmel mit auf sein Schloss zu nehmen? Und sie lebten glücklich und zufrieden ... Wann hatte sie bloß jeglichen Realitätssinn verloren? Bis vor Kurzem war sie noch der festen Ansicht gewesen, sie sei eine zufriedene, beruflich erfolgreiche Mittdreißigerin, die endlich ihren Weg im Leben gefunden hatte. Wie hatte sie sich nur so täuschen können? Ihr Leben ging gerade zusehends den Bach hinunter.

Was hatte sie erwartet? Dass Nicolas ihr ewige Liebe schwor, weil sie einmal miteinander geschlafen hatten? Sophia, wach auf! Willkommen im wirklichen Leben! Bisher waren weder Spontaneität noch besonders ausgeprägte Abenteuerlust Merkmale, die sie auszeichneten. Warum also warf sie sich einem Mann an den Hals, den sie kaum kannte? Fast erschrak sie vor sich selbst. Doch obwohl Sophia tief in ihrem Inneren die Antwort kannte, weigerte sie sich, diese als legitim anzuerkennen. Denn trotz seiner teils gewöhnungsbedürftigen Art brachte der Franzose Saiten in ihr zum Schwingen, von denen sie bis dato gar nichts gewusst hatte.

Sehnsüchtig dachte sie an seine Berührungen, an das Gefühl seiner Hände auf ihrer Haut.

Sophia verfügte über genügend Lebenserfahrung, um zu wissen, dass sich eine rein körperliche Beziehung anders anfühlte. Leichter und unverfänglicher. Schmerzfreier und oberflächlicher. Das gerade Erlebte dagegen weckte unerfüllte Hoffnungen in ihr, deren Schmerz sie befürchtete, nicht aushalten zu können. Wehmütig musste Sophia sich einge-stehen, dass sie gerade auf dem besten Weg war, sich ret-tungslos in Nicolas Rousseau zu verlieben. Doch von ihren Empfindungen durfte er niemals erfahren. Seine Reaktion vorhin war schließlich eindeutig gewesen. Sex ja, Verantwor-tung nein. Aber Probleme hatte sie schon mehr als genug. Daher würde sie ab sofort auf Abstand gehen. Gemeinsame Ermittlungen ja, gemeinsame Privatunternehmungen nein.

54

Sonntag, 5. Juni
Pflegeheim Les Pyrénées

»Warum ist Sophia nicht mitgekommen?«, fragte Lisa unbe-kümmert, während sie neben ihrem Bruder auf den Eingang des Pflegeheims zuging.

Abrupt blieb Nicolas stehen und sah seine Schwester ver-dutzt an: »Warum sollte sie denn mitkommen? Das ist doch ein Familienfrühstück.«

Mit gespielter Empörung stemmte Lisa ihre zu Fäusten geballten Hände in die Hüften, legte den Kopf schief und grinste: »Sie gehört doch quasi schon zur Familie.«

»Was soll das?«, knurrte Nicolas wütend. »Was willst du damit sagen?«

»Ach, komm schon, Nici.« Sie ließ sich von seiner Verärgerung nicht beeindrucken. »Mama hat erzählt, dass sie vorgestern mit dir bei Papa war.«

Nicolas schüttelte ungläubig seinen Kopf. »Ich habe sie mit hergenommen, weil ...« Er brach ab, um kurz zu überlegen. »Es ging um die Ermittlungen damals, als Papa noch ...«

»Lass gut sein.« Lisa winkte lächelnd ab. »Ich habe genau gesehen, wie du sie bei unserem Spiel gegen Elne angestarrt hast.«

»Ich habe euch angefeuert und eure Spielzüge aufmerksam verfolgt«, meinte er grimmig.

»Wenn du nicht gerade Sophia angeschmachtet hast«, ergänzte Lisa immer noch grinsend.

»Was willst du eigentlich?« Verunsichert hob er seine Hände.

»Nichts«, entgegnete sie mit Unschuldsmiene. »Ich dachte nur ... Du stellst uns selten jemanden vor.«

»Mit Sophia ist das anders ...«, versuchte er sich erneut an einer Erklärung.

»Sag ich doch«, stellte seine Schwester trocken fest. »Sie ist anders. Deshalb dachte ich, du würdest es schön finden, wenn sie zur Familie ...«

»Lisa«, fiel er ihr nun ungeduldig ins Wort. »Sophia Mildner ist eine wichtige Unterstützung bei dem aktuellen Fall. Mehr nicht!«

»Wie du meinst.« Gleichgültig zuckte sie mit den Achseln und wandte sich ab, um das Gebäude zu betreten. »Aber sie ist auch hübsch und sympathisch und clever.«

Genervt folgte Nicolas seiner Schwester, wunderte sich insgeheim aber ein weiteres Mal über ihre feinen Antennen.

»Bonjour, Papa«, begrüßte Lisa ihren Vater, während sie hastig auf ihn zusteuerte. Dieser brummte unverständlich etwas vor sich hin.

Zögernd ging Nicolas ebenfalls auf ihn zu und berührte ihn leicht am Oberarm. Lisa dagegen schlang ihre Arme fest um den Nacken des älteren Mannes und drückte ihn liebevoll an sich. Betreten wandte Nicolas sich ab und legte die Tüte mit dem Frühstück auf den Tisch.

»Es ist heute sehr windig«, bemerkte er nüchtern. »Ich denke, wir sollten besser drinnen essen.«

Sein Vater wippte leicht mit seinem Kopf, während Lisa nickte. Eilig verließ Nicolas wieder das Zimmer, um Kaffee zu besorgen.

Als er zurückkehrte, hatte Lisa ihrem Vater bereits geholfen, seinen Sessel, den er vor über zwanzig Jahren von zu Hause mit hierhergebracht hatte, zu verlassen und sich auf einen Stuhl an den Tisch zu setzen.

»Voilà.« Nicolas schenkte seinem Vater das dunkle Gebräu ein. »Schwarz, ohne Zucker.«

Anschließend verteilten sie die mitgebrachten Gebäckstücke, bevor Lisa begann, ihrem Vater begeistert von dem Fußballspiel und ihrem Siegtreffer zu erzählen. Während er ihr zuhörte, zerpflückte ihr Vater sein Croissant unermüdlich in immer kleinere Teile.

Als Nicolas das Gefühl bekam, er könne den Anblick seines auf dem Stuhl zusammengesunkenen Vaters nicht länger ertragen, fuhr er ihn genervt an: »Hast du heute keinen Hunger, Papa?«

Erschrocken zuckte Jacques Mareaux zusammen, während Lisa ihren Bruder vorwurfsvoll anschaute.

»Ist doch wahr«, blaffte der und zeigte genervt auf die Krümelei vor seinem Vater.

»Er kann nichts dafür«, verteidigte Lisa den Älteren.

Kopfschüttelnd zuckte Nicolas mit den Achseln und wandte erbost den Blick ab.

»Sieh nur, Nici, er traut sich gar nicht mehr zu essen.« Verschwörerisch verdrehte sie ihre Augen in die Richtung ihres Vaters.

Gereizt sah Nicolas erneut erst zu ihr, dann zu Jacques Mareaux, der ihn wachsam anblickte.

»Sssi...a?«, versuchte er nun angestrengt, seinen Sohn anzusprechen.

Verwundert blickte Nicolas kurz zu Lisa, die breit grinste, da auch sie ihren Vater verstanden hatte, bevor er zu einer Antwort ansetzte. »Sophia ...« Er stockte und überlegte. »Sie würde dich gern wieder besuchen kommen.«

Zufrieden nickte der ältere Mann mehrmals.

»Magst du sie?«, wandte sich Lisa gespannt an ihren Vater, während sie ihrem Bruder einen schelmischen Seitenblick zuwarf.

Ihr Vater hob seinen Kopf und nickte weiter.

»Und wie findest du ihren Hund?«, wollte sie neugierig wissen.

Jacques Mareaux hatte früher immer wieder davon gesprochen, sich spätestens im Rentenalter einen Hund anzuschaffen, mit dem er regelmäßig in den Bergen wandern gehen wollte. Jedes Mal, wenn er davon anfing, hatte Hélène Rousseau sich grinsend an ihre Kinder gewandt und angemerkt, dass sie ihn dann wohl noch seltener zu Gesicht bekämen als jetzt während seiner Doppelschichten. Niemand konnte damals ahnen, dass das Schicksal ganz andere Pläne für Jacques Mareaux bereithielt.

Sein Vater verzog leicht seine Lippen, was seltsam aussah, da der rechte Mundwinkel weiter starr nach unten zeigte, während der linke sich etwas hob. Wie gebannt blickte Nicolas auf die merkwürdige Grimasse.

»Nici«, ermahnte ihn seine Schwester erneut.

»Hast du eigentlich gewusst, dass Carine Mildner, genauer gesagt, Carine Duchamps, als Kleinkind gestorben ist?«, konfrontierte er seinen Vater ohne Vorwarnung mit den letzten Ermittlungserkenntnissen, bevor er seelenruhig zu seiner Tasse griff und einen Schluck daraus nahm.

Jacques Mareaux drehte langsam den Kopf und blickte auf den Balkon hinaus.

»Was soll das?« Lisa funkelte ihren Bruder wütend an. Doch der hob nur abwehrend seine Hand in ihre Richtung, während er seinen Vater nicht aus den Augen ließ.

»Papa?«

»Nici!«, empörte sich Lisa erneut.

»Papa«, widerholte Nicolas mit entschlossener Stimme, während er sich über den Tisch beugte. »Was hast du damals herausgefunden? Was ist mit Sophias Familie geschehen?«

Plötzlich begann Jacques Mareaux unvermittelt, mit der linken Hand seinen rechten Unterarm zu bearbeiten.

»Wer hat dir das angetan?«, fuhr Nicolas unbeeindruckt fort.

»Nic, hör auf damit!«, warf Lisa ein weiteres Mal aufgebracht ein.

»Halt dich da bitte raus«, bat Nicolas sie mit ruhiger Stimme und wandte sich wieder an seinen Vater. »Was ist damals geschehen? Ich muss es endlich wissen. Du hast Sophia doch kennengelernt. Sie wartet schon länger als ihr halbes Leben auf eine Antwort.« Seine Stimme wurde lauter und er sprach viel zu schnell. Doch er musste endlich die Wahrheit kennen. Für sich. Und für Sophia. »Wer war damals bei dir? Warum hast du uns nie verraten, wer dich an jenem Abend besucht hat?« Wütend sprang er auf und baute sich vor seinem Vater auf.

»Sei endlich ruhig«, herrschte Lisa ihn an. »Er blutet schon.« Besorgt griff sie nach der linken Hand ihres Vaters, die unaufhörlich an der Innenseite des rechten Arms entlangkratzte, und hielt sie entschlossen fest. Seine Fingernägel waren blutig, die Haut bereits aufgerissen. »Ist gut, Papa. Nicolas ist nur sauer, weil er bei seinen Ermittlungen nicht weiterkommt.« Bemüht um einen ruhigen Tonfall hörte sie sich an wie eine Mutter, die ihrem Kind gut zuredete.

»Ich bin nicht sauer«, widersprach Nicolas heftig, während er seine Schwester fixierte. »Aber die Akte von damals ...«, nun wandte er sich direkt an seinen Vater, der aufgeregt seinen Kopf von der einen zur anderen Seite bewegte, »... die Akte enthält gefälschte Dokumente. Sterbedaten, die manipuliert wurden.« Dicht vor seinem Vater ging er in die Hocke und sah ihm provokativ ins Gesicht. »Du weißt, dass Sophias Mutter nicht Carine Duchamps heißt. Und du weißt auch, was damals geschehen ist.« Verächtlich verzog er sein Gesicht. »Wie kannst du nur mit der Gewissheit weiterleben, ein unschuldiges Mädchen, eine Frau, ihr gesamtes Leben lang im Ungewissen zu lassen?«

»Es reicht.« Nun sprang auch Lisa erbost auf und baute sich neben ihrem Bruder auf. »Lass ihn endlich in Ruhe. Du bist ja verrückt geworden.«

Nickend erhob sich Nicolas wieder. »Du deckst jemanden.« Er zeigte mit dem Finger auf den leise wimmernden Jacques Mareaux. »Und ich werde herausfinden, wen. Das verspreche ich dir.«

Mit diesen Worten verließ er das Zimmer, ohne sich noch einmal umzudrehen.

»Er hat sich wieder beruhigt«, ertönte endlich die Stimme seiner Schwester hinter ihm, nachdem er fast eine halbe Stunde unschlüssig vor dem Eingang herumgestanden hatte. »Falls dich das interessiert«, fügte sie verbittert hinzu und stellte sich mit verschränkten Armen erbost vor ihn.

»Er weiß es«, presste Nicolas frustriert zwischen seinen Zähnen hervor und zeigte auf das Gebäude. »Er weiß, was damals geschehen ist. Ich bin mir fast sicher.« Er musterte kurz das Gesicht seiner Schwester. »Warum hat er nie erzählt, was an jenem Abend passiert ist?«

»Die Ärzte sagen, dass er sich nicht erinnern kann. Das weißt du doch«, entgegnete Lisa immer noch verärgert.

»Das glaube ich nicht.« Nicolas schüttelte den Kopf, während er abwesend seinen Blick über die Pyrenäen wandern ließ. »Er weiß es.« Wütend ballte er seine rechte Hand zu einer Faust. »Seit Tagen versuche ich mühevoll, das Leben von Sophias Mutter zu rekonstruieren. Und gestern finde ich auf einmal heraus, dass ich die ganze Zeit nach der falschen Person gesucht habe.« Er blickte seine Schwester an. »Und er hätte mir das schon längst sagen können.«

»Nici, Papa ist schwer krank. Niemand kann sagen, was er noch weiß.«

Doch Nicolas ließ sich nicht beirren. »Er weiß es«, wiederholte er ein weiteres Mal. »Verdammt!«, fluchte er entmutigt.

»Warum sollte er denn lügen? Du weißt doch, wie leid ihm Sophia tat. Ihr habt es mir oft genug erzählt«, beharrte Lisa.

»Das genau ist die alles entscheidende Frage.« Nicolas sah seine Schwester plötzlich ganz ruhig an. »Warum lügt er?«

Bekümmert schüttelte Lisa den Kopf. »Warum tust du das, Nici?« Nachdenklich musterte sie die Miene ihres Bruders. »Ist es, weil Mama und ich jemanden haben und du nicht?«

Überrascht erwiderte Nicolas den Blick seiner Schwester und runzelte die Stirn. »Was meinst du?«

»Na, deine Laune die letzten Tage«, entgegnete sie traurig. »Erst warst du komisch, als du erfahren hast, dass Raymond und ich …« Sie zögerte. »Und jetzt Papa.« Sie schwieg einen Moment, bevor sie fortfuhr: »Sicher findest du es seltsam, dass ausgerechnet wir jemanden gefunden haben und du seit Ewigkeiten allein bist, aber …«

»Von was zum Teufel redest du überhaupt?«, warf Nicolas verwirrt ein.

»Na ja, sieh dich doch an. Frauen schmachten dir hinterher, während ich … ich bin behindert …«

»Lisa«, unterbrach er sie wütend, »du …«

»Ich bin behindert, ich habe das Downsyndrom«, beharrte sie eigenwillig. »Das mögen viele Männer nicht. Und Maman ist alt. Es ist nicht leicht, da wieder einen Partner zu finden«, beendete sie ihre Ausführung. »Aber du …«

Berührt von ihren offenen Worten wusste Nicolas im ersten Moment nicht, was er erwidern sollte. Als er sich gefangen hatte, umfasste er sanft ihre Schultern. »Lisa, du bist großartig«, redete er eindringlich auf sie ein. »Natürlich hast du es verdient, glücklich zu sein. Und wenn dich Raymond glücklich macht, ist er der Richtige an deiner Seite.« Er lächelte schief. »Dein großer Bruder hat etwas länger gebraucht, bis er die Situation so entspannt sehen konnte, aber das hatten wir doch schon geklärt.« Er musterte sie abwartend. »Dachte ich zumindest.«

Sie nickte zögernd. »Ich meine nur. Und Maman …«

»Ich gönne Maman, dass auch sie glücklich ist. Nichts ist mir in meinem Leben wichtiger, als meine beiden Lieblingsfrauen glücklich zu sehen«, versicherte er ihr mit ernster Stimme.

»Was ist mit dir?« Sie sah ihn mit ihren dunklen Augen prüfend an.

Er zuckte die Achseln, während er seine Hände von ihren Schultern nahm. »Was soll mit mir sein?«

»Du solltest auch nicht allein sein«, murmelte sie leise.

»Ich habe meinen Job«, erwiderte er ausweichend.

»Du solltest nicht alleine sein«, wiederholte sie langsam.

»Die Frauen und ich, das funktioniert irgendwie nicht.«
Er verzog sein Gesicht.

»Frag doch Sophia, ob sie heute etwas mit dir unternehmen möchte«, schlug Lisa betont beiläufig vor.

Sophia! Immer wieder Sophia! Nicolas versuchte, unbeteiligt zu wirken, und setzte seinen gleichgültigsten Gesichtsausdruck auf. »Ich habe noch zu arbeiten.«

»Es ist Sonntag.« Lisa runzelte missbilligend die Stirn.

»Ich habe Bereitschaftsdienst«, erklärte Nicolas, während er mit seiner Schwester auf den Parkplatz zusteuerte. »Ich muss noch mal aufs Revier.«

55

Pyrenäen

Genussvoll sog Antoine den beruhigenden Geruch des frischen Blutes ein, das er mit sanften, kreisenden Bewegungen auf seiner Haut verteilte. Er hatte heute Morgen nur zwei Hasen in den Fallen vorgefunden, deshalb würde der rote Saft nicht für seinen ganzen Körper ausreichen. Aber da ihm die Beine nicht so wichtig waren, würde er diese einfach auslassen.

Spätestens am frühen Nachmittag musste er sich von seiner ›Therapie‹ verabschieden, duschen und sich auf den Heimweg machen. Er hatte Corelie versprochen, morgen wieder pünktlich im Büro zu erscheinen. Und auch Emma erwartete seine Rückkehr. Sie hatte nicht versucht, ihn zu erreichen. Das bedeutete, dass sie seine Anrufe gestern absichtlich ignoriert hatte.

Bedauernd blickte er in den leeren Eimer, der vor ihm stand. Auch sein rechter Arm war noch weiß, doch für den

Rest hatte es glücklicherweise ausgereicht. Zufrieden fuhr Antoine sich mit der Hand über sein blutverschmiertes Gesicht. Es würde eine Weile dauern, bis sich eine Kruste auf seiner Haut bildete.

Da sich die Sonne heute hinter einer dicken Wolkendecke versteckte, war es zu kalt, um sich auf die Lichtung zu legen. Also entschloss er sich, eine Runde laufen zu gehen. Da seine Füße sauber waren, konnte er sogar problemlos Sportschuhe anziehen. Die Anstrengung würde ihm guttun. Zumindest könnte er dadurch für eine Weile seine Probleme mit Emma vergessen.

56

Argelès-sur-Mer

Als Sophia zum ersten Mal auf ihren Wecker schaute, blinzelte sie überrascht. Fünf vor elf. Verwundert blickte sie aus dem Dachfenster und erkannte, dass die Sonne bereits hoch am Himmel stand. Einige Wolken zogen in rasanter Geschwindigkeit vorbei; es schien windig zu sein.

Als sie sich umdrehte, entdeckte sie Tim auf seiner Decke, der noch tief und fest schlief. Sie konnte sich nicht erinnern, wann sie gestern Nacht ins Bett gekommen war. So wenig wie die letzten Tage hatte sie in ihrem ganzen Leben noch nicht geschlafen. Sie kam einfach nicht mehr zur Ruhe.

Wieder fiel ihr der Friedhof in Perpignan ein, der Grabstein mit dem Namen ihrer Mutter. Dem angeblichen Namen ihrer Mutter, verbesserte sie sich sofort. Niemand wusste, wie Carine Mildner tatsächlich hieß. Was Tabea wohl dazu sagen würde? Gestern Abend war es zu spät gewesen, um sie noch anzurufen. Gott sei Dank! Denn Sophia war nicht erpicht darauf, ihrer Tante und ihrer Oma die nächsten Hiobs-botschaften zu überbringen. Nicht nach der Reaktion der alten Frau gestern am Telefon, als Sophia das Unfallopfer erwähnt hatte.

Erschöpft schloss sie wieder die Augen. Vielleicht sollte sie nach Hause fahren. Vergessen, was sie hier herausgefunden hatte und einfach ihr Leben in Deutschland weiterführen. Doch das ging natürlich nicht. Das Leben würde nie mehr so sein wie vor ihrer Abfahrt.

Und sie? War sie noch die Gleiche wie vor einer Woche? Wieder fing ihr Herz an, schneller zu schlagen, als sie an gestern Abend dachte. An Nicolas, seine dunklen Augen, das Gefühl seiner Haut auf ihrer. Verdammt!

Ihr Leben war nicht mehr dasselbe, aber Sophia hatte keine Ahnung, was genau ihr Leben überhaupt noch ausmachte. Es schien, als ob ihre Vergangenheit aus nichts als Lügen bestand, und auch die Gegenwart schien nur Gefühlschaos, offene Fragen und erschreckende Wahrheiten für sie bereit-zuhalten.

Während sie frustriert aufseufzte, hob Tim erwartungsvoll den Kopf und blickte sie an. »Zeit zum Aufstehen, ich weiß«, murmelte sie leise, als sie sich langsam aus dem Bett quälte. Augenblicklich sprang der Labrador ebenfalls auf und stürm-te schwanzwedelnd die Treppe hinunter.

Als sie gerade das Wasser für die Dusche anstellen wollte, klingelte ihr Handy. Hastig stieg Sophia wieder aus der Ka-bine und angelte sich das Telefon von der Kommode.

»Bonjour, Sophia. Hier ist Nic«, erklang die Stimme des Capitaine am anderen Ende der Leitung.

»Nicolas«, stieß sie überrascht hervor.

»Störe ich?«

Sie schloss kurz ihre Augen und zählte bis zehn.

»Sophia?«

»Nein, äh, ja, ich bin noch dran. Was willst du?« Sie ging sofort in die Offensive.

»Ich … wir … wegen gestern. Wir sollten reden.«

Sie fluchte leise. »Nein, ich glaube nicht, dass es etwas zu reden gibt.«

»Wie du meinst«, erwiderte er zögernd. »Im Moment bin ich noch auf dem Revier. Aber ich werde in etwa einer Stunde zu den Lavalles fahren. Möchtest du vielleicht mitkommen?«

»Zu den Lavalles?«, hakte Sophia verunsichert nach und dachte an die unfreundliche Frau, die ihr mitgeteilt hatte, dass ihr der Name Duchamps nichts sagte. »Warum?«

»Deine Mutter hatte ein Foto des Hauses«, erwiderte er sachlich. »Also muss es eine Verbindung zwischen ihr und dieser Familie geben.«

»Madame Lavalle war nicht sonderlich hilfsbereit«, warf Sophia ein.

»Dann wollen wir doch mal sehen, ob sie eher bereit ist, der Police Nationale zu helfen«, erwiderte Nicolas grimmig.

Sophia war zwar klar, dass sie sich besser von ihm fernhalten sollte, doch die Neugier überwog letztendlich. »Gut«, antwortete sie daher, »sollen wir uns dort treffen?«

»Nein, ich hole dich ab. Ich kann nicht genau sagen, wie lange ich hier noch brauche.«

Nachdem er aufgelegt hatte, atmete sie tief durch. Sie musste sich zusammenreißen.

Nachdenklich las Nicolas erneut die wenigen handschriftlichen Notizen, die sich Fabien zum Verschwinden Mireille Lavalles gemacht hatte. Die Frau war ein Jahr nach dem Umzug Carine Mildners verschwunden. Wo war der Zusammenhang? Waren die beiden tatsächlich befreundet gewesen, Schulkameradinnen, wie sein Mitarbeiter vermutete? Möglich wäre es. Doch irgendetwas störte Nicolas an der ganzen

Geschichte. Wieso verschwand jemand von einem Moment auf den anderen, ohne Abschiedsbrief, und schickte dann zwei Tage später eine Nachricht?

Wenn Mireille Lavalle damals tatsächlich ins Ausland gegangen war, hätte sie sich doch darauf vorbereiten müssen. Oder nicht? Konnte man in so jungem Alter von jetzt auf gleich sein gesamtes Leben hinter sich lassen? Und warum sollte jemand das überhaupt tun?

Nicolas musste dringend mit der Schwester sprechen. Aus Fabiens Notizen ging leider nicht hervor, ob sich Mireille in den folgenden Jahren jemals wieder bei ihrer Familie gemeldet hatte. Da der Vorfall bereits 1980 passiert war, hatte man die Daten nicht digitalisiert. Wahrscheinlich lag die Akte in Perpignan. Er würde morgen versuchen, die Unterlagen anzufordern.

Dann nahm Nicolas sich erneut die Mildner-Akte vor. Wieder betrachtete er die vierköpfige Familie auf dem ersten Foto. Sophia war gut zu erkennen. Während er sie nachdenklich musterte, blitzte kurz etwas in seinem Hinterkopf auf. Doch bevor er sich näher auf den Gedanken einlassen konnte, war er auch schon wieder verschwunden.

So sehr er sich auch auf die Fakten konzentrierte, die er in den letzten Tagen entdeckt hatte, er kam zu keinem Ergebnis. Noch immer fehlte die Verbindung von Pasteur zu den Mildners. Und wer hatte den Nordfranzosen derart brutal niedergestochen?

Fragen über Fragen, aber weiter keine Antworten. Eine Woche Ermittlungsarbeit und immer noch keine vorzeigbaren Ergebnisse. Directuer Morphes würde nicht begeistert sein. Entschlossen erhob sich Nicolas hinter seinem Schreibtisch, nachdem er die Akten wieder zusammengeschoben hatte.

»Salut.« Er lächelte leicht, als Sophia die Tür öffnete.

»Ich denke, ich lasse Tim besser hier«, erwiderte diese statt einer Begrüßung.

»Warum?«, wollte Nicolas stirnrunzelnd wissen.

»Diese Monique Lavalle war nicht gerade freundlich. Vielleicht mag sie keine Hunde.«

»Er könnte in meinem Wagen bleiben«, schlug Nicolas vor.

»Nein, um die Mittagszeit ist es zu heiß«, schmetterte Sophia seine Idee ab, während sie ihre Handtasche vom Garderobenhaken nahm und die Tür hinter sich abschloss.

Enttäuscht registrierte Nicolas, dass sie ihn nicht ins Haus gebeten hatte, obwohl er es ihr natürlich nicht verübeln konnte. Als sie vor ihm den Vorgarten durchquerte, bemerkte er fasziniert ihre schmale Silhouette. Sie trug ein kurzes Kleid, das knapp über den Knien endete und eng an ihrem Oberkörper anlag.

»Sophia«, hörte er sich sagen, bevor er es verhindern konnte. Am Wagen angekommen, drehte sie sich zu ihm um und sah ihn fragend an. »Wegen gestern …«, begann er unsicher.

»Ich möchte nicht mehr darüber reden«, fiel sie ihm barsch ins Wort. »Ich denke, wir sind uns beide darüber im Klaren, dass das, was gestern passiert ist, ein großer Fehler war«, erklärte sie ihm, um einen unverbindlichen Tonfall bemüht.

Er nickte zögernd. »Du hast recht. Ich wollte dir nur sagen, dass ich es trotzdem sehr schön fand.« Während seiner Worte blickte er in ihre wunderschönen Augen, da er sich einfach nicht von ihrem zauberhaften Anblick lösen konnte.

Überrumpelt von seinem Geständnis raunte sie leise: »Ja, ich fand es auch schön.«

»Es liegt nicht an dir.« Er senkte seine Stimme. »Ich bin einfach …«, er suchte nach den richtigen Worten, »… ich bin kein Beziehungsmensch.« Er grinste leicht. »Du dagegen«, er hob seine Augenbrauen und nickte zur Bekräftigung, »du bist einfach großartig, Sophia. Und du verdienst einen ebenso großartigen Partner.« Er räusperte sich, während sie ihn irritiert anschaute. »Das wollte ich dir unbedingt noch sagen.«

Da sie nicht wusste, was sie auf sein merkwürdiges Kompliment erwidern sollte – wahrscheinlich war es das Seltsamste, was ein Mann je zu ihr gesagt hatte –, schwieg sie nur und stieg in den Wagen ein.

Als sie in die Rue du Dauphin einbogen, erblickte sie sofort das repräsentative Anwesen der Familie Lavalle. Sie warf Nicolas einen kurzen Seitenblick zu, als dieser den Wagen hinter einem grünen Transporter parkte, der vor dem Nachbargrundstück stand.

»Hast du das Foto dabei?«, wandte Nicolas sich an Sophia.

Mit der Hand deutete sie auf ihre Handtasche und nickte.

»Dann los«, forderte er sie mit grimmiger Entschlossenheit auf.

Als sie vor dem Haus der Lavalles standen, hob Nicolas plötzlich grüßend die Hand. »Hugo«, rief er lächelnd, »wohnst du etwa hier?«

Sophia drehte sich überrascht um und sah den älteren Nachbarn auf sich zukommen.

»Bonjour, Nic.« Der Grauhaarige streckte dem Polizisten seine Hand hin. »Was machst du denn hier?« Grinsend drehte er sich zu Sophia und nickte ihr ebenfalls zu. »Madame, Sie lassen wohl nicht locker?«

»Ihr kennt euch?«, bemerkte Nicolas überrascht, während er von dem Älteren zu Sophia schaute.

»Wir haben am Freitag kurz miteinander gesprochen«, entgegnete Sophia irritiert, während sie den Nachbarn verstohlen musterte.

»Hugo Noisin«, stellte dieser sich nun vor. »Sind Sie immer

noch auf der Suche nach …?« Mit der Hand deutete er eine vage Bewegung an, als ob er nach dem Namen suche.

»Carine Duchamps«, half Sophia ihm weiter. »Nein, wir …«

»Wir möchten mit der Familie Lavalle sprechen«, unterbrach Nicolas sie sanft. »Weißt du, ob jemand zu Hause ist?«

»Vorhin habe ich Monique noch im Garten gesehen«, antwortete Noisin hilfsbereit und blickte Nicolas prüfend an. »Alles in Ordnung, Nic?«

»Routinebefragung«, antwortete dieser jedoch nur ausweichend.

»Monique war am Freitag nicht allzu begeistert, als ihr deine Begleiterin einige Fragen gestellt hat. Kann ich euch vielleicht weiterhelfen?« Aufmerksam sah er den Capitaine an.

»Das ist sehr nett, Hugo. Bei Bedarf kommen wir gern auf dich zurück. Danke.« Nicolas nickte ihm leicht zu.

»Wie geht's Jacques?«

Überrascht hob Sophia ihren Kopf.

»Unverändert«, entgegnete Nicolas achselzuckend.

»Das ist wohl als gut zu werten«, folgerte der Nachbar nachdenklich.

»Unter den gegebenen Umständen«, stimmte Nicolas zu.

»Und Hélène? Alles in Ordnung zu Hause?«

»Maman geht es gut«, erwiderte Nicolas, während er Sophia leicht am Arm fasste. »Mach's gut, Hugo.«

Der ältere Mann nickte und hob zum Abschied die Hand. »Grüß deinen Vater von mir.«

Nicolas nickte ein weiteres Mal und schob Sophia sanft die Auffahrt der Lavalles hoch.

»Woher kennst du ihn?« Neugierig sah sie ihn von der Seite an.

»Hugo Noisin ist ein früherer Freund meines Vaters. Er betreibt die größte Tauch- und Segelschule hier am Ort, gemeinsam mit seinem Stiefsohn«, erklärte er ihr leise, während er sie mit einem merkwürdigen Blick bedachte. »Alles klar?«, fragte er schließlich mit aufmunternder Stimme.

Sophia nickte, während sie die Henkel ihrer Tasche fester umklammerte.

Nicolas klingelte.

Nach wenigen Sekunden wurde die Tür geöffnet und Monique Lavalle sah ihn misstrauisch an. Als ihr Blick im nächsten Moment auf Sophia fiel, verzog sie wütend ihr Gesicht. »Sie schon wieder? Hatte ich Ihnen nicht …«

»Madame Lavalle, ich bin Capitaine Rousseau von der Police Nationale. Das ist Sophia Mildner, die mich bei meinen Ermittlungen dankenswerterweise unterstützt.« Nicolas' Stimme klang streng, aber freundlich.

»Police Nationale? Was wollen Sie?«, fragte Madame Lavalle ihn skeptisch.

»Wir haben einige Fragen zu dem Verschwinden Ihrer Schwester. Außerdem geht es um die Mutter von Madame Mildner.«

»Das Verschwinden von Mireille?« Sie lachte höhnisch auf. »Meine Schwester ist vor sechsunddreißig Jahren abgehauen. Und dieser Dame hier«, sie bedachte Sophia mit einem weiteren argwöhnischen Blick, »habe ich bereits gesagt, dass ich nichts über ihre Mutter weiß.«

»Dürften wir trotzdem hereinkommen, Madame?«, fragte Nicolas, während er weiter seinen Ausweis vor sich hielt.

»Habe ich eine Wahl?«, erwiderte sie statt einer Antwort.

»Sie können sich für den Vernehmungsraum des Polizeireviers entscheiden oder gleich hier unsere Fragen beantworten«, entgegnete Nicolas ernst.

Monique Lavalle seufzte. »Bitte.« Sie deutete hinter sich und trat zur Seite.

Nicolas und Sophia folgten der Frau durch eine weitläufige

Eingangshalle, über die sich ein gewölbtes Glaskuppeldach spannte.

»Wow«, entfuhr es Sophia beeindruckt.

»Ja, mein Vater hatte Geschmack«, erwiderte die Eigentümerin stolz. »Aber das Haus ist für mich allein natürlich viel zu groß.«

Das Wohnzimmer hatte die Ausmaße eines Tennisplatzes und Sophia sah sich beim Eintreten ungläubig um. Auch Nicolas ließ seinen Blick überrascht durch den riesigen Raum schweifen.

»Als meine Eltern das Haus gebaut haben, war der Boden hier spottbillig. Niemand wollte auf diesem trockenen Land wohnen«, erklärte Monique Lavalle. »Mittlerweile ist das Grundstück, immerhin fast dreitausend Quadratmeter, unbezahlbar.«

Die lange Front des Wohnzimmers war mit zehn bodentiefen Fenstern durchzogen, die einen atemberaubenden Blick auf das leicht abfallende, parkähnliche Anwesen hinter dem Haus freigaben.

»Traumhaft«, raunte Sophia, während sie unschlüssig in der Mitte des Raumes stehen blieb.

Durch die anerkennenden Worte etwas besänftigt, zeigte Monique Lavalle auf einen schweren Esszimmertisch aus massivem dunklem Holz. »Bitte, nehmen Sie doch Platz. Kann ich Ihnen etwas zu trinken anbieten?«

»Ein Wasser wäre prima«, erwiderte Sophia erleichtert, während sie sich einen der schweren Stühle zurechtrückte.

»Für mich nichts, danke«, lehnte Nicolas ab. Nachdem Madame Lavalle den Raum verlassen hatte, blickte er Sophia prüfend an. »Hier bekommst du einen guten Einblick, wie die Oberschicht von Argelès lebt.« Er grinste schwach.

Fasziniert starrte sie auf ein Grübchen an seinem Kinn, das ihr gerade zum ersten Mal auffiel.

»Sophia?« Er blickte sie irritiert an.

»Hm?«, fragte sie abwesend.

»Nichts.« Enttäuscht winkte er ab und lehnte sich nachdenklich nach vorn.

»Bitte sehr.« Monique Lavalle stellte wenige Augenblicke später eine mit Wasser gefüllte Karaffe und drei Gläser auf den Tisch. »Wie kann ich Ihnen helfen?« Sie setzte sich neben Sophia und blickte Nicolas abwartend an.

»Madame Lavalle, es geht um ein Foto, das Madame Mildner bei ihrer Mutter gefunden hat. Das Bild zeigt Ihr Haus«, begann Nicolas, während er Sophia stumm aufforderte, das Foto herauszuholen.

»Ich habe Madame Mildner bereits am Freitag mitgeteilt, dass ich ihre Mutter nicht kenne. Der Name Duchamps sagt mir nichts«, erklärte Monique erneut.

»Was ist mit Ihrer Schwester?« Nicolas sah sie abwartend an, während Sophia das Foto auf die Tischplatte legte. Überrascht betrachtete die ältere Frau das Bild. Nachdenklich strich sie ihre kurzen schwarzen Haare hinters Ohr. »Das Foto muss jahrzehntealt sein«, erwiderte sie leise. »Die roten Fensterrahmen ...«

»Madame Lavalle, ist es möglich, dass Ihre Schwester Madame Mildners Mutter kannte?«, wiederholte Nicolas seine Frage.

»Meine Schwester ist 1980 verschwunden, abgehauen. Wahrscheinlich würde ich sie nicht mal mehr erkennen, wenn ich sie im Supermarkt träfe«, erwiderte sie wehmütig.

»Hat sich Ihre Schwester nie wieder bei Ihnen gemeldet?«, wollte Nicolas angespannt wissen, da er dies nicht aus den Unterlagen hatte erkennen können.

»Doch.« Sie nickte bekräftigend. »Als meine Mutter vor Jahren gestorben ist, tauchte sie plötzlich auf der Beerdigung auf.«

Er horchte auf. »Und? Wie hat sie ihr Verschwinden erklärt?«

Monique Lavalle zuckte mit den Achseln. »Zu einer Erklärung kam es leider nicht mehr. Wir sind uns nur auf dem Friedhof begegnet. Eigentlich wollte sie am nächsten Tag das Haus auf mich umschreiben lassen, sich mit mir treffen und mir alles erklären. Doch wie gesagt, dazu kam es nicht mehr.«

»Warum nicht? Was ist damals passiert?«, fragte Nicolas alarmiert nach.

»Alors, sie ist wieder einfach verschwunden. Hat den Notartermin platzen lassen und sich nie mehr gemeldet. Bis heute.«

Sophia konnte aus der Stimme der Älteren eine unendliche Traurigkeit heraushören. Kein Wunder, dass sie am Freitag auf ihre Nachfragen so unfreundlich reagiert hatte.

»Seitdem haben Sie nie wieder etwas von Ihrer Schwester gehört?«

»Nein, nie wieder«, bestätigte sie bekümmert.

»Hatte Sie Ihnen bei der Beerdigung vielleicht erzählt, wo sie mittlerweile lebte?«

Monique Lavalle schüttelte ihren Kopf. »Nein, sie wollte am nächsten Tag in Ruhe mit mir reden. Mit mir und unserem Vater.«

»Wann genau war das, Madame?« Nicolas sah sie abwartend an, während er seinen Notizblock herauszog.

»Meine Mutter wurde am 6. August 1992 beerdigt«, murmelte sie undeutlich.

Doch sowohl Nicolas als auch Sophia hatten das Datum klar verstanden und blickten sie jetzt fassungslos an.

»Am sechsten August 1992? Sind Sie sich sicher?«, hakte Nicolas ungläubig nach, bevor er Sophia einen warnenden Blick zuwarf.

»Natürlich bin ich mir sicher«, zischte Monique Lavalle verärgert.

Bestürzt überlegte Nicolas einen Moment, fuhr sich nervös mit der Hand über sein Haar und zog schließlich entschlossen ein Foto aus dem Notizblock. »Kennen Sie diese Frau, Madame?« Er schob ihr das Bild über den Tisch und wechselte erneut einen kurzen Blick mit Sophia.

»Was soll das?« Monique Lavalle blitzte ihn wutentbrannt an, während sie mit ihrer Hand das Foto vom Tisch fegte.

Da Sophia nicht auf das Bild geachtet hatte, wunderte sie sich über die verärgerte Reaktion der Frau.

»Wollen Sie mich auf den Arm nehmen?« Sie sprang auf und schüttelte zornig den Kopf.

»Madame Lavalle.« Nicolas erhob sich ebenfalls und versuchte, sie zu beruhigen. »Ich habe Ihnen eine eindeutige Frage gestellt. Ich verstehe nicht ganz …?«

»Sie verstehen nicht ganz?«, äffte sie ihn grimmig nach. »Sie kommen hierher, stellen mir merkwürdige Fragen und wollen dann allen Ernstes von mir wissen, ob ich meine eigene Schwester kenne?«

»Ihre Schwester?«, hakte Nicolas ungläubig nach.

»Wer war auf dem Foto, Nicolas?«, wollte Sophia alarmiert wissen.

Doch Nicolas starrte nur Monique Lavalle an, in deren Gesicht er auf einmal ansatzweise die Züge von Sophias Mutter wiedererkannte.

»Nic?«, bat Sophia erneut. »Wer war auf dem Foto?«

»Deine Mutter«, antwortete er tonlos und bückte sich, um das Bild wieder aufzuheben.

»Ihre Mutter?«, fragte Monique ungläubig. »Wollen Sie damit etwa sagen, dass …?« Sie blickte von Sophia zu Nicolas und schüttelte fassungslos ihren Kopf.

»Ihre Schwester Mireille Lavalle ist die Mutter von Sophia

Mildner. Sophia, Monique Lavalle ist deine Tante«, folgerte Nicolas in beherrschtem Ton, während ihm unzählige Fragen wahllos durch den Kopf schossen.

»Mireille hat eine Tochter?«, stammelte Monique leise, während sie sich langsam Sophia näherte.

Doch diese schloss verzweifelt die Augen, da sich ihr Atem gefährlich beschleunigte. Wieder überkam sie das fürchterliche Gefühl, sie müsse ersticken. »Ich ...« Sie fasste sich entsetzt an ihre Kehle und begann, sich bewusst auf ihre Atmung zu konzentrieren.

»Sophia.« Nicolas war mit einem Schritt bei ihr und strich ihr beruhigend über den Rücken.

»Was ist mit ihr?«, fragte Monique Lavalle vorsichtig.

»Panikattacke«, erwiderte Nicolas nur kurz angebunden, während er vor Sophia in die Hocke ging und sie zwang, ihn anzusehen. »Atme, Sophia, langsam und tief«, redete er leise auf sie ein. »Es passiert nichts.« Eindringlich sah er ihr in die Augen. Nach ein paar Minuten registrierte er erleichtert, dass ihr Brustkorb sich wieder langsamer und ruhiger bewegte. Als er sich schließlich erhob, stand Monique hinter ihm, in der Hand ein Glas Wasser.

»Möchten Sie ...?« Verunsichert streckte sie Sophia das Glas hin.

Dankbar nahm diese das Wasser entgegen und trank einen langen Schluck. »Es geht wieder«, meinte sie dann und blickte Nicolas fast schüchtern an, bevor sie sich erhob und Moniques Gesicht eingehend betrachtete. »Sie sehen ihr ähnlich«, stellte sie mit tränenerstickter Stimme fest. Fassungslos bedeckte sie ihren Mund mit der verletzten Hand.

»Aber ...«, noch immer völlig verwirrt, schüttelte Monique Lavalle ihren Kopf, während auch ihre Augen verdächtig glänzten. »Sie haben doch einen ganz anderen Namen erwähnt.«

»Vielleicht sollten wir uns wieder setzen und in Ruhe alles durchgehen«, schlug Nicolas vor, der zwar als Einziger unbeteiligt an dieser zu Herzen gehenden Szene war, doch auch er rang um Fassung. Er konnte kaum glauben, was hier gerade zu Tage getreten war.

Die beiden Frauen weinten, während sie die Augen nicht voneinander lassen konnten. Sie mussten den Schock erst einmal verarbeiten.

»Wer ist Carine Duchamps?«, fragte Monique schließlich, als sie sich wieder einigermaßen gefasst hatte. Vorsichtig griff sie nach der Hand von Sophia.

Während Nicolas die Bewegung andächtig beobachtete, nickte er kurz, bevor er das Wort ergriff: »Ihre Schwester ist nach Deutschland gezogen, hat dort Sophias Vater kennengelernt, wurde schwanger und lebte unter dem Namen Carine Duchamps in Deutschland, verheiratete Mildner.«

»Warum?« Monique Lavalle blickte stirnrunzelnd von Sophia zu Nicolas.

»Ich hatte gehofft, dass Sie mir das sagen können«, erwiderte er zögernd.

»Ich?« Monique schüttelte ihren Kopf. »Ich kann mir bis heute nicht erklären, was damals in meine Schwester gefahren ist. Verlässt abends ohne irgendeine Andeutung das Haus und schickt uns zwei Tage später einen kurzen Brief, sie wolle ein neues Leben anfangen. Es gehe ihr gut und wir sollten nicht nach ihr suchen. Finden Sie das normal?«

»Gab es Streit?«, warf Sophia leise ein.

»Streit«, wiederholte Monique bitter. »In jeder Familie gibt es mal Streit. Aber haut man deswegen einfach ab, ohne Verabschiedung, ohne weitere Erklärung?«

»Gab es an jenem Abend Streit?«, wollte nun auch Nicolas wissen.

»Nein, Mireille hatte sich verabredet, wollte in die Stadt.

Alles wie immer«, antwortete Monique, während sie sich am Kinn kratzte.

»Mireille«, flüsterte Sophia kaum hörbar und schaute abwesend in den Garten. Besorgt betrachtete Nicolas ihr blasses Gesicht. Doch als sie seinen Blick auf sich spürte, nickte sie ihm kurz zu und bemühte sich um ein zuversichtliches Lächeln.

»Es gab also keinen Anlass, aus dem sie ihre Zelte hier hätte abbrechen sollen?«, hakte er erneut nach.

»Nein«, entgegnete Monique entschieden. »Deshalb haben wir uns ja auch solche Sorgen gemacht, als sie am nächsten Morgen nicht da war.«

»Sie haben eine Vermisstenanzeige aufgegeben«, folgerte Nicolas, während er versuchte, sich zu erinnern, was Charles und Fabien herausgefunden hatten.

»Das wollten wir, aber da Mireille bereits volljährig war, hieß es, es sei zu früh. Sie habe das Recht, ihren Aufenthaltsort selbst zu bestimmen«, erklärte Monique verständnislos. »Und einen Tag später war dann der Brief von ihr da.«

»Haben Sie jemals an seiner Echtheit gezweifelt?«

»Natürlich, wir konnten zu Beginn kaum glauben, dass sie einfach weg war, ins Ausland. Ohne uns zu sagen, wohin. Aber was hätten wir denn tun sollen? Die Polizei hat uns sofort wieder weggeschickt, als wir den Beamten den Brief vorgelegt haben.«

»Warum hat sie das getan?«, stellte Sophia die alles entscheidende Frage.

»Ich weiß es nicht.« Monique schüttelte ihren Kopf. »Diese Frage stelle ich mir seit sechsunddreißig Jahren. Sie ist verstorben, hast du gesagt?« Sie blickte Sophia bekümmert an.

»Sie ist verschwunden«, erklärte diese leise.

»Verschwunden? Was soll das heißen?«, wollte Monique Lavalle irritiert wissen.

Daraufhin erzählte ihr Nicolas, was sich einen Tag nach der Beerdigung von Moniques und Mireilles Mutter zugetragen hatte.

Monique bedeckte entsetzt ihr Gesicht mit den Händen. »Diese furchtbare Sache damals. Natürlich habe ich das mitbekommen. Es war ja überall in den Medien. Aber ich hätte nie vermutet, dass ...« Entsetzt brach sie ab. »Deutsch-französische Familie mit Kind ...«, sie schluckte. »Woher hätte ich wissen sollen ...?«

»Sie konnten es nicht wissen«, beruhigte Nicolas sie behutsam.

»Und es ist bis heute nicht geklärt, was damals passiert ist?«, wollte Monique wissen.

»Die Ermittlungen wurden neu angestoßen«, erklärte Nicolas, bevor er ihr von dem Autounfall und dem schwer verletzten Stichwundenopfer berichtete.

»Philippe Pasteur?« Sie schüttelte ihren Kopf. »Den Namen habe ich noch nie zuvor gehört.«

Betreten musterte Sophia die ältere Frau neben sich. Sie hatte die gleichen dunklen Haare und Augen wie ihre Mutter, war jedoch insgesamt etwas fülliger. Allerdings wäre ihre Mutter heute natürlich auch knapp fünfundzwanzig Jahre älter als das Bild, das sie von ihr im Kopf hatte.

»Was ist mit deinem Bruder?«, wandte sich Monique an Sophia, während Nicolas schweigend einige Fakten auf seinem Notizblock überprüfte.

»Frederick. Er war damals zwei Jahre alt«, erwiderte Sophia ernst.

»Mon dieu«, raunte ihre Tante traurig. »Was ist bloß mit ihnen passiert?«

»Genau das möchten wir herausfinden, Madame«, mischte sich Nicolas nun wieder ins Gespräch ein. »Woher wusste Ihre Schwester eigentlich von dem Tod Ihrer Mutter?«

Monique Lavalle zuckte mit den Achseln. »Das kann ich Ihnen nicht genau sagen. Eines Tages kam ihr Anruf, Ende Juli, glaube ich. Meine Mutter war gerade verstorben.« Sie überlegte.

»Was genau hat Mireille gesagt?«, wollte Nicolas gespannt wissen.

Bevor sie antwortete, schürzte sie ihre Lippen. »Der Anruf kam wie aus heiterem Himmel. Sie bat mich, mit der Beerdigung zu warten, bis sie herkommen könne. Sie müsse einiges klären, aber sie würde spätestens Anfang August kommen.«

»Hat Sie Ihnen Ihre Kontaktdaten hinterlassen?«

Sie schüttelte den Kopf: »Nein, sie sagte, sie melde sich wieder. Und so war es auch. Zwei Tage später rief sie an und teilte mir mit, dass sie am 3. August kommen würde. Daraufhin habe ich die Beerdigung auf den 6. August gelegt.«

»Zu der sie auch auftauchte«, resümierte Nicolas nachdenklich, bevor er sich an Sophia wandte. »An was kannst du dich noch erinnern? In jenem Sommer?«

Sophia musterte ihn aus zusammengekniffenen Augen. »Ich weiß nicht ...«

»Du Arme.« Monique umfasste behutsam den Unterarm ihrer Nichte und tätschelte ihn leicht.

Auf eine gewisse Art beruhigte Nicolas die Tatsache, dass Sophia in dieser Situation plötzlich nicht mehr ganz allein war, dass sie ein Stück Familie zurückerhalten hatte. Ein Stück Familie, von dem bis heute niemand auch nur das Geringste geahnt hatte.

»Ich weiß noch, dass meine Mutter plötzlich den Vorschlag machte, uns ihre Heimat zu zeigen«, begann Sophia zögernd.

»Lass dir Zeit«, ermunterte Nicolas sie, während er ihr leicht zunickte.

Sie räusperte sich. »Eigentlich hatten meine Eltern in jenem Sommer etwas anderes geplant. Es gab damals einen Riesenkrach, weil sie den ursprünglich gebuchten Urlaub absagen mussten.« Gedankenversunken fuhr sie mit dem Zeigefinger über das blau-weiße Muster der Tischdecke. »Mein Vater war stinksauer.« Sie verzog ihr Gesicht. »Aber natürlich hat Mama sich wieder durchgesetzt – wie immer.«

»Das hört sich ganz nach Mireille an«, bestätigte Monique lächelnd. »Sie konnte schon immer hervorragend ihre Interessen vertreten.«

»Sie fuhr also mit der ganzen Familie in ihre Heimat, um die Beerdigung ihrer Mutter zu besuchen. Da ihr Kinder nichts davon wusstet, nehme ich an, dass auch dein Vater nicht informiert war. Was habt ihr am Nachmittag der Beerdigung gemacht?«

Sophia wich seinem Blick aus und antwortete, ohne zu zögern: »Wir waren am Strand.«

»Sie sind tot«, sagte Monique, während sie ihren Arm um Sophias Schultern legte. »Das denken Sie doch, Capitaine?«

Er zögerte. »Leider müssen wir davon ausgehen. Das Blut, das man damals entdeckt hat …« Er ließ den Satz unvollendet.

Monique nickte, während Sophia ihn nachdenklich anschaute. »Hängt Mireilles Verschwinden mit ihrer falschen Identität zusammen?«

Er erwiderte lange den Blick der Deutschen, bevor er leicht seinen Kopf zur Seite neigte. »Ich befürchte es stark, Sophia.«

»Warum hat sie das nur gemacht?«, klagte Monique erneut. »Eine falsche Identität. Das passt doch überhaupt nicht zu ihr. Schließlich war sie keine Geheimagentin.« Ungläubig schüttelte sie ihren Kopf.

»Ist es möglich, dass Ihre Schwester in den falschen Kreisen verkehrte?«

Monique Lavalle sah ihn entsetzt an. »Sie meinen, ob sie Drogen genommen hat?« Er nickte nur, während sie auflachte. »Sie kennen Mireille nicht. Sie hat nicht mal geraucht. Mireille war die Unschuld vom Lande. Nein«, sie lachte erneut, »da sind Sie wirklich auf dem Holzweg. Meine Schwester war strebsam, vernünftig, ein herzensguter Mensch. Niemals hätte sie sich auf irgendwelche krummen Geschäfte eingelassen.«

»Auf welcher Schule war meine Mutter eigentlich?«, warf Sophia plötzlich ein.

»Auf dem Lycée Arago. In Perpignan«, antwortete Monique. Irritiert wandte sich Sophia an Nicolas. »Warum haben wir sie dann nicht in den Jahrbüchern gefunden?«

»Wir haben nach dem falschen Namen gesucht«, erinnerte Nicolas sie vorsichtig.

»Aber weißt du denn nicht mehr?« Sie sah ihn auf einmal aufgeregt an. »Ganz vorn war doch jeweils ein Foto aller Abgänger zu sehen. Auch darauf habe ich sie nicht entdeckt.«

»Hast du dir die Bilder denn so genau angeschaut? Ich dachte, du hättest dich mehr auf die Einzelporträts konzentriert.«

»Ich habe mir alle Bilder genau angesehen. Und als ich sie nicht gefunden habe, bin ich die Gruppenfotos noch mal ganz gründlich durchgegangen. Meine Mutter war definitiv nicht dabei.«

Verwirrt blickte Nicolas nun zu Monique Lavalle, die nur mit den Achseln zuckte. »Sie war auf dem Lycée. Mehr kann ich Ihnen dazu nicht sagen. 1980 hat sie dort ihren Abschluss gemacht.«

»1980?«, erklangen Sophias und Nicolas' Stimmen im Chor.

»Ja, wenige Wochen bevor sie abgehauen ist«, entgegnete Monique verunsichert.

»Das kann nicht sein«, widersprach Sophia. »Meine Eltern

haben sich doch bereits 1979 kennengelernt. Schließlich wurde ich im Dezember 1980 geboren.«

Ihre Tante sah sie seltsam berührt an. »Im Dezember 80?«

Sophia nickte zur Bekräftigung, während in Nicolas eine furchtbare Ahnung aufkeimte.

»Mireille ist im Juni 1980 verschwunden, Sophia. Deine Eltern können sich nicht ein Jahr vorher kennengelernt haben.« Sie überlegte. »Das heißt …« Sie wagte nicht, die daraus resultierende Schlussfolgerung auszusprechen.

»Das heißt, sie war bereits schwanger, als sie nach Deutschland gegangen ist«, beendete Sophia den Satz, während sie mit glasigen Augen auf die Tischplatte starrte.

»Kann es nicht vielleicht sein, dass sie Sophias Vater hier kennengelernt hat?«, versuchte Nicolas, eine Erklärung zu finden, die das Unausweichliche abwandte. »Ein Urlaubsflirt, dem sie folgte, nachdem sie feststellte, dass sie schwanger war?«

Monique zuckte mit den Achseln. »Möglich wäre es natürlich. Über ihr Liebesleben hielt sie sich ziemlich bedeckt.«

»Mein Vater war vor unserem gemeinsamen Urlaub noch nie in Frankreich«, erwiderte Sophia kaum hörbar. »Außerdem, warum hätten sie uns denn erzählen sollen, dass sie sich in Deutschland kennengelernt haben, wenn es sich gar nicht so abgespielt hat?«

»Eltern erzählen ihren Kindern nie alles«, warf Nicolas ein.

»Nein.« Sophia schüttelte bestimmt ihren Kopf. »Sie hat meinen Vater schwanger kennengelernt. Was nur bedeuten kann, dass mein Vater gar nicht mein Vater ist.«

Tief erschüttert stützte sie ihren Kopf in die Hände, während Monique Nicolas einen besorgten Blick zuwarf und ihre Nichte weiter fest im Arm hielt.

»Kann es noch schlimmer kommen?«, hauchte Sophia verzweifelt, während Monique und Nicolas betreten schwiegen.

57

Perpignan

Als Antoine die Stadtgrenze von Perpignan erreichte, wuchs sofort wieder seine Anspannung. Er war früher losgefahren als geplant. Nachdem er geduscht und seine Sachen zusammengepackt hatte, konnte er es in der Hütte kaum noch aushalten. Er hoffte inständig, dass der Krach mit Emma nicht allzu heftig ausfallen würde, wenn er zu Hause wäre.

Sie würden sich einen schönen Abend machen, gemütlich zusammen auf der Terrasse sitzen und er würde ihr versprechen, dass er keine weiteren Geschäftsreisen mehr unternähme. Sicher wäre sie dadurch einigermaßen besänftigt.

Doch tief in seinem Inneren befürchtete Antoine, dass er sich etwas vormachte. Dass nichts gut sein würde, wenn er nach Hause kam.

Seine ›Therapie‹ war erfolglos gewesen. Dieses Eingeständnis verursachte eine größere Verzweiflung in ihm als der Gedanke an eine drohende Trennung von Emma. Er musste mit Docteur Sotard sprechen. Wenn der Therapeut ebenfalls keinen Ausweg aus dieser Situation fand, musste Antoine kapitulieren. Vor seinem eigenen Leben, seiner Vergangenheit und seiner Zukunft. Ohne Perspektive, ohne auch nur die geringste Hoffnung auf Besserung konnte er nicht mehr weiterleben.

Nach wie vor war er der Meinung, einer von den Guten zu sein, nichts für seine furchtbare Qual zu können. Und doch saß die Furcht tief, irgendwann eine Grenze zu überschreiten und einen Weg einzuschlagen, der unwiderruflich ins Abseits führte.

Als Antoine in die Straße einbog, in der ihr Haus stand, erkannte er bereits von Weitem, dass Emmas Wagen nirgends stand. Also war sie nicht zu Hause.

Seufzend parkte er am Straßenrand und stieg aus. Nachdem er die Reisetasche aus dem Kofferraum geholt hatte, stieg er unendlich langsam die Stufen hoch. Da er Angst davor hatte, was er in der Wohnung vorfinden würde, angelte er sich umständlich seinen Schlüssel aus der Hosentasche und schindete weiter Zeit.

Im Flur war es angenehm kühl. Als sein Blick auf den Küchentisch fiel, blieb ihm vor Schreck fast sein Herz stehen. Ein großer weißer Zettel lag auf der Tischplatte. Schon von Weitem konnte er Emmas Handschrift erkennen. Schweren Schrittes steuerte Antoine auf die Notiz zu und kniff angestrengt die Augen zusammen. Doch während er ihre Worte las, atmete er erleichtert aus. Sie sei mit einer Freundin unterwegs und käme spät nach Hause. Er solle nicht auf sie warten.

Auch wenn er enttäuscht war, dass sie nicht auf seine Rückkehr gewartet hatte, sie würde zurückkommen. Emma hatte ihn nicht verlassen. Ein großer Stein fiel ihm vom Herzen. Er würde kämpfen.

Während er sich ein Glas Wasser holte, fiel sein Blick auf die Zeitung, die aufgeschlagen neben der Notiz lag. Als Antoine die Seite näher betrachtete, erkannte er, dass es sich um die Ausgabe von Anfang der Woche handelte. Was wollte Emma mit den alten Nachrichten?

Neugierig überflog er die Seite und blieb an einem Artikel hängen, der von einem schlimmen Verkehrsunfall in der Nähe von Argelès berichtete, bei dem ein Mann schwer verletzt worden war. Misstrauisch beäugte er das Foto, das den Unfallwagen zeigte, der gerade von zwei Polizisten begutachtet wurde. Warum hatte Emma diesen Artikel aufgehoben?

Der Unfall war bereits am Sonntag passiert. Mit Bleistift hatte sie eine Textpassage schwach unterstrichen, die darüber informierte, dass das Unfallopfer bereits zuvor durch Messerstiche lebensgefährlich verletzt worden war. Die Polizei hatte zu jenem Zeitpunkt keine Hinweise auf den oder die Täter gehabt. Das war jedoch bereits am Montag gewesen. Mittlerweile hatte man den Fall sicherlich aufgeklärt. Antoine überlegte. War es möglich, dass Emma vermutete ...? Doch er verwarf den Gedanken sofort wieder. Schließlich kannte sie ihn.

Aber tat sie das wirklich? War es nicht vielmehr so, dass er eine Rolle spielte? Eine Rolle, die nur zeitweise von seinem wahren Wesen durchbrochen wurde und die er nicht mehr lange würde aufrechterhalten können.

Erschöpft lehnte Antoine sich auf seinem Stuhl zurück. Er musste mit Emma sprechen. Morgen. Und er würde ihr alles erklären. All die verdammten Lügen! Wenn er wirklich mit ihr glücklich werden wollte, musste die Wahrheit endlich auf den Tisch. Und zwar so schnell wie möglich.

58

Argelès-sur-Mer

Sophia schloss die Tür des Ferienhauses auf. Nachdem sie Monique Lavalle verlassen und Nicolas' Angebot, sie nach Hause zu bringen, abgelehnt hatte, war sie mindestens eine Stunde durch die Stadt geirrt. Sie musste so verwirrt gewesen sein, dass sie eine ganze Weile in die falsche Richtung marschiert war. Erst ein freundlicher Rentner hatte ihr den Weg nach Hause erklärt.

Tim stürmte auf sie zu und wedelte so aufgeregt mit dem

Schwanz, als habe er sie fünf Wochen lang nicht mehr gesehen. Dankbar beugte sie sich zu ihm hinab und vergrub ihr Gesicht in seinem warmen Fell. Der vertraute Geruch des Hundes beruhigte sie etwas, doch sie wusste, dass nichts mehr so sein würde, wie es einmal war. Ihre Mutter war eine Lügnerin. Verzweifelt spürte Sophia, wie sich ein weiterer Weinkrampf ankündigte. Unaufhörlich flossen die Tränen über ihre Wangen, während Tim sie mit schief gelegtem Kopf ansah.

Erschöpft erhob sie sich und ging schweren Schrittes in die Küche. Ihr Blick fiel auf den Strand vor ihrer Terrasse. Ein Sehnsuchtsort, die traumhafte Aussicht aufs Meer.

Doch für sie entwickelte sich der Aufenthalt hier mehr und mehr zu einem unaufhaltbaren Albtraum, einer Spirale aus Täuschungen und Lügen, die sie immer weiter in die Tiefe zog. Je länger sie hier war, umso nachhaltiger wurde ihr gesamtes Leben zerstört, wurde das, was sie bisher für ihre Vergangenheit gehalten hatte, derart demontiert, dass nichts mehr davon übrig blieb.

Mit Wehmut dachte sie an ihren Vater. Wenn ihre Mutter tatsächlich schwanger nach Deutschland gekommen war, hatten ihre Eltern sie wissentlich getäuscht. Er musste schließlich gewusst haben, dass er nicht ihr leiblicher Vater war. Aber konnte das wirklich sein?

Sophia lehnte sich an die Tischplatte und überlegte. Traute sie ihren Eltern eine solch schwerwiegende Lüge, einen derart gravierenden Vertrauensbruch zu? Und warum sollte sie nicht erfahren, dass sie einen anderen Vater hatte? Sie wusste überhaupt nicht mehr, was sie noch glauben sollte. Traurig dachte sie darüber nach, wie beruhigend es sich anfühlen würde, in dieser Situation jemanden zu haben, der ihr zuhörte, der ihr half, ihre völlig verwirrten Gedanken zu ordnen, der ihr eine Schulter zum Anlehnen bot, sie vor ihren eigenen düsteren Dämonen schützte. Doch sie war allein.

Krampfhaft bemühte sie sich, nicht an den dunkelhaarigen Polizisten zu denken, der ihr klar zu verstehen gegeben hatte, dass er nicht an einer Vertiefung ihrer Bekanntschaft interessiert war. Nein, Nicolas Rousseau war sicher nicht derjenige, der ihr ihren Seelenfrieden zurückgeben konnte. Schließlich war er einer der Gründe für ihr Gefühlschaos, das sich von Tag zu Tag verstärkte und das ihr kaum noch Raum für rationale Überlegungen ließ.

Gedankenverloren öffnete sie die Terrassentür und registrierte abwesend, wie Tim an ihr vorbei in den Garten stürmte. Als ihr Handy klingelte, zuckte sie erschrocken zusammen.

»Tabea«, begrüßte sie ihre Tante überschwänglich, froh über die bekannte Stimme am Telefon.

»Sophia, Kind, was ist denn los?«, bemerkte Tabea sofort den Gemütszustand ihrer Nichte.

»Wie geht es Oma?«, wollte diese jedoch wissen, ohne auf die Bemerkung einzugehen.

»Sie war gestern völlig aufgelöst, nachdem du ihr den Namen dieses Mannes genannt hast ...«

»Ja, ich weiß«, unterbrach Sophia ungeduldig. »Aber warum?«

»Ich konnte mich daran gar nicht mehr erinnern«, bemerkte Tabea traurig. »Aber Oma, sie wusste es natürlich noch. Deine Mutter hatte für Frederick ...« Sie brach mit erstickter Stimme ab. »Sie wollte Frederick eigentlich Philipp nennen.«

»Philipp?«, erwiderte Sophia überrascht. »Wie das Unfallopfer?«

»Es kann sich um einen dummen Zufall handeln«, versuchte Tabea, die merkwürdige Übereinstimmung zu erklären.

»Zufall«, murmelte Sophia verbittert. »Mittlerweile glaube ich nicht mehr an Zufälle.«

Tabea schwieg, während Sophia nachdachte.

»Warum haben sie sich dagegen entschieden?«

»Dein Vater wollte nicht«, antwortete Tabea zögernd.

»Papa hat sich durchgesetzt?«, fragte Sophia ungläubig.

»Ja, laut Oma hatten die beiden heftige Diskussionen deswegen.«

»Aber warum? Was hatte er gegen den Namen?«, überlegte Sophia.

»Ehrlich gesagt, konnte ich mich gar nicht mehr an die Auseinandersetzung erinnern, aber deine Oma ...« Tabea ließ den Satz unbeendet.

»Wo ist Oma jetzt?«, fragte Sophia alarmiert, da sie bei den letzten Telefonaten immer im Hintergrund zugehört hatte.

»Sie liegt im Bett und schläft«, erwiderte Tabea.

»Um diese Zeit?« Sophia blickte stirnrunzelnd auf ihre Uhr und stellte fest, dass es bereits weit fortgeschrittener Nachmittag war.

»Sophia, Oma ist alt. Es geht ihr nicht besonders gut.«

»Umso wichtiger ist es, dass ich endlich herausfinde, was mit ihrem Sohn passiert ist«, entgegnete Sophia grimmig.

»Sophia ...«, begann Tabea erneut.

»Tabea, bitte, du musst mir jetzt die Wahrheit sagen. Ist dein Bruder mein Vater?«

»Wie meinst du das?« Die Überraschung in der Stimme ihrer Tante war unüberhörbar.

»Ich denke, die Frage ist eindeutig. Ist dein Bruder mein leiblicher Vater?«

»Natürlich, wie kommst du denn darauf ...?«

»Mama ist erst im Juni 1980 nach Deutschland gekommen. Man braucht kein Medizinstudium, um sich ausrechnen zu können, dass sie zu diesem Zeitpunkt bereits schwanger gewesen sein muss«, erklärte Sophia mit fester Stimme. »Ganz abgesehen von der Tatsache, dass sie nicht Carine Duchamps, sondern Mireille Lavalle hieß und nicht aus Perpignan, sondern aus Argelès-sur-Mer kam.«

»Was redest du denn da?«, erklang die Stimme ihrer Tante schrill am anderen Ende der Leitung.

»Ja, ich habe heute eine weitere Tante kennengelernt. Die Schwester meiner Mutter.«

»Aber ...?«

Sophia erzählte Tabea von dem Gespräch mit Monique, bevor sie ihr von dem Grab in Perpignan berichtete, in dem ihre angebliche Mutter beerdigt lag.

»Sophia, ich kann das alles einfach nicht glauben«, erwiderte ihre Tante entsetzt.

»Es ist aber die Wahrheit. Monique hat ihre Schwester auf dem Foto eindeutig wiedererkannt.«

»Aber dein Vater ...«

»Mein Vater ist wohl nicht mein Vater, so wie es aussieht. Wann habt ihr meine Mutter denn zum ersten Mal kennengelernt?«

Einen Moment lang schwieg Tabea, bevor sie entgegnete: »Ich glaube, es war September oder Oktober.«

»Im Herbst 1980?«, hakte Sophia fassungslos nach.

»Ja, ich denke ...«

»Aber da war sie ja bereits hochschwanger«, stellte Sophia fest.

»Ja, dein Vater hat uns mit seiner Ankündigung ziemlich überrumpelt.« Tabea lachte auf.

»Und ihr seid nie auf die Idee gekommen, dass er sie vielleicht erst kurze Zeit kannte?«

»Nein, dein Vater war ...« Ihre Tante brach ab. »Er hat seine Freundinnen grundsätzlich nie mit nach Hause gebracht. Wir bekamen relativ wenig von seinem Liebesleben mit. Als er uns Carine ...«, sie stockte verwirrt, »... Mireille vorstellte, dachten wir nur, dass er die Richtige gefunden hatte. Dass sie bereits hochschwanger war, fand deine Oma zwar schade, denn sie hätte die Schwangerschaft gern von Anfang an begleitet, aber es war eben nicht mehr zu ändern. Außerdem freuten wir uns alle riesig, dass wir bald Familienzuwachs bekommen sollten.« Ihre Stimme klang weich, sodass Sophia das beruhigende Gefühl überkam, doch nicht ganz allein auf der Welt zu sein. Schließlich war Tabea ihre Familie. Genau wie Oma. Und in Zukunft vielleicht auch Monique?

»Also hat Papa nie erwähnt, wer ...?«

»Dein Vater ist dein Vater, Sophia«, erklärte Tabea bestimmt. »Er hat sich so sehr über deine Geburt gefreut. Ich kann mir einfach nicht vorstellen, dass er ...«

»... dass er nicht mein leiblicher Vater ist«, vollendete Sophia den Satz.

»Ja«, bestätigte Tabea verunsichert. »Ich weiß nicht, was geschehen ist. Dein Vater hat sich nie dazu geäußert. Nach seiner Version hatte er deine Mutter ein Jahr zuvor an der Uni kennengelernt. Wir hatten nie auch nur den geringsten Anlass, an seiner Geschichte zu zweifeln.«

59

Pflegeheim Les Pyrénées

»Bonsoir, Jacques. Wie geht es dir?« Der Besucher näherte sich dem ehemaligen Polizisten. Jacques Mareaux blickte seinen Gast verunsichert an und sackte noch weiter in seinem Sessel zusammen.

»Begrüßt man so seinen alten Freund?« Der Besucher schlug ihm fest auf den Rücken. Jacques fiel halb nach vorn, wurde aber im gleichen Moment von seinem Gast aufgefangen und sofort wieder gegen die Rückenlehne gedrückt. »Hast du dich verletzt?« Der andere deutete auf den Verband an Jacques' Unterarm.

Unruhig schüttelte dieser seinen Kopf.

»Klappt nicht mehr so gut mit dem Sprechen, hab ich gehört«, stellte der Besucher mit gespieltem Bedauern fest, während er einen Stuhl holte und sich dicht vor Jacques Mareaux setzte. Provokativ blickte er dem Pflegebedürftigen erst ins Gesicht, bevor er verächtlich dessen gelähmte Körperhälfte musterte. »Sitzt ganz schön in der Scheiße, Jacques«, lachte er höhnisch. »Hélène scheint ja mittlerweile auch die Schnauze voll zu haben.«

Die Augen von Jacques Mareaux wanderten unaufhörlich zwischen der Zimmertür und seinem ungebetenen Gast hin und her.

»Keine Sorge, die Schwestern sind mit den Vorbereitungen fürs Abendessen beschäftigt. Du siehst, wir sind ganz ungestört.«

»Ah...?«, bemühte sich Jacques Mareaux.

Ungerührt zuckte der Besucher mit den Achseln. »Keine Ahnung, was du willst. Deine Aussprache ist leider sehr undeutlich. Aber sicher wunderst du dich, warum ich hier bin.«

Jacques nickte heftig.

»Hör mir gut zu.« Der Besucher beugte sich vor und senkte seine Stimme. »Denn ich sage es dir nur ein einziges Mal.« Er verzog sein Gesicht zu einer bedrohlichen Grimasse. »Dein Sohn meint, er könne in deine Fußstapfen treten.« Er lachte. »Als ob das erstrebenswert wäre.« Er winkte ab. »Aber soll er ruhig die bösen Buben jagen, wenn es ihn glücklich macht.«

Jacques wippte aufgeregt mit seinem linken Fuß und versuchte vergeblich, sich samt dem Sessel nach hinten zu schieben. Der Gast packte die Armlehne und sah Jacques Mareaux fest in die Augen. »Ich will, dass du ihn zurückpfeifst.« Seine Stimme klang gefährlich ruhig, während er sprach. »Er soll sofort die Ermittlungen zu dem damaligen Fall einstellen.« Bedrohlich kniff er die Augen zusammen. »Wenn du willst, dass deine Tochter noch einige Geburtstage feiern kann, wirst du ihm umgehend klarmachen, dass der Fall erledigt ist. Für immer.«

Jacques schaukelte mit seinem Oberkörper unruhig vor und zurück, während sich in seinen Mundwinkeln Spuckebläschen bildeten.

»Hast du mich verstanden?« Der Besucher neigte sich noch ein weiteres Stück vor. »Nicolas soll die Ermittlungen sofort einstellen. Unverzüglich. Ich kann zwar verstehen, dass er vor der roten Hexe den Helden spielen will, aber das wäre für seine Schwester alles andere als gesund.« Lachend zwinkerte er Jacques zu. »Ich denke, du hast mich verstanden.«

Der ehemalige Polizist schaukelte immer heftiger in seinem Sessel herum.

Verächtlich schüttelte der Besucher seinen Kopf. »Was ist bloß aus dir geworden, Jacques?« Er grinste. »Wirklich traurig. Sicher würdest du alles dafür tun, dass Lisa dieses Schicksal erspart bleibt.« Wütend sprang er plötzlich so heftig auf, dass der Stuhl mit einem lauten Knall nach hinten kippte. »Hast du mich verstanden?«, herrschte er den Heimbewohner zornig an.

Doch Jacques Mareaux war nicht mehr in der Lage zu reagieren. Ungeduldig schlug der Besucher dem ehemaligen Polizisten erneut auf den Rücken. Der hatte keine Chance, dem Schlag auszuweichen. Da er durch die unentwegte Schaukelbewegung bereits auf der Kante des Sessels gesessen hatte, fiel er nun durch die Wucht des Aufpralls ungeschützt nach vorn auf den Boden.

Grimmig blickte der Gast auf ihn hinab. »Ich denke, du hast mich verstanden. Andernfalls ...« Er trat leicht gegen die Beine des ehemaligen Capitaines und lachte. »Manchmal schlägt das Schicksal wirklich unbarmherzig zu.«

Langsam bückte der Besucher sich, um den Stuhl wieder aufzustellen, und räumte ihn an seinen ursprünglichen Platz zurück. Bevor er das Zimmer verließ, drehte er sich nochmals zu dem hilflos am Boden Liegenden um. »Mach's gut, Jacques. Bonne soirée.«

60

Argelès-sur-Mer

Nicolas schloss kurz die Augen und versuchte fieberhaft, sich endlich auf den Aktenstapel zu konzentrieren. Müde rieb er sich die Schläfen. Wieder musste er an die völlig aufgelöste Miene von Sophia denken, nachdem sie das Haus von Monique Lavalle verlassen hatten. Der ganze Fall entwickelte sich zu einem wahren Albtraum.

Ein Blick auf die Uhr zeigte ihm, dass er bereits seit Stunden in seinem Büro saß und noch keinen Schritt weitergekommen war. Obwohl Nicolas eigentlich genügend neue Anhaltspunkte hatte, an denen er ansetzen konnte. Die wichtigste Erkenntnis war, dass sie endlich den richtigen Namen von Sophias Mutter herausgefunden hatten. Somit konnten sie morgen sowohl bei der Schule als auch beim Einwohnermeldeamt nachprüfen, ob die Angaben von Monique Lavalle der Wahrheit entsprachen. Wobei Nicolas eigentlich nicht den geringsten Zweifel daran hatte.

Entschlossen nahm er sich die Akten der Milieumorde vor und legte die Notizen von Charles daneben. Fall für Fall arbeitete er sich durch die Unterlagen und verglich Daten, Täterangaben und Zeugenaussagen miteinander. Während er sich durch die einzelnen Fälle kämpfte, merkte er gar nicht, wie schnell die Zeit verstrich.

Als er sich gerade mit dem Mord von 1980 befasste, schoss ihm plötzlich ein Gedanke durch den Kopf. Wieder und wieder las Nicolas sich den Tathergang durch und befasste sich eingehend mit der Verurteilung, die aufgrund der Aussage einer wichtigen Zeugin reibungslos vonstattengegangen war. Aber was war an diesem Fall anders als an den anderen?

Bei dem Täter handelte es sich um ein wichtiges Mitglied aus dem Milieu. Kein kleiner Fisch wie bei den anderen Morden. Außerdem konnten damals im Zusammenhang mit der Festnahme Drogen im Wert von über zehn Millionen Francs sichergestellt werden.

Nicolas überlegte. Selbstverständlich hatte er selbst nichts von dem Fall mitbekommen, da er zu dem damaligen Zeitpunkt erst zwei Jahre alt gewesen war. Aber er musste dringend seinen Vater dazu befragen, vielleicht war er in die Sache involviert gewesen. Laut Aktenlage befasste sich zwar letztlich nur die Spezialeinheit mit dem Fall, doch es war durchaus möglich, dass sein Vater für die Sicherung des Tatorts zuständig gewesen war, da der Mord in Argelès stattgefunden hatte. Erneut überprüfte Nicolas die Daten und stellte zu seiner großen Überraschung fest, dass Sophias Mutter just in jener Nacht verschwand, in der damals der Mord am Hafen geschehen war. Das konnte doch kein Zufall sein!

Unruhig blätterte er erneut durch die Mildner-Akte. Hätte er die Fakten vor ein paar Tagen nicht noch einmal überprüft, wäre die falsche Identität von Sophias Mutter wahrscheinlich nie aufgeflogen. Aber was hatte Mireille Lavalle, wenn überhaupt, mit dem zweiten Milieumord zu tun? Ihm fielen wieder die Worte von Monique ein. ›Meine Schwester ist schließlich keine Geheimagentin.‹

Als Nicolas' Handy klingelte, war es bereits weit nach sieben, wie er beim Blick aufs Display erschrocken feststellte. »Maman?«

»Nicolas«, erklang die aufgeregte Stimme seiner Mutter. »Das Heim hat gerade angerufen. Sie haben euren Vater ins Krankenhaus bringen lassen.«

»Warum? Was ist denn passiert?«, wollte Nicolas entsetzt wissen.

»Er ist … ich weiß nicht genau, was passiert ist. Eine Pflegerin hat ihn in seinem Zimmer gefunden. Er war wohl nicht mehr ansprechbar.« Sie schluchzte.

»Wo ist er jetzt?«, fragte Nicolas mit tonloser Stimme, während er an den Streit mit seinem Vater heute Morgen denken musste.

»Im Saint Christophe. Lisa und ich fahren sofort hin.«

»Gut, ich mache mich auch gleich auf den Weg«, versuchte Nicolas, seine Mutter zu beruhigen. »Wir treffen uns dann dort.«

61

Perpignan

Als er das Krankenhaus erreichte, war es kurz vor acht. Angespannt hastete Nicolas die Stufen zum Eingang hinauf und fragte am Empfang nach der Notaufnahme.

Nervös fuhr er mit dem Fahrstuhl in den zweiten Stock. Als er auf den Flur trat, erblickte er sofort seine Mutter und

Lisa, die vor einer weißen Glastür saßen und offensichtlich warteten.

»Nici.« Lisa sprang eilig auf, als sie ihren Bruder entdeckte. Auch seine Mutter erhob sich. Als er sie erreichte, umarmte Lisa ihn stürmisch und drückte ihren Kopf Hilfe suchend an seinen Oberkörper.

Seine Mutter strich ihm stumm über den Rücken und nickte ihm traurig zu. Sie sah müde aus, fand er. Erschöpft und mutlos. Doch auch Nicolas fühlte sich miserabel. Immer wieder musste er an die Auseinandersetzung heute früh denken. An seinen Vater, der sich vor Aufregung den ganzen Arm blutig gekratzt hatte.

»Was ist denn passiert?«, wollte Nicolas wissen, während er seine Mutter prüfend musterte.

Sie zuckte hilflos mit den Achseln und schüttelte den Kopf. »Sie wissen noch nichts. Im Moment untersuchen sie ihn noch. Als die Pflegerin ihn fand, lag er auf dem Boden vor seinem Sessel und hatte Schaum vor dem Mund.«

»Schaum vor dem Mund?«, fragte Nicolas ungläubig.

»So hat sie sich ausgedrückt.« Seine Mutter nickte. »Er muss aus dem Sessel gestürzt sein und hat sich dabei wohl schwer am Kopf verletzt.« Sie fasste sich an ihre Stirn.

»Was wolltest du eigentlich noch mal bei Papa?«, fragte Lisa dazwischen und blickte ihren Bruder skeptisch an.

»Wieso?« Nicolas runzelte ratlos seine Stirn. »Wie kommst du darauf, dass ich noch mal bei ihm war?«

»Die Pflegerin meinte, sie habe heute Nachmittag eine Männerstimme aus Papas Zimmer gehört«, erwiderte seine Mutter verwundert, »daher dachten wir, dass du ihn noch mal besucht hast.«

»Nein, ich war den ganzen Nachmittag auf dem Revier und habe gearbeitet«, entgegnete Nicolas, während er fieberhaft überlegte. »Wer besucht ihn denn noch ab und zu?«

Hélène Rousseau schaute abwechselnd ihre Kinder an. »Die Besuche haben sich schon vor langer Zeit erheblich reduziert. Außer uns ...«, sie schüttelte ihren Kopf und verzog den Mund, »... wüsste ich eigentlich niemanden, der ihn ohne Vorankündigung besucht. Seine ehemaligen Kollegen kamen früher immer mal wieder vorbei, doch meistens riefen auch die vorher bei mir an. Und in letzter Zeit hat sich sowieso keiner von denen mehr gemeldet.«

»Wer war dann bei ihm?«, fragte Nicolas mit fester Stimme, während alle drei gleichzeitig daran denken mussten, was vor über zwanzig Jahren geschehen war.

»Wir sollten keine voreiligen Schlüsse ziehen«, bemühte sich Hélène Rousseau, ihre Kinder zu beschwichtigen.

»Sie müssen sein Blut untersuchen«, entgegnete Nicolas grimmig. »Vielleicht finden sie diesmal etwas.«

»Sobald ein Arzt kommt, sprechen wir mit ihm«, pflichtete ihm seine Mutter bei.

Doch es dauerte noch eine weitere Stunde, bis sich die Glastür endlich öffnete und eine junge Ärztin in Lisas Alter heraustrat.

»Bonsoir«, grüßte sie die drei Wartenden, »ich bin Docteur Lafayette. Ich nehme an, Sie sind die Familie von Monsieur Mareaux?« Fragend sah sie in die Runde.

»Ich bin seine Ehefrau«, erwiderte Hélène bestimmt, »und das sind unsere beiden Kinder.«

Nicolas und Lisa nickten der Ärztin zu.

»Bon, alors«, begann die Medizinerin zögernd.

»Was ist mit meinem Mann?« Hélène sah die junge Frau angespannt an.

»Wir wissen es noch nicht genau«, gab diese zu, während sie sich eine blonde Haarsträhne hinters Ohr strich. »Zuerst dachten wir, er hätte einen Schlaganfall erlitten, doch mittlerweile sind wir uns da nicht mehr so sicher.« Sie runzelte die Stirn. »Es könnte auch eine Art Nervenzusammenbruch gewesen sein. Leider ist er nicht ansprechbar, kann uns also nicht sagen, ob er in irgendeiner Form unter extremem Stress stand.«

»Ich hatte heute früh einen schweren Streit mit ihm«, bekannte Nicolas unsicher, während seine Mutter ihn überrascht ansah. Betreten wandte Lisa ihren Kopf ab.

»Heute früh? Und wie ging es ihm, als Sie gegangen sind?«, fragte die Ärztin interessiert nach. Nicolas schwieg und blickte betreten seine Schwester an.

»Es ging ihm gut«, entgegnete diese achselzuckend. »Er hat sich ziemlich aufgeregt, aber als Nici ... mein Bruder das Zimmer verlassen hat, kam eine Pflegerin und hat ihm den Arm verbunden. Ich bin noch etwas bei ihm geblieben. Es ging ihm besser. Er war nicht mehr böse oder unruhig.«

Erleichtert atmete Nicolas aus. Insgeheim hatte er sich die schwersten Vorwürfe gemacht und befürchtet, dass er schuld an dem jetzigen Zustand seines Vaters sei.

Auch die Ärztin schüttelte nun den Kopf. »Er muss erst am späten Nachmittag aus dem Sessel gestürzt sein. Ich denke nicht, dass der Vorfall heute Morgen der Auslöser für den Zusammenbruch war. Es wäre äußerst ungewöhnlich, dass die Reaktion auf den akuten Stress erst so viele Stunden später erfolgt.« Sie stockte kurz. »Vielleicht können Sie bei dem Pflegepersonal nachfragen, ob heute Nachmittag etwas Außergewöhnliches vorgefallen ist.«

»Wie geht es Papa jetzt?«, fragte Lisa leise.

»Den Umständen entsprechend«, entgegnete Docteur Lafayette mitfühlend. »Er ist stabil, befindet sich nicht in Lebensgefahr. Allerdings hat sich sein allgemeiner Gesundheitszustand durch die Stresssituation und den schweren Sturz wahrscheinlich erheblich verschlechtert.«

»Was heißt das?«, fragte Hélène Rousseau alarmiert.

»Wir wissen noch nicht, ob er jemals wieder sprechen können wird«, entgegnete die Medizinerin ernst. »Und es wäre möglich, dass er sich nicht mehr eigenmächtig bewegen kann.«

»Er würde also nicht mehr sitzen und laufen können«, folgerte Hélène erschüttert.

Die Ärztin nickte. »Ja, leider. Aber wir müssen die nächsten Tage abwarten. Dann können wir mehr sagen.«

»Dürfen wir zu ihm?«, fragte Lisa bekümmert.

»Selbstverständlich. Aber bitte vermeiden Sie jede Aufregung. Es macht zwar den Anschein, als ob er nicht reagiert, aber wir können nicht mit Bestimmtheit sagen, dass er aus seinem Umfeld nichts mitbekommt. Daher erwähnen Sie bitte nur unverfängliche Themen. Schon die kleinste Aufregung könnte seinen Zustand nachhaltig verschlimmern.«

»Haben Sie ihm schon Blut abgenommen?«, fiel Nicolas plötzlich wieder sein Verdacht ein.

Irritiert schaute ihn die Ärztin an. »Selbstverständlich.«

»Würden Sie das Blut bitte auf ...«, er suchte nach dem richtigen Wort, »... auf Substanzen untersuchen, die einen solchen Anfall auslösen könnten?«

»Was meinen Sie damit? Haben Sie etwa den Verdacht, jemand hätte Ihrem Vater absichtlich Drogen oder Medikamente verabreicht?« Docteur Lafayette wirkte sichtlich geschockt.

Nicolas zog seine Marke hervor und hielt sie ihr hin. »Leider gehört es zu meinem Job, alles zu hinterfragen.« Er erzählte ihr von den merkwürdigen Umständen vor zweiundzwanzig Jahren, als sein Vater zum Pflegefall wurde, und von dem unbekannten Besucher, der heute Nachmittag bei ihm im Pflegeheim gewesen sein musste.

»Ich werde veranlassen, dass die Untersuchung entsprechend erweitert wird«, sagte ihm die Ärztin daraufhin bereitwillig zu, bevor sie die drei durch die Glastür schleuste und ihnen die Tür zu Jacques Mareaux' Zimmer zeigte.

Es war bereits dunkel, als Nicolas Argelès erreichte. Voller Wut dachte er an den tristen Anblick seines Vaters. Eine schmale, leblose Gestalt, die an einer Vielzahl von Maschinen hing. Der Großteil seines Kopfes war mit einem dicken weißen Verband bedeckt gewesen.

Lisa hatte sofort die Hand ihres Vaters ergriffen und sie unentwegt gestreichelt, während seine Mutter sich an das Bett ihres Mannes setzte und leise auf ihn einredete.

Nicolas hatte sich ein weiteres Mal überflüssig und unbeholfen gefühlt. Doch gleichzeitig war ihm bewusst geworden, wie schnell alles vorbei sein konnte. Wenn er heute Morgen gewusst hätte, dass es vielleicht die letzte Chance war, mit seinem Vater überhaupt noch kommunizieren zu können … Doch das hatte niemand ahnen können. Wieder musste er an die Situation vor zweiundzwanzig Jahren und den unbekannten Besucher denken.

Doch war es wirklich wahrscheinlich, dass es sich bei dem heutigen Gast um dieselbe Person wie damals handelte? Oder sah er nach all den erschütternden Entwicklungen der letzten Tage einfach nur Gespenster? Nicolas wusste es nicht. War es möglich, dass der Zustand seines Vaters mit den aktuellen Entwicklungen im Mildner-Fall zusammenhing? Oder steigerte er sich in völlig abstruse Verschwörungstheorien hinein?

Als er plötzlich merkte, dass er den Weg zum Strand eingeschlagen hatte, anstatt zu seiner Wohnung zu fahren, hielt er verwirrt am Straßenrand an. Was wollte er hier? Er fluchte und schlug frustriert aufs Steuer. Er wollte zu ihr, wollte sie unbedingt sehen, mit ihr reden. Was war bloß mit ihm los?

Nachdenklich presste Nicolas seine Kiefer aufeinander und startete schließlich wieder den Wagen.

Die Fenster des Ferienhauses waren dunkel, als er auf dem Parkplatz davor den Motor abstellte. Wahrscheinlich lag Sophia bereits im Bett. Trotzdem öffnete er leise die Wagentür und stieg aus. Er durchquerte den Vorgarten und wollte gerade an der Haustür klopfen, bevor er sich eines Besseren besann und den Weg um das Haus herum einschlug. Vorsichtig lief Nicolas an den Rosenstöcken entlang und bemerkte erleichtert ein kleines Licht auf der Terrasse, das schwach durch die Hecke schien. Neben den Rosen wuchsen mehrere Oleanderbüsche, die er mit seinen Händen teilte, um sich zwischen den Ästen durchzuzwängen.

»Nic«, rief Sophia erschrocken, als sie ihn erblickte. »Was machst du denn hier?« Sie saß auf der Terrasse und sah ihn stirnrunzelnd an.

Er blieb stehen und betrachtete wehmütig ihr Gesicht im flackernden Schein der Kerze, die auf dem Tisch stand. »Pardon, ich wollte dich nicht erschrecken.« Hilflos ließ er seine Schultern fallen und betrachtete sie sehnsüchtig. Sie trug einen weißen, dünnen Bademantel, aus dessen Ausschnitt ihr zartes Schlüsselbein hervorlugte.

»Was ist denn los? Ist etwas passiert?« Sie sah ihn besorgt aus großen Augen an.

»Mein Vater liegt im Krankenhaus«, erwiderte er mit belegter Stimme.

»Mein Gott, was ist geschehen?« Entsetzt schlug sie die Hand vor den Mund.

Doch Nicolas schüttelte nur seinen Kopf. Was machte er eigentlich hier? »Sophia, es tut mir leid. Ich hätte nicht herkommen sollen.« Abwehrend hob er seine Hände. »Schließlich hast du wahrlich genug eigene Probleme.«

»Nicolas, bitte.« Sie erhob sich und kam einen Schritt auf

ihn zu. »Manchmal tut es einfach gut, wenn man jemanden zum Reden hat. Setz dich.« Sie zeigte auf den Stuhl neben sich.

»Ich weiß nicht.« Unsicher sah er sie an.

»Wovor hast du Angst?«, fragte sie leise.

Hilflos zuckte er mit den Achseln, bevor er sie für einen kurzen Moment leicht am Arm berührte und sich schließlich setzte.

»Was ist passiert?«, wollte sie mit sanfter Stimme wissen, während sie ihren Stuhl dichter heranzog und ebenfalls Platz nahm. Das Mitgefühl in ihrer Stimme klang echt, ihr Interesse fühlte sich so ungemein beruhigend an. Nicolas konnte sich nicht erinnern, wann jemand ein solches selbstloses Interesse an ihm und seiner Gefühlslage gezeigt hatte.

»Magst du es mir erzählen?«, wollte Sophia behutsam wissen, während sie ihn anschaute.

Er seufzte, bevor er ihr schließlich berichtete, was vorgefallen war.

»Es tut mir so leid, Nicolas.« Sie nahm seine Hand und drückte sie leicht. »Dein Vater ist ein großartiger Mensch. Du weißt, dass ich ihm auf ewig verbunden sein werde.«

»So jemanden wie dich habe ich wirklich noch nie getroffen«, murmelte er zögernd.

»Das glaube ich dir gern.« Sie lächelte leicht, während der Kerzenschein ihr Haar golden aufleuchten ließ. »Meine Familiengeschichte ist ja auch nicht ganz alltäglich.«

»Das meine ich nicht.« Er sah sie ernst an. »Du ...«, er streckte seine Hand aus und berührte ihr Haar, »... du bist so stark.« Er musterte ihr Gesicht. »Deine Welt ist in den letzten Tagen komplett zusammengebrochen und trotzdem hörst du dir auch noch meine Probleme an. Gibst mir das Gefühl, als ob es nichts Wichtigeres als meine eigenen Sorgen gäbe.«

Zärtlich schmiegte sie ihre Wange an seine Hand. »Du hast recht. Meine Welt ist nicht nur eingestürzt, sie ist regelrecht vernichtet worden. Unwiderruflich. Aber ich kann durchaus noch erkennen, wer es gut mit mir meint.« Sie sah ihn eindringlich an. »Schließlich warst du es, der mich letzte Woche aufmuntern wollte, warst für mich da, als ...«, sie hob demonstrativ ihre verletzte Hand, »... als ich am Boden zerstört war.« Sie beugte sich vor. »Jetzt geht es dir schlecht. Ist es da nicht selbstverständlich, dass ich für dich da bin, nachdem ...« Sie verstummte.

»... nachdem wir miteinander geschlafen haben«, schloss er leise.

»Nicht nur deshalb«, raunte sie heiser.

»Ich bin so ein Idiot.« Er schüttelte seinen Kopf und starrte auf den Boden.

»Manchmal«, stimmte sie ihm lächelnd zu.

»Es ist nur ...« Er überlegte kurz. »Ich lebe hier, du in Deutschland.«

»Ich weiß.« Sie nickte schwach.

Wieder hob er den Kopf und sah sie eindringlich an.

Vorsichtig legte sie ihre Hand an seine Wange und erwiderte seinen Blick.

»Sophia«, raunte er, während seine Augen über ihren Körper wanderten.

»Was willst du, Nic?«, fragte sie leise.

»Dich, Sophia. Ich will dich.«

Ihr Puls beschleunigte sich bei seinen Worten, während sie angespannt beobachtete, wie er sich langsam erhob und seinen Stuhl zur Seite stellte. Abwartend und mit pochendem Herzen blickte sie zu ihm auf, als er vor sie trat. Zögernd ging er in die Hocke und strich mit seinen Händen behutsam über ihren Bademantel. Sie hielt den Atem an, erwiderte seinen Blick und wagte kaum, sich zu bewegen. Mit fragender Miene löste er den Knoten ihres Gürtels. Sehnsüchtig strich sie ihm über seine Locken. Während er ihr Gesicht nicht aus den Augen ließ, streifte er den dünnen Stoff von ihren Schultern und betrachtete voller Begierde ihren nackten Oberkörper.

»Nic ...«, murmelte sie leise.

»Hm?«, erwiderte er versonnen.

»Was machst du da?«

»Das, was mir schon den ganzen Tag durch den Kopf gegangen ist«, flüsterte er heiser, während der Mantel über die Stuhllehne fiel und seine Hände besitzergreifend über ihre Brüste strichen.

Sophia schloss die Augen und gab sich ganz seinen zarten Berührungen hin. Mit fast schon schmerzhafter Langsamkeit wanderten seine Hände über ihren Bauch, sodass sie das Gefühl bekam, ihr Körper habe Feuer gefangen. Ihr Magen krampfte sich wohlig zusammen, als sie plötzlich seine Lippen auf ihrer Haut spürte. »Nic«, hauchte sie erneut schwach, obwohl ihr Widerstand bereits auf ein Minimum zusammengeschmolzen war.

Während er sie weiter liebkoste, legte er ihr vorsichtig seinen Zeigefinger auf die Lippen.

Das Kribbeln in ihrem Unterleib verstärkte sich noch, als Nicolas sich geschickt an ihrem Slip zu schaffen machte. Mit einem Ruck zog er ihr das letzte Kleidungsstück vom Leib, bevor er mit seinem Mund weiter zu ihrer empfindlichsten Stelle wanderte.

»O mein Gott«, stöhnte sie auf, während sie sich ihm entgegenbog und er sie näher heranzog. Mit unendlicher Geduld ließ er nicht von ihr ab, bis sie spürte, wie ihr Körper erzitterte und sie die Kontrolle verlor. Schwer atmend zog sie ihn nach oben und blickte ihm in die Augen. »Was machst du mit mir?«

»Alles, was du willst«, erwiderte er lächelnd.

»Nic ...«, setzte sie ein weiteres Mal an.

»Wir sind noch nicht fertig«, flüsterte er mit rauer Stimme und zog sie zu sich hoch. Seine dunklen Augen glänzten.

Erwartungsvoll schlang Sophia ihre Arme um seinen Nacken und drängte sich dichter an ihn.

Nachdem sie sich einige Sekunden lang schweigend angeschaut hatten, senkte er langsam seine Lippen auf ihre und küsste sie zärtlich. Stürmisch erwiderte sie seinen Kuss, woraufhin er sie plötzlich anhob und ihre Beine um seine Hüfte schlang.

Vorsichtig trat er mit ihr durch die Terrassentür und blickte sich suchend um. Tim, der auf seiner Decke lag, hob kurz seinen Kopf und wedelte mit dem Schwanz, bevor er sich desinteressiert wieder auf die Seite fallen ließ und weiterschlief.

»Nach oben?«, fragte Nicolas leise und betrachtete im Mondlicht Sophias blasses Gesicht.

Sie nickte nur, da sie befürchtete, dass ihre Stimme versagte.

Langsam schritt er die Wendeltreppe hoch, als ob ihm ihr Gewicht überhaupt nichts ausmache. Auf der Empore angekommen, ließ er sie langsam auf das Bett sinken, bevor er sich sein Hemd ungeduldig über den Kopf zog. Voller Sehnsucht beobachtete Sophia jede seiner Bewegungen, streckte besitzergreifend ihre Arme nach ihm aus.

»Ich schätze, jetzt bist du dran«, raunte sie ihm ins Ohr, als er sich neben sie legte.

Doch Nicolas schüttelte den Kopf und widersprach: »Wir, Sophia.«

Liebevoll strich sie ihm über die Brust, während er sie begierig ansah. »Es tut mir leid, ich hätte nicht ...«, begann er zögernd.

»Pscht.« Diesmal war sie es, die ihn zum Schweigen brachte,

indem sie ihre Lippen auf seine senkte und ihn mit einem Verlangen küsste, das seine Lust noch weiter anstachelte.

»Sophia«, brummte er mit bebender Stimme, während sie ihm geschickt die Hose auszog.

Als er nackt neben ihr lag, sah sie ihn einen Moment lang fragend an, bevor sie sich dichter an ihn drängte. Vorsichtig rollte er sich auf sie und sie spürte, wie sehr er sie wollte. Doch auch Sophia wollte ihn, wollte all ihre Sorgen, all ihre Ängste vergessen. Wollte sich ihm anvertrauen, sich fallen lassen und einfach nur spüren im Hier und Jetzt.

»Lass mich nicht mehr warten«, flüsterte sie ihm kaum hörbar ins Ohr, woraufhin er sie einen Moment lang schweigend betrachtete. Behutsam nahm er ihre verletzte Hand und verschränkte seine Finger mit ihren.

Während er sie weiter anblickte, nickte sie ihm leicht zu und fuhr mit der anderen Hand zart über seinen muskulösen Rücken. Nicolas erschauderte unter ihrer Bewegung und suchte mit seinem Mund erneut ihre Lippen. Als er in sie eindrang, meinte sie zu verglühen. Sie passte sich seinem Rhythmus an, während er auch ihre andere Hand packte und sie über ihrem Kopf ins Kissen drückte. Erneut stöhnte sie auf, seine Bewegungen fühlten sich herrlich an. Jetzt wollte Sophia nur noch spüren, wollte seine Nähe genießen, wollte sich ihm ganz hingeben und nichts mehr zurückhalten. Und sie fühlte, dass er genauso aufgewühlt war wie sie. Dass hier weit mehr passierte als die rein körperliche Vereinigung.

Als sie merkte, dass Nicolas' Atem schwerer wurde und sein Körper sich langsam verkrampfte, konzentrierte sie sich ganz auf seine Bewegungen und ließ sich von seiner Leidenschaft mitreißen, bis sie schließlich beide atemlos übereinander zusammenbrachen.

»Was machst du mit mir?«, wiederholte Sophia ihre Frage, als die Anstrengung langsam nachließ.

»Chérie.« Nicolas sie liebevoll an, während er sich vorsichtig neben sie legte und seinen Kopf auf dem Ellenbogen abstützte.

»Was passiert hier?«, fragte sie leise, wobei sie sich ebenfalls auf die Seite rollte und ihre Hände unter ihren Kopf schob.

Vorsichtig strich er ihr eine Haarsträhne hinter das Ohr. »Ich kann es dir nicht sagen, Sophia«, gab er zu, während er bewundernd ihren nackten Körper betrachtete. »Ich weiß nur, dass ich dich heute Abend unbedingt sehen musste. So sehr, dass ich es selbst nicht wahrhaben wollte.«

»Nic...«, begann sie unsicher, während sie ihren Arm vor ihren Oberkörper legte.

»Sophia.« Er beugte sich zu ihr hinab und sah sie eindringlich an. »Ich habe mich in dich verliebt.« Abwartend hielt er ihren Blick gefangen.

»Aber ...«, stammelte sie überrascht, bevor sie auf die Matratze starrte. Einen Moment lang dachte sie nach, bevor sie leise entgegnete: »Mir geht es genauso.«

Zärtlich strich er über ihren Arm. »Bleib bei mir.«

Aus großen Augen blickte sie ihn verwirrt an. »Einfach so? Du kennst mich doch gar nicht.«

Er runzelte die Stirn, bevor er zu grinsen begann. »Ich weiß, dass du Vegetarierin bist. Dass du einen Hund hast und ziemlich viel über Schildkröten weißt. Außerdem bist du wohl ein wenig masochistisch veranlagt.« Sein Grinsen verstärkte sich, während er auf ihre verletzte Hand zeigte.

»Nic«, erwiderte sie genervt und schüttelte ihren Kopf. »Ich meine es ernst.«

»Ich auch«, entgegnete er eindringlich. »Außerdem weiß ich, dass du phänomenal küssen kannst und ...«, er küsste ihren Bauchnabel, »... sehr, sehr sexy bist.« Nicolas fuhr mit seinen Fingerspitzen über ihre Seite. »Angesichts der kurzen

Zeit, die wir uns kennen, finde ich das schon eine ganze Menge.« Er machte eine Pause. »Bitte bleib hier.«

Sophia zögerte. »Ich muss darüber nachdenken. Schließlich habe ich meine Praxis in Weinheim. Mein ganzes Leben.«

»Ich weiß.« Er nickte verständnisvoll. »Aber bitte überleg es dir. Hier gibt es nämlich auch eine Menge Tiere, die eine gute Ärztin zu schätzen wüssten.«

Vorsichtig fuhr sie ihm durch seine Haare und lächelte ihn zufrieden an.

»Alles in Ordnung mit dir?«, erwiderte er argwöhnisch.

»Alles bestens.« Sie schmunzelte. »Ich musste nur gerade daran denken, wie wir uns zum ersten Mal begegnet sind.«

»Mon dieu, ich hätte dich am liebsten postwendend wieder nach Deutschland zurückgeschickt.« Er lachte bei dem Gedanken an letzten Dienstag. »Und jetzt möchte ich dich gar nicht mehr gehen lassen.«

»Ich habe vorhin mit meiner Tante telefoniert«, begann Sophia bekümmert und erzählte ihm von dem Anruf.

»Langsam fügt sich alles zusammen«, meinte er, nachdem sie wieder schwieg.

»Stefan Mildner ist nicht mein leiblicher Vater, Nic.« Betreten sah sie ihn an.

»Das wissen wir noch nicht«, versuchte er, zuversichtlich zu klingen, wobei er insgeheim das Gleiche befürchtete. »Vielleicht finden wir bald auch endlich den Grund für die falsche Identität deiner Mutter.« Stirnrunzelnd sah Sophia ihn an, doch er hob abwehrend seine Hand. »Bitte hab noch etwas Geduld, chérie. Ich muss morgen erst noch einiges überprüfen.« Er lächelte. »Doch sobald ich mehr weiß, bist du die Erste, die es erfährt.«

»Danke«, raunte sie leise. »Du kannst dir überhaupt nicht vorstellen, was es für mich bedeutet, dass du den ganzen Fall noch mal aufgerollt hast.«

»Doch, Sophia«, entgegnete er ernst. »Das kann ich. Und ich verspreche dir, dass ich die Ermittlungen erst abschließen werde, wenn wir wissen, was damals mit deiner Familie passiert ist.«

Zärtlich sah sie ihn an und erhob sich langsam.

»Was ist?«

»Ich muss mal ...« Sie lachte verlegen.

Während sie im Bad verschwand, blieb Nicolas auf der Seite liegen und überlegte. Da er im Dunkeln nicht erkennen konnte, wie spät es war, robbte er zum Bettrand und knipste die Nachttischlampe an. Als das Licht anging, wanderte sein Blick suchend über den kleinen Tisch neben dem Bett. Überrascht kniff er seine Augen zusammen, als er eine kleine Münze entdeckte, die neben der Lampe lag. Langsam streckte er die Hand aus und hob das Einfrancstück etwas an, das in der Mitte ein Loch von etwa einem halben Zentimeter aufwies.

»Was machst du da?«, hörte er plötzlich die Stimme von Sophia hinter sich, die lautlos aus dem Bad zurückgekehrt war.

Erschrocken drehte er sich um und sah sie prüfend an. »Woher hast du die Münze?«, fragte er leise.

»Ich ...« Sie streckte ihre Hand aus und presste die Lippen fest aufeinander.

Doch er gab ihr das Geldstück nicht zurück, sondern sah sie nur weiter abwartend an. »Sophia?«

»Die Münze habe ich geschenkt bekommen. An dem Tag, bevor meine Familie verschwand.« Ihre Stimme klang auf einmal tonlos. »An meinem letzten schönen Tag.«

»Am Strand. Mit deinem Bruder. Beim Sandburgenbauen«, ergänzte Nicolas fassungslos.

Überrascht blickte Sophia ihn an. »Woher ...?«

Da wusste er, dass er recht hatte. Ungläubig starrte Sophia

erst auf die Münze in Nicolas' Hand, bevor sie ihn ansah. »Das kann nicht sein«, flüsterte sie entsetzt.

»Doch«, entgegnete er, ebenso geschockt wie sie. »Wir haben uns an jenem Nachmittag am Strand getroffen. Ich war total fasziniert von deinen Haaren …«

Zögernd nickte Sophia, während sie sich an die Begegnung erinnerte. »Das kann einfach nicht sein …« Sie schüttelte ihren Kopf. »Das ist unmöglich.«

»Wir hatten uns für den nächsten Tag am Strand verabredet. Erinnerst du dich noch?« Er sah sie eindringlich an.

»Ja.« Sie nickte, immer noch völlig verwirrt. »Aber meine Mutter wollte an jenem Tag unbedingt nach Perpignan, uns ihren angeblichen Heimatort zeigen.«

»Ich habe den ganzen Nachmittag am Strand gewartet«, entgegnete Nicolas leise.

»Da war meine Familie schon verschwunden«, folgerte Sophia traurig.

»Merde.« Nicolas schlug mit der Faust auf die Matratze und fasste sich einen Moment später an seine Schläfe. »Deine Mutter wollte an jenem Tag zum Notar, das Haus deiner Großeltern auf ihre Schwester umschreiben.«

»Ich weiß«, entgegnete Sophia und dachte an die Bemerkung von Monique Lavalle heute Morgen. Langsam setzte sie sich neben Nicolas und legte ihren Kopf an seine Schulter. »Ich habe die Münze immer bei mir. Seit vierundzwanzig Jahren. Sie ist …«, sie überlegte kurz, » … sie ist eine Art Glücksbringer.«

»Es tut mir so leid, Sophia«, raunte er leise, während er behutsam seinen Arm um sie legte.

»Bleib bei mir«, flüsterte sie mit tränenerstickter Stimme.

»Solange du willst.« Er zog sie enger an sich und strich ihr sanft über die Wangen.

62

Montag, 6. Juni
Argelès-sur-Mer

Immer wieder wanderten seine Gedanken zu Sophia. Als er
heute früh aufgestanden war, hatte sie noch fest geschlafen.
Auch Tim hob nur kurz schläfrig seinen Kopf, als er leise an
ihm vorbeischlich. Nicolas konnte sich nicht erinnern, dass
ihn eine Frau jemals dermaßen in ihren Bann gezogen hatte.
Und Sophia erwiderte seine Gefühle! Auch wenn er nicht
genau wusste, was da zwischen ihnen geschah, so war ihm
doch tief in seinem Inneren klar, dass es kostbar war. Kostbar und einzigartig. Als er an die Münze dachte, die er ihr vor
über zwanzig Jahren zum Abschied geschenkt hatte, konnte
er es immer noch nicht glauben.

Wie viele Male hatte er das Foto der Familie Mildner in
den letzten Tagen betrachtet? Und immer wieder war dabei
etwas in seinem Hinterkopf angestoßen worden. Doch niemals wäre er auf die Idee gekommen, dass er dem Mädchen
auf dem Bild in der Vergangenheit bereits einmal persönlich
begegnet war.

Während er über die Erkenntnisse der letzten Tage nachdachte, hörte er, wie nebenan das Faxgerät ansprang. Stirnrunzelnd blickte er auf seine Uhr. Kurz vor sieben. Catherine
war noch nicht da und auch seine Mitarbeiter kamen nicht
vor halb acht.

Müde erhob er sich und verließ sein Büro. Als Nicolas auf
der eingehenden Nachricht das Logo des Krankenhauses
erkannte, zog er das Formular neugierig aus dem Gerät. Mit
angespanntem Blick las er das Schreiben. Bestürzt ließ er

schließlich seine Hand sinken. Das durfte doch nicht wahr sein. Schweren Schrittes kehrte er in sein Büro zurück und ließ sich frustriert auf seinen Stuhl fallen. Wie viele Hiobsbotschaften konnte ein Mensch verkraften?

Der DNA-Test hatte eindeutig ergeben, dass Philippe Pasteur Sophias leiblicher Vater war. Erschüttert seufzte er und fuhr sich nervös durch sein Haar. Wie sollte er ihr das bloß beibringen?

Entschlossen griff Nicolas zum Hörer und wählte die Nummer der Spezialeinheit in Perpignan. Doch anstatt einen der Spezialisten bekam er Etienne Muller an den Apparat. Der Leiter der Spurensicherung informierte Nicolas, dass von der Spezialeinheit noch niemand im Haus war. Zu dem Fall aus den Siebzigern konnte Muller ihm nichts sagen, verwies aber auf die Kollegen Garoche und Solmon, die beide über sechzig waren. Nicolas wollte später noch einmal sein Glück versuchen. Er bedankte sich bei Etienne, bevor er auflegte.

Fünf Minuten später klopfte es an seiner Bürotür und Charles steckte seinen Kopf in den Raum.

»Bonjour, Nic. Hast du etwa hier übernachtet?«, begrüßte ihn sein Partner mit prüfendem Blick.

Nicolas lächelte kurz beim Gedanken an letzte Nacht, doch dann schüttelte er bestimmt seinen Kopf.

»Das Wochenende scheint ja ein voller Erfolg gewesen zu sein«, mutmaßte Charles verwundert, da es nicht allzu oft vorkam, dass sein Chef ihn an einem Montagmorgen mit einem Lächeln empfing.

»Sobald Fabien und Marie eintreffen, müssen wir uns zusammensetzen«, erwiderte Nicolas, ohne auf die Bemerkung einzugehen.

»Gibt es Neuigkeiten?«, fragte Charles neugierig.

Nicolas nickte, während er ihm wortlos das Formular des Krankenhauses reichte.

»Merde«, entfuhr es dem Polizisten, nachdem er den Text überflogen hatte. »Das gibt es doch nicht.«

»Und das ist noch nicht alles«, erwiderte Nicolas frustriert.

»Da bin ich aber gespannt«, bemerkte Charles, bevor er das Büro wieder verließ.

Eine halbe Stunde später betrat Nicolas den Besprechungsraum, eine Unmenge an neuen Erkenntnissen und fast ebenso vielen dazugehörigen Fragen im Gepäck.

Marie und Fabien nickten ihm leicht zu, während er nachdenklich in die Runde blickte.

»Die letzten zwei Tage waren äußerst aufschlussreich«, begann er, während er einige Schritte vor dem Tisch entlangging. Zuerst berichtete er von der falschen Identität Mireille Lavalles, von seinem erneuten Besuch in Croiselles, den Lügen der Arztgattin in Bezug auf den Tag, als das Blut in der Markthalle entdeckt worden war, und von seinem Treffen mit der Lebensgefährtin des Sohnes der Girards. Dann erzählte er von dem Gespräch mit der Schwester von Sophias Mutter, Monique Lavalle. Schließlich hob er den Bericht des Krankenhauses in die Höhe. »Und hier haben wir den eindeutigen Beweis, dass Mireille Lavalle bereits schwanger war, als sie nach Deutschland gegangen ist. Philippe Pasteur ist zweifelsfrei Sophias leiblicher Vater.«

»Das gibt es doch alles nicht«, entfuhr es Fabien, während er betreten auf die Tischplatte starrte.

»Weiß sie schon davon?«, wollte Marie voller Mitgefühl wissen.

»Nicht alles, aber das meiste ist ihr mittlerweile bekannt«, bestätigte Nicolas angespannt.

»Wie passt das denn alles zusammen?«, murmelte Fabien.

»Momentan gibt es mehrere Möglichkeiten. Die wahrscheinlichste ist, dass Pasteur 1980 eine Affäre mit Sophias Mutter hatte. Aus irgendeinem uns noch unbekannten Grund verließ sie daraufhin Hals über Kopf das Land, nahm eine falsche Identität an, lernte Stefan Mildner kennen und gründete mit ihm in Deutschland eine Familie.« Zögernd setzte sich Nicolas.

»Denkst du, das Verschwinden der Mildners hängt mit Mireille Lavalles falscher Identität zusammen?«, fragte Marie.

»Ich bin mir sogar ziemlich sicher.«

»Was ist mit den Girards?«, wollte Fabien wissen. »Nach meinen Nachforschungen sind die beiden unbescholtene Bürger.«

»Ich glaube immer noch, dass sie etwas mit dem Verschwinden der Mildners zu tun haben«, beharrte Nicolas.

»Was denkst du?«, fragte Charles.

»Ich denke, der Sohn der Girards hat etwas mit den Stichverletzungen von Pasteur zu tun. Seine Lebensgefährtin hat ihm nach meinem Geschmack einen Tick zu auffällig ein Alibi für das gesamte letzte Wochenende verschafft. Irgendetwas stimmte da nicht. Sie dachte sofort, dass ich wegen der Sache mit Pasteur mit ihrem Freund sprechen wollte. Ich vermute stark, dass unser schwer verletzter Patient etwas herausgefunden hat. Und Girard junior sollte ihn daraufhin zum Schweigen bringen.«

»Was ist mit Mireille Lavalle? Warum all die Lügen und falschen Dokumente in der Akte von damals?« Fabien sah seinen Chef fragend an.

»An dem Abend, als Mireille Lavalle verschwand, geschah am Hafen ein weiterer Milieumord. Sie ging übrigens erst 1980 nach Deutschland, nicht 1979.«

»Also mit fortgeschrittener Schwangerschaft«, folgerte Marie nachdenklich.

Nicolas nickte. »Sophia wurde im Dezember 1980 geboren. Lavalle musste also behaupten, dass sie bereits ein Jahr zuvor nach Deutschland gekommen war. Sonst hätte ihre Tochter sofort gewusst, dass der Mann, den sie für ihren Vater hielt, nicht ihr leiblicher Vater sein konnte.«

»Aber warum?«, fragte Charles erneut. »Denkst du wirklich, sie hatte mit dem Mord zu tun?«

Nicolas nickte grimmig. »Ich befürchte stark, dass sie damals das Land verlassen musste.«

»Ich verstehe nicht ganz …?« Marie schüttelte ihren Kopf.

»Ich vermute, dass es sich bei Mireille Lavalle um die Kronzeugin handelt, die gegen den damaligen Täter ausgesagt hat. Charles teilte uns am Freitag bereits mit, dass die Verurteilung hauptsächlich auf der Aussage einer Zeugin basierte. Der Täter war kein kleiner Mitläufer, sondern stand in der Hierarchie ziemlich weit oben. Ich habe mir die Akte gestern noch mal genauer angeschaut. Aufgrund der Ermittlungen wurden später Drogen in nicht unerheblichem Wert sichergestellt.«

»Mon dieu«, raunte Fabien entsetzt. »Hast du dafür irgendwelche Beweise?«

»Noch nicht«, gab Nicolas zu. »Ich warte auf einen Anruf.« Er kratzte sich am Kinn. »Aber die Perfektion, mit der der Lebenslauf von Mireille Lavalle manipuliert wurde …« Er schüttelte seinen Kopf. »Das hätte sie nicht allein geschafft.«

Seine Mitarbeiter blickten ihn betreten an, als es an der Tür klopfte. Catherine betrat den Raum und steuerte auf Nicolas zu. »Das Krankenhaus hat gerade angerufen. Pasteur ist aufgewacht.«

Erleichtert atmete Nicolas auf. »Endlich.« Er nickte dankbar. »Merci, Catherine.«

Leise verließ die Sekretärin wieder das Zimmer.

»Bon, Charles und ich werden gleich nach Perpignan fahren. Vorher muss ich aber noch kurz mit Morphes telefonieren. Marie, bitte ruf am Lycée Arago an. Die Dame soll den

Jahrgang 1980 nach Mireille Lavalle durchsuchen. Charles, bitte kümmere dich um die Girards. Ich möchte über die beiden alles erfahren, was wissenswert ist. Insbesondere, ob und was sie mit der Familie Mildner zu tun hatten.« Mit diesen Worten schob er seine Unterlagen zusammen und erhob sich.

63

Perpignan

»Wie geht es Ihnen heute, Antoine?«

Docteur Sotard sah ihn wieder mit diesem bestimmten Blick an, der ihm vermitteln sollte, alles werde gut. Der ihm zeigen sollte, er befinde sich hier in guten Händen.

Antoine war verzweifelt. Seit seiner Rückkehr hatte er noch kein Wort mit Emma gesprochen. Sie musste gestern so spät nach Hause gekommen sein, dass er es nicht mitbekommen hatte. Und heute Morgen hatte sie das Haus bereits verlassen, als sein Wecker klingelte. Eine Trennung auf Raten, dachte er bitter.

»Es geht mir miserabel«, entgegnete Antoine daher mit fester Stimme. Schluss mit dem Theater. Er brauchte dringend Hilfe.

»Ich vernehme heute eine gewisse Aggressivität.« Der Therapeut bemühte sich um einen mitfühlenden Tonfall.

»Hören Sie, Docteur. Denken Sie, ich käme zu Ihnen, wenn ich nicht gravierende Probleme hätte?«

»Ich verstehe nicht ganz ...?«, begann der Psychologe, der sichtlich überrascht war.

»Ich weiß, dass Sie nicht verstehen«, explodierte Antoine, während er sich von der Liege erhob und Docteur Sotard grimmig anschaute. »Genau das ist ja das Problem. Meine Freundin steht kurz davor, sich von mir zu trennen. Ich kann mich nicht erinnern, wann ich das letzte Mal überhaupt eine Nacht durchgeschlafen habe. Meine Freundin macht sich deshalb auch schon Sorgen. Außerdem bin ich süchtig nach dem Geruch frischen Blutes.« Wütend stemmte er seine Hände auf die Oberschenkel. »Also, was denken Sie? Wie kann es mir da wohl gehen?«

»Antoine ...«, begann Sotard zögernd. »Vielleicht sollte ich Sie an einen Kollegen verweisen, der mit Fällen wie Ihren mehr Erfahrung hat.«

Antoine lachte höhnisch auf. »Natürlich. Wenn es schmutzig wird, wenn wir die ausgetretenen Pfade verlassen, dann ziehen Sie den Schwanz ein. Hätte ich mir ja denken können.« Er beugte sich vor. »Docteur, Sie sind meine allerletzte Chance. Wenn Sie mir auch nicht helfen können, kann ich für nichts mehr garantieren.« Er schüttelte leicht seinen Kopf.

»Was meinen Sie?« Der Therapeut runzelte irritiert seine Stirn.

»Ich meine: Fangen Sie endlich mit der Therapie an. Dafür bezahle ich Sie schließlich. Helfen Sie mir.«

Docteur Sotard fuhr sich nachdenklich über den Hals, während er kurz nachdachte. Antoine befürchtete schon, dass er ihn gleich hinauswerfen würde. Doch zu seiner Überraschung nickte der Therapeut nach wenigen Augenblicken langsam und hob seinen Kopf. »D'accord.« Sotard blickte Antoine entschlossen ins Gesicht. »Ich helfe Ihnen.« Abwehrend hob er seine Hände. »Zumindest versuche ich es.« Er deutete auf die Liege. »Aber dazu ist es nötig, dass Sie mir alles erzählen.« Er nickte nochmals nachdrücklich. »Wirklich alles.«

Erleichtert legte sich Antoine wieder zurück und streckte seine Beine aus. Endlich! Sotard würde ihn heilen. Auch wenn er wusste, dass es nicht einfach werden würde, so war er sich doch sicher, dass er sich richtig entschieden hatte. Schließlich konnte ihm der Psychologe nur helfen, wenn er endlich erfuhr, was mit ihm los war, was in seinem Inneren passierte, wenn er die wehrlosen Tiere abschlachtete. Wie das Blut auf seiner Haut ihm schon so oft diese unglaubliche Entspannung, dieses unvergleichliche Wohlbefinden beschert hatte. Der erste Schritt war getan.

»Seit einigen Jahren fahre ich regelmäßig allein in die Waldhütte meiner Eltern ...«, begann Antoine zuversichtlich.

64

Argelès-sur-Mer

Sophia blinzelte schläfrig, während sie den Arm nach ihrer Uhr ausstreckte. Doch bevor sie den Nachttisch erreichte, berührte ihre Hand ein Stück Papier.

Chérie, du fehlst mir jetzt schon. Melde mich später, Nic.

Lächelnd betrachtete sie seine geradlinige, schnörkellose Schrift. Als sie an die letzte Nacht denken musste, seufzte sie sehnsüchtig. Obwohl sie noch nicht einschätzen konnte, was genau sich da zwischen ihnen abspielte, wusste sie doch, dass sie ihn bereits jetzt vermisste.

Sophia drehte sich um. Es war bereits kurz nach zehn. Doch da Nicolas heute einiges zu erledigen hatte, bei dem sie ihm nicht helfen konnte, lag der Tag unverplant vor ihr. Später musste sie unbedingt noch mal mit Tabea sprechen, da sie noch immer nicht fassen konnte, dass ihre Mutter sie dermaßen schamlos belogen hatte.

Als Tim wenige Minuten später aufgeregt die Treppe hochgestürmt kam, stand Sophia seufzend auf und vertröstete ihn mit ein paar kurzen Streicheleinheiten. Ihr Handy klingelte.

»Mildner.«

»Sophia, hier spricht Monique Lavalle.« Die Anruferin räusperte sich. »Die Schwester deiner Mutter.«

»Monique«, erwiderte Sophia beklommen.

»Sicher fühlt es sich für dich merkwürdig an, plötzlich mit jemandem verwandt zu sein, der dir völlig fremd ist«, begann Monique zögernd. »Auch für mich ist es sehr seltsam.« Sie räusperte sich nochmals. »Seltsam schön.«

Sophia schwieg, da sie nichts zu erwidern wusste. Die Erkenntnisse der letzten Tage hatten sie über die Maße verwirrt und bislang hatte Sophia nicht mal richtig angefangen, sie zu verarbeiten.

»Da ich nicht weiß, wie lang du noch hier bist, wollte ich dich fragen, ob du später vielleicht bei mir vorbeikommen möchtest.« Monique Lavalle stockte. »Ich würde mich sehr freuen, meine Nichte besser kennenzulernen.«

Sophia spürte einen Kloß in ihrem Hals. Leise entgegnete sie: »Mich würde es ebenfalls freuen.«

»Bon«, erwiderte Monique Lavalle hörbar gerührt. »Hast du vielleicht einige Fotos dabei, die du mitbringen könntest? Von deinem Bruder, deinem Vater.« Sie zögerte. »Und natürlich von Mireille.«

»Ja, ein paar habe ich mitgebracht«, bestätigte Sophia beklommen. »Ich habe übrigens auch einen Hund, Tim.«

»Ich weiß«, antwortete Monique freundlich. »Du hattest ihn doch bei unserer ersten Begegnung dabei.« Sie stockte kurz. »Es tut mir übrigens leid, dass ich an dem Tag so unfreundlich zu dir war, es ist nur ...«

»Du dachtest, ich will in eurer Familiengeschichte herumschnüffeln«, unterbrach Sophia sie verständnisvoll. »Letztlich lagst du ja sogar richtig mit deiner Vermutung.«

»Du hast ja ein Recht darauf, alles zu erfahren, was die Vergangenheit deiner Mutter betrifft.«

»Im Moment habe ich tatsächlich das Gefühl, dass sie mir von Tag zu Tag fremder wird. Dass ich sogar befürchten muss, sie eigentlich überhaupt nicht wirklich gekannt zu haben.«

»Mireille war immer ein ganz besonderer Mensch, Sophia. Ich kann mir nicht vorstellen, dass sie sich all die Jahre verstellt hat«, widersprach ihre Tante entschieden, »und ich bin mir sicher, dass sie eine großartige Mutter war.«

»Das war sie«, bestätigte Sophia traurig. »Die beste, die ich mir überhaupt wünschen konnte.«

»Dann hast du sie gekannt«, entgegnete Monique aufgewühlt. »Wirklich und wahrhaftig. Deine Mutter wird sie immer bleiben.«

Mitgenommen von den Erinnerungen, die unaufhaltsam in Sophia aufstiegen, verabschiedete sie sich wenig später, nachdem sie ihrer Tante nochmals zugesichert hatte, dass sie ihre Einladung sehr gern annahm.

65

Perpignan

»Rousseau«, meldete sich Nicolas angespannt, während er Charles mit Gesten klarzumachen versuchte, dass er noch kurz vor dem Haupteingang des Krankenhauses bliebe, um zu telefonieren. Sein Partner nickte, bevor er auf das Gebäude zusteuerte.

»Capitaine? Hier spricht Officier Raglant. Aus Dieppe.«

»Bonjour«, begrüßte Nicolas den Kollegen erwartungsvoll.

»Ich habe meinen Sonntag geopfert«, der Polizist lachte am anderen Ende der Leitung, »und mich in der Wohnung von Pasteur umgesehen.«

»Ich schulde Ihnen was, Officier. Waren Sie denn wenigstens erfolgreich?«, wollte Nicolas wissen.

»Wie man's nimmt«, erwiderte der andere.

»Wie meinen Sie das?« Nicolas zog seine Augenbrauen hoch.

»Keinerlei Reiseunterlagen, wenn Sie darauf aus waren.« Er zögerte. »Auch sonst wenig, was uns weiterbringen könnte. Nicht der kleinste Hinweis darauf, warum er vor drei Wochen urplötzlich Urlaub beantragt hat.«

»Schade«, bedauerte Nicolas enttäuscht.

»Aber ...«, der Beamte hob seine Stimme, »... zumindest habe ich eine Spur gefunden, die ihn mit Argelès-sur-Mer verbindet.«

»Ja?« Nicolas war nun ganz Ohr.

»Alors, er scheint vor Jahren eine ziemlich heiße Affäre mit einer Frau von da unten gehabt zu haben.« Raglant lachte.

Mit angehaltenem Atem horchte Nicolas auf.

»Ich habe einige Briefe gefunden.« Wieder lachte der Officier. »Mon dieu, ich glaube, ich habe beim Lesen sogar rote Ohren bekommen. Scheint eine Art Jugendliebe gewesen zu sein. Soweit ich es herauslesen konnte, war Pasteur wohl für einige Monate als Austauschstudent bei euch im Süden.«

»Lassen Sie mich raten«, entgegnete Nicolas tonlos. »Die Briefe wurden von Mireille Lavalle geschrieben.«

Raglant zögerte kurz, bevor er antwortete: »Scheint, dass Sie mit Ihren Ermittlungen ebenfalls vorangekommen sind. Ja, in der Tat sind die Briefe mit ›Mireille‹ unterzeichnet. Einen Nachnamen konnte ich leider nirgends finden.«

»Lavalle«, wiederholte Nicolas, während er gefasst auf den Boden starrte. »Die Dame heißt Mireille Lavalle.«

Er bedankte sich bei dem Kollegen aus Nordfrankreich und beendete das Gespräch.

Mireille Lavalle hatte also vor ihrem Weggang aus Frankreich eine Beziehung mit Philippe Pasteur gehabt. Nicolas war äußerst gespannt, was dieser ihnen zu erzählen hatte.

Als er die Eingangshalle des Krankenhauses betrat, stand Charles an einer Sitzgruppe und sprach mit seiner Mutter. »Maman«, begrüßte Nicolas sie überrascht, bevor er sie liebevoll umarmte.

»Nic.« Sie lächelte ihn traurig an, während sie ihm leicht über seine Wange strich.

»Warst du bei Papa?«, wollte er von ihr wissen.

Sie nickte. »Ich habe es Charles gerade erzählt …«

»Es tut mir so leid, Nic«, erwiderte dieser mitfühlend.

»Wie geht es ihm?«, wollte Nicolas wissen.

»Unverändert.« Sie sah ihn mutlos an. »Die Ärzte …« Sie brach ab und schaute hastig weg.

»Was sagen die Ärzte?«

»Sie haben mir nicht viel Hoffnung gemacht«, entgegnete sie mit leiser Stimme. »Im Moment sieht es so aus, als ob euer Vater ein bettlägeriger Pflegefall bleiben wird.«

Bestürzt fasste Nicolas seine Mutter am Arm. »Vielleicht irren sie sich.«

»Ja, vielleicht.« Hélène Rousseau verzog leicht ihr Gesicht. »Aber vielleicht auch nicht, Nic. Wir müssen mit dem Schlimmsten rechnen.«

»Merde«, fluchte er erschüttert. »Was ist mit der Blutuntersuchung?«

»Nichts, keine Rückstände, die auf eine Fremdeinwirkung hinweisen würden.« Sie schüttelte resigniert ihren Kopf.

»Hegt ihr etwa den Verdacht, dass jemand Jacques absichtlich …?« Charles brach entsetzt ab.

»Sophia hat mir zumindest bestätigt, dass es durchaus möglich ist, mit den entsprechenden Medikamenten bei einem gesunden Menschen einen Schlaganfall auszulösen«, erwiderte Nicolas finster.

»Sophia?«, wiederholten seine Mutter und Charles irritiert.

»Sophia Mildner ist Ärztin«, bemühte sich Nicolas um einen ruhigen Tonfall.

»Ärztin also.« Seine Mutter nickte wissend.

»Tierärztin.« Charles schmunzelte.

»Trotzdem hat sie Medizin studiert«, verteidigte sich Nicolas, bevor er genervt bemerkte, dass ihn die beiden nur auf den Arm nahmen.

»Aber es konnte nie nachgewiesen werden, dass dein Vater ... dass der Vorfall damals in irgendeinem Zusammenhang mit dem Mildner-Fall gestanden hat«, erinnerte ihn Charles vorsichtig.

»Denkst du, das weiß ich nicht?«, fauchte Nicolas zurück. »Aber es ist doch schon sehr merkwürdig, dass er ausgerechnet jetzt, wo die Ermittlungen wieder aufgenommen wurden, erneut einen Anfall bekommen hat.«

Seine Mutter nickte, während Charles nachdachte. »Zufall?«, versuchte er zögernd, Nicolas' ungeheuerlichen Verdacht zu entkräften.

»Nein«, widersprach dieser heftig. »An einen Zufall glaube ich nicht.« Er stockte. »Wer war gestern bei ihm? Außer uns bekommt er eigentlich keinen Besuch.« Prüfend sah Nicolas seinen Partner an. »Also, warum meldet sich der Unbekannte nicht?«

Charles zuckte mit den Achseln. »Das ist natürlich seltsam.«

»Nic, ich muss gehen. Maurice möchte noch etwas mit mir wegen des Musikfestivals im August besprechen«, bemerkte Hélène Rousseau zögernd, bevor sie sich von den beiden Männern verabschiedete.

»Maman?«, rief Nicolas seiner Mutter hinterher, während sie bereits auf den Ausgang zuging.

»Ja?« Sie drehte sich nochmals um und sah ihn erwartungsvoll an.

»Grüß Maurice von mir.« Er nickte ihr lächelnd zu, während sie dankbar ihr Gesicht verzog.

»Monsieur Pasteur, mein Name ist Nicolas Rousseau. Ich bin Capitaine der Police Nationale in Argelès-sur-Mer. Das ist mein Partner, Officier Dupain.« Besorgt blickte Nicolas Philippe Pasteur an, während Charles hinter ihm den Raum betrat.

Pasteur schluckte und deutete mit zittriger Hand auf einen Stuhl an der Wand gegenüber. Noch immer war sein Kopf mit einem dicken Verband bedeckt, sodass nur das Gesicht zu sehen war. Seine Haut war fast so blass wie die weißen Mullbinden. Mehrere Schläuche waren an den Geräten neben dem Bett angeschlossen und führten teils unter die Bettdecke und teils in seinen linken Arm.

Nicolas nickte kurz, bevor er den Stuhl holte und sich dicht neben das Krankenhausbett setzte. Charles schloss leise die Tür hinter ihnen und blieb, an die Wand gelehnt, stehen.

»Wie geht es Ihnen, Monsieur?«, fragte Nicolas, während er den Verletzten prüfend musterte.

»Es ging mir schon besser.« Pasteur bemühte sich um ein angedeutetes Lächeln.

»Sie haben sehr viel Glück gehabt«, meinte Nicolas ernst.

»Glück würde ich das hier nicht gerade nennen.« Pasteur hob langsam seine Hand und zeigte auf die Geräte.

»Monsieur, dürften wir Ihnen einige Fragen stellen?«

Philippe Pasteur nickte, während er Nicolas müde anblickte.

»Können Sie sich noch daran erinnern, was passiert ist?«

Der Verletzte presste seine Lippen aufeinander und schwieg.

»Monsieur?« Nicolas sah ihn besorgt an.

»Ich weiß noch, dass ich auf dem Weg zu meiner Pension war ...«

»Wann war das?«, mischte sich Charles ein, während er seinen Notizblock herauszog.

Philippe Pasteur überlegte angestrengt, bevor er nach wenigen Sekunden frustriert den Kopf schüttelte. »Welcher Wochentag ist heute?«

Nicolas sagte es ihm.

»Ich weiß nicht ...«, erwiderte der Lehrer zögernd und kniff konzentriert seine Augen zusammen. »Ich ...« Er brach schließlich ab und schwieg.

»Vielleicht erzählen Sie uns einfach, warum Sie nach Argelès gereist sind? Was wollten Sie hier?«, entgegnete Nicolas hilfsbereit.

Erneut schüttelte Pasteur seinen Kopf. »Ich wollte nach Mireille suchen.«

»Mireille Lavalle?«, hakte Charles nach, obwohl die beiden Polizisten die Antwort bereits kannten.

Pasteur nickte überrascht. »Woher ...?« Er dachte kurz nach. »Ach, das Foto.« Vorsichtig verzog er sein Gesicht. »Sie haben das Foto gefunden.«

»Das Foto von Mireille und ihrer Tochter. Und ihre Adresse in Deutschland«, bestätigte Nicolas abwartend.

»Richtig. Mireille lebt in Deutschland«, murmelte Pasteur nachdenklich. »Lebte.«

»›Lebte‹? Wie meinen Sie das?« Nicolas beugte sich vor.

»Sie ist tot«, presste der Nordfranzose hervor.

»Woher wollen Sie das wissen?« Charles löste sich von der Wand und trat näher zum Bett.

»Sie hat mir vor drei Wochen einen Brief geschickt«, erwiderte Pasteur leise. »Genauer gesagt, irgendein Notar aus Heidelberg, glaube ich.« Er blickte zur Decke und dachte nach.

»Was stand in dem Brief?«

»Sie hat sich darin entschuldigt, dass sie damals ohne ein Wort weggegangen ist. Wir …« Er brach ab und fuhr sich verzweifelt über sein Gesicht.

»Sie hatten eine Beziehung mit Mireille Lavalle. 1980«, stellte Nicolas fest.

Pasteur nickte. »Ich war für einige Monate in Perpignan. An der Uni. Mireille besuchte die Abschlussklasse. Wir haben uns über Bekannte kennengelernt. Sie war zauberhaft.« Traurig schüttelte er den Kopf. »Ich habe mich sofort in sie verliebt. Zart, zerbrechlich und doch so unglaublich stark.«

Bei seinen Worten fühlte Nicolas sich an Sophia erinnert, doch er verdrängte den Gedanken und konzentrierte sich weiter auf die Informationen von Philippe Pasteur. »Was geschah dann?«, fragte er behutsam.

Der Lehrer zuckte leicht mit den Achseln. »Ich weiß es nicht«, erwiderte er leise. »Eines Abends …« Er stockte. »Wir waren am Hafen verabredet. Ich habe mich leicht verspätet, weil ein Seminar länger als erwartet gedauert hatte.« Er drückte seine Hand auf die Schläfe und schloss kurz die Augen. »Als ich dort ankam, war das ganze Gebiet abgesperrt und es wimmelte von Polizeibeamten.« Er schüttelte seinen Kopf. »Ich weiß nicht, was passiert ist. Vielleicht wieder ein Drogentoter, keine Ahnung.«

Nicolas sah Charles warnend an, schwieg jedoch. »Und weiter?«

»Nichts«, erwiderte Pasteur tonlos. »Ich habe sie an jenem Abend nicht mehr angetroffen.« Wieder schluckte er. »Am nächsten Tag habe ich bei ihren Eltern angerufen. Eigentlich wollte Mireille nicht, dass ihre Familie von mir wusste. Ihr Vater war in der Beziehung wohl ziemlich streng.« Er sah Nicolas erschöpft an. »Ich habe ihre Familie leider nie kennengelernt. Als ich dort anrief, sagte man mir, sie sei nicht da. In den darauffolgenden Tagen habe ich es noch einige Male versucht. Aber man sagte mir nichts. Sie fragten mich, wer ich sei, aber da Mireille nicht wollte, dass ihre Eltern von mir wussten, habe ich nur etwas von einem entfernten Bekannten gesagt und mich nicht weiter geäußert. Jedes Mal hieß es nur, sie sei nicht da. Irgendwann habe ich dann aufgegeben. Sie hätte sich ja schließlich auch bei mir melden können.« Bekümmert blickte er zum Fenster hinaus.

»Sie erwähnten einen Brief«, erinnerte ihn Nicolas an den Anfang des Gesprächs.

Pasteur nickte langsam. »Vor etwa drei Wochen bekam ich plötzlich einen Brief von besagtem Notar aus Deutschland, der mir mitteilte, dass er von einer gewissen Carine Mildner vor Jahren den Auftrag erhalten habe, diesen Brief an mich zu verschicken, sollte sie selbst den Auftrag vorher nicht widerrufen. Er sollte mich erst zehn Jahre nach ihrem Tod informieren, aus Sicherheitsgründen. Darauf konnte ich mir allerdings keinen Reim machen.«

»Woher hatte der Mann Ihre Adresse?«

Pasteur lächelte leicht. »Mireille wusste, dass ich aus Dieppe kam. Sicher war es einfach, mich aufzuspüren. Ich bin in meinem Leben nicht oft umgezogen.«

»Was hat sie Ihnen geschrieben?«

»Mireille teilte mir in dem Schreiben mit, dass sie damals gezwungen war, außer Landes zu gehen. Sie hat anscheinend ihren Namen geändert, in Carine Duchamps. Sie schrieb …« Er musste sich sichtlich fassen. »Sie hat mir geschrieben, dass sie mich damals sehr geliebt habe. Dass sie eigentlich vorgehabt hatte, mit mir zusammenzubleiben. Doch das Schicksal

413

wollte es anders.« Er nickte nachdrücklich. »Genau das hat sie geschrieben: ›Das Schicksal wollte es anders‹. Sie hat in Deutschland einen netten Mann kennengelernt und zwei Kinder bekommen.«

Nicolas wusste, dass Pasteur noch nicht alles gesagt hatte, daher erwiderte er nichts, sondern wartete.

»Ihre Tochter, Sophia, wurde im Dezember 1980 geboren«, fuhr Pasteur leise fort und sah die Polizisten abwechselnd an. »Verstehen Sie, was das bedeutet?« Stirnrunzelnd versuchte er, sich vorsichtig etwas aufzurichten. »Dezember 1980. Im Frühjahr davor waren Mireille und ich zusammen. Sie teilte mir in dem Schreiben mit, dass ich eine Tochter habe …« Seine Stimme versagte.

»Sophia«, antwortete Nicolas versonnen. »Sophia ist Ihre Tochter, Monsieur Pasteur. Wir haben letzte Woche einen DNA-Test veranlasst, der eindeutig ergeben hat, dass Sie der leibliche Vater von Sophia Mildner sind.«

»Mon dieu«, raunte Pasteur überwältigt. »Ich habe tatsächlich eine Tochter.«

»Sie glauben, dass Mireille Lavalle tot ist«, versuchte Nicolas erneut, dem Gedächtnis des Mannes auf die Sprünge zu helfen.

»Sie hat mir in dem Brief mitgeteilt, dass sie tot sei, wenn ich dieses Schreiben erhalte«, entgegnete Pasteur bekümmert. »Sie wollte aber unbedingt, dass ich von Sophias Existenz erfahre. Wie gesagt, der Notar war angewiesen, mir zehn Jahre nach ihrem Tod den Brief weiterzuleiten.«

Nicolas nickte und überlegte. Nach den vorliegenden Informationen mussten sie davon ausgehen, dass Mireille Lavalle befürchtet hatte, dass ihr etwas zustoßen könnte. Wozu sonst diese Vorsichtsmaßnahme mit einem Brief, den der Notar nur im Falle ihres vorzeitigen Todes verschicken sollte?

»Was denken Sie, warum hatte sie Angst, dass ihr etwas geschehen könnte?«, hakte Nicolas noch mal nach.

»Keine Ahnung. Dazu stand in dem Schreiben leider nichts. Wahrscheinlich steckte sie in irgendwelchen Schwierigkeiten.« Pasteur zuckte mit den Achseln.

Daraufhin berichtete ihm Nicolas von den Geschehnissen vor vierundzwanzig Jahren.

»Das ist ja …« Pasteur wandte sich entsetzt ab. »Das ist ja furchtbar.« Als er sich wieder einigermaßen im Griff hatte, blickte er Nicolas angespannt an. »Was ist damals passiert? Und warum habe ich den Brief erst jetzt erhalten, obwohl sie bereits vor mehr als zwanzig Jahren …?«

»Mireille Lavalle ist vor zehn Jahren offiziell für tot erklärt worden, daher erst jetzt das Schreiben an Sie«, sagte Nicolas. »Was damals passiert ist, würden wir auch gern wissen, Monsieur. Wir hatten gehofft, Sie könnten uns vielleicht helfen, einige der offenen Fragen zu beantworten.«

»Ich habe Mireille seit über sechsunddreißig Jahren nicht mehr gesehen. Ich habe keine Ahnung, warum sie ihren Namen geändert hat.« Er lachte bitter. »Bis vor Kurzem wusste ich ja nicht einmal, dass ich ein Kind habe.«

»Wer hat Sie niedergestochen?«, wechselte Nicolas ohne Vorwarnung das Thema.

»Das weiß ich nicht«, bedauerte Pasteur betrübt. »Ich war auf dem Weg zu meiner Pension, als ich plötzlich einen unglaublichen Schlag auf den Kopf spürte. Danach kann ich mich an nichts mehr erinnern.«

Charles und Nicolas betrachteten den Schwerverletzten, der sichtlich erschöpft wirkte.

»Sie wurden auf einem Feld an der Route Nationale abgelegt …«

»›Abgelegt‹?«, wunderte sich Pasteur. »Was soll das heißen?«

»Man hat an einer Stelle nahe der Straße Ihr Blut gefunden.

Sie müssen sich wohl mit letzter Kraft über das Feld geschleppt haben. Ihre Ärzte sind der einhelligen Meinung, dass das an ein kleines Wunder grenzt.«

Ungläubig blickte Philippe Pasteur Charles an.

»Auf der Straße sind Sie schließlich in ein Fahrzeug gelaufen«, schloss der Officier vorsichtig.

»Ich bin auch noch mit einem Auto zusammengestoßen?« Pasteur schüttelte fassungslos den Kopf.

»Ja, Sie hatten wirklich mehrere Schutzengel«, erwiderte Nicolas. »Was genau wollten Sie eigentlich hier, Monsieur?«

»Ich wollte mit Mireilles Familie sprechen«, antwortete der Verletzte mit schwacher Stimme. »Ich konnte es einfach nicht glauben, dass sie ... dass sie wirklich tot ist.« Niedergeschlagen sackte er in sich zusammen. »Ich hoffte, von ihrer Familie mehr über ihren Verbleib zu erfahren. All die Jahre war ich schließlich davon ausgegangen, dass sie mich einfach abserviert hatte, nichts mehr von mir wissen wollte. Plötzlich erfahre ich aus heiterem Himmel, dass sie damals gehen musste, vielleicht sogar gezwungen wurde.« Mit letzter Kraft blickte er Nicolas offen ins Gesicht. »Wissen Sie, ich bin nicht verheiratet, habe keine Beziehung. Mireille war, so kitschig es sich auch anhört, die Liebe meines Lebens. Dieses Gefühl, dieses Verlassenwerden von einer Frau, die mir alles bedeutete, hat mich mein Leben lang verfolgt. Wie oft habe ich mir überlegt, warum sie mir nicht sagen konnte, dass sie sich von mir trennen wollte! Einfach so zu verschwinden. Sich ohne eine Erklärung nicht mehr zu melden.« Er lachte auf. »Damals gab es schließlich noch keine Handys und kein Internet.« Er ließ sich in sein Kissen zurücksinken. »Und dann die Nachricht, dass wir ein gemeinsames Kind haben. Dass Mireille höchstwahrscheinlich tot ist. Für mich gab es in dem Moment gar keine andere Möglichkeit, als hierherzukommen, um selbst herauszufinden, was mit ihr geschehen war.« Er zögerte. »Von dem Vorfall ... von ihrem Verschwinden wusste ich nichts. Woher auch? Wie ist es nur ihrer ... unserer Tochter danach ergangen?« Betreten sah er auf den Schlauch, der an seinem Unterarm endete.

»Wer wusste von Ihren Plänen?«, hakte Charles nach.

»Niemand«, entgegnete Pasteur entrüstet. »Ich habe niemandem davon erzählt. In meinem Umfeld weiß keiner von Mireille. Die Geschichte ist schließlich über dreißig Jahre her. Daher habe ich auch mit niemandem über den Brief gesprochen.«

66

Argelès-sur-Mer

Gedankenverloren verließ Sophia die Rue du Dauphin. Der Besuch bei Monique Lavalle war merkwürdig, aber irgendwie auch vertraut gewesen. Immer wieder war Sophia aufgefallen, wie ähnlich sich die Schwestern waren, auch wenn sie sich mittlerweile mehr als ein halbes Leben nicht mehr begegnet waren. Mehrmals musste sie schmunzeln, weil sie dachte, dass ihre Mutter genau die gleichen Worte gesagt hätte.

Monique zeigte ihr diverse Fotoalben, in denen die Kindheit und Jugend der Lavalle-Schwestern ausführlich dokumentiert waren. Auch ihre wirklichen Großeltern bekam sie auf diese Weise zum ersten Mal zu sehen. Mehrfach hatte Monique sie mit Tränen in den Augen betrachtet. Aber auch Sophia selbst war emotional aufgewühlt und konnte all die neuen Eindrücke kaum fassen.

Heute hatte sie mit Monique Lavalle gemeinsam gelacht, aber ebenso mit ihr geweint, als das Gespräch auf das Verschwinden ihrer Familie kam. Beiden war klar, dass etwas Furchtbares passiert sein musste.

Traurig hatte Monique Sophia an sich gezogen und versucht, zuversichtlich zu klingen. Doch Sophia lebte schließlich bereits seit vielen Jahren mit der Vermutung, dass ihre Familie umgebracht worden war, dass sie sie nie wiedersehen würde. Eine Alternative zu dem furchtbarsten aller Szenarien gab es einfach nicht, war für Sophia nicht vorstellbar.

Tim zog auf einmal aufgeregt an seiner Leine, weil er anscheinend unbedingt einer neuen Duftmarke folgen wollte. Genervt ließ sie ihm mehr Spiel und blieb kurz stehen. Während sie abwesend ihren Hund beobachtete, der mit seiner Schnauze am Boden festzukleben schien, keimte urplötzlich ein Gedanke in ihr auf. Undeutlich und kaum greifbar, doch zumindest so real, dass sie von einer unerklärlichen Unruhe befallen wurde.

Krampfhaft versuchte sie, den Erinnerungsfetzen zu konkretisieren, doch im nächsten Moment war er auch schon wieder verschwunden. Verwirrt versuchte sie, das verschwommene Bild zurückzuverfolgen, das Detail, das ihr merkwürdig vertraut vorkam, klarer zu umreißen. Doch je länger sie darüber nachdachte, desto unwichtiger erschien ihr der Gedanke.

Als sie spürte, dass sich in ihrem Hinterkopf ein unangenehmer Schmerz ankündigte, beschloss sie, Nicolas später von ihrer Beobachtung zu erzählen. Während sie Tim, der sich gerade in den siebten Hundehimmel geschnüffelt hatte, ungeduldig weiterzog, änderte Sophia jedoch spontan ihre Pläne und entschied sich, direkt zum Polizeirevier zu gehen.

67

Perpignan

»Denkst du, er sagt die Wahrheit?« Charles sah Nicolas skeptisch an.

Der blickte zurück zum Eingang des Krankenhauses und überlegte.

»Ja, ich glaube ihm. Außerdem konnte er einfach nichts von der falschen Identität Mireilles wissen.«

»Ich weiß nicht.« Charles zögerte. »Irgendwie kommt mir das alles äußerst merkwürdig vor. Eine Frau, die erst ihren Namen ändert und dann Briefe hinterlegt für den Fall, dass ihr etwas zustößt.«

»Mireille Lavalle steckte in Schwierigkeiten«, folgerte Nicolas nachdenklich. »Deshalb ihr überstürzter Weggang und die Änderung ihres Namens. Ich nehme an, dass sie aus dem gleichen Grund befürchtete, ihr könne etwas passieren.«

»Warum kam sie dann zurück? Brachte ihren Mann und ihre Kinder in Gefahr?« Charles wirkte nicht überzeugt.

»Vielleicht dachte sie, die Gefahr wäre mittlerweile gebannt. Immerhin waren seit ihrem Wegzug zwölf Jahre vergangen. Außerdem war ihre Mutter gestorben.«

»Ich weiß nicht ...« Charles schüttelte immer noch argwöhnisch seinen Kopf.

»Lass uns Monsieur Girard junior noch einen Besuch abstatten«, schlug Nicolas mit grimmiger Miene vor, während sie den Parkplatz überquerten. »Eigentlich hatte ich seine Freundin gestern gebeten, ihm Bescheid zu geben, dass er sich dringend bei mir melden soll.«

Zehn Minuten später fuhr Nicolas an den Straßenrand und deutete auf ein Reihenhaus neben ihnen. »Hier wohnt er.« Hastig stieg er aus.

Charles folgte ihm besorgt. »Wahrscheinlich ist er noch bei der Arbeit«, merkte er nach einem Blick auf seine Uhr leise an, während Nicolas entschlossen klingelte.

»Abwarten.«

Wenige Augenblicke später wurde die Tür geöffnet. »Oui?«

Irritiert wandte Charles sich seinem Partner zu, der den jungen Mann im Türrahmen nur ungläubig anstarrte, anstatt das Wort zu ergreifen und sie vorzustellen. Der Officier räusperte sich, bevor er dem Mann schließlich erklärte, wer sie waren, während Nicolas wie versteinert neben ihm auf der Treppenstufe stand.

»Police Nationale?« Girard sah nervös vom einen zum anderen. »Worum geht es denn?«

Wieder blickte Charles kurz zu seinem Partner, der noch immer regungslos neben ihm stand und aussah, als sei ihm gerade ein Gespenst begegnet. »Dürften wir vielleicht eintreten?«

Der junge Mann verschränkte seine Arme vor der Brust und lehnte sich demonstrativ an den Türrahmen. »Pardon, aber ich muss gleich zur Arbeit. Eigentlich wäre ich um diese Zeit gar nicht zu Hause.«

»Monsieur Girard«, reagierte Nicolas endlich. Besorgt sah Charles ihn an, da er die Stimme seines Partners kaum wiedererkannte. »Entweder wir reden hier oder Sie begleiten uns aufs Revier. Jetzt!«

Verunsichert sah nun auch der Mann zu Nicolas, den er bisher überhaupt nicht beachtet hatte. Schließlich trat er zögernd zur Seite und zeigte auf eine Tür an der rechten Seite des Flures. »Bitte.« Nicolas und Charles traten ein und folgten Girard ins Wohnzimmer.

»Möchten Sie sich setzen?«

»Monsieur Girard, ich war bereits gestern hier«, erwiderte Nicolas mit unbewegter Miene, während er stehen blieb.

»Ich war weg …«, setzte Girard argwöhnisch an.

»Ich weiß«, unterbrach ihn Nicolas barsch. »Ihre Freundin teilte mir mit, dass Sie am Abend zurückkehren würden.«

»Das hat sie mir nicht gesagt«, murmelte der Mann undeutlich.

»Offensichtlich.« Nicolas nickte grimmig.

»Monsieur Girard, wir wüssten gern, wo Sie sich vorletztes Wochenende aufgehalten haben, insbesondere am frühen Sonntagmorgen.«

»Warum?« Er runzelte seine Stirn.

»Bitte beantworten Sie einfach unsere Frage«, forderte Nicolas ihn nachdrücklich auf, während er ihn noch immer eindringlich betrachtete.

»Ich war wandern«, antwortete Girard zögernd.

»Mit Ihrer Freundin?«, hakte Nicolas nach.

Girard schüttelte seinen Kopf. »Nein, allein.«

»Allein?«

»Ja, meine Freundin macht sich leider nichts aus meinem Hobby«, versuchte Girard zu erklären.

»Das ist äußerst merkwürdig.« Nicolas wiegte nachdenklich seinen Kopf. »Denn Ihre Freundin erklärte mir gestern, sie sei das komplette Wochenende mit Ihnen zusammen gewesen.«

»Aber …? Um was geht es denn überhaupt?« Girard blickte Nicolas jetzt verunsichert an.

»Könnte es sein, dass Ihre Freundin befürchtet, Sie bräuchten ein Alibi?«, ignorierte Charles die Frage.

»Warum …? Weswegen ein Alibi? Ich verstehe nicht ganz.« Der junge Mann trat unruhig von einem Fuß auf den anderen.

»Monsieur Girard, ich schlage vor, Sie begleiten uns jetzt aufs Revier. Dort können wir uns etwas ausführlicher unterhalten. Fürs Erste stehen Sie unter dem dringenden Tatverdacht, Philippe Pasteur niedergestochen zu haben«, erklärte Nicolas dem verdutzten Mann, während er mit Charles einen kurzen Blick wechselte. »Ruf Muller an. Er soll sofort mit seinen Leuten herkommen. Würde mich nicht wundern, wenn wir hier irgendwo die Tatwaffe finden. Sobald die Spurensicherung eintrifft, fährst du zur Arbeitsstelle der Freundin. Sicher kann sie uns auch noch einiges über das falsche Alibi erzählen.«

»Hören Sie, Capitaine«, begann Girard geschockt, »Sie irren sich. Ich kenne niemanden mit dem Namen Philippe Pasteur. Ich weiß überhaupt nicht, wovon Sie reden.«

»Das klären wir alles auf dem Revier«, erwiderte Nicolas, während er den Mann zügig aus dem Haus führte und aufforderte, sich in den Wagen zu setzen. Kopfschüttelnd wandte er sich an Charles, der hinter ihm stand. »Sag Muller, er soll nach dem Jagdmesser suchen. Ich rufe jetzt Marie und Fabien an.«

»Weshalb?« Charles sah ihn fragend an.

»Die beiden müssen sofort nach Croiselles-en-Haut fahren. In der Zwischenzeit versuche ich, einen Haftbefehl bei Morphes zu erwirken.«

»Für ihn?« Charles deutete mit dem Kinn auf den im Wagen sitzenden Girard.

»Nein«, erwiderte Nicolas mit belegter Stimme. »Für die Girards. Sie stehen unter dem dringenden Verdacht, Sophias Eltern getötet zu haben.«

Charles sah ihn mit offenem Mund an.

»Hast du etwa nicht erkannt, wer das ist?« Nicolas zeigte nun mit seinem Daumen auf das Fahrzeug.

68

»Ist Capitaine Rousseau da?« Sophia blickte die Sekretärin hoffnungsvoll an.

»Nic, äh, der Capitaine ist noch unterwegs.« Catherine hob bedauernd ihre Schultern. »Möchten Sie hier auf ihn warten?«

Sophia überlegte kurz, aber da sie für heute keine weiteren Pläne mehr hatte und sie unbedingt mit Nicolas über die merkwürdige Erinnerung von vorhin sprechen wollte, entschied sie sich dafür hierzubleiben. Also lächelte sie und nickte leicht, bevor sie sich auf einen der Besucherstühle setzte.

Nachdenklich musterte Catherine die junge Frau einen Moment lang, bevor sie ihren Arbeitsplatz verließ und das Großraumbüro betrat. »Fabien«, wandte sie sich an den Officier, der gerade damit beschäftigt war, Teile der Mildner-Akte zu kopieren. Leise erklärte sie ihm, wer draußen saß.

»Soll ich mit ihr sprechen?« Er sah die Sekretärin fragend an.

»Ich habe keine Ahnung, wann Nic kommt«, erwiderte sie ratlos.

»Merci, Catherine. Ich kümmere mich gleich um sie«, entgegnete Fabien und machte Marie ein Zeichen, die daraufhin ihr Gesicht zu einem breiten Grinsen verzog.

»Madame Mildner, ich bin Officier Armand«, stellte der Polizist sich Sophia vor, die überrascht aufschaute. »Wir haben letzte Woche miteinander telefoniert.«

Erleichtert erhob sie sich und gab ihm die Hand. »Bonjour, Officier.«

»Da wir nicht wissen, wann Capitaine Rousseau zurückkommt, wollte ich Ihnen anbieten, mich um Ihr Anliegen zu kümmern.«

Zufrieden folgte sie ihm mit Tim in das geräumige Büro und lächelte Catherine an, als diese ihr entgegenkam.

»Bitte.« Er deutete auf den Stuhl vor seinem Schreibtisch und nahm selbst dahinter Platz. Im gleichen Moment klingelte sein Telefon.

Entschuldigend verzog er kurz seine Miene, bevor er das Gespräch annahm. »Nic«, begrüßte er seinen Chef, während er Sophia prüfend ansah.

Nicolas erklärte ihm am Telefon kurz die Situation in Perpignan und wies ihn an, sich mit Marie auf den Weg in die Pyrenäen zu machen.

Fabien räusperte sich und meinte: »Nic, Madame Mildner sitzt gerade hier bei mir.«

Überrascht kniff Sophia ihre Augen zusammen.

»Schick sie nach Hause. Unauffällig«, forderte Nicolas Fabien auf, nachdem er kurz überlegt hatte.

»Ich verstehe nicht ganz …?«, erwiderte der Officier zögernd und wandte unsicher seinen Blick ab.

»Wenn ich mit Girard aufs Revier komme, muss sie unbedingt weg sein, Fabien«, betonte Nicolas nachdrücklich, bevor er ihm von seiner erschreckenden Entdeckung berichtete.

»Aber …«, stammelte Fabien, sichtlich um Fassung ringend.

»Fabien, bitte«, wiederholte Nicolas, »schick sie nach Hause. Aber erwecke um Gottes Willen nicht den Eindruck, dass etwas nicht stimmt.«

»Ich versuche es«, sagte Fabien seinem Chef zu, während er Sophias eindringlichen Blick auf sich spürte.

»Sag ihr, ich melde mich später bei ihr«, fuhr Nicolas fort.

»D'accord«, erwiderte der Officier tonlos.

Nachdem er das Telefonat beendet hatte, bemühte er sich um einen unbeteiligten Gesichtsausdruck.

»Madame Mildner«, begann er zögernd, »meine Kollegin und ich müssen jetzt leider los. Es tut mir leid, aber …«

»Was ist passiert?«, unterbrach Sophia ihn mit belegter Stimme. »Nic – Capitaine Rousseau – hat etwas gefunden, ja?«

»Madame«, versuchte Fabien vergeblich, Gelassenheit vorzutäuschen, »er wird sich später bei Ihnen melden. Das hat er mir versprochen. Er steckt momentan in wichtigen Ermittlungen, die allem Anschein nach leider noch länger andauern werden.«

Stumm musterte sie das Gesicht des Polizeibeamten. Ihr Instinkt sagte Sophia unmissverständlich, dass er sie gerade belog. Die Aufregung in seiner Stimme war schließlich nicht zu überhören gewesen, als er mit Nicolas telefoniert hatte. Doch ihr war ebenso klar, dass sein Chef ihm die strikte Anweisung erteilt hatte, ihr nichts zu sagen, sie auf keinen Fall zu beunruhigen. Daher erhob sie sich nun langsam, während sich eisige Kälte in ihrem Inneren ausbreitete. »Merci, Officier.« Sie nickte ihm zum Abschied kurz zu und verließ ohne ein weiteres Wort das Revier.

»Idiot«, zischte Marie hinter Fabien, der sich hastig umdrehte. »Mon dieu, was ist denn passiert?«, wollte sie erschrocken wissen, als sie das kalkweiße Gesicht ihres Partners erblickte.

»Wir müssen los, die Girards verhaften.« Er erhob sich müde.

»Die Girards?«, fragte Marie überrascht nach. »Aber wieso?«

»Ich erzähle es dir auf der Fahrt«, erwiderte Fabien. »Du wirst nicht glauben, wem Nic heute begegnet ist.«

Als Nicolas mit dem Sohn der Girards das Revier betrat, führte er den Mann sofort in das große Vernehmungszimmer neben seinem Büro. »Nehmen Sie bitte Platz, Monsieur Girard. Ich muss noch einige Formalitäten klären. Sobald Officier Dupain hier eintrifft, wären wir Ihnen sehr dankbar, wenn Sie uns einige Fragen beantworten könnten.«

»Capitaine.« Der junge Mann blickte sich verunsichert in dem kahlen Raum um, in dem nur ein weißer Tisch mit vier Metallstühlen stand. »Es handelt sich hier um ein großes Missverständnis. Ganz bestimmt habe ich niemanden niedergestochen.« Verzweifelt schüttelte er seinen Kopf. »Es ist ...«, er stockte und umschlang seinen Oberkörper schützend mit seinen Armen, »... es ist nicht so, wie es aussieht.«

»Das klären wir später«, entgegnete Nicolas ruhig, während er sich fieberhaft bemühte, den Mann nicht zu auffällig anzustarren. Noch immer konnte er kaum glauben, was er sah. »Bitte nehmen Sie Platz, Monsieur.«

Als er aus dem Raum trat, lehnte er sich einen Moment lang kraftlos gegen die Wand und hielt inne.

Sophia! Wie würde sie darauf reagieren? Mittlerweile war er sich fast sicher, dass er mit seiner Vermutung richtig lag. Er musste dringend Morphes erreichen. Catherine hatte ihm mitgeteilt, dass Fabien und Marie bereits vor zwanzig Minuten nach Croiselles aufgebrochen waren. Daher riss er sich zusammen und ging eilig in sein Büro.

Der Directeur reagierte, wie erwartet, genauso fassungslos wie Nicolas. Doch da er seinen Mitarbeiter schon lange kannte, vertraute er ihm. Daher versprach er ihm, ohne zu zögern, sich sofort um den Haftbefehl zu kümmern.

Nicolas rief ein weiteres Mal bei der Spezialeinheit in Perpignan an, da er dringend auf Antworten wartete.

»Garoche?«

Nicolas stellte sich kurz vor, bevor er sein Anliegen vorbrachte.

»Warten Sie bitte einen Moment, Capitaine. Ich war damals

zwar schon bei dem Verein hier, aber ich kann mich leider nicht mehr an jeden einzelnen Fall erinnern«, erwiderte der Ältere. »Dafür sind es mittlerweile einfach zu viele.«

»Ich muss wissen, ob eine gewisse Mireille Lavalle eine Rolle bei den damaligen Ermittlungen gespielt hat«, betonte Nicolas.

»Bleiben Sie bitte kurz dran, ich suche mir die Akte heraus«, bot der Beamte aus Perpignan hilfsbereit an.

Nicolas wartete, während er genervt den Aktenstapel auf seinem Schreibtisch musterte. Schon jetzt graute ihm vor seiner Begegnung mit Sophia.

»Capitaine?«, erklang in dem Augenblick wieder die Stimme von Garoche. »Hören Sie, Sie müssen sich an die Kollegen in Montpellier wenden.«

»Montpellier?«, wunderte sich Nicolas. »Was haben die denn mit den Milieumorden zu tun?«

»Es geht um das Zeugenschutzprogramm«, legte Garoche dar. »Der Prozess war auf der Aussage einer Augenzeugin aufgebaut, die den Mord beobachtet hat. Damals stand der Verdacht im Raum, dass sich am Tatort ein weiterer Mitwisser, eventuell sogar der Drahtzieher, befunden hat und die Zeugin gesehen haben könnte.« Er zögerte kurz. »Dadurch wurde sie noch in derselben Nacht ins Zeugenschutzprogramm aufgenommen. Aus Sicherheitsgründen.«

Nachdenklich bedankte sich Nicolas bei dem Polizisten und legte auf. Zeugenschutzprogramm. War das tatsächlich des Rätsels Lösung?

»Muller hat ein Jagdmesser gefunden«, begann Charles triumphierend, während er sich erschöpft auf den Stuhl vor Nicolas' Schreibtisch fallen ließ. »Im Kleiderschrank von Girard. Versteckt hinter seinen Klamotten.«

Ungläubig blickte Nicolas seinen Partner an.

»Du wirkst überrascht«, stellte Charles fest.

Irritiert rieb sich Nicolas die Schläfen. Dass Girard eventuell mit den Verletzungen von Pasteur zu tun hatte, war reine Vermutung gewesen. Der Gedanke war ihm erst durch die Nachfrage der Lebensgefährtin gekommen. Das falsche Alibi. In Wahrheit hatte er nur einen Vorwand gesucht, um den Mann vernehmen zu können. Wenn Girard nun aber tatsächlich mit den Stichverletzungen in Verbindung gebracht werden konnte ... Das durfte doch alles nicht wahr sein.

»Was denkt Muller?«, fragte er frustriert.

»An der Klinge befanden sich eindeutig Blutreste«, erklärte Charles lächelnd.

»Das gibt es doch nicht.« Nicolas schüttelte fassungslos seinen Kopf.

»Du denkst an die Tochter«, folgerte Charles leise.

»Natürlich denke ich an sie«, fauchte Nicolas zurück.

Auch sein Partner hatte entsetzt reagiert, als Nicolas ihm von seinem unglaublichen Verdacht berichtete. Doch nachdem er sich die Akte der Mildners erneut ins Gedächtnis gerufen hatte, musste Charles ihm schließlich zustimmen. »Die Lebensgefährtin arbeitet in einem Unternehmensberatungsbüro. Leider war sie heute den ganzen Tag auf Auswärtsterminen. Die Kollegen aus Perpignan versuchen später noch mal, sie anzutreffen.«

Nicolas nickte. »Gut. Wirklich, Charles. Gute Arbeit.«

»Wollen wir uns jetzt Girard vorknöpfen?« Der Officier sah seinen Chef abwartend an.

»Gleich. Bitte ruf erst noch Docteur Tuyot an. Sie soll morgen früh wegen eines DNA-Tests herkommen. Ich muss kurz mit Montpellier telefonieren. Dann nehmen wir ihn uns vor.«

Nachdem Charles das Büro verlassen hatte, griff Nicolas seufzend ein weiteres Mal zum Hörer.

»Police Nationale Montpellier. Capitaine Bacceau am Apparat.«

Nachdem Nicolas sich vorgestellt hatte, sprach er ohne Umschweife den sechsunddreißig Jahre zurückliegenden Mordfall aus Argelès an. »Ich muss wissen, ob damals eine gewisse Mireille Lavalle in die Ermittlungen eingebunden war.«

Bacceau zögerte kurz, bevor er das Wort ergriff. »Capitaine, zu unserem Zeugenschutzprogramm kann ich Ihnen leider keine Auskünfte geben. Bei allem Respekt, aber aus Sicherheitsgründen ...«

»Die betreffende Zeugin ist vor vierundzwanzig Jahren verschwunden, höchstwahrscheinlich bestialisch ermordet worden mitsamt ihrem Ehemann«, explodierte Nicolas wütend. »Ihre Sicherheitsmaßnahmen scheinen also kläglich versagt zu haben. Ich habe hier eine junge Frau, der ich bereits erklären musste, dass ihre Mutter nicht die ist, für die sie sie immer gehalten hat. Die Frau ist aller Wahrscheinlichkeit nach seit über zwanzig Jahren tot. Kommen Sie mir also nicht mit irgendwelchen fadenscheinigen Erklärungen, warum Sie mir keine Auskunft geben dürfen. Taucht Mireille Lavalle in dem erwähnten Mordfall auf?«

Nicolas hörte den Beamten tief durchatmen, bevor er sich räusperte. »Einen Moment bitte, Capitaine.«

Genervt verdrehte Nicolas seine Augen und wartete.

Es dauerte ein paar Minuten, bis der Beamte aus Montpellier sich wieder zurückmeldete. »Mireille Lavalle war tatsächlich die Kronzeugin in dem Prozess, bei dem ein ziemlich einflussreicher Drogendealer aus der Region des Mordes überführt werden konnte. Opfer war ein Kleinkrimineller, der meinte, er müsse seine Lieferanten übers Ohr hauen. In der Hinsicht versteht das Milieu bekanntermaßen keinen Spaß. Durch die Aussage von Lavalle konnte der Täter zweifelsfrei identifiziert und überführt werden.«

Bei den Worten des Kollegen stieg schlagartig Nicolas' Adrenalinspiegel. Also hatte er recht gehabt. Instinktiv spürte er, dass er kurz vor einem entscheidenden Durchbruch stand. Dass er endlich einen neuen Anhaltspunkt gefunden hatte, an dem er ansetzen konnte, um das mysteriöse Verschwinden der Mildners aufzuklären.

»Durch die Aussage von Mireille Lavalle gelang es im Laufe der Ermittlungen außerdem, Drogen in nicht unerheblichem Wert sicherzustellen und aus dem Verkehr zu ziehen.«

»Daraufhin wurde Mireille Lavalle zu Carine Duchamps«, erwiderte Nicolas ernüchtert.

»Genau. Die Duchamps hatten 1960 eine Tochter bekommen, Carine, die jedoch sehr früh verstorben war. Das Zeugenschutzprogramm bedient sich genau solcher Identitäten. Das Geburtsjahr muss in etwa übereinstimmen und die Eltern müssen einverstanden sein. Die Familie Duchamps willigte damals ein.«

»Aber die Duchamps haben ihre falsche Tochter nie kennengelernt«, folgerte Nicolas ungläubig.

»Nein«, bestätigte Bacceau, »das ist auch nicht vorgesehen.«

»Warum musste Mireille Lavalle überhaupt das Land verlassen?«, wollte Nicolas weiter wissen. »Der Täter war doch überführt worden.«

Bacceau räusperte sich. »Lavalle war damals noch sehr jung. Keine zwanzig, meine ich. Eigentlich war sie an dem Hafen mit ihrem Freund verabredet gewesen. Aber während sie wartete, geschah leider in unmittelbarer Nähe der Mord. Sie musste alles mitansehen. Als sie versucht hat davonzurennen – sie hat eine Telefonzelle gesucht und den Notruf benachrichtigt –, meinte sie, aus dem Augenwinkel erkannt zu haben, dass sich in dem Fahrzeug, mit dem der Täter gekommen war, ein Beifahrer befand. Sie konnte die Person nicht erkennen, da der Wagen im Schatten eines Gebäudes stand. Die Straße dagegen war beleuchtet. Wir haben alles mit ihr nachgestellt. Falls sich damals tatsächlich ein weiterer Insasse in dem Wagen befand – ich sage falls, da wir das leider bis heute nicht mit Sicherheit sagen können –, falls also ein weiterer Augenzeuge am Tatort war, muss er sie erkannt haben. Die Lichtverhältnisse, die Entfernung.« Der Beamte schwieg einen Moment. »Wir konnten das Risiko nicht eingehen. Zumal Lavalle zu jenem Zeitpunkt auch noch schwanger war.«

Mit Sophia, setzte Nicolas in Gedanken hinzu. »Und sie hat ohne Wenn und Aber zugestimmt, über Nacht in ein fremdes Land zu gehen? Sämtliche Brücken hinter sich abzubrechen? Ihre Familie, ihre Freunde, den Vater des Kindes hinter sich zu lassen?«, fragte er verblüfft nach, da er sich nicht im Entferntesten vorstellen konnte, wie sich eine solch ausweglose Situation anfühlen musste.

»Ohne Wenn und Aber sicher nicht«, entgegnete der Beamte kühl. »Ich war damals noch nicht im Dienst, daher kannte ich sie nicht. Aber ich weiß natürlich, wie solche Programme ablaufen.«

»Kann man der Akte irgendetwas entnehmen?«

»Natürlich hat sie sich gesträubt«, antwortete Bacceau zögernd. »Aber sie scheint relativ schnell vom Ernst der Lage überzeugt gewesen zu sein. Zumindest kann man das aus den Kommentaren und Protokollen herauslesen.«

»Und was geschah weiter?«

»Sie wurde von den deutschen Kollegen übernommen. Da sie die Sprache konnte, wurde Deutschland für sie ausgewählt. Einer der ansässigen Kollegen begleitet die Zeugen in der Regel und hilft ihnen zu Beginn, sich einzuleben, die Formalitäten zu erledigen, die neue Identität einzuüben.«

Ungläubig schüttelte Nicolas seinen Kopf. »Und sie dürfen sich nie wieder mit ihren Familien in Verbindung setzen?«

»Nein, ansonsten wäre die ganze Mühe umsonst gewesen.«

»Wusste Ihre Abteilung eigentlich von Mireille Lavalles Verschwinden?«

Bacceau schwieg einige Augenblicke. »Ja, das ist uns bekannt.«

»Und?«, fragte Nicolas gereizt.

»Wir gehen stark davon aus, dass der zweite Insasse des Fahrzeugs hinter dem Verschwinden der Familie steckt. Ein Racheakt. Vielleicht war er sogar der Kopf des Drogenrings.«

»Und Sie haben nichts unternommen, um den Fall aufzuklären?«, wollte Nicolas fassungslos wissen.

»Doch, selbstverständlich«, erwiderte Bacceau distanziert. »Mireille Lavalle wurde mehrmals ausdrücklich von uns davor gewarnt, nach Argelès-sur-Mer zurückzukehren. Wir hatten sie über den Tod ihrer Mutter informiert, als sie uns urplötzlich mitteilte, sie wolle an deren Beerdigung teilnehmen.«

Die Puzzleteile fanden zueinander. »Ist es nicht verständlich, dass sie sich in Würde von ihrer Mutter verabschieden wollte?«

»Natürlich, Capitaine, natürlich ist das verständlich. Aber mittlerweile hatte Lavalle einen Ehemann und zwei Kinder. Wir konnten ihr keine hundertprozentige Sicherheit, keinen hundertprozentigen Schutz garantieren. Sie kannte das Risiko.«

»Sie gehen also davon aus, dass ihr Verschwinden mit dem Mordprozess zusammenhängt, bei dem sie ausgesagt hat«, folgerte Nicolas unruhig.

»Ja, mehr noch. Wir gehen davon aus, dass sich besagter weiterer Insasse auf der Beerdigung befand, ihr dort begegnet ist und sie wiedererkannt hat«, erwiderte Bacceau ernst. »Denn nur einen Tag später sind die Mildners verschwunden.«

»Und trotzdem konnten Sie den Fall nicht aufklären?«, wollte Nicolas ungläubig wissen.

»Wir mussten überwiegend im Hintergrund agieren. Niemand durfte schließlich von ihrer wahren Identität wissen. An erster Stelle stand der Schutz der Tochter.«

Das klang zwar einleuchtend, doch Nicolas konnte die Abwägung der Prioritäten kaum nachvollziehen. Um Sophia zu schützen, wurden die Ermittlungen so weit zurückgefahren, dass eine Aufklärung nicht möglich war, obwohl die eigentliche Zielperson Mireille Lavalle längst gefunden worden war. Er war froh, dass er selbst noch nie eine solche Entscheidung hatte treffen müssen.

Also steckte Montpellier auch hinter den falschen Todesdaten der ›neuen‹ Eltern. Damit die ansässige Polizei gar nicht erst auf die Idee kam, im familiären Umfeld der Familie Duchamps zu ermitteln. Ansonsten wäre Mireilles falsche Identität schon damals aufgeflogen, mit allen sich daraus ergebenden Konsequenzen.

»Bonsoir, Monsieur Girard«, grüßte Charles den Wartenden betont freundlich, nachdem Nicolas und er den Verhörraum betreten hatten. Gehetzt schaute der Mann zwischen den beiden Beamten hin und her, während die sich setzten und demonstrativ einen kurzen Blick miteinander wechselten.

»Monsieur Girard«, begann Nicolas, »die Spurensicherung war in Ihrem Haus.« Für einen Moment schwieg er und sah den Sohn nur abwartend an.

»Dürfen Sie das überhaupt? Brauchen Sie dafür keinen Durchsuchungsbefehl?«, versuchte der junge Mann vergebens, seine Aufregung zu verbergen.

»Den haben wir, Monsieur«, erwiderte Nicolas mit ernster Miene. »Genauso wie den Haftbefehl gegen Ihre Eltern.«

»Meine Eltern?« Der Mann wirkte entsetzt.

»Ja, darüber möchten wir jedoch erst später mit Ihnen sprechen«, vertröstete ihn Charles lächelnd.

»Gehen Sie auf die Jagd?«, wollte Nicolas wissen, während

erneut Sophias entsetzte Miene vor seinem inneren Auge auftauchte. Doch mit aller Mühe kämpfte er gegen das Bild an und konzentrierte sich auf das Gespräch.

»Auf die Jagd?«, fragte Girard verdattert. »Wieso?«

»Die Spurensicherung hat ein Jagdmesser in Ihrer Wohnung gefunden. Mit Rückständen von Blut.« Nicolas verzog weiter keine Miene.

Girard schloss verzweifelt die Augen. Seine Hände zitterten, während er unablässig auf seiner Unterlippe kaute. »Es ist nicht so, wie es aussieht«, murmelte er leise.

»Wie ist es dann?«, bemühte sich Charles um einen unverbindlichen, zuvorkommenden Ton.

»Es ist …« Er brach ab und schüttelte nur stumm seinen Kopf.

»Was ist mit Philippe Pasteur? Was hat er herausgefunden?«, presste Nicolas wütend hervor.

»Ich kenne niemanden diesen Namens«, entgegnete Girard trotzig. »Ich habe Ihnen vorhin bereits gesagt, dass das alles ein großes Missverständnis ist.«

»Wissen Sie, Monsieur Girard, meine langjährige Berufserfahrung sagt mir, dass es so etwas wie Zufälle und Missverständnisse tatsächlich viel seltener gibt, als die Leute einen glauben machen wollen.« Nicolas' Stimme klang sarkastisch. »Sagen Ihnen die Namen Carine oder Sophia Mildner etwas?«

Schweigend schüttelte der Mann erneut seinen Kopf.

»Mireille Lavalle, Carine Duchamps?«, bohrte Nicolas ungerührt weiter.

»Ich kenne all diese Leute nicht«, brauste Girard auf und schlug frustriert mit der flachen Hand auf die Tischplatte.

Beide Beamten fixierten ihn mit finsteren Blicken, schwiegen jedoch.

»Ich kenne diese Leute nicht«, wiederholte Girard leise, während er mutlos auf die Tischplatte starrte.

»Ihre Eltern stehen unter dem dringenden Tatverdacht, die Familie Mildner vor vierundzwanzig Jahren bestialisch ermordet zu haben«, erklärte Nicolas in einem Tonfall, als spreche er über das Wetter.

Fassungslos starrte Girard ihn an. »Meine Eltern? Was haben denn meine Eltern damit zu tun?«

»Ist es nicht zutreffend, dass Ihre Eltern Ihnen aufgetragen haben, sich um Philippe Pasteur zu kümmern, der ...«

»Nein, das ist nicht wahr«, brüllte der Mann unbeherrscht.

»Und ist es nicht ebenso zutreffend, dass Ihre Eltern befürchten mussten, dass Monsieur Pasteur die Wahrheit über das Verschwinden der Mildners herausfinden würde, wenn er nur lang genug ...«

»Nein, zum Teufel noch mal«, unterbrach Girard Nicolas erneut. »Meine Eltern kennen niemanden mit dem Namen Pasteur. Mein Vater ist krank, meine Mutter kümmert sich rund um die Uhr um ihn. Die beiden haben in ihrem ganzen Leben noch keiner Menschenseele etwas zuleide getan. Also hören Sie endlich auf mit Ihren Lügen.«

Nicolas betrachtete den Mann nachdenklich. Sein Gefühl sagte ihm auf einmal, dass er die Wahrheit sagte. Obwohl Nicolas spürte, dass mit Girard einiges nicht stimmte, zumindest in dieser Angelegenheit hatte er sich wohl getäuscht. Girard wusste anscheinend tatsächlich nichts über die Mildners oder über Pasteur. Was vor dem Hintergrund von Nicolas' Entdeckung noch tragischer erschien. Er blickte kurz zu Charles, der offensichtlich zu einer ähnlichen Einschätzung gekommen war. Aber konnte es tatsächlich sein, dass der Mann überhaupt nichts von den Machenschaften seiner Eltern wusste? Nicolas traute sich nicht, seine Vermutung anzusprechen. Sollte Girard tatsächlich ahnungslos sein, würde Nicolas hier und jetzt mit seinen Verdächtigungen einen emotionalen Schaden anrichten, dessen Ausmaß er in keiner Weise einschätzen konnte. Zögernd suchte er nach den richtigen Worten: »Monsieur Girard, Ihre Eltern ...« Er stockte vorsichtig. »Ihre Eltern sind nicht ... wissen Sie, dass Sie ...?«

»Dass ich adoptiert bin?« Girard blickte ihn mit vorgerecktem Kinn provokativ an.

Nicolas nickte stumm.

»Doch, ja, das weiß ich. Meine Eltern sind damit immer sehr offen umgegangen, wofür ich ihnen übrigens äußerst dankbar bin.« Er dachte kurz nach. »Und meine leiblichen Eltern hätten mich nicht liebevoller und besser erziehen können. Meine Eltern sind und bleiben meine Eltern. Auch wenn sie mir nicht das Leben geschenkt haben.«

Berührt von seinen Worten rang Nicolas innerlich um Fassung. Wie viele Leben musste er im Laufe dieser verdammten Ermittlungen noch aus den Fugen heben? Langsam beschlich ihn das ungute Gefühl, dass seine Nachforschungen nur Verlierer zurücklassen würden. Bevor er sich schließlich erhob, räusperte er sich kurz. »Monsieur Girard, Sie können gehen.«

Überrascht blickte Charles zu seinem Chef auf.

»Bitte halten Sie sich aber zu unserer weiteren Verfügung bereit. Ich gehe nicht davon aus, dass Sie in den nächsten Tagen verreisen möchten?«

Wortlos blickte der junge Mann von Charles zu Nicolas und schüttelte nur seinen Kopf. Langsam erhob er sich und steuerte zielstrebig auf die Tür zu. Doch bevor er den Raum verließ, drehte er sich nochmals um. »Was ist mit meinen Eltern?«

»Sobald sie hier sind, werden wir sie genau wie Sie befragen«, erklärte Nicolas kurz angebunden.

Einen Moment lang kniff Girard seine Augen zusammen, bevor er schließlich ohne ein weiteres Wort den Raum verließ.

»Warum hast du ihn gehen lassen?« Charles sah Nicolas verwirrt an. »Das Jagdmesser? Das falsche Alibi seiner Freundin? Seine einsame Wanderung am Sonntag?«

»Weil er es nicht war«, entgegnete dieser ernüchtert.

»Und?« Nicolas sah gespannt auf, als Fabien sein Büro betrat. Der jedoch ließ sich auf den Stuhl vor dem Schreibtisch fallen und schüttelte nur stumm seinen Kopf.

»Merde«, fluchte Nicolas und blickte ungeduldig auf die Uhr.

Marie und Fabien waren bereits vor über zwei Stunden mit den Girards auf dem Revier angekommen. Seitdem hatten die beiden älteren Herrschaften jedoch keinen Ton mehr von sich gegeben. Zuerst hatten Marie und Fabien es gemeinsam probiert, bevor Charles allein versuchte, irgendwie einen Zugang zu dem Ehepaar zu finden.

»Was machen wir jetzt?«, wollte Fabien müde wissen, während er aus dem Fenster sah. Die Dämmerung brach an; jeder von ihnen hatte mittlerweile einen Fünfzehn-Stunden-Tag hinter sich.

»Wo sind die beiden im Moment?«

»Noch in den Verhörräumen«, erwiderte Fabien frustriert. »Natürlich voneinander getrennt.«

Nicolas nickte, während er nachdachte. »Wer hat heute Nacht Bereitschaft?«

»Marie«, entgegnete Fabien.

»Bringt die beiden in die Arrestzellen. Vielleicht hilft ihnen ja eine Nacht im Gefängnis auf die Sprünge«, überlegte Nicolas laut. »Marie übernimmt bis morgen früh. Ich bin gegen sieben wieder hier und löse sie ab.« Seine Miene wurde grimmig. »Dann wollen wir doch mal sehen, ob die Girards nicht etwas gesprächsbereiter sind.«

»Vielleicht sind sie doch unschuldig«, mutmaßte Fabien.

»Warum reden sie dann nicht?«, warf Nicolas ein.

Ratlos zog Fabien die Schultern hoch. »Keine Ahnung. Aber sie sehen einfach nicht wie …« Er suchte nach Worten.

»… wie Mörder aus?« Nicolas lachte auf. »Warum haben sie denn keinen Anwalt angerufen, wenn unsere Anschuldigungen so aus der Luft gegriffen sind?«

Fabien schüttelte seinen Kopf. »Ich kann es einfach nicht glauben.«

»Ich auch nicht«, seufzte Nicolas entmutigt. Er konnte sich nicht erinnern, jemals einen annähernd so vertrackten Fall bearbeitet zu haben.

»Wann sagst du es ihr?« Fabien sah ihn mitfühlend an.

»Was meinst du?«, täuschte Nicolas erfolglos Unwissenheit vor.

»Nic, wie lange kennen wir uns jetzt?«, erwiderte Fabien, während er sein Gesicht missbilligend verzog. »Denkst du etwa, ich merke nicht, dass dir die Deutsche komplett den Kopf verdreht hat?«

»Ich …«, stammelte Nicolas überrascht, »sie …«

»Schon gut.« Fabien winkte ab. »Wenn du nicht darüber reden willst, okay. Aber ich freue mich auf jeden Fall für dich.« Er zögerte. »Für euch.«

Nicolas presste seine Lippen aufeinander und dachte kurz nach. »Ich bin ihr schon einmal begegnet.«

Fabien verengte seine Augen. »Wie meinst du das?«

»Einen Tag bevor ihre Eltern verschwanden«, erwiderte Nicolas angespannt und erzählte Fabien von der Münze, die er gestern bei Sophia entdeckt hatte.

Der Officier sah ihn nur mit offenem Mund an.

»Ich kann es selbst kaum glauben«, murmelte Nicolas. »Außerdem …«

»Außerdem?«, hakte Fabien nach, während er Nicolas prüfend musterte.

»Sie wohnt in Deutschland.«

»Na und?«, fragte Fabien stirnrunzelnd. »Soweit ich weiß, gibt es in Deutschland auch eine Polizei.«

»Willst du mich loswerden?« Nicolas blickte ihn finster an.

»Suchst du einen Vorwand, um weiter den einsamen Wolf spielen zu können?«, entgegnete Fabien statt einer Antwort.

»So einfach ist das alles nicht«, widersprach Nicolas heftig.

»Das habe ich auch nicht behauptet. Aber sie scheint dir wichtig zu sein«, stellte Fabien fest und erhob sich. »Geh zu ihr. Ich schaffe das hier mit Charles und Marie auch allein.«

Dankbar packte Nicolas die Akten zusammen und verabschiedete sich hastig von seinen Mitarbeitern.

Nachdem Sophia den Nachmittag am Strand verbracht hatte, kehrte sie am frühen Abend in ihr Ferienhaus zurück. Die ganze Zeit waren ihre Gedanken um Nicolas gekreist, um ihre schicksalhafte Begegnung vor über zwanzig Jahren. Am letzten schönen Tag in ihrem Leben. Dem Tag vor dem Verschwinden ihrer Familie.

Was hatte Nicolas heute bloß herausgefunden? Denn dass er auf etwas gestoßen war, stand außer Frage. Officier Armand war während des Gesprächs mit Nicolas mehrmals unmerklich zusammengezuckt. Hatten sie ihre Eltern gefunden? Obwohl Sophias Verstand schon vor langer Zeit hatte lernen müssen zu akzeptieren, dass ihre Familie höchstwahrscheinlich nicht mehr am Leben war, hoffte und bangte ein kleiner Teil von ihr noch immer, fand ihr Herz bis heute nicht den ersehnten Frieden.

Als ihr Handy klingelte, vermutete sie, dass es Tabea war. Doch ein Blick auf das Display ließ sie kurz zögern, denn sie kannte die angezeigte Nummer nicht. »Ja?«

»Sophia? Hier spricht Lisa, ich bin die Schwester von ...«

»Lisa, bonsoir. Wie schön, von dir zu hören«, unterbrach Sophia sie, da sie natürlich sofort wusste, wer am Apparat war. »Wie geht es eurem Vater?«

»Du weißt davon?«, erwiderte Lisa irritiert.

»Dein Bruder hat erwähnt, dass er im Krankenhaus liegt«, erklärte sie verlegen.

Lisa stöhnte kurz auf. »Es geht ihm nicht so gut.« Die unüberhörbare Hoffnungslosigkeit in Lisas Stimme ließ Sophia innerlich zusammenzucken. »Sophia, ich wollte fragen ... nun, Raymond und ich möchten morgen einen kleinen Spaziergang am Strand machen«, begann Lisa zögernd.

Sophia schmunzelte, schwieg jedoch.

»Dürften wir uns vielleicht Tim für ein oder zwei Stunden ausleihen?«

»Stört euch der Hund denn nicht, wenn ihr allein sein möchtet?«, wollte Sophia vorsichtig wissen.

»Nein, gar nicht«, beeilte sich Lisa zu sagen. » Raymond mag Tiere genauso gern wie ich. Und unser letzter Versuch ...« Sie räusperte sich verhalten. »Na ja, den hat Nici vermasselt.«

Sophia grinste. Ja, an die Aktion konnte sie sich natürlich noch genaustens erinnern. »Wenn das so ist. Aber am besten erfährt dein Bruder diesmal erst gar nichts von euren Plänen. Ich hatte eigentlich vor, vormittags noch mal kurz bei meiner Tante vorbeizuschauen. Gegen Mittag bin ich auf jeden Fall zurück. Dann könnt ihr Tim hier abholen.« Sie nannte Lisa die Adresse des Ferienhauses und sagte ihr zu, um zwölf zurück zu sein.

»Nic.« Sophia blickte ihn beklommen an, während er im gedämpften Licht der Straßenlaterne vor ihrer Tür stand. »Komm rein«, forderte sie ihn mit belegter Stimme auf.

Keiner von beiden wusste so recht, wie er sich verhalten sollte. Seit ihrer letzten Begegnung waren zwar noch keine vierundzwanzig Stunden vergangen, doch sie spürten instinktiv, dass sich ihr Leben dramatisch verändert hatte.

»Was …?« Sophia sah ihn fragend an, während er kurz zögerte. Stumm erwiderte Nicolas ihren Blick, bevor er mit einem Schritt bei ihr war und sie entschlossen in seine Arme zog.

»Sophia«, flüsterte er liebevoll, während er ihr sanft über das Haar strich. Erleichtert presste sie ihre Wange an seinen Oberkörper und genoss die Wärme, die von ihm ausging. Mit geschlossenen Augen verharrten sie in dieser Position, bis er plötzlich unruhig von einem Fuß auf den anderen trat.

Schlagartig versteifte sie sich in seiner Umarmung und legte den Kopf zurück, um ihn ansehen zu können. »Habt ihr sie gefunden?« Ihre Stimme klang unendlich traurig.

Nicolas sah ihr fest in die Augen, während es ihm fast das Herz zerriss, und schüttelte schwach seinen Kopf.

»Was ist passiert?«

»Komm.« Er nahm ihre Hand, bevor er sie sanft mit nach draußen zog. Nach kurzem Überlegen drückte er sie vorsichtig auf einen der Gartenstühle und stellte anschließend einen weiteren so dicht vor sie, dass sich ihre Knie berührten, als er sich ebenfalls setzte. Seufzend nahm Nicolas ihre Hände in seine und strich einen Moment lang vorsichtig über die verkrustete Innenfläche ihrer verletzten Hand. »Sophia«, begann er schließlich ernst, »es ist heute viel geschehen.«

Geduldig wartete sie ab, da sie spürte, wie schwer ihm das hier fiel. Sie hatte vierundzwanzig Jahre lang gewartet, da kam es auf diese wenigen Augenblicke, die er benötigte, nicht an.

Nicolas räusperte sich und erzählte ihr ausführlich von seinem Telefonat mit Montpellier, von ihrer Mutter, die als Augenzeugin einer grausamen Gewalttat ihre Heimat und letztlich ihr gesamtes Leben hatte verlassen müssen. Die ihre

Familie nie böswillig angelogen hatte, sondern gezwungen war, ein neues Leben anzunehmen und sich eine neue Existenz aufzubauen. Die damals ihr ungeborenes Kind schützen musste und die allem Anschein nach den Abschied von ihrer verstorbenen Mutter mit ihrem Leben und dem ihres Mannes bezahlt hatte.

Während seiner Ausführungen hielt er ununterbrochen ihre Hände. Erst hörte sie ihm mit regloser Miene nur zu; doch als er seinen Bericht beendete, entzog sie ihm hastig ihre Hände und schlug sie vor ihr Gesicht.

»Sophia«, flüsterte er beruhigend und strich ihr behutsam über den Rücken.

»Ich weiß nicht mehr, was ich noch denken soll«, erwiderte sie mit tränenerstickter Stimme.

»Deine Mutter war eine sehr starke Frau. Tapfer, mutig und eigensinnig. Sie hat in Deutschland ein neues Leben gefunden, eine neue Liebe. Hat eine Familie gegründet. Sie war glücklich«, zählte er mit belegter Stimme auf.

Sophia nickte langsam. »So habe ich sie in Erinnerung«, bestätigte sie leise.

»Und so war sie«, beschwor er sie eindringlich. »Es war einfach Pech. Zur falschen Zeit am falschen Ort. Wenn sie in jener Nacht nicht am Hafen gewesen wäre ...« Er ließ den Satz unvollendet.

»Dann wäre ich mit einem anderen Vater aufgewachsen«, entgegnete sie tonlos.

»Wahrscheinlich«, pflichtete Nicolas ihr betroffen bei. »Aber dann hättest du den Vater, den du kennst, nie getroffen. Den Vater, der dich elf Jahre deines Lebens begleitet hat.«

»Den einzigen, den ich kenne«, sie nickte. »Den einzigen, den ich liebe.« Gedankenversunken wandte sie ihren Blick ab und starrte Richtung Meer. Das Licht der Sterne, die millionenfach am Himmel leuchteten, war nicht stark genug, um die Finsternis zu durchdringen. »Wahrscheinlich erfahre ich nun niemals, wer mein leiblicher Vater ist«, murmelte sie undeutlich.

»Doch.« Nicolas umfasste sanft ihre Oberarme und zog sie dichter an sich. »Ich kann dir sagen, wer dein Vater ist.«

Abwartend zog sie ihre Brauen hoch.

»Philippe Pasteur«, sagte Nicolas.

»Der Verletzte, der das Foto von meiner Mutter und mir bei sich trug?«, fragte Sophia überrascht.

Nicolas nickte. »Genau der. Deine Mutter hatte einen Notar damit beauftragt, ihn über deine Existenz zu informieren, falls ihr etwas zustoßen sollte. Sie war sich also der Gefahr, die ihre Situation mit sich brachte, durchaus bewusst.«

»Philippe Pasteur«, wiederholte Sophia den Namen, während sie sich Hilfe suchend an Nicolas schmiegte.

»Ich habe heute mit ihm gesprochen. Er ist aufgewacht«, raunte er leise.

Vorsichtig löste sie sich wieder von ihm. »Wie ist er?«

»Sehr sympathisch«, erwiderte Nicolas ehrlich, während er leicht lächelte. »Er ist hierhergekommen, um nach dir zu suchen.«

»Wer hat ihn niedergestochen?«

»Das weiß er nicht. Angeblich wusste niemand von seinen Plänen«, antwortete Nicolas zögernd.

»Du glaubst ihm nicht«, stellte Sophia ernüchtert fest.

»Doch, ich glaube ihm. Aber ich glaube nicht daran, dass es Zufall war, dass er fast umgebracht wurde. Irgendjemand scheint sehr nervös zu sein.«

»›Irgendjemand‹?«, hakte Sophia skeptisch nach.

»Ich muss dir noch etwas sagen«, begann er vorsichtig. »Ich habe noch keine offizielle Bestätigung, bin aber fest davon überzeugt, dass meine Vermutung stimmt.«

»Was ist es diesmal?«, seufzte Sophia mutlos.

»Ich glaube, ich habe deinen Bruder gefunden«, ließ Nicolas schließlich die Bombe platzen.

»Frederick?« Sophia riss fassungslos ihre Augen auf. »Aber ... Was?«

»Ich glaube, dass es sich bei dem Sohn der Girards um deinen Bruder handelt. Er wurde adoptiert, laut Geburtsurkunde ist er zwar zwei Jahre älter als Frederick, aber dazu werde ich die Eltern noch befragen. Wenn ich recht habe, wurden sowohl das Dokument als auch das Geburtsdatum gefälscht.« Er brach ab. »Er ist deiner Mutter wie aus dem Gesicht geschnitten.«

»Aber ...«, stammelte Sophia erneut, da sie nicht mehr in der Lage war, auch nur einen klaren Gedanken zu fassen.

»Ich habe den starken Verdacht, dass die Girards deine Eltern ermordet und Frederick als ihren eigenen Sohn angenommen haben.« Seine Stimme klang emotionslos. Bereits den ganzen Tag über hatte Nicolas sich mit dem Gedanken beschäftigt, dass Sophias Bruder noch am Leben war. Doch noch immer erschien ihm diese Tatsache so unfassbar abwegig, so furchtbar tragisch, dass er nach wie vor Probleme damit hatte, seine Vermutung überhaupt in Worte zu fassen.

»Warum?«, hauchte Sophia entsetzt.

»Das weiß ich noch nicht«, gab er offen zu. »Die Girards sitzen beide in Arrestzellen auf dem Revier. Ich habe sie verhaften lassen, wegen des Verdachts, dass sie deine Eltern ermordet haben, und wegen Kindesentführung.«

»Und?«

»Sie reden nicht«, erwiderte er grimmig. »Noch nicht.«

Er zögerte. »Morgen werde ich einen DNA-Test veranlassen. Dann wissen wir mehr.«

»Ich ...«, Sophia schüttelte ihren Kopf, bevor sie Nicolas erneut an sich zog. »Ich weiß nicht ... ich kann es einfach nicht glauben.«

»Er scheint nichts zu wissen«, entgegnete er leise. »Ich brauche erst die Aussage der Girards, beziehungsweise das Ergebnis des Tests, bevor ich ihn mit meinem Verdacht konfrontieren kann.«

Sophia nickte erschüttert. »Das ist ja furchtbar. Wahrscheinlich kann er sich überhaupt nicht mehr an uns erinnern.«

»Nein, wahrscheinlich nicht«, bestätigte Nicolas, da er das Gleiche dachte.

»Aber warum haben die Girards das getan?«, wollte Sophia bekümmert wissen, während sie an die beiden älteren Personen dachte, denen sie noch vor wenigen Tagen gegenübergesessen hatte.

»Ich vermute, dass sie in schmutzige Geschäfte verwickelt waren, Drogen oder so.« Er zuckte mit den Schultern.

»Du denkst, dass einer von ihnen in jener Nacht in dem Täterwagen saß und meine Mutter später erkannt hat?«

»Möglich wäre es«, erwiderte Nicolas bedächtig.

Minutenlang saßen sie schweigend auf ihren Stühlen und hielten einander einfach fest, bis Sophia sich schließlich erhob und langsam auf seinen Schoß rutschte. Besitzergreifend schlang sie ihre Arme um seinen Nacken und legte ihre Lippen sanft auf seine. »Bleib bei mir«, raunte sie heiser. »Ich brauche dich.«

Einen Augenblick lang blickten sie sich in stiller Übereinkunft in die Augen, bevor er sie enger an sich zog und damit begann, ihr beim Vergessen all ihrer Sorgen zu helfen.

69

Dienstag, 7. Juni
Argelès-sur-Mer

Auf dem Weg zum Revier zwang sich Nicolas müde, seine
Augen offen zu halten. Es war kurz nach halb sieben. Als er
das Ferienhaus verließ, hatte Sophia noch geschlafen. Auch
Tim hob heute früh nicht einmal mehr seinen Kopf, als er
leise an ihm vorbeigeschlichen war. Sophia und er hatten die
halbe Nacht geredet. Er grinste leicht. Nun ja, nicht nur
geredet …

Aber sie hatte ihn immer wieder nach ihrer Mutter gefragt,
nach Frederick und ihrem neu gewonnenen Vater. Und
obwohl er ihr nicht alle Fragen beantworten konnte, hatte
Nicolas doch gespürt, dass ihr allein das Reden mit ihm,
allein seine Gegenwart geholfen hatte, das Unbegreifliche,
das Unfassbare zu akzeptieren. Zumindest teilweise. Eine
Aufarbeitung der Erkenntnisse, der wahren Umstände würde noch Monate, vielleicht sogar Jahre dauern. Alles war
schließlich mit einem Schlag anders. Auch wenn Sophia im
Endergebnis eine Tante, ihren leiblichen Vater und höchstwahrscheinlich auch ihren Bruder gefunden hatte, wurde
Nicolas das Gefühl nicht los, dass ihr seine Ermittlungen
bisher kaum den erhofften Seelenfrieden hatten bringen
können.

Als er das Revier betrat, saß Marie müde auf dem Platz
von Catherine. »Bonjour«, grüßte er sie, bevor er sich an die
Schreibtischplatte vor ihr lehnte. »Und?«

Entmutigt zuckte sie mit den Achseln. »Nichts. Keine besonderen Vorkommnisse. Sagt man das nicht so?«, fragte sie

mit bitterer Stimme, bevor sie ihn prüfend musterte. »Sieht so aus, als ob deine Nacht besser verlaufen ist als meine.«

Er verzog keine Miene, als er sich wieder vom Schreibtisch abstieß. »Was ist mit den Girards?«

»Schlafen noch, nehme ich an«, entgegnete sie gähnend.

»Geh nach Hause, Marie. Du hast großartige Arbeit geleistet. Bonne nuit.« Er nickte ihr lächelnd zu.

Nachdem seine Mitarbeiterin nur zu bereitwillig das Revier verlassen hatte, blickte Nicolas seufzend auf den Stapel Papiere, der auf Catherines Schreibtisch lag. Fluchend angelte er sich erneut die Mildner-Akte und durchforstete sie ein weiteres Mal unter dem Gesichtspunkt der Auskünfte von Bacceau. Und plötzlich fügte sich alles zusammen, ergab alles einen Sinn.

Nachdenklich betrachtete Nicolas das Foto der Familie und hoffte inständig, dass er noch die Möglichkeit bekam, seinem Vater von den neusten Erkenntnissen zu berichten. Dessen Arbeit zu beenden. Die Ermittlungen abzuschließen. Doch tief in seinem Inneren befürchtete Nicolas, dass es dazu nicht mehr kommen würde, dass seine Worte seinen Vater nicht mehr erreichen würden.

»Bonjour, Nicolas«, ertönte die Stimme von Catherine, als sie das Revier betrat. »Gefällt dir dein Büro nicht mehr?«

Hastig erhob er sich. »Doch, ich wollte nur ...« Er deutete auf den Aktenstapel. »Warte, ich räume die ...«

»Du Chef, ich Sekretärin.« Catherine grinste, während sie ihn sanft zur Seite schob. »Ich räume alles auf, während du dich um unsere Übernachtungsgäste kümmerst.«

»Charles wollte Frühstück für die zwei mitbringen«, erwiderte Nicolas, während er Catherine beobachtete.

»Er kommt auch gleich, ich habe ihn gerade beim Bäcker getroffen.«

»Das Glas hier in der Tüte stammt von Antoine Girard.«

Nicolas deutete auf eine durchsichtige Tasche vor ihm. »Und hier habe ich ein paar Haare von Sophia Mildner.«

Catherine blickte ihn argwöhnisch an.

»Docteur Tuyot kommt gleich vorbei. Sie soll einen DNA-Test durchführen. Inoffiziell.«

»Sophia Mildner und der Sohn der Girards?« Sie runzelte irritiert ihre Stirn.

In dem Moment betrat Charles das Revier, in den Händen zwei große Papiertüten, aus denen es verdächtig nach frisch gebackenem Baguette roch. »Bonjour, ihr Lieben. Ich bringe unseren beiden Hauptverdächtigen erst mal ihr Frühstück.« Er grinste Nicolas und Catherine gut gelaunt an, während er seine Arme hob. »Mit vollem Magen gesteht es sich schließlich gleich doppelt so gut.«

»Das Blut auf dem Jagdmesser stammt von einem Tier«, gab Nicolas eine halbe Stunde später die neusten Informationen aus seinem gerade geführten Telefonat mit der Spurensicherung an Charles weiter. »Ein weiteres Messer, das zu den Schnittwunden von Pasteur passen würde, wurde nicht gefunden. Und seine Freundin hat mittlerweile bestätigt, dass sie mich belogen hat. Er war allein wandern.«

Sein Partner sah ihn nachdenklich an. »Also hast du recht gehabt. Girard ist unschuldig.«

Nicolas lachte grimmig. »Zumindest Antoine Girard. Bei den Eltern bin ich mir da alles andere als sicher.«

»Fangen wir mit Pauline an«, schlug Charles vor.

»Ich denke auch, dass wir sie eher knacken können als ihren Mann«, stimmte Nicolas zu und ging voraus, um Pauline Girard aus ihrer Zelle zu holen.

Die ältere Frau bedachte die beiden jedoch nur mit wütenden Blicken, als sie ihnen schweigend in den Verhörraum folgte.

Nachdem Nicolas die Tür hinter sich geschlossen hatte, deutete er auf die Stühle. »Bitte, nehmen Sie Platz, Madame.«

Sie lachte verächtlich, während sie sich setzte.

Als Charles und Nicolas ihr gegenüber Platz genommen hatten, schaltete Nicolas demonstrativ das Aufnahmegerät ein, nannte die Namen aller Anwesenden und den Grund des Verhörs.

»Madame Girard«, begann Charles schließlich freundlich. »Ich hoffe, das Frühstück war in Ordnung.«

Doch sie presste nur ihre Lippen fest zusammen und starrte stumm Richtung Tür.

»Hören Sie, Madame. Ihnen scheint nicht ganz klar zu sein, in welcher Situation Sie sich befinden. Es geht hier um schwerwiegende Anschuldigungen. Mord und Kindesentführung sind keine Lappalien«, erklärte Nicolas ernst.

Doch sie schwieg weiter und würdigte die beiden Polizisten keines Blickes.

Nicolas musterte die Frau, die er älter als seine Mutter einschätzte. Leider hatte er nicht auf die Geburtsdaten der Girards geachtet. Fieberhaft überlegte er, wie er ihren Panzer durchbrechen konnte. Er blickte kurz zu seinem Partner, der jedoch genauso ratlos wirkte.

Nicolas wollte Antworten. Und er hatte definitiv keine Lust zu warten, bis die Ergebnisse des DNA-Tests auf seinem Schreibtisch lagen. Er wollte endlich ein Geständnis, wollte wissen, was die beiden mit Sophias Eltern gemacht hatten, als ihm plötzlich einfiel, wie er ihre Schutzmauer einreißen konnte. Natürlich, warum war ihm das nicht früher in den Sinn gekommen? Was war der wunde Punkt jeder Mutter?

Er räusperte sich und streckte entschlossen seinen Rücken durch, sodass Charles ihm überrascht einen kurzen Seitenblick zuwarf. »Alors, Madame Girard«, begann Nicolas mit strenger Stimme, »da Sie uns ganz offensichtlich nicht helfen wollen, werde ich jetzt nochmals mit Ihrem Sohn reden.« Er machte eine demonstrative Pause und strich scheinbar gleichgültig über die vor ihm liegende Akte. »Schließlich hat uns der DNA-Test bereits eindeutige Antworten geliefert.«

Pauline Girards Augen zuckten, während sie ihre Finger krampfhaft ineinander verschränkt hielt. Ihren Blick richtete sie jedoch weiter stur auf die Tür.

»Sicher interessiert er sich brennend für das Ergebnis, ganz im Gegensatz zu Ihnen«, log Nicolas ohne eine sichtbare Regung. Hastig erhob er sich und machte Charles ein deutliches Zeichen, ihm zu folgen. Aus dem Augenwinkel bemerkte er, wie die alte Frau erbleichte.

»Warten Sie«, erklang ihre Stimme leise, als Nicolas bereits die Tür geöffnet hatte.

Betont langsam drehten sich die beiden Polizisten noch mal um und fixierten die alte Frau mit desinteressierten Blicken.

»Bitte.« Pauline Girard deutete zitternd auf die leeren Stühle.

»Madame, ich bin mir nicht sicher ...«, erwiderte Nicolas nachdenklich, während er innerlich triumphierte.

»Bitte, Capitaine«, wiederholte sie. »Mein Sohn, unser Sohn ... er weiß nichts.« Bekümmert schüttelte sie ihren Kopf.

Nicolas und Charles warfen sich einen verstohlenen Blick zu, während sie zu ihren Plätzen zurückkehrten und Madame Girard abwartend ansahen.

»Was weiß Ihr Sohn nicht?«, fragte Nicolas angespannt.

»Er weiß ... gar nichts«, erwiderte sie, während sie ihren Kopf hob und gedankenversunken von Charles zu Nicolas sah.

»Madame?«, brachte sich Nicolas wieder in Erinnerung.

Sie seufzte laut, bevor sie sich vorbeugte, ihre zitternden Hände auf den Tisch legte und zu sprechen begann: »Es war der 8. August 1992. Der Tag ist mir noch im Gedächtnis, als wäre es gestern gewesen.« Nervös zupfte sie die Haut an ihrem Daumennagel ab.

»Der 8. August?« Nicolas runzelte die Stirn.

»Samstag, der 8. August«, wiederholte Pauline Girard leise. »Der Tag, der unser Leben für immer verändern sollte.« Sie schluckte schwer. »Als wir an jenem Morgen an der Markthalle ankamen, erkannten wir sofort, dass etwas anders war als sonst. Der Gestank ...« Sie brach ab und bedeckte ihren Mund mit den Händen.

Nicolas bemerkte erst jetzt, dass er den Atem angehalten hatte, und bemühte sich, nicht zu ungeduldig zu wirken.

»Sie lagen auf dem Boden«, fuhr die alte Frau mit bebender Stimme fort.

»Wer?«, hakte Charles nach.

»Die Eltern, diese Mildners, und ihr Sohn«, antwortete Pauline Girard, während sie kurz auf ihre verknoteten Hände starrte. »Es roch wie in einem Schlachthaus. Überall Blut«, raunte sie entsetzt. »Diesen Anblick werde ich für den Rest meines Lebens nicht mehr vergessen.« Sie deutete auf ihren Oberkörper. »Sie waren blutüberströmt.« Wieder zögerte sie. »Auf den ersten Blick hat man nicht einmal erkannt, ob es sich um Mann oder Frau handelte. Sie können sich nicht vorstellen, wie ...« Ihre Stimme brach.

»Was ist dann geschehen?«, fragte Nicolas sanft, da er instinktiv spürte, dass die Frau die Wahrheit sprach.

»Wir wollten natürlich sofort die Polizei holen, aber als Basile die drei näher betrachtete, machte das Kind plötzlich ein merkwürdiges Geräusch, kaum hörbar. Es lebte, eindeutig. Wir erschraken beide, da wir natürlich angenommen hatten, sie seien alle tot. So wie es dort aussah ... Basile sah mich an und ich wusste sofort, was ihm durch den Kopf ging.« Sie lächelte schwach. »Ich kann keine Kinder bekommen, leider. Basile hat sich immer einen Sohn gewünscht.« Entschuldigend hob sie ihre Schultern. »Die Eltern waren tot. Er hat es überprüft. Regelrecht abgeschlachtet.« Traurig schüttelte sie ihren Kopf. »Mon dieu, wer tut so etwas?«

»Was geschah dann?« Nicolas Stimme klang belegt. Sophias Eltern waren wirklich tot. Der nächste Schicksalsschlag in einer Reihe unfassbar trauriger Geschehnisse.

»Wir trugen das Kind vorsichtig zum Wagen und legten es auf die Sitzbank.« Pauline Girard schwankte leicht. »Dann haben wir auch noch die Eltern geholt und auf die Ladefläche unseres Transporters gehievt.«

»Warum?«, fragte Charles nach.

»Weil wir nicht wollten, dass jemand nach dem Kind sucht«, erwiderte sie bestimmt. »Hätten wir die Eltern dort gelassen, hätte sich die Suche auf das Kind fokussiert. Außerdem wussten wir ja nicht, wer dieses Gemetzel zu verantworten hatte. Wir hegten die Befürchtung, dass der Junge in Lebensgefahr schweben würde, wenn die Polizei bekannt gäbe, dass das Kind seine schweren Verletzungen überlebt hatte. Schließlich hätte er den Täter höchstwahrscheinlich identifizieren können. Die Blutlache haben wir nicht angerührt. Wir dachten, sie könne bei der Suche nach dem Mörder helfen.«

Nicolas musste ihrem Gedankengang widerwillig zustimmen, auch wenn die Polizei, wie bei Sophia passiert, natürlich auch für Frederick entsprechende Sicherheitsmaßnahmen vorgenommen hätte.

»Was geschah dann?«, wollte er mit belegter Stimme wissen.

»Wir fuhren nach Croiselles zurück, riefen von unterwegs Docteur Canard an und beteten, dass es noch nicht zu spät für den Jungen war.«

Nicolas kochte innerlich vor Wut. Die beiden waren ein-einhalb Stunden mit einem schwer verletzten Kind durch die Gegend gefahren, nur um ihn als ihren eigenen Sohn anzu-nehmen, anstatt in ein nahe gelegenes Krankenhaus zu fah-ren, wo die Versorgung weitaus besser gewesen wäre. Also hatte er recht gehabt. Die Arztgattin hatte ihn belogen.

»Canard hatte bereits alles vorbereitet, als wir ankamen. Er hat uns jedoch von Beginn an nicht viel Hoffnung ge-macht. Die Verletzungen ...«, sie stockte, »... die Verletzun-gen waren einfach zu schwer. Er meinte, wir sollten uns darauf einstellen, dass der Junge nicht überleben würde.« Nervös kratzte sie sich am Kopf. »Außerdem ist Canard Hausarzt, kein Chirurg oder sonst ein Spezialist. Er hatte keinerlei Erfahrung mit Verletzungen dieser Art.«

»Und seine Frau sollte nach Argelès fahren und sich um den Markt kümmern?«, wollte Charles gefasst wissen.

Pauline Girard nickte.

»Warum haben die Canards Ihnen geholfen? Ihnen sogar ein Alibi verschafft? Es handelt sich hier um Kindesentführung.«

Nicolas musste sich zusammenreißen.

»Basile und Jean – Docteur Canard – sind zusammen in die Schule gegangen. Sie kennen sich von Kindesbeinen an. Jean war es auch, der jemanden vom Jugendamt kannte, der ihm noch einen Gefallen schuldig war. So kamen wir an die Adoptionspapiere und die Geburtsurkunde.«

»Was haben Sie mit den Eltern gemacht?«, fragte Nicolas alarmiert nach.

»Sie waren tot.« Sie zuckte mit den Schultern. »Was hät-ten wir tun sollen? Wir haben sie beerdigt.«

»Wo?«, wollte er ungeduldig wissen.

»Hinter unserem Garten«, entgegnete sie zögernd. »Er grenzt direkt an den Wald. Etwa fünfzig Meter von unserem Zaun entfernt befindet sich eine kleine Lichtung. An der rechten Seite haben wir sie ... dort haben wir ihnen in Würde die letzte Ehre erwiesen.«

»Was war mit dem Jungen? Hat er denn nicht nach seinen Eltern gefragt? Schließlich war er kein Säugling mehr«, hakte Charles irritiert nach.

»Es dauerte Wochen, bis Antoine sich von seinen Verletzungen erholt hatte. Docteur Canard meint bis heute, es grenze an ein kleines Wunder, dass er dieses Blutbad überhaupt überlebt hat. Und nein, er war kein Säugling mehr, aber er war trotzdem ein Kleinkind. Seine Wunden waren gravierend. Der Docteur hat die Messerstiche nicht gezählt, aber es waren unzählige. Bis heute ist sein gesamter Oberkörper mit Narben übersät. Als Antoine wieder einigermaßen hergestellt war, hat er wochenlang, nein, monatelang nach seinen Eltern verlangt, vor allem nach seiner Mama.« Sie seufzte. »Aber sie waren tot. Was hätten wir ihm denn sagen sollen?« Traurig blickte Pauline Girard auf die Tischplatte. »Die Kommunikation mit ihm war kein Problem, da er ein wenig Französisch sprach. Und irgendwann hörte er auf zu fragen. Schließlich erreichten wir den Zeitpunkt, an dem er uns Maman und Papa nannte. Aus den Medien kannten wir sein Alter. In der Geburtsurkunde wurde er zwei Jahre älter gemacht. Monatelang versteckten wir ihn im Haus, immer in der Angst, jemand könne ihn entdecken und uns verraten. Als Gras über die Sache gewachsen war, kam er in den Kindergarten, später in die Schule. Eine Klasse musste er wiederholen, da er natürlich zwei Jahre zu jung war.«

»Was weiß Antoine davon?«, fragte Nicolas gespannt.

»Nichts«, erwiderte Pauline Girard mutlos. »Er weiß gar nichts mehr. Er denkt, er sei unser Patenkind, dessen Eltern bei einem Autounfall ums Leben gekommen sind.«

»Und es waren zweifelsfrei Messerstiche?«, wollte Charles noch mal wissen.

»Ja, der Docteur hat die Verletzungen eindeutig zuordnen können. Es handelte sich um Messerstiche.« Sie stockte. »Wie bei den Eltern auch. Die Oberkörper«, sie deutete mit der Hand auf ihre Brust, »waren übersät davon.«

Nicolas wechselte mit Charles einen kurzen Blick, da beide schlagartig an die Verletzungen von Philippe Pasteur denken mussten.

»Wir werden Ihre Angaben überprüfen, Madame.« Nicolas nickte. »Insbesondere wird die Spurensicherung die beiden Gräber suchen.«

»Wir haben mit dem Tod der Mildners nichts zu tun«, betonte die Frau erneut. »Wir wollten uns einfach nur um Antoine kümmern.«

»Frederick«, verbesserte Nicolas sie ungeduldig. »Der Sohn der Mildners heißt Frederick. Was Sie getan haben, ist Behinderung polizeilicher Ermittlungen. Weiterhin haben Sie einen Tatort verändert und dabei eventuell wichtige Spuren verwischt. Außerdem haben Sie Frederick Mildner entführt und als Ihr eigenes Kind ausgegeben.«

»Wir haben es nur gut gemeint«, murmelte Pauline Girard.

»Das mag ja sein, aber es gibt Gesetze. Sie haben den Jungen grundlos seiner Familie entrissen«, erwiderte Nicolas mit ernster Stimme. »Und es ist durchaus möglich, dass aufgrund Ihrer Einmischung ein Mordfall nicht mehr aufgeklärt werden kann, weil die Spuren kalt sind und entscheidende Beweise vernichtet wurden. Fakt ist, dass es jetzt zwei Menschen gibt, Sophia und Frederick, die wahrscheinlich mit dem Gedanken werden leben müssen, dass der Mörder ihrer Eltern seit über zwanzig Jahren ungestraft frei herumläuft.«

Sophia beobachtete gedankenverloren, wie Tim an einer Palme am Rande des kleinen Wäldchens in der Nähe ihres Ferienhauses herumschnüffelte.

Als sie heute Morgen aufgewacht war, konnte sie noch seinen Geruch wahrnehmen. Nicolas! Was sollte sie nur tun? Spätestens in ein paar Tagen musste sie nach Deutschland zurück.

Nachdenklich strich sie mit dem Daumen über die Münze, die sich in ihrer rechten Hosentasche befand. Sie konnte es noch immer kaum glauben, dass er es war, der an jenem schicksalhaften Tag vor vierundzwanzig Jahren mit ihr und Frederick Sandburgen gebaut hatte. Dem Tag, an dem ihre Mutter heimlich auf einer Beerdigung war. Dem Tag, an dem Mireille Lavalle höchstwahrscheinlich ihrem Mörder über den Weg gelaufen war.

Wieder dachte Sophia daran, dass sie Nicolas erzählen wollte, was ihr gestern eingefallen war. Doch durch die Fülle an Neuigkeiten, die er gestern Abend zu berichten gehabt hatte, waren ihre Erinnerungsfetzen in Vergessenheit geraten. Aber wahrscheinlich würde sich daraus eh nichts Brauchbares ergeben.

Sophia Kopf dröhnte. Genervt zog sie Tim weiter. Frederick lebte. Und Philippe Pasteur war ihr Vater.

Sie zuckte innerlich zusammen, während sie über die neuen Erkenntnisse nachdachte. Warum hatten die Girards ihre Eltern, nein, verbesserte sie sich sofort, ihre Mutter und ihren Stiefvater umgebracht? Was hatten die beiden mit dem Mord zu tun, den ihre Mutter damals hatte mitansehen müssen? Sie konnte sich beim besten Willen nicht vorstellen, dass die zwei älteren Leute in das organisierte Verbrechen verwickelt waren. Die Girards als Mehrfachmörder mit dunkler Vergangenheit? Ungläubig schüttelte sie ihren Kopf. Doch schließlich war Nicolas der Ermittler. Und sie zweifelte keine Sekunde an seinen Fähigkeiten.

Wieder landeten Sophias Gedanken bei ihm. Ihr Leben, alles, was ihr Dasein im Moment ausmachte, schien unwiderruflich mit ihm zusammenzuhängen. Die Verbindung zwischen ihnen war mittlerweile so stark, dass sie sich kaum vorstellen konnte, wie sie je ohne ihn weiterleben sollte. Die vergangenen Nächte hatten sich so intensiv, so verdammt richtig angefühlt.

Traurig blickte sie auf das Meer, das im Sonnenlicht glitzerte wie Millionen Diamanten. Sie fühlte sich wohl hier, mochte den Ort, das Haus. Aber sie kannte Nicolas erst seit einer Woche. Mehr als einmal hatte er sie in den letzten achtundvierzig Stunden gebeten, bei ihm zu bleiben. Doch Sophia wusste, dass sie das nicht konnte. Dafür hatte sie in Deutschland zu viele Verpflichtungen.

Sie hatte Nicolas aufgetragen, sowohl Philippe Pasteur als auch Antoine Girard – Frederick, dachte sie bitter – zu bitten, sich mit ihr in Verbindung zu setzen. Denn Sophia war fest entschlossen, ihr Leben neu zu ordnen. Mit den Personen, die ihr wichtig waren. Den Menschen, die ihr nahestanden und die in Zukunft zu ihr gehören sollten. Frederick war ein Fremder für sie, genau wie ihr leiblicher Vater, der bis vor Kurzem ebenfalls noch nichts von ihrer Existenz gewusst hatte. Doch sie wollte die Chance nutzen. Wollte sich unbedingt eine neue Familie aufbauen.

Letzte Nacht hatte Sophia stundenlang mit Nicolas darüber gesprochen und ihr war klar geworden, dass sie endlich mit der Vergangenheit abschließen musste, wenn sie selbst eine Zukunft haben wollte. Was auch immer letztlich bei den Ermittlungen der Polizei herauskam, Sophia musste sich lösen, musste ihre Biografie akzeptieren. Vor allem wollte sie ihren Vater kennenlernen, wollte erfahren, was für ein Mensch er war, was sie von ihm geerbt hatte. Und was ihn einst mit ihrer Mutter verband.

Ein Blick auf ihre Uhr zeigte Sophia, dass Lisa und Raymond in weniger als zwei Stunden zu ihr kommen würden.

Daher entschied sie, jetzt gleich bei Monique vorbeizuschauen, anstatt noch mal nach Hause zu gehen, wie sie ursprünglich geplant hatte. Trotz der Kürze der Zeit, die sie sich kannten, spürte Sophia eine tiefe Verbundenheit zu der Frau, die sie so sehr an ihre Mutter erinnerte.

Entschlossen schlug sie den Weg zu Moniques Haus ein, während ihre Gedanken wieder um den Mann kreisten, der ihre Gefühlswelt auf so wundersame Weise durcheinanderwirbelte. Der Mann, der Empfindungen in ihr weckte, die sie in dieser Intensität lange nicht erlebt hatte. Vielleicht sogar noch nie; da war Sophia sich nicht so sicher. Immer wieder Nicolas! Wie sollte es nur mit ihnen weitergehen? Würde es ihr auf Dauer genügen, ihn nur alle paar Monate zu sehen? Ihn am Telefon über ihren Alltag auf dem Laufenden zu halten? Sophia war vernünftig genug, um sich diese Frage ehrlicherweise mit Nein zu beantworten.

Als das Haus ihrer Tante auftauchte, verdrängte sie entschlossen ihre Grübeleien. Schließlich war sie hier, um Monique von den neusten Entwicklungen zu erzählen, und nicht, um ihr Liebesleben zu erörtern.

Während Sophia klingelte, blickte sie sich abwartend um. Vor dem Nachbargrundstück stand wieder der grüne Transporter, der ihr bereits gestern aufgefallen war. In großen weißen Buchstaben stand der Name der Tauchschule von Noisin auf der Seitentür. Nachdenklich schaute sie auf den Vorgarten des Nachbarn. Als nach wenigen Sekunden niemand die Tür öffnete, klingelte sie ein weiteres Mal.

»Sie ist nicht da«, ertönte auf einmal die Stimme von Hugo Noisin hinter ihr.

Sophia drehte sich zögernd um. »Bonjour, Monsieur«, rief sie ihm zu.

»Sophia, richtig?« Er lachte, während er sie heranwinkte. »Monique hat mir erzählt, dass sie Ihre Nichte sind.«

Sophia nickte, während sie die Stufen wieder hinabstieg und auf Noisin zuging. »Stimmt, Mireille Lavalle ist meine Mutter«, erwiderte sie und blickte ihn neugierig an. »Kannten Sie sie?«

»Machen Sie Witze, Madame? Ich habe Ihre Mutter bereits gekannt, als sie noch zur Schule ging.« Er verzog sein Gesicht. »Ihre Tante ist heute Vormittag übrigens auf den Markt gegangen.« Er blickte kurz auf seine Uhr. »Sicher kommt sie bald zurück.«

»Wie war sie? Wie haben Sie sie in Erinnerung?« Sophia sah ihn fragend an. »Meine Mutter, meine ich.«

»Hübsch«, erwiderte er grinsend. »Sie war sehr hübsch. Die Burschen waren ganz verrückt nach ihr.«

Sophia lächelte melancholisch.

»Genau wie Sie, auch wenn Sie ihr nicht im Geringsten ähnlich sehen. Ihre Haare ...« Noisin deutete auf seinen Kopf.

»... sind rot, ich weiß«, entgegnete sie. Doch er hatte recht, Sophia sah ihrer Mutter kaum ähnlich. Die helle Haut, die Haare. Vielleicht habe ich das Aussehen meines Vaters geerbt, dachte sie, meines unbekannten Vaters. Denn Sophia hatte Philippe Pasteur zwar einmal im Krankenhaus gesehen, konnte sich aber nicht mehr allzu deutlich an sein Äußeres erinnern, davon abgesehen, dass ein Großteil seines Kopfes von einem Verband verdeckt gewesen war.

Nicolas raufte sich die Haare. Marie und Fabien mussten seit über einer Stunde in Croiselles-en-Haut sein. Auch Etienne Muller hatte ihm heute früh zugesagt, sich gleich mit seinem Team auf den Weg zu machen. Docteur Tuyot war ebenfalls vorbereitet, wobei es für sie wahrscheinlich nicht mehr allzu viel zu tun gab – nach vierundzwanzig Jahren!

Mittlerweile wusste Nicolas nicht mehr, was er noch denken

sollte. Die Geschichte, die Pauline Girard ihnen aufgetischt hatte, war seiner Meinung nach zu entsetzlich, als dass die alte Frau sie sich ausgedacht hatte. Und was hätte sie damit erreicht? Maximal eine Verzögerung von wenigen Stunden, bevor ihr Sohn darüber informiert wurde, dass seine Eltern ihn infolge einer schwerwiegenden Straftat entführt hatten. Nein, Nicolas war sich fast sicher, dass ihre Version der Wahrheit entsprach. Er fluchte. Was sollte er nur Sophia sagen? Obwohl sie seit über zwei Jahrzehnten auf die Antwort darauf wartete, was damals mit ihren Eltern passiert war, würde die Endgültigkeit der Tatsache sie weiter in den Abgrund reißen. Wie viel Leid konnte ein Mensch ertragen? Er wusste es nicht. Nicolas wollte für sie da sein. Wollte ihr den Halt bieten, den sie jetzt bräuchte.

Wieder blickte er nervös auf die Uhr, als Charles sein Büro betrat.

»Und?«

Frustriert schüttelte Nicolas seinen Kopf. »Nichts.«

»Ruf Fabien doch an.«

»Nein, sie melden sich schon, wenn sie etwas gefunden haben«, widersprach Nicolas.

»Wenn sie etwas gefunden haben …« Charles nickte nachdenklich. »Aber was, wenn sie nichts finden?«

Nicolas zuckte mit den Achseln. »Keine Ahnung.«

Als Nicolas' Telefon zu klingeln begann, starrten die beiden Polizisten wie gebannt auf das Display. »Marie«, raunte Nicolas leise. »Sie haben sie gefunden.« Er atmete kurz durch, bevor er das Gespräch annahm.

»Wir haben sie«, erklang Maries Stimme, der das Entsetzen anzuhören war.

»Was genau habt ihr gefunden?«

»Etiennes Leute haben sofort an der Stelle zu graben begonnen, die Pauline Girard euch genannt hat.« Nicolas hörte, wie sie jemandem zurief, er solle den Schädel zu Etienne bringen. »Nicolas, bist du noch dran?«

»Ja, Marie. Ich höre.«

»Sie haben zwei Skelette gefunden. Einen Mann und eine Frau, so viel kann Etienne schon sagen.«

»Und?« Nicolas suchte nach den richtigen Worten. »Wie lange …? Passt der Zustand der Leichen?« Ihm versagte die Stimme.

»Ja«, entgegnete Marie traurig. »Was bisher zu erkennen ist, passt alles – leider.«

»Merde«, fluchte Nicolas lautstark, während eine Welle des Entsetzens und gleichzeitig der Erleichterung seinen Körper erfasste.

»Hör zu, Nic, Etienne ruft mich. Fabien und ich überwachen die Arbeiten und kommen danach so schnell wie möglich zurück«, erklärte sie hastig.

»Lasst euch Zeit, Marie. Und sorg dafür, dass sie nichts übersehen.«

»Du kennst doch Etienne«, verabschiedete sie sich und beendete das Gespräch.

Seufzend lehnte sich Nicolas in seinem Stuhl zurück.

»Also hat Pauline Girard die Wahrheit gesagt«, folgerte Charles nachdenklich, der dem Telefonat aufmerksam gelauscht hatte.

Nicolas nickte nur und starrte aus dem Fenster. Für einige Minuten herrschte absolute Stille, da beide Polizisten ihren Überlegungen nachhingen.

Schließlich war es Charles, der das Schweigen durchbrach. »Wer hat die Mildners ermordet?«

»Ich weiß es nicht. Aber ich denke genau wie der Kollege vom Zeugenschutzprogramm, dass der Tod Mireille Lavalles und ihres Mannes sowohl mit dem Mord von 1980 zusammenhängt als auch mit ihrer Rückkehr nach Frankreich. Aber ich bezweifle langsam, dass wir den Mord, genauer gesagt, den Doppelmord jemals aufklären werden.«

»Äußerst unbefriedigend«, entgegnete Charles.

»Das ist es«, stimmte Nicolas frustriert zu. »Aber wir haben keinerlei Anhaltspunkte. Wir müssten den Mord an dem Dealer, den kompletten Prozess und sämtliche Zeugenaussagen überprüfen. Die Sache ist immerhin sechsunddreißig Jahre her.«

»Und die einzige Augenzeugin ist tot.«

»Ich glaube kaum, das Morphes uns die Mittel zur Verfügung stellt, die wir bräuchten, um ernsthaft an den Fall heranzugehen.«

»Nicht nur Morphes wird etwas dagegen haben«, merkte Charles an. »Wir wären auch auf die Mithilfe von Perpignan und Montpellier angewiesen.«

»Die beide völlig überlastet sind«, ergänzte Nicolas, während er müde sein Gesicht rieb. »Eine letzte Möglichkeit bleibt uns.«

»Philippe Pasteur.«

»Er muss mit irgendjemandem über seine Pläne gesprochen haben. Und seine Verletzungen ... Das kann einfach kein Zufall sein.«

»Nein«, bestätigte Charles. »Er muss mit seinen Nachforschungen jemandem in die Quere gekommen sein. Und dieser Jemand hat ganz offensichtlich befürchtet, dass Pasteur etwas herausfindet, was unserem Unbekannten gefährlich werden könnte.«

»Wenn wir Glück haben, handelt es sich bei diesem Jemand um dieselbe Person, die auch die Mildners auf dem Gewissen hat.«

Charles erhob sich. »Ich bringe die Girards nach Perpignan. Morphes hat vorhin angerufen. Er will sie heute noch dem Untersuchungsrichter vorführen.«

»Ich komme mit«, erwiderte Nicolas nach kurzem Überlegen. »Vielleicht können wir noch mal mit Antoine Girard sprechen.«

»Und bei Pasteur vorbeischauen«, ergänzte Charles.

Sie hatten gerade Nicolas' Büro verlassen, als sein Handy klingelte. Stirnrunzelnd registrierte er die Nummer. »Lisa?«, fragte er erstaunt ins Telefon, während er Charles mit schief gelegtem Kopf fixierte.

»Nici«, erklang die aufgeregte Stimme seiner Schwester. »Sophia ist verschwunden.«

Schlagartig krampften sich Nicolas' Eingeweide zusammen. »Was meinst du?«

In kurzen Sätzen erzählte sie ihm von ihrer Verabredung. Sein Gehirn begann, auf Hochtouren zu arbeiten. Nein, das durfte nicht wahr sein. Nicht Sophia.

»Ihr wart um zwölf verabredet?« Seine Stimme klang nervöser, als Nicolas sich eingestehen wollte. Er schaute auf seine Uhr. »Jetzt ist es halb zwei!«

»Ich musste länger arbeiten«, blaffte Lisa zurück. »Eigentlich wollte ich heute früher gehen.«

»Wo bist du jetzt?«, fragte Nicolas mit pochendem Herzen.

»Wir stehen vor Sophias Haus. Raymond ist bei mir. Tim saß mit Leine und Halsband vor der Eingangstür.«

Nicolas atmete tief durch und versuchte fieberhaft, sich auf die Fakten zu konzentrieren. Er musste schleunigst seine Angst ausblenden, wenn er herausfinden wollte, wo Sophia war.

Er bemühte sich angestrengt um einen ruhigen Tonfall: »Hör zu, Lisa, bitte geht um das Haus herum und schaut nach, ob die Terrassentür offen steht. Vielleicht wollte sie mit Tim spazieren gehen, ist unglücklich ausgerutscht und liegt jetzt verletzt im Haus.«

Nicolas hörte, wie Lisa seine Anweisungen wiederholte

und Raymond im Hintergrund zustimmte, nachzusehen, ob er im Garten etwas entdecken konnte.

»Was ist mit dem Hund?«, fragte Nicolas in der Zwischenzeit.

»Er sitzt ganz ruhig da, als hätte er einen Schock«, erwiderte Lisa zögernd. »Außerdem sieht er sich dauernd um.« Sie räusperte sich. »Ich glaube, er sucht sie.«

Verzweifelt schloss Nicolas die Augen und wartete. Charles hatte in der Zwischenzeit mitbekommen, was passiert war, und legte ihm beruhigend eine Hand auf die Schulter.

»Nici, Raymond war im Garten. Die Tür ist zu und es sieht nicht aus, als ob jemand im Haus ist.«

Diese Antwort hatte er befürchtet.

»Hast du versucht, sie anzurufen?«

»Mehrmals«, erwiderte seine Schwester langsam. »Immer nur die Mailbox.«

»Hör zu, Lisa. Tut mir einen Gefallen. Ich muss kurz nachdenken. Charles und ich kommen gleich zu euch. Bitte bleibt vor dem Haus und wartet dort.«

»Nici, es tut mir so leid. Wenn wir uns nicht verspätet hätten ...«

»Das ist Quatsch, Lisa«, unterbrach er sie barsch. »Noch wissen wir ja gar nicht, ob Sophia nicht einfach mit Tim spazieren war und er ihr abgehauen ist.«

»Das glaubst du doch selbst nicht«, widersprach Lisa leise. »Tim ist der liebste Hund, den ich kenne. Und warum geht sie nicht an ihr Telefon?«

Nein, Nicolas glaubte selbst nicht an seine Erklärung. Er wusste, dass Tim niemals von Sophia wegrennen würde. Noch dazu mit Leine ...

»Okay, Lisa, wartet dort. Wir sind gleich da.«

»Ach, Nici«, beeilte sie sich zu sagen. »Sie hat mir gestern erzählt, dass sie heute Vormittag zu ihrer Tante wollte. Vielleicht kannst du bei ihr nachfragen, wann Sophia gegangen ist.«

Erleichtert dankte Nicolas seiner Schwester, bevor er auflegte. Das war zumindest ein erster Anhaltspunkt.

»Sophia ist verschwunden?« Charles sah Nicolas abwartend an. Der nickte und erzählte ihm kurz, was er gerade von Lisa erfahren hatte. »Das gibt's doch nicht«, erwiderte Charles entsetzt.

»Ich muss Monique Lavalle anrufen«, erklärte Nicolas bestimmt, während er die Nummer in seinem Telefon suchte.

Behutsam schob Charles ihn wieder in sein Büro zurück und folgte ihm eilig.

»Monique? Bonjour, hier spricht Nicolas Rousseau von …«

»Capitaine, ich weiß, wer Sie sind«, unterbrach sie ihn.

»Hören Sie, war Sophia heute Vormittag bei Ihnen?«

»Sophia? Nein. Sie hat mich gestern besucht. Ich war den ganzen Vormittag unterwegs, hatte einige Einkäufe zu erledigen. Warum?« Ihre Stimme klang verwundert.

Mit knappen Worten erzählte ihr Nicolas von Lisas Anruf.

»Wo kann sie denn sein?«, wollte ihre Tante irritiert wissen.

»Ich habe keine Ahnung«, erwiderte Nicolas ehrlich. »Wir sehen uns gleich an ihrem Haus um und laufen den Weg zu Ihnen ab. Wenn Sie wirklich zu Ihnen wollte, ist sie sicher zu Fuß unterwegs gewesen. Vielleicht finden wir ja einen Hinweis auf ihren Verbleib.«

»Das klingt vernünftig«, entgegnete Monique Lavalle unruhig. »Ich werde mich schon mal hier auf der Straße umsehen.«

Nachdem er aufgelegt hatte, wählte er ungeduldig eine weitere Nummer.

»Wen rufst du an?« Charles sah ihn stirnrunzelnd an.

»Pasteur«, antwortete Nicolas gepresst. »Das hier ist kein Zufall mehr.«

Als sich das Krankenhaus endlich meldete, erklärte Nicolas mit fester Stimme sein Anliegen und bat ungeduldig darum, mit Philippe Pasteur sprechen zu dürfen. Da die Krankenschwester der Ansicht war, dass der Patient noch zu geschwächt für Telefonate sei, sprang Nicolas wütend auf und stauchte die arme Frau lautstark zusammen, bevor er ihre Vorgesetzte verlangte.

Charles erhob sich und bedeutete Nicolas mit Gesten, Ruhe zu bewahren. Doch der schüttelte nur heftig seinen Kopf, während er unruhig darauf wartete, verbunden zu werden.

»Oui?«, erklang nach einigen Augenblicken endlich eine Männerstimme.

»Monsieur Pasteur, sind Sie es?«, fragte Nicolas hoffnungsfroh.

»Oui, die Schwester sagte mir, Sie müssten dringend mit mir sprechen.« Er schnaufte schwer in den Hörer.

»Ja, das ist richtig«, begann Nicolas zögernd, da er den Mann natürlich nicht mehr als nötig aufregen wollte. »Hören Sie …« Er erklärte ihm in kurzen Sätzen den Grund seines Anrufes und vernahm beunruhigt, wie Pasteur sich daraufhin verschluckte und mehrmals husten musste. »Geht es wieder?«, wollte Nicolas vorsichtig wissen.

»Was ist mit Sophia?«, erwiderte der Lehrer immer noch hustend, statt auf Nicolas' Frage einzugehen.

»Das wissen wir noch nicht. Wir möchten sie einfach finden und uns vergewissern, dass es ihr gut geht.«

»Wie kann ich helfen?« Pasteur räusperte sich zweimal.

»Ich hatte Sie gestern bereits gefragt, aber ich muss nun noch mal nachhaken. Mit wem haben Sie über Ihre Pläne gesprochen? Wer wusste von Ihrem Vorhaben, Mireille Lavalle aufzuspüren?«

Pasteur atmete schwer ins Telefon. Als er antwortete, zitterte seine Stimme. »Capitaine, ich habe Ihnen doch bereits gesagt, dass ich mit niemandem darüber geredet habe …«

»Vielleicht mit Ihren Vermietern?«, versuchte Nicolas es erneut.

»Non«, widersprach Pasteur leise. »Die habe ich noch gar nicht persönlich gesehen.«

»Monsieur Pasteur, eigentlich wollte ich nicht, dass Sie es auf diese Weise erfahren«, begann Nicolas mit eindringlicher Stimme. »Aber wir haben heute Morgen zwei Leichen gefunden, bei denen es sich allem Anschein nach um Mireille und ihren Mann handelt.«

»Wie schrecklich«, flüsterte der Lehrer kaum hörbar ins Telefon.

»Und nicht nur das. Wir haben auch eindeutige Hinweise darauf, dass die beiden aller Wahrscheinlichkeit die gleichen Verletzungen wie Sie erlitten haben.« Nicolas machte eine Pause. »Nur dass die zwei leider nicht so ein Glück hatten.«

»Das darf einfach nicht sein.« Pasteurs Stimme glich einem Wimmern.

»Vielleicht verstehen Sie jetzt, warum wir Sophia dringend finden müssen«, erklärte Nicolas zögernd. »Der Mörder von Mireille und ihrem Mann, der höchstwahrscheinlich auch Sie schwer verletzt hat, ist noch immer auf freiem Fuß. Und wenn er durch seine Tat verhindern wollte, dass Sie weiter Ihren Nachforschungen nachgehen, ist es sehr wahrscheinlich, dass sich Sophia in diesem Moment ebenfalls in der Gewalt des Unbekannten befindet. Irgendwie muss er davon erfahren haben, dass sie mit Mireille Lavalle verwandt ist. Zwei Morde und ein Mordanschlag. Wir müssen sie schnellstmöglich finden, ansonsten …« Nicolas schloss verzweifelt die Augen. Er durfte jetzt auf keinen Fall zulassen, dass die Panik die Oberhand gewann.

»Es tut mir leid«, erklang die bebende Stimme von Pasteur.

»Aber ich kann Ihnen wirklich nicht helfen. Ich ... Bitte bringen Sie mir meine Tochter, Capitaine. Bitte lassen Sie nicht zu, dass es erneut zu spät ist. Ich ... Das könnte ich nicht verkraften.«

Im Hintergrund hörte Nicolas eine Krankenschwester, die Pasteur ermahnte, das Gespräch zu beenden. Daher dankte er ihm hastig, bevor er ihn ein weiteres Mal bat, nochmals darüber nachzudenken, ob er nicht doch mit irgendjemandem über Mireille gesprochen hatte.

Nicolas konnte sich einfach keinen anderen Grund vorstellen, aus dem man Pasteur aus dem Hinterhalt angegriffen hatte. Nicht nach den Geschehnissen und Erkenntnissen der letzten Tage. Und er war sich mittlerweile fast sicher, dass der Unbekannte, den Mireille Lavalle vor sechsunddreißig Jahren am Hafen bemerkt hatte, ohne ihn identifizieren zu können, zwölf Jahre später zu ihrem Mörder geworden war und letzte Woche Philippe Pasteur niedergestochen hatte.

»Er konnte nicht helfen.« Es war eher eine Feststellung als eine Frage, die Charles in den Raum stellte.

Nicolas schüttelte seinen Kopf. »Nein, er bleibt bei seiner Aussage, dass er mit niemandem gesprochen hat.« Er erhob sich schwerfällig, hatte das Gefühl, als sei er seit Lisas Anruf um Jahre gealtert, als sei sämtliche Energie aus seinem Körper gewichen. »Lass uns gehen«, forderte er Charles entmutigt auf. »Vielleicht entdecken wir etwas an ihrem Haus oder auf dem Weg zu Monique.« Doch insgeheim wusste er, dass sie nichts finden würden. Seit mehr als zwanzig Jahren lief ein Doppelmörder frei herum. Das war mit Sicherheit kein Amateur. Der oder die Täter wussten ganz genau, was sie taten. Und sie handelten schnell. Sie mussten Sophia dringend finden, bevor ... Er spürte, wie Galle in ihm hochstieg.

70

Sophia blinzelte und wollte vorsichtig den Kopf anheben. Doch als sie den Hals nur wenige Zentimeter vom Boden entfernte, schoss ihr ein unerträglicher Schmerz durch den Körper. Wo war sie? Was war geschehen?

Sophia konnte sich kaum auf einen klaren Gedanken konzentrieren, musste wegen des schwach nach Seife schmeckenden Stofffetzens in ihrem Mund würgen. O Gott! Verzweifelt schloss sie die Augen und bemühte sich angestrengt, nicht in Panik zu verfallen. Als sie ihren Kopf leicht bewegte, registrierte sie, dass sie auf etwas Hartem lag. Ihre Hände waren hinter dem Rücken fest aneinander gefesselt. Vorsichtig berührte sie mit ihnen den Untergrund. Fliesen. Sie lag auf einem gefliesten Boden.

Während Sophia erneut versuchte, ihren Kopf anzuheben, ignorierte sie krampfhaft den Schmerz, der sich vom Hinterkopf aus über ihren Oberkörper bis in die äußeren Gliedmaßen ausbreitete. Mit aller Macht bemühte sie sich, ihren Kopf zu drehen und die Umgebung wahrzunehmen. Der Raum, in dem sie sich befand, war klein. Die großen Fenster waren mit Rollos verdunkelt, durch deren breite Lamellen das Tageslicht nur ganz schwach ins Innere drang. Wo war sie?

Sophia versuchte sich aufzusetzen, verlor jedoch beim ersten Versuch das Gleichgewicht und knallte ungebremst mit dem Kopf auf den harten Boden. Der stechende Schmerz trieb ihr die Tränen in die Augen. Verdammt!

Beim zweiten Mal stützte sie sich mit der Schulter vorsichtig auf einem Gegenstand ab, der neben ihr auf dem Boden lag. Keuchend hielt sie inne, während sie ihren Kopf kurz ablegte, um neue Kraft zu sammeln. Dann robbte sie sich langsam ein Stück vor, hob den Kopf und legte ihre Hände auf dem Gegenstand ab. Erschrocken zog sie die Arme zurück, als sie etwas Feuchtes an ihren Fingern spürte. Durch die ruckartige Bewegung rutschte sie jedoch wieder ab und fiel erneut auf die Fliesen.

Voller Wut trat Sophia gegen die Wand. Das dünne Seil, das um ihre Knöchel geschlungen war, schnitt ihr scharf in die Haut. Vorsichtig rieb sie ihre klebrigen Finger aneinander. Obwohl sie nichts sehen konnte, wusste sie, dass sie in Blut gefasst hatte. Ihr eigenes Blut. An ihrem Hinterkopf musste sich eine offene Wunde befinden. Und als Sophia ihren Kopf bei dem Versuch, sich aufzurichten, kurz abgelegt hatte, war das Blut auf den Gegenstand getropft. Daher auch der unerträgliche Schmerz. Man hatte sie niedergeschlagen. O Gott! Niedergeschlagen, gefesselt und geknebelt. Entsetzt spürte Sophia, wie ihre Kehle sich unerbittlich zuzog. Nein, nicht jetzt! Sie durfte auf keinen Fall eine Panikattacke bekommen. Nicht während sie nur angestrengt durch die Nase atmen konnte. Wenn sie in dieser völlig verkrampften Haltung verharren musste.

Erneut schloss sie ihre Augen und konzentrierte sich fieberhaft darauf, ihre Gedanken in eine andere Richtung zu lenken. Dachte an Nicolas, an Tim … Verdammt, wo war ihr Hund? Was hatten sie mit ihm gemacht? Ihr wurde schwindlig, sie glaubte, sich gleich übergeben zu müssen.

Konzentrier dich, Sophia! An was kannst du dich noch erinnern? Ihr Gehirn war wie vernebelt. Keuchend begann sie ein weiteres Mal damit, sich aufrecht hinzusetzen. Wieder legte sie auf halber Strecke ihren Kopf ab und stützte sich diesmal fester mit den Händen auf. Ihre Finger berührten erneut die Blutstropfen. Doch diesmal erschrak sie nicht, sondern krallte ihre Hände in den Gegenstand, um sich mit letzter Kraft abzustoßen. Sie saß! Zwar schnaufte sie wie eine neunzigjährige Frau, aber sie saß.

Erschöpft lehnte Sophia ihren Kopf gegen die Wand und sah sich suchend in dem kleinen Raum um. Es schien sich tatsächlich um eine Art Abstellkammer zu handeln. An den Wänden standen Regale, die bis unter die Decke mit Kartons und Flaschen vollgestopft waren.

Sauerstoffflaschen, schoss es Sophia plötzlich durch den Kopf, während sie ihre Augen zusammenkniff, um besser erkennen zu können, was auf den Kisten stand. Sie wandte ihren Kopf um und näherte sich zögernd dem Gegenstand, auf dem sie eben noch gelegen hatte. Ein Stapel Taucheranzüge!

In diesem Moment fiel ihr wieder alles ein. Hugo Noisin, der Nachbar ihrer Tante, hatte sich mit ihr über ihre Mutter unterhalten. Da Monique nicht da war, hatte er ihr angeboten, bei ihm zu warten. Doch was war dann passiert? Sie konnte sich nur noch erinnern, sein Haus betreten zu haben.

Der grüne Transporter! Gestern schon war ihr der Wagen vor dem Haus aufgefallen. Die weiße Aufschrift, die für Noisins Tauch- und Segelschule warb. Sie hatte mit Nicolas darüber sprechen wollen. Doch da sich die Ereignisse überschlagen hatten …

Sophia wurde bewusst, dass niemand ahnte, wo sie war. Was hatte er bloß mit Tim gemacht? Wieder wurde ihr übel, diesmal von dem tauben Geschmack in ihrem Mund. Sie kaute und versuchte fieberhaft, den Stofffetzen auszuspucken. Doch er saß zu straff und bewegte sich keinen Millimeter, während sie immer wieder mit ihrer Zunge probierte, ihn aus dem Mund zu stoßen. Nach einigen Augenblicken gab sie schließlich genervt auf und holte tief Luft.

Warum hatte Noisin sie überwältigt? Fieberhaft versuchte sie, sich zu erinnern. Angestrengt konzentrierte sie sich auf

ihre Atmung und schloss die Augen. Sie musste nachdenken. Niemand wusste, wo sie war.

Lisa! Nicolas' Schwester wollte doch Tim holen. Sophia
hatte keine Ahnung, wie spät es mittlerweile war. Es konnten ein paar Minuten, es konnten aber auch Stunden vergangen sein. Es blieb ihr nur zu hoffen, dass Lisa sich wunderte,
warum sie sie nicht antraf. Ansonsten …

Sophia wusste nicht genau, wann Nicolas' Dienst endete.
Wer würde sie sonst vermissen? Frederick, jetzt Antoine,
wusste noch nichts von ihrer Existenz. Und Philippe Pasteur
lag im Krankenhaus. Verzweifelt schüttelte sie ihren Kopf.
Nein, außer Nicolas und Lisa würde sie niemand suchen.

71

Argelès-sur-Mer

»Und?« Lisa stürmte auf ihren Bruder zu, rechts hielt sie
Raymond an der Hand und links Tims Leine, als er und
Charles aus dem Einsatzfahrzeug stiegen.

Nicolas presste seine Kiefer fest aufeinander und schüttelte nur stumm den Kopf.

»Nichts«, erwiderte Charles ernst. »Sie geht nicht ans Telefon. Immer wieder nur die Mailbox.«

Mitfühlend berührte Lisa Nicolas leicht am Oberarm. Raymond, der nun hinter ihr stand, nickte den beiden Beamten
knapp zu.

Nachdem die zwei Polizisten ebenfalls das Haus umrundet
hatten, um etwaige Spuren zu finden, wandte Nicolas sich an
Lisa. »Würdet ihr beide hierbleiben, falls sie in der Zwischenzeit nach Hause kommt?« Nicolas schaute erst seine
Schwester, dann ihren Freund an. Ohne sich anzusehen,

nickten die beiden gleichzeitig. »Bon, Charles und ich gehen zu Monique Lavalles Haus. Wir nehmen Tim mit. Falls ihr auf dem Weg etwas zugestoßen ist, gibt uns der Hund vielleicht einen Hinweis darauf, wo er Sophia verloren hat.«

Charles sah seinen Partner skeptisch an. Schließlich war Tim kein Polizeihund.

»Es kann nicht schaden, oder?«, murmelte Nicolas gepresst, der Charles' Bedenken spürte.

»Nein«, erwiderte dieser zögernd. »Schaden kann es auf keinen Fall.«

»Dann lass uns keine Zeit mehr verlieren«, forderte Nicolas ihn auf, bevor er seiner Schwester zum Abschied einen stummen Blick zuwarf.

»Wir finden sie, Nici. Bestimmt geht es ihr gut«, bemühte diese sich um Zuversicht.

Da sich bei Lisas Worten sein Herz voller Angst zusammenkrampfte, wandte er hastig seinen Blick ab, bevor er Tim hinter sich herzog und sich zu Monique aufmachte.

»Denkst du, Sophias Verschwinden hängt mit ihrer Mutter zusammen?«, wollte Charles wissen.

»Du etwa nicht?«, fragte Nicolas frustriert zurück.

»Wer wusste denn von ihr? Von Sophia, meine ich?« Sein Partner sah ihn von der Seite an.

Nicolas zuckte mit den Schultern. »Soweit ich weiß, kennt sie hier niemanden. Schließlich ist sie seit über zwanzig Jahren zum ersten Mal wieder in der Region.«

»Was meinst du, sollen wir ihr Handy orten lassen?«

»Daran habe ich auch schon gedacht. Aber bis wir die Genehmigung haben ...« Nicolas winkte mutlos ab. »Das dauert alles viel zu lange. Wenn sie wirklich in Schwierigkeiten ist ...« Wieder schüttelte er seinen Kopf. »Sicherheitshalber kann ich die Ortung aber beantragen.«

»Wir finden sie, Nic«, versuchte Charles, ihn zu beruhigen.

Besorgt beobachtete Nicolas den Labrador. Tim trabte völlig apathisch neben ihm her; weder schnupperte er am Straßenrand noch hob er ein einziges Mal sein Bein. »Nur noch zwei Straßen, dann haben wir die Rue du Dauphin erreicht«, merkte Nicolas leise an.

»Wir können die Nachbarn befragen. Irgendjemand hat vielleicht etwas gesehen«, schlug Charles vor. »Ein frei laufender Hund mit Leine fällt doch bestimmt auf.«

Nicolas nickte, während er in die nächste Querstraße einbog. Nichts. Kein einziger Hinweis auf Sophias Verbleib. Wo war sie nur?

Als sie um die nächste Straßenecke bogen, sahen sie Monique vor ihrem Haus stehen.

»Capitaine«, rief sie Nicolas zu und winkte kurz, als sie die beiden Polizisten ebenfalls entdeckte. Resigniert schüttelte sie ihren Kopf.

Hoffnungslos ließ Nicolas seine Schultern sinken.

72

Nachdem Sophia sich eine halbe Ewigkeit ausgeruht hatte, regungslos an die Wand gelehnt, stieg Wut und gleichzeitig eine neu aufkeimende Entschlossenheit in ihr auf. Sie würde sich nicht einfach ihrem Schicksal fügen! Wer auch immer für ihre Situation verantwortlich war, auf keinen Fall würde sie sich ihm wehrlos ergeben.

Während sie krampfhaft den bitteren Geschmack in ihrem Mund zu ignorieren versuchte, dachte sie konzentriert nach. All ihre Gedanken fokussierte sie auf die eine Frage: Warum hatte Noisin sie niedergeschlagen? Denn sie konnte sich lediglich an die Unterhaltung mit ihm erinnern. Dass sie sein Haus wieder verlassen hatte, glaubte sie nicht. Höchstwahrscheinlich befand sich der Raum, in dem sie saß, in Noisins Haus. Direkt neben ihrer Tante. Aber was hatte der alte Mann mit ihrer Mutter zu schaffen?

Sophia schloss die Augen und rief sich noch mal ins Gedächtnis, was Nicolas ihr gestern Abend alles erzählt hatte. Die Beamten, die ihre Mutter seit Beginn des Zeugenschutzprogrammes betreut hatten, vermuteten, dass sie auf der Beerdigung von Sophias Großmutter ihrem Mörder in die Arme gelaufen war. Noisin hatte die Beerdigung bestimmt besucht. Schließlich war er schon ewig ein Nachbar der Lavalles.

Ihr Kopf dröhnte mittlerweile ohne Unterlass. Mit aller Macht wehrte er sich gegen ihre Denkvorstöße, verlangte unablässig nach Ruhe. Doch Sophia nahm all ihre verbleibende Energie zusammen und dachte angestrengt über die Vermutungen nach, die Nicolas gestern geäußert hatte. Der Mörder ihrer Mutter steckte höchstwahrscheinlich auch hinter dem Anschlag auf Philippe Pasteur. Erneut stellte sie sich die Fragen: Wie passte Noisin ins Bild? Woher kannte er Pasteur? In dem Moment fiel ihr siedend heiß ein, dass Noisin erwähnte, dass Monique ihm gesagt hatte, dass Sophia ihre Nichte war. Diese Verbindung zu Mireille Lavalle musste der Auslöser für den tätlichen Angriff auf sie gewesen sein. Entsetzen und Verzweiflung stiegen in ihr hoch, als sie über die weiterreichenden Folgen dieser Erkenntnis nachdachte.

Plötzlich hörte Sophia Schritte vor der Tür, die sich auf sie zuzubewegen schienen. Panisch stieß sie sich mit der Schulter von der Wand ab, verlor das Gleichgewicht, kippte zur Seite und schlug mit der linken Schläfe so hart auf den Fliesen auf, dass sie augenblicklich das Bewusstsein verlor.

73

Argelès-sur-Mer

»Bitte warten Sie im Haus, Monique«, wies Nicolas Sophias Tante an, als sie unschlüssig bei den beiden Beamten verharrte. »Wir sehen uns hier noch etwas um.«

»Vielleicht meldet sie sich ja telefonisch bei Ihnen«, merkte Charles schwach lächelnd an, während er die ältere Frau mitleidig betrachtete.

Monique öffnete ihren Mund, um etwas zu erwidern, schüttelte dann aber nur den Kopf und ging schwerfällig zum Haus zurück. Nicolas und Charles sahen ihr nach, bis die Tür hinter ihr ins Schloss fiel.

»Sie kann uns im Moment nicht helfen«, erwiderte Nicolas gereizt, als Charles ihn tadelnd anblickte.

Nachsichtig verzog der sein Gesicht. »Wo fangen wir an?«

»Bei Hugo.« Nicolas zeigte mit dem Daumen über die Schulter.

»Hugo?«, erwiderte Charles überrascht.

»Hugo Noisin. Der Besitzer der großen Segelschule am Strand.« Nicolas klang ungeduldig.

»Ich wusste gar nicht, dass er hier wohnt«, antwortete Charles zögernd.

»Ich auch nicht«, gab Nicolas zu, »obwohl er ein alter Freund meines Vaters ist.«

Sie gingen zur Tür des Nachbarhauses und klingelten. Es dauerte eine Weile, bis geöffnet wurde.

»Nicolas«, begrüßte Hugo Noisin sie überrascht, während er seinen Blick unsicher zwischen den beiden Männern hin- und herwandern ließ.

»Bonjour, Hugo«, erwiderte Nicolas ernst.

Tim drehte sich plötzlich neben ihm im Kreis und schüttelte sich mehrmals.

»Ist das nicht …?« Der ältere Mann kniff seine Augen zusammen und fixierte den Labrador.

»… der Hund von Sophia Mildner, der Nichte von Monique.« Nicolas zeigte mit dem Kinn auf das Haus nebenan.

»Ja, Monique hat mir erzählt, dass sie mit der Deutschen verwandt ist. Richtet ihr ihn als Polizeihund ab?«, witzelte Noisin.

»Hugo, wir suchen Sophia«, antwortete Nicolas ernst. »Dürfen wir kurz reinkommen?«

Noisin blickte sich kurz um und zögerte. Einen Moment später zuckte er mit den Achseln und trat zur Seite. »Bitte.« Er deutete in den Flur hinter sich.

»Hast du sie heute schon gesehen?« Nicolas sah den alten Mann fragend an, bevor er sich erneut verwundert zu dem Hund neben sich wandte, der auf einmal wie verrückt an der Leine zerrte. »Aus, Tim!«, befahl er schließlich in scharfem Ton.

»Du sprichst Deutsch?« Charles zog verwundert seine Brauen hoch.

»Nicht wirklich.« Nicolas schüttelte seinen Kopf, während er sich zu Tim hinabbeugte und fieberhaft versuchte, ihn zu beruhigen. »Das habe ich bei ihr gehört.«

Endlich legte sich der Labrador flach auf den Boden und starrte angestrengt den Flur entlang.

»Also?« Nicolas erhob sich wieder und sah Noisin abwartend an.

»Was also?«, fragte dieser verdattert zurück.

»Hast du Sophia heute gesehen?«

»Ja.« Der Alte nickte. »Vorhin. Sie wollte zu Monique. Ich sagte ihr, dass sie auf dem Markt sei.«

»Was ist dann passiert?« Nicolas sah ihn prüfend an.

»Was meinst du? Wir haben uns kurz unterhalten. Ich habe ihr angeboten, hier auf Monique zu warten. Aber sie hat abgelehnt.«

»Hat sie gesagt, wo sie hinwollte?« Charles sah sich unauffällig im Flur um.

»Nein.« Noisin zog die Schultern hoch. »Wir haben nur über ihre Mutter ... über Mireille gesprochen.«

In dem Moment klingelte Nicolas' Handy. Nach einem kurzen Blick zu Charles nahm er das Gespräch an und wollte sich zum ungestörten Telefonieren entfernen. Doch Tim bewegte sich keinen Zentimeter von der Stelle, sondern blieb regungslos auf seinem Platz liegen. Fluchend drehte sich Nicolas so gut es ging zur Seite, ohne die Leine loszulassen, und meldete sich genervt.

»Capitaine Rousseau, hier spricht Schwester Nicolette aus dem Saint Christophe.«

Das Krankenhaus! Sofort wurde Nicolas hellhörig. »Wie kann ich Ihnen helfen, Schwester?« Während er sprach, spürte er die Blicke von Charles und Hugo in seinem Rücken.

»Philippe Pasteur, ein Patient von uns ...«, begann sie zögernd.

»Ich weiß, wer Monsieur Pasteur ist«, unterbrach Nicolas sie gereizt. »Geht es ihm schlechter?«

»Non«, erklärte die Schwester empört. »Aber er ist völlig aufgelöst und möchte unbedingt mit Ihnen sprechen. Er war tagelang ohne Bewusstsein, daher ...«

»Schwester, hören Sie«, erwiderte Nicolas unfreundlich. »Wir ermitteln hier in einem Fall schwerer Körperverletzung. Wenn Monsieur Pasteur etwas dazu eingefallen ist, muss ich umgehend mit ihm sprechen.«

»Ich dachte nur ...«

»Bei allem Respekt, aber es ist mir momentan ziemlich

egal, was Sie dachten. Geben Sie mir einfach Pasteur.« Er atmete tief durch. »Und zwar auf der Stelle.«

»Bitte regen Sie ihn nicht auf«, erwiderte sie mit kühler Stimme, bevor er ihre Schritte auf dem Linoleum hörte. Ungeduldig drehte Nicolas sich um. Charles und Noisin standen noch immer hinter ihm und bekamen wahrscheinlich jedes Wort von dem mit, was er sagte. Tim rührte sich weiterhin nicht vom Fleck. Wo war die Angestellte bloß mit dem Telefon hingelaufen? Ungeduldig verdrehte Nicolas seine Augen, während Charles nachsichtig grinste.

»Capitaine?«

Endlich! »Monsieur Pasteur, ist Ihnen noch etwas eingefallen?« Nicolas sparte sich jegliche Begrüßung und kam gleich zum Punkt.

»Ich weiß nicht, ob es wichtig ist …«

»Alles ist wichtig«, warf Nicolas ein.

»Als Sie mich fragten, ob ich mit jemandem gesprochen habe …«

»Ja?«

»Wegen Mireille und … wegen Sophia …«, der Verletzte hustete, »… da dachte ich die ganze Zeit nur an die Leute in meinem Umfeld.«

»Was soll das heißen?«, fragte Nicolas ihn alarmiert.

»Nun, an dem Tag, als man mich niedergeschlagen und mir anscheinend auch die Messerstiche zugefügt hat«, erklärte Pasteur aufgeregt, »da war ich am Haus der Lavalles.« Er stockte. »Ich glaube, das habe ich vergessen, Ihnen zu erzählen.«

»Und weiter?« Nicolas wusste nicht, worauf der Mann hinauswollte.

»Doch es war niemand da.« Wieder hustete er. »Bevor ich gegangen bin, habe ich mit einem älteren Mann gesprochen und ihn nach den Lavalles gefragt.«

»Können Sie mir einen Namen nennen?«, fragte Nicolas

unruhig, während er sich nachdenklich am Kinn kratzte. »Oder mir sagen, wo Sie ihm begegnet sind?«

»Er war draußen in seinem Vorgarten«, entgegnete Pasteur aufgekratzt. »Er wohnt direkt neben den Lavalles. Ein älterer Mann, etwa siebzig, schätze ich. Weißes Haar. Robuster Körperbau. Wettergegerbtes Gesicht.«

Bei Pasteurs Worten ergriff Nicolas schlagartig eine eisige Kälte. Plötzlich machte alles Sinn. Sein Gehirn arbeitete auf Hochtouren, setzte die fehlenden Puzzleteile in rasender Geschwindigkeit an die richtigen Stellen und kombinierte die Fakten, bis jede Lücke rückhaltlos geschlossen war.

»Capitaine? Sind Sie noch dran?«, fragte der Lehrer hörbar irritiert.

Erst jetzt bemerkte Nicolas erschrocken, dass er nichts auf Pasteurs Erklärung erwidert hatte. Er bemühte sich um einen unverbindlichen Tonfall. »Ich danke Ihnen, Monsieur. Ich kann im Moment leider nicht sagen, ob Ihre Information wirklich relevant für uns ist.« Er atmete kurz durch. »Wir melden uns wieder bei Ihnen.«

»Aber Sie wollten doch unbedingt wissen ...«, begann Pasteur aufgebracht, bevor Nicolas das Gespräch beendete.

Ohne eine Miene zu verziehen, drehte er sich langsam um und blickte erst zu Charles, dann zu Hugo Noisin.

»Ist Pasteur etwas eingefallen?«

Nicolas spürte Noisins prüfenden Blick auf sich und schüttelte schwach seinen Kopf, während er überlegte, was er tun sollte. »Nein, nichts Wichtiges.«

Doch er zögerte wohl einen Moment zu lang. Blitzschnell zog Noisin plötzlich ein Messer hinter seinem Rücken hervor und ehe Nicolas sich versah, befand sich die Klinge an Charles' Kehle. Noisin stand hinter dem Polizisten und hielt ihn fest an sich gepresst.

»Was ...?«, keuchte Charles entsetzt, während er Nicolas

überrascht anblickte und verzweifelt versuchte, sich zu befreien.

»Ganz ruhig, Dupain«, fauchte Noisin wütend. »Sonst schneide ich dir die Kehle durch.«

»Und dann?«, entgegnete Nicolas, der aus dem Augenwinkel bemerkte, wie Tim sich hastig erhob und bedrohlich knurrte.

»Halt den Hund zurück, Nic«, blaffte Noisin.

Nicolas hob langsam beide Hände, um den Alten zu beruhigen, der sich gerade ungeduldig an Charles' Holster zu schaffen machte, bevor er dessen Dienstwaffe herauszog und in seinen eigenen Hosenbund steckte.

»So, jetzt du.« Noisin deutete mit dem Kinn auf Nicolas. »Waffe her.«

Nicolas atmete tief durch und überlegte. »Und dann?«, wiederholte er. »Schlachtest du uns genauso ab wie die Mildners?«

Charles' Augen weiteten sich erschrocken. Hugo Noisin erstarrte einen Moment, bevor er sofort seine Fassung zurückerlangte.

»Oder wie Philippe Pasteur?« Nicolas fixierte den Mann unerbittlich. »Bei dem hat es ja leider nicht geklappt.« Mit aller Kraft hielt er Tim fest, der mittlerweile wütend an seiner Leine zerrte und die Zähne fletschte.

»Die Waffe.« Noisin verzog keine Miene und drückte Charles das Messer fester an den Hals.

Besorgt musterte Nicolas das Gesicht seines Partners, der offensichtlich kaum noch Luft bekam. »Hugo, was soll das?« Langsam nahm er die Waffe aus seinem Holster und legte sie vorsichtig auf den Boden.

»Erst Mireille, dann Pasteur, jetzt noch diese kleine Hexe«, fluchte Noisin zornig, während er auf Nicolas' Waffe zeigte. »Schieb sie rüber – aber ganz langsam.«

»Es ist aus«, entgegnete Nicolas. »Es gibt einen Augenzeugen.«

Noisins Blick flackerte kurz, bevor er seinen Mund zu einem hämischen Grinsen verzog. »Einen Augenzeugen also?« Er lachte. »Wer soll das sein?« Mit dem Kinn deutete er auf den Hund. »Der Köter wird gleich Augenzeuge werden. Leider wird er aber nichts mehr verraten können, da er bedauerlicherweise eine Kugel aus der Dienstwaffe einfangen wird.« Erneut grinste er und zeigte auf eine Tür am Ende des Flurs. »Sagtest du nicht, dass ihr die kleine deutsche Schlampe sucht?« Er zuckte triumphierend mit den Achseln. »Tja, dumm gelaufen, würde ich sagen. Da hinten liegt sie.«

»Was hast du mit ihr gemacht?«, wollte Nicolas verzweifelt wissen. »Du verdammtes Schwein.«

»Noch nicht viel«, erklärte Noisin gedehnt. »Aber sicher fallen mir noch ein paar nette Sachen ein.« Wieder lachte er. »Vielleicht darfst du ja zusehen. Wie würde dir das gefallen?«

»Ihr Bruder kann dich identifizieren«, spielte Nicolas seinen letzten Trumpf aus, während er Charles unauffällig einen warnenden Blick zuwarf.

»Ihr Bruder.« Noisin nickte höhnisch. »Natürlich, ja. Der Zwerg durfte zusehen, was ich mit seinen Eltern getan habe. Mann, hat der gebrüllt. Zu dumm, dass die kleine Ratte längst tot ist.«

Nicolas schloss kurz seine Augen, da die bloße Vorstellung seinen Verstand überforderte. Sein Magen krampfte sich voller Ekel zusammen, sodass er fast fürchtete, sich übergeben zu müssen. Er musste Noisin unbedingt aus dem Konzept bringen, musste irgendwie versuchen, ihn zu verunsichern. Niemand wusste, wo sie waren. Wenn Noisin durchdrehte …

»War wohl ein Anfängerfehler«, bemühte er sich um einen unverfrorenen Tonfall. »Frederick Mildner hat deine Attacke jedenfalls überlebt. Genau wie Pasteur.«

Noisins Gesichtszüge entgleisten und einen Moment lang schwankte er. Doch in der nächsten Sekunde hatte er sich wieder gefangen. »Guter Bluff, Rousseau.« Wieder grinste er. »Könnte von deinem Vater stammen.«

»Du hast ihn damals besucht«, stellte Nicolas kühl fest. »Du hast ihm was in sein Getränk gemischt.«

Noisin zwinkerte vergnügt und hob entschuldigend die Schultern. »Der Schlampe von nebenan hatte ich zu verdanken, dass eine gesamte Lieferung bei euch Bullen gelandet ist. Was denkst du, was mich das gekostet hat? Damals war ich gerade erst dabei, das Geschäft aufzubauen. Als Jungunternehmer steckt man einen so herben Verlust nicht so leicht weg.«

Er sprach von den Drogen, die aufgrund Mireilles Aussage sichergestellt worden waren. Also nutzte Noisin seine Segelschule als Tarnung, um unbehelligt unter den Augen der Küstenwache und der Marine Drogen nach Frankreich einzuschmuggeln. Die perfekte Täuschung, dachte Nicolas bitter, seit fast vierzig Jahren. Er wusste von Noisins Spielsucht. War das der Grund für seinen Einstieg ins Drogenmilieu? Verspielte er das komplette Schwarzgeld? »Wusste mein Vater davon?«, wollte er ernüchtert wissen.

»Er ahnte es.« Noisin nickte stolz. »Aber nach seinem Schlaganfall, na ja. Die Sicherheit deiner Schwester lag ihm am Herzen. Daher bot ich ihm an, aus dem Hintergrund auf sie aufzupassen.«

»Du Arschloch, du hast ihn erpresst«, zischte Nicolas erbost, während er Charles nicht aus den Augen ließ.

»Ts, ts. Nic, was für ein schlimmes Wort. ›Erpresst‹!« Der Alte schüttelte leicht seinen Kopf. »Ich habe ihm lediglich einen Freundschaftsdienst erwiesen.«

»Du hast ihn zu einem verdammten Pflegefall gemacht. Und ich gehe davon aus, dass du am Sonntag ebenfalls bei ihm warst.«

Noisin zuckte mit den Schultern. »Leider musste ich ihn noch mal an unsere Abmachung erinnern.«

»Frederick Mildner wird dich identifizieren«, versuchte Nicolas es erneut.

»Lass gut sein, Nic.« Noisin winkte ab. »Der Junge ist tot. Seit mehr als zwanzig Jahren.«

Jetzt war es Nicolas, der lachte. Obwohl er innerlich vor Angst bebte, bemühte er sich, überheblich und selbstsicher zu wirken. »Was denkst du denn, wer deine Schweinerei beseitigt hat?«

»Was soll das heißen?« Noisin kniff argwöhnisch die Augen zusammen, während sein Körper vor Anspannung zitterte.

»Was das heißen soll?« Wieder bemühte sich Nicolas um ein unbekümmertes Lachen. »Du solltest den Müll, den du fabrizierst, auch wegräumen. Das soll es heißen. Pasteur hat deine Attacke überlebt. Und ein älteres Ehepaar aus den Pyrenäen hat damals deine Hinterlassenschaften in der Markthalle beseitigt.« Er grinste, obwohl er am liebsten laut aufgeschrien hätte. »Dabei mussten sie feststellen, dass du auch beim kleinen Mildner viel zu nachlässig warst. Tja, Anfängerfehler.«

»Du lügst«, presste Noisin wütend hervor.

»Leider nein. Die älteren Herrschaften sitzen in diesem Moment in Untersuchungshaft und warten auf die Anklageerhebung. Kindesentführung ist immerhin eine schwere Straftat.« Nicolas legte kurz seinen Kopf schief, während er scheinbar nachdachte. »Übrigens haben wir heute Morgen die Leichen der Mildners gefunden. Die Spurensicherung ist bereits dabei, Beweise zu sichern.«

»Du lügst«, wiederholte Noisin, der mittlerweile vor Zorn kochte.

Nicolas zuckte mit den Schultern. »Mit dieser Aussage wirst du leider nicht weit kommen. Vor allem, wenn jetzt noch der Mord an zwei Polizisten und einer Touristin hinzukommt.«

Noisin war sichtbar verwirrt; sein Blick wanderte fahrig von Nicolas zu dem Hund, der jetzt absprungbereit vor dem Beamten saß. Es war offensichtlich, dass der Alte dabei war, abzuwägen, welche von Nicolas' Aussagen stimmten.

»Gib auf, Hugo«, versuchte es Nicolas erneut mit leiser Stimme. »Das Spiel ist aus. Du warst gut. Aber nicht gut genug.«

Sichtlich durcheinandergebracht, starrte Noisin stumm auf Charles, dem er noch immer das Messer an die Kehle hielt. In dem Moment klingelte es an der Tür. Erschrocken zuckte Noisin zusammen und trat einen Schritt zurück. Diesen Augenblick, diesen Bruchteil einer Sekunde nutzte Nicolas, um Tims Leine loszulassen, der sofort auf Noisin zustürmte und ihn zornig ansprang. Aus dem Gleichgewicht gebracht, strauchelte der Alte wankend nach hinten. Charles riss sich los, stolperte jedoch. Beide Männer stürzten krachend auf den Boden, während Nicolas blitzschnell nach seiner Waffe griff, die noch immer vor Noisin lag. Mit einer hastigen Bewegung zerrte er Charles zur Seite und richtete die Waffe auf den alten Mann. »Aufstehen, Noisin!«, befahl er barsch. »Es ist vorbei.«

Hinter ihm rieb sich Charles kurz über den Kehlkopf, bevor er die Handschellen von seinem Gürtel löste und sie lächelnd einem wütenden Hugo Noisin umlegte. »Geh und such Sophia«, wandte er sich zu Nicolas um und nickte grimmig. »Mit dem da werd' ich schon fertig.«

Ohne zu zögern, drehte sich Nicolas um und entdeckte Tim, der winselnd vor einer verschlossenen Tür saß. »Sophia!« Er rannte zu ihm und drückte ungeduldig die Klinke herunter. Doch es war abgeschlossen. Fluchend warf Nicolas sich gegen das Holz und hörte mit wütender Genugtuung, wie die Angeln nachgaben. Seine Sorge um Sophia verlieh ihm ungeahnte Kräfte, sodass er sich ein weiteres Mal gegen die Tür warf, bis sie schließlich beim dritten Versuch krachend aufsprang.

Da der Raum im Halbdunkel lag, tastete Nicolas eilig nach dem Lichtschalter. Als er endlich etwas sehen konnte, erblickte er Sophia auf dem Boden liegend. Mon dieu, sie rührt sich nicht, schoss ihm voller Panik durch den Kopf, während er entsetzt den Atem anhielt. Er stieß einige Kartons zur Seite und bahnte sich ungeduldig einen Weg zu ihr. Vorsichtig beugte er sich über sie und entfernte mit einer geübten Handbewegung den Stofffetzen, der in ihrem Mund steckte. Ängstlich prüfte Nicolas ihren Atem. Erleichtert seufzte er und strich ihr liebevoll über den Kopf. Sie war bewusstlos, aber sie lebte. Hastig entfernte er ihre Fesseln und rief über seine Schulter: »Charles, ruf einen Krankenwagen. Schnell. Sophia ist verletzt.« Besorgt betrachtete er die Platzwunde an ihrem Hinterkopf und hob ihren Oberkörper vorsichtig an. »Sophia«, flüsterte er leise. »Sophia, alles wird gut. Der Arzt ist gleich da.« Er setzte sich auf den Boden und hielt sie in seinen Armen, bis eine Gestalt hinter ihm auftauchte.

»Um Himmels Willen, was ist denn passiert?« Monique Lavalle beugte sich über seine Schulter und verzog ängstlich ihr Gesicht.

Nicolas seufzte erschöpft. »Sie lebt. Sie ist verletzt, aber das wird wieder.«

Erst jetzt bemerkte er Tim, der sich dicht hinter ihn gesetzt und seinen Kopf auf Nicolas' Schulter gelegt hatte, um sein vermisstes Frauchen betrachten zu können. Dankbar kraulte er den Hund hinter den Ohren, während ein leichtes Lächeln seine Lippen umspielte.

74

»Nic.« Sophia lächelte glücklich, als er das Krankenhauszimmer betrat.

Erleichtert näherte er sich ihrem Bett und küsste sie zärtlich auf die Lippen, bevor er sich einen Stuhl zurechtrückte, um sich dicht neben sie zu setzen.

»Chérie«, raunte er, während er ihr blasses Gesicht musterte. »Wie geht es dir?«

»Ganz gut.« Sie deutete grinsend auf ihren Kopf, der von einem schneeweißen Verband bedeckt war, sodass ihre roten Locken sich noch deutlicher von der hellen Umgebung abhoben.

»Das sehe ich.« Er nickte zufrieden.

Nachdem sie gestern in der Notaufnahme angekommen waren, hatte sie glücklicherweise relativ schnell das Bewusstsein wiedererlangt. Ihre Platzwunde sah schlimmer aus, als sie war, hatten die Ärzte diagnostiziert. Trotzdem wurde ihr empfohlen, zwei Tage zur Beobachtung im Krankenhaus zu bleiben. Widerwillig hatte sie sich der Anweisung gefügt, nachdem sie aufgewacht war und Nicolas' angsterfüllten Blick auf sich gespürt hatte.

Behutsam umfasste er Sophias Hand. »Ich bin so froh, dass dir nichts Schlimmeres passiert ist«, merkte er leise an.

Vorsichtig entzog sie ihm ihre Hand und legte sie sanft an seine Wange. Für einen Moment genoss er die Berührung und schloss kurz die Augen, bevor sein Gesicht wieder ernst wurde.

Als sie sah, wie seine Miene sich veränderte, flüsterte sie: »Noisin?«

Während er angespannt seine Lippen aufeinanderpresste, nickte er. »Er hat gestanden.«

»Was?« Sie sah ihn skeptisch an.

»Alles«, antwortete er traurig.

Mit nachdenklichem Blick betrachtete sie den Mann an ihrem Bett. »Ich muss es wissen«, raunte sie.

»Ich weiß«, bestätigte er. »Es ist nur …« Ungläubig schüttelte er seinen Kopf.

»War er es, den meine Mutter im Hafen gesehen hat?«

Er nickte. »Sie hat ihn damals nicht erkannt. Er jedoch sie. Allerdings ist Noisin damals davon ausgegangen, dass sie einfach nach Hause gehen und sich aus allem heraushalten würde, was sie beobachtet hatte. Nicht im Traum wäre ihm eingefallen, dass sie zur Polizei geht.« Er zuckte mit den Achseln. »O-Ton Noisin: ›zu den Bullen rennt und sich in Sachen einmischt, die sie nichts angehen‹.«

»O mein Gott«, hauchte Sophia entsetzt.

»Er wusste es die ganze Zeit«, fuhr Nicolas fort. »Wusste, dass die Tochter seiner Nachbarn ihn verraten hatte. Dass sie ihn mit ihrer Aussage um seine Drogenlieferung gebracht hatte. Doch da sie jahrelang spurlos verschwunden war, hatte er keine Möglichkeit, sich an ihr zu rächen. Durch Gespräche mit deinen Großeltern und Monique war ihm klar, dass ihre Familie nicht Bescheid wusste. Dass sie keine Ahnung hatten, wo deine Mutter sich all die Jahre aufhielt. Wenn ihm damals klar gewesen wäre, dass deine Mutter zur Polizei gehen würde, hätte er sie sicher an Ort und Stelle umgebracht.«

Seine Worte trafen Sophia mitten ins Herz, obwohl sie das meiste bereits geahnt hatte. Entsetzen spiegelte sich auf ihrem Gesicht wider. »Dann wäre ich nie geboren worden«, murmelte sie kaum hörbar.

»Ich bin sehr froh darüber, dass er die Situation damals falsch eingeschätzt hat«, erwiderte Nicolas leise, während er ihre Hand erneut umfasste. »Als er Mireille plötzlich auf der Beerdigung deiner Oma entdeckte, kochte sein Zorn erneut über, denn sicher hatte er nicht damit gerechnet, sie jemals wiederzusehen. Laut seiner Aussagen hat er sich damals sogar kurz mit ihr unterhalten. Und deine Mutter hat wohl nicht geahnt, wen sie da vor sich hatte.« Nicolas stockte. »Nach der Beerdigung hat Noisin deine Mutter mithilfe seines Stiefsohnes beschattet. Der sitzt übrigens seit gestern Abend ebenfalls in Untersuchungshaft.« Er zögerte. »Wir haben in Noisins Haus Schuhe seines Sohnes gefunden, zu denen der Abdruck passt, den wir in der Nähe des Unfallortes an der Route Nationale gefunden haben.«

»Der grüne Transporter«, fiel Sophia urplötzlich ein.

Nicolas sah sie fragend an.

»Der grüne Transporter«, wiederholte sie aufgewühlt. »Er stand an jenem Morgen vor dem *Intermarché*. An dem Tag, als meine Eltern verschwanden. Als ich den Wagen vor einigen Tagen vor Noisins Haus gesehen habe, der grüne Untergrund mit der weißen Schrift, hatte ich das Gefühl, ihn schon einmal gesehen zu haben. Ich konnte mich nur nicht erinnern, in welchem Zusammenhang.« Mittlerweile war sie den Tränen nahe. »Ich wollte es dir am Montag unbedingt erzählen, aber du hattest gerade die Girards festgenommen ...« Sie schüttelte entschuldigend den Kopf, während ihr die Tränen über die Wangen liefen.

»Schsch.« Nicolas streichelte ihr Gesicht. »Kein Wunder, nach all der Aufregung der letzten Tage. Du musst dir überhaupt keine Vorwürfe machen.«

»Aber ...«, setzte sie verzweifelt an.

»Nein, kein Aber«, unterbrach er sie bestimmt. »Du bist hier das Opfer.«

»Er hat sie beschattet und auf dem Parkplatz in den Transporter gezerrt«, mutmaßte Sophia leise.

Nicolas nickte zögernd. »Ja, leider.«

»Was hat er getan?«

Nicolas wich ihrem Blick betreten aus.

»Was geschah dann?« Ihre Stimme klang unerbittlich. »Ich muss es wissen. Bitte.«

»Er hat sie umgebracht, hat ihnen die Oberkörper zerschnitten«, seine Stimme klang fremd, schien nicht mehr zu ihm zu gehören.

Ihre Augen weiteten sich geschockt. »Weiter.«

»Dein Bruder musste wohl alles mitansehen«, erklärte Nicolas tonlos, während er seinen Blick durch das Zimmer wandern ließ, da er sie nicht anschauen konnte. »Auch er wurde schließlich schwer verletzt. Doch er hat überlebt. Dank der Girards.«

»Und Noisin ist weiter unbehelligt seinen Geschäften nachgegangen, als ob nichts geschehen wäre«, sagte Sophia bitter.

»Einige weitere Leichen pflasterten seinen Weg. Mordfälle, bei denen angebliche Täter verurteilt wurden, die dem jetzigen Anschein nach wohl unschuldig waren. Tja, und dann kam dein Vater.« Er räusperte sich. »Philippe Pasteur.«

»Er war gestern Abend hier.« Sie lächelte schwach.

»Wirklich?«, entgegnete Nicolas überrascht, da es Pasteur schließlich gestern noch nicht allzu gut gegangen war.

»Nun, er muss der Schwester ziemlich auf die Nerven gegangen sein. Sie hat ihn im Rollstuhl zu mir gebracht.« Sophia grinste.

»Er war völlig aufgelöst, als ich ihn anrief, um ihm mitzuteilen, dass wir dich gefunden hatten«, berichtete Nicolas.

»Er ist nett. Witzig, sympathisch«, erklärte Sophia, während sie ihren Kopf schief legte.

»Wie seine Tochter.« Nicolas hielt ihren Blick mit seinem gefangen. Seine dunklen Augen musterten sie aufmerksam.

»Nett, witzig und sympathisch?«, frotzelte sie lächelnd.

Er überlegte kurz. »Non, eher charmant, intelligent und sexy.«

»Was ungefähr aufs Gleiche rauskommt.« Sie lachte erleichtert.

»Ja, ungefähr«, bestätigte er nickend, bevor er wieder ernst wurde. »Pasteur hat mit Noisin gesprochen. Hat ihm von Mireille erzählt. Bei Noisin haben natürlich alle Alarmglocken geläutet. Wieder hat er seinen Stiefsohn beauftragt, diesmal Philippe Pasteur zu folgen. Und vor der Pension hat dieser deinen Vater schließlich niedergeschlagen. Wir wissen nicht, wo er gefoltert wurde, aber anschließend haben sie ihn auf dem Feld abgelegt, von wo aus er auf die Route Nationale getorkelt ist.«

»Was für ein Chaos.« Sophia schüttelte ungläubig ihren Kopf.

»Eigentlich nicht«, erwiderte Nicolas. »Die Spurensicherung sowie die Pathologie haben Noisins Aussagen bestätigt.« Er zögerte. »Im Hinblick auf Pasteur.«

»Weiß Frederick ...«, sie seufzte, »... Antoine schon Bescheid?«

»Er kann es nicht abwarten, dich kennenzulernen«, entgegnete Nicolas lächelnd. »Wenn es dir recht ist, würde er heute Abend gern vorbeikommen.«

Sophia nickte.

»Als seine Eltern gestern mit ihm reden durften, haben sie ihm alles erzählt, die ganze Wahrheit«, fuhr Nicolas fort. »Obwohl er danach sichtlich geschockt war, wirkte er auf mich irgendwie auch ...«, er suchte nach den richtigen Worten, »... auf eine gewisse Weise erleichtert. Ja, ich glaube, tief in seinem Inneren hat er gespürt, dass irgendetwas in seinem Leben nicht stimmte. Wahrscheinlich konnte er sich selbst nicht erklären, was sich falsch anfühlte.« Nicolas überlegte kurz. »Ich habe noch mit ihm gesprochen. Er scheint sehr nett zu sein.«

»Wie seine Schwester«, fügte Sophia ironisch an.

»Wie seine Schwester«, bestätigte Nicolas.

»Wie geht es deinem Vater?«

»Leider nichts Neues«, erwiderte er bekümmert. »Aber Noisin hat nochmals damit geprahlt, wie er meinen Vater damals außer Gefecht gesetzt hat.«

»Es tut mir so leid, Nic«, erwiderte sie bekümmert.

Doch er winkte schwach ab.

»Ich habe mit Tabea telefoniert. Sie kommt her und holt mich ab«, wechselte Sophia das Thema. »Ich komme morgen hier raus.«

»Morgen also«, raunte Nicolas kaum hörbar.

»Ich muss nach Hause.« Sie blickte ihn eindringlich an und drückte seine Hand fester.

»Ich weiß«, murmelte er tonlos. Einen Moment lang fixierte er sie traurig, bevor er sich räusperte. »Kommst du wieder?«

»Möchtest du denn, dass ich wiederkomme?«, flüsterte sie mit erstickter Stimme.

»Sophia.« Er schüttelte seinen Kopf. »Ich weiß, dass du gehen musst, aber …« Mutlos brach er ab.

»Es gibt Telefone«, versuchte sie, zuversichtlich zu klingen. »E-Mails. Und wir können uns im Urlaub besuchen.«

»Ja, das können wir«, pflichtete er ihr halbherzig bei. Doch das war nicht das, was er wollte.

Nicolas wollte nicht am Telefon mit ihr reden, wollte ihr keine E-Mails schreiben und wollte nicht nur alle paar Monate für wenige Tage die Möglichkeit haben, sie in seinen Armen zu halten, ihren Duft einzuatmen, ihre weiche Haut zu spüren. Er wollte sie immer. Und für immer. Doch er schwieg. Denn er wusste, dass sie dazu nicht bereit war, nach den letzten Tagen nicht bereit sein konnte.

Sie brauchte Zeit. Musste die Tragödie ihrer Familie verarbeiten und sich ihrem neu gewonnenen Vater und ihrem verloren geglaubten Bruder langsam annähern. Daher nickte er bekräftigend. »Ja, das können wir«, wiederholte er mit fester Stimme und nahm sie vorsichtig in seine Arme. Denn jetzt war sie noch da. Jetzt konnte er sie spüren, konnte für sie da sein. »Das können wir«, flüsterte er ihr hoffnungsvoll ins Ohr.

75

Freitag, 23. September
Weinheim

Müde tippte Sophia den Behandlungsbericht ihres vorigen Patienten, eines kleinen Pudels mit Magenproblemen, ab, als Simone das Zimmer betrat.

»Es sitzt nur noch ein Mann im Wartezimmer«, sagte sie, während sie Sophia über die Schulter schaute.

»Simone, hattest du nicht heute Abend deine Verabredung?« Sophia drehte sich lächelnd um und sah die junge Frau abwartend an.

»Ja.« Sie grinste schief. »Er holt mich um acht ab.«

Sophia blickte auf ihre Uhr. »Mach Feierabend. Ich hole den nächsten Termin gleich selbst rein. Es ist ja schon nach sechs.« Sie seufzte.

»Wie geht es dir?« Simone blickte sie besorgt an.

»Gut«, entgegnete Sophia, »danke. Aber ich bin ziemlich müde.«

»Dann ruh dich die nächsten zwei Tage aus«, bat Simone, während sie ihre Chefin prüfend musterte.

»Mach ich, keine Sorge.« Sophia nickte. »Dafür wird Tabea schon sorgen.«

»Gut«, erwiderte Simone zögernd, während sie unsicher zur Tür schaute.

»Wo ist Tim?«

»Oben. Ich habe ihn vor einer halben Stunde hochgebracht.«

»Danke, Simone.« Sophia wandte sich wieder dem Monitor vor ihr zu. »Na, mach schon. Wochenende! Ich wünsche dir viel Spaß heute Abend.«

»Danke, Sophia, dir auch ein schönes Wochenende.« Im nächsten Moment war sie auch schon verschwunden.

Erschöpft streckte Sophia ihren Rücken durch. Während sie auf den Bildschirm starrte, wanderten ihre Gedanken zu Nicolas. Mittlerweile war sie schon fast vier Monate wieder zu Hause. Anfangs hatten sie täglich telefoniert, stundenlang, oft halbe Nächte hindurch. Traurig kniff sie sich in die Nasenwurzel. Seit drei Wochen hatte er sich überhaupt nicht mehr gemeldet. Aber war sie deshalb wirklich überrascht? Auch sie war schließlich mit der momentanen Situation unglücklich. Ihm am Telefon von ihrem Tag zu berichten, fühlte sich einfach komplett anders an, als abends nach Hause zu kommen und zu wissen, dass jemand da war, der auf einen wartete, den man in die Arme nehmen konnte. Was hatte sie erwartet? Aus den Augen, aus dem Sinn, schoss ihr bitter durch den Kopf.

Nachdenklich schob Sophia die Hand in die Tasche ihres Kittels und rieb die Münze zwischen Daumen und Zeigefinger. Zu einer richtigen Beziehung gehörte eben mehr als eine schicksalhafte Vergangenheit, die einen verband. Auch wenn ihrer beider Leben durch die gleichen furchtbaren Ereignisse geprägt worden waren, garantierte dies noch lange keine gemeinsame Zukunft. Daher hatte auch Sophia ihre Anrufe eingestellt. Schließlich wollte sie ihm nicht hinterherrennen, wollte sich nicht aufdrängen. Wahrscheinlich hatte Nicolas in der Zwischenzeit schon eine nette Französin kennengelernt, von der ihn keine tausendeinhundert Kilometer trennten.

Beklommen schaute sie aus dem Fenster. Die Blätter der Bäume begannen schon langsam, sich zu verfärben. Der Herbst stand vor der Tür. Ihr graute vor der kalten Jahreszeit. Allein ... Wobei, allein war sie genau genommen nicht. Betrübt erhob Sophia sich und verließ den Behandlungsraum.

Als sie das Wartezimmer erreichte, blieb sie wie erstarrt im Türrahmen stehen. Ihr Herz setzte einen Schlag aus, während ihr Magen sich gleichzeitig sehnsüchtig zusammenzog. »Nicolas«, stieß sie überrascht hervor, als sie ihn erblickte.

Er saß auf einem Stuhl neben der Eingangstür und schaute sichtlich betreten auf. Als er ihrem Blick begegnete, verzog sich sein Gesicht zu einem strahlenden Lächeln. Hastig sprang er auf und eilte auf sie zu. Nur wenige Zentimeter vor ihr blieb er stehen. »Sophia«, flüsterte er leise, während er eingehend ihr Gesicht studierte. Sein Blick wanderte über ihren weißen Arztkittel, während seine Lippen sich zu einem Grinsen verzogen.

»Was machst du hier?« Sie runzelte die Stirn, nachdem sie aus ihrer Schockstarre erwachte.

»Ich ...« Ratlos hob er seine Achseln. »Ich musste mit dir reden.«

»Du hast dich nicht mehr gemeldet«, erwiderte sie ruhig und trat einen Schritt zurück.

»Ich weiß«, gab er zerknirscht zu. »Sophia ...«

»Du hättest anrufen können.« Sie sah ihn prüfend an.

»Nein.« Er schüttelte heftig seinen Kopf. »Ich wollte dich

sehen.« Er überlegte kurz. »Ich musste dich sehen«, verbesserte er sich, während er vorsichtig seinen Arm ausstreckte und ihre Hand ergriff. Langsam drehte er die Innenfläche nach oben. Von der Verletzung war nichts mehr zu sehen.

»Ich dachte, ich höre nie wieder von dir.«

Wehmütig erkannte Nicolas die Enttäuschung in ihren Augen. »Sophia«, begann er erneut. »In den letzten Wochen ist so viel passiert. Ich musste nachdenken, musste herausfinden, was ich eigentlich will. Wie es in meinem Leben weitergehen soll.«

Obwohl sie noch immer wütend auf ihn war, konnte sie ihn verstehen. Auch bei ihr war schließlich einiges geschehen. Sie stand mittlerweile regelmäßig mit Philippe in Kontakt, der nach seiner Genesung im Juli nach Dieppe zurückgekehrt war. Schon öfters hatten sie darüber gesprochen, sich unbedingt wieder einmal zu treffen. Doch da ihr Vater Lehrer war, mussten sie auf die nächsten Ferien warten. Und auch mit Antoine telefonierte sie regelmäßig. Schon bei ihrer ersten Begegnung war eine Verbindung zwischen ihnen deutlich geworden, die zwar nicht erklärbar, aber für beide spürbar war.

Antoine hatte ihr vertrauensvoll davon berichtet, was er seit Jahren in der Berghütte seiner Adoptiveltern praktizierte. Hatte ihr von seinen Stimmungsschwankungen, seiner ständigen Unsicherheit erzählt. Von seiner Angst, aufgrund seiner ›Vorliebe für frisches Blut‹, wie er es nannte, seine Freundin zu verlieren. Und obwohl Sophia anfangs geschockt gewesen war, als sie von seiner merkwürdigen Neigung erfahren hatte, ergab auch diese plötzlich einen Sinn. Immerhin hatte er den brutalen Mord an seinen Eltern mitansehen müssen.

Auch wenn er sich nicht mehr bewusst daran erinnern konnte, war Sophia sofort klar gewesen, dass er seit dem

Tod seiner Eltern schwer traumatisiert sein musste. Und dass er dringend ärztliche Hilfe brauchte, die er wohl teilweise auch schon in Anspruch nahm. Für sich. Und für Emma, seine Freundin.

»Mir ging es ähnlich«, erwiderte Sophia daher nur. »Doch ich hätte erwartet, dass du mir einfach sagst, dass du diese Art von Beziehung nicht willst.«

»Ich wollte es dir persönlich erklären, nicht am Telefon«, erwiderte er ernst.

»Du kommst extra nach Deutschland, um mir mitzuteilen, dass du keine Beziehung mehr mit mir willst?«, hakte sie argwöhnisch nach.

»Das habe ich nicht gesagt«, widersprach er, während er einen Schritt auf sie zu machte.

»Aber du sagtest doch gerade, du willst keine Fernbeziehung mehr.« Sie hielt ihn weiter auf Abstand.

»Nein, das will ich auch nicht mehr«, bekräftigte Nicolas, bevor er seine Arme ausstreckte und sie dicht an sich heranzog. Liebevoll sah er zu ihr hinab, musterte ihr Gesicht, das er so lange vermisst, das ihm so sehr gefehlt hatte. »Ich will nicht mehr nur mit dir telefonieren, Sophia«, flüsterte er leise. »Das reicht mir einfach nicht. Vor drei Wochen ist mein Vater gestorben ...«

»Nic, das tut mir so leid«, rief sie entsetzt aus, leistete jedoch keinen Widerstand, als er ihr sanft über den Rücken streichelte.

»Schsch.« Er legte den Zeigefinger an seinen Mund. »Lass mich bitte ausreden.«

Wortlos presste sie ihre Lippen aufeinander.

»Noisins Stiefsohn hat sich letzte Woche in Haft erhängt.«

Bei seinen Worten schlug sie entsetzt ihre Hand vor den Mund.

»Beide Ereignisse haben mich sehr mitgenommen. Wobei

mein Vater ...« Er stockte kurz. »So hätte er nicht mehr leben wollen. Er reagierte auf niemanden. Konnte sich nicht selbstständig bewegen. Für ihn war es besser so.« Nicolas kniff die Augen zusammen. »Für uns wahrscheinlich auch. Kurz vor seinem Tod habe ich mich eines Nachmittags an sein Bett gesetzt und ihm die ganze Geschichte erzählt.« Er schwieg kurz. »Ich weiß nicht, ob er etwas von dem, was ich gesagt habe, verstanden hat. Aber ich habe zumindest das Gefühl, dass er es gehört hat.«

»Bestimmt«, erwiderte Sophia betroffen. »Gehört und verstanden.«

Er zuckte leicht mit den Schultern. »Zumindest wurde mir auf einmal bewusst, dass es jederzeit vorbei sein kann. Dass niemand weiß, wie viel Leben einem bleibt.« Er rang kurz um Fassung, bevor er erneut ansetzte. »Ich möchte mit dir zusammen sein, Sophia. Richtig. Jeden Tag, jede freie Sekunde meines Lebens. Ich möchte keine Zeit mehr vergeuden.« Eindringlich sah er ihr in die Augen. »Ich liebe dich, Sophia. Seit dem Tag, an dem du mit deiner Tante nach Hause zurückgekehrt bist, vermisse ich dich. Ich kann das einfach nicht.« Traurig schüttelte er seinen Kopf. »Ich kann nicht Hunderte von Kilometern von dir getrennt sein. Bitte zieh zu mir. Nach Argelès. Und wenn du nicht nach Frankreich kommen magst, werde ich zu dir kommen.«

»Du kannst doch gar kein Deutsch«, merkte sie gerührt an, während sie kaum fassen konnte, was er da gerade gesagt hatte.

»Das kann man lernen«, erwiderte er achselzuckend.

»Aber ...«, begann sie erneut.

»Willst du mich, Sophia?« Hoffnungsvoll blickte er sie an. »Es gibt nur zwei Antworten auf diese Frage. Wenn deine Antwort Nein ist, gehe ich durch diese Tür und du siehst mich nie wieder.«

Sie schluckte, während sie abwesend ihren Kittel zurecht-zupfte. »Ich will dich, Nic. Natürlich will ich dich«, erwiderte sie mit bebender Stimme. »Aber ...«

»Dann gibt es kein Aber.« Er näherte sich lächelnd ihrem Mund und verschloss ihre Lippen mit seinen. Erst küsste er sie behutsam, doch sie erwiderte seine Berührungen mit einer Leidenschaft, die die Begierde in ihm sofort wieder erwachen ließ. Ungeduldig zerrte er an ihrem Kittel, bis er endlich die Knöpfe geöffnet hatte, und streifte ihn hastig ab. »Docteur Mildner«, raunte er leise. »Du bist so schön.«

Als er kurz von ihr abließ, um sie betrachten zu können, trat sie entschlossen einen Schritt zurück.

»Was ...?«, stammelte er.

»Du bist ein Familienmensch, Nic. Ich jedoch ...«, sie stockte, »... ich kann keine Kinder bekommen. Niemals.« Abwehrend hob sie ihre Hände.

Er sah sie prüfend an. »Sophia, das ist mir egal. Ich liebe dich so, wie du bist. Komm bitte zu mir nach Argelès. Für immer. Und wenn wir ein Kind wollen, können wir eins adoptieren.«

Sie sah ihn nachdenklich an. »Du würdest meinetwegen auf eigene Kinder verzichten?«

»Ein adoptiertes Kind wäre unser eigenes.« Er musterte sie eindringlich. »Ich liebe dich.«

Bewegt von seinen Worten schlang sie ihre Arme um Nicolas und murmelte leise: »Ich komme zu dir. Für immer.«

Epilog

»Das ist ja toll geworden«, lobte Emma, während sie mit Antoine durch die Praxisräume ging.

»Deine Großeltern wären stolz auf dich«, wandte Monique sich an ihre Nichte, die mit ihrer Hand vorsichtig über den Behandlungstisch strich.

»Schade, dass ich sie nie kennengelernt habe«, merkte Sophia leise an. Nicolas, der hinter ihr stand, legte ihr liebevoll seine Hand auf den Rücken.

»Ihr werdet euch hier wohlfühlen.« Monique nickte zufrieden, während ihr Blick über die frisch gestrichenen Wände wanderte. »Die Zimmer sind ja kaum wiederzuerkennen.« Sie lächelte. »Es wäre ganz bestimmt im Sinne deiner Mutter gewesen, dass du hier eines Tages mit deiner eigenen Familie lebst.«

»Ja«, entgegnete Sophia gerührt. »Ich freue mich wirklich, hier zu sein. Und ich bin sehr froh, dass ihr heute alle gekommen seid, um mit uns die fertiggestellte Renovierung zu feiern.« Sie hob mit der rechten Hand ihr Glas.

Auch Philippe Pasteur war eigens aus Dieppe gekommen, um seiner Tochter zu sagen, wie sehr er sich für sie und Nicolas freute. »Wenn ihr jetzt so viel Platz habt, werde ich euch auf jeden Fall öfters auf die Nerven gehen.« Er stellte sich neben Nicolas.

»Wir bitten darum«, meinte der Polizist grinsend.

Zufrieden wandte sich Sophia ab und steuerte auf Tabea und ihre Großmutter zu, die im Esszimmer saßen, da die alte Frau von der langen Reise erschöpft war. »Alles okay, Oma?« Sophia beugte zu den beiden hinab. Erschrocken entdeckte sie Tränen in den Augen ihrer Großmutter. »Geht es dir nicht gut?«

Tabea tätschelte leicht die Hand der alten Frau, während sie ihrer Nichte beschwichtigend zunickte.

»Sophia, Kind.« Ihre Großmutter winkte sie näher zu sich. »Bist du glücklich mit deinem Nicolas?« Eindringlich sah sie ihre Enkelin an.

Nachdem sich herausgestellt hatte, dass Philippe Pasteur Sophias leiblicher Vater war, hieß das in der Konsequenz, dass sie weder mit Tabea noch mit deren Mutter in irgendeiner Weise verwandt war. Doch die beiden waren mehr als zwanzig Jahre Sophias einzige Familie gewesen. Ein unbedeutender Bluttest konnte daran nichts ändern. Sie würden immer miteinander verbunden bleiben.

»Das bin ich, Oma«, erwiderte Sophia ernst. »Er ist der beste, den ich mir überhaupt vorstellen kann.«

Als Nicolas hinter sie trat, nickte ihre Oma ihm leicht zu. »Er ist schon ein fescher Bursche«, erwiderte sie mit einem verschmitzten Lachen und drückte leicht Sophias Hand.

Nicolas, der nichts von dem verstand, was die drei Frauen miteinander sprachen, stand nur lächelnd dabei, während er liebevoll Sophias Taille umfasste.

»Sophia, ich danke dir, dass du mir meinen Sohn wiedergebracht hast«, sagte die alte Frau mit zittriger Stimme. »Meinen Sohn und Frederick ...«, sie räusperte sich, »... Antoine.«

»Ich hatte es dir versprochen, Oma«, entgegnete sie zufrieden.

»Ich weiß, Kind, auf dich konnte man sich schon immer verlassen.«

»Ach, Oma«, seufzte Sophia traurig, denn sie hätte ihr natürlich gern eine andere Nachricht überbracht.

»Du bist ein großartiger Mensch.« Die alte Frau nahm Sophias Hand und drückte sie erneut. »So wie deine Mutter einer war.«

Gerührt stiegen Sophia Tränen in die Augen, während Nicolas sie besorgt ansah. »Was ist, chérie?«

Wortlos schüttelte sie ihren Kopf und wischte sich verstohlen über das Gesicht.

»Es wird schon, Sophia.« Auch Tabea nickte ihr beruhigend zu.

»Ja, es wird schon«, murmelte sie traurig. Obwohl Sophia sich sehr über die Ankündigung ihrer Oma gefreut hatte, zu ihrer Einweihungsfeier nach Frankreich zu reisen, hatte sie in ihrem tiefsten Inneren gleichzeitig befürchtet, dass es vielleicht ein Abschied für immer werden könnte.

In diesem Moment tauchte Antoine mit Emma hinter ihr auf. »Das Haus ist ein absoluter Traum, Sophia.«

»Ja, es war sehr großzügig von Monique, uns das Anwesen zu überlassen.« Dankbar legte sie ihrem Bruder eine Hand auf die Schulter. Antoine hatte sich sofort dazu bereit erklärt, seiner Schwester das Haus zu überschreiben, obwohl er eigentlich ebenfalls ein Anrecht auf das Erbe seiner Mutter hatte. Im Gegenzug würde Monique ihm einen Teil des Vermögens ihrer Eltern überlassen, sollte er es eines Tages benötigen, wenn er mit Emma eine Familie gründen wollte.

»Ach was«, mischte Monique sich nun in das Gespräch ein und winkte nur ab. »Ihr solltet mal meine neue Wohnung sehen. Direkter Blick aufs Meer.« Sie lachte. »Das war tatsächlich schon immer mein Traum. Und das Haus war doch sowieso viel zu groß für mich allein.« Sie blinzelte wehmütig. »Nein, ich freue mich, dass ich dem jungen Paar helfen konnte. So kann Sophia die Tiere von Argelès bestens betreuen.«

»Sophia, wir sind wieder da. Tim hatte keine Lust mehr«,

ertönte Lisas Stimme von der Tür her, bevor sich die Gruppe zu Nicolas' Schwester umdrehte.

»Er hatte wohl Angst, er könnte was verpassen«, entgegnete Nicolas grinsend, während er dem hechelnden Labrador beruhigend den Kopf tätschelte.

In dem Moment kam Tabea auf sie zu. »Sophia, Antoine.« Sie winkte die beiden zu sich. »Kommt.«

Unsicher sahen sich die Geschwister an und folgten ihrer Tante. Nicolas, den eine dunkle Ahnung befiel, bedeutete Emma, den dreien ebenfalls nachzugehen.

Als sie im Esszimmer ankamen, erblickten Sophia und Antoine ihre Oma, die mit geschlossen Augen und entspanntem Gesichtsausdruck in dem Rattansessel saß, den Sophia ihr bereitgestellt hatte.

»Ist sie …?« Sophias Stimme brach, während ihr Tränen in die Augen stiegen.

»Sie hat es gewusst und sich von uns verabschiedet«, merkte Antoine traurig an. »Als ich vorhin bei ihr saß, hielt sie minutenlang nur meine Hand und lächelte mich zufrieden an. Ich bin froh, dass ich sie noch kennenlernen durfte … nochmals kennenlernen durfte.«

Tabea nickte. »Sie ist glücklich von uns gegangen. Sophia, du hast ihr ihren Frieden gebracht. Sie wollte sich noch vergewissern, dass es dir und Antoine hier gut geht. Dass du eine neue Heimat und eine neue Familie gefunden hast. Dass Antoine wirklich ihr kleiner Frederick ist, den sie mehr als zwanzig Jahre betrauert hat.«

Bei Tabeas Worten schluchzte Sophia laut auf. »Sie hat dich über alles geliebt«, wandte sie sich traurig an ihren Bruder. »Und sie war überglücklich, als wir dich endlich wiedergefunden haben.«

»Ich weiß.« Antoine nickte bekümmert. »Ich bin auch sehr froh, dass ich ihr nochmals begegnen durfte.«

»Sie war bereit, Sophia«, meldete sich ihre Tante erneut zu Wort. »Und sie hätte nicht gewollt, dass sie euch den Abend verdirbt.«

»Ich rufe einen Arzt.« Nicolas beugte sich zu Sophia. »Es tut mir sehr leid, chérie.«

Später am Abend, als die Gäste gegangen waren und ihre Oma abgeholt worden war, standen Nicolas und Sophia nachdenklich an einem der großen Panoramafenster ihres frisch renovierten Wohnzimmers und blickten nachdenklich in die Dunkelheit. Tim lag auf seiner Decke und schnarchte leise.

»Sie wollte gehen«, durchbrach Nicolas schließlich die Stille.

»Ich weiß.« Sophia lehnte ihren Kopf an seine Schulter. »Aber ich kann mir einfach nicht vorstellen, dass sie nicht mehr da ist.«

»Das dauert«, erwiderte er mitfühlend und hielt sie fest in den Armen. Als er sie ansah, funkelten seine dunklen Augen. »Ich liebe dich, Sophia Mildner. Und ich bin überglücklich, dass du zu mir gekommen bist.« Prüfend musterte er ihr Gesicht. »Aber eine Frage habe ich doch noch.«

Stirnrunzelnd sah sie ihn an. »Eine Frage?«

»Was bedeutet eigentlich ›fescher Bursche‹?«, fragte er mit ernster Miene.

Sophia hielt einen Moment inne, bevor sie befreit auflachte. Ja, sie war glücklich. »Ich liebe dich auch«, entgegnete sie leise und schmiegte sich an ihn.

Danksagung

Ich danke meinem Mann Christian, der mir einmal mehr monatelang den Rücken freigehalten hat, damit ich gedanklich immer wieder in die Heimat meines Herzens, Südfrankreich, reisen konnte, um den Protagonisten Sophia und Nicolas bei ihrer Suche nach der Wahrheit zu helfen. Der sich erneut als erster Testleser zur Verfügung gestellt und geduldig meine unzähligen Fragen beantwortet hat. Das Fußballspiel habe ich für dich geschrieben.

Ganz lieben Dank an meine wunderbaren Kinder, ohne die ich nicht das wäre, was ich heute bin. Ihr seid die Besten! Für meinen Sohn, der einfach alles über Tiere und noch so viel mehr weiß, habe ich die Szene im Tal der Schildkröten geschrieben. Tim, der Labrador, ist der Fantasie meiner Tochter entsprungen, die so unglaublich viel Feingefühl im Umgang mit Tieren besitzt.

Danke an meine Eltern, die ausnahmslos immer für mich da sind, wenn ich sie brauche. Mama und Papa, es gibt keine besseren Eltern als euch.

Herzlichen Dank an meine liebe Testleserin Claudia Hugo, die unermüdlich meine Manuskripte liest und mir immer wieder aufzeigt, wie ›durchschaubar‹ oder eben auch nicht die verschiedenen Handlungsstränge sind. Deine Kommentare und Einschätzungen sind so wertvoll für mich.

Ulrike Rodi danke ich aus ganzem Herzen dafür, dass sie meinem Text die Chance gegeben hat, in einem so großartigen Verlag veröffentlicht zu werden. Weiter danke ich meiner wundervollen Lektorin Aletta Wieczorek, die mich so tatkräftig dabei unterstützt hat, das Beste aus meinem Manuskript herauszuholen.

Liebe Leserinnen und Leser, Ihnen danke ich dafür, dass Sie sich für genau dieses Buch entschieden haben. Ich hoffe, es beschert Ihnen einige schöne Stunden.

Südfrankreich-Krimis von Silke Ziegler

Im Schatten des Sommers

ISBN 978-3-89425-481-0, auch als E-Book erhältlich

Sophias Eltern und ihr kleiner Bruder sind vor vierundzwanzig Jahren verschwunden. Als jetzt bei einem Autounfall ein Mann schwer verletzt wird, ergibt sich eine neue Spur. Denn der Unbekannte trägt ein Foto der Familie bei sich. Sophia bricht ins idyllische Argelès-sur-Mer an der südfranzösischen Küste auf – sehr zum Missfallen des ermittelnden Polizisten Nicolas Rousseau. Dabei verbindet die beiden mehr, als sie am Anfang ahnen …

»Superspannend! Superemotional! Garantiert genialer Lesespaß!«
Ute Spangenmacher, www.bookola.de

Im Angesicht der Wahrheit

ISBN 978-3-89425-491-9, auch als E-Book erhältlich

Nach einem traumatischen Erlebnis hat die Französin Estelle Miroux ihrer Heimat den Rücken gekehrt und ein neues Leben in Deutschland begonnen. Als sie eine kleine Auberge erbt, kehrt sie nach Argelès-sur-Mer zurück. Kurz darauf beginnt eine Mordserie und die junge Frau gerät unter Tatverdacht. Denn den Opfern wurde ein Datum in die Stirn geritzt – das Datum der schlimmsten Nacht in Estelles Leben.

»Selbst an einem regnerischen Herbsttag wärmt dieser Krimi das Herz.« Miriam Semrau, www.krimimimi.com

Im Licht der Erinnerung

ISBN 978-3-89425-580-0, auch als E-Book erhältlich

Eine Frau wird verdächtigt, zwei Jugendliche niedergeschossen zu haben, aber sie leidet an einer Amnesie. Um ihrem Gedächtnis auf die Sprünge zu helfen, erklärt sich Polizist Cédric Douchet widerwillig bereit, bei einem waghalsigen Spiel mitzuspielen. Schon bald muss er feststellen, dass ihn die schöne Unbekannte alles andere als kaltlässt – und ganz eigene Pläne verfolgt …

»Starke Protagonisten, zwei logisch aufgebaute Handlungen – ein spannender Südfrankreichkrimi, der auf keinen Fall Langeweile aufkommen lässt.« Eva Fritz, ekz-Bibliotheksdienst

Sina-Engel-Krimis von Silke Ziegler

Die Nacht der tausend Lichter

Der erste Fall für Sina Engel
ISBN 978-3-89425-488-9
Auch als E-Book erhältlich

Einmal im Jahr gibt es ein Fest, einmal im Jahr gibt es einen grausamen Mord

Ein ermordeter Verlobter, sie selbst hochschwanger – in Sina Engels Leben passt gerade nichts zusammen. Doch als in Weinheim an der Bergstraße das größte Sommerfest der Region näher rückt, muss das Privatleben der Kommissarin zurückstehen. Denn seit zwei Jahren treibt ein Serienmörder auf der Kerwe sein Unwesen. Die Polizei arbeitet mit Hochdruck, um ein weiteres Opfer zu verhindern.

Da wird Sina ausgerechnet der ehemalige Kollege ihres Verlobten zur Seite gestellt. Matthias Sommer ist charmant und intelligent, doch Sina ist alles andere als gut auf ihn zu sprechen. Können die beiden sich zusammenraufen, um den Mörder rechtzeitig zu stoppen?

Stille Sünden

Der zweite Fall für Sina Engel
ISBN 978-3-89425-588-6
Auch als E-Book erhältlich

Ein verschwundenes Kind, ein Mord und ein Ermittlerduo im Gefühlschaos

Dieser Fall geht der alleinerziehenden Hauptkommissarin Sina Engel unter die Haut. Der elfjährige Fabian ist von zu Hause weggelaufen. Die eisigen Temperaturen erhöhen den Druck, ihn zu finden: Lange kann ein Kind auf der Straße nicht überleben. Dann wird ein Flüchtling vor seiner Unterkunft erschossen, der Mörder entkommt unerkannt. Auch hier drängt die Zeit.

Unterstützung erhält Sina von Matthias Sommer, mit dem sie ein kurzer Flirt verbindet. Zwischen den beiden knistert es noch immer. Können sie das Gefühlschaos hinter sich lassen und die Fälle aufklären?

Der erste Fall für Landarzt Jan Storm

Stefanie Ross

Das Schweigen von Brodersby
Ein Landarzt-Krimi

ISBN 978-3-89425-490-2
Auch als E-Book erhältlich

Ein charismatischer Landarzt, ein idyllisches Dorf, kauzige Einwohner und mysteriöse Todesfälle

Der ehemalige KSK-Soldat Jan Storm übernimmt auf der Suche nach einem Neuanfang die Landarztpraxis in Brodersby, einer idyllischen Gemeinde zwischen Schlei und Ostsee. Denn nach einem traumatischen Afghanistaneinsatz will er nur noch vergessen – und der kleine Ort scheint ihm meilenweit entfernt von Schusswunden, Explosionen und Toten.

Als er erfährt, dass sein kerngesunder Vorgänger unter mysteriösen Umständen verstarb, und weitere Dorfbewohner plötzlich zusammenbrechen, beschließt er, der Sache auf den Grund zu gehen. Doch damit bringt er nicht nur sich, sondern auch Arzthelferin Lena in tödliche Gefahr – denn seine Gegner haben ihn längst im Visier …

»Der Krimi … funktioniert tadellos nach dem Motto: Rau, aber herzlich.« Kieler Nachrichten

»Es knallt, es funkt und es fliegen die Fetzen bei diesem sogenannten Landarzt-Krimi, der Humor kommt nicht zu kurz und ein bisschen Romantik und Drama runden dieses perfekte kleine Buch ab.« Eschborner Stadtmagazin

Vom Publikum der ›Krimi-Couch‹ zum Buch des Jahres gekürt!

Drei Frauen, drei Generationen, ein Mord

Christiane Antons

**Yasemins Kiosk –
Zwei Kaffee und eine Leiche**

ISBN 978-3-89425-582-4
Auch als E-Book erhältlich

Ein Toter im Altpapiercontainer –
und das ist nicht Yasemins einziges Problem …

Das Leben muss man nehmen, wie es kommt – das haben alle drei
gelernt: Dorothee Klasbrummel, Besitzerin eines Bielefelder
Mehrfamilienhauses, hat seit fünfzehn Jahren ihre Wohnung nicht
verlassen. Polizistin Nina Gruber wurde suspendiert und die junge
lebensfrohe Kioskbesitzerin Yasemin Nowak sieht sich den
zunehmend unheimlicher werdenden Liebesbeweisen eines Stalkers
ausgesetzt.

Als im Altpapiercontainer des Kiosks eine Leiche gefunden wird,
tun sich die ungleichen Frauen zusammen und ermitteln auf eigene
Faust. Primär, um sich von den eigenen Problemen abzulenken.
Doch diese Rechnung geht nicht auf …

*»Ja! Das hat Klasse! Das hat Charme! Und spannend ist es
auch noch.«* Ute Spangenmacher, www.bookola.de

*»Flott geschriebener Krimi mit einem sympathischen Frauentrio,
das man sofort ins Herz schließt.«* Günter Keil, Freundin

»Eine sympathische Geschichte mit viel Lokalkolorit und Humor.«
Stefan Keim, WDR 4

*»Ein Debüt ganz nach meinem Geschmack, spannend und mit groß-
artigen Figuren, auch eine gute Prise Humor fehlt nicht.«*
Eva Hüppen, www.leser-welt.de

*»Eine raffiniert zusammengesetzte Geschichte … – mit viel
Alltagscharme und Witz.«* Julia Gass, Ruhr Nachrichten